La Scala

Persia Woolley

Figlia della primavera nordica

Traduzione di
Graziella Reggio

Rizzoli

Published by Poseidon Press
A Division of Simon & Schuster, Inc., New York

ISBN 88-17-67975-5

Titolo originale dell'opera:
CHILD OF THE NORTHERN SPRING

Prima edizione: marzo 1991

Figlia della primavera nordica

A Autumn, Sharon, John e Nick,
senza il cui sostegno
questa storia non sarebbe forse stata raccontata,
e a Mamma Dee,
senza la quale l'autore non sarebbe esistito.

L'Inghilterra di re Artù
Edimburgo
Vallo
The Mote
Carlisle
Appleby
FIORDO DI SOLWAY
Ambleside
RHEGED
Ravenglass
MARE D'IRLANDA
York
N
Ribchester
Chester
NORTH-UMBRIA
Wrekin
REGNI DEL GALLES
Gloucester
LOGRES
Caerleon
Londra
Sarum
CORNOVAGLIA
COSTA SASSONE
0 20 40 60 80
Miglia
0 40 80 120
Chilometri

Nota dell'autore

Poche storie sono più amate e più spesso narrate di quelle che compongono la leggenda di re Artù. Ciò che è nato come serie di racconti su un condottiero medievale si è sviluppato fino a diventare uno dei grandi cicli narrativi della civiltà occidentale, ricco di figure e temi archetipi. Nel corso dei secoli ha preso forma di storia popolare, racconto morale, grande romanzo cavalleresco, avventura, fantasia, a *seconda in genere* dell'ambiente sociale o delle inclinazioni personali del narratore. Questa adattabilità fa parte del suo fascino ed è probabilmente una delle ragioni per cui esso è sopravvissuto così a lungo.

Recentemente si è sviluppato un interesse sempre maggiore per lo studio dei miti e per una loro rivisitazione in una prospettiva umana anziché leggendaria. Ciò ha dato luogo alla creazione di affascinanti romanzi storici in cui la cultura e l'ambiente del tempo esercitano una notevole influenza sullo sviluppo del racconto.

Ho fatto uso di questa tecnica in tutto il libro, ma in particolare per quanto riguarda il personaggio di Ginevra, che in passato è stata troppo spesso considerata come una figura bidimensionale: il riflesso di una scelta sbagliata del re oppure la bella caparbia e viziata che provoca la rovina del regno senza rimorsi. (Questa immagine della sposa di Artù deriva probabilmente dall'interpretazione vittoriana del personaggio e fornisce un facile capro espiatorio a scrittori che ne sentono il bisogno.)

I racconti sul grande regno di Artù nacquero durante il rinascimento celtico, che ebbe luogo quando crollò la civiltà romana e iniziarono le invasioni anglosassoni. Dagli sparsi elementi che troviamo nell'archeologia moderna, nel folclore antico e negli scritti di Gilda (l'unico autore conosciuto di quel tempo), sembra che nei palazzi dei re medievali ci fossero più eleganza e varietà professionale e culturale di quanto si pensasse prima.

Molti di questi re celtici discendevano dalle tribù che quattrocento anni prima avevano resistito all'avanzata dei Romani e, alla caduta dell'Impero, si unirono per opporsi alle invasioni sassoni. Costituivano un gruppo indocile e turbolento, con una lunga tradizione di regine che governavano a fianco dei mariti. Le azioni di queste donne energiche sono riportate dalle leggende celtiche e dalla storia romana, e spesso le loro figlie erano anch'esse persone dotate di personalità non comune. È in un simile contesto che ho esplorato le origini e la formazione di Ginevra.

In queste pagine non si trovano i draghi e i tornei presentati da Malory, ma piuttosto un periodo di cambiamento e di evoluzione del pensiero, di minacce esterne alla civiltà dei Britanni e di conflitti interni simili a quelli vissuti dai paesi moderni.

Come tutti i narratori arturiani, ho un enorme debito verso chi ha raccontato la storia prima di me e verso i vari studiosi impegnati in ricerche sul grande re. I particolari sull'infanzia di Ginevra sono in gran parte di mia invenzione, basati su ciò che pensavo avrebbe potuto spiegare le sue azioni e il suo comportamento dell'età adulta. La cultura e le idee cambiano nei secoli, ma la fondamentale psicologia umana si evolve molto più lentamente. È senza dubbio questa la ragione per cui i racconti archetipi conservano la loro fama col passare del tempo.

È facile assumere un atteggiamento critico sul linguaggio in un'opera come questa. Per esempio, veniva usato un gergo? Si possono impiegare termini come "pranzo" o "libro" quando la parola stessa sarebbe stata inventata solo molti secoli dopo? Portando questo principio alle estreme conseguenze non si potrebbero neppure usare le parole anglosassoni e francesi che costituiscono tanta parte del vocabolario inglese, dato che esse non appartenevano alla lingua celtica. Alla fine ho deciso che i puristi dovrebbero considerare questo libro come una traduzione; i personaggi avrebbero comunque parlato celtico britannico, latino o gaelico, e che dicessero pranzo o pasto di mezzogiorno, libro o tavoletta, il concetto era uguale.

Per facilitare l'identificazione ho impiegato in genere nomi moderni per indicare le località, anche se molti di essi sono forse anglosassoni. Ho usato un nome più antico quando indicava con maggiore precisione una delimitazione politica (come per esempio il regno del Rheged). Per la città che ora chiamiamo Vecchia Sarum ho preferito il nome meno pesante di Sarum, semplicemente perché allora la città era molto più giovane.

La questione dei Gallesi e dei Cumbri è un po' più difficile. La parola "cumbri" significa "compagni", ed è il nome con cui i Celti britannici si sono sempre autodefiniti. Quando infine i barbari invasero la Britannia, queste genti si rifugiarono sulle montagne del Nord e dell'Ovest e chiamarono queste zone Cambria e Cumberland. I vittoriosi Anglosassoni definirono le due regioni Galles e Galles del Nord, che significa «la terra degli stranieri.» Dunque, ironicamente, i nativi si ritrovarono marchiati come stranieri da questi intrusi appena arrivati, situazione per cui provavano molto risentimento.

Mi sono riferita alla zona geografica del Galles con il suo nome moderno, ma ho chiamato gli abitanti Cumbri per mostrare il legame tra i diversi piccoli regni e, allo stesso tempo, per indicare la vastità delle loro terre, che si estendevano ben oltre il moderno Galles.

Per quanto riguarda l'ortografia dei nomi propri ho seguito quasi sempre la versione di Malory, a meno che non esista una forma celtica altrettanto nota.

Poiché nel racconto appaiono sia personaggi leggendari che reali, mi sono a volte basata sui riferimenti storici proposti da John Morris nel suo *Age of Arthur*. Teodorico è un personaggio reale, così come Urien, Gilda, Agricola Longhand, Cunedda, Maelgwn e probabilmente sia re Marco che Tristano. Una delle grandi attrattive degli studi arturiani è l'intreccio tra il verificabile e il mitologico: entrambi gli elementi presentano infatti un incantesimo straordinario e durevole.

Dato che si tratta di un romanzo, ho presentato le cose nella maniera più colorita possibile, pur cercando di attenermi allo schema di comportamento e di pensiero che era probabilmente comune allora.

Quando ho iniziato a lavorare su questo progetto non pensavo che avrebbe comportato tanta ricerca e che si sarebbe sviluppato in una trilogia. In ogni caso, far conoscenza con i personaggi in questo primo libro è stata un'esperienza meravigliosa e spero che il pubblico provi nella lettura lo stesso piacere che io ho provato nella scrittura.

Mountain View, California
1981-1986

1

La partenza

Io, Ginevra, principessa celtica del Rheged, figlia unica di re Leodegrance, mi risvegliai al frastuono di attività nel cortile delle scuderie. Gli ordini rochi e il tintinnìo delle bardature erano accompagnati da urla e imprecazioni e dal tonfo impaziente di qualche zoccolo.

Mi alzai in fretta e corsi alla finestra. Come pensavo, il cortile era pieno di gente e di animali. Gli uomini di Artù stavano legando il basto sui pony e tra poco avrebbero sellato i cavalli da viaggio.

Il giorno era arrivato troppo in fretta. Un'ondata di panico mi prese alla gola. Stava succedendo, che io lo volessi o no. Tentavo disperatamente di prendere in mano il mio destino e allo stesso tempo cercavo un modo per cambiarlo.

«Non posso andare... Non posso lasciare il Rheged» avevo gridato in tono di sfida la sera prima, infilandomi un paio di calzoni pesanti, mentre Brigit mi fissava attonita, dimenticandosi di accendere le lampade per la sorpresa di trovarmi mezza vestita per la fuga.

«Come non puoi?» La sua voce era incredula. Buttò la testa all'indietro con aria provocatoria e i capelli rossi le ondeggiarono come un'ombra nella semioscurità. «Nessuna regina celtica piagnucola dicendo che non sa affrontare una prova. Certo che puoi!»

Le sue parole erano più di orgoglio che di collera e per un attimo assomigliò tanto a suo cugino che avrei giurato che fosse lui a parlare.

«È quello che diceva sempre Kevin...» Mi salirono le lacrime agli occhi e sbattei con forza le palpebre per ricacciarle indietro.

«E aveva ragione, almeno questa volta.» Si rilassò e si avvicinò al letto, dove avevo ammucchiato le cose che intendevo portare con me nella mia fuga per la libertà. «Non se ne parla neanche di fuggire. Sai che nessuno sopravvive nella foresta. Ci divoreranno le belve, o ci prenderanno i banditi per venderci come schiave, o peggio ancora.» Gli occhi verdi le si colmarono di orrore. Ebbe un fremito e si fece il segno della croce.

Dava sempre per certo che, ovunque andassi io, sarebbe andata anche lei. In un altro momento avrei sorriso della sua fedeltà. Mio malgrado mi sentii meno sicura.

«Dio sa che non ti lascerò fare una cosa simile, Ginevra. Se davvero non vuoi accettare questo matrimonio, dillo a tuo padre. Sai che non ti obbligherà a sposare un uomo che non vuoi, anche se sei una principessa.»

Calde lacrime di collera, di frustrazione e di dolore cominciarono allora a scorrere liberamente e Brigit mi prese tra le braccia, lasciando che sfogassi la mia angoscia sulla sua spalla robusta. Forse ricordammo entrambe l'altra volta in cui avevo pianto così, ma nessuna delle due ne parlò. La pena era già abbastanza grande e non c'era bisogno di risvegliarne un'altra che era meglio lasciar riposare nella tomba.

Passata la prima ondata di pianto, mi colse il singhiozzo. Brigit pescò un fazzoletto nel suo grembiule e me lo porse senza una parola. Mi asciugai gli occhi e, volgendoli alla finestra, guardai verso la fortezza.

Come gran parte delle costruzioni romane, era mezza in rovina, tutta rappezzata e lasciata andare in declino. Di solito non mi piacevano questi luoghi, ma qui una torre a due piani era stata destinata a "quartiere delle donne" dopo che Lavinia era venuta a stare tra noi. La stanza al piano superiore aveva una bella vista sul lago e sulla brughiera, e ogniqualvolta mio padre riuniva la corte ad Ambleside io mi ci rifugiavo come una rondine che torna al suo nido preferito.

Quella notte Windermere brillava di una serena luce argentata e nel cielo pallido era sospesa una velata luna nuova. Un pesce increspò l'acqua nella silenziosa bellezza e il mormorìo di un'anatra che richiamava i suoi piccoli vagò nell'aria fino a me. Da qualche parte nel villaggio un bambino stava cercando di mandare nella stia per la notte un vecchio pollo chiassoso. Mi fece ripensare alla gallina orba che strillava e starnazzava ogni volta che la spingevo verso il pollaio a Patterdale, e la vivezza di un ricordo tanto semplice rischiò di riportarmi agli occhi le lacrime che cercavo di soffocare.

«Penso che tu soffra più di nervi che di una vera antipatia per Artù» suggerì Brigit, tornando con calma al suo compito di accendere le lampade. «Anche se devo ammettere che ha scelto un emissario piuttosto sinistro per venire a prenderti.»

«Merlino?» Rabbrividii un attimo al pensiero del mago riservato e inflessibile. Quando mio padre mi aveva presentata, egli non aveva fatto che un brusco cenno col capo e per tutta la cena aveva evitato con cura di guardare nella mia direzione. Anche in passato, nelle rare occasioni in cui aveva visitato la nostra corte durante la mia infanzia, era sempre stato strano e distaccato, con quell'aria tipica dei magici druidi. Si diceva che si era reso indispensabile al giovane Sommo Re e se il suo atteggiamento era un esempio dell'accoglienza che avrei ricevuto nel Logres, avevo buone ragioni per rimpiangere la mia terra.

Promisi infine a Brigit che non sarei scappata, ma avrei affrontato mio padre il mattino dopo. L'ultima cosa che feci prima di addormentarmi fu pregare a lungo e intensamente Epona, chiedendo alla dea dei cavalli di aiutarmi a rompere il contratto di matrimonio senza portare disonore alla nostra famiglia.

Adesso era giunto il mattino, e con esso la foschìa che copriva il lago, così fitta che la banchina di pietra era nascosta e le montagne sembravano sospese tra la terra e l'aurora, con le basi perse nella pallida nebbia luminescente. Cercai tra i frammenti dei sogni per trovarvi un segno della dea. Ma come il lago velato, qualunque consiglio Epona mi avesse dato era nascosto alla mia vista. L'unica immagine che restava era quella di mia madre, che sembrava guardarmi attenta con un sorriso preoccupato.

Ciò non mi era d'aiuto, dato che mamma era comparsa regolarmente nei miei sogni dal tempo della sua morte, cinque anni prima. Quella notte non aveva detto o fatto nulla di particolare, e nessun'altra immagine era emersa a offrirmi indicazioni.

Nel cortile cominciarono ad accorrere paggi indaffarati con involti che gli uomini del Sommo Re ammucchiavano in varie pile. Mi girai e mi diressi verso il catino. Era chiaro che il tentativo di evitare il destino che batteva alle porte della mia vita poteva venire solo da me.

Vestitami in fretta, corsi giù per le scale, sapendo bene che mi restava pochissimo tempo. A meno che non trovassi qualche incrinatura nella corazza di mio padre, saremmo partiti da un momento all'altro.

Nella sua stanza a pianterreno la mia accompagnatrice Lavinia si agitava tra ceste e panieri. Passai davanti alla sua porta in punta di piedi, cercando di non fare rumore. Non era il momento per una delle sue crisi isteriche. Attraversai di corsa il cortile e piombai nel salone principale con un sospiro di sollievo.

I nostri ospiti si affollavano attorno al tavolo afferrando focacce e tazze di sidro caldo, mentre i servi si affrettavano avanti e indietro. Gladys stava avviandosi verso la cucina, quando mi scorse e si fece strada tra la folla. «Ti ho portato la colazione nella camera del re» disse prendendo una caraffa vuota in fondo al tavolo. «Immaginavo che avreste voluto mangiare insieme, in privato.»

Annuii con gratitudine, pensando a quanto fossimo fortunati a vivere in una casa dove si riconosceva l'esigenza regale di allontanarsi dagli occhi curiosi della corte.

La camera del re era quella mattina l'unico posto tranquillo della fortezza. Mio padre stava già mangiando quando entrai.

«Bene, Ginevra. Tutto pronto per partire, immagino.»

Il commento era un'affermazione piuttosto che una domanda. Senza aspettare risposta mi fece cenno di sedere sulla sedia di mamma. Questa era stata messa di fronte a lui, vicino alla finestra, e Gladys vi aveva sistemato davanti un tavolino pieghevole con il vassoio della colazione.

Mi appollaiai sul bordo della sedia e presi una focaccia. La finestra era senza vetri e, anche se il primo sole del giorno entrava tra le imposte aperte e giocava lungo gli intarsi dei mobili, dava poco calore. In aprile la neve permane ancora sui colli della brughiera e il freddo tagliente dell'inverno si fa spesso sentire nella primavera nordica. Non mi stupii nel vedere una pesante vestaglia di lana scozzese rimboccata sulle ginocchia di mio padre.

«Ieri sera ho avuto una lunga conversazione con Bedivere, l'uomo di Artù» commentò. «Sembra una brava persona, ha un certo acume. Dovrebbe essere in grado di portarti da Artù in pochissimo tempo, se non scoppiano temporali.»

Mio padre continuò con un discorso sul tempo di quell'anno, sui suoi effetti sul raccolto e sulla tarda fioritura dei meli. Io mangiavo in silenzio, guardandolo con un misto di affetto e ammirazione, aspettando l'occasione per intervenire.

Il re del Rheged non era mai stato un uomo robusto e con l'età era diventato magro e nodoso. La sua barba era ormai più grigia che castana e il suo volto angoloso, un tempo così pronto a scoppiare in una risata, era solcato da rughe di dolore e di amarezza. Ma, vestito della sua tunica migliore e carico della dignità degli anni di regno, era una presenza che imponeva rispetto nonostante le infermità.

«Sai che cosa dicono» proseguì. «Se il melo fiorisce in maggio si mangia torta di mele ogni giorno! Con i boccioli ancora chiusi adesso, quest'autunno avremo un ricco raccolto.»

Mio padre continuò a blaterare di faccende mondane di ogni tipo, senza mai tornare sull'argomento della mia partenza. Notai che sembrava molto stanco e mi chiesi se avesse trascorso anche lui la notte a cercare indizi tra i sogni.

Infine, dopo che avevo mangiato una seconda focaccia, si sporse in avanti e disse lentamente: «Sei molto delusa, bambina mia?».

«Delusa? No...» risposi con precauzione leccandomi il burro dalle dita. Era la mia occasione e volevo usarla con tatto. «Preferirei però restare qui e trovare un compagno che venga nella mia terra a condividere il mio regno.» Lo fissai sperando che capisse cosa stavo per dire.

«Ah, se solo fosse possibile» mi interruppe togliendosi una briciola dal grembo. La macchia di sole si era spinta oltre nella stanza e sembrava essergli balzata sulle ginocchia come un gatto.

Impacciato, cambiò posizione sulla sedia e si affrettò a elencarmi una serie di buone ragioni per sposare il nuovo Sommo Re.

Ne avevamo già parlato tanto in passato, che lo ascoltai solo in parte, perdendomi a guardare i ricchi colori della vestaglia nella chiazza di luce. Le dita nodose di mio padre giacevano rigide sulla morbida lana e io mi chiedevo se il caldo ne alleviasse il dolore alle giunture.

Tacque un momento, fregandosi le nocche delle dita con l'altra mano e fissandole per evitare di guardarmi in faccia. «Sai che non insisterei mai per farti sposare qualcuno che non ti piace, e temo che tu non sia felice di questa scelta. Immagino che sia il sogno di ogni ragazza sposare l'uomo che ama...»

La sua voce si trascinava incerta. Anche se avevamo discusso di molti argomenti nel corso degli anni, le questioni di cuore non erano mai state toccate. Intrecciava e scioglieva nervosamente le dita, facendo luccicare i suoi gioielli alla luce del sole.

«L'amore cresce col tempo, bambina mia. Col rispetto, con l'impegno a costruire qualcosa insieme. Io e tua madre abbiamo avuto un ottimo rapporto amoroso...»

Si fermò per guardare l'anellino smaltato che mamma gli aveva dato anni prima. Al confronto con l'Anello del Potere sembrava frivolo e leggero. Ma avevo l'impressione che avrebbe volentieri rinunciato all'autorità dell'uno per riavere con sé la donatrice dell'altro.

Era il momento che aspettavo e le parole mi vennero di colpo alla mente come il ribollire di una sorgente che sale in superficie. Amore, speranza, rispetto, attenzione: avere ciò che lui e mamma avevano condiviso; restare qui tra la mia gente e sposare un uomo di mia scelta. Qualunque sguattera o lattaia aveva questi diritti. Chiedevo troppo, visto che dovevo essere regina oltre che moglie?

Erano tutte lì le parole con cui avrei potuto riprendere il controllo della mia vita, e mi restavano nella gola come una lisca di pesce, rifiutando di muoversi in su o in giù. Cercai di schiarirmi la voce e mi sforzai di farmi sentire nel silenzio, ma mi uscì solo il sussurro di mamma la mattina della sua morte... «Una volta che sai cosa devi fare, fallo...»

Mio padre levò lo sguardo, con tutta l'ansia e la preoccupazione per il mio futuro messe a nudo sul suo volto. «Se solo ci fosse una soluzione migliore...» disse smarrito.

Con un fremito mi chinai e posi una mano sul braccio del mio genitore, rendendomi improvvisamente conto che tutto ciò era difficile per lui quanto per me.

«Capisco, padre, davvero» lo rassicurai. «Il Sommo Re sembra un uomo a posto, un capo onorevole e degno di rispetto, e non sono infelice di ricevere un tale onore. Se mi rattrista l'idea di lasciare te e Rheged non è per la prospettiva di sposare Artù.»

Mio padre annuì, sollevato per aver superato un momento così imbarazzante. «E lui è molto fortunato ad avere te» asserì. «Non è un compito facile essere regina e immagino che una Somma Regina abbia responsabilità ancora più grandi. So che le saprai affrontare bene, figlia mia... e che sarai anche una buona compagna.» Per un attimo mi coprì la mano con la sua. «Assomigli troppo a tua madre per non riuscirci.»

Non era da lui nominare mamma, e ancor meno due volte nel corso della stessa conversazione. La voce gli si spezzò lievemente. Si rigirò l'anello smaltato attorno al mignolo, poi lo fece passare per la nocca nodosa e me lo porse.

«Penso» disse rauco «che lei sarebbe contenta se tu lo portassi al Sud con te.»

Lo guardai stupefatta, con un'ondata di amore e gratitudine che mi si gonfiava dentro. Ma lui distolse bruscamente lo sguardo e alzò una mano come se lo stessi minacciando.

«C'è ancora un paio di cose di cui dovremmo parlare, Ginevra.»

La voce gli tornò normale e io l'ascoltai in silenzio mentre elencava una lista di persone da considerare per la nomina di reggente, nel caso gli fosse successo qualcosa mentre io ero al Sud con Artù. Anche di questo recentemente avevamo discusso molte volte, e mi dava fastidio riparlarne ancora, quando c'erano tante altre cose che avrei voluto condividere con lui; cose che non ci eravamo mai detti prima e, considerando la sua salute malferma, forse non avremmo mai più avuto occasione di dirci. Ma lui non si lasciava interrompere.

«Queste sono questioni di Stato, mia cara, e vanno considerate anche se è doloroso. Le necessità della gente vengono sempre per prime... e tu lo sai, vero?»

Naturalmente aveva ragione. Mi morsi le labbra e restai in silenzio. Il sole era scivolato via dal suo grembo e il rumore nel cortile era aumentato con l'arrivo dei cavalli.

«La cosa migliore che puoi fare» concluse «è dare ad Artù un tal numero di figli che io vivrò per vederne uno salire al trono di questa buona gente.»

Sorrisi al pensiero, dato che tra tutte le cose che ci si aspetta da una regina il partorire figli è la più naturale e facile da adempiere.

Si udì un brusco colpo alla porta e Nidan infilò la testa tra le tende per annunciare che era tempo di partire. Scivolai in fretta giù dalla sedia e mi inginocchiai davanti a mio padre prima che avesse il tempo di alzarsi, decisa a esprimere almeno una parte dei miei sentimenti.

«Mi hai fatto iniziare bene, padre, e per questo ti ringrazierò e benedirò per sempre.»

«Be',» disse muovendosi a disagio sulla sedia «sarà forse stato un po' duro crescere qui al Nord, ma spero che le cose che hai imparato ti torneranno utili. Sei diventata una ragazza forte e bella e sono orgoglioso di averti come figlia.»

Questa lode inattesa mi fece venire un nodo alla gola. Mi pose le mani sulla testa in segno di benedizione e quando le alzò mi diede un rapido colpetto come se fossi stata uno dei suoi cani. «Penso sia ora di andare... Non bisogna farsi aspettare, sai.»

Il cortile era pieno di abitanti del castello e del villaggio, oltre che di uomini di Artù. Mi trattenni nell'ombra della volta, incapace di andare verso la mia nuova vita. Davanti a me il passato e il presente si intrecciavano, come se tutta la gente che avevo conosciuto fosse lì a salutarmi. Lo spirito di mamma mi incoraggiava sorridendo e io lo pregai in fretta di restare con me ovunque dovessi andare.

C'era persino il fantasma di Nonny, seduto in un angolo riparato dal vento. Balia della mia nonna materna e governante della mia mamma, Nonny diceva sempre di avere allevato tre generazioni di regine e di non avere intenzione di vedermi disonorare il lignaggio con abiti sporchi e capelli arruffati. Mi chiedevo che cosa avrebbe pensato di questa svolta del destino. Molto probabilmente non avrebbe approvato, a causa delle sue ferme opinioni su tutto ciò che era romano. «I Cumbri non devono nulla all'Impero,» ripeteva spesso «e dovrebbero andarne più orgogliosi!» Avrei potuto vederla scuotere il capo con tristezza mentre la sua ultima pupilla si preparava a sposare quel re romanizzato del Sud.

Mi sentii tirare per una manica e chinai il capo per vedere Kaethi che mi guardava di sotto in su con la sua faccia avvizzita, socchiudendo gli occhi nel sole.

«Che cosa non darei per partire con te in quest'avventura, ragazza mia!» esclamò a bassa voce con un'antica astuzia negli occhi. «Ma questa volta temo che dovrai viaggiare per tutte e due. Ricordati solo che la vita è un meraviglioso panorama dovunque si sia e che solo uno sciocco si lagna di ciò che è impossibile cambiare.»

Fissai attentamente Kaethi, chiedendomi se sapesse che ero stata sul punto di scappare. Veggente e guida della mia infanzia, forse poteva fare un incantesimo per liberarmi. Ma sapevo bene che avrebbe rifiutato. Era stata lei a insegnarmi che il fato della nostra vita gira per conto suo e la cosa migliore che si possa fare è muoversi all'interno del suo schema.

Kaethi prese dal suo grembiule un sacchetto che dondolava da un cinturino di cuoio.

«Visto che io non posso venire, ho pensato che potresti portare questo con te» esclamò allegramente. Diedi un'occhiata allo strano simbolo ricamato, sbiadito e misterioso, e riconobbi il talismano che lei portava sempre al collo.

«Mi ha protetta per oltre sessant'anni. Così ieri l'ho lavato e rattoppato e ci ho messo un pezzetto di vischio per tener lontana la sterilità.»

Rimasi in silenzio, incapace di rispondere al suo tono scherzoso per via delle lacrime che minacciavano di rispuntare.

«È ora di partire, ragazza mia» aggiunse con fermezza, tendendosi per riporre l'amuleto nella scollatura della mia tunica. «Rhufon non ti terrà la cavalla tutto il giorno.»

Chinandomi le diedi un breve abbraccio. Poi, camminando il più eretta possibile, mi avviai tra la mia gente fin dove mi aspettava il maestro di stalla. Questi mi salutò con un sorriso obliquo.

Rhufon, ruvido come la lana grezza, che, fin dove mi giungeva la memoria, ricordavo aver seguito passo passo. Le sue braccia robuste mi avevano fatta volare sulla groppa di un cavallo da tiro per le prime lezioni di equitazione quando avevo appena imparato a camminare. Potevo ancora sentire il profumo del fieno appena tagliato e il sudore quando rientravamo solennemente dai campi. O ricordare il fascino del magazzino del cuoio dove lui faceva e riparava le cinghie. O sentire i frammenti di sego sparirmi tra le dita mentre sfregavo con vigore le corregge dopo che mi aveva insegnato a montare la bardatura. «Non c'è posto per mani pigre attorno ai cavalli» diceva mettendomi a riordinare avanzi di cuoio o a lucidare le borchie di bronzo di una briglia.

Ora stava chino, quest'uomo che impersonava i suoni e le immagini dell'infanzia, e mi offriva il ginocchio e la mano per aiutarmi a montare in sella. «Non c'è bisogno di mostrarsi così afflitti, signorinella» borbottò. «È una bella giornata per cavalcare.»

I suoi modi erano così gravi e ossequiosi che si sarebbe detto che quel momento rappresentasse il risultato trionfale di molti anni di lavoro e che lui mi stesse sollevando verso un futuro sperato a lungo, anziché tristemente accettato. Una volta in sella lo guardai e gli sorrisi mentre teneva ferma la mia cavalcatura in attesa che mio padre entrasse nel cortile.

In groppa al suo cavallo di battaglia e avvolto nel manto regale, il re del Rheged non sembrava così fragile come durante la colazione. La gente indietreggiò per fargli strada. Lui annuì solennemente e diede inizio al rituale di presentazione della sposa agli uomini che l'avrebbero accompagnata verso la sua nuova casa.

Sentii a malapena le parole, mentre ripensavo all'incoraggiamento che mi aveva dato tra le briciole di una focaccia fredda. Infine il re indirizzò un cenno a Rhufon, che con cura fece avanzare la mia cavalla e ne affidò le redini al luogotenente di Artù.

«Re Artù vi annuncia» dichiarò Bedivere «che la principessa Ginevra riceverà ogni affetto e attenzione.» Proseguì rassicurando la folla che Artù nel futuro si sarebbe occupato delle necessità del Rheged. Prestai poca attenzione. In fondo al cuore stava sorgendo una speranza di salvezza. Forse, con un po' di fortuna, gli Dèi sarebbero intervenuti durante il viaggio, come avevano fatto per mia madre.

Con un sussulto mi resi conto che tutti stavano acclamando e lentamente ci avviammo oltre le porte della fortezza. Mio padre era in testa, seguito dai suoi soldati. Gli uomini di Artù mi attorniavano e le mie donne con i bagagli chiudevano il corteo.

È un momento glorioso quando il re conduce la figlia al suo viaggio nuziale. I contadini si affannarono giù per il sentiero ripido verso il lago, eccitati dalla gioia. Cani, bambini e oche ruzzolavano fuori da cortili e casette di paglia abbaiando, gridando e strepitando a seconda della loro natura.

La pastorella lacera che stava radunando tutte le capre del villaggio per portarle a pascolare nella radura si fermò per guardarci e agitare le braccia in un rustico addio. Gli animali fuggirono in tutte le direzioni, spaventati dal suo gesto o semplicemente felici di avere una scusa per correre liberamente verso le montagne. Lei si inerpicò dietro di loro con una smorfia. Io sorrisi alla scena nonostante il mio dolore, colpita dal lato ameno dei capricci della vita.

Nella parte più esterna del villaggio, dove il sentiero si spinge oltre il dolce ruscello spumoso, mio padre si spostò da un lato e ci salutò con orgoglio mentre sfilavamo. La piccola folla si agitava e acclamava a gran voce, con lacrime e auguri mescolati insieme. Seguii la mia scorta fra la gente, annuendo e salutando tutti coloro che erano venuti a dirmi addio.

Fu solo quando giunsi all'altezza di mio padre che vidi il barlume del suo raro sorriso.

Un artiglio mi strinse la gola e lottai per soffocare un sospiro.

Gli risposi con un sorriso grave e gli feci un cenno di addio, sperando che le lacrime sul mio volto potessero essere scambiate per lacrime di gioia.

2

Il messaggero

Il sentiero che porta fuori da Ambleside segue la riva orientale del lago, curvando e digradando col terreno. Il sole non aveva ancora superato le cime dei monti e ombre fredde e oscure segnavano i punti in cui la foresta giungeva sul bordo dell'acqua. Dove il bosco si apriva in radure l'erba era coperta dalla rugiada, che si sparse in una pioggia argentata al passaggio di una giovane lepre in fuga. La foschia mattutina si stendeva sul lago e si levava dagli alberi che coronavano le isole. Sfumava insieme il mondo visibile e quello invisibile, e una famiglia di cigni vi sparì in perfetto silenzio quando ci avvicinammo.

A poco a poco la bellezza del giorno sopraffece il dolore del mio cuore e mi voltai per guardare il corteo. Cavalcavamo a due a due, formando un lungo nastro colorato come mercanti che vanno a una fiera. Gli uomini di Artù erano schierati davanti e dietro di noi e chiacchieravano comodamente tra loro. Bedivere si spostava avanti e indietro, guidando in certi momenti il corteo e portandosi talvolta verso la coda per controllare i carri e gli animali da soma.

Davanti a noi Merlino arrancava sul vecchio castrato grigio che aveva cavalcato dal Sud. Mio padre gli aveva offerto in dono un cavallo più nobile e giovane, ma il mago gli aveva stizzosamente replicato di non sprecare un buon animale. Adesso sembrava essere immerso in una specie di trance che escludeva tutto ciò che lo circondava. Se era vero che era abituato a trasformarsi in uccello per volare da un punto all'altro, capivo che non si poteva certo divertire ad andare al passo con un corteo di animali da soma.

Lo studiai con circospezione, quest'uomo che era ovunque il più temuto e riverito. Con il suo volto austero e il suo sguardo profondo, si capiva bene perché la gente dicesse che era stato generato da uno degli antichi dèi, anche se nel suo stato attuale non si vedeva tanto il terribile mago, quanto l'ombra di un uomo che aveva dato la vita per il suo paese. In questo senso non era diverso da mio padre, e io mi chiesi se il comando costasse sempre questo prezzo.

Dietro venivamo io e Brigit. Guardai con ammirazione la mia amica, felice della sua compagnia e grata perché restava in silenzio e mi lasciava seguire i miei pensieri.

Alle nostre spalle c'era la mia governante Lavinia. Da vera matrona romana, aveva insistito per avere con noi una portantina, in modo da dimostrare che avevamo un certo senso del vivere civile. Odiavo quell'arnese e mi ero conquistata un giorno di tregua sostenendo che non avrei potuto dire addio a mio padre dall'interno di una scatola dondolante. Adesso la occupava lei, felicemente sprofondata nei cuscini e godendosi, a modo suo, la pompa del corteo.

Dal lago un pescatore ci salutò gridando dall'imbarcazione di vimini e la sua voce risuonò sorda attraverso l'acqua. Reggeva una filza di pesci per farceli ammirare: il delizioso salmerino prometteva un banchetto a casa sua quella sera. Mi sembrò un segno di buon augurio e gli risposi agitando il braccio.

Eravamo appena arrivati alla banchina del traghettatore quando ci raggiunse il messaggero. Arrivò al galoppo e quando gli uomini del re si girarono per bloccarlo andò quasi a sbattere contro di loro. Indossava l'abito bianco dei druidi, e dopo aver esitato per un attimo i soldati gli permisero di avviarsi verso la testa del corteo.

«In questo gruppo c'è il Mago Merlino?» chiese di fretta.

Bedivere si fermò per guardare attentamente l'intruso.

«Chi lo chiede?»

«Cathbad, con un messaggio per il Mago del Re.»

«Da parte di chi, signore?»

«Va bene, Sir Bedivere, conosco quest'uomo» dissi io e il blocco di soldati si aprì per lasciarmi passare.

Non avevo visto il mio ex tutore per molti anni e non sapevo quanto fosse ancora risentito per ciò che era successo a Carlisle. Lavinia borbottava, stupita per l'indugio, ma c'erano abbastanza cavalieri tra la portantina e il nostro gruppo da sperare che il druido non notasse la sua presenza.

Cathbad era rosso e agitato come se avesse cavalcato a lungo e il suo cavallo teneva la testa bassa e ansimava. Mi chiesi che cosa potesse esserci di così importante da rischiare di azzoppare un buon animale.

Mi scrutò a lungo e, apparentemente soddisfatto nel vedere

che ero diventata una donna con una certa grazia, mi fece un cenno cortese mormorando «Milady».

Ci fu un silenzio imbarazzato mentre aspettavamo che il Mago si facesse strada verso di noi.

«Lord Merlino, questo è Cathbad il druido con un messaggio per voi» annunciai quando finalmente ci raggiunse.

Merlino stava seduto in sella con l'insensibilità di un sacco di grano, ma lo vidi puntare gli acuti occhi da tigre sul volto del druido. «Sì?» mormorò come se parlasse nel sonno.

«Ho un messaggio per Merlino, il più grande dei maghi di tutta la Britannia...»

Cathbad esaminò la figura vicino alla mia, tentando di decidere se fosse davvero l'uomo che era stato mandato a cercare. Seguì una lunga pausa, durante la quale uno stormo di cince si scagliò nella macchia tra noi e la foresta, rompendo il silenzio con il suo cinguettìo acuto. Mi chiesi se il Mago fosse diventato sordo.

Il druido mi lanciò uno sguardo interrogativo, che non sfuggì al rapido occhio di Merlino.

Con un sospiro il Saggio si raddrizzò sulla sella e salmodiò maestosamente: «Sono io. Che cosa desiderate?».

La trasformazione fu istantanea. I boschi risuonarono come dell'eco di una grande campana. Guardai con riverenza la fonte di quella voce meravigliosa e imponente. Cathbad si inchinò con rispetto e prese la borsa che aveva appesa alla cintura.

«Vengo da parte della Signora del Lago, che chiede di aspettarla perché possa raggiungere il vostro gruppo, poiché anch'ella desidera assistere al matrimonio regale e vorrebbe viaggiare con voi. Vi manda questo omaggio» aggiunse estraendo dalla borsa un pacchettino e allungandosi per porlo nelle mani del Mago.

Il volto rugoso di Merlino assunse il cipiglio perplesso di un vecchio a cui si chieda di guardare qualcosa che i suoi occhi non sono più bene in grado di distinguere; ma quando aprì l'involto di lino e capì cosa conteneva, rise tanto di cuore che sorrisi anch'io senza saperne il perché.

Dopo un minuto richiuse con cura il pacchetto e lo ripose nella tasca della veste, poi tornò a guardare il druido. «Tra quanto potrebbe raggiungerci la Signora?»

«Ha detto che sarebbe partita domani dal Santuario e che le ci sarebbero voluti altri due giorni per arrivare qui.»

Provai un brivido all'idea di viaggiare con la Sacerdotessa. La presenza di Merlino mi turbava già abbastanza, e si poteva supporre che egli fosse ben disposto nei miei confronti. Con la

Signora era un'altra questione. Mi ricordavo fin troppo bene della collera e dello sdegno di cui era capace. Averla per compagna in questo viaggio fatidico sarebbe stato troppo.

«Ebbene...» Sulla bocca del Mago vagava un sorrisetto divertito. «Vi prego di dire alla Signora che ho ricevuto ordine di scortare la sposa a sud il più in fretta possibile e che non posso aspettare nessuno. Se ci potrà raggiungere lungo la strada sarà la benvenuta. Altrimenti sarò felice di vederla a Winchester per i festeggiamenti.»

La mia cavalla era sempre più irrequieta e io la trattenni per assistere al piccolo dramma che si stava svolgendo. Non riuscivo a capire se Merlino sorridesse ancora per il regalo che le aveva mandato la Signora, oppure se, per qualche ragione, rifiutare la sua richiesta gli procurasse un profondo piacere. Quando guardai Cathbad notai che anch'egli era perplesso.

«La Signora sarà molto delusa.» Il druido si schiarì la gola come per iniziare un discorso. «Era particolarmente interessata a conoscere la giovane sposa, dopo tutto questo tempo.»

Merlino non dimostrò più alcuna benevolenza e assunse verso il messaggero un'espressione severa e cupa. Così come la sua voce ispirava soggezione, il suo malumore creava paura. Io mi ritirai poiché non volevo mettere in imbarazzo Cathbad ascoltando ciò che Merlino gli avrebbe detto.

Tornai lentamente a fianco di Brigit e allentai le redini guardando un picchio presso un formicaio al margine del bosco. Arabeschi di luce screziavano il dorso verde dell'uccello, che sembrava un fascio di foglie animate mentre beccava qua e là lanciandoci rapide occhiate.

Quando fu sistemata la faccenda del messaggero e noi riprendemmo le redini, l'uccello volò via, col suo codrione giallo che balenava tra gli alberi ombrosi. Dietro di esso volteggiò una risata rauca e io rabbrividii di angoscia.

Era inevitabile che io e la Signora ci saremmo incontrate alle nozze, dato che presto lei sarebbe diventata mia cognata. Ma per il momento ancora una volta l'incontro formale era stato rimandato. Fato? Tempo mal calcolato? Il capriccio degli dei? Chi lo sapeva? Speravo solo che non avrebbe considerato quest'ultimo rifiuto come un insulto personale. L'ultima cosa che volevo era iniziare la mia nuova vita con la più potente donna del regno per nemica.

Svoltammo sulla strada, allontanandoci in fretta dal lago, e io diedi un'ultima occhiata alla bellezza velata e brumosa della scena, abbracciandola con lo sguardo come se avesse potuto proteggermi dalla fredda pietra di quella corte lontana.

Pensavo che all'arrivo sulla strada avremmo accelerato il passo, ma anche se la via era più ampia e il corteo si era accorciato, non andammo più veloci. La presenza dei soldati di Artù, adesso che cavalcavano al fianco mio e di Brigit, continuava a ricordarmi che ero più una preda e una prigioniera che non una sposa felice. Dovevo controllare l'impulso a lanciarmi di corsa in una direzione qualunque.

Un corteo regale è sempre lento, mi rammentai, e anche nei giorni più belli mette a prova la pazienza di chi vuole correre avanti. Il ricordo di altri viaggi simili mi turbinava nella mente, riportandomi ai tempi felici della mia infanzia, precedenti al mio primo incontro con la Signora... ai tempi in cui non ero altro che una figlia dei Cumbri.

3

Appleby

L'autunno arrivò con una pioggia d'oro nell'anno in cui ne avevo nove. Il cielo mattutino si inarcava limpido e azzurro sopra di noi e il vento era pungente, senza essere minaccioso, mentre procedevamo lungo la strada.

Era stato un anno pacifico, in cui i Pitti e gli Scoti erano soddisfatti dei loro regni nordici e gli Irlandesi erano impegnati a rifarsi del cattivo raccolto dell'anno prima, invece di lanciarsi in incursioni sulla nostra costa. Di conseguenza i soldati non erano stati chiamati a combattere e la corte aveva accompagnato mio padre tutto l'anno.

Il primo maggio, il Beltane era stato celebrato presso la grande roccia che chiamano The Mote, sul fiordo di Solway, con il falò di notte e la danza in circolo al mattino, allegra e spensierata sulla collina sovrastante l'acqua. Poi eravamo rimasti a Carlisle, mentre mio padre e Rhufon passavano in rassegna i cavalli nelle scuderie di Stanwix, decidendo quali portare con noi e quali mandare al pascolo, quali domare e quali barattare. Passammo un'estate tranquilla sul Mare d'Irlanda, andando dalla residenza di un barone a quella di un altro, badando al raccolto, alla consistenza delle truppe, ai bisogni e ai desideri della gente. E ovunque andassimo mio padre componeva liti, dava consigli e distribuiva doni generosi, come dovrebbe fare un buon re.

Nel frattempo c'erano le festività, gioiose, o solenni e paurose, o quelle che segnavano semplicemente il cambiare delle stagioni e la riunione delle genti per rendere omaggio agli dei e per vedere ancora una volta che il re si occupava attivamente della loro sicurezza. Per la Notte di Mezza Estate ci trovammo alle grandi pietre di Castlerigg, e passammo Lammas, la festa del raccolto, con gli abitanti dell'antico insediamento di Ewe Close.

Di recente la corte si era riunita nel forte romano di Penrith, e ora ci dirigevamo ad Appleby, dove avremmo celebrato Samhain e passato l'inverno nel grande edificio di legno in cima alla collina presso l'Eden. Tra tutti i luoghi che chiamavo "casa" questa e il villaggio di The Mote erano i miei preferiti e la felicità per la nostra destinazione accresceva il mio entusiasmo. Cavalcavo in testa alla corte, avvolta in un caldo mantello di pelle di foca, fiera oltre misura di stare appollaiata sul dorso di un pony color lupino, invece di essere confinata nel carro insieme al mio fratellino e a Nonny. Era la prima volta che sfuggivo alle lunghe ore di viaggio tra i bambini più piccoli. Mi sporsi per accarezzare il collo ispido del mio cavallo. Tozzo e robusto di natura, ingrassato dai pascoli estivi, il pony sfoggiava già lo spesso mantello di cui avrebbe avuto bisogno all'arrivo dell'inverno. Assomigliava poco alle belle creature che i miei genitori cavalcavano, ma era mio personale, e lo avevo chiamato Liberty in segno di gratitudine.

La strada saliva tagliando, dritta come una freccia di frassino, la brughiera nota col nome di Stainmore. Come le città e i porti, le strade erano state trascurate dai tempi in cui erano partite le Legioni e ora noccioli, salici, prugnoli e rovi crescevano fin sui margini del selciato, invadendo i bordi della strada che un tempo venivano tenuti sgombri. Tra queste piante e le erbacce che spuntavano tra le pietre, sembrava che la natura stessa cercasse di annientare l'arroganza di una simile opera.

C'era comunque ampio spazio per il nostro corteo: stendardi, guardie del corpo, guerrieri, scudieri, servitori e liberi artigiani (mio padre non voleva schiavi), oltre ai cuochi, ai fabbri e a tutti coloro che formavano la corte reale. Edwen il bardo, essendo zoppo, viaggiava in un carro con le donne, e Rhufon stava in coda con i garzoni di stalla e i bagagli.

Gli spostamenti di una corte sono sempre animati e chiassosi. Quando le strade sono buone e il tempo favorevole, regna un'atmosfera festosa, in cui il tintinnìo dei finimenti, lo scricchiolìo delle ruote, le risate e il fruscìo degli stendardi creano una sorta di musica. Quello era il canto del mio mondo, così come il suono dell'ascia è un inno per il figlio del guardaboschi.

Più avanti cavalcavano i miei genitori, mio padre sul grande stallone dello Shire che usava per andare in guerra e mamma sulla sua giumenta gallese Piedipiuma. Dicevano che la cavalla saura discendesse da una linea iniziata da Giulio Cesare ed era l'animale più bello che avessi mai visto. Quella mattina scalciava allegra e giocosa nella limpida aria fresca. Il suo mantello era dello stesso color rame brunito dei capelli di mia madre. Un giorno mi ero alzata presto per andare alla chetichella al recinto dei cavalli e avevo trovato, nella luce dell'aurora, i miei genitori che trottavano verso casa dopo qualche loro avventura privata. Mamma aveva i capelli sciolti che le scendevano ben al di sotto dei fianchi, e dove raggiungevano il dorso del cavallo era difficile distinguerli da questo. La guardai ora, mentre cavalcava con uno stile così naturale che poteva fare a meno della sella, e mi chiesi se lei e l'animale fossero gemelli, tanto si muovevano all'unisono.

Non potevo udire la conversazione, ma dal modo in cui Piedipiuma scrollava la testa e mamma alzava il mento e guardava mio padre di lato, capivo che stavano ridendo e scherzando. A un certo punto mamma si girò e indicò le colline, dove bruciava il fuoco ramato dell'autunno.

Mio padre allora rise scuotendo la testa e tenendo salda la cavalcatura con le cosce. Dovevano aver preso una decisione, poiché all'improvviso si lanciarono alla testa del corteo, correndo in preda alla semplice gioia di vivere. Li vidi sparire oltre la cima della più vicina altura e pensai come sarebbe stato bello essere adulti e cavalcare liberi nel vento invece di andare al passo col resto della carovana.

Poco dopo Kaethi venne trottando al mio lato indicando una grande quercia su una vicina cresta.

«Dicono che nei tempi antichi gli dèi vivessero nelle foreste» disse la guaritrice cercando di nascondersi sotto il velo un ciuffo di capelli bianchi. «Allora gli dèi non entravano negli edifici e negli ambienti stretti e oscuri. Quindi i luoghi più sacri erano all'aperto, sotto il grande cielo. Ma adesso è cambiato tutto. Sono arrivate le Legioni con i loro piccoli templi squadrati e i seguaci di Mitra hanno scavato nella terra siti sacri scuri come caverne. Anche i cristiani hanno rinchiuso il loro dio in una costruzione» aggiunse pensando senza dubbio al monastero di Whithorn. «Non so se faccia molta differenza, al chiuso o all'aperto, sottoterra o in cima agli alberi... Ho visto abbastanza luoghi sacri per pensare che siano fatti per i fedeli e non per il dio.»

Kaethi sapeva più cose sul mondo di chiunque altro a corte, poiché era nata in una città commerciale sul Vallo, ai tempi in cui il ricordo delle Legioni era ancora fresco. Era cresciuta orfana nei vicoli di Vindolanda ed era stata catturata giovane per essere venduta come schiava e fare poi la spola da un capo all'altro del Vallo a seconda dei capricci del destino. Solo il suo spirito pronto e un ostinato desiderio di sopravvivere l'avevano tenuta in vita. Ovunque fosse andata aveva imparato nuove storie su strani dèi e usanze straniere, seguite ancora dai discendenti dei Legionari nelle terre lontane. Ma soprattutto aveva appreso le pratiche curative di molti luoghi. Era anziana, anche se non vecchia come Nonny, già quando mio padre l'aveva comprata e le aveva reso la libertà in cambio delle sue prestazioni mediche. Si era resa utile anche per altri aspetti, dato che non si stancava mai di condividere il suo sapere.

Fece un ampio sorriso rugoso che sembrava schernire un mondo che prendeva se stesso troppo sul serio e strinse gli occhi chiari nello sforzo di vedere meglio la quercia sulla cresta.

«È una macchia di vischio là, presso la corona?»

Era un gioco tra noi: mi indicava qualcosa e io le dicevo ciò che vedevo, poiché fin da bambina i suoi capelli erano bianchi e i suoi pallidi occhi acquosi troppo deboli per distinguere chiaramente le cose. Sembrava così strana in questa terra, dove i coloriti erano vivi e gli occhi scuri e penetranti, che alcuni sussurravano fosse di origine sassone. Ma proprio ciò che la distingueva l'aveva protetta all'epoca della schiavitù, poiché nessuno osava fare del male a una creatura così evidentemente toccata da un dio, temendo che questa divinità potesse vendicarla.

«Vischio?» ripetei fissando la massa scura tra i rami dell'albero. «Forse. O magari è un nido di scoiattolo. Qualcosa c'è... Andiamo a vedere?»

«No, no, bambina! Non voglio rischiare una sgridata di Nonny solo per soddisfare una curiosità del momento. E comunque possiamo chiedere a un druido la prossima volta che ne viene uno a corte. Sanno sempre dove trovare l'erba sacra.»

I druidi, come tutti gli altri religiosi, scarseggiavano in quel periodo, e si spostavano da un capo all'altro del paese a seconda delle necessità. Tutti li rispettavano, ed essi andavano e venivano tra i regni in completa sicurezza, senza tener conto delle guerre. Non mi sentivo a mio agio con loro, con i loro incantesimi segreti e dichiarazioni solenni. Preferivo imparare sugli dèi da Kaethi.

Cavalcammo per un tratto conversando animatamente e non mi accorsi neanche che i miei genitori erano tornati tra noi, finché mia madre fermò Piedipiuma vicino a me.

«Come va la mia bambina?» chiese spingendo indietro il cappuccio e facendo un cenno a Kaethi. Aveva il colorito acceso e gli occhi le splendevano di felicità. «Non sei stanca di cavalcare tutto il giorno?»

Scossi energicamente il capo mentre Kaethi rideva.

«È senz'altro figlia di sua madre» affermò la vecchia «e pare che questo venga da lontano.»

Sapevo che si riferiva al nostro antenato che era calato dal

Nord e aveva sottomesso gli Irlandesi sulla costa del Galles. A volte Edwen cantava di lui alla corte: «Cunedda dal cuore di leone, Cunedda dai novecento cavalli...». Mia madre lo aveva conosciuto, ma io no. Ero comunque fiera del nostro lignaggio.

Quando superammo l'ultima cresta il vento si raffreddò e l'alito dei cavalli prese a formare morbidi sbuffi di vapore. Sulla foresta volavano nuvoloni ed ero contenta di essere quasi giunta a casa.

Sotto di noi si stendeva il fiume. Sulla riva opposta gli abitanti del villaggio vennero a salutarci. Quando raggiungemmo il margine del guado si levò un'acclamazione e vidi Llyn, la figlia del formaggiaio, intrufolarsi tra le prime file e farmi frenetici gesti di saluto. Avevo compagni di gioco sparsi in tutto il regno di Rheged, ma non c'era nessuno che mi facesse più piacere vedere. Le risposi con gioia, e avrei subito spronato Liberty se Kaethi non fosse intervenuta con decisione.

«Tocca al re e alla sua signora chiedere per primi il permesso di entrare e tu non ti intrometterai piazzandoti davanti a loro solo per l'euforia.»

Allora tirai le redini e restai seria e compunta al mio posto. I vivaci stendardi sventolavano nel cielo che si oscurava, mentre gli arpisti, gli zampognari e gli altri musici locali marciavano con noi segnando il ritmo con la musica e rendendo l'atmosfera ancor più festosa. La gente sorrideva e agitava le braccia ai due lati della strada. Io feci un largo sorriso a Llyn quando le passai vicino. Chi riconosceva un amico o un parente nel corteo si univa a noi e presto l'intera popolazione ci accompagnò alla nostra residenza invernale.

L'ingresso ufficiale di un re è spesso così, ma in passato l'avevo visto solo dal carro e non sapevo quanto fosse entusiasmante esserne un'attiva partecipante. Da allora in poi ho fatto molte entrate più trionfali, in groppa a cavalli più eleganti, ma non ho mai sentito un piacere e un orgoglio maggiori. Quella fu forse la prima volta in cui provai cosa significa essere di famiglia reale.

Una volta entrati nel cortile svanì ogni formalità e alle rumorose risate di benvenuto si mescolarono espressioni di sorpresa e sospiri di sollievo man mano che le signore scendevano dai carri. Nonny porse il giovane principe a mia madre e Llyn si fece largo correndo tra la folla quando smontai dal pony. Ci avviammo verso la stalla, dove intendevamo asciugare il sudore del mio destriero, ma Rhufon mi prese le redini di mano e ci cacciò via.

«Non voglio tra i piedi un paio di ragazzine ridacchianti» bofonchiò, e Llyn si fece indietro a testa bassa.

«Non prenderlo sul serio» le dissi mentre ci avviavamo verso la cucina. «Sembra molto più burbero di quanto sia in realtà.»

Era la tipica prima serata, quando i viaggiatori esausti devono affrontare i festeggiamenti di chi è felice di rivederli a casa. Ovunque scoppiavano risate e regnava la confusione. Noi ci facemmo strada tra la gente e ci lanciammo nella grande sala.

Il fuoco era ridotto a brace nel focolare centrale e vi erano appesi sopra con le catene enormi pentoloni di stufato fumante. Stavano sistemando alcune tavole su cavalletti e preparando gli scranni intagliati per il Consiglio che si sarebbe riunito dopo cena. Io e Llyn trovammo un angolo tranquillo e buio sotto il soppalco e ci sedemmo a parlare.

«Mi sono rotta un braccio» disse lei rimboccandosi una manica della tunica e mostrandomi un braccio leggermente storto «cercando di tendere una trappola nel bosco.»

Neppure gli adulti si avventuravano nella foresta da soli. Guardai ammirata la mia amica e feci scorrere con curiosità un dito sulla cicatrice lucida. «Sei andata nel bosco?»

«Non da sola, c'era anche mio fratello. Ed eravamo ai margini del pascolo. Si vedeva l'osso e mi faceva molto male, e mamma disse di volermi portare dalla Signora perché mi aiutasse.»

«Hai visto la Signora del Lago?» L'idea mi sconvolgeva e mi entusiasmava insieme, poiché non avevo mai conosciuto nessuno che avesse davvero incontrato la Somma Sacerdotessa, anche se naturalmente tutti sapevano di lei.

«No» rispose Llyn scuotendo la testa e ricoprendo la cicatrice con la manica. «Mamma me lo ha avvolto con foglie d'olmo ed è guarito da sé, restando un pochino storto. Così non sono andata al Santuario.» Ridacchiò e chinò la testa da un lato. «Papà fece una scena terribile quando mamma lo propose. Afferrò un pezzo di tela e se lo mise sulle spalle come uno scialle, poi cominciò a camminare zoppicando avanti e indietro nella stanza, prendendo in giro la Signora. Mamma era sconvolta e terrorizzata, e per sicurezza faceva il segno contro il male.»

A questo punto la stessa Llyn fece il rapido gesto con la mano e io la imitai, poiché schernire la Sacerdotessa era quasi come bestemmiare contro gli dèi.

«Comunque, chi vuole vedere una vecchia druida sfinita, troppo debole e fragile persino per andare tra la sua gente?» concluse la mia amica.

Mi chiesi se avesse ascoltato dei cristiani, che biasimavano tutti gli dèi tranne il proprio, ma prima che avessi il tempo per chiederglielo cominciò a parlare del capretto a due teste che era stato partorito quella primavera e dei riti che erano stati fatti dopo la sua morte.

Io a mia volta le parlai di Liberty, dei puledri che Rhufon aveva domato durante l'estate e della nave da carico che si era arenata nella Baia di Morecambe.

Era scivolata nell'estuario come una creatura dell'Aldilà, gigantesca sull'acqua, e si era incagliata nella sabbia. Il mostro era rimasto là tutto il giorno. Non avevo mai visto un'imbarcazione simile. Le nostre barchette di vimini si sarebbero subito disincastrate per riprendere a navigare, ma questa cosa sovrastava gli uomini e il mare come una fortezza galleggiante di legno e cuoio. Aveva al centro alti alberi diritti con pezzi di tela che sventolavano legati ai rami, ed era piena di marinai che imprecavano in una lingua incomprensibile. Infine il capitano portò a riva il carico per alleggerirla e fare qualche scambio. Mamma decise di prendere alcuni gioielli e un pezzo di tessuto lucido del colore delle mele verdi in cambio di un po' di carne salata e di un paniere di cavoli.

«Quella tela è tutta luccicante» dissi cercando di descrivere la seta. «Liscia e morbida e... come le ali delle farfalle. Kaethi dice che viene da una terra situata oltre il sorgere del sole. Mamma ne ha comprato un pezzo verde e mi ha promesso di foderarmi il cappuccio con gli avanzi, se ce ne saranno dopo che si sarà fatta un vestito. E ha preso anche una collana di avorio con perle d'ambra.»

«Ambra?» La mia amica spalancò gli occhi dalla sorpresa. «Quelle perle sono davvero magiche? Si possono usare per chiamare gli dèi?»

La sua brama di immischiarsi con gli dèi mi metteva a disagio e mi sentii risollevata quando una domestica inciampò quasi su di noi, evitandomi di rispondere.

«Fuori dai piedi, bambine! Non vedete che stanno arrivando il re e la regina?» gridò la donna ficcandoci in mano vassoi di legno zeppi di focacce d'avena e spingendoci verso la tavola più vicina. «Non c'è tempo da perdere in chiacchiere quando bisogna servire in tavola.»

E il giorno si tramutò dolcemente in notte con la consueta abbondanza. La sala si riempì delle voci di uomini e donne liberi che mangiavano ridendo e scherzando, e quando le ciotole furono svuotate e i commensali pulirono i coltelli e si leccarono le dita, si portò l'idromele e si smontarono le tavole. Fu formato il circolo e il Consiglio ebbe inizio.

Un uomo aveva notizie del gruppo di Strathclyde e un altro aveva tenuto d'occhio i vicini di Northumbria. Come sempre gli uomini di re Urien attraversavano il nostro confine sui Pennini, reclamando una fattoria o portandosi via una mucca. Un pastore di Alston aveva perso l'intero gregge per via di una strana malattia e si discusse se bisognasse o meno punire chi trascurava le antiche usanze. Emerys il mugnaio riferì sul raccolto di quell'anno, su quanto grano aveva macinato e qual era stata la resa. E i cavalieri parlarono dei loro animali, mentre qualcuno cercava di prendere accordi per far sì che lo stallone del re montasse le loro cavalle.

Mamma sedeva vicino a mio padre sul suo scranno intagliato, ascoltando attentamente e intervenendo a volte nella discussione. Ma sapevo che era in attesa di Nonny, e quando la vecchia entrò e fece cenno che il giovane principe era pronto per andare a letto, mamma si alzò e ringraziò tutti per averci accolto con tanto calore.

«È sempre un piacere stare tra voi» disse con garbo scusandosi e avviandosi verso le scale del soppalco. Si muoveva in silenzio nell'ombra, stando attenta a non disturbare chi era già avvolto nei mantelli per la notte e mezzo addormentato. Sorrisi ricordandomi di come, quando ero molto piccola, venisse sempre a darmi il bacio della buonanotte e a cantarmi una ninnananna.

Per la notte si posero tra le braci un paio di ceppi ben secchi, in modo che non fumassero. Io e Llyn ci avvicinammo al focolare e ci rannicchiammo tra i cuccioli. Sussurravamo assonnate e ci davamo di gomito mentre gli adulti discutevano delle voci secondo cui Uther, Sommo Re di Britannia, stava preparando per la primavera un'offensiva contro i Sassoni nel Sud. Ci si chiedeva se il nostro vicino Urien si sarebbe unito al Sommo Re per questa spedizione o se sarebbe rimasto al Nord ad attaccarci sui confini con continue scorrerie.

Io ero nel dormiveglia e mi importava poco di ciò che i monarchi più potenti volessero fare. Era abbastanza essere tornata ad Appleby e sorrisi contenta quando Edwen prese l'arpa e ci avvolse tutti con i canti e le storie familiari.

4

Samhain

Eravamo ad Appleby da circa due settimane quando un druido arrivò a grandi passi su per la collina e attraversò la doppia porta della palizzata. Io ero nel canile ad aiutare a fasciare le ferite di un cane che era stato infilzato due giorni prima durante una battuta di caccia al cervo. Mi sfuggì quindi il trambusto causato dal suo arrivo. Ma quando, una volta finito, andammo a lavarci all'abbeveratoio, anche i garzoni di stalla stavano già parlando del visitatore e discutendo su chi fosse e cosa volesse.

Quella sera la grande sala era affollata, poiché la notizia della presenza di un druido viaggia con il vento, e dopo cena si formò il circolo del Consiglio. Coloro che non rivestivano una posizione tale da avere uno scranno, sparsero tappeti e cuscini e si accomodarono per terra. Trovai Kaethi sul lato opposto del focolare, e non appena mi rannicchiai presso di lei per assistere alla scena una delle dame di mamma mi toccò la spalla.

«Devi andare di fianco alla regina» sussurrò.

La guardai stupita e lei aggiunse con fermezza tirandomi la tunica: «Subito».

Non mi ero mai avvicinata a mia madre sul suo scranno regale e lo feci con un misto di entusiasmo e cautela. Delle questioni di disciplina si parlava in famiglia e non davanti alla corte, quindi non pensavo di essere nei guai, ma non capivo perché fossi stata convocata. A giudicare dall'espressione di riserbo sul volto di mia madre, però, non era il momento di fare domande.

Mi indicò il poggiapiedi vicino a lei e io mi sedetti, mentre mio padre dava inizio alla riunione e calava il silenzio sul gruppo.

«Abbiamo il privilegio di avere tra noi un ospite speciale» disse il re guardandosi attorno e facendo un cenno di benvenuto allo straniero. «Cathbad il druido ha chiesto il permesso di portare al Consiglio un messaggio della Somma Sacerdotessa.»

Il nuovo venuto si alzò e andò al centro del circolo. Era snello e di bell'aspetto, e avrebbe potuto essere un guerriero di Nidan se non avesse indossato l'abito bianco da saggio. I druidi erano in genere vecchi e scontrosi, e io guardai ammirata questo giovane che rivolgeva ai miei genitori un rispettoso inchino formale. Quando questi risposero con un cenno del capo, egli si girò verso il Consiglio e osservò attentamente tutti gli uomini riuniti prima di sorridere.

«È un piacere essere qui tra voi.» Parlò con voce piena e armoniosa per attirare l'attenzione. «E vi porto i saluti personali della Signora del Lago. È in buona salute e vi benedice, contenta che molti stiano tornando alle antiche usanze. L'abbondanza dell'ultimo raccolto dimostra che gli dèi sono soddisfatti della loro gente e ci hanno donato una messe generosa.»

Fece una pausa e guardò le braci nel focolare, mentre gli ascoltatori davano segni di gioia e di assenso. Llyn mi faceva delle smorfie e io volsi in fretta lo sguardo al druido per evitare di ridere. La pressione della mano di mamma sulla mia spalla bastava per ricordarmi come mi dovevo comportare.

«In realtà» continuò il visitatore con la sua voce dorata che scaldava l'atmosfera «la Signora lo vede come un segno dell'approvazione di Morrigan per la recente riapertura della scuola al Santuario.»

Mentre nominava la triplice dea della guerra, della morte e del desiderio carnale, fece il gesto contro la bestemmia e molti membri del Consiglio lo imitarono.

«Nei tempi antichi era costume mandare alla sua scuola i migliori giovani uomini perché vi apprendessero le arti della guerra. Era molto tempo fa, prima dell'Impero, quando gli eroi e i grandi guerrieri venivano visitati da Morrigan in persona. Non esisteva un'educazione migliore e anche i prìncipi del continente venivano mandati al Santuario della Signora per imparare.»

Si inoltrò nel discorso tessendo un incantesimo di memorie gloriose dei tempi passati, mentre noi bevevamo le sue parole come miele. Eroi preferiti e celebrate battaglie prendevano vita tra le ombre proiettate dal fuoco e nella magia della sua voce si coglievano bagliori di ornamenti d'oro e scudi decorati.

«Quelli» disse abbassando la voce fin quasi a un sussurro «erano i tempi prima dell'arrivo delle Legioni dal cimiero rosso, con i loro eserciti in marcia e l'ordine di annientare le antiche usanze.»

Nella sala regnava il silenzio, come se tutti stessero meditando tristemente su vecchie ferite. Una fiammella salì scoppiettando dal ceppo nel focolare.

«Ma quei druidi che sfuggirono al massacro di Anglesey non lasciarono morire le tradizioni né si arresero al pensiero romano. Proteggendo la Signora per generazioni hanno mantenuto il sapere intatto, hanno tramandato la memoria e tenuto fede al sogno di risvegliare un giorno il potere offerto dagli antichi dèi.» La sua voce, ora piena e maestosa, aveva toni trionfali. «Adesso finalmente le sorti sono cambiate. È venuto il momento di riconoscere la nostra eredità e di ascendere ancora una volta alla gloria!»

«Bene! Bravo!» gridò uno dei guerrieri dall'altro lato del focolare. Il druido si girò, prese il suo calice e lo alzò in segno di silenzioso tributo all'assemblea. Dopo aver versato a terra le prime gocce come offerta agli dèi, bevve con entusiasmo e un'ondata di approvazione percorse il circolo, per disperdersi quando egli abbassò la coppa.

«Che cosa si potrebbe fare di meglio per assicurare il successo alle generazioni future che rifondare la scuola e mandare i giovani di famiglia reale a studiare al Santuario della Signora? Questa volta l'insegnamento sarà più generale; non si trascurerà la preparazione alla guerra, ma ci saranno anche lezioni sul sapere dei druidi, la storia, la scienza e la letteratura. Si insegneranno anche le arti mediche, in modo che i capi del futuro siano a conoscenza di tutte le dottrine segrete della dea. La Signora ha cominciato a radunare studenti per questa grande impresa quando re Ban di Bretagna le ha mandato suo figlio Lancillotto, e il numero di studenti è cresciuto di anno in anno. Ora» disse voltandosi lentamente verso i miei genitori «Ella richiede l'onore della presenza dei vostri figli nella sua scuola.»

Le dita di mamma si strinsero sulla mia spalla nel silenzio che seguì l'invito del druido. Tutti noi nella sala trattenemmo il respiro e sentii un tizzone sgretolarsi in cenere nel camino. Mia madre si rilassò mentre il druido andava a posare il calice presso la sua sedia, e quando egli si raddrizzò per guardarla, lei sorrise. La paura che le aveva fatto stringere così forte la mia spalla era passata e la sua voce era calma e decisa.

«Mio buon signore, è con grande abilità che svolgete il vostro compito. Si vede subito che sarete, o forse già siete, un ottimo portavoce tra le genti e gli dèi. Siamo lieti di avere un simile ospite alla nostra corte. Siamo sempre stati onorati del fatto che la Signora vivesse nel nostro regno e di godere delle sue benedizioni e del suo sapere. E proteggendo la nostra terra dagli invasori abbiamo voluto proteggere anche Lei.»

Fece una pausa e prese la sua coppa lasciando il tempo di riflettere sulle sue parole. La seguivamo con la stessa attenzione con cui avevamo seguito Cathbad, poiché i poteri della Signora erano leggendari e si correva un rischio rifiutando una sua richiesta. Lentamente, mamma alzò il calice e rese onore al druido.

«Vi prego di dirLe che La ringraziamo per la Sua offerta di educare il principino, ma egli è ancora un infante e non ha nemmeno fatto i primi passi. E vorrei tenere la principessa con me poiché ci sono molte cose che deve ancora imparare sul governo della corte.»

«La Signora sperava...» prese a dire Cathbad, come se la questione fosse ancora aperta.

Mamma lo interruppe con tono gentile ma deciso. «So che l'istruzione dei giovani nella storia, nella scienza e nelle arti mediche è di sommo valore, ma dobbiamo fare il meglio che possiamo nella nostra famiglia. Con una situazione ancora così instabile, sono sicura che la Signora comprenderà.»

Per la prima volta Cathbad guardò il re per vedere la sua reazione. Mio padre fece un grave cenno di assenso.

«È come è stato detto» affermò chiudendo l'argomento. «Forse in futuro potremo riconsiderare la questione. Ora dobbiamo ancora sentire le altre vostre notizie: il Consiglio è ansioso di sapere cosa succede nei regni più lontani. Venite per caso dal Sud e sapete come vanno le cose dal Sommo Re?»

Così passò quel momento, e sfumò per me l'occasione di andare a vivere dalla Signora. Mi appoggiai alle ginocchia di mamma, chiedendomi, piena di meraviglia e di curiosità, come sarebbe stata la vita al Santuario. Rhufon ne aveva parlato una volta, dicendo che era stato la casa di molti grandi uomini quando erano bambini. Ma per la prima volta sentivo che ci potevano andare anche le ragazze. Mi chiesi quanti altri fossero stati invitati e se i miei genitori ci avrebbero ripensato. L'idea di studiare al Santuario mi entusiasmava: come minimo, avrei imparato con la Sacerdotessa l'arte di cambiare forma e, nel caso migliore, sarei potuta diventare un guerriero.

Mi chiesi perché i miei genitori avessero ritenuto opportuno rifiutare l'invito e decisi che lo avrei chiesto a Kaethi la mattina dopo. Intanto il druido continuava a riportare notizie.

Era stata un'estate tranquilla al Sud, poiché i Sassoni erano rimasti nel loro territorio lungo il margine orientale dell'isola.

«Re Uther pattuglia attentamente la zona, ma corre voce che sul continente ce ne siano altri che si preparano per una grande invasione. Vuole che tutti i re vassalli gli assicurino che i loro guerrieri saranno pronti in caso di bisogno.»

Gli uomini di mio padre annuirono energicamente e tutti sembrarono assentire, dato che, sebbene non avessimo contatti con i Sassoni qui nel Rheged, si diceva fossero crudeli e terribili schiavisti. Non pensavo però che potessero essere peggio degli Irlandesi, poiché Nonny diceva che questi ultimi collezionavano teste, costume che qui in Britannia avevamo abbandonato da tempo.

In ogni modo era un soggetto che non mi interessava e fui contenta quando si passò a parlare di Samhain. Mio padre invitò il druido a partecipare alla nostra festa di fine anno ed egli accettò, purché avesse il tempo di sbrigare gli incarichi affidatigli dalla Somma Sacerdotessa.

Mi alzai e mi vestii alle prime luci dell'alba e corsi a vedere se la guaritrice fosse nella sua stanza presso la cucina. Bussai e mi rispose un mormorìo sommesso. Entrai subito e prima ancora che la tendina della porta smettesse di dondolare mi sedetti sullo sgabello a tre gambe vicino al letto.

«Kaethi, sapevi che la Signora del Lago mi avrebbe convocata per studiare con lei?» le chiesi prima ancora che ci scambiassimo i saluti.

La mia venerabile amica finì di legarsi il sacchetto di erbe alla cintura, poi si girò a guardarmi con un sorriso sghembo, come a chiedermi perché non ci avessi pensato prima.

«Bene, diciamo che non mi sorprende, anche se non penso che "convocata" sia la parola giusta. Non ha abbastanza potere da comandare a re e regine di frequentare la sua scuola.»

«E prima lo aveva? Nei tempi antichi?»

«Che cosa sappiamo noi dei tempi antichi se non le dicerie e le storie ricamate dalla memoria per renderle più vive?»

La vecchia si avvicinò al letto e si sedette per calzare i morbidi stivali di pelle.

«Lo faccio io» mi offrii, e quando mi appoggiò un piede in grembo mi concentrai sul compito. «Ma perché i miei genitori non mi lasciano andare?»

«La vera domanda è perché la Signora ha chiesto di te. C'è qualcosa dietro al suo interesse amichevole per il tuo sviluppo mentale. Non ingannarti, bambina mia.»

Kaethi abbassò il primo piede e alzò lentamente l'altro. La fibbia di questo stivale si era piegata e dovetti tirare insistentemente la linguetta per metterla a posto. La mia saggia guida non lo notò neanche, immersa com'era nelle sue riflessioni.

«La Signora e i suoi sacerdoti sono un piccolo gruppo, conosciuto più nei racconti che di persona. Ma ora che i giorni pacifici dell'Impero sono finiti, ogni religione sta facendo nuove reclute. Stanno tutte cercando sangue fresco e nuovi vantaggi politici. Non sarebbe niente male per lei educare una bella e giovane principessa, in modo che quando un giorno sarà una grande regina...»

La sua voce si era fatta tenue e sognante e con lo sguardo velato vedeva cose che io non vedevo. Trattenni il respiro mentre Kaethi esplorava il futuro. Dopo un attimo sospirò e scosse la testa.

«I tuoi genitori stanno facendo una cosa saggia, signorinella. Non sei destinata a diventare una pedina nel gioco di qualcun altro.»

Finii di allacciarle lo stivale, e lei si alzò e si scosse come un uccello che si mette a posto le piume, volendo quasi sistemare tutto con quel gesto.

«Che altro hai visto, Kaethi?» chiesi speranzosa.

Mi lanciò un'occhiata affettuosa, poi sorrise. «Questa è l'alba di un giorno splendido e non bisogna trascurare gli spiriti della libertà e della luce, quando ci sono.» Si fermò sulla soglia tenendo aperta la tenda per farmi passare. «Ma forse, non ti farebbe male farti istruire dal druido qui a corte. Per quanto riguarda la Signora, pare che dovrà aspettare un po' di tempo prima di fare la tua conoscenza.»

Dopo di che i giorni passarono come una manciata di foglie variopinte, pieni di animazione e di attività. Io e la figlia del formaggiaio eravamo inseparabili: correvamo dentro e fuori dalle nostre rispettive case come fossimo sorelle adottive... ci arrampicavamo sui meli per raccogliere gli ultimi frutti rimasti... correvamo alle porte quando la partita di caccia portava un grande cinghiale appeso a un palo tra due guerrieri... mungevamo le mucche mentre pascolavano nel campo o scremavamo il latte nei bassi bacini di pietra nel recinto dei latticini.

E ovunque ci girassimo c'erano mele: sparpagliate sui ripiani a seccare o sistemate nei barili da portare in cantina, cotte come conserve con miele e spezie oppure pigiate in botti da sidro per l'inverno. La loro fragranza ci riempiva le giornate di un profumo inebriante e noi vi correvamo in mezzo come due mici nell'erba gatta.

Quando il raccolto si avviò al termine cominciarono le preparazioni per Samhain, il giorno in cui muore l'anno vecchio e inizia quello nuovo. Ci si riunisce per fronteggiare il cambiamento di stagione e, se è il momento più importante e sacro dell'anno, è anche il più gravoso.

In tutta la Britannia gli animali che non possono essere nutriti durante l'inverno devono venire sgozzati entro la fine di quel giorno, e tutte le preparazioni si devono concludere entro il tramonto del giorno precedente, poiché Samhain inizia al crepuscolo. È il tempo in cui gli spiriti dei morti tornano per scaldarsi prima dell'inverno e si dissolve il confine tra questo e l'Altro Mondo.

Naturalmente gli antichi dèi sono sempre vicini, e folletti, elfi e spiriti sono attorno a noi ogni giorno. Ma nella notte di Samhain c'è una differenza, poiché essi adescano, rubano, comprano o barattano le anime degli uomini, e chiunque venga trovato lontano dal focolare probabilmente sparirà prima del mattino. Tutti sanno che l'Aldilà è un luogo di bellezza e delizia, come la Terra dell'Eterna Giovinezza, ma è anche pieno di pericoli e paure ed è sempre retto da poteri oltre il controllo umano. Così tutti noi osserviamo gli antichi riti e quella notte restiamo a casa.

Giù nel prato dove curvava il fiume gli uomini stavano già da parecchi giorni controllando i recinti del bestiame e fissando i paletti, mentre il fabbro affilava i coltelli da macellaio. Il grande calderone fu portato nel cortile della cucina e le donne si impegnarono a lucidarlo strofinandolo con batuffoli di lana e argilla. Posato sul suo treppiedi brillava debolmente al sole di ottobre, come un simbolo della pienezza della vita e della morte.

«Quanto è vecchio?» chiese Llyn intrufolandosi tra le donne al lavoro per guardare meglio le figure in rilievo che lo contornavano.

«Nessuno lo sa» rispose una serva lucidando ciò che si dimostrò essere una testa di cervo.

«Scommetto che Kaethi lo sa» intervenne un'altra.

«Kaethi non ha niente a che fare con questo» dichiarai con fierezza, convinta che l'oggetto fosse malvagio e di cattivo auspicio.

«Non è saggio parlare per gli altri, signorinella.»

La voce familiare veniva dalle mie spalle. Trasalendo mi girai per trovare Kaethi sulla soglia della cucina.

Il silenzio cadde sul cortile mentre le donne le facevano un varco per farla passare. Ella si avvicinò lentamente all'enorme recipiente.

L'orlo arrivava alla vita della guaritrice, che si chinò per studiare più attentamente i rilievi, strizzando gli occhi per distinguere le forme. Mi faceva pensare a un uccellino che scruta curioso da un fitto sottobosco. Avrei riso se non fosse stato per la sua espressione solenne.

«Molti degli antichi dèi avevano calderoni» mormorò rivolgendosi più a se stessa che agli altri. «Una volta ho sentito parlare di uno ancora più grande da qualche parte nel continente, dove ci può stare una persona intera a testa in giù.»

Per un attimo pensai che avrebbe sfiorato con le dita uno dei rilievi per capirne meglio il significato. Invece con un fremito rimise le mani nelle maniche e distolse lo sguardo dal recipiente, come ci si allontana da una vipera non volendola provocare. «Sembrano dèi e sacrifici... ed è meglio non porsi certe domande. Basta sapere che la sua presenza soddisfa le antiche usanze.»

Nella sua voce risuonava qualche conoscenza segreta e le donne tornarono al lavoro in silenzio come se fossero tutte in preda a un cupo, indefinito terrore. Il giorno prima di Samhain non era il momento per tentare il fato e tutti si impegnavano a prepararsi per l'indomani, poiché non ci sarebbe stato più tempo per riprendere i lavori non finiti. Catturai l'attenzione di Llyn e scivolammo via in silenzio.

Quel pomeriggio ci rifugiammo nel nostro luogo preferito sul ripido fianco della collina che scendeva al fiume, e dal pendìo boscoso guardammo da lontano la distesa accidentata del terreno. Un chiassoso stormo di corvi si era radunato nel Luogo Sacro presso la cima della collina dall'altra parte del fiume. Questi uccelli consacrati alla dèa della guerra, con le loro voci rauche e il loro portamento impettito, mi davano ai nervi.

«Mamma dice che il druido non è ancora tornato dal viaggio al Santuario» commentò la mia amica. «Dice che è di cattivo auspicio celebrare Samhain senza un druido.»

«Mio padre ha condotto i riti di Samhain da prima che io e te nascessimo» replicai. Mi sentivo particolarmente irritabile. «Non penso che faccia molta differenza che ci sia o no un druido che sta lì a guardare.»

«Zitta, zitta» rispose lei abbassando la voce. «Stavo pensando a stanotte... quando tutti gli spiriti saranno in circolazione. Che cosa gli impedisce di venire ai nostri letti e portarci tutti quanti via?»

Qualcosa aveva disturbato i corvi, che svolazzarono via schiamazzando e sbattendo le ali allarmati. Avrei voluto conoscere l'arte dei druidi per capire il senso del loro movimento.

«Hai mai sentito dire che abbiano rubato un essere umano

dentro la sua casa?» Mi voltai a guardarla sperando che la mia voce suonasse più sicura di quanto mi sentissi io. Llyn stava tracciando un segno nella terra e quando si accorse che la stavo osservando lo cancellò con un sorriso.

«Che cos'era?»

«Niente.» Scosse le spalle. «È solo un segno che mi ha fatto vedere papà. Glielo aveva insegnato un viaggiatore.»

«Il segno cristiano?»

«Credo. Papà ha detto che quel viaggiatore aveva passato un po' di tempo con il sant'uomo che vive nelle grotte presso l'Eamont, quindi dev'esserlo.»

Mi raccolsi le ginocchia sotto il mento. Avrei voluto avere il mio mantello di pelliccia, poiché il pomeriggio si era improvvisamente rinfrescato.

«Pensi che ti proteggerà stanotte?»

«Forse. Ma andrò comunque a letto prima del buio!» Rise. Sapevo che avrei fatto lo stesso e risi con lei.

Lasciammo il nostro rifugio e ci arrampicammo su per il sentiero fino allo steccato in cima alla collina. Udimmo il rumore del bestiame portato al macello e guardammo giù dal pendìo per vedere le dozzine di animali che si agitavano nei diversi recinti. Erano arrivati i conciatori, trascinando le loro slitte vuote, e coloro che non avevano amici o parenti presso i quali trascorrere quella notte erano impegnati a montare una tenda di pelle per proteggersi dagli Spiriti, che si aggiravano furtivi. Pensai che li avrebbe riparati solo dalle intemperie, ma forse la magia di Samhain consisteva nello stare insieme ai propri congiunti e non tanto dietro salde mura.

Io e Llyn ci salutammo, in modo da avere tutto il tempo per arrivare a casa prima del crepuscolo. Io l'abbracciai per augurarle buona fortuna. Non avevamo mai conosciuto nessuno che fosse scomparso a Samhain, ma alcuni a corte si ricordavano di corpi trovati nei boschi col volto irrigidito dalla morte e dal terrore, privati dello spirito senza segni di ferite o di lotta. E altri, dicevano, erano completamente spariti senza lasciare traccia.

Quest'anno la notte sacra era tranquilla. Non c'era vento né si sentivano lamenti misteriosi che turbassero la pace. Rannicchiata comodamente sotto le coperte di pelliccia, ero contenta di starmene al sicuro sul soppalco. Il tenue e caldo bagliore della candela penetrava nella fessura tra le tende che separavano il mio cubicolo dall'ampio locale dove i miei genitori parlavano a bassa voce. Nel suo angolo Nonny cominciò a russare col suono ritmico che conoscevo fin da quando, da piccola, le dormivo accanto. Pensai ai conciatori nella tenda sul fiume e, come molti altri quella notte, pregai che nulla disturbasse il loro riposo.

A un certo punto, nel cuore della notte, mi svegliai al pianto intermittente del mio fratellino. Nonny smise improvvisamente di russare, andò a vedere il bambino, poi si riaddormentò e riprese. Doveva essere tardi, poiché la luce era spenta. Mi stupii del fatto che i miei genitori stessero ancora parlando. Tenevano la voce bassa e dapprima non riuscii a distinguere le parole, ma quando gli altri tornarono a dormire li potei sentire più chiaramente.

«Dillo alla gente, allora» affermava mamma in tono deciso. «Non ne hanno voluto sentir parlare quando sei stato ferito, e non penso gli importi adesso. Tu sei il re che vogliono e finché potrai chiamare gli uomini alla guerra e offrire loro saggi consigli in tempo di pace, ti seguiranno.»

«Sì, lo so che mi seguiranno. Non ne dubito.» La voce di mio padre era stanca. «Ma a volte penso che debbano avere un re più...» fece una pausa cercando la parola «più integro.»

«Leo! Come puoi dubitare della tua "integrità"?» Mamma era così colpita che dimenticò di abbassare la voce. «Magari zoppo. Storpio, se vuoi. Ma il potere di un capo non è nelle sue ossa, e molti sono diventati zoppi per via di vecchie fratture mal saldate. A loro non importa se barcolli un po'; la maggioranza non lo nota neppure, se vuoi la mia opinione. Non è come se tu fossi nato deforme, comunque.»

Mio padre ridacchiò sommessamente. «A volte, mia cara, penso che tu non veda neanche come sono cambiato. Non sono più il fiero giovane principe che ti ha rapita dal tuo promesso sposo in un'appassionata notte estiva e ti ha dichiarata sua moglie per diritto di possesso.»

«Tutti cambiamo» replicò mamma con calore, concentrata sul presente più che sul ricordo di ciò che a me sembrava la fuga più romantica del mondo. «Adesso siamo tutti e due più saggi e molto più assennati. Ma la cosa migliore che io abbia mai fatto è stata quella di rifiutarmi di tornare a casa dopo che ti eri rappacificato con mio padre. E per quanto riguarda le avventure in piena notte, non ce n'è più bisogno. Ciò che serve ora è un re con la mente chiara e un buon senso organizzativo; un custode della giustizia e un uomo che per la sua gente faccia qualcosa di più che non scorrerie per rubare il bestiame del vicino.»

Mio padre rispose pensoso e a voce molto bassa, ma io lo

sentii nel buio. «Le genti hanno diritto a un re che cammini tra loro eretto e fiero... che possa stare in piedi per più di qualche minuto senza sudare per il dolore e lottare contro la stanchezza. In questo periodo molti sono irrequieti e impauriti, ossessionati dal ricordo delle antiche usanze. Forse cominceranno a pensare che un monarca giovane e vigoroso potrebbe piacere di più agli dèi.»

Mamma sbuffò di sdegno e la sentii sedersi sul giaciglio di felce. «E i druidi non aiutano molto andando in giro a sussurrare di sacrifici "giusti." Ma i sudditi non si allontaneranno da un capo esperto solo perché invecchia al loro servizio. Il vecchio re Coel era ormai rimbambito e lo seguivano ancora!»

«Ma dietro di lui aveva la tradizione romana, almeno nella memoria» le rammentò mio padre. «E quella memoria sta dileguandosi in fretta. I più anziani sono morti e tra la gente in genere ne sono rimasti pochi che si siano spinti, di persona o col pensiero, almeno fino a Chester. Così cadono preda di favole sui grandi tempi antichi e perdono di vista ciò che è possibile nel presente. E quei vecchi racconti sul passato richiedono un re che ispiri timore, soggezione e ammirazione per la sua forza fisica, non per la sua abilità mentale. Ti dirò» sussurrò quasi «non ho problemi a governare la mia gente. Sono i riti, le tradizioni, i "fronzoli" se vuoi, che temo più di qualunque battaglia. Un reggente deve dedicare la sua vita al suo popolo e sacrificarla, se necessario. E questo sono pronto a farlo. Ma se un giorno dovessi balbettare durante una cerimonia, esitare o eseguire male un sacrificio, si comincerebbe a mormorare. E anche a parlare dell'antico e oscuro sacrificio.»

Emise un profondo sospiro e sentii che mamma si sdraiava di nuovo vicino a lui, calmandolo come se fosse un bambino agitato.

«Sei solo troppo stanco stanotte. Vedrai che domani scenderai dalla collina con tutta la maestà che si possa desiderare e tutti ti guarderanno con amore e ammirazione.» Dovette aggiungere qualcos'altro, poiché li sentii ridere piano, e la conversazione si interruppe.

Restai sveglia a lungo pensando a mio padre e, per la prima volta, al fatto che era storpio. Avevo sempre saputo che era zoppo e curvo, ma vedendolo sul suo cavallo o seduto al Consiglio non lo si notava neanche. In realtà non l'avevo mai considerato un inconveniente e l'idea che gli uomini potessero rifiutarlo a causa di ferite ricevute per il loro bene mi indignava. Che il fatto stesso di essere zoppo potesse diventare una minaccia per la sua vita mi sconvolgeva.

Maledizione ai druidi, pensai con ira rannicchiandomi ancor più sotto le coperte. Esseri noiosi che si impicciano sempre degli affari altrui... Per quanto mi riguardava potevano tornare tutti dalla loro Signora e affondare nel suo prezioso Lago!

5

L'inverno

Nonostante i timori di mio padre, l'indomani il sacrificio procedette bene. Mentre il sangue dei torelli scorreva nel calderone la gente cantava le vecchie canzoni e si compiaceva di come l'annata fosse stata proficua. Nessuno era inquieto o scontento e cominciammo il nuovo anno pieni di gioia e di speranza.

L'inverno sopraggiunse poco dopo, più presto del solito, portando con sé la Grande Corona del Nord, ampia e brillante nel cielo notturno, in strati di colori diversi. Spesso, quando il tempo era brutto o Llyn restava a casa sua, andavo nel locale degli attrezzi di Rhufon e mi sedevo presso la cassetta per le riparazioni.

Passavo ore a guardare quell'uomo anziano e robusto che masticava pensieroso un filo di paglia mentre le sue forti mani tendevano, tiravano e ricucivano briglie e finimenti, cinghie e bisacce. Mi aveva mostrato dove cercare i primi segni di usura e come giuntare un nuovo pezzo di cuoio, e io ero orgogliosa di vedere che il mio lavoro soddisfaceva le sue aspettative. E parlava sempre di animali.

Una volta mi parlò dei cavalli da battaglia ferrati per la guerra e addestrati a scalciare usando gli zoccoli come armi.

«Le Legioni avevano cavalli così?» chiesi, affascinata e insieme disgustata dalla spettrale presenza dei costumi romani.

«Non che io sappia. I Romani non avevano molti cavalli da battaglia, credo, anche se ne usavano certamente lungo il Vallo. Dicono che le Legioni combattessero soprattutto a piedi, come facciamo noi ora, ma loro sembravano un intero popolo in marcia, tanti erano.»

Cercavo sempre di immaginarmi come fossero i Romani. Lo chiesi una volta a Nonny e lei rispose sbuffando che erano malvagi, come pensava ogni buon celta. Kaethi rise e affermò che eravamo tutti Romani prima che partissero le Legioni e cominciassero i tempi duri. Rhufon disse semplicemente che non lo sapeva e non gli importava molto; a quanto pareva non si intendevano di cavalli, e quindi non valeva la pena di parlarne.

Un giorno entrai in cucina dalla scuderia e trovai mamma che frugava nell'armadietto delle spezie. Mi guardò e arricciò il naso.

«Santi dèi! Bambina mia, puzzi come una stalla. Che cosa hai fatto?» chiese con noncuranza per tornare subito alla sua ricerca senza aspettare risposta.

«Ho aiutato Rhufon» risposi con un'alzata di spalle, chiedendomi perché cercasse una spezia. Le erbe crescevano in abbondanza in tutti gli orti, ma i saporiti pezzetti di bacche e corteccia dell'armadietto delle spezie erano molto meno comuni. Nonny diceva che era barbarico cucinare con rametti di piante che non crescevano sul nostro suolo, ma Kaethi rispondeva che sarebbe stato triste limitarci ad aglio e cipolle per insaporire il nostro cibo. In ogni caso le spezie erano riservate per occasioni speciali ed ero curiosa di sapere perché mamma ne cercasse adesso. «Che cosa stai cucinando?»

«Inizio a fare le focacce per la festa di metà inverno» rispose con aria assente guardando corrucciata in fondo al ripiano. «Passi molto tempo con Rhufon in questo periodo?»

«Forse» temporeggiai lanciando un'occhiata alle mele al forno che Gladys aveva messo a raffreddare. «Dice che sono diventata brava quanto lui a trovare i punti deboli nei finimenti.»

Mamma alzò la scatoletta che cercava e si girò a guardarmi in faccia.

«Pensavo che fossi a filare con Vida.»

Mi accorsi troppo tardi di essermi cacciata nei guai per aver parlato troppo; ora non potevo fare altro che guardare altrove e tenere la bocca ben chiusa.

Odiavo filare. Mi faceva pensare ai tempi in cui gli uomini andavano a combattere contro le scorrerie nemiche e le donne e i bambini si dovevano affollare nei rifugi presso i laghi finché era passato il pericolo. Erano tempi di terrore, in cui le donne si dedicavano ai loro mestieri in silenzio e nessuno voleva giocare o ridere o correre sulla riva del lago. Mi sembrava che quei tempi fossero fatti della pesante lana grigia con cui noi bambine imparavamo a filare; ruvida e scivolosa, mi pungeva le mani e mi bruciava i nervi fino a diventarmi odiosa. Persino l'odore della lana grezza mi faceva pensare alla paura e alla prigionìa in tristi dimore.

«Bene, Ginevra, penso che sia meglio se parlo con Rhufon,»

disse mamma con un sospiro «visto che a partire da domani ti voglio nel soppalco con Vida.»

Mi si dovette leggere sul volto lo sgomento, poiché mamma mi prese per le spalle e mi abbracciò. «Lo so... Lo so quanto vuoi stare nella scuderia, ma ci sono alcune cose che devi imparare sul governo della casa, a cominciare dalla rocca e il fuso. Se non si filasse non ci sarebbero né vestiti, né borse, né arazzi per le pareti, né stendardi, né reti da pesca, né corde per la cucina. E non saprai mai come organizzare il lavoro in futuro se non impari adesso ciò che devi.»

La fissai furiosa, sentendomi triste e intrappolata, e lei scoppiò a ridere. «Bambina mia, non è così terribile. Non significa che non potrai più andare da Rhufon tra i cavalli. Ma devi cominciare ad applicarti nelle cose che tutte le giovani donne devono imparare. E domani per prima cosa andrai da Vida, che ti darà istruzioni. Adesso va' fuori a lavarti. Non voglio che entri nella sala puzzando come un letamaio.»

È facile a dirsi per te, pensai adirata spruzzandomi d'acqua all'abbeveratoio. Sei adulta e libera di andare e venire come vuoi, mentre sarò io a starmene rinchiusa tutti i giorni con quella lana fetente e le chiacchiere delle donne!

Ma il mattino dopo andai obbediente al locale della tessitura, dove Vida guardò sgomenta il campione grumoso e irregolare che filai per lei.

«Non c'è niente di male. Imparerai con la pratica» disse indicando la figlia di Gladys che stava producendo un filo lunghissimo e uniforme muovendo appena le dita. «Ha cominciato solo la primavera scorsa e all'inizio non era molto più brava di te adesso.»

Fissai la ragazza e pensai con durezza che aveva probabilmente paura dei cavalli, ma trattenni la lingua e cercai di controllare meglio le fibre.

Così entrai nel mondo femminile della cardatura, della filatura, della tessitura e del cucito. A differenza dei recinti per cavalli e dei prati sulle colline dove io e Llyn giocavamo sempre, il locale della tessitura era chiuso e soffocante, e trovavo i discorsi delle donne su bambini e alimenti indicibilmente stupidi in confronto alle conversazioni con Rhufon.

Chiacchieravano del rapido arrivo dell'inverno, con la sua neve e i suoi venti gelidi; si erano dovute portare nell'ovile anche le pecore più robuste, se non le si voleva perdere sotto un pacifico manto bianco di gelo. Ma a me sembrava che avrei potuto apprendere le stesse cose dal viaggiatore che era arrivato una notte e aveva riferito che il lago Derwentwater era già gelato e che il freddo e la fame avevano reso arditi gli animali selvatici; era stato infatti inseguito da un branco di lupi per tutto il giorno prima, nonostante fosse rimasto sulla strada.

A poco a poco la stagione si scurì. Man mano che si accorciavano le giornate la luce si abbassava nel locale della tessitura e le lampade di sego bruciavano per tutto il giorno. Il loro calore e il loro fumo rendevano l'atmosfera ancora più soffocante e le giornate parevano sempre più lunghe e tediose. Mi trascinavo ogni mattina al mio dovere come se fossi stata condannata dal Consiglio e cominciai ad attendere la festa di metà inverno come un'esiliata brama la sua terra.

All'avvicinarsi della festa aumentarono le partite di caccia e mamma prese a dare a mio padre pacchetti di cibo da lasciare presso la sorgente usata dagli Antichi. Questi erano piccoli uomini scuri che vivevano nel cuore del bosco, lontano dalle strade e dalle dimore. Nonny affermava che erano imparentati con folletti e fate. Kaethi diceva che forse era così, ma che erano anche i primi abitanti di queste terre ai tempi in cui la Britannia si chiamava Albion. Alcuni dicevano persino che erano figli degli antichi dèi e ogni proprietario terriero prudente lasciava cibo per loro nella foresta quando l'inverno era duro.

Quando giunse la festa la corte prese vita e arrivò gente da tutta la campagna. Alcuni volevano contribuire a richiamare il sole secondo le tradizioni e altri erano attratti dal cibo, il migliore che avrebbero mangiato per parecchi mesi. Ma la maggioranza veniva per divertirsi, per le partite di caccia e per le gare che si sarebbero svolte nel cortile e lungo il fiume.

Mi svegliai nel giorno festivo nel silenzio speciale che segue una nevicata e spiando da una fessura nell'imposta trattenni il respiro per la bellezza della scena. Infilandomi in fretta gli abiti più caldi corsi fuori a cercare Llyn. In pochi minuti giungemmo insieme sulla cima della collina per vedere che il mondo si era trasformato in un paesaggio fantastico. Era raro che nevicasse tanto ad Appleby.

La giornata era fredda e limpida e tutto scintillava. Io mi infilai il cappuccio del mantello di pelle di foca, che ora era foderato di morbida seta verde. Anche gli altri bambini stavano approfittando del giorno festivo e ci raggiunsero presto facendo gare di slitta giù per la strada della collina. Tutti ridevamo e correvamo nell'aria gelida, ci prendevamo a palle di neve e ci spingevamo nei canaletti. Poi costruimmo insieme una statua per gli dèi. Era un bel Drago d'Inverno coronato di agrifoglio, e anche il druido sorrise quando lo vide passando per andare a corte. Era la prima volta che tornava da quando mamma aveva rifiutato di farmi andare dalla Signora e mi chiesi che cosa potesse significare il suo sorriso.

La sera prima della festa Nonny abbigliò il principino mentre mamma mi aggiustava i capelli. Io mi dimenavo impaziente mentre lei cercava di pettinarmi i ciuffi ingarbugliati, finché mi diede una scrollata di spalle.

«Cielo, bambina, i tuoi capelli sembrano un nido di topi. Adesso sta' ferma mentre cerco di fare qualcosa. Non ho mai visto una ragazza che si conciasse così.»

«Io sì» intervenne Nonny lanciandole un'occhiata. «Per combinare guai avete dato un ottimo esempio, sapete?»

Mamma rise alzando le spalle: «Penso che tu abbia ragione, Nonny. Ma non mi è mai piaciuto stare seduta vicino al fuoco come un gattino smorfioso. C'erano sempre molte cose più interessanti da fare giù alle barche o nelle capanne dei pescatori. E, naturalmente, con i cavalli...».

Mi girai di colpo, sapendo di averla colta in fallo. Se era obbiettiva, doveva ascoltarmi. Le chiesi quindi se potevo smettere di filare, aggiungendo che anche Vida aveva detto che ero migliorata, e se potevo tornare ad aiutare Rhufon nella stalla.

Mamma sorrise e continuò a intrecciarmi i capelli, elencando tutte le cose che avrei dovuto imparare per governare la mia casa, e allevare cavalli non era tra queste. Quando ebbe finito di pettinarmi, mi fece voltare verso di lei per vedere il risultato del suo lavoro.

«Sei abbastanza bella da fare onore a tuo padre stasera, bambina mia, e lui dovrà andare orgoglioso di te.» Mi guardò sorridendo per un minuto, scherzosa e seria allo stesso tempo. «Cathbad ha portato alcune notizie che penso ti interesseranno. Quindi fa' attenzione al Consiglio dopo cena.»

Al piano inferiore la festa era pronta, con le focacce immerse nell'idromele e pezzi di selvaggina che giravano negli spiedi sul focolare. Fu un grande banchetto e alla fine, prima che avessero inizio le danze, mio padre riunì il Consiglio.

Cathbad era tornato da parte della Signora, offrendosi di restare per educare i bambini di Appleby, e mamma annunciò che i genitori potevano, se lo desideravano, mandare i loro figli a corte per apprendere ciò che i druidi insegnavano al Santuario. Un mormorìo di commenti percorse l'assemblea e molti fecero cenni d'approvazione. Sebbene mamma avesse qualche riserva, l'idea sembrava piacere, e naturalmente mi riempiva di gioia, poiché significava che potevo stare lontana dalla filatura per qualche ora del giorno con la coscienza pulita.

Alla fine del Consiglio ebbe inizio la danza per richiamare il sole, con tintinnìo di campanelle e cembali. Tutti indossavamo i nostri abiti e tuniche più variopinti ed eravamo adorni di catenine e altri monili. Mamma portava il suo nuovo abito di seta e tutti i gioielli d'oro del suo scrigno, e quando diede inizio alla danza muovendosi allegramente intorno al circolo e invitando ognuno a seguirla, ero sicura che fosse la donna più bella del mondo.

Così ballammo fino a notte fonda, adulti, bambini e anziani, in cerchio attorno al focolare. Fu una celebrazione grandiosa, rumorosa e variopinta, e persino i volti scolpiti nei pilastri che reggevano il soppalco sorridevano felici dietro le loro foglie dipinte. Non importava quanto fosse andato lontano il dio Sole: ero sicura che avrebbe sentito la sua gente e sarebbe tornato.

La mattina dopo Cathbad mi raggiunse al tavolo dove io e Llyn mangiavamo il porridge. Lo guardai con circospezione, sperando che la sua compagnia fosse più interessante del locale della tessitura.

«Ci sono molte cose da imparare sul mondo; sulla qualità e l'uso delle piante, sulla vita nei ruscelli e sulle stelle e i loro cicli» annunciò mentre diversi garzoni di stalla si avvicinavano incerti alla tavola. «Ma penso che rimanderemo a dopo il disgelo le cose da studiare all'aperto e che adesso ci concentreremo sulle religioni, le idee e la storia, dato che si possono insegnare ovunque.»

I suoi aspiranti allievi annuirono in silenzio e io notai che la figlia di Gladys si era inserita nel gruppo e stava seduta quieta di fronte al druido, fissandolo con la stessa espressione vuota che aveva quando filava la lana. Era chiaro che o era un monumento di pazienza, oppure non era molto intelligente, ma non sapevo quale dei due casi fosse quello vero.

«Qualcuno ha domande?» chiese il druido esaminando con aria benevola il suo gregge sempre più numeroso.

«Mamma mi ha detto di non fare troppe domande» sbottai io.

Il nostro tutore rise divertito increspando il giovane volto.

«C'era un tempo un uomo molto speciale nella Grecia antica che pensava che le domande fossero il sistema migliore per imparare, ragazzina. Era considerato molto saggio, ma i capi avevano paura di lui e gli dissero di non continuare a girare per il mercato facendo domande. Pochi ricordano il nome di coloro che provocarono la sua morte, ma la fama di Socrate è durata mille anni e lo onoriamo ancora come un grande insegnante.»

«Su cosa faceva domande?» La voce di Llyn era chiara e rapida; sperava forse che si trattasse degli dèi. Mentre Cathbad spiegava, iniziammo la nostra prima lezione senza neanche accorgercene e passammo il resto della mattinata parlando, raccontando e ponendo quesiti curiosi. Quando nel pomeriggio mi diressi al locale della tessitura, ero sicura che la mia nuova attività mi avrebbe soddisfatta.

Il druido si rivelò un insegnante ammirevole, anche se ero delusa perché non trattavamo delle dottrine magiche che pensavo avrebbe insegnato la Signora. In genere ci dilettava con le storie di altre genti e paesi, in particolare gli antichi dèi ed eroi della Grecia.

Passammo molto tempo a parlare della guerra di Troia e dello strano destino della famiglia di eroi che viveva una vita di lealtà e perfidia in quel tempo lontano e solare. Mi affascinava particolarmente Elena.

«La leggendaria Elena» notò Cathbad accarezzandosi con una mano la barba dorata. «Il suo stesso nome rievoca la distruzione dell'anima degli uomini. Avete mai notato» aggiunse pensieroso «come esistano due tipi di bellezza... quella interiore che non può ingannare e quella esteriore che spesso trae in errore?»

Continuò sostenendo che una cosa brutta non è necessariamente cattiva, anche se proviamo disgusto per ragni e rospi perché li consideriamo di aspetto sgradevole, e che la bellezza in se stessa non indica il bene, poiché molte cose velenose hanno una bella apparenza.

Queste erano le tipiche lezioni di Cathbad: mentre sembrava che si parlasse di una cosa, si finiva sempre col pensare a un'altra. E spesso salivo le scale per andare a filare rimuginando su questioni molto diverse dalle preoccupazioni domestiche delle donne nel locale.

Forse è questa la ragione per cui non mi rendevo conto del guaio che esse già subodoravano.

6

Morte

Mentre l'inverno trascorreva lentamente, nuovi bambini si univano a noi ogni giorno nella grande sala. Con la neve così alta e la temperatura così bassa non c'era molto da fare all'aperto e spesso l'unico posto caldo era vicino al focolare. La sera attorno al fuoco si raccontavano storie di disastri e tragedie e tutti erano d'accordo nel dire che era uno degli inverni peggiori che si ricordassero. La festa di Imbolc si svolse all'inizio di febbraio, ma solo coloro che vivevano nelle vicinanze poterono raggiungerci, e il freddo limitò il nostro divertimento.

Il cibo e la legna cominciarono a scarseggiare nelle case e la gente si rivolgeva al re per chiedere aiuto, anche se di solito era con mamma che parlava.

«Vostra Altezza,» disse un giorno Gladys, dimostrando la sua costernazione con l'uso del titolo formale «avete appena dato a quella donna metà della carne salata destinata alla cena del re.»

Indicò la figura ricurva e infagottata della moglie del costruttore di tetti che arrancava verso le porte stringendo una piccola fascina di legna e della carne preziosa.

«Lo so, Gladys, lo so» rispose mamma. «Ma la loro famiglia è così grande e hanno così poca legna che riusciranno a malapena a cavarsela. Qui a corte almeno stiamo comodi, anche se mangiamo porridge. E stasera andrà bene un po' di zuppa invece dello stufato.»

Gladys scosse la testa e tornò mormorando alle sue faccende. Più tardi sentii mamma parlare con Nonny.

«Non possiamo lasciarli affamati, Nonny, lo sai anche tu. Forse per un po' di tempo non faremo una vita tanto raffinata, ma questo è un prezzo minimo da pagare per far sì che la nostra gente non muoia di fame.»

Presto vi furono tante richieste d'aiuto che divenne più facile invitare gli altri a condividere il cibo e il calore sotto il nostro tetto, piuttosto che distribuirli un po' alla volta. Si accalcarono così in tanti a dormire attorno al nostro focolare, che verso la metà di marzo eravamo al completo e aspettavamo con impazienza la fine del freddo, man mano che le giornate si allungavano.

«Non so più dove metterli, Leo» sospirò mamma una sera mentre, con mio padre, si preparava per andare a letto. «Ci sono intere famiglie nella grande sala, e con la gente che è arrivata questa settimana abbiamo davvero riempito tutti gli angoli. Cosa ne pensi di alloggiare qualcuno nel granaio?»

Spiai tra le tende del mio cubicolo. Mamma era seduta alla sua toeletta e si toglieva le forcine dai capelli. Mio padre le si pose alle spalle.

«Non nel granaio» rispose levandole il fermaglio e lasciandosi ricadere sulle mani i lunghi capelli ramati. «Le provviste e il foraggio rimasti sono troppo preziosi: sarebbe rischioso esporli alla gente e al fuoco. Dovremmo invece sistemare qualcun altro nei locali degli stallieri e ospitare alcune famiglie sul soppalco.»

«Pensi che questo freddo durerà ancora a lungo?» Si appoggiò contro di lui e si girò a guardarlo, stanca e preoccupata, in cerca di conforto.

«È difficile e dirsi, amore mio. Ma penso che ci dobbiamo organizzare nel caso il bel tempo esiti ancora ad arrivare.»

Mamma annuì e quando mio padre si chinò per baciarle la testa io tornai sotto le coperte, rassicurata al pensiero che il nostro futuro fosse in mani così esperte.

L'indomani stesso la temperatura si alzò e le piogge iniziarono a cadere a dirotto, riempiendo i ruscelli di acqua densa e torbida. La neve divenne una poltiglia fangosa, grigia e sgradevole sotto gli acquazzoni. Tutti erano felici che la stagione stesse cambiando.

Ma il diluvio continuò per settimane, ridotto a volte a una pioggerellina sottile e cadendo a volte a scrosci dal cielo plumbeo. Ci si svegliava nella luce grigiastra di un nuovo giorno senza sole e si guardava il pomeriggio scivolare nella sera senza crepuscolo. Se mancava il sole, la primavera non sarebbe mai arrivata.

Scorreva acqua ovunque. Scendeva a torrenti dal cielo e gocciolava dalla paglia fradicia, formava pozzanghere in cortile tra le pietre del selciato e stagnava, maleodorante, nei prati.

I contadini, a cui l'inverno aveva divorato le provviste, vedevano i loro campi sommersi dal fango e dalla melma. I semi destinati alla semina primaverile erano stati consumati per sfamarsi. Le pecore morivano di fame: le loro zampe malandate erano troppo deboli per sostenerle mentre cercavano cibo.

Ogni giorno la fila di supplici alla porta si allungava, gonfiandosi come il fiume stesso. Venivano con mogli e bambini per chiedere aiuto al loro re quando non potevano più provvedere a se stessi.

Nel cortile si montarono tende e rifugi di fortuna per ripararsi dalla pioggia quando non vi fu più spazio all'interno. Nella casa e nel granaio cominciò a regnare un senso di desolazione.

«Come se non bastassero la mancanza di cibo e di spazio,» borbottava l'uomo dal viso lungo che lavorava con Elidal il fabbro «adesso ci sono marmocchi dovunque ci si giri.»

«Lascia perdere» replicò seccamente Rhufon tendendo un tirante. «Abbiamo già abbastanza problemi senza le tue lamentele. Se avessi un po' di cervello saresti contento di avere un re che si preoccupa per noi. Adesso fissa quel palo, altrimenti non riuscirai mai a montare questa tenda.»

Mentre mamma cercava di fornire un riparo a tutti coloro che venivano, mio padre aveva il compito di nutrirli. Ogni giorno guidava una partita di caccia che procedeva a fatica nei boschi fradici o affrontava la brughiera selvaggia. Si consideravano fortunati quando tornavano con una lepre ossuta o magari un tasso carpito dalla sua tana. Molto spesso rientravano a mani vuote, poiché gli animali selvatici erano nei guai quanto gli uomini. E sempre scendeva la pioggia.

Infine si macellò un vecchio cavallo da lavoro per nutrire le masse. Era il castrato bianco e nero che Rhufon aveva assistito da puledro dopo che la sua genitrice era stata uccisa dai lupi. Egli passò gli ultimi minuti da solo col cavallo, accarezzandogli il muso e cercando di fare pace con lui, o forse con se stesso, prima che si portasse il coltello da macellaio.

Mamma e Gladys prepararono enormi pentoloni di zuppa che distribuirono per il giorno intero nella grande sala, dando a tutti la possibilità di sottrarsi al freddo e al bagnato almeno per qualche minuto.

Ma fu solo un sollievo momentaneo. Il cielo rimase coperto e anche quando smetteva di piovere non compariva il sole. I bambini si raffreddavano e un anziano morì. A un certo punto un infante prese a piangere più per la febbre che per la fame e spirò quella sera stessa tra le braccia di sua madre.

Molti si ammalarono, colpiti da un'ora all'altra, e coloro che non morivano subito restavano deboli e apatici. Nel giro di pochi giorni ci furono più cadaveri di quanti potessimo seppellirne e già covava la disperazione.

Mamma correva dappertutto, trasformando la sala in un'infermeria, aiutando Kaethi a preparare pozioni e cercando di portare speranza e conforto ovunque potesse.

«Milady,» sussurrò una sera la guaritrice «le erbe ormai scarseggiano.»

«Fa' il meglio che puoi» rispose mamma. «Non ce ne sono un po' di sopra, nella cassa di famiglia?»

«Sì, forse,» rispose Kaethi guardinga «ma quelle sono per voi, il re e i piccoli in caso di emergenza.»

«Non posso immaginare un'emergenza maggiore» replicò bruscamente mamma. «Non ha senso conservarle quando ce n'è tanto bisogno ora.»

La sua voce era più esausta che dura, come se avesse passato l'intera giornata ad attraversare un pantano interminabile, e con un sospiro mandò Kaethi a prendere le erbe medicinali rimaste.

Si fecero così nuove pozioni con le ultime riserve. Kaethi, china sulle pentole, scuoteva la testa e mormorava parole speciali cercando di salvare l'intera nazione.

Alla fine della prima settimana di epidemia, nella sala si riunì per la cena metà del solito numero di persone. Stringendo le nostre tazze di brodo d'orzo, ci accoccolammo intorno al fuoco, poiché i giacigli dei malati occupavano troppo spazio per sistemare le tavole.

Alla fine del pasto Nidan, in quanto capo dei guerrieri del re, richiamò l'attenzione e il gruppo si azzittì.

«Siamo dannati» esordì fissando gli uomini smunti al bagliore del fuoco. «Questa è opera degli dèi, adirati per qualcosa che abbiamo fatto o trascurato. E se vogliamo sopravvivere dobbiamo trovare un modo per placarli.»

Gli rispose un mormorìo di assenso. Poi un altro parlò con un misto di collera e disperazione. «Come possiamo sapere a quale dio rivolgerci e con quale rito?»

Si generò un alterco tra i seguaci di tutti gli dèi conosciuti nel Rheged. Infine mio padre ordinò il silenzio.

«È fin troppo chiaro che abbiamo bisogno di una guida. Io, intanto, sono pronto a chiedere agli antichi dèi e» fece una pausa fissando Cathbad «giuro qui di fare qualunque cosa sia stimata necessaria per proteggere la mia gente.»

Cadde improvvisamente il silenzio, come se tutti trattenessero il respiro. Coloro cha già stavano guardando mio padre lo fissarono sbalorditi e tutti gli altri si voltarono verso di lui non appena colsero il significato delle sue parole. Non sapevo esattamente cosa pronosticasse questo muto terrore, ma un terribile presagio mi assalì allo stomaco.

Nel silenzio il druido si alzò e si inchinò davanti al re. «Siete sempre stato saggio e giusto, Milord. Vedo che ora vi offrite di fare il sacrificio più sacro di tutti... quello su cui è fondata l'intera monarchia. Ho inteso bene?»

«Avete inteso» fu la risposta. «Mi impegno senza riserve.»

Mamma era impallidita, come se fosse stata colta di sorpresa. Io guardai lei e Cathbad, ma non vidi nessuna ostilità.

Il druido fissò mio padre con rispetto e ammirazione. Poi si girò a guardare gli altri. «Siete molto fortunati ad avere un capo simile. Ma non credo che l'antico rituale sia necessario; perlomeno dovremmo consultarci con la Signora prima di prendere decisioni di questo tipo. Mancano ancora dieci giorni a Beltane, e se posso prendere in prestito una giumenta mi recherò al Santuario per parlare con la Sacerdotessa. Se tutto va bene sarò di ritorno prima che si accenda il fuoco.»

Si discusse dei particolari e il mattino dopo Cathbad partì con un gruppetto di uomini di Nidan. Il druido cavalcava Piedipiuma, il che salvò probabilmente la vita della giumenta, poiché tutti gli altri animali, tranne lo stallone di mio padre e due cavalli da lavoro, furono portati nei boschi il giorno dopo nella speranza che trovassero qualcosa per foraggiarsi. Se qualcuno fosse sopravvissuto, avremmo cercato di catturarlo durante l'estate. Non vidi mai più il mio pony, ma pregai Epona di aiutarlo a sopravvivere a quella terribile primavera e di farlo giungere a una dimora.

Fu macellato l'ultimo cavallo e per qualche giorno avemmo brodo con un po' di carne.

Sette giorni dopo la partenza di Cathbad, il principino si ammalò. Quella sera mamma non venne al focolare e scese solo quando il bambino si addormentò.

Sembrava stanca e tesa mentre si muoveva lentamente tra la gente, fermandosi a confortare questo e a chiacchierare con quest'altro. La raggiunsi quando si avvicinò a Gladys, che era seduta presso sua figlia malata.

«Come sta adesso?» chiese mamma alla cuoca.

«È ancora viva,» rispose l'anziana e robusta donna alzando lo sguardo «ma non sta meglio. Non sta affatto meglio.»

«E come vanno le riserve in cucina?»

Gladys scosse le solide spalle. «Sono rimasti circa due barili di avena, mezzo barile d'orzo e qualche sacco di piselli. Più due galli cedroni che gli uomini hanno portato oggi. Ho usato l'ultimo cavolo per la zuppa di stasera, però abbiamo ancora qualche vecchia rapa. C'è anche del lardo, ma è quasi finito, come tutto il resto. Non so che cosa faremo.»

Il corpo goffo della donna si accasciò abbattuto e mamma si inginocchiò vicino a lei.

«Lasciami restare con la bambina mentre prendi una tazza d'acqua fresca per bagnarle il collo e il volto, così da farla sentire meglio.» Mamma indicò il corpo febbricitante sul giaciglio e diede un colpetto sulla spalla di Gladys. «Sei stata sempre così indaffarata a occuparti degli altri che non ti sei mai concessa una pausa.»

Dapprima la cuoca protestò, poi andò a prendere dell'acqua e per un momento io e mia madre ci sedemmo presso la ragazza che non mi era mai piaciuta. Mi ricordai delle cose poco gentili che avevo pensato nei suoi confronti nel locale della tessitura e pregai che si ristabilisse presto. Ricordai alla dea anche Llyn, poiché da giorni non si sapeva nulla della sua famiglia e avevo paura che anch'essa fosse stata colpita.

Più tardi, mentre ero accoccolata vicino a Kaethi presso il focolare, mamma si fermò a chiedere come andassero le riserve di erbe medicinali.

«Non so più quante siano le erbe diluite e quanta l'acqua pura su cui ho detto molte parole» borbottò Kaethi prendendo la mano di mamma. «Non mi piacciono quei cerchi intorno agli occhi, Milady. Da quanto tempo non fate una vera dormita?»

«Sto bene» la rassicurò mamma. «Tornerò in camera non appena avrò controllato il resto.» Lo disse come se fosse questione di un momento, ma stava ancora occupandosi di altre persone quando salii le scale per andare a letto.

Mi infilai sotto le coperte e restai sdraiata ad ascoltare l'acqua che gocciolava dalle grondaie, con lo stomaco che mi doleva dalla paura, oltre che dalla fame. La primavera, la speranza e persino gli dèi sembravano lontanissimi. Io pregavo chiunque mi venisse in mente, dalla grande Brigantia a Cernunnos, il dio dalle corna di cervo, implorando che non si richiedessero più sacrifici alla nostra corte.

Quando mi svegliai il mattino dopo trovai mamma che sonnecchiava su una sedia presso il giaciglio di mio fratello, avvolta in una veste di pelliccia, vicino al braciere ormai spento da tempo. Sembrava così stanca e derelitta che scivolai fuori dal letto e mi avvicinai piano a lei per accoccolarmi sul pavimento di giunchi e appoggiarle la testa sulle ginocchia. Lei si mosse insonnolita e mi accarezzò i capelli e la fronte con dita calde e secche.

«Finirà mai?» sussurrai.

«Certo, bambina mia, certo» mi rassicurò svegliandosi. «Tutte le cose finiscono, le buone come le cattive.»

«Ma se non finisce... se continua così... cos'è il rituale per cui Cathbad è andato a chiedere?»

Speravo in parte che si riaddormentasse e non rispondesse alla mia domanda, ma dopo un attimo di silenzio iniziò a girarsi intorno alle dita un ciuffo dei miei capelli. E quando parlò lo fece in un sussurro debole quanto il mio.

«Si dice che nei tempi antichi a Beltane si offrisse il re in sacrificio, come si fa col toro a Samhain. Questi riti sono finiti al tempo dell'Impero. Ma l'idea è rimasta: un re deve essere pronto a fare qualunque cosa sia richiesta per il bene della gente... e nei momenti peggiori può anche immolare se stesso.»

Il nodo al mio stomaco si stringeva man mano che si formavano le parole. In un certo senso l'avevo sempre saputo, ma, come molte cose terribili, non aveva forma finché non gli veniva dato un nome.

La mia voce era ridotta a un sussurro di paura. «Nel locale della tessitura, le donne dicono che non è mai stato così prima...»

«Lo si dice sempre quando ci sono difficoltà» rispose piano lei. Poi si raddrizzò, come se si fosse destata del tutto, mi prese il mento nella mano e mi fece voltare perché la guardassi. «Ricordati, Ginevra, non conta che cosa si dice. L'importante è capire ciò che è necessario fare e farlo. Non importa quanto sia duro e faccia soffrire. È semplicemente così, davvero. Una volta che sai cosa devi fare, fallo...»

La percorse un brivido e per un attimo mi guardò con dolcezza. Poi spinse indietro la veste e si alzò in piedi a fatica. «Copriti mentre vado in cucina a vedere che posso fare per aiutare Gladys. Chissà come ce la caveremo a Beltane in mezzo a tutto ciò...»

Mi arrampicai sulla sedia e lei mi rimboccò la veste prima di andare a vedere come stavano Nonny e il bambino. Soddisfatta che nulla fosse successo, si avviò in punta di piedi verso la porta.

«Di' a Nonny di riaccendere il braciere quando il bambino si sveglia» mi disse fermandosi sulla soglia e appoggiandosi con una mano per sostenersi.

Non so per quanto tempo restò lì a vacillare prima che il suo corpo si accasciasse e scivolasse lentamente sul pavimento.

«Mamma!» gridai dimenticando i dormienti. «Mamma... mamma!»

Mio padre uscì arrancando dal grande letto e le si avvicinò. Nonny, insonnolita, andò ai suoi piedi mentre il bambino cominciava a piangere. Una serva corse su per le scale, e quando io raggiunsi la soglia dove giaceva mia madre si era formata una tale folla che non potei avvicinarmi a lei.

La distesero sul grande letto e Kaethi passò la giornata tra lei e la cassetta delle erbe, tentando il possibile per salvare la regina. Io cercai di contribuire come potevo e aiutai Nonny col bambino, che pianse quasi tutto il giorno. Mio padre sedeva presso il braciere, fissando la donna che era stata la gioia della sua vita e pregando, qualunque dio lo volesse ascoltare. Di tanto in tanto si avvicinava al letto o diceva a Kaethi di porre delle compresse fredde sulla fronte di mamma. Ma questa mugolava e si torceva nel suo delirio e lui non la poteva raggiungere.

Morì il mattino dopo, all'alba, e il principino la seguì nel giro di un'ora.

7
Beltane

Mi raggomitolai nel fieno, dondolando avanti e indietro con le mani serrate sulle orecchie. Il lamento di Nonny continuava all'infinito e mi echeggiava nella testa come il pianto di un ossesso.

Più di ogni altra cosa volevo un abbraccio caldo e dolce in cui rannicchiarmi, in cui farmi proteggere e coccolare finché si scioglieva il gelido peso nel mio petto. Ma tra il pianto funebre delle donne e il silenzio di mio padre non potevo trovare conforto. Così cercai rifugio nel granaio, tentando disperatamente di ricacciare il pensiero di un mondo senza mamma.

Nella stalla di fianco il cavallo di mio padre nitrì mentre qualcuno mi tirava dolcemente le mani. Aprii gli occhi appena per vedere Kaethi accovacciata accanto a me, con il volto rigato dalle lacrime, che mi spiava nel buio. Lasciai con riluttanza che mi togliesse le mani dalla testa.

«Su, su, bambina mia... non puoi passare la giornata a nasconderti» mormorò con dolcezza. Con abili carezze cominciò ad alleviare il dolore della mia fronte.

«Non è realmente morta, vero?» piagnucolai, e quando la guaritrice annuì io chiusi gli occhi e mi ritirai nella disperazione.

«No. Ci sarà tempo dopo per il dolore» disse l'anziana donna prendendomi per le spalle e scuotendomi con una forza inaspettata. «Bisogna finire di preparare il Beltane. Devi partecipare al rito, ragazzina... non c'è altra scelta.»

«Rito!» Il pensiero mi tolse il respiro e la fissai con un improvviso senso di immobilità interiore. Mi assalirono immagini orribili del calderone, del druido e di vaghe forme che svolgevano indicibili sacrifici. «Che rito?»

«Come? Accendere il falò. Sai bene che nessuno può restare assente da Beltane, altrimenti gli dèi non daranno il fuoco, né la primavera, né un ricco raccolto per l'estate.»

«E mamma?» chiesi, rifiutandomi di pensare alla tradizione di Beltane. «Che cosa sarà di mamma?»

«Il suo corpo sarà sepolto domani, dopo la danza attorno al palo. Hanno preso un tronco e lo hanno svuotato, come nei tempi antichi, poiché non c'è tempo per costruire una bara lussuosa.»

Annuii, pensando ottusamente che almeno non sarebbe stata in una fredda scatola di pietra come quelle del cimitero romano fuori da Carlisle.

«Quindi dobbiamo rientrare...» insisté la mia amica.

L'urlo nella mia testa si era placato, ma io esitai, non volendo lasciare il rifugio del granaio.

«È tardi, bambina... il giorno è quasi finito ed è ora di aiutare Gladys.» La richiesta di Kaethi era diventata pressante. «Gladys ha bisogno del tuo aiuto... e anche tuo padre!»

Sentivo da qualche parte il sussurro di mamma che ripeteva: «Non importa quanto sia duro...».

Inghiottii e annuii, muta.

Nella sala la gente si muoveva lentamente, parlando a bassa voce, mentre dalle stanze superiori giungeva un cupo lamento. Nessuno sembrò notare che la pioggia era cessata, nonostante la porta fosse aperta. La natura ora affidava le sue lacrime alla corte.

Si scambiavano commenti sommessi. Sì, i ceppi per il falò erano pronti; no, il druido non era ancora tornato dal Santuario; forse era meglio seppellire il corpo della giovane regina nella vecchia maniera invece che consegnarlo al grande fuoco, come aveva suggerito qualcuno.

Io sobbalzai, trasalendo all'idea delle fiamme che lambivano il corpo di mamma. Kaethi, che mi teneva una mano sulla nuca, mi spinse dolcemente verso la cucina dove Gladys era già impegnata attorno al focolare.

Negli anni passati noi bambini ci eravamo divertiti a estinguere i fuochi, cercando tutte le scintille nel focolare, nei bracieri, nelle lanterne e nelle torce. Sapevamo con sicurezza che tutte le genti tra i due fiumi stavano facendo la stessa cosa e seguivamo Gladys come pulcini dietro alla chioccia, sparpagliando le ceneri con finta serietà.

Ma oggi era un impegno di estrema gravità, dato che anche una piccola brace nascosta nell'angolo del focolare avrebbe impedito al grande fuoco di accendersi, e quell'anno avevamo più che mai bisogno di quel segno della benedizione divina. Non osavo pensare a cosa sarebbe accaduto se avessimo trascurato un tizzone e mi feci passare in silenzio la cenere tra le dita per controllare che tutto il calore fosse scomparso.

Poi salii sul soppalco, dove Nonny mi si buttò addosso con grandi gemiti, accarezzandomi i capelli e mugolando come se fossi stata la sua prediletta tornata in vita. La guardai con occhi asciutti, intontita e senza parole, e lei si affrettò ad andare a prendere i mantelli poiché il cammino per il Luogo Sacro sarebbe stato umido e freddo e avevamo bisogno di coprirci bene.

Quando si allontanò, mi avviai lentamente al letto dove giacevano mamma e il bambino. Sembravano addormentati, pacifici e sereni, e pensai per un attimo che avrei potuto svegliarli con un tocco. Ma le mie dita trovarono solo una fredda immobilità e ritirai la mano senza fiato mentre tornava Nonny.

«Qui, piccola mia. Così potrai stare calda e asciutta, se possiamo trovare qualcuno che ti faccia attraversare il fiume.»

Raggiunsi il resto della corte alle porte, camminando nel tardo pomeriggio come in un incubo, impotente di fronte alla morte e al destino che ci aspettava.

Questa volta non si passò allegramente tra gli spruzzi l'ampio e basso guado del fiume, né si levarono gaie risate, felici per l'arrivo dell'estate. Le poche parole e i saluti scambiati erano tetri e cupi. Chi era abbastanza robusto trasportava gli amici o i parenti troppo deboli o malati per camminare da soli, concentrandosi nella faticosa ascesa sul sentiero fangoso della Collina Sacra.

Si formò un inquieto circolo attorno alla pira gigantesca che attendeva l'arrivo delle divinità. I giovani uomini facevano a turno per ruotare la punta aguzza del succhiello contro l'antico tronco di Beltane, mentre tutti erano intenti ad aspettare l'erompere della fiamma che avrebbe dimostrato il benvolere degli dèi.

Mi raggomitolai tra le braccia di Nonny, al sicuro sotto il suo mantello di pelle come una bambina piccola, ascoltando gli sbalzi d'umore della gente. Due volte l'esca prese fuoco e dalle gole scaturirono grida di speranza, che si elevarono prudenti mentre si accendevano le torce, per poi ricadere in un cupo borbottìo quando le fiamme languirono e si estinsero.

La folla cominciò ad agitarsi nervosamente, percorsa da un lieve fremito di isteria. Quando le torce si spensero per la terza volta, qualcuno gridò: «È un segno! È un segno! Il fuoco non si accenderà senza un sacrificio!».

«Oh, Nonny,» piagnucolai «che cosa faranno se non si accenderà?»

«Zitta, bambina! Certo che si accenderà; deve accendersi»

mi rimbrottò, ma in cuor mio sapevo che non ne era sicura. Se il grande fuoco non si fosse rinnovato e non fosse guizzato allegramente, l'estate sarebbe stata piena di pestilenze e disperazione. Il mondo si sarebbe raffreddato e il calore avrebbe lasciato il sole, proprio come aveva lasciato il corpo di mamma.

Mi strinsi alla mia vecchia balia, pensando a mamma e a mio fratello gelati nel tempo, come il pettirosso che all'inizio dell'inverno avevo trovato fuori dalle porte, gelato in volo. Sembrava così straziante, come l'impronta di un bambino catturata per sempre nella neve. Il peso nel mio petto si ruppe quando scaturì un fiume di lacrime.

I miei singhiozzi si trasformarono in urla. Io riversavo nel pianto il mio dolore per la morte di mamma mentre la folla reclamava il sangue di mio padre e le nostre diverse angosce si mescolavano in una grande supplica al cielo.

«Guarda, bambina, guarda il re!»

Nonny mi scosse finché spalancai gli occhi per guardare terrorizzata la pira.

Il fuoco aveva finalmente attecchito e là, contro le fiamme che la lambivano, la figura ricurva di mio padre spiccava salti in cima alla piramide crepitante. Danzava in mezzo alle fiamme, rendendosi un ponte tra la gente e gli dèi. Adempiva alla sua promessa regale. Io fissavo nel cuore di quell'inferno con sgomento e orrore, mentre il mondo intero si trasformava in una girandola di scintille.

Anni dopo Edwen il bardo avrebbe cantato come il re avesse afferrato una delle torce accese e, nonostante le gambe deformi e il passo tremante, si fosse arrampicato sulla catasta per gettare il tizzone al centro, dove la legna era più asciutta, e le fiamme avessero subito attecchito. Ma in quel momento vidi mio padre come mezzo uomo e mezza offerta sacrificale, e gridai mentre la scena mi marchiava la memoria.

Tutti fecero acclamazioni di gioia mentre il re discendeva e accorsero per issarselo sulle spalle e sfilare davanti al falò in gioioso trionfo. Come un'ondata si diffuse un senso di incantesimo e di prodigio e si levarono alte grida di lode per il re che ci aveva salvati.

Troppo debole per alzarmi dalle braccia di Nonny, gettai la testa all'indietro in preda al terrore e all'estasi e trovai un timido grappolo di stelle che spiava tra le lacere nuvole. Erano le prime che si vedevano da mesi e così belle che cercai di mostrarle a Nonny, balbettando e gesticolando in modo sconnesso.

Da lontano la vidi cercare di calmarmi. Poi qualcuno mi prese dalle sue braccia e sentii Vida chiocciare tristemente: «Povera piccola monella, sarà malata come sua madre... senti che febbre ha!».

Quando ci incamminammo la gente attorno stava separandosi, scomparendo nell'ombra. E allora vidi mamma sul sentiero che aspettava con il sorriso della Reginetta di Maggio sul volto.

«Vieni, Ginevra, aiutami a raccogliere fiori per la corona» mi disse ridendo e saltellando allegramente davanti a me. Era raggiante come non l'avevo mai vista e il suo invito era così pieno di gioia e d'amore che sorrisi tendendole le braccia.

Fu l'ultima cosa che ricordai per molti giorni, e non saprò mai se lei fosse veramente là quella notte o se fosse solo un frutto del mio delirio. Ma da allora non mi ha mai veramente lasciata.

8

Bedivere

Ero così immersa nelle memorie che non mi accorsi che Brigit aveva parlato finché si sporse per prendermi un braccio. La miseria di quella lontana primavera lasciò il posto al tonfo ritmico degli zoccoli, al tintinnìo delle briglie e al verde fresco dei boschi attorno a noi.

Mi voltai verso la mia amica e vidi che mi stava osservando attentamente.

«Tutto bene, Ginevra?» chiese preoccupata aggrottando la fronte.

Annuii tornando lentamente al presente.

«Non sei triste e depressa? Non voglio stare sveglia tutta la notte a sorvegliare che non cerchi ancora di fuggire» disse, scherzando solo in parte.

«Non temere... Mi stavo ricordando della mia infanzia e non c'è modo di tornarci. E pensavo a mamma. Vorrei che tu l'avessi conosciuta.»

«Con tutto ciò che diceva sempre Nonny e i commenti qua e là tra le donne è come se l'avessi conosciuta» osservò Brigit con dolcezza. «Pare che fosse una perfetta santa, da quanto dicono tutti.»

Sorrisi all'idea di includere improvvisamente mamma nella Chiesa cristiana. Leale, premurosa, regale, giocosa, dolce, gentile... era stata tutto ciò e anche di più. Ma la negazione di sé e il ritiro dal mondo dei santi cristiani non sarebbero stati certo scelti da mia madre. Il suo amore per la gente e per la buona compagnia era parte di ciò che l'aveva resa una buona regina, e pensavo che non avrebbe mai cambiato quella parte di sé. Forse è impossibile essere una devota cristiana e, allo stesso tempo, una regina.

«Be',» risi «in quanto a questo, mamma era pagana quanto si può esserlo.»

Il luogotenente di Artù si avvicinò trottando per dirci che ci saremmo fermati alla prossima locanda per il pasto di mezzogiorno.

«Anche per far riposare i cavalli» aggiunse.

La taverna era un comodo vecchio locale. A una stazione romana erano state aggiunte alcune stanze con pareti di pietra e l'intero edificio era coperto da uno spesso tetto di paglia. I proprietari dovevano aspettarci, dato che le tavole erano piene di cibarie ed era stata preparata una stanza riservata nel caso io volessi stare da sola. Lavinia pensava che sarebbe stato più decoroso farci servire il pasto in quel locale, ma era stretto e opprimente e mi faceva sentire ancor più prigioniera, così mi unii al resto del gruppo in cortile, dove c'era una lunga tavolata.

Conoscevo un po' l'oste e sua moglie, poiché erano venuti qualche volta alla corte di Watercrook quando vi si svolgeva il Consiglio. La donna era calorosa e corpulenta, ansiosa di dimostrare le sue abilità culinarie e un po' nervosa per il fatto di dover servire un gruppo così numeroso. Suo marito era pulito e curato quanto lei era sciatta e portava grandi quantità di buona birra e idromele, senza dubbio per supplire alla mancanza di vino.

«Nient'altro che il meglio per gli uomini di Artù» affermò, guadagnandosi un applauso dalla mia scorta.

Dopo un pasto di carne fredda e formaggio, focacce d'orzo e sottaceti piccanti, la nostra ostessa servì un budino ricoperto da una glassa di conserva di bacche.

Bedivere prese due scodelle di dolce e, offrendomene una, mi si sedette di fronte.

Guardandolo meglio, il luogotenente di Artù era più giovane di quanto pensassi, con un viso duro che perde presto la rotondità della giovinezza. I suoi capelli fulvi mi ricordavano le foglie del carpine in autunno e, nonostante parlasse latino con i suoi uomini, si rivolse a me nella lingua nativa dei Cumbri. L'emblema del Drago Rosso che brillava sulla spalla del suo mantello era l'unica indicazione che egli veniva dalla corte di Artù.

Fece un educato cenno del capo. «Spero che la nostra andatura non vi stanchi troppo.»

«Per nulla» risposi, chiedendomi che tipo di donna pensasse che fossi. Forse le signore del Sud viaggiavano davvero sempre in portantina. «Anzi, sarei felice se procedessimo un po' più velocemente. Sarebbe possibile?» chiesi speranzosa.

«Temo di no,» rispose tra un boccone e l'altro «con Merlino che non vuole sforzare il suo castrato e tutti i carri dei bagagli.

Ma vedrò cosa si potrà fare quando giungeremo alla strada maestra.» Gli occhi gli sorrisero quando aggiunse: «Allora non siete una di quelle donne che si terrorizzano se devono affrontare un po' di trotto?».

Gli feci un ampio sorriso e annuii. «Penso di aver trascorso tanto tempo a cavallo quanto a piedi. E vi posso dire che ciò che più gradirei in questo preciso momento sarebbe una galoppata sulle sabbie di Ravenglass.»

Dopo averlo detto mi resi conto che Bedivere avrebbe potuto fraintendermi, ma restò impassibile. Era difficile capire se fosse molto diplomatico o solo insensibile, ma mi rammentai di stare più attenta.

«È stato un onore sentire il vostro bardo ieri sera» continuò il luogotenente. «Lo desideravo da tempo.»

«Edwen?» Ero sorpresa che qualcuno oltre i nostri confini avesse sentito parlare del cantore della nostra famiglia.

«Oh, sì» assicurò Bedivere. «Ha una buona reputazione al Sud, e meritata. Un tempo pensavo di diventare un bardo anch'io, se non fossi stato scelto per fare il guerriero.»

Finì il suo dolce e ripose la scodella. «Spero che il fatto che non possiamo aspettare la Signora non vi deluda troppo. Il viaggio sarebbe certamente meno tedioso per voi se ci fosse più gente che vi è vicina.»

«Per nulla» lo rassicurai, colpita dalla sua premura. Mi resi improvvisamente conto che scortare una straniera che presto sarebbe diventata la loro regina non doveva essere un compito facile per questi uomini; sapevano poco di me quanto io di loro e non avevano idea di quali fossero le mie necessità e i miei desideri. Così cercai di tranquillizzare Bedivere dicendogli che io e la Signora non eravamo molto "vicine", anche se avevamo sentito parlare l'una dell'altra.

«Da quanto so ha molto potere e influenza qui al Nord» commentò lui. «Almeno questo è ciò che si dice alla corte di Artù.»

Bedivere si alzò e io sperai che l'argomento fosse chiuso, ma si voltò a guardarmi e non potei fare a meno di rispondergli.

«È vero che gran parte della nostra gente è tornata alle antiche usanze» dissi, evitando di parlare della Sacerdotessa stessa.

Mentre mi alzavo in piedi il mio interlocutore inarcò le sopracciglia con aria interrogativa, ma l'ostessa si avvicinò in fretta con un mazzo di fiori prima che potesse aggiungere altro.

«Per la nostra futura regina...» proclamò con un inchino formale. Poi d'improvviso mi strinse in un caloroso abbraccio. «Chi avrebbe pensato che la nostra piccola Ginevra... con cui abbiamo spezzato il pane a Lammas tante volte in passato...»

Risposi al suo abbraccio pensando come assomigliasse a tutte le persone affettuose che avevo conosciuto nella mia vita e quanto mi sarebbero mancate in futuro.

Continuammo il viaggio giungendo a Kendal, dove il fiume scorre limpido e veloce.

Mentre ci avvicinavamo alla città la gente veniva ad accoglierci acclamando. Mi vedevano come una loro consanguinea che li avrebbe rappresentati alla Somma Corte, e quindi sorridevano e ci benedicevano con tutti i diversi segni dei diversi dèi.

Nella piazza i commercianti smisero di pesare la lana per salutarci mentre passavamo. E dalle logge dove filavano le donne e le ragazze annuivano e si inchinavano, mettendo da parte il fuso per affacciarsi alla ringhiera e sorridere felici al nostro corteo. In un punto la strada passava così vicino alla casa di una filatrice che una bambina mi lanciò dei petali dal balcone per poi nascondersi, ridendo, dietro alle gonne di sua madre.

Lungo la riva del ruscello erano stesi ad asciugare pezze di tessuto finito. Appena tinte, creavano un mosaico di giallo e cremisi, blu e bruno, intramezzato da morbidi beige e dai grigi più duri della lana di Herdwick. E naturalmente c'era il verde intenso per cui la città era famosa.

Mi ricordai del mantello che avevo fatto per Artù; spesso e scuro e coperto di decorazioni e simboli della dèa ricamati da me. Era il miglior dono nuziale a cui avessi potuto pensare, considerato che ci conoscevamo appena. Nel mio ricordo del nostro unico incontro, tanto tempo prima, predominavano altre persone, e non avevo un'idea della sua personalità, né provavo particolari sentimenti nei suoi confronti. Non era nulla per me ora, come non lo era stato al momento della promessa di fidanzamento.

Anche il suo paese mi era sconosciuto e mi chiesi se vi sarebbero state ampie brughiere aperte su cui cavalcare, grandi pietre che segnano i cicli dell'universo e fuochi di Beltane per risvegliare la terra e benedire le genti con la fertilità.

O sarebbe stato, come diceva Lavinia, un luogo di giuste leggi e maniere formali, dove si danzava solo all'interno della corte e non sotto le stelle, liberi e felici nei campi? L'idea mi riportò il nodo alla gola e con un sospiro cercai di distogliere il pensiero.

Brigit cavalcava tranquilla vicino a me e io la guardai chiedendomi che cosa provasse per aver lasciato il Rheged. Avremmo passato la notte dalla sua famiglia e mi sembrava strano andare a visitare degli estranei i cui figli erano stati così importanti nella mia vita. Il ricordo del suo arrivo mi riaffiorò alla mente e mi ci immersi con gioia.

9

Gli ostaggi

Trascorremmo i mesi seguenti la morte di mamma in uno stato di costante dolore.

Io giacqui malata per settimane e mi ripresi per trovare un mondo irrimediabilmente cambiato. Non solo era morta mamma, ma anche Vida e la figlia di Gladys, oltre a molti altri. Pure Llyn se n'era andata e nessuno, io meno di tutti, aveva voglia di ridere e giocare.

La decisione di mio padre di farmi imparare a cavalcare Piedipiuma mi consolò ben poco, poiché la cavalla saura mi faceva sempre pensare a mamma. Inoltre non mi era permesso portarla fuori dal maneggio da sola, e tutti erano troppo impegnati per accompagnarci oltre le porte.

Così passammo a fatica l'estate, deboli nello spirito e tristi nel cuore, e quando fu sicuro che gli abitanti di Appleby avrebbero avuto abbastanza raccolto per superare l'inverno, mio padre spostò la corte ad Ambleside.

Qui la gente era più allegra, essendo stata colpita solo dal maltempo e non dalle devastazioni della febbre. Il nostro umore cominciò a risollevarsi e quando il re annunciò che lo avremmo accompagnato alle grandi pietre di Furness per assistere a un'importante cerimonia, si creò quasi un'atmosfera festosa.

Pareva che avremmo incontrato una famiglia di rifugiati irlandesi in fuga dai conflitti interni della loro terra. Avevano chiesto il permesso di stabilirsi tra noi e pensavano di darci due loro figli come ostaggi.

Ero scossa e incuriosita insieme. Conoscevo gli Irlandesi solo per sentito dire; erano i loro pirati che facevano scorrerie sulle nostre coste e i loro guerrieri che avevano reso schiavi i Cumbri del Galles prima che il mio progenitore Cunedda scendesse da Lothian per liberarli.

La famiglia di Nonny era tra quelle ridotte in schiavitù, quindi secondo lei gli Irlandesi erano feroci e arroganti, cantori di canti sinistri e bevitori di sangue. Kaethi diceva che erano allegri e ridanciani, innamorati degli dèi e invincibili. Mi chiedevo chi avesse ragione, o se l'avessero tutte e due.

L'idea di avere nuovi bambini, e senza madre, a casa nostra era completamente inattesa. Mi chiesi come sarebbero stati, se avremmo parlato la stessa lingua e come si sarebbero inseriti nella vita di corte. Sperai che fossero grandi abbastanza da non avere bisogno di una balia, poiché probabilmente Nonny non li avrebbe accolti con molto calore. Non si era ancora ripresa dalla morte di mamma e del principino e sbrigava le sue faccende con l'aria distratta di chi ascolta voci invisibili. Le avrebbe potuto far bene avere un nuovo bambino a cui badare... ma non un irlandese.

Il giorno dell'arrivo dei rifugiati fui incaricata di avvistarli. Mi arrampicai sui rami di un'enorme quercia dove il sentiero diventa pianeggiante e si dirige verso il circolo di pietre.

È un punto sospeso a metà strada tra la brughiera ventosa e il pacifico luccichìo dell'estuario giù in basso. Dietro di me il monte Black Combe volgeva alla costa il suo dorso coperto d'erica, circondato da folate di nuvole e foschìa portate dal vento sferzante. Era il vento dell'Ovest, che attraversava il Mare d'Irlanda, spingendo davanti a sé onde e banchi di pesci e colpendo il fianco costiero della montagna finché restavano solo poche piante spoglie e contorte. Eppure, protetta dalle spalle ricurve del monte, l'estate verdeggiava lungo le rive del ruscello e il vento muoveva appena gli stendardi presso le nostre tende. Più in basso, verso sud, oltre il corso roccioso del torrente, le acque dell'estuario del Duddon scintillavano tra le distese fangose d'oro e d'argento, illuminate da una fonte di luce sconosciuta. Sembrava che un dio avesse gettato nella pianura una manciata di metalli preziosi.

Gli stranieri comparvero all'orizzonte verso mezzogiorno, muovendosi lentamente per il sentiero collinoso. Corsi a dirlo a mio padre e poi a cercare Kaethi, che stava preparando la tenda degli ospiti.

«Non sembrano molti» dissi aiutandola a stendere tappeti di pelle di pecora tra i giacigli. «Forse solo una dozzina, e tutti a piedi.»

«Ma certo, bambina mia. Come avrebbero potuto trasportare cavalli su una barca di vimini?» Indietreggiò di qualche passo per controllare il lavoro fatto e mi porse una brocca. «Adesso va' a riempirla al ruscello e sarà tutto a posto.»

«Hanno portato con loro degli animali» insistei io. «Non abbastanza grandi da cavalcare, ma più grossi delle pecore, e camminano con loro senza formare un branco.»

«Maiali, forse?» si chiese Kaethi. «Ho sentito dire che gli Irlandesi danno molta importanza ai loro maiali. Comunque lo sapremo presto. Va' con quella brocca, signorinella, altrimenti arriveranno prima che saremo pronti ad accoglierli.»

Così corsi al torrente e tra le rocce grigie trovai una pozza dove l'acqua scorreva fresca e chiara. In un altro momento mi ci sarei trattenuta, cercando il guizzo di un martin pescatore o le capriole di un merlo acquaiolo. Ma quel giorno riempii la brocca e mi affrettai a tornare alle tende.

Quando infine Kaethi approvò la sistemazione degli ospiti, questi arrivarono. Raggiungemmo il resto della corte lungo i bordi del sentiero per vedere l'ingresso al campo del gruppo di stranieri. Mio padre era andato avanti a cavallo ad accoglierli e li scortava tra noi con grande cortesia, come se si trattasse di emissari di un re alleato invece che di rifugiati in cerca d'asilo.

Gli adulti erano alti e coi capelli rossi, con lo stesso colorito acceso e le stesse lentiggini della gente di Argyle. Sia gli uomini sia le donne indossavano abiti dai colori vivaci, con mantelli dai bordi finemente decorati e una notevole quantità di gioielli d'oro.

Non sembravano dei bruti. Io esaminai il gruppo chiedendomi quali bambini sarebbero rimasti con noi. Colse la mia attenzione un ragazzo dai capelli scuri che camminava zoppicando. Teneva stretto un guinzaglio di pelle a cui era legato un enorme cane grigio; vedendolo spalancai la bocca.

La grande testa rettangolare dell'animale arrivava quasi al petto del ragazzo, e con il suo pelo ispido e le sue zampe lunghe era diverso da tutti i cani che avessi mai visto prima, dato che i segugi del nostro canile avevano musi sottili e mantelli lisci a macchie marroni, bianche e nere. Mi chiesi per cosa usassero queste bestie e come impedissero a quel groviglio di peli di arruffarsi e strapparsi.

In tutto c'erano quattro creature del genere, che camminavano tranquillamente senza tirare il guinzaglio o prestare attenzione al nostro curioso mormorìo di saluto. Decisi che ne avrei chiesto uno al ragazzo il più presto possibile.

Il gruppo sparì nella tenda, con cani e tutto, e fu solo nel tardo pomeriggio che gli uomini ricomparvero, raggiungendo mio padre nel suo alloggio per la consueta spartizione del vino. Il tempo si era ristabilito e prometteva una bella serata estiva. Così sistemammo i cuscini e le ciotole di legno presso gli spiedi al margine del bosco e ci preparammo a spezzare il pane con i nostri ospiti.

Non ci fu però possibilità di parlare con il ragazzo col cane prima che iniziasse il rituale alle grandi pietre, poiché tutti i figli venivano tenuti sotto stretta sorveglianza dalle donne.

Infine, quando terminammo il pasto e iniziò il lungo crepuscolo, ci incamminammo ai bordi della brughiera verso il circolo di pietre.

Disposti dagli dèi prima dell'inizio del tempo, questi luoghi sacri sono sparsi sulla terra come anelli fatati dell'era dei giganti. Situati sempre presso un antico sentiero e sempre regolati con le stelle, il sole o la luna, servono come punto d'incontro universale tra le genti; un luogo a parte, dove non esistono guerre e contese, orgoglio e possesso, e l'uomo incontra i suoi simili con onestà e integrità. Non era la prima riunione in un circolo di pietre a cui avessi assistito, ma era certamente la più emozionante.

Mio padre venne a cavallo, ma smontò quando ci sedemmo tutti nel cerchio, e si incamminò lentamente verso il centro dove era stato sistemato lo scranno regale. Nidan e Rhufon lo accompagnavano, reggendo lunghe aste appuntite che sostenevano torce. Le piantarono nell'erba dietro al re e restarono in piedi come testimoni formali del procedimento.

Dopo aver convocato il Consiglio e pronunciato le parole d'inizio, mio padre si guardò attorno e chiese: «Chi vuole conferire col re del Rheged?».

Il capo del gruppo irlandese si alzò e andò verso il mio genitore, camminando lentamente come se stesse ancora soppesando la sua decisione. Infine drizzò le spalle, si inchinò al re e, girandosi, si rivolse all'intera assemblea.

«Sono Angus, uomo di Ulster, venuto nel Rheged con il desiderio di stabilirmici e di vivere pacificamente secondo le vostre leggi.» Parlò con chiarezza, senza preamboli o fronzoli, e con una piacevole cadenza nell'accento.

«Perché avete voluto lasciare l'Irlanda?» chiese mio padre.

«Eravamo una famiglia di alto rango con il nostro re, ma egli è stato ucciso da suo fratello e per noi non sarebbe stato sicuro restare.»

La risposta era semplice e diretta, forse per coprire il dolore provato dall'uomo.

«E che garanzia offrite se vi do rifugio?» La domanda di mio padre era altrettanto diretta; sembrava quasi un incontro d'affari per l'acquisto di una mucca.

«Mia figlia Brigit, che è una brava ragazza e vi servirà bene, e mio nipote Kevin, figlio di Finn, mio fratello e capo, con me, di questo gruppo. Entrambi i bambini sono primogeniti e hanno un'eredità d'onore nella loro terra.»

«Fateli venire avanti» disse il re e due donne, che stavano evidentemente piangendo, si staccarono dal gruppo per accompagnare gli ostaggi allo scranno regale. Le torce tremolavano nel dolce crepuscolo e la nostra gente si sporse avanti per vedere meglio i giovani.

Una era una ragazza alta e angolosa dai capelli rossi, l'altro era il ragazzo bruno che zoppicava. Erano tutti e due molto più grandi di quanto ci aspettassimo e un mormorìo di sorpresa percorse la corte.

«È nato con un piede zoppicante,» spiegò subito l'irlandese «ma è molto svelto con le parole e col pensiero ed è stato educato da uno dei migliori narratori d'Irlanda. Forse potrete metterlo a far pratica col vostro bardo, oppure ad aiutare il vostro scrivano. Non sarà difficile insegnargli a scrivere.»

Mio padre non rideva da mesi, ma mi parve di vedere un lampo di divertimento nei suoi occhi quando l'uomo diede per certo che noi avessimo uno scrivano. Nessuno a Rheged aveva bisogno di leggere, quindi non c'era ragione di tenere qualcuno per scrivere.

Il re guardò pensieroso la fanciulla e il ragazzo, lisciandosi i baffi con aria assente. Infine annuì e rivolse di nuovo l'attenzione ad Angus.

«Dove desiderate stabilirvi?» chiese, apparentemente soddisfatto degli ostaggi.

«Questo, Milord, sta a voi. Noi preferiremmo avere una residenza nostra dove coltivare la terra, dato che non siamo entusiasti dell'allevamento delle pecore. Abbiamo fiducia nel vostro giudizio, che ci assegnerà una zona adatta ai nostri bisogni.»

«Molto bene» rispose mio padre. «Se andate a est lungo la costa di questa baia troverete una buona terra presso la strada romana che porta al Sud. Vi disegnerò una mappa e vi mostrerò dove approdare. O se preferite andare via terra, vi fornirò alcuni cavalli e bardature.»

L'irlandese sembrava sorpreso, poiché probabilmente non si aspettava tanto aiuto.

Gli occhi di mio padre scintillavano di buonumore. «Potremo occuparci più tardi di questi particolari» continuò. «Per quanto riguarda gli ostaggi, ci sono alcune cose che dovreste sapere.»

Fece un cenno ai due giovani, che si posero ai lati del suo

scranno. La ragazza, avvolta in uno scialle multicolore, guardava a terra con tranquilla dignità. Ma il ragazzo fissava apertamente il re e poi la gente del circolo.

«Mi accordate una speciale fiducia offrendomi gli eredi della vostra stirpe» esordì mio padre con un tono che rifletteva la solennità dell'occasione. «Sarà come un pegno tra noi. Non vi saranno insurrezioni, rotture della pace o complotti da parte vostra. E da parte mia prometto di considerare voi e i vostri come uomini liberi di questa terra, e guiderò e proteggerò i vostri figli come membri della mia famiglia. Saranno trattati come figli adottivi, con cura e considerazione per il loro bene. Non dovrete temere» aggiunse rivolgendosi alle madri «che vengano trascurati o maltrattati. È un pessimo capo chi non riconosce la dignità e il rispetto dovuto ai giovani a lui affidati.»

Gli spazi tra le pietre si erano riempiti d'ombra e sopra di noi le stelle stavano cominciando a danzare nel cielo che si oscurava. Una delle donne sospirò e il re si rivolse ancora al loro capo: «Siete d'accordo con questi termini?».

L'uomo annuì in silenzio e mio padre chiese agli ostaggi di darsi la mano, dopo di che il loro congiunto coprì con la sua le due mani più piccole. Il re stese con cura i palmi sopra e sotto il nodo di dita intrecciate dicendo: «Angus di Ulster, giurate sulla vita dei vostri figli di mantenere la pace di questo regno e di riconoscere liberamente che io, Leodegrance di Rheged, sono vostra guida e re?».

Il grande irlandese dai capelli rossi chinò la testa e disse ad alta voce, con fermezza: «Lo giuro».

Si sciolsero le mani e mio padre si sedette più comodamente sullo scranno. Si sentivano sospiri e segni di emozione e io colsi in lontananza il debole urlo di un gufo.

Girandosi verso la ragazza mio padre le chiese sorridendo: «Quanti anni hai, Brigit dai capelli di fiamma?».

Per tutta la cerimonia lei aveva guardato a terra, ma ora alzò la testa e rispose con lo stesso tono fermo di suo padre: «Avrò tredici anni dopo il prossimo Samhain».

«E tu, Kevin?»

Il ragazzo si inchinò solennemente. «Ho compiuto dodici anni questa primavera, Milord.» Aveva già la dizione di un bardo e pensai che quando la sua voce fosse cambiata sarebbe stato facile dimenticare il suo piede deforme e il suo aspetto fragile.

«Tutti e due dell'età giusta per tenere compagnia alla mia Ginevra, e senz'altro adatti per il suo stato d'animo, come per il mio» disse mio padre tornando a guardare l'assemblea. Poi chiese lentamente: «C'è qualcuno che si oppone a questo accordo?».

Poiché nessuno fece obiezioni annuì soddisfatto.

«Così è stabilito» salmodiò chiudendo la questione e annuendo all'irlandese. «Voi e le signore gradireste tenere i ragazzi fino a domani, quando sarete pronti per partire? È già abbastanza duro separarsi senza il dolore di sapere che si trovano nello stesso campo, ma già con qualcun altro.»

Gli ospiti diedero segni di gratitudine, poi Brigit e Kevin sparirono tra la scorta di donne e mio padre iniziò la conclusione del Consiglio.

Quando giunse alla preghiera finale fece una pausa e aggiunse un suo pensiero personale.

«E per questo segno che la vita continua e che dobbiamo superare il tempo del lutto, ti ringraziamo, o Brigantia. Il destino di tutti gli uomini cambia e scorre e solo i più arroganti pensano di conoscere il Fato. Questi ragazzi, che sono quasi giovani adulti, troveranno per sempre le loro vite intrecciate con le nostre. Ma non saranno i soli a subirne le conseguenze. La loro presenza porterà nuova energia e nuovi colori alla corte di Rheged e certamente saremo più ricchi e felici per tale ragione. Consideriamo quindi questa come una buona riunione del Consiglio, Grande Dea, e preghiamo che il nostro accordo trovi il Tuo favore.»

Fu una bella conclusione e io andai a dormire con una nuova gioia nel cuore, ansiosa di conoscere gli ostaggi, anche se erano Irlandesi.

10

Brigit e Kevin

Il mattino dopo ci alzammo presto per smontare il campo e prepararci a salutare il clan irlandese. Come aveva promesso, mio padre fornì loro cavalli e selle e in cambio Angus insistette perché accettassimo in dono uno dei grandi cani.

«Per dire la verità,» disse roco l'irlandese «il ragazzo è molto attaccato alla bestia e sa occuparsene. Si sentirà meno solo se avrà qualcosa che gli ricordi la sua infanzia.»

Quando il sole cominciò a dorare l'estuario ci eravamo già separati, gli Irlandesi diretti verso la loro nuova sede e la nostra corte sulla strada del Nord, lungo le valli montane, per andare al lago Windermere e al forte di Ambleside. Kevin stava dietro con Rhufon e gli uomini che trasportavano le tende e le bardature procedendo a passo più lento. Brigit invece cavalcava di fianco a me nel seguito del re.

Era una mattinata gloriosa, piena di allodole e di nubi alte e soffici, con una dolce brezza.

«È molto diverso dalla tua terra?» chiesi notando che la ragazza si guardava attorno.

«Forse, un po'. Anche se il circolo di pietre è molto simile a quelli che abbiamo in Irlanda. Dimmi,» mi chiese con cautela «c'è una cappella vicino al palazzo del re?»

«Palazzo?» risposi sorpresa. Non avevo pensato che si sarebbe forse aspettata di vivere in un edificio costruito apposta per un re.

«Sì, la tua casa. Avrete una casa di famiglia, no?»

«Be', sì... in realtà molte» le dissi, spiegandole che quando seguivamo mio padre alloggiavamo in luoghi diversi, da terme romane a ricche dimore come quella di Patterdale o la grande sala di Appleby, con il suo soppalco e gli alti pilastri di legno che sorreggevano il tetto.

«Ma non penso che nessuno si possa definire un palazzo» conclusi. Temendo che si sentisse delusa, aggiunsi in fretta che ciò significava che viaggiavamo molto. «Non viaggiavi con la corte quando eri nell'Ulster?»

Scosse leggermente la testa. «Non molto spesso. Stavamo al palazzo del re, anche quando lui non c'era... C'era una cappella, comunque. E qui?»

«Be',» temporeggiai «c'è il monastero costruito da San Ninian, la Casa Bianca, ai margini del Solway. E di tanto in tanto un cristiano errante viene a corte, oppure vive per un certo tempo in una grotta presso un fiume. Ci sono le rovine di una chiesa a Carlisle, penso, ma sono abbandonate... La tua famiglia è cristiana?»

«Io lo sono,» rispose con orgoglio «io e i miei genitori, anche se il ramo di mio cugino Kevin non lo è. Ma loro non hanno mai conosciuto un santo, quindi forse gli ci vorrà più tempo per trovare il Cammino.»

Guardai la mia nuova compagna con interesse sempre maggiore; finalmente potevo sentir parlare in prima persona della fede seguita da questa gente.

La mattinata trascorse parlando di miracoli e di magia, di eremiti e santi e della grande dottrina che abbracciavano. Per come me ne parlava Brigit, i santi assomigliavano molto ai druidi, ma i loro sacrifici erano diversi e adoravano un dio che si era fatto lui stesso uomo. Diceva che il nuovo dio si interessava personalmente a te, a differenza degli antichi dèi che volevano che andassi da loro e che potevano o meno ascoltare le tue preghiere.

Sapevo già che quando gli antichi dèi volevano, ti accoglievano nella vastità del loro abbraccio e ti portavano sulla soglia della gioia o del terrore. Non pareva che i seguaci del Cristo Bianco sapessero molto di questa esperienza, così decisi, tra me e me, di restare con la mia fede e sperai che la ragazza irlandese non cercasse di convertirmi alla sua.

Quando giungemmo alla riva del primo lago, mio padre comandò la sosta di mezzogiorno per far riposare i cavalli e sgranchirci le gambe. Io e Brigit corremmo verso i ciottoli della riva masticando una manciata di formaggio e di noci, e continuando a parlare di tutto. Mi piaceva immensamente la sua compagnia ed era la prima amicizia che facevo da quando era morta Llyn. Ero ansiosa di mostrarle tutto ciò che potevo della nostra terra.

Immerse una mano nell'acqua del lago e la ritirò con un'espressione di sorpresa.

«Coniston è sempre freddo» le dissi, poi indicai l'isola presso la riva opposta. «Là è dove si appollaiano i cormorani per asciugarsi le ali e i tuffetti crestati costruiscono nidi galleggianti e a volte vanno a pescare al chiaro di luna. Non è il mio lago preferito, ma c'è del buon pesce.»

«Avete altri laghi?»

«Sì, sì. Ci sono Windermere, dove siamo diretti ora, Ullswater, con i suoi grandi cervi, e il Lago Nero, dove vive la Signora.» Feci il segno e poi mi chiesi se ciò poteva dar fastidio alla mia ospite, ma lei non sembrò farci caso. Forse non era uno di quei cristiani che aborriscono tutte le altre credenze.

«Che signora?» chiese alzandosi lo scialle variopinto sulle spalle. Eravamo giunte a un punto in cui gli alberi crescevano vicino all'acqua e faceva molto più freddo.

«Come? La Sacerdotessa... la Signora del Lago. La tua gente non conosce la Dea, la sua Signora e tutto quanto?»

«Vuoi dire Morrigan?» Fece in fretta un suo segno. «Tutti la conoscono. Ma chi è questa Signora?»

Le spiegai come un numero ristretto di donne venga educato nelle stesse discipline dei druidi e che quando muore la vecchia Sacerdotessa se ne nomini una nuova per prendere il suo posto e continuare a insegnare ad altri per il resto della sua vita.

«Ed è nota come la Signora del Lago perché il Santuario è sul Lago Nero» conclusi.

«È il capo dei druidi?» chiese Brigit con circospezione.

«Non penso, anche se la rispettano molto. È più un'insegnante che un capo, credo... e una grande guaritrice. La gente va al Santuario per ogni sorta di problemi.»

«È come un monastero, quindi, solo per donne?»

«Non lo so» alzai le spalle. «Non sono mai stata al Santuario né in un monastero. Ma penso che al Lago ci siano sia uomini sia donne, mentre sono solo uomini nella casa di San Ninian a Whithorn.»

Brigit ci pensò un attimo, poi sorrise. «A casa, la santa da cui ho preso il nome ha fondato una casa sacra solo per donne. Non ho avuto occasione di incontrarla,» aggiunse pensosa «ma forse un giorno verrà in Britannia.»

Ci avviammo verso il gruppo degli adulti, camminando attentamente poiché le radici degli alberi si torcevano sul terreno e minacciavano di far inciampare i distratti. Una di queste era cresciuta attorno a una pietra e quando la terra si era consumata, la roccia era rimasta intrappolata in una sorta di gabbia vivente. Avevo sempre pensato che in quel luogo vi fossero all'opera due dèi, quello della pietra e quello dell'albero, e salutai entrambi quando passammo.

«Come si diventa santi?» chiesi.

«Credo soprattutto vivendo in accordo con le leggi sacre e insegnandole agli altri» disse Brigit.

«Quindi, in un certo senso, la Signora del Lago è una santa?»

La ragazza cristiana si fermò di colpo, con un'espressione scossa sul volto lentigginoso. Poi scoppiò a ridere. «Be', è il dio sbagliato, ma altrimenti, forse sì. Sono sicura che i frati e i preti non approverebbero questa definizione, però. A loro non piacciono gli Antichi Costumi, sai, e dicono che è stolto chiamarli sacri.»

Io annuii sorridendo. Mi piaceva molto questa nuova amica dalla voce cadenzata e dalla risata piena.

Fare conoscenza col ragazzo irlandese fu una questione diversa. Le mie giornate erano piene di lavoro con Brigit, dato che Gladys ci trovava sempre qualcosa da fare in cucina, e Kevin era indaffarato con gli uomini. L'unico momento in cui lo vedevo era a cena, quando noi giovani servivamo gli adulti. Eravamo tutti impegnati a portare e andare a prendere il cibo, e la possibilità di parlare era limitata. Inoltre egli sembrava timido e reticente ogni volta che gli rivolgevo la parola, e cominciavo a pensare che non avremmo mai fatto amicizia.

Poi una mattina mi avviai a grandi passi alla stalla, volendo strigliare Piedipiuma. Quando girai attorno all'angolo del granaio, trovai Rhufon presso la porta della scuderia che guardava attentamente cosa succedeva nel recinto.

Kevin era in groppa a un castrato castano per provarlo. Girò due volte attorno al recinto, tenendo l'animale al trotto, poi lo incitò al piccolo galoppo lungo lo steccato opposto, sotto lo sguardo del maestro di scuderia.

«Sembra che abbia dimestichezza con i cavalli» commentò Rhufon quando mi avvicinai. «Glieli ho fatti montare tutti, tranne quello del re naturalmente, e non ce n'è uno che non sappia trattare.»

«Quindi magari può venire a cavalcare con me» dissi con ostentata disinvoltura, cercando di farla sembrare come un'osservazione di ordine puramente pratico e non come la speranza di un gioioso futuro che mi era all'improvviso saltata in mente. «So che Piedipiuma non si muove abbastanza e se potessi avere una scorta così esperta con i cavalli non ci sarebbe pericolo a farci andare fuori da soli.»

Rhufon mi esaminò con una lunga e lenta occhiata, trattenendo il sorriso che trapelava dall'espressione divertita degli occhi. Annuì molto, molto lentamente.

«Può darsi, signorinella... può darsi» affermò infine.

«La faccio sellare subito» dissi guizzando nella stalla prima che potesse cambiare idea. Nel giro di pochi minuti io e Kevin avevamo già oltrepassato le porte e la strada rialzata che attraversa il doppio fossato.

«Fai sempre le cose così in fretta?» chiese lui mentre superavamo il villaggio e ci dirigevamo verso la valletta che si apre tra i grandi monti.

«Quando posso» risposi allegramente. «E tu?»

«Quando posso» mi imitò e scoppiammo tutti e due a ridere. «Mi sarebbe solo piaciuto portare Ailbe con noi, ma non c'era tempo per andare a prenderlo al canile.»

«Potrà venire la prossima volta» promisi.

Così continuammo a cavalcare e io lo assillai di domande sul suo cane, sull'Irlanda e su tutto ciò che trovava di diverso qui. A differenza della sua dolce cugina, egli era irrequieto, curioso e pieno di osservazioni ed esprimeva giudizi su tutto, dal modo in cui i Romani avevano sistemato il forte al sistema migliore per intrappolare le anatre sulla riva del lago.

Ero molto colpita. Aveva solo due anni più di me, ma sembrava capire cose a cui non avevo mai pensato.

«Come fai a sapere tutto ciò?» chiesi.

«Basta osservare» rispose. «Tieni gli occhi aperti e sta' attenta a ciò che vedi.»

«Come cosa?»

«Come i segni degli Antichi, per esempio. Da noi si lasciano messaggi a vicenda ovunque. Sono chiarissimi e ne ho già trovati uno o due qui.»

«Davvero?»

L'idea che Kevin potesse leggere la presenza delle creature semimagiche che di solito si incontravano solo nei racconti era affascinante. Mi girai a guardarlo. Un folto ciuffo di capelli neri gli ricadde sulla fronte, nascondendo quasi gli scintillanti occhi blu. Pensai per un attimo che avrebbe potuto essere anche lui un folletto, con quell'aspetto così diverso dagli altri.

«Certo» confermò lui. «Ogni volta che trovi un fiore con due petali mancanti ai lati opposti del centro, sai che è un loro segno. Oppure una tacca nella corteccia di un albero a circa un metro da terra... non sono molto alti, sai.»

«Come lo sai? Ne hai mai visto uno?» Ero sicura che potesse parlare con tutti gli spiriti che voleva.

Guardò altrove, come se all'improvviso fosse tornata la sua timidezza.

«Dimmi, ti prego. Prometto che non lo dirò a nessuno, se non vuoi» lo pregai, terrorizzata che il mio nuovo amico si ritraesse dalla conversazione.

«Mi prendono già abbastanza in giro dicendo che sono un figlio delle fate e perché sono l'unico coi capelli neri tra tutti i rossi» disse con circospezione. «E agli adulti non farebbe piacere sapere che ho avuto contatti con i Piccoli Uomini.»

«Quindi ne hai incontrato uno, una volta, vero?» lo incalzai.

Mi guardò e annuì, con un bellissimo sorriso che gli illuminò improvvisamente il volto.

«Ero andato a pescare a un ruscelletto, lontano, dove nessun altro si spingeva. Per via del mio piede non potevo fare a botte con gli altri ragazzi, tirare di scherma, o fare commissioni per il re. Così uscivo da solo e passavo l'intera giornata a pescare, raccogliere conchiglie o guardare gli uccelli che facevano il nido sui promontori.

«Quel pomeriggio ero seduto su un argine che sporgeva sull'acqua, cercando di convincere l'abitante della pozza ad abboccare alla mia esca, quando mi coprì un'ombra e io guardai su e vidi un piccolo uomo con le mani sui fianchi e gli occhi un po' socchiusi.

«Sembrava una persona normale, solo più piccola, e aveva i capelli neri e gli occhi scuri, per quanto potei vedere. Dissi qualcosa ed egli rispose; fu allora che mi resi conto che non parlavamo la stessa lingua. Mi girò attorno, in modo che non dovessi guardare controluce per vederlo, e si accovacciò davanti a me. Era così vicino che lo potevo annusare, e aveva un odore abbastanza sgradevole, in verità. Le pelli che indossava erano conciate male, non so se avesse mai fatto un bagno e i suoi capelli esalavano l'odore stantìo del fumo di torba.»

Kevin fece una pausa e mi guardò per accertarsi che gli credessi, poi continuò il racconto.

«Senza una parola si sporse e mi prese il piede, quello storto. Lo avevo ripiegato da un lato e lui semplicemente lo prese e mi raddrizzò la gamba per vederlo meglio. Poi mi tolse la scarpa e cercò le ossa sotto la pelle.

«Era molto delicato. Ma nessuno, neppure la mia mamma, aveva mai voluto guardare il mio piede così da vicino, quindi mi sembrava strano. Dopo un momento mi fece qualche segno sulla pelle e pronunciò alcune parole mentre mi reggeva il piede tra le palme delle mani. Poi annuì, mi rimise la scarpa e si sedette. Mi era impossibile parlare, ma non saprei dire se fosse per la sorpresa o per un incantesimo che mi aveva fatto.»

Kevin fece il segno contro il male e io annuii aspettando che continuasse. Il sentiero era giunto a una radura e noi ci fermammo, lasciando andare le redini in modo che i cavalli potessero brucare l'erba.

«Si sporse, afferrò la mia lenza e la tirò fuori dall'acqua. L'esca era ancora attaccata e lui guardò attentamente l'amo, rigirandolo con la stessa cura con cui mi aveva maneggiato il piede. Infine mi guardò e scosse energicamente la testa, indicando il ruscello nel caso non capissi. Prese un coltello di silice dalla tasca del grembiule, tagliò la lenza e si rimise il coltello in tasca. Tenne l'amo con una mano e protese l'altra come per coprirmi gli occhi. Io chiusi le palpebre chinando la testa da un lato, ma quando le riaprii se n'era andato, in silenzio come era venuto.

«Ci ho pensato molto,» concluse Kevin «e non so quanto la sua fosse curiosità e quanto intendesse davvero guarirmi il piede, se in cambio non andavo più dove pescava lui. Evidentemente mi aveva visto salire al ruscello, altrimenti non avrebbe potuto sapere che ero zoppo. La maggioranza della gente guarda altrove e finge di niente. Lui ha cercato di guarirmi, e questa è una cosa eccezionale.»

Assentii in silenzio. In un certo modo la sua storia mi faceva sembrare i Piccoli Uomini meno sinistri di prima.

«Ho sentito una volta che c'è una profezia» continuò Kevin pensoso. «Dicono che verrà un grande re, un uomo il cui regno sarà annunciato da una cometa. Sotto di lui non ci saranno più guerre; né Celti contro i Celti, né Romani contro i Britanni, né Britanni contro i Sassoni. E anche questo sarebbe eccezionale.»

«È possibile?» chiesi. L'idea era così strana e grandiosa che doveva essere nata nell'Aldilà.

«Forse.» Kevin alzò le spalle. «Ma Edwen mi sta insegnando le vostre canzoni e le genealogie di re e guerrieri per molte generazioni... nessuno di loro sembrava molto interessato alla pace. Non sembra avere una grande priorità nelle liste degli eroi» aggiunse con lo stesso tono ironico che usava Brigit.

Ridemmo e spronammo i cavalli al galoppo nella radura. E sulla via del ritorno sapevamo entrambi che quello sarebbe stato l'inizio di una grande amicizia.

11

Il Sommo Re

Entro un mese Brigit e Kevin entrarono perfettamente a far parte dell'ambiente di casa, come se vi fossero nati. La vita prese il tono più piacevole che potessi ricordare, anche da prima della morte di mamma. Quando non facevo qualcosa con Brigit, io e Kevin eravamo insieme. Portavamo i cavalli a correre molte volte alla settimana e, se il tempo lo permetteva, vagavamo per la campagna, saltando ruscelli o arrampicandoci sugli alberi in cerca di miele ed escogitando ogni tipo di avventura.

A casa la mia esperienza, se non il mio amore, per le faccende domestiche si ampliò sotto l'occhio vigile di Brigit. Se Nonny provava ancora qualche antipatia per i nuovi venuti, questa svanì la prima volta che Brigit mi sgridò per essermi strappata i calzoni.

«Se sei così brava a rompere la tela, puoi imparare a usare l'ago altrettanto bene» dichiarò la mia amica portandomi risoluta da Nonny per prendere la cesta del cucito.

L'anziana donna batté gli occhi per la sorpresa e, aprendo la credenza con le chiavi di mamma, frugò nel cestino finché trovò la scheggia d'osso lustro con un foro all'estremità.

«Va bene, Nonny; starò attenta a che l'ago venga rimesso bene al suo posto» le assicurò Brigit facendomi sedere per darmi una lezione di rammendo. Gli occhi di Nonny erano troppo vecchi per notare la goffaggine dei miei punti, ed era comunque così compiaciuta di vedere che qualcuno si occupava di me che non fu molto critica.

Quando le notti autunnali presero ad allungarsi, mio padre decise che avremmo passato l'inverno sulla costa nord del Solway; là il tempo era mite e potevamo lasciarci alle spalle il dolore per la perdita dell'anno precedente.

Così ci dirigemmo verso nord, fermandoci spesso lungo la strada per vedere come prometteva il raccolto. Non era l'annata migliore naturalmente, dato che la primavera era stata tanto umida e fredda, ma sembrava che la maggioranza della gente ne avrebbe avuto abbastanza per cavarsela durante l'inverno, e mio padre disse che sarebbe potuto andare molto peggio.

Superato Carlisle, ci facemmo strada nell'intrico di fiumi e ruscelli che si gettano nel fiordo dove si ergono le Pietre di Mabon. Qui era stato programmato un raduno e le genti vennero da tutta la zona del Vallo per scambiarsi notizie: baroni e guerrieri, uomini di potere locali e gente comune venuta per ragioni più personali. Emerys il mugnaio arrivò da Appleby per riferire che nonostante Urien avesse organizzato diverse incursioni lungo il confine dei Pennini, non aveva conquistato nulla del territorio del Rheged.

Ci furono diversi altri resoconti e scambi di opinione e nel pomeriggio mio padre condusse la cerimonia del ringraziamento, mentre i musicisti suonavano e Cathbad ci insegnava una danza greca in onore del giovane dio. Diceva che anche se i Greci chiamavano Mabon col nome di Apollo, capivano quanto i Celti l'importanza del ballo.

Fu in genere un incontro allegro, anche se correva voce che il Sommo Re fosse caduto preda di una malattia di deperimento.

Guardai uno stormo d'oche in volo dall'estremo nord, con i loro gridi attutiti che si perdevano nel cielo argentato, e mi chiesi cosa fosse una "malattia di deperimento".

«Probabilmente qualcosa che i guaritori non possono curare» suggerì Kevin il giorno dopo.

Mio padre era contento dell'abilità del nuovo ragazzo con i cavalli e gli aveva fatto dono del castrato, che venne ora chiamato Gulldancer. Cavalcavamo insieme, con il grande cane Ailbe che ci trottava a fianco, mentre la corte si dirigeva ai quartieri invernali.

«È importante?» domandai, chiedendomi perché ci preoccupassimo tanto del Sommo Re. Non l'avevo mai visto, dopotutto, trovandomi in quella zona periferica tra il cuore della Britannia e le terre selvagge della Caledonia. Avrei piuttosto pensato che la salute e l'umore dei capi del Nord contasse di più per noi del benessere di una figura simbolica giù nel Logres.

«Finché siamo un regno vassallo, è importante» affermò Kevin. «Inoltre, non tutti i sommi re sono limitati nelle azioni quanto Uther. Si dice che Ambrosius si recasse ovunque, probabilmente come fa tuo padre qui.»

Stavamo giungendo a un passaggio tra le colline e io trattenni il fiato quando dietro comparve un'ampia valle. È una vista che amo. I campi coltivati digradano dolcemente verso la riva meridionale e a ovest si vede la prima delle penisole rocciose che sporgono nel Solway come dita grasse e tozze, separate tra loro dalle turbinose acque del fiordo.

Quel pomeriggio i campi erano coperti del bronzo brunito dell'autunno e la massa blu della catena del Criffel definiva il confine del mondo davanti a noi. Il vento rideva nei boschi sulle alture, mentre oltre l'anello di paludi il Solway appariva ingannevolmente liscio e tranquillo. Quando la marea è bassa si può camminare a lungo sul fango argentato, sospesi tra il cielo sopra e quello riflesso dalla lucente distesa umida in basso. Ma quando cambia, la marea si lancia rombando su tutto ciò che incontra e una persona può perdersi da un momento all'altro.

«Secondo Edwen il problema irrisolto è chi sarà re dopo Uther.»

La voce di Kevin mi attraversò i pensieri, risvegliandomi così bruscamente che la marea rombante e la questione del Sommo Re si mescolarono in un torrente di confusione.

«Dopo...?»

«Dopo che morrà Uther, sciocchina. Edwen dice che siamo a un nodo, a un incrocio tra il passato e il futuro, e i fili sono fatti sia di ciò che è accaduto prima sia di ciò che è predestinato dopo.»

Sorrisi, poiché era chiaro dal tono della sua voce che stava accingendosi a ripetermi una delle storie che il nostro bardo gli aveva recentemente insegnato. Stava imparando ad arricchire i racconti di solennità e mistero e mi piaceva ascoltarlo mentre faceva pratica.

«Quando i giorni dell'Impero giungevano alla fine, i comandanti militari portarono via le truppe dalla Britannia e navigarono verso Roma, sperando di difenderla dagli assalti violenti dei barbari.

«Cominciarono allora tempi duri, con la pestilenza e la fame ovunque, e poiché le Legioni se n'erano andate, i nemici di Britannia si fecero più arditi. Giunsero dal Nord, dall'Est, dall'Ovest: Pitti dai corpi dipinti e dalle feroci grida di guerra, Sassoni nelle loro lunghe barche e Irlandesi attraverso il Piccolo Mare. La Britannia era assediata e chiese aiuto a Roma, ma la Città Eterna era caduta in mano ai barbari e non poteva mandare truppe né incoraggiamenti.

«Ovunque regnava il caos, finché un uomo si levò per sanare le ferite e cercare di riunire i Cumbri contro il temibile nemico. Quest'uomo era Vortigern, un forte e orgoglioso guerriero che uccise, saccheggiò e combatté per avere la supremazia su tutti gli altri durante la folle lotta per il potere quando l'Impero crollò. Era un uomo che credeva nelle antiche usanze e cercò di cancellare tutto ciò che portasse traccia di una contaminazione romana; e coloro che gli si erano opposti fuggirono per salvarsi la vita e trovarono rifugio nella Britannia Minore, che oggi chiamiamo Bretagna.

«Nel suo sforzo di fermare gli attacchi dei nemici che minacciavano di invadere l'isola, il tiranno Vortigern fece un patto con le tribù sassoni, sebbene fossero nemiche. Offrì loro terre e denaro se avessero preso le armi contro gli altri invasori, e con questa promessa Hengest e Horsa, i capi sassoni, portarono tre navi di guerrieri in aiuto alla Britannia.

«Dunque i nuovi alleati lottarono a fianco dei Britanni, sbaragliando gli invasori del Nord. Ma quando i Pitti furono ricacciati indietro, i Sassoni, insoddisfatti delle terre avute in dono, cominciarono a chiedere di più e si rivoltarono contro il loro ospite, spazzando le ricche terre della Britannia centrale come un'ondata di morte.

«E poi giunsero dalla Bretagna, attraverso il mare, i figli degli uomini che Vortigern aveva ucciso per ascendere al potere. Ora adulti e potenti, riportarono eserciti, coraggio e speranza, e le genti si unirono a loro nella rivolta contro il tiranno, per cacciarlo anche dalla sua roccaforte montana nel cuore del Galles.

«I nuovi capi erano Ambrosius, esperto nell'arte del governo, e il suo fratello guerriero Uther, che condusse gli uomini in battaglia. Insieme ristabilirono l'ordine nel reame e ricacciarono i Sassoni sulla costa orientale.

«Ambrosius fu proclamato Sommo Re e chiamò il giovane Merlino alla sua corte, riconoscendolo come figlio suo nonostante fosse illegittimo. Romano come educazione e pensiero, Ambrosius si impegnò a ripristinare le regole della legge e dell'ordine, viaggiando per tutta l'isola per cercare l'unità tra le diverse tribù celtiche.

«Ma Ambrosius cadde vittima di un avvelenatore a corte e, poiché i guerrieri si trovavano bene con suo fratello Uther, lo elessero Sommo Re al suo posto.

«Questo avveniva sedici anni fa» concludeva Kevin con aria riflessiva, riprendendo il suo tono normale. «Uther è rimasto senza eredi per tutti gli anni del suo regno, a parte, naturalmente, il misterioso principino che si dice Merlino abbia creato con la magia e la stregoneria. Né il ragazzo né il Mago si sono visti per anni; nessuno sa dove sia il giovane, né quale sia il suo nome... o neppure se sia ancora vivo. I prìncipi hanno sempre nemici quando ci sono fieri contendenti per la corona.»

«Ma chi sono i contendenti?» chiesi, senza capire ancora che effetti tutto ciò potesse avere sul Rheged.

«Edwen dice che molti non sono contenti di questa tendenza romana e vorrebbero che la Somma Corona tornasse alle antiche famiglie celtiche che erano al potere prima dell'inizio dei tempi duri. Visto che il Sommo Re viene scelto per consenso, molti potrebbero competere per il potere e l'onore dati dal titolo.»

I suoi occhi scuri e penetranti mi guardarono attentamente.

«Dimmi,» riprese «che cosa penseresti se la Somma Corona fosse data a Urien, per esempio?»

«Oh...»

Era già abbastanza difficile avere Urien come vicino e non mi andava certo l'idea di avere anche la sua somma autorità su tutti noi. Annuii in silenzio, fissando di nuovo l'acqua e pensando a come le cose possano essere complesse e instabili quando si guarda sotto la superficie.

Un brivido mi percorse la schiena e accantonai il problema del Sommo Re e del suo erede. Ci stavamo dirigendo verso le case galleggianti del remoto Loch Milton e mi dissi che neanche il Sommo Re sarebbe stato capace di trovarci là.

Più antiche di quanto chiunque potesse ricordarsi, le case erano costruite su isole di fango, tronchi e rami, quasi come i nidi dei tuffetti crestati. Sono meravigliose d'estate, quando le canoe sono legate alle verande che circondano ogni abitazione e lo sciacquìo dell'acqua su tutti i lati mantiene l'ambiente fresco e piacevole. E anche d'inverno il pavimento di legno lucido e le accoglienti camere da letto che si irradiano dal focolare di pietra sono confortevoli come nelle case rotonde di montagna.

Il tempo era mite e tranquillo quell'anno, forse per compensare gli orrori dell'inverno precedente, e molte mattine io e Kevin prendevamo i cavalli all'alba e cavalcavamo nel paesaggio silente e nebbioso mentre sorgeva il sole. Nere e ocra nella nebbia sulla riva del lago, le canne si aprivano all'improvviso quando un airone si alzava con rauche strida nel giorno, e il mio cuore si elevava con lui. Persino gli scheletri spogli e neri degli ontani diventavano belli quando il sole colpiva la rugiada sui rami, facendola scintillare come un gioiello.

Fu in una mattina simile che ci imbattemmo nell'uomo selvaggio che dormiva in un riparo di rami e fronde. Qualunque sconosciuto che vivesse nella foresta rivelava forze strane e sinistre, poiché solo i fuorilegge e i folli avevano casa nei boschi.

Inoltre le vesti stracciate di questa creatura coprivano a malapena i tatuaggi che lo definivano come un pitto, uno di quegli strani barbari che vivevano di birra d'erica e di rozza determinazione negli altipiani del Nord. Kaethi diceva che la loro ferocia e il loro disprezzo erano così terribili che i Romani avevano costruito il Vallo per respingerli. Io inghiottii di colpo e trattenni Piedipiuma. Kevin rise.

«Che razza di regina celtica sarai se scappi alla prima difficoltà?» scherzò. «Suvvia, vediamo di chi si tratta.»

Io feci per protestare, ma Kevin afferrò un ramo di pino e cominciò a solleticare la testa quasi calva del dormiente.

Bloccati nel mezzo della corsa, i cavalli si muovevano impazienti, alitando nell'aria gelida. Gulldancer, sempre curioso, abbassò la testa e soffiò piano sul piede scoperto dello straniero.

«Buon Dio, proteggimi» mormorò l'uomo cencioso, cercando di scacciare il ramo di pino mentre nascondeva la gamba sotto il mantello di pelle di lupo. «Va bene, va bene, mi alzo» aggiunse in tono benevolo.

Si sedette lentamente e si strofinò gli occhi mentre noi lo fissavamo sbalorditi. Aveva una croce di legno appesa al collo e fece il segno cristiano, non so se per salutare noi o proteggere se stesso. Kevin gettò via il ramo di pino.

«Dove siete diretto, padre?» chiese, considerato il carattere temporaneo del riparo e la mancanza di tracce di un fuoco.

«Al monastero di Whithorn, naturalmente» fu la risposta.

«Da quanto tempo non avete lo stomaco pieno?» domandò il mio compagno e il pitto sorrise mestamente.

«È una questione a cui non penso spesso,» rispose «poiché ho imparato a soddisfarmi con ciò che il Signore provvede.»

Allora gli indicammo come giungere al lago e ci lanciammo al galoppo verso casa. L'arrivo di un visitatore crea sempre eccitazione e un personaggio così insolito avrebbe destato un interesse ancora maggiore.

Affidammo i cavalli a Rhufon e attraversammo di corsa il ponte per entrare in casa, gridando animatamente.

«Abbiamo un ospite, Gladys... un ospite!»

La cuoca alzò gli occhi dalla pentola di porridge che stava rimestando, con un cenno di sorpresa nel corpo flemmatico.

«In questo periodo dell'anno?» chiese e noi le spiegammo tutto ciò che sapevamo, mentre lei versava con un mestolo due porzioni di spesso e caldo porridge e ci metteva le scodelle davanti.

«Dovrà accontentarsi di ciò che abbiamo... della buona avena e un mestolo di panna.» Alzò le spalle.

«Sono sicura che sarà soddisfatto» intervenne Brigit, emozionata all'idea di un ospite simile. «Gli uomini santi non hanno bisogno di molto.»

Così arrivò padre Bridei, i cui abiti stracciati e l'aspetto trasandato contrastavano con la luce che gli illuminava gli occhi. Passò l'intera giornata con noi e la gente venne dalle altre case per radunarglisi attorno e fargli domande. Anche mio padre ci raggiunse quella sera presso il focolare per ascoltare i racconti del viandante sulla vita nei boschi e sul monastero di Whithorn, che vantava persino una biblioteca.

«Ci sono rotoli, tavolette e opere di ogni genere, alcune con immagini e belle copertine e altre vecchie e fragili, ma tutte piene della parola di Dio.»

Il suo volto splendeva d'entusiasmo e Kevin lo ascoltava attentamente.

«Intendo tornare là, ora,» continuò padre Bridei «per vivere con i miei confratelli; i miei anni di eremitaggio sono finiti per il momento.»

«Non avevate paura» chiese Kevin «a vagare là nella foresta da solo, senza cibo, né fuoco, né aiuto?»

Il nostro ospite sorrise con una splendida espressione di saggezza.

«L'amore di Dio e la certezza che Egli mi proteggerà dai lupi e dagli orsi, dalla fame e dalle azioni dei malvagi, mi rendono bella la vita ovunque io sia. Col Cristo Bianco al mio fianco non ho bisogno di temere il male, incettare l'oro, desiderare la lussuria. E sempre, sempre torno al monastero con il cuore colmo di lodi per il mio Signore.»

Molti annuirono ammirati, colpiti dalla fede che rendeva quest'uomo così coraggioso.

Il sant'uomo passò la notte da noi e mio padre gli diede il permesso di celebrare la messa il mattino dopo in una delle costruzioni sulla spiaggia. Rhufon borbottò, ma Brigit e gli abitanti locali che professavano il cristianesimo erano profondamente compiaciuti.

Più tardi, mentre il monaco si preparava a continuare il cammino, tutti gli si affollarono attorno per augurargli buon viaggio. Alcuni chiesero una benedizione, e lui fece il segno della croce per tutti noi, pagani e cristiani.

«Non dimenticate,» gridò mentre imboccava il sentiero lungo il lago «il monastero accoglie tutti coloro che vogliono trovare rifugio in Cristo. Basta andarci.»

Io, Brigit e Kevin eravamo sulla strada principale a salutarlo con gli altri, immersi nell'atmosfera di amicizia creata dal monaco. Abbracciai i miei compagni e diedi loro una stretta di amore e stima.

Certo, pensai, non si poteva chiedere una famiglia più cara, o una vita più piacevole.

12

La famiglia irlandese

«È stata una giornata lunga, Milady» disse il luogotenente di Artù fermando il cavallo vicino a noi. Si rivolse a Brigit. «Penso che dovremmo arrivare presto al sentiero, visto che abbiamo passato da poco la pietra miliare.»

La ragazza irlandese indicò un boschetto davanti a noi. «È là che si svolta. E io, intanto, sarò felice di scendere da questo animale e mettere i piedi sulla terraferma!»

Lasciammo la strada e dopo un po' di curve giungemmo sul fianco di una collina che sovrastava la proprietà della famiglia di Brigit.

Le case rotonde erano tutte raggruppate, protette da un fossato e da una palizzata, e dietro di esse si stendevano i campi e i recinti ricavati dai terreni incolti. Su un lato c'era un porcile e una fila di tetti di paglia più piccoli copriva le fosse che servivano per immagazzinare grano e altre provviste per l'inverno. Un paio di cavalli osservavano curiosi il nostro arrivo. Mi chiesi se fossero gli animali che mio padre aveva dato ad Angus quando la famiglia era appena arrivata nel Rheged.

Il sentiero si immergeva ancora tra gli alberi e superammo un gruppo di betulle, con i loro amenti che scintillavano dorati nella luce del pomeriggio. Tracce di incisioni segnavano la corteccia di molti alberi, il che indicava che avremmo bevuto vino fresco di betulla per dissetarci. Era chiaro che la famiglia di Brigit utilizzava bene la terra, e mi faceva piacere pensare che mio padre ne avesse dato loro la possibilità.

L'intero clan ci stava aspettando alla porta per salutarci. Gli adulti erano come me li ricordavo, robusti e dai capelli rossi. Adesso c'erano più bambini e una giovane donna era incinta.

Una volta scambiati i saluti e fatte le presentazioni, ci avviammo verso le diverse case che ci avrebbero ospitato.

«Non abbiamo spesso tanti ospiti.» Zia Oonagh, la madre di Kevin, mi sorrise timidamente.

«O tanto importanti» intervenne la madre di Brigit, indicandomi l'edificio della tessitura che avevano riservato per noi. La costruzione era così grande che un secondo cerchio di pali reggeva il tetto, e alcuni letti ad armadio erano stati sistemati tra questi e la parete. Un pezzo di tessuto quasi finito aspettava al telaio presso la porta.

«Desiderate riposare prima di cena?» chiese la mia ospite. «Manca ancora un po' di tempo prima che sia pronto.»

«Grazie, ma preferisco camminare un po'. Siamo stati in sella tutto il giorno e ho bisogno di sgranchirmi le gambe» risposi.

«Già, avrei dovuto pensarci. Volete che Brigit vi faccia vedere il posto? Non è proprio un palazzo, ma lo abbiamo costruito noi ed è casa nostra.» La donna splendeva di giusto orgoglio.

Lavinia era impegnata a scuotere il vestito che pensava di farmi indossare quella sera e mi guardò accigliata. Sapevo che avrei dovuto placare le sue ire, quindi ringraziai la madre di Brigit e le dissi che avrei incontrato la mia amica nella casa principale. La nostra ospite se ne andò, arrossita e felice, e io mi girai per affrontare la mia dama di compagnia.

La piccola matrona romana era al centro del locale, fuori posto in questa rustica casa di campagna come una moneta appena coniata al mercato di Carlisle. L'indignazione le avvampava le guance rotonde e le spezzava la voce patrizia.

«Chi ha mai sentito una cosa simile? Invitare una ragazza che sta per diventare regina dell'intera Britannia a curiosare in una fattoria!»

«Lavinia, penso che sia molto gentile da parte sua. Sta solo cercando di essere ospitale, dopotutto. Considera tutto ciò che hanno fatto per farci stare comodi.»

Era chiaro che le ceste di lana grezza e gli involti di lino che riempivano solitamente lo spazio erano stati spostati e la casa era stata interamente arieggiata. Ceste di filo di lino e diverse casse di legno, piene senz'altro di tessuti, erano accatastate sotto le grondaie e una caraffa d'acqua fresca era posata nella sua bacinella sopra una credenza.

«Sai che il tuo bel vestito si macchierà tutto di fango e sterco?» si lamentò Lavinia, lisciando teneramente l'indumento come se proteggesse un bambino.

«Be', veramente,» dissi con il maggior tatto possibile «stavo pensando che sarebbe meglio non indossare il vestito, dato che potrebbe sporcarsi o persino rovinarsi. Anzi, preferirei indossare un altro paio di calzoni e una tunica, e tu puoi spazzolare questi e appenderli a prendere aria per domani.»

Come previsto, Lavinia inorridì all'idea. La buona matrona credeva ancora che andare a cavallo e indossare calzoni fossero un affronto al comportamento civile. Ammetteva a malincuore che i calzoni erano comodi per le attività all'aria aperta, ma quando ero sotto un tetto si aspettava che mi "ricordassi del mio rango". Ora sul suo volto rosato si dipinse un misto di irritazione e delusione.

«Vuoi dire che non indosserai il vestito né stasera né domani?» borbottò. «Ma se viaggerai nella portantina un vestito sarà più adatto.»

Avevamo raggiunto il nocciolo della questione. Io mi avvicinai a lei e le presi le mani nelle mie.

«Lavinia, ho pensato anche a questo. Non sono comoda nella portantina: non posso vedere dove andiamo, né sentire la brezza, e poi il suo movimento mi dà la nausea. È una bella idea e apprezzo la tua premura, ma sono molto più felice in groppa a Piedipiuma.»

«Ma la portantina è stata costruita apposta per l'occasione,» mi fece presente «copiata da quella che mia nonna aveva portato da Roma, per andare dal Sommo Re con dignità, non a cavalcioni di un animale vestita di stracci barbarici.»

«Apprezzo la cura che ti sei presa. E se ti rende più felice,» dissi in fretta, sperando di addolcire l'offesa «prometto di viaggiarci quando arriveremo a Winchester, ma finché non incontriamo re Artù sarò molto più comoda con i miei "stracci barbarici" insieme al resto del corteo.»

Lavinia continuò a rimproverarmi mentre mi sfilavo gli abiti della giornata e indossavo quelli puliti.

«E non pensare di cavartela con questo genere di cose alla Somma Corte!» concluse mentre mi apprestavo a uscire.

Ero tentata di dirle: «Lo so, lo so... perché pensi che ci tenga tanto ora?». Ma frenai la lingua e la ringraziai quando mi porse un corto mantello con l'avvertimento che l'aria era ancora fresca di sera, non importava cosa dicesse il calendario.

Brigit mi portò a visitare la fattoria della sua famiglia, con i bambini più piccoli che ci seguivano passo passo, mostrandomi mucche e maiali e il branco di oche selvatiche; queste ci si avvicinarono dondolando, con la testa protesa e il lungo collo che oscillava come un serpente, chiocciando, borbottando e sibilandoci imprecazioni.

Gli edifici di canniccio e fango erano ben costruiti. Il chiacchierìo di un gruppo di passeri riempiva le parti superiori del granaio. Il momento più interessante fu la visita ai canili, dove una figliata di cuccioli correva e giocava, ringhiando e saltandosi addosso a vicenda.

«Mio padre è molto orgoglioso dei suoi cani» disse Brigit in mezzo ai numerosi bambini che ci avevano circondate. «Penso che dia più importanza a loro che ai suoi stessi figli. Senz'altro se ne vanta di più» aggiunse con un sorrisetto ironico.

La sera era ormai calata quando ci avviammo in gruppo verso la casa principale per andare a cena. Il pasto fu allegro e chiassoso, con membri della nostra scorta accalcati insieme agli amici e ai parenti della famiglia di Brigit. Era un vero banchetto, con anatra arrosto, pesce fresco della Baia di Morecambe e un delizioso budino di germogli di biancospino, oltre a focacce d'avena e d'orzo di ogni tipo.

Angus insisté per farmi sedere al suo posto al centro della tavola, con Bedivere da un lato e Brigit dall'altro. Brigit si era offerta di aiutare sua madre, naturalmente, ma era stata cacciata dalla cucina con l'ammonizione che questa era una festa in onore suo quanto mio, così lei rise e si lasciò cadere sulla panca vicino a me.

Gli altri uomini di Artù erano sparsi attorno ai tavoli e tutti sembravano divertirsi. Non c'era ombra di Merlino, però, e chiesi infine a Bedivere perché il Mago non fosse tra noi.

«Tenete sempre d'occhio tutto, Milady?» Il suo tono era serio, ma vidi lo stesso sorriso canzonatorio che mi aveva rivolto a pranzo.

«Be', uh...» balbettai, non sapendo che cosa dire.

«No, non intendevo offendervi. Voglio dire che è una buona qualità. Una regina che pensi solo a se stessa è abbastanza facile da trovare, ma una che si preoccupi di come stia e dove si trovi il suo corteo è molto più degna di ammirazione.»

Arrossii e abbassai subito gli occhi sul mio piatto. Non ero abituata ad adulazioni pubbliche e complimenti per ciò che mi sembrava semplice buon senso, e mi sentii sciocca e maldestra nella mia reazione.

«Non intendevo mettervi in imbarazzo, Vostra Altezza» si affrettò a dire Bedivere chinandosi verso di me per parlare più in privato.

Quando lo guardai la costernazione sul suo volto ruvido era così sincera che sorrisi.

«Sir Bedivere, non sono abituata a simili lusinghe. Non sono neppure abituata a essere chiamata Milady, e chissà quanto tempo passerà prima che mi senta una regina. Forse le nostre maniere nordiche sono considerate da alcuni rozze e arretrate, ma almeno sono dirette e sincere e non piene di... di...» Mi bloccai, incapace di pensare cosa dire senza essere insultante.

«Come preferireste essere chiamata?» chiese togliendomi dall'imbarazzo con la sua gentilezza.

«Ginevra, credo, come sono stata chiamata tutta la vita.»

«Va bene» rispose solennemente lui, ma negli occhi gli brillava ancora un lampo di divertimento. «Da ora in poi in tutte le conversazioni private vi chiamerò Ginevra finché, e se, mi direte di smettere. È meglio così?»

«Molto meglio» dissi con sollievo, sentendomi come se avessi appena fatto un salto pericoloso con Piedipiuma.

«Ora, in quanto al Mago del re...» Il mio interlocutore si guardò attorno, poi strinse le spalle. «Il nostro saggio non ama le stanze affollate e il cibo copioso, quindi ha probabilmente preso una piccola porzione e si è ritirato in cima a una collina per mangiare da solo. È un po' originale, sapete, ma data la sua età e la sua importanza per la causa, si possono senz'altro rispettare i suoi desideri.»

«Ah!» esclamai sollevata. «Avevo paura che la lunga cavalcata lo avesse stancato troppo. Siete sicuro che si tratti solo di una scelta personale?»

«Senza dubbio» fu la risposta. «Lo conosco da quando ero bambino ed è molto resistente, sebbene diventi di malumore quando è costretto a viaggiare. Non dimenticate, è un maestro della finzione, e anche se a volte gli conviene apparire come un vecchio fragile e malandato, in realtà è sempre forte e vigoroso.»

Risi. «È ciò che ho sospettato dopo il nostro incontro con il messaggero della Signora.» Una delle sorelle di Brigit mi stava offrendo dell'insalata fresca; io ne presi e la ringraziai, per poi tornare a Bedivere. «Come mai lo conoscete da tanto tempo?»

«Io e Artù siamo cresciuti nella stessa casa.» Si servì e cominciò a tagliare con entusiasmo le tenere foglie. «Io facevo da esca, immagino, per distogliere l'attenzione dall'altro bambino, nel caso qualcuno lo cercasse. Naturalmente nessuno di noi due lo sapeva a quei tempi. Eravamo semplicemente figli adottivi e crescevamo in una piccola corte senza ricevere speciali attenzioni. Sir Ector ci trattava entrambi come suo figlio Cei, e avremmo potuto essere tre fratelli di un qualunque regno cumbro.»

«E Merlino?»

«Era il nostro tutore, più o meno. Allora non avevamo idea di chi fosse, per noi era solo uno studioso eccentrico che si era ritrovato in un angolo sperduto del Galles. A volte un visitatore portava notizie sulla Somma Corte, e magari si parlava del figlio di re Uther, nascosto dal Mago in un luogo segreto. Ma tutto ciò era così lontano dalla nostra vita casalinga, che avrebbe potuto essere una delle storie favolose su terre lontane che ci narrava il nostro insegnante... nessuno di noi ragazzi pensava mai di far parte della favola.»

Annuii, ricordandomi di Cathbad e delle sue meravigliose storie. «Come la guerra di Troia: qualcosa di mitico che è avvenuto in un altro mondo...»

Bedivere sorrise. «Quindi la vostra educazione non è stata poi così provinciale!» esclamò. «Come avete saputo dell'*Iliade*?»

«Dal mio tutore Cathbad il druido. Ne ha parlato all'inizio degli studi. Mi ricordo di averlo raccontato alla mia balia quella sera, mentre mamma mi intrecciava i capelli, e come fosse sbalordita Nonny all'idea di una regina che abbandona la sua gente solo per stare con un amante. "Andrà bene per qualche indecorosa straniera, ma nessuna regina celtica farebbe mai una cosa simile!"» Imitai il tono di spregio di Nonny e Bedivere rise. «Fino a quel momento credevo che avrei invidiato Elena, così bella e ammirata da tanti uomini, ma da allora in poi fui molto contenta di essere celta e non greca.»

Mangiammo per un attimo in silenzio, poi chiesi: «Come vi fa sentire adesso il fatto di far parte della favola?».

«Mi ci sono dovuto abituare, come potete immaginare.»

Annuii con enfasi e lui sorrise di nuovo. «Sì, forse state vivendo la stessa situazione. Ma, una volta superati il primo impatto e la confusione iniziale, tutto ritorna più o meno come prima. Ci si alza al mattino e ci si veste; si fanno piani per la giornata per poi realizzarli; la cena viene ancora servita alla sera e bisogna ancora accordare l'arpa prima di cantare. Non c'è nulla di particolarmente magico nelle cose che facciamo, ma la causa per cui sono fatte è davvero splendida. Questo non smette di sorprendermi.»

Fece una pausa e, alzando il calice, lo fece girare delicatamente tra le dita in modo che il vino di betulla roteasse lentamente attorno ai bordi, esalando il profumo acre e puro di pirolacea. Il suo volto duro si raddolcì e la sua voce divenne un misto di riverenza ed entusiasmo.

«Non so se in origine fosse un sogno di Artù, o di Merlino, o se fosse scritto nelle stelle, ma è uno scopo meraviglioso per cui lavorare.» E alzando il calice verso di me: «Direi che siamo fortunati ad avervi con noi».

Il complimento mi colse di sorpresa e abbassai lo sguardo mentre tornavo ad arrossire.

Lui abbassò la voce e disse con fermezza: «Guardatemi, Ginevra», e quando lo feci era estremamente serio. «Non sto parlando da cortigiano adulatore, ma da amico. Avevo paura che Artù avrebbe finito con l'accollarsi per moglie una smorfiosa, una di quelle figlie di cortigiani che si affannano in cerca di favori, oppure una ragazza di convento interessata solo a pregare e agghindarsi. Ci sono troppe cose da fare perché un capo come Artù venga disturbato da una bisbetica viziata ed egoista ascesa al potere solo perché bella. Io, intanto, fui sollevato quando annunciò che intendeva sposare una ragazza del Nord. Aveva bisogno di una donna celtica e cumbra, e già gli piacevate, voi e la vostra famiglia.»

Abbassai ancora lo sguardo, poiché la delusione di udire ciò che avevo già sospettato fu più dolorosa di quanto pensassi.

Bedivere doveva aver letto qualcosa sul mio volto, poiché continuò con dolcezza: «Devo dirvi ciò che mi ha detto Artù? Eravamo nella sua stanza dopo l'annuncio della sua decisione ed era stanco di discutere con coloro che volevano che scegliesse altrimenti. "Bedivere, non è solo una scelta logica, lei viene anche da una buona stirpe, e non c'è altra donna che vorrei prendere in considerazione. Lo puoi dire a quel branco di padri speranzosi laggiù e forse questo li azzittirà." Penso che sarebbe andato in guerra per voi, sicuro com'era che voi foste la donna che voleva».

Sorrisi, in parte per la diplomazia di Bedivere e in parte per l'idea che ci fosse stata una certa preferenza personale.

«Così va meglio...» affermò Bedivere guardandomi attentamente. «Ma se mi permettete un consiglio... dovete imparare ad accettare i complimenti e l'attenzione, e a volte anche le lusinghe. Respingere un complimento sincero è una mancanza di rispetto per chi lo fa. E si mette in imbarazzo l'adulatore accettando con gentilezza ciò che in cuor suo egli sa trattarsi di un inganno. Penso che tra la gente di Artù troverete molti che vi ameranno e ammireranno sinceramente, e che si offenderanno se non riceverete i loro tributi con lo stesso spirito con cui saranno stati offerti. E per quanto riguarda gli altri, è sempre meglio confonderli, dico io.»

Risi e, questa volta, quando alzò il calice in mio onore, annuii lievemente, ricordandomi delle molte volte in cui avevo visto mamma fare la stessa cosa. Non potevo fare a meno di chiedermi come lei avesse imparato a essere una regina cortese e dignitosa e se avesse avuto tanti scrupoli come me adesso.

Dopo cena la famiglia irlandese ci portò alcuni doni. Angus

stesso aveva scolpito una piccola croce di legno per Brigit, perché portasse con sé il simbolo della loro fede dovunque andasse. Le diedero anche una collana di quelle perle grigioverdi che si trovano nei fiumi di occidente.

«Perché ti ricordi dei laghi, dov'è la tua famiglia» disse con dolcezza la madre di Brigit.

Le donne avevano fatto per me uno scialle meraviglioso, vivace e variopinto, come quello che Brigit aveva portato dall'Irlanda. Ma questo, si affrettarono a dire, aveva tutti e sei i colori, in onore alla mia posizione regale. Mi offrirono anche un paio di orecchini, delicati e finemente lavorati, fatti di oro irlandese. Mi chiesi quale donna si fosse privata di questo ricordo della sua terra, lasciata tanto tempo prima. Era un dono che mi toccava il cuore e, rammentandomi delle parole di Bedivere, li accettai col maggior garbo possibile, dimostrando apertamente la mia gratitudine.

«Per essere sempre stata così buona con la nostra bambina» disse Angus, compiaciuto come se mi stesse offrendo un suo cimelio personale.

Infine il nostro ospite fece un cenno a uno dei ragazzi, che si lanciò fuori e tornò dopo un attimo con un fagotto di pelliccia grigia che si dimenava.

«Non possiamo escludere lo sposo da questa celebrazione» dichiarò Angus reggendo il cucciolo per mostrarlo a tutti. «Pura razza irlandese, e promette di diventare un forte e bel cane lupo.»

Bedivere sembrava perplesso. Per chi non avesse conosciuto quella razza, infatti, il cane assomigliava molto alle strutture di legno coperte di stracci che si mettono nei campi per spaventare gli uccelli. Io risi battendo le mani e mi presi in grembo quella buffa e goffa creatura.

«Chiedete un po' a Milady che tipo di cane diventerà quando cresce.» Angus era raggiante, evidentemente soddisfatto del suo ruolo di benefattore. «Abbiamo portato i genitori con noi quando siamo arrivati, circa cinque anni fa, e stanno bene in questo paese come in Irlanda. Potete dire al re che ce ne sono altri nel luogo da cui questo proviene, se desidera creare un canile suo.»

Il cucciolo mi strofinava il muso nell'incavo del braccio, battendo le palpebre insonnolito e scodinzolando. D'improvviso mi chiesi come lo avremmo trasportato per le prossime duecento miglia: accettare con cortesia un dono era una cosa, ma sapere cosa farne era un'altra.

Bedivere ringraziò in nome del re la famiglia per la sua ospitalità, per la sua lealtà e per il cucciolo. «Forse,» aggiunse «dovremmo chiedervi una cassa per trasportare il cane...»

«Certo» approvò Angus con entusiasmo. «Anzi, ne ho fatta una apposta, nel caso ne aveste avuto bisogno. Robusta e spaziosa. E il cane è già svezzato, quindi non ci dovrebbero essere problemi a prendersene cura» aggiunse, orgoglioso per aver pensato a tutti questi particolari.

Poi il buon uomo portò una fiaschetta e versò a tutti noi un goccio di un forte liquore bruno, che bruciava la gola ma scaldava il cuore. «Un segretuccio simile alle Acque della Vita» disse quando qualcuno gli chiese cosa fosse, e tutti risero allegramente.

Il fratello di Brigit Sean scoprì la sua arpa, per cui Bedivere mostrò un grande interesse, e riempì l'ambiente di canti irlandesi e racconti di grandi eroi. Era la sua giovane moglie a essere incinta, e ora sedeva placida e soddisfatta ascoltandolo suonare. Le morbide ombre e le dolci curve della casa circolare ci avvolsero in un'atmosfera senza tempo, mentre la musica trascinava con sé le generazioni passate e quelle future.

Più tardi, quando eravamo tutti al caldo sotto le coperte, protetti dal fresco primaverile, ripensai alla serata. La famiglia di Brigit era stata ospitale e cordiale, e tra tutti i doni ricevuti l'aver condiviso il focolare domestico era quello che più mi aveva toccata. Forse non provavano risentimento perché portavo la loro figlia così lontana... o neppure per ciò che era successo a Kevin. Il vecchio dolore per quella perdita mi palpitava nel cuore inquieto, e cercai di non pensarci.

Quel giorno il viaggio era stato più piacevole di quanto mi fossi aspettata. Il luogotenente del Sommo Re stava dimostrandosi gentile e amichevole e, poiché conosceva Artù da tanto tempo, forse mi avrebbe detto qualcosa in più sull'uomo che mi voleva come sua regina.

Sbadigliai assonnata. Non c'era nulla di male, dopotutto, a informarmi su di lui. Non modificava la mia decisione di non farmi intrappolare e poteva forse aiutarmi a trovare un modo per cambiare la direzione in cui la mia vita pareva andare.

13

Re Uther

Il mattino giunse limpido e chiaro, senza tracce di nebbia né resti delle nuvole che avevano portato uno scroscio di pioggia durante la notte. Brigit si era già alzata per pregare con la sua famiglia prima di dedicarsi ai preparativi per la partenza. Mentre mi dirigevo a fare colazione lei tornò e si incamminò al mio fianco, scacciando un gruppo di galline.

«È stato bello rivedere la tua famiglia» commentai guardandola. «Mi chiedevo... non preferiresti restare con loro invece di venire fino al Logres con me?»

«Perché?» La sua domanda era così diretta e sincera che trasalii.

«Sono i tuoi consanguinei, dopotutto. Ti hanno dato la vita e si sono occupati di te quando eri bambina... e sono cristiani, e non posso assicurarti che ne troverai molti altri al Sud. Io... io voglio solo che tu sappia che hai la scelta...» conclusi in tono poco convincente.

«Bella scelta» rispose lei buttando la testa all'indietro con una risata. «Eccoti che vai verso chissà quale futuro glorioso e mi chiedi se preferirei restare indietro!»

Si fece strada tra i bambini che prendevano l'acqua dal pozzo.

«Ho ripreso contatto con i miei genitori solo da quando Kevin... se n'è andato. E solo per qualche visita occasionale. Prima di ciò, tu e la corte siete stati per molto tempo la sola famiglia che conoscessi. Rispetto il mio clan, sono i miei genitori e i miei consanguinei... ma tu sei la mia famiglia. Conosco molto meglio te di quanto non conosca loro, e preferisco restare con te.»

Come al solito, faceva sembrare tutto semplice e io annuii di gratitudine.

«Se solo non dovessimo cavalcare così a lungo» aggiunse in tono mesto. «Non sapevo di poter sentirmi tanto indolenzita.»

Mi ero dimenticata che il cavallo non era il mezzo di trasporto preferito della ragazza irlandese, e che cavalcava solo quando il tempo e la distanza lo rendevano necessario.

«Perché non viaggi nella portantina con Lavinia?» suggerii. «È abbastanza grande per due e potrai riposarti i muscoli doloenti.»

Ora fu lei a sorridere di gratitudine. «Potrei farlo» rispose.

Ci congedammo di buonumore dalla famiglia irlandese. Mentre mi preparavo a montare Piedipiuma, la moglie di Sean si avvicinò e mi propose timidamente di toccarle la pancia «per buona fortuna». Quando posi la mano sul ventre tondeggiante e sentii la vita che si muoveva all'interno, ci sorridemmo a vicenda e io pregai in silenzio che potesse partorire senza rischi.

Una volta sulla strada cominciai a osservare i membri della mia scorta, cercando di vederli come individui invece che come "uomini di Artù". Condividevano un cameratismo che non aveva nulla a che fare con il rango o l'età e che andava dal ragazzo sbarbato che si occupava della portantina al veterano brizzolato che sorvegliava i cavalli da carico. Prometteva bene per il futuro di re Artù, poiché nulla è più corrosivo dell'inimicizia tra i seguaci.

Eravamo in cammino già da un po', quando mi si accostò Bedivere. Nuvole bianche volavano da ovest, minacciando forse un rovescio di pioggia primaverile. Piedipiuma si impennava e camminava di lato, impaziente di lanciarsi al galoppo. Diedi un'occhiata al luogotenente di Artù chiedendomi se avrebbe voluto fare una corsa con me, ma decisi di non domandarglielo. Sembrava però un momento opportuno per scoprire qualcosa su Artù. Così chiacchierammo amabilmente e presto scoppiammo a ridere sulle complicazioni causate dal cucciolo.

«Artù è tipo da apprezzare un buon cane,» affermò Bedivere «e se quel fagotto di ossa e pelo diventa l'animale promesso, ne sarà felice. Penso che ciò che più gli dispiacque nel lasciare la corte di Sir Ector fu il fatto di non avere più tempo per l'allevamento dei cani.»

«E la famiglia? Non gli dispiaceva lasciarla?» Mi pareva che solo a un uomo senza cuore sarebbero mancati più i cani delle persone.

«Siamo andati con lui. Io, naturalmente, perché ero il suo migliore amico. E Cei perché era nostro fratello. Sir Ector e Drusilla sono rimasti alla corte con noi per i primi mesi e Merlino è sempre con lui, come vedete. Quindi non è che chi gli era vicino sia stato dimenticato.»

Annuii cercando di immaginarmi un'intera famiglia cumbra

sistemata nel cuore di una corte romana. Mi sembrava un po' assurdo e sorrisi al pensiero.

«Quando avete scoperto chi era il vostro fratello adottivo?»

«Nello stesso momento, come tutti gli altri, compreso Artù» rispose Bedivere con un sorriso. «Penso che nessuno, Merlino incluso, avesse idea dei cambiamenti che avrebbe portato l'ultima battaglia di Uther. Non c'erano segni che il principe nascosto stesse per essere rivelato. Come molti altri, davamo per certo che il ragazzo stesse crescendo in Bretagna, come avevano fatto Ambrosius e Uther. Ricordatevi: l'idea di nascondere un futuro re dai suoi nemici finché non è abbastanza grande per difendersi non era nuova. Ma qui c'era la complicazione del modo in cui Artù era venuto alla luce, e ciò aveva forse a che fare col fatto che Merlino avesse portato via il bambino appena nato.»

Mi chiesi che cosa sapesse Bedivere del mistero che circondava le origini di Artù, ma il mio compagno riprese il racconto prima che potessi trovare il modo per chiederglielo con tatto.

Re Uther era un uomo orgoglioso, che apparentemente non voleva neanche considerare il fatto di essere mortale e aveva quindi continuato a rimandare la nomina del suo erede o anche di un reggente che governasse fino a che il principe fosse diventato maggiorenne. Quando si sparse la voce che Uther era malato, tra i re vassalli crebbe lo scontento perché temevano che la mancanza di un logico successore avrebbe portato a sanguinose lotte interne. Poi si seppe che un nuovo gruppo di invasori era approdato al Nord e Urien aveva bisogno di aiuto per fronteggiarlo.

Anche se la primavera era solo al suo inizio, Uther era deciso ad andare in guerra. Forse sapeva in cuor suo ciò che non voleva accettare con la mente... che stava morendo.

Sir Ector annunciò che il Sommo Re aveva bisogno di tutti i guerrieri, e poiché i tre ragazzi erano abbastanza grandi, potevano unirsi anch'essi alle truppe.

«Drusilla era molto contraria,» ricordò Bedivere «ma Sir Ector affermò che non importava dove un guerriero iniziasse a combattere, poteva essere ucciso in una scaramuccia di confine quanto in una grande offensiva. E infine rispondemmo alla chiamata di Uther nonostante il maltempo.»

«Anche gli uomini del Rheged» intervenni, volendo far sapere a Bedivere che avevamo risposto lealmente. «C'erano ancora pezzi di ghiaccio sullo Stainmore, così mio padre scelse la strada a sud, attraverso il Passo di Aire. Inoltre, essendo Urien un vicino tanto pericoloso, non sembrava opportuno far marciare il grosso delle nostre truppe lungo il confine del suo regno.»

«Vostro padre è un uomo astuto» osservò Bedivere. «Ma non sapevo che vi comunicasse le sue idee militari.» Mi guardò con l'espressione che gli avevo già visto, mezza scherzosa e mezza interrogativa.

«Forse perché non aveva figli maschi con cui parlarne» risposi. «Comunque, com'è stato il vostro incontro con il Sommo Re?»

Il fratello adottivo di Artù tornò al racconto, accalorandosi man mano che parlava. Mi lasciai trasportare dalle sue parole, immaginandomi le scene di quegli avvenimenti.

Dovettero uscire dalla ripide vallate del Galles, tre ragazzi insieme al loro eremita-tutore, diretti verso la virilità e la storia, senza aver avuto neanche un istante per riflettere. Merlino certamente sapeva e Sir Ector probabilmente sospettava che il suo figlio adottivo sarebbe presto stato al centro dell'attenzione. Ma tutti gli altri erano all'oscuro di ciò che stava per accadere. E per i ragazzi era già abbastanza avventuroso il fatto di scoprire il mondo al di là del Galles del Nord, dove la terra si spiana in colline e poche cascate e dirupi segnano l'orizzonte.

Nel tardo pomeriggio il piccolo contingente superò una cresta e vide in basso le tende, le sentinelle, i fuochi e i padiglioni del campo di Uther. Il vento veniva dall'Est, gelido e sferzante, e portava i colpi di martello di un fabbro e lo schiocco e lo sventolìo degli stendardi. Questi erano ovunque, da guidoni lunghi e sottili a enormi bandiere, ognuno con l'emblema della propria gente, ognuno che faceva da punto di riferimento per i diversi soldati. I ragazzi non avevano mai visto prima una scena simile e restarono sbalorditi.

Entrando nel campo Sir Ector mandò gli uomini a cercare un posto per montare le tende. Aveva uno sguardo assente e in seguito Bedivere gli chiese come si fosse sentito in quel momento. «Nervoso, come un uomo alla vigilia delle nozze di suo figlio» rispose. «Continuavo a chiedermi se avevo fatto le cose giuste, se, dopo tutti questi anni, Uther si sarebbe sentito soddisfatto del ragazzo... se si sarebbe mostrato severo o felice con il figlio ritrovato... e soprattutto come avrebbe reagito Artù alla scoperta della sua eredità regale.»

Sir Ector chiese ai ragazzi di seguirlo e, insieme al loro insegnante, si diressero tutti verso la tenda di Uther. Il Drago Rosso sventolava sopra di essa come un mostro incatenato più che uno stendardo. C'erano guardie, messaggeri, paggi e servitori presso il padiglione regale in attesa di servire il Sommo Re.

L'eremita si diresse verso di loro senza esitazioni, ed essi indietreggiarono con riverenza come se egli fosse stato di sangue regale. Bedivere e Artù si scambiarono un'occhiata, ma non era certo il momento di fare domande.

Quando raggiunsero la tenda, qualcuno corse avanti per aiutare Merlino a scendere da cavallo. E improvvisamente videro il vecchio tutore cencioso eretto in mezzo alla guardia reale e investito di presenza divina. Era la prima volta che lo sentivano usare la voce del potere.

«Dite al Sommo Re che sono arrivato» ordinò il Mago e nel giro di pochi secondi l'ingresso della tenda si aprì ed essi furono condotti all'interno.

Erano state bruciate erbe in un braciere e l'aria era calda e viziata, intrisa dell'odore di medicamenti. Uther era seduto sul suo scranno, vestito con tutte le insegne della sua posizione, con i gioielli e l'oro che gli splendevano sulla corona. Appariva così splendido e regale che Bedivere non notò quasi che era sostenuto da cuscini e che sulle ginocchia gli era stata messa una veste di pelliccia.

Malato o no, non c'era dubbio che fosse il sovrano signore di Britannia. Era così magro e macilento che il suo volto era come una maschera di morte e le sue mani erano ossute come quelle di un uomo del doppio della sua età. Ma i suoi occhi scuri bruciavano di fuoco vivo e il suo sguardo si muoveva incessantemente tra Artù, Cei e Bedivere.

Merlino si fece avanti e senza molte cerimonie di saluto chiese al Sommo Re: «Perché non mi avete fatto sapere quanto eravate malato?».

Uther lo squadrò da capo a piedi prima di rispondere. «Non siete il solo medico in Britannia, Sir. Ma penso che mi abbiate portato un tonico migliore di qualunque miscuglio mi possano prescrivere i dottori...» e fece cenno al Mago di allontanarsi. Il grande anello di granato con inciso il Drago Rosso balenò alla luce della lampada, sembrando fuori posto sulla mano deperita.

Merlino indietreggiò e, girandosi, iniziò le presentazioni formali. «Milord, sono felice di presentarvi Sir Ector e la sua famiglia.»

Sir Ector si fece avanti e si inginocchiò di fronte allo scranno regale, ma Uther lo notò a malapena, concentrato com'era a esaminare i ragazzi.

«E questi sono i miei figli» disse Sir Ector. «Cei, di sangue mio, e Bedivere e Arthur che ho allevato finché voi ne avete avuto bisogno.»

I ragazzi si fecero avanti uno alla volta e si inginocchiarono dinanzi al Sommo Re. Egli congedò Cei con un cenno del capo, ma continuò a osservare attentamente Artù e Bedivere. E quando Merlino fece segno a Bedivere di farsi avanti, lo sguardo di Uther era così intenso che il ragazzo fece il possibile per non tremare.

«E quali sono le tue origini?» chiese il re quando Bedivere si inginocchiò fissando la mano con l'anello del Drago.

«Sono orfano, Milord. I miei genitori furono uccisi dai predoni quando ero molto giovane» rispose Bedivere facendosi coraggio per incontrare gli occhi del re. «Sir Ector mi ha accolto per fare compagnia a suo figlio Cei e al figlio adottivo Artù.»

In qualche modo Uther indovinò che questo non era il ragazzo che cercava. Forse lui e Merlino si scambiarono un leggero cenno del capo. La sola cosa di cui Bedivere si rese conto fu che lo sguardo del re calò d'intensità, come il sole che scompare dietro a una nuvola, prima di rivolgersi ad Artù.

Merlino chiamò l'altro fratello adottivo. Ci fu un momento di assoluto silenzio quando, dopo aver baciato l'anello del Drago, Artù guardò Uther fisso negli occhi e dichiarò di non avere idea di chi fossero i suoi genitori.

«Hai illuminato questa giornata bigia e portato speranza come non mi sarei mai aspettato» disse il Sommo Re appoggiandosi ai cuscini con un sospiro. Aveva il volto colorito e radioso, e quando uno dei servitori si fece avanti con una tazza egli scosse la testa facendo segno all'uomo di allontanarsi.

«Non sono i medicamenti che voglio adesso. Solo tempo, solo un po' di tempo.» Distolse lo sguardo dal viso di Artù e lanciò un'occhiata al resto della famiglia di Sir Ector, quasi chiedendosi se fosse ancora lì. «Lasciate il ragazzo con me» ordinò e guardando Merlino aggiunse: «Meritate grandi lodi per il vostro servizio, Milord, e parlerò con voi più tardi. Per ora gradirei fare conoscenza con questo figlio adottivo».

Così uscirono tutti dalla tenda reale e si avviarono verso il proprio campo. Sir Ector era silenzioso e quando Cei gli chiese in tono petulante perché Artù fosse stato prescelto dal re, lo azzittì ammonendolo di non impicciarsi delle azioni dei suoi superiori. Cei si ritirò in se stesso, risentito, masticando un pezzo di carne secca. Bedivere era più incuriosito dal fatto che il loro tutore fosse stato ricevuto con tanti onori che dalle speciali attenzioni ricevute da Artù; sapeva che Artù gli avrebbe raccontato tutto sulla sua udienza con il re, ma era sicuro che l'eremita non gli avrebbe mai dato una spiegazione.

«Aspettai il ritorno di Artù tutta la notte, dormendo un sonno leggero e trovando la branda vuota ogni volta che mi svegliavo. In realtà non ebbi la possibilità di parlare con lui fino dopo la battaglia e la dichiarazione.»

Bedivere tacque per un momento, ma la scena che aveva evocato continuò ad aleggiare attorno a noi.

«E Artù vi disse che cosa accadde durante il suo colloquio con il Sommo Re?» chiesi quando non potei più trattenere la curiosità. Bedivere annuì.

Uther assillò il ragazzo di domande sui suoi genitori e Artù poté dire ben poco, non sapendone nulla lui stesso. Poi il re gli chiese della sua abilità nella scherma, della sua educazione, delle sue idee sul futuro della Britannia e sulle mete del re. Sembrava chiaro ad Artù che Uther fosse un valido comandante militare, ma che avesse una visione piuttosto limitata del governo del paese in senso lato. In genere si era accontentato di dar battaglia ai Sassoni e restare alla sua corte al Sud, quando non era impegnato in guerra.

I due cenarono insieme la sera e poi Uther insistette perché il ragazzo restasse a dormire su una branda nella tenda reale. Fu quindi sistemato il letto, e una volta ridotte le braci nel braciere e portata al re la sua ultima medicina, i servitori si allontanarono e Uther si abbandonò ai ricordi dei suoi anni giovanili.

Parlò dei tempi in cui lui e suo fratello Ambrosius erano tornati dalla Bretagna per sconfiggere il lupo, Vortigern. E raccontò come Ambrosius avesse chiamato Merlino riconoscendolo come suo figlio e dandogli un posto a corte. Insieme intendevano rendere la Britannia forte e unita, un paese indipendente, svincolato dalla fortuna in declino di Roma. Ad Artù ciò faceva pensare alle cose di cui parlava il suo insegnante, ma il fatto che il tutore e Merlino fossero la stessa persona non gli venne neppure in mente.

«Non siamo mai andati d'accordo io e Merlino, anche se è mio nipote. Spero» disse improvvisamente Uther «che tu non sia troppo amante dei libri.»

Artù sorrise e scosse la testa. Il re sembrò soddisfatto e continuò con le sue riflessioni. «A volte mi sono chiesto se avrei dovuto tenere il Mago al mio fianco, come aveva fatto Ambrosius... se le cose sarebbero andate meglio sotto la sua guida. Ma la sola impresa che io e Merlino abbiamo fatto insieme è andata a finire... in un modo strano» concluse Uther a disagio fissando a lungo il fuoco.

«Corre voce che abbiate affidato a Merlino vostro figlio» gli fece presente Artù, e il re malato annuì.

«Era parte di un accordo malfatto... o così ho sempre pensato» Uther rispose con cautela, poi fissò il suo ospite. «Sto riconsiderando quel giudizio, però, e non me ne pento più. Vedi, tu sei quel figlio e il tuo tutore è Merlino. Sei stato riportato da me ora che sono in grande bisogno di aiuto e soccorso.»

Era chiaro e indiscutibile. Artù fissò l'uomo anziano, troppo sorpreso per parlare.

A poco a poco gli vennero in mente dozzine di domande e i due parlarono fino a tarda notte. Il re malato non dava segni di stanchezza e Artù cra troppo sbalordito ed eccitato per porre fine alla conversazione. Fu solo quando arrivò il messaggero con la notizia che i Sassoni stavano avvicinandosi che si accorsero che era quasi l'alba.

L'esploratore riferì che il nemico era avanzato per gran parte della notte, intendendo senz'altro sorprenderli al campo all'alba. Uther lo mandò a svegliare le truppe perché si preparassero a intercettare il nemico nel luogo prescelto.

«Pensavo di presentarti all'esercito questa mattina,» disse Uther facendo un cenno ad Artù «ma immagino che potremo aspettare dopo aver affrontato questa banda di barbari. Sta' al mio fianco durante la battaglia, ragazzo, e insieme ce la faremo. Caro figlio mio, non c'è nulla che sia impossibile per noi ora che tu sei qui!» esclamò il re infermo, pieno di rinnovata speranza.

Così Artù partì per la battaglia col Sommo Re, in groppa a uno dei cavalli di Uther e con addosso lo stesso semplice indumento di lana bianca con cui aveva viaggiato. In seguito disse a Bedivere che non aveva avuto il tempo per cambiarsi e che quando si era legato la sua vecchia cintura e la sua spada era sicuro che fosse tutto un sogno e che da un momento all'altro si sarebbe svegliato a casa nel suo letto.

«Immagino» concluse Bedivere col suo tono ironico «si possa dire che quello è stato l'inizio di un sogno dal quale nessuno di noi si è ancora svegliato.»

Io sorrisi. Stavo per chiedergli che cosa fosse successo dopo, ma eravamo quasi giunti al guado di un ampio ruscello ed egli si allontanò per controllare la traversata, mentre io ripensavo alla storia che mi aveva raccontato.

Avvenimenti che avevo conosciuto solo da lontano stavano prendendo una dimensione che non avevo mai considerato, e Bedivere aveva dato corpo a figure che prima erano per me solo ombre. Era affascinante e aspettai con impazienza che il luogotenente tornasse per continuare la storia.

14

La dichiarazione

«Che cosa accadde durante la battaglia?» chiesi a Bedivere non appena tornò al mio fianco. Egli mi guardò per un attimo con sguardo assente e poi sorrise.

«L'ultima battaglia di Uther? Di tutto. E, a seconda di chi parla, cose buone o cattive. Il meglio che possa fare è dirvi ciò che vidi io personalmente e lasciar decidere a voi.»

Annuii, impaziente che riprendesse il racconto. E dopo un attimo lo fece.

Urien conosceva la sua terra e aveva consigliato bene re Uther. Dalla loro posizione le truppe potevano vedere dall'alto una valle poco profonda che si incanalava nello stretto passo dove correva il sentiero. Gli alberi fornivano una copertura a destra e a sinistra, e da tutti i lati vi erano rocce irregolari. I Sassoni avrebbero dovuto attraversare la valle aperta senza protezione ai fianchi. Era un luogo dove nessun esercito avrebbe voluto combattere, a meno di non occupare la parte elevata del terreno.

I Sassoni arrivarono a passo veloce, con quel tipo di andatura a balzi che consente di percorrere lunghe distanze. Ogni uomo aveva uno scudo appeso alla spalla, che lo lasciava libero di muoversi, ma non pronto a combattere. Probabilmente avevano sentito dire che Uther era malato e quindi non si aspettavano di trovarlo al varco.

I nemici si fermarono di colpo appena videro le forze britanniche nel piccolo passo. Incredibilmente, il re infermo era in prima fila che guidava il suo esercito da uno scranno speciale, trasportato sulle spalle da quattro uomini. Reggeva la Spada del Potere nuda e alta perché tutti la vedessero ed era l'immagine stessa del guerriero indomabile che difende il suo regno dall'esercito invasore.

La pacifica valle si riempì improvvisamente di grida e di furia; Uther fece suonare i corni da guerra mentre i Sassoni cercavano a fatica di disporsi a cuneo. Coloro che avevano spada ed elmo stavano di fronte, mentre quelli con asce da guerra formavano il centro. Fila dopo fila si raggrupparono in una massa compatta impugnando prontamente gli scudi rotondi, mentre il corpo centrale delle truppe di Uther si spingeva avanti e si lanciava contro di loro.

In sella a uno dei cavalli reali, Artù restò vicino al Sommo Re per tutto lo scontro, usando il suo corpo e le armi per proteggere Uther dal lato in cui reggeva la spada. «Grazie al cielo,» disse in seguito a Bedivere «questo gruppo non usava quelle terribili piccole asce da lancio, tanto comuni tra i Franchi. Il re avrebbe costituito un bersaglio facile, sollevato com'era al di sopra della mischia.»

Essendo a cavallo, anche Artù spiccava nel mezzo della massa urlante. Splendeva nel suo abito bianco come un raggio di sole e presto divenne un punto di riferimento per i guerrieri che si dibattevano nel sudiciume e nel sangue.

Durante il tumulto pochi si fermarono a chiedersi chi fosse o da dove venisse. Era abbastanza vederlo, rapido e radioso come un giovane dio, che piegava la forza del nemico. Gli uomini sentivano il suo entusiasmo, ripetevano il grido di battaglia e si spingevano tra le brecce che cominciavano ad aprirsi nel cuneo sassone.

Bedivere si fece strada verso Artù, parando e sferrando colpi da tutti i lati, troppo eccitato per vedere le braccia, le gambe e i cervelli spaccati che calpestava. Si pose a fianco di Uther dal lato dello scudo, unendosi al gruppo di uomini che tenevano la massa urlante lontana dalla portantina. Improvvisamente il soldato davanti a lui cadde, entrambe le gambe spezzate sotto le ginocchia. Una lunga asta di frassino si liberò dalla stretta dell'uomo ferito e iniziò una lenta e fatale caduta attraverso il campo visivo di Bedivere.

Egli si sporse per pararla, senza ancora accorgersi che era lo stendardo. Ma non appena sentì il peso del vessillo che scendeva precipitosamente a terra si rese conto di colpo di cosa si trattasse e lottò per rimetterlo in equilibrio, salvandolo dalla caduta nel fango pieno di sangue e membra tagliate. Lasciando cadere la spada, Bedivere continuò a reggere il Drago Rosso per il resto della battaglia.

Artù si voltò a guardare lo stendardo che cadeva. In quel momento fu attaccato e alzò la spada appena in tempo per deviare un colpo d'ascia. L'arma sassone colpì la lama e la fece roteare via dalla sua presa.

Ci fu un fremito di orrore tra le fila quando i Britanni videro il loro giovane eroe improvvisamente nudo e vulnerabile di fronte al nemico.

Il Sommo Re si rizzò sul suo scranno gridando: «Tieni, ragazzo!», e gli porse davanti a tutti la Spada del Potere.

Gli uomini acclamarono vedendo il gesto di Uther. Nel giro di pochi minuti il blocco sassone si spaccò in due e i guerrieri britannici calarono dalla foresta per attaccarne i fianchi. I nemici si rigiravano disordinatamente cercando di aprirsi un varco per fuggire, poi cominciarono ad assottigliarsi quando la retroguardia voltò le spalle vedendo che la battaglia era persa. Nel giro di mezz'ora i Britanni avevano preso possesso della valle e stavano trasformando la vittoria in una disfatta.

Gli uomini attorno al Sommo Re erano così impegnati a combattere che non videro o sentirono altro, finché un luogotenente si avvicinò per chiedere ulteriori ordini e si ritirò costernato. Uther era seduto eretto, appoggiato contro i cuscini o forse legato allo scranno, con una smorfia attonita gelata sul volto. La mascella era rilasciata e gli occhi vitrei fissavano il nulla. Tra le grida e il rombo della carneficina nessuno aveva notato quando era morto Uther.

Lo spavento che si diffuse tra il gruppo di uomini che circondavano lo scranno reale minacciava di gettare le truppe nella confusione e far sì che si annullasse la vittoria che stavano per proclamare.

«Abbiamo abbastanza uomini freschi per inseguire i fuggiaschi sassoni?» urlò Artù al luogotenente, e quando questi annuì, egli alzò il braccio brandendo la Spada del Potere. «Allora fa' suonare i corni di uro» gridò. «I Sassoni non devono sapere che il re è morto.»

Il luogotenente fece il saluto militare e Artù, al comando di un drappello, si lanciò all'inseguimento dei nemici sconfitti mentre gli altri soldati tornavano zoppicando al campo, indolenziti ma colmi della grande eccitazione che segue la vittoria.

Merlino, che non portava mai armi in battaglia ma la cui presenza assicurava il successo, apparve dal nulla per scortare il corpo del Sommo Re alla tenda reale. E quando Artù tornò dal campo di battaglia si avviò a grandi passi verso il padiglione e prese il comando degli uomini in preda al panico.

Luogotenenti andavano e venivano, chiedendo ordini al giovane sconosciuto come se fosse il loro capo naturale, il che in un certo senso era vero. Egli si occupava di tutti, facendo rapide domande e dando risposte sicure come se quella fosse una campagna che lui stesso aveva organizzato. Era stato ferito leggermente, ma si bendò con un pezzo di tela e rifiutò di allontanarsi finché non fossero stati presi in considerazione tutti i particolari. Nessuno mise in questione il suo diritto a comportarsi così e fu solo in seguito che sorsero interrogativi.

Il Mago chiamò l'intero esercito a riunirsi quella sera presso la tenda del Sommo Re, e quando tutti furono adunati si portarono e si accesero le torce. Queste tremolavano leggermente nella brezza che giocava con il fumo dei fuochi della cucina e di tanto in tanto increspava i bordi dell'insegna del Drago Rosso, tornata al suo posto d'onore. Come un'eco delle ombre tremolanti, mormorii e domande correvano tra gli uomini, e si placarono solo quando si aprì l'ingresso della tenda e Merlino condusse fuori Artù alla vista di tutti.

«Guerrieri, eroi, sopravvissuti alla morte in questo giorno, ascoltatemi» gridò il Mago riempiendo l'aria della sera con la sua voce maestosa. «Vi porto un annuncio di tristezza e uno di grande gioia. Uther Pendragon, Sommo Re di Britannia e comandante dei nostri eserciti, è morto oggi. Morto in battaglia, circondato dalla gloria e difendendo il suo paese. Quest'uomo non è stato colpito dalle spade avversarie, privato della vita dai nemici che miravano a sottrargli il regno. Non ha sofferto ferite né perso sangue, e ha incontrato la morte nella vittoria, non nella sconfitta. Quest'uomo ha dato tutto se stesso fino all'ultimo alla sua gente e molto onore dovrà coronare il suo nome.»

Ci fu una pausa, durante la quale ognuno diede un silenzioso tributo al re che li aveva condotti fino a poco prima. Poi Merlino guardò l'adunata e riprese a parlare.

«Vi voglio comunicare che Uther è morto nella gioia, sapendo che era sorto un nuovo eroe. Un eroe della sua stirpe, il suo stesso figlio che lottava al suo fianco, proteggendo suo padre come proteggerà voi, suo popolo. Non avete visto questo ragazzo sempre nel cuore della mischia, che vi conduceva con coraggio e sicurezza alla vittoria sui Sassoni? E non l'avete seguito, ispirati dal suo esempio e felici di avere la sua giovinezza e la sua forza al vostro comando? Vi presento ora quel giovane capo: Artù, figlio di Uther Pendragon e futuro Sommo Re di Britannia.»

Si girò indicando a tutti il punto in cui Artù stava solennemente davanti alle torce. Ci fu un sommovimento e un mormorìo, mentre la folla si agitava per vedere meglio.

Artù era calmo e pieno di dignità, con le mani unite davanti a lui. Non aveva collari celtici o allori romani a simboleggiare la sua posizione di comando, eppure sembrava ciò che era: l'eroe del giorno non ancora incoronato.

«La prova!» gridò qualcuno. «Dov'è la prova?»

«Nei tuoi occhi, uomo» rispose Merlino. «Non hai visto Uther porgergli la Spada del Potere? Non hai visto il giovane guerriero addossarsi il ruolo per cui è stato creato? Non hai seguito lui e i suoi ordini sia durante la battaglia sia dopo?»

La folla emise un mormorìo di approvazione e Merlino alzò la voce. «E per finire, non sono forse io la prova? Non avete sentito dire in tutti questi lunghi anni che stavo allevando il giovane principe, istruendolo e addestrandolo a diventare ciò di cui abbiamo il più estremo bisogno, un Sommo Re che metta ordine nel regno e fermi l'avanzata sassone sull'isola? Io, Merlino, Veggente della Grotta di Cristallo, vi dico che questo è il nostro destino incarnato. Egli sarà conosciuto per tutti i tempi come il più grande re di Britannia, guerriero e vincitore, e il suo nome è Artù Pendragon!»

Si alzò allora un'acclamazione, trasportata dalle folate di vento, e lo stendardo del Drago Rosso si spiegò pigramente contro il cielo notturno. Il boato delle genti si placò solo quando cessò il vento e il Drago si ripiegò su se stesso, come per sonnecchiare guardingo.

«Aspettate! Voglio parlare!» Venne una voce dall'ombra e un robusto capo clan si fece strada tra la folla per pararsi davanti a Merlino. «È questo un vero Consiglio celtico per scegliere un re o il trucco di un intrigante che vuole fondare una dinastia di stile romano?» chiese.

Merlino restò impassibile e fissò l'uomo con un'espressione che non era né di rispetto né di sdegno. Poi guardò l'esercito e annunciò formalmente: «Re Lot di Lothian e delle Orcadi ha richiesto la vostra attenzione».

«Compagni guerrieri, uomini coraggiosi e liberi» esordì Lot camminando lentamente avanti e indietro di fronte alle truppe. «Sono davanti a voi per mettere in evidenza il fatto che corriamo il pericolo di venire indotti ad accettare un uomo su cui non sappiamo nulla. Un ragazzo che è stato tra noi per un solo giorno. Un giovane la cui grande prodezza sembra sia stata quella di aver strappato la spada dalla stretta di un re malato, troppo debole e sfinito per protestare contro un simile furto. Un pretendente al trono che si basa sulla ragione più inconsistente: la sua presunta discendenza. Non avete visto fin troppo bene che succede quando si fondano dinastie? Quando i re ereditano il loro potere invece di guadagnarselo? Dov'è la nostra libertà celtica che ci consente di seguire un uomo ben temprato in battaglia, provato nel Consiglio e riconosciuto per la sua abilità al comando?

Non mi farò derubare del diritto di scegliere il mio re, né influenzare dalle belle parole di un mago, e soprattutto non resterò pigramente seduto a guardare la Somma Corona andare a un uomo la cui educazione e i cui concetti sono più romani che celtici!»

Si udì qualche mormorìo di assenso e Merlino si fece avanti.

«Cosa sono queste sciocchezze sui Celti contrapposti ai Romani?» chiese. «Siamo tutti una mescolanza dei due. I nostri nonni si definivano cittadini romani, e ne erano fieri. L'Impero è stato diviso e frantumato dai barbari, è vero, ma la conoscenza dell'organizzazione civile non ha confini geografici. Condannare un utile sistema di governo perché viene da una certa fonte è sconsiderato quanto rifiutare un bel pezzo di carne perché viene dalla mucca del vicino!»

Una risata percorse l'uditorio, a cominciare dagli alleati nordici di Lot, ancora impegnati di tanto in tanto in scorrerie per rubare il bestiame.

Lot fece per riprendere la parola, ma Merlino continuò allegramente. «Non vi chiedo di accettare questo giovane re perché ve lo voglio imporre, come intende dire Lot. Vi chiedo solo, in quanto uomini liberi del regno, di seguire la vostra coscienza, il vostro istinto per riconoscere un eroe quando appare tra voi e la vostra volontà di appoggiare un uomo educato e allevato apposta per questo. Artù non deve favori a nessuno, non ha debiti con nessuno e non cova vendette o rancori che gli offuschino il giudizio. Egli può essere equo e giusto proprio per questa ragione. Che cosa potreste desiderare di più? Che cosa può offrire di più un Sommo Re?»

Merlino fece una pausa e si guardò attentamente attorno, senza dubbio notando chi assentiva e chi no.

«A causa della morte di Uther oggi,» proseguì «siamo una terra senza capo. Eppure lo stesso fato che vi ha portato via il Sommo Re vi ha anche procurato il sostituto. Vi lascerete andare ai bisticci interni e alla politica meschina quando avete, questa notte, l'opportunità di riconoscere una nuova stella che sorge nel cielo di Britannia? Eccolo ora di fronte a voi, che aspetta solo un vostro segno per fare ciò che volete. Cosa dite, liberi uomini di Albion?»

Fu forse l'uso dell'antico nome della Britannia oppure il vento che aprì di nuovo lo stendardo che spinse le truppe a inneggiare. Dolce e basso all'inizio, poi sempre più forte e acuto, il grido si diffuse come una sola voce, finché l'intero campo si unì: «Artù, Artù, Artù Pendragon».

Lot non si mosse e Artù rimase impassibile, come se la tumultuosa acclamazione non fosse che lo schianto di un'onda su una spiaggia lontana invece della proclamazione del suo regno.

Nel momento in cui l'esaltazione della folla cominciò ad affievolirsi, un uomo alto e robusto con il simbolo del Cinghiale si alzò e chiese il permesso di parlare.

«Le vostre parole sono potenti, grande Merlino, e il futuro che presentate è attraente. Tra tutti gli uomini qui presenti,» disse con lentezza «ho i maggiori motivi per non fidarmi di voi. Ma io, Cador di Cornovaglia, sono pronto a giurare fedeltà ad Artù, non basandomi su ciò che dite, ma su ciò che ho visto sul campo oggi stesso. Questo ragazzo è un capo, nato per la spada, come ne vengono pochi sulla terra, e sono pronto a seguirlo da questa notte in poi.»

Cador si mosse dal suo posto nella prima fila dell'assemblea e andò a grandi passi verso Artù, si chinò su un ginocchio e alzò le mani giunte. Artù lo guardò dall'alto e chiuse le sue mani su quelle di lui, poi le lasciò quando Cador lo guardò in volto.

«Il sorriso che ruppe il riserbo di Artù era una gioia per gli occhi» disse Bedivere in tono commosso. «E quando aiutò Cador a rialzarsi, l'esercito urlò e batté i piedi per approvare. Penso,» aggiunse «che quella sia stata la prima volta in cui ho pianto di felicità, e non aveva nulla a che fare con il fatto che Artù fosse mio fratello.»

«Che successe dopo?» chiesi incantata dalla scena.

«Credo si possa dire che Artù fu proclamato per acclamazione unanime, mentre Lot rimase da parte, a pugni chiusi e con gli occhi che sprizzavano scintille. Uno dopo l'altro tutti i re si fecero avanti genuflettendosi, offrendo la loro lealtà e ricevendo in cambio un sorriso, un cenno del capo o anche un commento personale di Artù.

«Quando vide che la maggioranza non lo avrebbe ascoltato, Lot si girò e, radunati i suoi seguaci e alleati, lasciò il campo. Solo in seguito ci accorgemmo che lui e le sue truppe erano partiti per il Nord, scegliendo di non unirsi agli altri per portare il corpo di Uther al Sud, alla sua corte e alla sua vedova.

«Io andai alla nostra tenda, poiché la calca attorno ad Artù era troppo fitta per avvicinarmi a lui, e sul volto gli si cominciava a vedere la stanchezza per la notte insonne; sembrava troppo teso per avere tempo per un compagno di giochi dell'infanzia. Non lo vidi che il mattino dopo.»

«Fu molto imbarazzante quando vi rincontraste?»

Bedivere rise di cuore e scosse la testa.

«Artù mandò uno scudiero all'alba per svegliare Ector, Cei e me e poco dopo ci ritrovammo seduti al tavolo della tenda della cucina a mangiare fiocchi d'avena e a raccontarci le nostre azioni in battaglia come se fossimo appena tornati a casa dopo una gita alla fiera. Vi dico, Ginevra, Artù ha un suo modo di mettere la gente a proprio agio e farla sentire parte della grande avventura, non importa che altro si agiti attorno a lui. Non è solo una questione di maniere o una cosa che si possa imparare. Fa parte del suo animo. Vedrete... vedrete quando lo incontrerete.» Mi fece un sorriso incoraggiante.

Annuii, ammettendo con me stessa che, se non intervenivano gli dèi, avevo buone ragioni per preoccuparmi di che tipo di persona fosse re Artù.

Si avvicinò un esploratore e ci riferì che saremmo presto giunti alla comunità di Ribchester e ai nostri alloggi per la notte.

Così Bedivere si avviò verso la testa della carovana e io ripensai a ciò che l'ultima battaglia di Uther aveva significato per il Rheged.

15
Gawain

La chiamata alla guerra di Uther ci giunse prima dell'equinozio di primavera, portando con sé un susseguirsi di riunioni e discussioni accese. Rhufon insistette nel dire che era troppo presto per condurre i cavalli sul sentiero di guerra e che si sarebbe dovuto trasportare del foraggio poiché non c'era ancora abbastanza erba nei prati. Molte strade erano ancora chiuse e tra il ghiaccio e il gelo dell'inverno nelle zone montane e il fango e l'acqua dove era già avvenuto il disgelo, l'idea di trascinare una carovana di provviste attraverso la Britannia era, secondo lui, folle.

Nidan fece un cenno di assenso e mio padre suggerì al messaggero che, poiché re Uther stesso non stava bene, forse sarebbe stato più saggio aspettare qualche tempo, quando sia lui sia i suoi alleati si sarebbero sentiti più forti e sicuri.

Il messaggero reale alzò la testa con decisione. «Re Uther è pronto per la battaglia,» proclamò «anche se dovrà stare davanti all'esercito su una portantina! È un uomo forte e coraggioso, Milord, e conta sul vostro appoggio. Se egli può affrontare il nemico in simili condizioni, voi potrete certamente trovare un modo per risolvere il problema delle provviste.»

Kaethi diceva sempre che si possono spingere i Celti a qualunque follia facendo appello al loro orgoglio. E infatti, dopo un'accesa discussione, Rhufon suggerì che se ogni cavallo avesse trasportato alcuni sacchi di fieno oltre al cavaliere, sarebbe stato possibile portare meno carri. Alla fine ci si accordò su questa proposta, come se fosse prevalsa quella più logica.

Fu mandato un messaggio alle bande di guerrieri perché si incontrassero al Passo di Aire e noi cominciammo a radunare e preparare tutto il necessario. Alla sera ci sedevamo attorno al focolare, misurando, intrecciando e annodando corde di lino per fare borse per il foraggio, mentre Edwen raccontava la gloria di vittorie passate. Dopo una settimana ci avviammo tutti insieme sulla strada e noi di casa accompagnammo gli uomini fino al sentiero che ci avrebbe portati al sicuro nel villaggio di The Mote, mentre loro andavano in guerra.

Non ricordavo di avere mai visto mio padre partire per una battaglia ed ero travolta dall'eccitazione del conflitto imminente. Quando i due gruppi si separarono io mi unii entusiasticamente agli applausi, alle acclamazioni e ai canti come un'autentica figlia di guerriero.

Il mio buonumore continuò mentre ci avviavamo sul sentiero. The Mote è un luogo selvaggio e primitivo, quasi non toccato dal tempo. L'enorme roccia grigia sporge fiera dalla collina, elevandosi brusca sopra le acque turbolente dove il fiordo di Rough si unisce a quello di Solway. Case rotonde dal tetto di paglia stanno attaccate come funghi alla sua base e si arrampicano lungo il fianco della collina dalla spiaggia sassosa al terrapieno più alto. E in cima domina il forte, fiero e imponente come un falco reale. Il paesaggio drammatico sembrava adatto per restare in attesa durante una guerra.

Una volta passati i venti primaverili, il bel tempo venne in fretta, e con esso la libertà di esplorare la costa e i boschi vicini. Raccoglievamo i teneri gambi di cavolo di mare per Gladys e le portavamo quegli strani funghi cavi noti come morelle che crescono nelle ceneri del fuoco di Beltane. Nella foresta più in alto gli scoiattoli rossi ci gettavano addosso frammenti di corteccia e una volta, la prima che ci andammo, vedemmo un gruppo di lepri saltare pazzamente in una radura, alzandosi di tanto in tanto sulle zampe posteriori per fare a pugni tra loro come bambini. Io scoppiai a ridere e loro balzarono via correndo come folli nel bosco.

Eppure, anche quando il buonumore della primavera ci volteggiava attorno, ci stringevano la paura e la preoccupazione per gli uomini che erano lontani a combattere contro i Sassoni. Lo si provava più che mai la sera attorno al focolare, quando la voce di Kevin, che cominciava proprio allora a cambiare, forniva gli unici toni profondi e maschili che si sentissero.

Poi, una mattina umida e grigia, apparve sulla spiaggia un gruppetto di viaggiatori che si muoveva lentamente nella pioggia trascinando una barella. Da quella distanza non potei riconoscere subito mio padre, ma nessun altro avrebbe cavalcato il suo stallone, ed era il castrato di Nidan che veniva riportato a casa senza cavaliere.

Pallido e tetro, il miglior guerriero del re aprì appena gli occhi quando il gruppo raggiunse il forte. Mio padre lo aiutò a sistemarsi in un giaciglio presso il focolare e Kaethi si impegnò a preparare le sue erbe. Bagnati ed esausti, gli altri mangiarono in silenzio la zuppa fumante di ortiche servita da Gladys, poi andarono a dormire. Rhufon restò al focolare un po' più a lungo, ma rifiutò di riferire particolari sulla battaglia.

L'indomani, col calore del sole, l'intera popolazione del villaggio venne al forte, portando cuscini e tappeti per accomodarsi sulla sommità piatta della roccia.

Mi è sempre piaciuto sedermi là con il vento che soffia attorno a me mentre in basso i gabbiani dalla testa nera girano all'infinito e le acque del Rough corrono vorticose verso il regno ultraterreno di Annwn. Sul lato opposto dello stretto fiordo un antico forte è nascosto nei boschi in cima a un'altura, e nelle belle giornate i pescatori lasciano le loro capanne per avventurarsi sulla rischiosa marea. Quel giorno trovai un posto ai margini della folla da cui potevo osservare l'acqua mentre Edwen portava notizie sull'ultima battaglia di Uther.

Cominciò a raccontare delle origini di Uther, proprio come aveva fatto Kevin nel nostro viaggio verso il Loch. Ascoltando a metà, lasciai che la mia mente vagasse e danzasse con le piccole onde che scintillavano nel fiordo. Anche nelle giornate nebbiose le correnti sono sempre piene di luccichii e ombre; Nonny dice che essi segnano il passaggio delle anime in cammino verso quella strana terra dove un calderone magico adorna la sala della festa. Mi chiesi se quel giorno gli spiriti fossero quelli dei morti recenti che si recavano ai festeggiamenti di Annwn o quelli che tornavano al mondo per rinascere come nuovi esseri umani.

Alla notizia della morte di Uther tutti trattennero il fiato e io mi rizzai di colpo, ricordandomi del problema della sua successione. Ma Edwen parlò subito di un nuovo eroe, sconosciuto e inatteso: il giovane figlio misterioso di Uther, a lungo nascosto da Merlino, era comparso e aveva riunito gli eserciti dietro di sé.

«E così,» concluse il bardo toccando le corde dell'arpa «Artù Pendragon è apparso all'orizzonte come un drago sputafuoco che compare dal nulla e corre glorioso nel cielo notturno.»

Gli ascoltatori sorrisero applaudendo, ma era difficile capire se il loro entusiasmo fosse per Artù o per il modo di raccontare di Edwen. L'unica cosa cui potessi pensare era che un semplice ragazzo, poco più grande di Kevin, era adesso tra il Rheged e la minaccia di Urien. Guardai le maree cambiare nel fiordo e mi chiesi che cosa riservasse il destino di quel giovane.

«Forse,» disse piano Kevin chinandosi verso di me per non

farsi sentire dagli altri «questo è il Grande Re di cui parlano gli antichi, il cui regno sarà come una cometa.»

Mi ero dimenticata della profezia e annuii ricordandomene. Sperai che preannunciasse del bene per il ragazzo, poiché in un certo senso avevamo con lui un debito di gratitudine.

Gladys mi chiamò per aiutarla a preparare il banchetto, così mi alzai e corsi in cucina, allontanando subito dai miei pensieri il futuro re.

I guerrieri non furono i soli a soffrire nell'ultima battaglia di Uther. Le cattive condizioni di viaggio e le razioni scarse avevano lasciato i cavalli magri ed esausti e si decise quindi di mandarli al pascolo durante l'estate. Ero contenta per i cavalli ma delusa per me stessa, poiché significava che la corte sarebbe dovuta restare in un solo posto.

Ci stabilimmo presso il lago Derwentwater, in un insediamento sulla collina sovrastante l'ampia valle che porta ai laghi e ai Pennini. È un luogo antico, costruito di lastre di pietra e col duro lavoro di generazioni. Per quanto mi riguardava, il suo maggiore vantaggio era la vicinanza agli antichi sentieri che corrono lungo le creste montane.

Il fondovalle e le basi dei monti sono coperti da boschi così fitti che si può viaggiare solo lungo il bordo dell'acqua o su contorti sentieri. Ma più in alto, tra gli alberi rachitici e i ciuffi d'erba e d'erica, si passa facilmente, e gli antichi sentieri sono stati resi ampi e lisci da secoli d'uso. Quello che passa presso Threlkeld Knotts porta a ovest al lago e a est alla strada romana che percorre per miglia la cima delle alture. A me e a Kevin offriva molti luoghi adatti per lanciarsi al galoppo.

Nulla è più freddo di una casa di pietra, poiché le pareti trattengono il gelo dell'inverno per molto tempo dopo che i fiori dell'estate hanno cominciato a punteggiare le radure, ma durante i periodi di caldo soffocante la loro fresca ombra è assai gradevole. Quell'anno le giornate calde e secche arrivarono in agosto ed era un piacere cenare a tarda sera nel cortile centrale, aperto alla luce del lungo crepuscolo e sovrastato dalle stelle.

Una sera, nelle prime ore, venne a corte un cavaliere con il messaggio che re Lot delle Isole Orcadi sarebbe arrivato entro un giorno per una visita ufficiale e per avere la possibilità di rivolgersi al Consiglio. Mio padre borbottò tra sé e mandò il messaggero in cucina, dove Brigit cominciò a consultarsi con Kaethi per nutrire e alloggiare gli ospiti.

Guardai sorridendo Kevin; re in visita venivano raramente ai laghi e un po' di eccitazione ci avrebbe fatto bene. A undici anni non pensavo molto oltre al presente e non mi rendevo conto che gli avvenimenti dei giorni immediatamente successivi potevano avere ripercussioni sugli anni futuri.

Il gruppo era più numeroso di quanto mi fossi aspettata, poiché re Lot viaggiava con un intero contingente di soldati e dipendenti personali e aveva portato con sé anche il figlio maggiore.

Il giovane Gawain era basso e robusto, non ancora giunto alla virilità e coi capelli rossi quanto quelli di suo padre. Tutto ciò che faceva era carico di rapida energia, dal modo in cui camminava impettito dietro a suo padre a come sorrideva in un guizzo se qualcosa lo divertiva. Non era più arrogante di altri principi nordici che avevo visto, ma era la prima volta che dovevo intrattenerne uno e mi chiedevo che cosa gli sarebbe piaciuto fare nei prossimi giorni.

Si rivelò essere un buon compagno, desideroso di partecipare a tutto ciò che proponessi. Ma presto mi resi conto che nulla di ciò che potevamo offrire qui era paragonabile alle meraviglie a cui era abituato alle Orcadi. Persino il cane lupo Ailbe gli fece spalancare gli occhi azzurri solo per un momento, prima di dire che c'erano levrieri delle stesse dimensioni a casa sua.

«Anche noi abbiamo edifici di pietra» mi informò con un forte accento nordico mentre ci avviavamo ai recinti con il suo cavallo. «Ma i nostri sono fatti di rocce rosse, con pareti spesse traforate di stanze, e sono alti molti piani. Spiccano da lontano, simboli di forza e grandezza, e se sali le scale all'interno puoi vedere per miglia in ogni direzione.»

«Sono come i forti romani?» chiesi cercando di immaginarmi pareti abbastanza spesse da contenere stanze.

«Oh, no. Le torri sono molto antiche, spesso oscure e anguste. Furono usate come forti quando i Romani cominciarono a minacciarci, ma poi facemmo un trattato con l'Impero e non dovemmo mai ospitare i suoi soldati sul nostro suolo. Penso che le torri li abbiano messi in fuga per lo spavento» aggiunse con orgoglio.

«Dove abitate ora?» chiesi, cercando di ignorare il sottinteso che i Britanni che erano entrati a far parte dell'Impero fossero meno coraggiosi o astuti.

«A volte stiamo in una delle case a ruota, che sono più basse, ma hanno stanze di legno che si aprono su un cortile interno grande come il vostro qui.»

Tracciò nella terra un cerchio con una serie di linee trasversali come i raggi di una ruota. La pianta mi faceva pensare a quella delle case galleggianti presso il Solway, ma prima che potessi dirlo lui riprese con le sue vanterie.

«Sono molto più alte e ariose di queste» dichiarò indicando le nostre case basse dal piccolo ingresso. «Le stanze affacciate sul cortile sono in genere aperte, con tende di pelle che si possono alzare per guardare giù, oppure su verso il cielo. La mia camera a Midhowe è al piano superiore ed è come dormire in un nido.»

Mi guardai attorno, vedendo per la prima volta il nostro insediamento come misero e oscuro. Sarebbe stato molto meglio ospitare i nostri visitatori a Carlisle, dove la casa sul fiume è grande e imponente. Kevin non disse nulla, ma sulla bocca gli si notava un accenno di sorriso.

La chiamata al Consiglio fu fatta poco dopo l'arrivo dei nostri ospiti, ma poiché la gente doveva venire da lontano, la riunione si sarebbe svolta solo al terzo giorno. Lot e mio padre erano impegnati a discutere di questioni di Stato e dato che per noi non c'era motivo per restare al villaggio, passammo il giorno dopo a cercare di evitare il caldo esplorando i sentieri nei boschi.

Per un certo tempo il mio ospite parlò delle cose che aveva visto in questo viaggio, il primo importante che avesse fatto nelle sue terre e in quelle dei vicini. La fortezza di suo padre sulla massiccia rocca di Edimburgo lo aveva fortemente colpito, così come il profondo fiordo di Forth e il grande insediamento di Dumbarton sul Clyde. Ed era ansioso di vedere la capitale di Urien, che era stata un tempo una potente città romana.

Ma il suo atteggiamento sciovinistico verso la sua isola nordica era evidente in tutto ciò che diceva. In nessun altro luogo i colori della Grande Corona erano così brillanti, i guerrieri così coraggiosi e le donne così belle. Sua madre, anche se proveniente dalla Cornovaglia, era ora accettata come regina delle Orcadi ed era la donna più bella e potente del mondo.

«Non ci sono arti di cui non abbia pratica e domina anche i segreti della dèa.» La sua voce era piena di timore reverenziale e con grande cura fece il segno. «Mia zia Morgana dice che mamma avrebbe potuto diventare lei stessa una sacerdotessa, se avesse studiato con la Signora.»

Annuii in silenzio, chiedendomi cosa avrebbe fatto una regina con i poteri normalmente riservati a un capo religioso. Mi sembrava una combinazione di interessi poco sacra, che mi metteva a disagio.

Nel tardo pomeriggio volgemmo verso casa, superando l'estremità del lago e passando presso la residenza del conciatore sul poggio sovrastante l'acqua. Uno dei bambini nel cortile alzò lo sguardo dal pezzo di cuoio che stava raschiando e agitò un braccio per salutarci. Almeno Gawain sarebbe tornato a casa sapendo che la nostra gente è gentile e amichevole anche con gli stranieri.

Il sentiero seguiva il fiume, che era basso poiché si andava verso la fine dell'anno; ma l'acqua correva limpida e chiara, danzando sul suo letto roccioso con un suono allegro come quello dei ruscelli di montagna dopo un temporale primaverile. Spiegai al mio ospite come i salmoni lo risalissero per deporre le uova, lottando contro la corrente e trasformando l'acqua in argento vivo. Lui alzò le spalle e disse che era lo stesso nei fiumi di Lothian.

Per capriccio presi il sentiero che porta a uno dei posti più belli della regione dei laghi, senza dire a Gawain dove fossimo diretti. Vediamo a cosa riesce a paragonare questo, pensai mentre ci arrampicavamo tra verdi felci e grigie rocce sotto un tetto di vecchie querce. Quando raggiungemmo la cima della collina gli alberi si diradarono all'improvviso e comparve davanti a noi il grande circolo di pietre noto come Castlerigg.

Queste si ergono fiere e solenni sul tappeto verde, incoronando la collina che sorge al punto di congiunzione fra tre vallate montane. Su tutti i lati il terreno digrada verso le valli e più in là le massicce montagne circondano il cielo, come se ci si trovasse al centro di una coppa.

Non c'era traccia delle solite nebbie e foschie del tardo pomeriggio e il sole scintillava limpido sulle pietre e sul pendìo roccioso. La presenza degli dèi era attorno a noi, guizzante nelle mille gradazioni di verde della foresta in basso e imponente sui fianchi ripidi dei monti.

Ci fermammo in silenzio, come su un'isola nel tempo. Solo la mancanza di ali mi trattenne dal volare sul meraviglioso spazio che circondava la dolce collina verde.

Kevin prese la fiaschetta dalla cintura e, dopo aver versato a terra alcune gocce come offerta agli dèi, ce la passò. Nessuno disse nulla finché non riprendemmo il cammino verso casa e Gawain emise un lungo fischio.

«Questa è la cosa più emozionante che abbia visto nel Rheged» dichiarò una volta tornati sul sentiero. «Antico come il tempo, immagino. Ma le pietre rosse di Stennes sono molto più alte; in mezzo a quel cerchio c'è un palo scolpito che sorge da un focolare di pietra e quando si accende il fuoco i volti intagliati nel legno prendono vita.»

Lanciai un'occhiata a Kevin, furiosa perché non potevo conquistare l'ammirazione incondizionata del ragazzo. Ma Kevin evitò di proposito il mio sguardo e fui costretta a tenere la mia frustrazione per me stessa.

Dopo il pasto serale Gawain decise di dormire sulla collina con i soldati, dicendo che trovava le stanze di pietra troppo scure e soffocanti per stare comodo. Guardai mio padre dall'altra parte del cortile chiedendomi se re Lot fosse così difficile da soddisfare quanto suo figlio.

Quando ne parlai con Nonny, lei sbuffò indignata.

«Fieri come aquile, quei due, ma anche scortesi. Il codice dell'ospitalità vale per chi ospita come per chi è ospitato e qualcuno glielo avrebbe dovuto insegnare quando erano piccoli!»

«Forse è solo a disagio, essendo così lontano da casa sua» dissi, sorpresa di ritrovarmi a difendere Gawain. Mi ricordai del suo rapido sorriso quando ci eravamo fermati a guardare una martora che inseguiva rumorosamente uno scoiattolo correndo tra le fronde degli alberi.

«Il birbantello se l'è cavata» esclamai allegramente quando lo scoiattolo si salvò dandosela a gambe dopo che la martora era caduta a terra avendo calcolato male la distanza da un ramo. Sospettai che in Gawain ci fosse una certa simpatia per il perdente e mi chiesi che cosa ne pensasse suo padre.

Il giorno dopo albeggiò caldo e pesante, con il sole simile a un disco di rame inchiodato nel cielo. Passammo la giornata al lago, cercando di intrappolare anatre, mentre Kevin andava in barca a pescare. Io presi due uccelli, ma Gawain nessuno, poiché gli mancava la pazienza necessaria per tendere la trappola e cercava di cavarsela solo con i suoi movimenti rapidi.

«Preferisco andare a caccia nella foresta» disse guardando con sdegno le mie anatre. «I cervi reali nelle nostre valli sono belli come non se ne trovano da nessun'altra parte.» Non gli dissi che preferivo mangiare una vera anatra anziché riempirmi lo stomaco di carne di cervo immaginaria, ma lo pensai.

Quando Kevin tornò a riva chiesi all'ospite se voleva remare fino all'isola.

«Ci sono delle rovine» dissi indicando i dirupi rocciosi mezzo nascosti dagli alberi. L'isola scintillava nel calore pomeridiano come un'immagine incantata, strana e misteriosa. «Dicono che un tempo fosse la casa di Bilis, il dio nano degli Inferi che cavalca una capra» aggiunsi per inciso, sperando di riscattare il nostro prestigio.

«Ed entreresti nella sua proprietà?» chiese Gawain inorridito dalla mia impudenza.

«Fa parte del mio regno» risposi alzando le spalle, tralasciando di aggiungere che tutti i bambini del lago si arrampicavano sulle rocce e sulle rovine, ora innocue, nei giorni caldi.

«No, non voglio partecipare a una simile azione» controbatté Gawain facendo il segno. Kevin alzò un sopracciglio con aria ironica, ma non disse nulla e ci trattenemmo entrambi dal ridere.

Mi resi conto che mentre i costumi umani e le semplici opere non colpivano Gawain, gli antichi dèi lo riempivano di timore reverenziale e passai il tempo del percorso verso casa raccontandogli del fiordo di Rough con il suo strano, pauroso passaggio per gli Inferi.

«Annwn si stende da qualche parte oltre The Mote» spiegai mentre le parole mi ispiravano un delizioso brivido di paura e meraviglia. «Molte mattine mi sono seduta sulla roccia chiedendomi di chi fossero le anime che viaggiavano nel turbinìo delle acque. E una volta,» aggiunsi d'un fiato, esaltata dal ricordo «vidi le ombre degli dèi che si avviavano insieme verso il Palazzo di Arawn.»

Gawain spalancò gli occhi dalla meraviglia e mi fissò in rispettoso silenzio. Mi sentii raddolcire: almeno dimostrava di essere capace di ammirare qualcosa oltre i confini del suo regno.

La mattina del Consiglio albeggiò chiara e luminosa, con la promessa di un caldo pomeriggio. Così decidemmo di portare fuori i cavalli di buon'ora per farli correre sul sentiero quando era ancora relativamente fresco.

Il cavallo di Gawain era un bell'animale robusto, forte e affidabile, anche se forse non focoso come lui avrebbe voluto. Non si usano i cavalli migliori per percorsi lunghi, a meno che non siano necessari nel luogo di destinazione.

Kevin aveva riunito i cavalli e Piedipiuma era già sellata e pronta per l'escursione quando arrivammo alle scuderie.

Rhufon mi aiutò a montare in groppa con il conciso avvertimento: «La tua cavalla è piuttosto scattante stamattina. Non fare niente di avventato, signorinella». Risi e annuii, sapendo che quando non ero presente gli piaceva vantarmi dicendo che potevo cavalcare meglio di gran parte dei ragazzi della mia età.

Ci dirigemmo verso il sentiero della foresta, con Kevin in testa come al solito. Fino a quel momento Gawain aveva ignorato il mio amico bruno, il che andava bene a Kevin, il quale in genere preferiva osservare e ascoltare quanto succedeva attorno a noi, rivolgendomi di tanto in tanto un commento buffo che nessun altro poteva sentire.

Mentre ci avvicinavamo al punto di congiunzione col sentiero, il nostro ospite si girò e mi chiese: «Porti sempre un servo con te?».

«Servo?» Rimasi sbigottita. «Kevin non è un servo. È il mio fratello adottivo e Sommo Principe di un fiero regno d'Irlanda!»

Sapevo di esagerare, ma dopo aver sopportato per giorni la condiscendenza di Gawain non mi importava.

«Sommo Principe? Ma non pensavo che al trono di Tara potesse ascendere un re deforme.» La sua era più un'osservazione oggettiva che una sfida e io fremetti, vergognosa per aver mentito e turbata per aver messo in imbarazzo Kevin.

«Non ho detto Tara. Viene da un piccolo regno del Nord e suo padre è un vassallo del re di Tara come noi lo siamo del giovane Artù.»

«Tuo padre ha giurato fedeltà al bastardo di Uther?» Con sorpresa evidente nel tono e nell'espressione, Gawain mi fissò.

«Certo» risposi adirata con me stessa per aver sollevato una questione che sarebbe stato meglio evitare con i nostri ospiti. Mi sentivo imprigionata dalla mia gaffe come dagli alberi e dal sottobosco ai due lati del viottolo.

L'incrocio col sentiero principale era subito dopo la curva e io d'improvviso diedi a Piedipiuma un tale calcio nelle costole che essa balzò oltre Kevin nello spazio aperto. Non era il sistema più onorevole per uscire da una situazione difficile, ma funzionò.

Ci lanciammo nell'ampio sentiero col paesaggio spoglio che fuggiva confuso ai lati. Stavo china sul collo della cavalla, sentendo il vento che mi sollevava i capelli dalla schiena. I ragazzi scalpitavano dietro di noi, ma finora solo il cane era stato in grado di raggiungerci e ci balzava a fianco con la stessa grazia ed energia che sentivo io. Volavamo nel sole mattutino come se ci inseguissero gli spiriti di Samhain, e vidi Ailbe restare indietro per affiancarsi a Kevin, mentre Piedipiuma manteneva la sua andatura.

Il sentiero scendeva al guado del ruscello e io deviai in un'altra direzione, così galoppammo sul terreno irregolare verso un luogo dove le rive del torrente erano alte e compatte. Piedipiuma vide il dislivello e si raccolse sotto di me, saltando come se avessimo fatto pratica ogni giorno. Per un attimo restammo sospesi, liberi nell'aria, volando sul piccolo abisso per atterrare con grazia sull'altro lato. Dopo qualche balzo feci girare la cavalla in tempo per vedere Kevin terminare a malapena il salto.

Mi buttai i capelli all'indietro trionfante e guardai il cavallo di Gawain giungere alla sponda per poi deviare da una parte, nonostante gli ordini del padrone. Il ragazzo dai capelli rossi riportò l'animale nel punto più elevato del sentiero e lo preparò di nuovo al salto, frustandolo con le redini. Il cavallo dapprima avanzò, poi scartò di nuovo da un lato quasi disarcionando il cavaliere.

Io e Kevin portammo i cavalli al passo fino al guado e ci avvicinammo all'ospite, che stava insultando il suo animale.

«Non c'è problema» dissi con il maggior tatto possibile. «Probabilmente il tuo cavallo non è abituato a saltare.»

Il principe delle Orcadi mi guardò torvo, rosso in volto e furioso. «È solo un cavallo da viaggio. Avrei potuto saltare molto bene se avessi avuto il mio stallone.»

Annuii e vidi lo sguardo di Gawain guizzare verso Kevin. Era ovvio che non voleva essere superato da un ragazzo che pensava fosse un servo. «Lo potrei fare col tuo cavallo» propose girandosi di nuovo verso di me.

«Va bene,» risposi scivolando giù di groppa «ma ha una bocca molto delicata, quindi sta' attento a non dare strattoni con le redini. «

Io e Gawain portammo insieme Piedipiuma verso una roccia sporgente, lasciando che la cavalla si abituasse alla voce e all'odore del ragazzo.

La sella era leggera, poco più di un cuscinetto di pelle, e Gawain, salito sulla roccia, si arrampicò in groppa senza molta grazia. Quando prese le redini ebbi un attimo di timore, chiedendomi se si ricordasse di ciò che gli avevo detto a proposito della bocca della cavalla. Ma la trattò con sufficiente delicatezza.

Però, quando lo vidi trottare lungo il sentiero, mi resi conto che non era il cavaliere che credevo. Cara Epona, pregai, fa' che nulla gli succeda finché è mio ospite. Guardai Kevin e lo vidi aggrottare la fronte con la stessa preoccupazione.

Piedipiuma percorse bene il sentiero e deviò sul terreno accidentato dirigendosi verso il ruscello più per volontà sua che per la guida di Gawain. Raggiunse la riva, saltò in aria e attraversò volando il baratro roccioso con tutta la grazia del mondo. Gawain le stava aggrappato alla criniera, sorridendo da orecchia a orecchia, ma quando atterrò perse la presa e cadde.

Colpì il terreno con un orribile tonfo e rotolò sulla schiena, immobile come se fosse morto.

Io mi lanciai verso di lui terrorizzata che si fosse rotto la testa su qualche roccia seminascosta. Mi chiesi che cosa avrei potuto offrire agli dèi per riportarlo in vita.

Giaceva tra le felci e i ciuffi d'erba respirando a stento e con un'espressione sorpresa. Il sangue gli chiazzava il volto e gli scendeva in flusso continuo dal naso. «Sei ferito?» chiesi inginocchiandomi vicino a lui e cercando di arrestare l'emorragia.

«Sto bene» disse infine ansimando. «Sono caduto sulle spalle e ho rotolato, credo.»

Fui sollevata nel vedere che metteva bene a fuoco gli occhi e non aveva ferite, e quando riuscimmo a bloccare l'emorragia cercò a fatica di sedersi. Su una guancia aveva una macchia rossa che si sarebbe probabilmente trasformata in un livido, ma almeno era tutto integro.

Poi sorrise, il sorriso vivo e aperto che avevo già trovato così contagioso, e scosse la testa in segno di ammirazione. «Vivrete forse in case buie e mangerete uccelli e cavoli come i contadini, ma avete certamente bei destrieri e molta abilità nel cavalcarli» disse.

Rimasi così sorpresa che scoppiai a ridere. Il disdegno arrogante e la collera erano spariti e, anche se si muoveva con cautela, appariva di buonumore. «Quel cavallo sarà già molto lontano. Sarà difficile riprenderlo?»

«Piedipiuma? No, fa troppo parte della famiglia per scappare.»

Mi alzai per cercarla con lo sguardo e la vidi che brucava presso un alberello.

«La prendo io» disse Kevin porgendomi le redini degli altri due cavalli.

«Sei sicuro di stare bene?» chiesi di nuovo a Gawain quando si alzò in piedi. Mi prese allora la paura per il rischio corso e cominciarono a tremarmi le ginocchia. Che cosa sarebbe successo se fosse stato scagliato nel ruscello, schiantandosi contro le rocce e portando dolore alla sua famiglia e disonore alla mia? Inorridii all'idea di ciò che sarebbe potuto accadere e mi stupii nel vedere che Gawain stesso non sembrava badarvi.

«Certo,» stava dicendo «qualche livido qua e là. Mi è successo di peggio tirando di scherma a casa.»

Riprendemmo a cavalcare tranquillamente, dopo di ciò, in parte a causa dell'incidente e in parte perché cominciavamo a incontrare sul sentiero gente diretta al villaggio per il Consiglio del pomeriggio. Quando comparvero gli alberi attorno all'insediamento, Gawain ci chiese di fermarci.

«Preferirei che non dicessimo nulla agli adulti» azzardò con un timido sorriso.

«E il tuo naso?» chiesi notando che era rosso e gonfio e non più perfettamente dritto.

«Dirò che il mio cavallo si è impennato all'improvviso. È un animale stupido e mio padre preferirà sentire questo che sapere che è successo per la mia incapacità e perché non mi sono comportato bene in una sfida.»

Sospirai di sollievo tra me e me, e Kevin annuì in silenzio, ma guardò il nostro ospite con ammirazione e con un mezzo sorriso.

«Allora facciamo così?» continuò Gawain.

«Per me va bene» dissi sorridendo, e su questa nota tornammo alle scuderie e alla riunione pomeridiana del Consiglio.

16

Re Lot

I Consigli reali che radunano cittadini di luoghi lontani del regno non sono comuni, poiché le riunioni sono di solito di natura locale e si svolgono dove il re si trova in quel momento. Ricevere una convocazione speciale da parte di un monarca in visita è ancor meno comune, e la folla che si riunì quel giorno era piena di allegra curiosità. Era chiaro che chi arrivava era felice di questa interruzione inattesa della routine estiva. Tutti salutavano vecchi amici e si scambiavano notizie familiari e pareri sull'argomento di cui si sarebbe occupato il Consiglio.

Il villaggio traboccò presto di gente e molti si accamparono fuori dalle mura, poiché venivano così da lontano che non potevano sperare di tornare a casa loro per sera. C'era persino un venditore ambulante che esponeva le sue mercanzie presso il pozzo.

I capelli biondi e gli occhi azzurri dell'uomo lo definivano come uno straniero. Io lo osservai incuriosita mentre cercava di vendere la sua merce passando da una donna di campagna all'altra senza nessuna fortuna.

I beni sul tappetino del venditore erano ricchi e vari: molti dei soliti oggetti di bronzo e rame che si trovano in qualunque mercato, ma anche una spilla d'argento con una forma a disco che non avevo mai visto prima.

«Un lavoro sassone, signorina» mi confidò l'uomo. «Molto comune attorno a York. Ma preziosa, troppo preziosa per chiunque tranne che per una principessa.»

Fui tentata di dirgli che ero una principessa, ma poiché in ogni caso non avevo nulla per pagarla, lasciai perdere.

Mi mostrò una piccola borsa variopinta decorata con disegni intricati. «Egiziana, se ben ricordo. Viene dal Cairo, comunque. Forse è stata tessuta a Damasco.»

Mi chiesi dove fosse Damasco e chi fosse stato l'artigiano. Mi affascinava l'idea dei mercanti che portavano il prodotto dell'opera umana in tutto il mondo. Avrei voluto sedermi a parlare con lui dei bivacchi a cui aveva partecipato, delle fucine che aveva visto e delle storie che aveva sentito in tutti i suoi viaggi. Ma Gladys mi stava chiamando per aiutarla a travasare il vino, così sorrisi all'uomo e tornai di corsa alla dispensa.

Il pomeriggio era caldo e afoso e quando fu il momento per iniziare il Consiglio la gente si affollò nel cortile centrale. Erano così tanti che alcuni si spinsero negli ingressi delle case e tutti si accalcavano, seduti o in piedi, cercando di far posto agli altri. I servitori dovevano far passare le caraffe di vino tra gli ospiti, poiché non c'erano abbastanza coppe per servire tutti. A poco a poco l'atmosfera festiva cominciò a sfumare e quando lo scranno regale fu portato in mezzo alla corte l'allegria era ormai sparita per lasciare il posto alla serietà.

Mio padre aprì il Consiglio con l'invocazione formale agli dèi in onore all'importanza dell'occasione. Dopo aver versato la libagione, presentò immediatamente re Lot e sprofondò nel suo scranno.

L'energia inquieta del re nordico riempì lo spazio nel mezzo dell'assemblea e catturò lo sguardo di tutti. Era un uomo robusto con magnifici baffoni dalle punte cerate e girate in modo da cadergli elegantemente sul mento. Il suo colorito acceso e la sua grande corporatura davano una sensazione di salute e vigore e io lo fissai con rispetto e ammirazione. Con la sua fascia di lana verde tenuta sulla spalla da una bellissima spilla e la sua tunica di lino che gli arrivava appena alle ginocchia, sembrava un eroe senza tempo, orgoglioso e potente.

Era facile capire perché Gawain fosse di modi così bruschi da sembrare a volte sgarbato. Ma se le azioni del figlio erano spesso affrettate e impetuose, quelle del padre erano temperate dalla pacatezza del guerriero che ha imparato a mantenere sempre, e soprattutto, l'equilibrio.

Esordì con le parole rituali degli ospiti, ringraziando il re per la nostra ospitalità e la gente per la volontà di ascoltare ciò che voleva dire. La sua voce non era particolarmente piena, ma egli ne aveva perfezionato l'uso come potrebbe fare un bardo. Al principio mi interessai più alla sua messa in scena che al contenuto delle sue parole. Se ci fosse stato più spazio avrebbe vagato per l'assemblea, ma dovette accontentarsi di rimanere in un posto e girarsi attorno con grandi gesti per guardare a turno i diversi ascoltatori. Questi naturalmente erano affascinati dalla sua dimostrazione di sicurezza e potere.

A un certo punto dai complimenti e adulazioni Lot passò a parlare della morte di re Uther e della ragione della sua visita.

«Adesso mettono in giro la storia che questo Artù sia davvero il figlio di Uther, concepito con la magia e nascosto, per venire improvvisamente proposto come erede del Sommo Regno» dichiarò alzando la voce indignato. «Che sproloquio! Sono giochi politici, state attenti, che cercano di soddisfare il Sud romanizzato e far sì che i figli ereditino il potere indipendentemente dalle loro capacità!»

Pronunciò la parola "romanizzato" con tale disprezzo che mi chiesi cosa stesse pensando Kaethi, ma la folla era così fitta che non potei vederla.

Lot si inchinò di fronte a qualcuno dall'altra parte del circolo e prese la caraffa che gli fu offerta.

«È una storia ben congegnata, è vero: renderlo mezzo celta, e dal lato materno, nella speranza che noi nordici saremmo stati soddisfatti per il fatto che la discendenza di sangue sia diretta e pura. Ma non ci lasceremo ingannare...»

Bevve un lungo sorso, poi rese la caraffa e si pulì i baffi col dorso della mano. Si potevano vedere le cicatrici di vecchie battaglie che si intrecciavano sulla pelle del suo robusto braccio.

«Che questo giovane Artù pretenda la corona di Logres è ammissibile; era il regno di Uther e se la gente vuole accettare questo suo "figlio" sulla parola di Merlino sono fatti suoi. Ma noi che non siamo mai diventati servi di Roma, noi nordici che siamo orgogliosi di essere Celti, scegliamo il nostro Sommo Re in base al merito e alla comprovata capacità di governare. Non importa quale sia il suo sangue: i Celti non seguiranno un capo che non ha dimostrato il suo valore. È appena un anno più vecchio del mio ragazzo, e mentre Gawain ha già partecipato a una mezza dozzina di battaglie, questo giovane Artù è comparso solo in una, e sappiamo tutti che ciò non è abbastanza per provare il coraggio di un guerriero!»

Guardò i soldati in piedi in fondo all'assemblea e alcuni di essi risposero battendo le mani o i piedi.

«Non solo questo: il ragazzo è apparso dal nulla, evocato improvvisamente dal Mago. Non ha avuto avanzamenti di grado, né pratica delle arti militari in campo, né si è guadagnato il privilegio di lottare a fianco di altri re. Nessuna formazione, nessuna esperienza, nessuna dimostrazione di abilità... no, io dico, no, no, no!»

Si era accalorato fino a una collera controllata e il suo intero corpo irradiava indignazione. Pensai che l'ira del figlio era certamente nulla in confronto a ciò di cui doveva essere capace il padre.

«Se questo adolescente romanizzato aspira a diventare Sommo Re, se ne guadagni il diritto in battaglia, sui corpi dei suoi nemici uccisi... sul mio, se necessario!»

Veloce come un lampo la mano di Lot andò alla cintura e il suo pugnale guizzò in un arco che lo fece conficcare nella terra ai suoi piedi. Vi vibrò per diversi secondi e l'eco della sua silenziosa sfida corse tra la gente come un brivido.

«Alle armi, alle armi!» gridò qualcuno e subito seguì un boato d'approvazione. Gli uomini di Lot presero ad acclamare e non pochi dei nostri coraggiosi guerrieri si unirono a loro, felici all'idea di sfogare la tensione. Io lanciai un'occhiata a mio padre, che sedeva curvo sulla sua coppa di vino e seguiva pensieroso gli eventi. In confronto alla splendida figura del re delle Orcadi egli sembrava vecchio e fragile e mi intenerì il cuore.

Quando l'acclamazione si calmò, il re del Rheged alzò un braccio per richiamare al silenzio.

«Re Lot, parlate in modo persuasivo e cogliete bene i punti della questione. Ma mi chiedo se state dimenticando il nemico principale. Ci è stato riferito che i Sassoni stanno preparando un'altra invasione dal continente. Non sarebbe più prudente unirci contro di loro, i nostri nemici conosciuti, invece di dividere le nostre forze con controversie interne? I Sassoni, dopotutto, costituiscono una minaccia per tutti i regni britannici e sarebbero padroni crudeli se riuscissero a conquistarci perché siamo troppo impegnati a ucciderci a vicenda.»

«Non parlatemi dei Sassoni, amico.» Lot assunse un tono cameratesco, come se i due re fossero due vecchi compagni. «O dei Pitti e degli Irlandesi, se è per questo. Chi lo sa meglio di me, re di due paesi separati da terre da tempo in mano agli ostili Pitti? Non è facile governare in due posti insieme, soprattutto con forze nemiche nel mezzo.»

Rise orgoglioso e dopo aver recuperato il suo coltello si guardò attorno con aria sicura.

«Se non fosse per l'abilità dei miei marinai delle Orcadi e la bravura dei miei carpentieri navali — oltre alle buone foreste — non sarei neppure in grado di spostarmi tra le due capitali. Un regno diviso è sempre in pericolo. E con ciò si torna a quello che dicevo: ci occorre un capo che ci unisca, che meriti la nostra fiducia di Celti e scenda in campo con i nostri uomini a combattere per una causa comune.»

«Avete per caso in mente un uomo simile?» La voce di mio

padre era cortese, ma con una leggera punta di ironia. «Forse voi stesso?»

Lot esitò un attimo e mi aspettavo che si sarebbe lasciato andare alle spacconate e alla spavalderia cari al cuore dei guerrieri. Ma stava giocando un gioco più importante e tornò a rivolgersi abilmente al Consiglio.

«Non posso dire che non sarei onorato se il titolo mi fosse offerto. Ma in verità c'è un altro che non solo ha tanta esperienza quanto la mia, ma comanda anche uno dei più grandi eserciti di tutta la Britannia. E non solo questo: è celta di sangue e di formazione ed è sposato con una principessa celtica del Sud. Non c'è ombra di bastardaggine in lui, né traccia di ambizioni romane, né sussistono dubbi sulla sua abilità militare. Tra tutti i capi di Britannia è il più qualificato per diventare Sommo Re e quello situato nella migliore posizione strategica per combattere la minaccia sassone. Propongo Urien di Northumbria come nostro prossimo Sommo Re e cerco per questo il vostro appoggio di alleati.»

Trattenni il respiro dalla sorpresa e dallo sgomento e mi guardai in fretta attorno per vedere che tipo di reazione avesse l'assemblea. Se Lot si era aspettato uno scoppio spontaneo di acclamazioni rimase chiaramente deluso. La sua oratoria era tra le migliori che avessi mai sentito e le sue ragioni bene esposte, ma pochi tra i guerrieri di mio padre non avevano subìto qualche danno dal nostro vicino. Non erano certo pronti, così all'improvviso, ad accogliere Urien come loro futuro signore.

I nostri uomini si mostrarono a disagio. Si grattarono il mento o si aggiustarono le cinture, distogliendo lo sguardo con aria contrariata. Il gruppo di Lot si accorse del cambiamento di umore e lasciò al re il compito di superare il momento di imbarazzo.

«Sì, Urien» disse mio padre in tono pacato, cambiando posizione sullo scranno e appoggiandosi sull'altro braccio. «Vostro cognato, se ben ricordo.»

Lot gli lanciò una rapida occhiata, poi fece un ampio sorriso. «Sì, è vero. Io e Urien siamo stati entrambi tanto fortunati da sposare due figlie di Gorlois, duca di Cornovaglia. Esse sono le discendenti legittime del primo matrimonio della regina Igraine.» Sottolineò lievemente la parola legittime, poiché Igraine era anche madre del giovane Artù per la sua unione con Uther. «Tramite le nostre mogli siamo legati al Sud come lo siamo al Nord e questo, se vogliamo, è un altro punto a favore dell'unione al seguito di Urien.»

«E queste sorelle, Morgana e Morgause, non sono anche parenti di Cador, attuale duca di Cornovaglia?» chiese mio padre.

«Solo sorellastre» fu la pronta risposta. «Cador è molto più anziano, essendo nato dal primo matrimonio di Gorlois. Nessuno mette in discussione la legittimità del suo titolo in Cornovaglia.»

Lot stava irritandosi con queste questioni genealogiche. Come gran parte dei guerrieri, gli interessavano solo le discendenze che gli tornavano utili e trovava superfluo e scomodo elencare altri rapporti di parentela.

«Ma» continuò mio padre con tono da conversazione «non vi fa pensare che un'alleanza tra vostra moglie e il suo fratellastro sarebbe molto probabile? E dato che Cador di Cornovaglia ha appoggiato il giovane Artù, non è forse ragionevole supporre che lo faranno anche le sorelle?»

«Assolútamente no!» Lot alzò la voce al massimo e si voltò verso il Consiglio, certo di aver trovato un terreno sicuro. «È un fatto storico che Uther, il nostro Sommo Re morto di recente, prese Igraine con la forza, anche a costo della vita del suo legittimo marito. E la prima cosa che fece dopo aver sposato Igraine fu di mandare via le sue figlie. Esse dovrebbero ora sentirsi in dovere di mostrare fedeltà al figlio dell'uomo che le ha così apertamente scacciate quando erano solo bambine? Uther ha distrutto una legittima famiglia reale, sostituendosi, spinto da lussuria, a un padre amorevole e disfacendosi delle figlie dell'uomo che aveva ucciso.»

Dalla folla si alzò un mormorìo di approvazione. Questa gente era cresciuta rispettando la tradizione dei legami di sangue e dell'orgoglio di famiglia e sapeva bene che un insulto si trasmette da una generazione all'altra se non vi si pone riparo.

«Non so se "disfarsi" sia il modo migliore per descrivere il fatto che Morgause si sia sposata con voi» intervenne mio padre con un certo divertimento. «Sembra che sia stata una buona cosa per tutti e due: lei ha per marito un fiero re che la protegge e voi siete il padre di, quanti sono... tre robusti giovani principi?» Fece un cenno verso Gawain.

«Sono quattro. Sì, quattro ragazzi di grande coraggio e spirito fiero.»

Non avevo mai visto mio padre giocare con un altro uomo come stava facendo con Lot. Ne ero affascinata come quando si guarda una vipera avvicinarsi a un rospo.

Il re delle Orcadi passò dalla giusta indignazione per il patrimonio perduto di sua moglie al caloroso orgoglio di un uomo che vede i propri figli come un riflesso di se stesso e ne è quindi soddisfatto. Declamò i nomi e le virtù di ogni ragazzo: Gawain il coraggioso, Gaheris l'astuto, Agravain l'orgoglioso e Gareth, classificato solo come il più giovane. Erano ovviamente la grande gioia della vita di Lot ed egli vantò a turno ognuno di loro, finché la folla cominciò a perdere interesse e mio padre intervenne di nuovo.

«Siete davvero un uomo invidiabile» disse in tono amabile. «E abbiamo apprezzato l'ascolto delle notizie che avete portato e delle vostre idee. Ma si sta facendo tardi e, tra la mia gente, molti vorranno tornare alle loro residenze prima che faccia buio. Quindi forse dovremmo sospendere il Consiglio.»

«E sulla questione di Urien?» chiese Lot disorientato. Non era il momento propizio per richiedere un voto per stabilire se la gente del Rheged intendesse unirsi a lui e sfidare la pretesa al trono di Artù, ma egli era restìo a lasciar cadere completamente l'argomento.

Così si aprì la discussione e molti fecero domande o espressero le loro opinioni. C'era poca propensione a dare più potere al nostro vicino e quando si fece la votazione il risultato fu nettamente a favore di Artù.

«Spero» disse solennemente mio padre preparandosi a chiudere il Consiglio «che la questione si risolverà presto, poiché i conflitti interni non favoriranno che i Sassoni e ho sentito dire che Artù sarà investito con la Spada del Potere la prossima primavera.»

«No,» borbottò Lot «se dipenderà da me.» Ma tornò al suo scranno e prese parte alle formalità conclusive con una certa compostezza.

Fu solo più tardi quella notte, quando gli portai la mistura preparata da Kaethi per facilitargli il sonno, che ebbi la possibilità di chiedere a mio padre se gli fosse piaciuto il Consiglio.

«Piaciuto... No. Preferirei che non ci fosse bisogno di un Consiglio simile. Ma considerata la natura di re Lot, forse è andato bene.»

Alzò le spalle e distolse lo sguardo dalla finestrella da cui si vedevano la foresta e la valle illuminate dalla luna. La gente sulla collina si era sistemata per la notte e il gruppo di Lot si era già ritirato, poiché sarebbe partito presto l'indomani. L'aria era ferma, ma il calore sembrava essersi placato e nella quiete della notte il mondo appariva calmo e pacifico.

«Ricordati, mia cara,» disse andando alla sua sedia preferita e facendomi cenno di sedermi «ogni uomo, o donna, ha qualche difetto essenziale. Forse è triste, o forse è una benedizione, ma c'è in tutti gli esseri umani.»

Sospirò e si strofinò le dita contro una tempia come per scacciare un pensiero doloroso.

«Il difetto di Lot è l'orgoglio. Ha il coraggio di un eroe e l'amore per la gloria e l'onore che noi Celti abbiamo sempre avuto cari. Ma è troppo orgoglioso per vedere che i tempi e i bisogni stanno cambiando. Ho paura che non si fermerà di fronte a nulla per negare il Sommo Regno al figlio di Uther.»

«E tu,» chiesi «pensi che la pretesa di Artù sia giusta?»

«Giusta, immagino, quanto quella di chiunque altro. In tempi come questi la giustizia non è tanto importante quanto trovare un capo attorno a cui gli uomini si radunino. Ci sono stati quasi sessant'anni di confusione e lotte interne, tra Vortigern che scartava tutto ciò che non fosse celtico e Ambrosius che tornava cercando di restaurare le idee romane. Uther è stata una piccola benedizione durante la nostra vita, non fosse altro perché non si è preoccupato tanto degli affari interni e si è concentrato sulla minaccia sassone.

«Uther ha provocato una nuova divisione prendendo Igraine e ora si rischia una scissione tra Nord e Sud. Eppure, nonostante questa eredità, Artù sembra essersi guadagnato l'appoggio di molti seguaci. E ha con lui il Mago, il che è un buon auspicio. Merlino ha foggiato gli avvenimenti della storia britannica per più di una generazione, e anche se non posso credere con sicurezza a tutte le storie che ho sentito su di lui, egli sembra vedere un fine più grande di quanto faccia la maggioranza di noi.»

Mio padre sospirò stancamente e prese la tazza che gli avevo portato.

«Non mi piacciono riunioni come quelle di oggi; mi lasciano stanco e con la sensazione di essere molto vecchio. Ma ho passato tre giorni con Lot cercando i suoi punti deboli perché era importante che la gente li vedesse chiaramente. Bisogna sempre valutare l'uomo con cui si ha a che fare e se gli si accordano molto tempo e cortesia egli probabilmente si mostrerà per ciò che è davvero.»

Bevve un sorso dalla tazza e poi chiuse gli occhi. «Speravo che la gente avrebbe capito quanto sua moglie Morgause sia coinvolta in tutto ciò. Ma anche se Lot ha fatto un'allusione alle perdite da lei avute a causa del matrimonio di Uther con sua madre, non ci sono stati veri appigli per capirlo. Da quanto mi ha detto in privato, comunque, sua moglie è una vera testa calda, piena di poteri oscuri e capace di terribili collere. Immagino che loro due insieme formino una coppia piuttosto vivace. E lei non prova nessun amore per suo fratello Artù, di questo ne sono sicuro.» Sospirò e riaprì gli occhi. «Bisogna sempre stare attenti quando si mette qualcuno alle strette come ho fatto io con Lot, soprattutto se si tratta di una questione delicata come sua moglie. E se hai a che fare con un uomo delle Orcadi, puoi stare sicura che il suo orgoglio sarà coinvolto!

«Hai visto» chiese all'improvviso «com'è volato in fretta il suo pugnale? Si è infilato nella terra in un attimo per un buon quarto della lama. È un uomo da rispettare e da temere. Neppure quando era più giovane Nidan avrebbe potuto superarlo in questo. E Nidan è l'uomo più abile con i coltelli che abbia mai avuto.»

Scosse la testa con sincera ammirazione; poi guardò la tazza, ne finì il contenuto e me la rese.

«La politica è una faccenda tediosa» disse lentamente. «Si svolge sempre in ambienti chiusi, con troppe giravolte del pensiero. Se stesse a me, terremmo il Consiglio a cavallo, laggiù presso il lago o su dove il fiume corre limpido tra le rocce. Solo il cielo per tetto e parole oneste e dirette come hanno voluto gli dèi.»

«Chi parla come un tipico celta adesso?» dissi ridendo e nei suoi occhi comparve un sorriso.

Chiacchierammo ancora per un po'. Poi mi congedai e mi incamminai lentamente verso la casa che condividevo con le altre donne. La politica, avevo deciso, non era il mio passatempo preferito.

Il ricordo di una tale innocenza mi fece sorridere mio malgrado. Che cosa ne sapevo allora della politica, o degli interessi personali, o del fatto che a volte una serie di avvenimenti è più grande di te?

Bene, pensai con decisione, lasciamo che altre donne regali si aspettino che le loro vite vengano definite a seconda delle correnti politiche del momento. Questa ragazza cumbra non sarà tra loro. Almeno non di sua volontà.

17

L'incoronazione

Condotti da Bedivere superammo il bosco di Bowland. Nuvole temporalesche si addensavano alle nostre spalle e poco più avanti si vedeva la città che difende la valle di Ribble. L'insegna a quadri di una locanda offrì un gradito rifugio. Mentre svoltavamo per entrare nel cortile vidi un gruppo di cavalieri in un prato dalla parte opposta della strada. Erano giovani uomini che si scagliavano avanti e indietro a cavallo nonostante il maltempo e supplivano alla mancanza di disciplina con urla chiassose e un grande entusiasmo. Ci guardarono appena quando arrivammo e mi resi conto di quanto la fama personale sia legata alla geografia; avevamo infatti raggiunto i confini del Rheged e qui non mi conosceva nessuno.

La locanda era bella e spaziosa, con diversi ospiti già seduti ai tavoli della taverna. Mercanti in viaggio e artigiani del lato est dei Pennini si mescolavano al solito flusso di venditori del Nord e del Sud. I loro dialetti erano densi e caldi come lo stufato di montone che mangiavamo. Io mi appoggiai ai cuscini, seduta al mio tavolo d'angolo, e guardai la gente sentendomi al sicuro nella mia nuova anonimità.

I discorsi ronzavano nel locale e ogni tanto una voce particolare si alzava in tono allegro o infervorato. Molti giocavano a dadi e gli aiutanti di cucina erano indaffarati a servire. Il bisogno di raggrupparsi per trovare sicurezza sulla strada molto spesso porta a trovarsi in osterie sovraffollate dove tutti vogliono mangiare nello stesso momento. L'atmosfera generale qui, comunque, era allegra e la gente aspettava di buonumore il proprio turno per lo stufato e la birra.

Un robusto valligiano dell'altro lato delle montagne alzò la voce contro un ragazzo del Lancashire e per un momento regnò una certa agitazione. Ma poi il suo compagno ordinò un altro giro di birra per tutti coloro che erano coinvolti nel litigio e portò fuori il suo amico, una volta calmato il trambusto.

Qualcuno prese un'arpa e la conversazione si acquietò in attesa di una canzone. Ho sentito dire che tutti i Celti, che siano Irlandesi, Bretoni, Cumbri o della Cornovaglia, sono così toccati dalla musica che questa può guarire le loro ferite e aggiustare le loro ossa, e forse ciò non è poi tanto lontano dal vero.

Mi mise comunque di umore migliore. La nostalgia per il passato divenne meno straziante e il mio risentimento per il fatto di abbandonare il Rheged meno acceso. Lasciai che la musica mi avvolgesse e quando il fuoco della cena si ridusse in braci mi sentii completamente rilassata.

Quando la moglie del locandiere si avvicinò per accompagnarci alle nostre stanze mi alzai insonnolita e la seguii oltre la porta di vimini.

«Non è molto lussuosa, signora,» disse l'ostessa «ma è la migliore che abbiamo e sono sicura che starete calda e comoda.»

Le sorrisi di gratitudine e guardai la mia camera.

Era un locale ampio, arredato con mobili massicci e bei tappeti, e aveva l'aria di venir usato molto regolarmente. Pensai che poteva forse essere la camera da letto degli stessi proprietari e chiesi se era così.

«Sì. Spero non vi dispiaccia. Le altre camere sono molto più... spoglie e non potevamo darvi una qualunque vecchia stanza» rispose semplicemente lei.

«Ma dove dormirete voi e vostro marito?» chiesi colpita dalla sua premura. «Non vi voglio mandare via dalla vostra camera da letto, dopotutto.»

«C'è tanto spazio nei locali della servitù» mi assicurò. «È già tutto pronto e Nonna ha passato gli ultimi due giorni a scopare, spolverare e arieggiare questa stanza... sarebbe una grande delusione per lei se la rifiutaste.»

In effetti guardandosi attorno la camera appariva impeccabile, con il legno lavato e lucidato e i cuscini gonfiati alla perfezione. Persino Lavinia sembrava soddisfatta mentre mi preparava la camicia da notte.

La nostra ospite rivoltò le coperte del letto lisciando la tela della trapunta con garbato orgoglio.

«È imbottita di piumino» annunciò. «Molto meglio delle coperte di lana o delle pesanti pellicce. Sono sicura che dormirete bene.»

Ammirai il grande specchio di bronzo presso l'armadio.

«Non ho mai visto uno specchio così grande. È molto vecchio?» domandai.

La donna annuì e sorrise compiaciuta. «La nostra famiglia

ha vissuto in questa città per generazioni, prima come soldati dell'Impero e ora come mercanti e locandieri. Così abbiamo raccolto ogni tipo di cose interessanti. Quello,» disse indicando il ritratto di un uomo robusto in groppa a un grande cavallo «è l'antenato che venne dalla Sarmazia quando ancora la città era nuova.»

Mi avvicinai per vedere meglio il quadro e lei portò una lampada.

«Era un prode guerriero, mandato qui dalla sua terra laggiù nell'Est. E combatté con valore, non ho dubbi. Molti in città possono far risalire la loro discendenza ai Sarmati che si ritirarono qui quando non combatterono più con le Legioni.»

«Che cos'ha in mano?» Osservai attentamente il cavaliere, notando la sua tunica a scaglie e l'asta che impugnava fermamente.

«La sua lancia. Combattevano a cavallo i nostri antenati e usavano quelle lunghe lance oltre alle spade. Nonna dice che abbiamo tenuto la sua spada in famiglia per molti anni, ma nessuno sa dove sia adesso. Probabilmente persa durante una scorreria irlandese» aggiunse in tono neutro. «Ma i ragazzi dei dintorni giocano ancora con lance di legno e amano vantarsi della loro antica discendenza da guerrieri a cavallo.»

Ciò spiegava la mischia di giovani che avevo visto nel prato arrivando in città. Non c'era da stupirsi che ci avessero prestato poca attenzione: se qualcuno mi si fosse avvicinato con un'arma simile non avrei voluto guardare altrove!

Dormii molto bene quella notte, troppo stanca anche per sognare. La morbida e leggera trapunta era calda e comoda come aveva detto la locandiera e decisi di chiederle da dove venisse.

All'alba l'odore di pancetta affumicata giunse dalla cucina. C'era già molto trambusto e invece di disturbare gli albergatori andai alle scuderie a cercare acqua. Il cielo era poco nuvoloso e io guardai l'ampia valle fluviale mentre l'alba sfumava dal rosa pesca all'oro, all'azzurro pallido. Non c'era ghiaccio nell'abbeveratoio, così mi legai i capelli all'indietro e mi spruzzai, rendendomi conto con piacere che la primavera era davvero arrivata.

Un tonfo di zoccoli colse la mia attenzione e alzai lo sguardo per vedere un giovane che entrava al galoppo nel recinto e faceva deviare il cavallo verso la porta della cucina. Controllava l'animale solo con le ginocchia, poiché in mano teneva un cestino d'uova avvolte nel muschio; mi stupii nel vedere che poteva trasportare un carico tanto fragile a un'andatura così veloce.

Il cavallo si fermò agilmente mentre il ragazzo mi chiamava. Passandomi il cestino saltò giù, poi mi diede le redini in cambio delle uova, prima di correre in cucina. Le presi, naturalmente, e feci camminare il cavallo attorno al cortile per farlo rinfrescare.

Era una giumenta piuttosto grande, anche se non alta come i nostri cavalli dello Shire, e nonostante avesse sudato in questa galoppata di primo mattino, respirava senza nessun affanno. Notai con interesse i lunghi cappi di cuoio che pendevano ai lati della sella e mi chiesi che cosa ne avrebbe pensato Rhufon, poiché erano tirati e consunti come se venissero usati spesso, ma in una posizione poco conveniente per trasportare borse o fagotti.

Il ragazzo uscì correndo dalla casa e riprese le redini con un sorrisetto. «Zia Hulda ha detto che se non portavo queste uova in tempo mi faceva la pelle!» Poi fece un largo sorriso d'intesa. I suoi capelli e i suoi occhi erano neri come il giaietto e la sua pelle aveva una sfumatura bronzea che non avevo mai visto prima. «Pare che abbiate gente piuttosto importante nel vostro gruppo, eh?»

Risi dicendo che era una questione di opinioni. «Quelle,» chiesi indicando le strisce di cuoio «a cosa servono?»

«A questo» dichiarò e, tirando su una gamba, infilò un piede nel cappio e volteggiò sulla sella.

Restai a guardarlo a bocca aperta mentre faceva voltare la cavalla e iniziava a trottare nel cortile. Una volta infilato l'altro piede, strinse le ginocchia e si alzò eretto a cavalcioni dell'animale. Tenendosi bene in equilibrio partì al piccolo galoppo. Poi si esibì in una serie di acrobazie: si rannicchiò sopra il garrese della giumenta, si sdraiò sul suo dorso, si sporse da un lato e trascinò la mano nell'acqua dell'abbeveratoio galoppandovi a fianco.

Infine si girò e tornò verso di me, col volto scuro che splendeva di eccitazione, e io gli sorrisi ammirata.

«Dove hai imparato a fare tutto questo?»

«Qui. Appena arrivato non ero mai stato neanche in groppa a un pony, ma dopo tutti questi anni ho imparato e posso lottare con i migliori tra loro.»

«I ragazzi nel prato.» Annuii. «Ma come ti è venuto in mente di legare quelle cinghie alla sella?»

«È come si fa qui.» Alzò le spalle. «Mi sono sempre chiesto perché non lo facessero anche gli altri. A volte è molto divertente guardare un ospite pieno di arroganza che si mette in equilibrio sul bordo dell'abbeveratoio per salire in groppa al suo cavallo, quando una cosa semplice come due cinghie di pelle renderebbe molto più facile montare e smontare di sella.»

Risi e osservai più attentamente il modo in cui le due liste erano attaccate, così da poter far modificare la mia sella in futuro. Non sembrava per nulla complicato e, come il ragazzo, mi chiesi perché altri non copiassero l'idea.

Feci per domandargli se potevo provarle, quando dalla porta della cucina venne un turbine di agitazione. La cuoca, le serve, l'ostessa e Lavinia corsero a circondarmi sgridandomi perché ero nel fango fino alle caviglie e insistendo perché andassi al mio posto a fare colazione. Feci allora un cenno di saluto al ragazzo a cavallo e rientrai.

La mia governante mi raccontò adirata di avermi cercata dappertutto e aggiunse, con ben poca rassegnazione: «Avrei dovuto saperlo che eri fuori con i cavalli!».

La colazione era calda e gustosa, con piatti di uova fresche affiancate da fette di pancetta affumicata e pani d'avena. Finito di mangiare chiamai la locandiera alla nostra tavola e mi complimentai per l'ottima ospitalità.

«Mi devo scusare per il ragazzo, signora» disse subito lei. «Non aveva idea di chi foste.»

«Lo so,» la rassicurai «e proprio per questo la nostra conversazione è stata ancora più piacevole. È vostro nipote?» Ripensai al ritratto del guerriero sarmata e credetti che l'abilità del ragazzo con i cavalli venisse da quel lignaggio.

«Figlio adottivo» rispose scuotendo la testa con affetto. «Il poverino è nato in schiavitù, credo; almeno era schiavo di un oculista greco quando arrivarono insieme alla locanda di mia cugina su a Corbridge. Il suo padrone diceva che il bambino era arabo, ma chi lo sa? Era poco più di un lattante quando giunsero in città, ma un oculista non ha bisogno di un servo grande e grosso. Il padrone morì poco dopo e il bambino restò senza casa, così mia cugina lo prese e poi lo mandò da me. Lei aveva già quattro figli e sapeva quanto volessi un figlio mio...»

La buona donna fece una pausa e per un attimo vidi il dolore della sterilità riflettersi sul suo volto.

«Palomides venne da noi la primavera dopo ed è rimasto qui da allora. È davvero un bravo ragazzo, anche se un po' nervoso a volte, e così affezionato ai cavalli da dimenticarsi come ci si comporta con gli ospiti.»

Sorrise amorevolmente e pensai come fosse bello che un bambino che aveva bisogno di una famiglia avesse trovato una donna altrettanto bisognosa di bambini.

«Spero che non farete caso alla sua scortesia di stamattina» concluse in tono improvvisamente serio. «Non intendeva offendervi.»

«E non sono per nulla offesa» le assicurai cercando un modo per cambiare discorso. «Avevate ragione per la trapunta. È davvero splendida.»

Le comparve sul volto un sorriso compiaciuto e io le chiesi come se la fosse procurata.

«Me l'ha mandata la stessa cugina qualche anno fa. Un mercante viaggiatore ne aveva una e quando lei vide com'era bella, calda e leggera, decise di farne una per se stessa. Da allora in poi ha allevato molte oche e ha fatto trapunte per quasi tutti in famiglia. Sono sicura» aggiunse con dolcezza «che ne farà una per il letto di Vostra Altezza, se lo desiderate.»

Restai così sorpresa a sentire quel titolo formale, che la sola cosa che riuscii a fare fu prometterle di comunicarle se ne avessi avuto bisogno. Bedivere si avvicinò a grandi passi alla tavola dicendo che tutto era pronto e che aveva fretta di partire finché il tempo era buono. Ringraziai in fretta la locandiera e salutai con un gesto del braccio il ragazzo arabo nel cortile. Lui rispose timidamente, poi guardò altrove imbarazzato.

Così partimmo da Ribchester, con la sua ampia vista sulla vallata, le sue memorie di antichi antenati e un ragazzo dell'altro lato del mondo che faceva meraviglie in groppa a un cavallo.

Una volta preso il ritmo del viaggio, Bedivere mi si affiancò. Dopo i soliti saluti mattutini il discorso tornò ad Artù e io gli chiesi se lui fosse stato presente all'incoronazione.

«Certo» disse con un largo sorriso. «Sono state poche le volte in cui non mi sono trovato al fianco di Artù negli ultimi cinque anni! All'inizio l'atmosfera era tanto gioiosa e festosa. Avreste dovuto esserci, Ginevra.»

Bedivere fece una pausa e io annuii ricordandomi dell'eccitazione nata in quell'occasione. Quando arrivò l'invito io pregai Kaethi di lasciarmi andare, poiché volevo assistere al grande spettacolo e vedere i cavalli. Ma l'anziana donna scosse la testa dicendo che dovevo restare al Nord ancora per un po'.

«Durante l'inverno Lot non era stato in grado di riunire abbastanza alleati per appoggiare l'ascesa al trono di Urien,» continuò Bedivere «quindi Merlino dichiarò che l'incoronazione sarebbe avvenuta in primavera. Decise di farla svolgere a Caerleon, una città senza legami precisi col Nord o col Sud. Erano programmate due cerimonie, una pagana e una cristiana, per vincolare i seguaci delle due fedi.»

Vennero tutti i re vassalli, compreso Lot, che girava pieno di vanagloria, ma che non si oppose mai direttamente al Mago. Merlino era ovunque, a parlare con questo gruppo e ad accogliere quell'altro. Continuava a sottolineare che Artù era il capo predestinato dell'intera Britannia, un re per tutte le genti.

Artù chiese a Bedivere di aiutarlo a vestirsi per la cerimonia e il luogotenente, che non aveva mai visto abiti ricchi come quelli appesi nell'armadio del Sommo Re, si stupì della loro magnificenza.

«Dovresti provarli!» disse sorridendo Artù mentre cercava a tastoni nel mobile un paio di stivali più comodi di quelli lussuosi che gli aveva preparato Ulfin. Spinse da un lato un mantello bordato di pelliccia e foderato di seta. «Ognuno pesa più di una corazza a maglia. Grazie al cielo è solo per poco; appena la Signora mi ordinerà di seguirla sulla collina sacra mi potrò togliere il mantello regale, poiché mi ha detto che non è necessario per l'investitura.»

«I due riti sono molto diversi?» chiese Bedivere.

«In parte» fu la risposta soffocata che si sentì mentre Artù si gettava nel retro del guardaroba per prendere i vecchi stivali malconci che indossava in passato per andare nei canili di Sir Ector. «Il vescovo mi dedicherà al Dio cristiano, mentre la Signora chiederà alla Dèa di dedicarmi alla gente. E naturalmente la Signora mi darà la Spada, mentre l'arcivescovo mi metterà solo la corona sul capo. Almeno *quella* non è pesante come sembra. Smettila... mi posso ancora mettere gli stivali da solo» disse bruscamente quando il fratello adottivo si chinò per servirlo. «Non crederai che avessi davvero bisogno di aiuto per vestirmi, vero? Volevo solo parlare con te, e quando mi hanno detto che mi serviva un aiutante speciale per vestirmi, mi è sembrata una buona occasione per passare un po' di tempo insieme in privato.»

Rise spingendo da parte Bedivere e cominciò a parlare di alcune faccende che intendeva esaminare una volta che la corona fosse stata ben salda sul suo capo. Faccende legate al commercio, alle tasse e ai trattati futuri.

Quella mattina sembrava che si potessero fare tante cose meravigliose solo pensandoci e il magnifico entusiasmo di Artù era contagioso. Quando Ulfin venne a dire che era giunto il momento di andare, Artù era là in piedi con in mano un paio di vecchi stivali scalcagnati che faceva dondolare distrattamente e parlava del bisogno di riparare le strade in modo da incoraggiare gli scambi tra i regni. Sembrava il tipo di cose di cui discorreva sempre Merlino quando erano bambini e Bedivere non poté fare a meno di pensare che la Britannia stesse per entrare in una nuova èra e a come fosse entusiasmante partecipare a tutto ciò.

Il rituale cristiano fu lungo e noioso e la cappella era piccola, con spazio appena sufficiente per i diversi re. Rimasero tutti in piedi per l'intera cerimonia e a un certo punto Bedivere si accorse che Artù stava in equilibrio su un piede cercando di riposare l'altro, anche se tutti e due erano nascosti dalle lunghe vesti ufficiali.

Buona parte del rituale era costituita da un confuso borbottìo e i capi nordici cominciavano a dare segni di impazienza, soprattutto quelli che non capivano il latino. Almeno l'investitura nel pomeriggio avrebbe offerto ai nordici una cerimonia nella loro lingua, con un sacrificio che potevano vedere e capire. E una volta finita non si sarebbe più potuto mettere in discussione il titolo di Artù.

Infine le preghiere furono per Artù stesso e sul suo capo fu posta la corona di Uther. Le pietre splendevano e scintillavano alla luce delle candele, ricche e regali. Artù era ora il Sommo Re di Britannia, almeno per quanto riguardava i cristiani.

Il coro cumbro cantò un inno finale mentre il manto regale veniva posto sulle spalle del nuovo Sommo Re ed egli si girava per uscire a vedere la gente che non aveva trovato posto nella chiesa. Lo seguivano i compagni d'armi: Cei, Bedivere, Baudwin, Brastias e tutti gli altri giovani che lo avevano appoggiato dopo la morte di Uther. I nobili vassalli venivano dopo, a cominciare da Cador di Cornovaglia, poi le donne, guidate dalla madre di Artù Igraine.

Si alzò un'acclamazione quando Artù comparve davanti alle masse, che gli gettarono fiori gridando auguri che echeggiarono fin dentro la cappella. Gli abitanti della città avevano indossato i loro abiti migliori e riempivano la piazza davanti ai gradini, gioiosi e chiassosi e pieni di eccitazione. Artù era solenne, ma i suoi compagni sorridevano da un orecchio all'altro.

Il nuovo Sommo Re levò le braccia, aprendo il mantello e alzandolo come le ali di un'aquila, e la folla ammutolì. Poi scese i gradini e attraversò la piazza per raggiungere il punto in cui la Signora del Lago lo attendeva.

La gente gli fece largo, ora silenziosa e assorta, pronta ad assistere a questa cerimonia, la più pubblica e popolare delle due. La Somma Sacerdotessa Viviana era molto fragile e anziana, ma stava orgogliosa ed eretta mentre lo aspettava, tenendo la Spada del Potere piatta nelle mani tese. Il corteo si muoveva lentamente verso di lei ed ella sembrava sempre più maestosa man mano che le si avvicinavano.

Quando Artù giunse a cinque passi da lei si inginocchiò e i compagni d'armi si disposero a formare un circolo che univa la Signora da un lato e il Sommo Re dall'altro. Alcuni nel pubblico fecero il segno cristiano e uno o due dei compagni li imitarono. Cei e Bedivere erano ai due lati della Signora e Bedivere notò che l'uomo vicino a lui, Balin, era pallido e nervoso e si segnò due volte con la croce.

Balin era una persona strana, molto emotiva e nervosa. Era un ragazzo robusto, forte come un bue, e aveva conservato le maniere rozze della campagna, essendo giunto alla corte solo da poco tempo. Era terribilmente irascibile, molto sensibile e orgoglioso, e si offendeva subito se pensava che qualcuno lo schernisse per i suoi modi contadini. Correva voce che avesse ucciso un cugino di Urien, ma dato che non c'era prova, nessuno curiosava in faccende passate e lontane.

Era chiaro che voleva far piacere ad Artù, comunque, e si incaricava sempre di compiti che avrebbero richiesto la sua notevole forza fisica.

Bedivere sapeva che Balin era diventato cristiano, poiché gli aveva confidato quanto lo rattristasse il fatto che né sua madre né suo fratello avessero voluto convertirsi. La sua maggiore paura era che questi morissero senza essere stati battezzati e che subissero qualche forma di perpetuo tormento nella prossima vita. E quando sua madre morì davvero, egli soffrì così profondamente che non mangiò quasi e rifiutò di parlare per più di un mese. Era tornato a corte solo di recente e questa era la prima volta che Bedivere lo rivedeva.

La Signora iniziò la sua invocazione, salutando Artù come figlio della Grande Dèa. La sua voce era meno fragile del suo aspetto e si alzò di tono e forza mentre chiamava la Triplice Divinità. Bedivere lanciò un'occhiata a Balin, il cui volto brillava ora di sudore come se stesse per svenire.

La Signora guardava solo Artù e l'amore e la devozione che si riversavano da lei trovavano un corrispondente tra la folla che ascoltava le familiari parole di benedizione.

Improvvisamente Balin si mosse, così in fretta che nessuno avrebbe potuto fermarlo. Afferrò la Spada per l'impugnatura, la tolse di mano alla Sacerdotessa e, tenendo la lama piatta, fece una grande rotazione e la decapitò.

La gente restò senza fiato, incredula, mentre il corpo della Signora si abbatteva in avanti in una fontana di sangue e la sua testa rimbalzava e rotolava sul selciato per fermarsi ai piedi dell'assassino. Egli rimase immobile, tremante come se avesse la malaria, con gli occhi rivoltati all'indietro e un terribile lamento che gli usciva dalla bocca.

La folla si raggelò, troppo sconvolta per muoversi, mentre Artù si alzava cercando di sottrarsi allo zampillo di sangue. Solo Merlino reagì, facendosi avanti e prendendo Balin fermamente per le spalle.

«Dammi la Spada, figlio mio» ordinò e quando Balin abbassò gli occhi il Mago gli prese delicatamente l'arma di mano.

«Era una strega, uno sporco demonio che ha mandato mia madre alle fiamme» cominciò a balbettare Balin fissando la forma senza testa grottescamente accasciata di fronte a lui. La testa tagliata, con la bocca aperta e gli occhi spalancati, lo fissava a sua volta.

Merlino si girò per porgere la Spada a Cei e in quel momento l'uomo impazzito afferrò la testa della Sacerdotessa e, tenendola alta davanti a sé, corse tra la folla. La gente indietreggiò inorridita e nel giro di pochi secondi Balin raggiunse uno dei cavalli pronti per la processione alla collina sacra. Con un salto fu in groppa e si lanciò al galoppo attraverso la città.

«Una terribile serie di parole insensate gli uscì di bocca, poi girò attorno a un angolo e restammo tutti in silenzio.» Anche Bedivere tacque, rivedendo senz'altro la terribile violenza che aveva posto fine a un giorno destinato a essere di grande gioia. Io rabbrividii e feci il segno contro il male.

«Conoscete senza dubbio il resto,» continuò la mia scorta con un sospiro «come si sia dovuta rimandare l'investitura fino a dopo la nomina di una nuova Signora e la creazione di una nuova Spada. Si ordinò di catturare il colpevole per portarlo davanti alla giustizia nella corte di Artù. Merlino probabilmente sperava che questo avrebbe raddolcito i militanti pagani, ma i re nordici dichiararono che non avrebbero mai seguito un Sommo Re che non fosse stato iniziato dalla Signora; la cerimonia cristiana contava solo per i servi di Roma.

«Re Lot colse l'occasione per volgere la tragedia a proprio vantaggio. Proclamò che era un segno, un terribile presagio che il regno di Artù sarebbe finito in un bagno di sangue per i seguaci della Signora. Giocò sulla paura e il sospetto dei vecchi nemici e prima del tramonto riunì la maggioranza dei re nordici dalla sua parte. Essi partirono quella sera stessa per York, la città di Urien, per radunare le forze.

«Così la prima giornata del regno di Artù finì con la Britannia più divisa che mai» concluse tristemente Bedivere.

«Come la prese lui?» domandai, chiedendomi come si potesse affrontare un colpo simile.

«Al principio era terribilmente scosso. Parlava persino di ritirarsi e di lasciare che qualcun altro, come Cador, prendesse il trono. E mi disse in seguito che per molte settimane ebbe incubi su una grande pozza di sangue che si spargeva davanti a lui, lambendogli le ginocchia e macchiandolo per sempre della vita della Signora.

«Ma Merlino sedette al suo fianco durante queste notti, lasciandolo parlare a lungo e facendogli capire che non era un segno degli dèi, ma l'opera di un uomo folle di dolore e isteria. Così infine Artù si rassicurò e cominciò a fare piani per fronteggiare l'insurrezione del Nord.»

Ci fu una lunga pausa, poi Bedivere sospirò. «Non fu» disse amaramente «ciò che si chiama un fausto inizio.»

Cavalcammo in silenzio per un tratto, mentre Bedivere lottava con la sua collera contro gli dèi e io cercavo di non immaginarmi troppo chiaramente la morte della Signora.

Infine il veterano dai capelli grigi incaricato dei cavalli da carico ci venne a dire che era sorto un problema con uno degli animali. Così Bedivere mi fece un cenno gentile col capo e si allontanò. E io riandai con la memoria al giorno in cui mio padre era tornato dall'incoronazione.

18

Balin

«Guerra» gridò il messaggero passando a precipizio. «Guerra civile!» Io e Kevin stavamo tornando da una cavalcata sul fiume ed eravamo così impegnati a discutere se per un fabbro fossero più importanti la forza o l'abilità che non sentimmo arrivare l'uomo finché fu proprio davanti a noi.

Ci guardammo l'un l'altra stupiti e spronammo immediatamente i nostri cavalli a un galoppo selvaggio. Raggiungemmo quasi il messaggero quando egli arrivò alle porte del forte di Kendal e vi facemmo ingresso insieme.

Mio padre e i suoi uomini giunsero poco più tardi, un po' meno trafelati del messaggero. E quando fu convocato il Consiglio, il re del Rheged sedette davanti alla sua gente sporco di polvere e stanco morto, ma deciso a riferire ciò che sapeva.

«Merlino ha promesso» disse lentamente dopo aver raccontato della morte di Viviana «che quando sarà scelta la nuova Signora del Lago le verrà data una spada speciale, l'arma più potente che la Britannia avrà mai visto. Pura e lucente, forgiata specificamente per questo scopo, sarà l'emblema della fede celtica, un talismano mistico fatto apposta per il Sommo Re. Così verranno adempiuti gli antichi riti e la Signora celebrerà la cerimonia davanti a tutti.»

Mio padre guardò attentamente attorno al circolo. «Una delle più grandi preoccupazioni di Artù è che questa questione venga distorta e diventi una guerra di religione. Ha dichiarato che non tollererà vendette dettate da motivi di fede. Non so se questo tratterrà le due parti dal perpetrare un massacro nel nome di una causa sacra. Ciò che so è che le genti del Rheged, monaci e druidi, cristiani e pagani, sono vissute in pace tra loro per molti anni. C'è sempre stato rispetto reciproco e come vostro capo ne sono orgoglioso e contento. Voglio essere sicuro che voi tutti comprendiate che la morte della Signora è stata opera di un folle fanatico e non riflette l'atteggiamento di Artù verso la religione. Dobbiamo tenerlo bene a mente.»

Mio padre tacque e il silenzio pesò sul gruppo mentre ognuno assimilava il significato delle sue parole. Eravamo tutti sbigottiti per l'orribile violenza della morte della Signora. Mentre mi giravo a guardare l'assemblea colsi con lo sguardo una figura alta, vestita di bianco, che si muoveva nell'ombra. Non avevo idea di quando fosse arrivato Cathbad, ma ero molto contenta che avesse deciso di raggiungerci.

«Detesto riparlare di guerra adesso» continuò mio padre con un sospiro. «Ci siamo appena ripresi dagli effetti dell'ultima battaglia di Uther. Ma ci sono questioni gravi e cariche di conseguenze su cui dobbiamo prendere decisioni. È molto probabile che i re nordici scelgano Urien come loro capo e ci possiamo aspettare di vedere un raduno di forze militari entro i nostri confini. Urien potrebbe usare il nostro passato appoggio ad Artù come scusa per attaccare il Rheged, che ci mettiamo o no dalla sua parte ora. Quindi pare che ci dovremo preparare alla guerra indipendentemente dalla posizione che prenderemo rispetto al Sommo Re. Come minimo sarà necessario difendere i nostri confini, e il massimo che dovremo considerare è se vorremo dare aiuto al Pendragon, se Artù ce lo chiederà.»

«Quando pensate che sarà necessario dare tale aiuto?» chiese qualcuno e mio padre sospirò di nuovo.

«Posso solo cercare di indovinare. Urien e i suoi alleati avranno bisogno di radunare le loro forze. Non è una cosa che possano fare da un giorno all'altro, quindi dubito che si muoveranno prima della prossima primavera. E abbiamo molto da fare fino a quel momento. Abbiamo davanti a noi un inverno di preparazioni: armi da riparare o sostituire, corazze a maglia da fare, esercitazioni da svolgere, provviste supplementari da mettere da parte, carri da preparare. Se siamo d'accordo di seguire il Pendragon ci dovrà essere un impegno totale da parte nostra, poiché se ci alleiamo col Sommo Re ed egli perde, i vincitori non ignoreranno la nostra partecipazione.»

Seguì un altro silenzio, poi il mormorìo di amici che si consultavano tra loro. L'inquieto brusìo si trasformò in un vocìo confuso e, guardandomi attorno, vidi Cathbad che si staccava dal fondo e si avviava a lunghi passi al centro del circolo. Si fermò davanti al re richiamando l'attenzione dell'assemblea.

«Solo una domanda, Vostra Altezza» disse formalmente mentre tutte le altre voci si azzittivano. «Che cosa consigliate?»

Mio padre si rizzò sullo scranno e rispose con la voce più potente che gli avessi mai sentito usare.

«È meglio lottare per qualcuno in cui si crede che rimanere neutrali pregando che vincano le forze del Pendragon.»

«Il Pendragon!» gridò qualcuno. «Aiutiamo il Pendragon!» e il grido fu ripreso dagli altri fino a diventare un'ovazione che spazzava via tutto davanti a sé. Qualunque altra preoccupazione si potesse avere, era chiaro che nessuno voleva appoggiare Urien.

Seguirono molti applausi e acclamazioni; un musicista prese il suo tamburo e scuotendo i sonagli d'osso fece echeggiare suoni eccitanti di guerra.

Mi faceva pensare alle fiere giornate prima della partenza degli uomini per l'ultima battaglia di Uther; ma questa volta ero meno pronta a partecipare all'entusiasmo, poiché avevo visto la devastazione che la guerra aveva portato agli uomini e agli animali. Insieme alle canzoni esaltanti sentii i lamenti di Nidan quasi morto; all'ombra delle bandiere di gloria ricordai le piccole figure grigie che camminavano a stento verso casa nella pioggia.

Ora, ancora una volta, le genti del Rheged venivano chiamate alla guerra nel nome di un Sommo Re. Mi percorse un brivido di paura e di collera. Avrei tanto voluto che questo giovane Artù avesse preso in mano il potere che voleva e ci avesse lasciati in pace!

Mi gettai nell'estate come se non ce ne sarebbe mai più stata un'altra, trovando qualunque scusa per chiamare Kevin e uscire in campagna. A volte andavamo in cerca di miele sugli alberi, o provavamo a pescare in nuovi ruscelli, o visitavamo la famiglia di porcari che conduceva gli animali nelle foreste. Spesso procuravamo cibo per la dispensa o portavamo notizie locali. Nessuno a corte faceva commenti sulla nostra assenza e la libertà di andare e venire come volevo divenne la mia seconda natura.

Verso mètà agosto si cominciò a parlare di uno stato di disordine generale; ora che i re erano impegnati altrove, i fuorilegge si facevano più arditi e bande di guerrieri vaganti saccheggiavano ovili e fattorie mentre calavano al Sud per raggiungere i diversi capi e prepararsi alla guerra.

Al tempo del raccolto la corte si spostò a Patterdale, all'ombra delle alture di Ulswater. Mi è sempre piaciuta quella grande casa di campagna, con il suo spesso tetto di paglia e le sue numerose dipendenze. Il fiume che si getta nel lago era fiancheggiato da una fila di ontani che splendevano d'oro pallido nella fresca aria autunnale. In autunno il grido dei grandi cervi rossi echeggiava dai burroni e dai dirupi e in primavera osservavo le daine che portavano con cautela i loro cerbiatti a bere al lago. In un simile rifugio si poteva quasi dimenticare la febbre che stava salendo nelle terre oltre le alture.

Quasi, ma non del tutto. Quando il clima si riscaldò cominciarono a giungerci notizie di conflitti e disordini. Circolavano voci sul raduno di truppe e su gente che si rifugiava nella foresta per sfuggire alla guerra imminente. Alcuni racconti sembravano venire da un mondo impazzito e ascoltavamo con terrore le notizie sempre peggiori. Sembrava che una follia di paura e disperazione stesse devastando la Britannia prima ancora che gli avversari regali avessero cominciato a combattere.

Mio padre aveva passato l'inverno andando da un forte all'altro, facendo lavorare gli uomini all'incudine e alla forgia, sorvegliando le esercitazioni dei guerrieri e preparando l'occorrente. Le sue precauzioni militari si dimostrarono ben giustificate; infatti dopo il disgelo primaverile il numero di truppe accampate presso York crebbe sempre più e le nostre spie riferirono di piani per una grande offensiva la prossima estate.

Le nostre forze cominciarono a riunirsi a Brocavum, dove lo Stainmore incontra la strada maestra, e quando i cavalli arrivarono da Stanwicx mio padre decise che era giunto il tempo di muoversi.

Fece un rapido viaggio a Patterdale per controllare il gruppetto di uomini che vi lasciava a nostra protezione e per salutare me. Portò con lui il fratello di Brigit Sean, che si era offerto volontario come messaggero e che venne a scambiare notizie familiari e a dire addio a sua sorella.

Fu una visita breve e piena di tensione. Mio padre era così preoccupato che mi salutò appena e quando partì ebbe solo il tempo di dirmi in fretta di tenermi lontana dai guai.

Rimasi impaurita vicino a Nidan facendogli un gesto di addio. Reso rigido e lento dalle ferite sassoni, il luogotenente di mio padre non poteva più combattere ed era quindi rimasto a difendere la casa. Era la prima volta che il suo re partiva per la guerra senza di lui, e, anche se lo accettava con coraggio celtico, una triste e lenta lacrima gli percorse la guancia. A giudicare dall'espressione di mio padre lo strazio per la separazione era intenso per il re quanto per il vecchio guerriero.

Se un tempo avevo odiato i momenti passati a nasconderci nelle valli, ora che ero grande abbastanza per capire la situazione accettavo di buon grado il rifugio montano ed ero contenta di aiutare Kaethi e Brigit nelle faccende domestiche.

Kevin restò con noi, essendo più utile a casa che sul campo. Durante le prime settimane ricevemmo notizia che le nostre truppe erano impegnate soprattutto in azioni contro pochi gruppetti di guerrieri che tentavano scorrerie di confine. Sembrava che a Urien non interessassimo tanto noi, quanto la conquista della supremazia nel Sud, e mio padre era molto preoccupato per le possibilità del giovane re contro un avversario tanto potente.

Trascorse una settimana senza nessun messaggio e Kevin decise di cavalcare lungo lo Stainmore per cercare di sapere qualcosa.

Tornò due giorni dopo dicendo di aver incontrato un messaggero il quale gli aveva riferito che Urien stava spostando gran parte del suo esercito verso sud, e sembrava improbabile che avrebbe impegnato truppe contro il Rheged.

«Ho sentito anche un'altra cosa che mi preoccupa, però» mi disse Kevin in privato, aggrottando la fronte mentre prendeva uno straccio unto.

Eravamo nel locale dove si tenevano le pietre da cote. Kevin stava affilando il suo pugnale mentre io ero seduta presso la cassetta degli scarti in cerca di un pezzo di pelle con cui riparare un mantice. Alzai lo sguardo, sorpresa dal tono del ragazzo irlandese.

Egli fece un pausa controllando il taglio della lama sul pollice, poi scosse la testa accigliato. Appoggiata la punta del pugnale di piatto su una pietra, cominciò a muoverla in piccoli cerchi. «Ricordi la storia dell'uomo che correva in preda a furia omicida nei regni del Galles?»

«Quello che assalì re Pellam quando era ospite alla sua corte?» chiesi con un intimo senso di repulsione. Era stato un episodio particolarmente raccapricciante, poiché lo straniero aveva attaccato il suo ospite regale ferendolo con la sua stessa spada e poi si era lanciato come un folle nella campagna bruciando tutto ciò che incontrava sul suo cammino, case e granai, cappelle e luoghi sacri, creando una desolazione pari a quella lasciata dai Sassoni.

Kevin annuì e fece il segno contro il male.

Rabbrividii al pensiero; la spada di un uomo deve essere sua amica e sua protettrice e la sacra Spada del Potere era l'autorità del monarca resa manifesta. Si diceva che la ferita di re Pellam, inferta dalla sua stessa arma, non si sarebbe mai sanata. Egli era in sospeso tra la speranza e la disperazione, immobilizzato dal colpo tra le cosce, e il suo popolo non sapeva se essere contento che non fosse stato ucciso subito o disperarsi perché non sarebbe mai guarito.

«Il colpevole riuscì a cavarsela» proseguì Kevin strofinando il coltello sulla pietra in cerchi più ampi e piatti. «Ora si racconta di un paio di folli che vagano nei nostri boschi, urlando come se fossero tormentati dagli spiriti. Alcuni dicono che siano fratelli in sanguinosa contesa e che ognuno giuri vendetta contro l'altro per alcune atrocità passate. Finora non vi sono stati incendi, ma la gente ha paura, ricordandosi di ciò che accadde nella terra di Pellam.»

«Qualcuno sa chi siano questi uomini, o da dove vengano?» chiesi.

«Non proprio. Dicono che quello che si vede più spesso sia molto grande e forte e che i suoi discorsi insensati siano soprattutto in una lingua celtica. Ma se sono gemelli, come pensano alcuni, non si sa mai di sicuro di quale dei due si tratti. A quanto pare vivono nelle foreste da un po' di tempo, con abiti stracciati e brutte barbe incolte. Penso» disse gravemente «che dovrei scoprire dove sono diretti e se c'è qualche probabilità che vengano da queste parti.»

Sentii un vuoto allo stomaco e fissai Kevin. Stava provando la lama sul braccio, voltandosi verso la luce per vedere i peli neri tagliati di netto. In apparenza soddisfatto, ripose il pugnale nella cintura e mi lanciò un'occhiata.

«Dovrebbe essere abbastanza facile trovarne le tracce.»

Il senso di vuoto si indurì in un nodo e guardai il mio fratello adottivo con sgomento.

«Non puoi certo andare da solo, Kevin. Almeno porta con te Nidan nel caso ci fossero problemi.»

«Non è possibile» disse categoricamente guardandomi là seduta, col mantice dimenticato sul grembo. «Abbiamo una guardia minima qui. Se le truppe di Urien decidono di attaccarci, avremo bisogno di tutti gli uomini possibili per difendere i passi e proteggere Patterdale. E se uno di questi uomini selvaggi viene verso ovest, non voglio rischiare che mi sfugga mentre cerco di rintracciarlo e vi trovi qui senza difese.»

Alzò le spalle e improvvisamente sorrise, con una luce di sfida negli occhi blu. «Non preoccuparti, Ginevra, non farò nulla di insensato. Voglio solo scoprire di che cosa si tratta e vedere io stesso se c'è qualche pericolo. Potrebbe essere semplicemente qualcuno che fugge sui monti per salvarsi, o che è toccato dalla sacra follia e va in cerca degli antichi dèi nelle foreste.»

Così l'indomani al mattino presto sellò Gulldancer. Io e Brigit lo accompagnammo a piedi fino al Pozzo di Patrizio, dove si dice che il santo degli Irlandesi abbia convertito tanti pagani alla sua fede.

Sorgenti e pozzi di ogni tipo sono sacri al Nord, e anche se questo ora apparteneva a uno spirito cristiano, sull'albero che lo sovrastava vi erano doni e ornamenti appesi da diverse generazioni passate. Alcuni erano vecchi e scoloriti, altri più nuovi e dalle tinte più brillanti. Molte croci fatte di recente con legnetti legati con lo spago dimostravano che la nuova religione reggeva bene al ritorno agli antichi dèi.

Brigit immerse la mano nell'acqua fresca e spruzzò Kevin, che, con sorpresa mia e sua, non protestò.

«Sì, cugina, oggi puoi pregare chi vuoi per me, e ne sono contento. Basta che non prometti che diventerò cristiano quando torno» l'avvisò Kevin ridendo piano mentre Brigit scuoteva la testa.

Poi ci mandò un bacio e, girando il cavallo sul sentiero che segue la riva del lago, partì al piccolo galoppo senza guardarsi indietro. Lo osservammo attraversare la radura dove il muro di montagne che circonda il lago si apre un poco verso ovest e l'erba cresce dolce e verde in un pascolo.

Ai piedi del dirupo dove la roccia si alza nuda dal bordo dell'acqua, entrò in una macchia d'alberi e sparì alla vista e all'udito. Brigit mi strinse forte la mano.

«Diresti una preghiera con me al Buon Patrizio?» sussurrò e io feci cenno di sì. Allora ci inginocchiammo tra gli alberi presso la piccola sorgente e ognuna a modo suo chiedemmo che Kevin tornasse sano e salvo. Poi rientrammo tenendoci per mano come sorelle.

Io e Brigit non parlavamo mai della missione di Kevin, ma ci dedicavamo alle faccende domestiche con la sensazione che il tempo si fosse fermato. L'accompagnavo al Pozzo ogni mattina in una sorta di segreta alleanza per la salvezza del nostro congiunto, e a volte lei mi appoggiava la mano sulla spalla se mi passava davanti mentre filavo, facevo il burro nella zangola o rinnovavo la paglia d'orzo nei nostri materassi. Penso che fu la sola volta in cui provai piacere nello svolgere i mille compiti necessari per tenere una casa, poiché mi sembrava che impegnandomi in quelle faccende stessi tessendo una rete di sicurezza a cui Kevin poteva fare ritorno.

Ricevemmo un nuovo messaggio da mio padre, che si era spostato a sud e diceva che le forze di Artù erano molto più grandi di quanto si fosse aspettato e che l'imminente battaglia poteva ancora essere vinta dal Pendragon.

Mi sentii contenta e sollevata nell'udire il messaggio del cavaliere, e lo mandai in cucina per un pasto ben meritato. Almeno una delle minacce alla mia famiglia sembrava meno terrificante.

Dopo cinque giorni dalla partenza di Kevin la tensione aveva segnato grandi cerchi blu sotto gli occhi di Brigit e a me sembrava di uscire dalla pelle ogni volta che sentivo un cavallo giungere dal sentiero. Certamente, pensavo ogni notte, tornerà domani.

Arrivò a casa una sera tardi, conducendo a piedi Gulldancer che si era azzoppato quel pomeriggio. Portò il cavallo al recinto, gli asciugò il sudore, poi entrò in cucina come se stesse tornando dalla mungitura. Rimasi così sorpresa che feci quasi cadere il vaso di miele che stavo riempiendo e gli sarei volata incontro per salutarlo se non fosse stato per l'espressione del suo volto.

Era esausto e sporco per le giornate di viaggio. Ma i suoi occhi erano tormentati e guardinghi, e la linea severa delle sue labbra mi raggelò dove mi trovavo.

Fece un cenno a Gladys e le chiese se aveva tempo per lavarsi prima che fosse pronto il pasto, poi si diresse alla sua stanza.

Passandomi davanti disse piano: «Non ci saranno più problemi». Poi sparì. Forse perché era troppo stanco o forse per evitare domande, non venne a cena, e potei parlare con lui solo il giorno dopo.

Lo trovai nel pascolo al mattino che esaminava con cura le zampe di Gulldancer.

«Stai bene?» chiesi afferrando la cavezza per tener fermo il cavallo.

«Certo» rispose secco.

Il castrato abbassò la testa per vedere se gli avevo portato qualcosa di interessante e cominciò a strofinarmi il muso sui capelli. Mi aveva già morsicata più di una volta in passato, e gli diedi uno schiaffo facendogli allontanare la testa. Kevin cominciò a esaminare tutti gli zoccoli, pulendoli con grande cura. Lavorando aggrottava la fronte.

«Scusami, Ginevra, non volevo essere scortese» disse quando ebbe finito e Gulldancer si fu allontanato scuotendo la testa. «Non ho corso molti rischi; non ero la persona che lui cercava.»

Tornammo in silenzio al magazzino degli attrezzi e, dopo

aver riposto gli unguenti e gli arnesi da lavoro, Kevin propose di andare al ruscello presso il Pozzo di Patrizio.

Una volta accomodatici presso il torrente spumeggiante, egli guardò nel vuoto per un attimo, poi inghiottì rumorosamente.

«Nessuno tra qui e Penrith aveva visto o sentito i fratelli, ma quando giunsi sulla strada maestra tutti parlavano di loro e non fu difficile seguirne le tracce.»

Kevin passò la prima notte in una locanda dove uno dei fratelli si era fermato la settimana prima chiedendo se poteva tagliare la legna in cambio di un pasto. Lavorando era montato in collera. Inveiva e bestemmiava, gridando che il suo gemello era diventato un seguace dei cristiani e aveva cominciato a uccidere indiscriminatamente chiunque seguisse le antiche usanze, compresa la loro madre. Il locandiere fu felice di vederlo partire, poiché sembrava fuori di senno.

Le tracce portavano a est lungo lo Stainmore e Kevin percorse lentamente il sentiero, poiché molti avevano sentito o visto i fratelli in lotta.

Un ragazzo riferì che c'era stato uno straniero nella grotta sulla riva dell'Eamont, dalla parte opposta alla fattoria della sua famiglia. Era una delle caverne frequentate dai religiosi, quindi erano abituati a vedervi degli eremiti. Ma quest'uomo sbraitava e mormorava in continuazione, e anche se si faceva il segno della croce e gridava spesso il nome di Gesù, si comportava più come se fosse posseduto dal demonio. Era sparito dopo un paio di giorni, ma il ragazzo e sua madre tenevano le porte ben chiuse e barricate nel caso fosse tornato il cristiano urlante.

Alla fine del terzo giorno Kevin raggiunse Kirby Thor, dove le tracce si perdevano; infatti, anche se molti avevano sentito parlare dei due folli, nessuno li aveva visti.

La mattina dopo cominciò a seguire l'Eden, procedendo lungo le rive. Qui incontrò un uomo anziano che pescava trote e che gli disse di aver trovato tre giorni prima il suo cane sgozzato e il pollaio vuoto. Sembrava che almeno uno dei fratelli fosse vicino al corso d'acqua, così Kevin continuò verso valle.

Nel pomeriggio del quinto giorno il ragazzo irlandese giunse alla cascata che avevamo trovato l'estate prima. È un punto molto bello dove l'acqua del torrente salta da un alto dirupo per gettarsi nel fiume. Qualcuno aveva costruito una baracca sull'orlo della cascata, lasciando aperto il lato che si affaccia sullo strapiombo. È un luogo pacifico e appartato, abbandonato da molto tempo, e più di una volta ci eravamo inerpicati per il sentiero ripido e scivoloso che risale il burrone per trascorrere il pomeriggio nel fresco rifugio.

Quel giorno la foresta era piena di canti di uccelli e dolci brezze e, poiché credeva di aver perso le tracce del pazzo, Kevin decise di fermarsi nella baracca e fare ritorno a casa il mattino dopo. Almeno era contento di sapere che i fratelli non costituivano una minaccia per noi a Patterdale.

Cavalcò sul tranquillo sentiero sotto gli alberi, cullato dalla bellezza della giornata e dal suono dell'acqua che cadeva più in basso.

D'improvviso la calma del pomeriggio fu rotta da un grido tremendo. Gulldancer sbuffò di colpo e a Kevin si rizzarono i capelli. In quell'urlo c'era qualcosa di tanto terribile che egli smontò subito di sella e legò il cavallo spaventato a un albero.

Avanzò con cautela sul sentiero fino al retro della baracca abbandonata. Dall'interno giunse un'accozzaglia di insulti e frammenti di discorso. Poi qualcuno cominciò a singhiozzare e a gridare abbastanza forte da farsi capire.

«Balin,» si lamentava l'uomo «sciagurato, possa la Dea banchettare con le tue viscere! Darò in pasto i tuoi occhi ai corvi e brinderò a Morrigan nel tuo teschio. Assassino della Sacerdotessa, traditore dei consanguinei, più vile blasfemo di tutti i tempi, te la farò pagare!»

Lo sconosciuto continuò a sputare il suo odio per chi aveva ucciso la Signora, lanciando minacce che avrebbero fatto rabbrividire gli stessi antichi dèi.

Dopo un po' la voce tacque e non si udì più nulla dall'interno della costruzione. Infine Kevin si avvicinò piano e molto lentamente spiò dietro l'angolo.

L'uomo era solo, accasciato sul bordo di un giaciglio improvvisato, con il mento appoggiato al petto e le mani abbandonate tra le ginocchia. Era sudicio e dall'aria miserevole, coperto di stracci e abiti strappati, con i capelli aggrovigliati che gli cadevano flosci sul volto. Aveva una benda sporca attorno a una gamba e la ferita era infetta, così che una macchia giallastra era filtrata attraverso la tela. Il tanfo di carne putrefatta era orribile e c'era da stupirsi che egli fosse ancora vivo.

Di tanto in tanto si torceva o sobbalzava nel sonno e una volta alzò le braccia, che erano coperte di tagli molto peggiori di quelli che avrebbero potuto fare dei rovi.

Kevin rimase là accovacciato per diverso tempo, cercando di pensare al da farsi e chiedendosi dove potesse essere l'altro fratello. Infine le ginocchia gli si irrigidirono e si rialzò lentamente.

Aveva deciso di cavalcare fino a Carlisle, anche al crepuscolo, e vedere se erano rimasti abbastanza uomini nel forte per aiutarlo a catturare il povero pazzo.

Improvvisamente una ghiandaia cominciò a cantare e il folle si svegliò con un sobbalzo sbattendo la testa da una parte all'altra come un serpente che cerca di capire dov'è il pericolo. Afferrò il pugnale che gli era scivolato di mano quando si era addormentato e, con con una terribile occhiata, percorse il lato aperto del rifugio finché guardò dritto Kevin.

La bocca contorta emise uno strillo, poi ringhiò: «Ah, Balan, porco pagano, profanatore di anime, tormentatore di cristiani... infine osi mostrarti!».

Il suono della sua voce era quasi disumano e guardava fisso Kevin. Facendo il segno cristiano con l'impugnatura del coltello, il folle iniziò a pregare.

«Dolce Gesù, guarda il demonio dell'inferno davanti a Te! Là... là, vedi la testa della vittima appesa alla sua cintura? Un santo, senza dubbio, che riposa con Te oggi in cielo. O Grande Signore,» supplicò «manda i Tuoi angeli a vendicarTi sull'infedele!»

Balzò in piedi e si raccolse nella posizione di chi è pronto a lottare. E Kevin notò per la prima volta un'orribile massa di carne putrefatta e capelli appesa alla sua cintura.

A quella vista gli si rivoltò lo stomaco, poiché, sebbene irriconoscibile, era evidentemente la testa di Viviana. Era terribilmente chiaro che questo era l'uomo che aveva decapitato la Signora.

Balin saltò in avanti e Kevin cercò a fatica di fuggire tra gli alberi sul bordo del baratro. Stava calando la sera e il ragazzo zoppo pregò che le ombre lo celassero.

Balin si infuriò, sfidando il suo tormentatore a mostrarsi e lottare. Kevin riuscì a nascondersi dietro il groviglio di rovi del sottobosco, restando accovacciato per non farsi vedere mentre fuggiva di albero in albero cercando di tenere testa all'inseguitore.

Il pazzo si fece più astuto e cominciò a procedere sul sentiero balzando a tratti per poi fermarsi in perfetto silenzio ad ascoltare. Ogni volta che si fermava anche Kevin doveva restare immobile, poiché qualunque rumore lo avrebbe svelato, e a volte gli sembrava che passassero ore in muta concentrazione. Il cuore del ragazzo batteva così forte che egli si chiese se l'inseguitore potesse udirlo.

La luna era quasi piena quella notte e presto inondò il sentiero. Kevin rimase nascosto sperando di poter raggiungere le scale che portavano alla grotta rocciosa della cascata prima che il folle lo scoprisse.

Un gufo planò in silenzio e quando la sua ombra sfiorò Balin, questi ruotò su se stesso e la colpì urlando: «Bastardo pagano!».

Gulldancer, sentendo il grido, nitrì all'improvviso e la testa di Balin si volse di scatto in direzione del rumore.

«Ti prendi gioco di me, feccia cristiana?» urlò e Kevin fremette sapendo che Balin avrebbe certamente attaccato e ucciso il cavallo.

«È me che stai cercando» gridò il ragazzo nello sforzo disperato di distrarre il folle dall'animale. Uscendo dai rovi si fece avanti nel chiaro di luna in modo che l'uomo potesse vederlo bene.

Balin balzò in avanti col pugnale alzato e i capelli al vento. Ansimando, Kevin si scansò rapidamente per nascondersi dietro l'albero più vicino. Ma i rovi erano troppo fitti da attraversare e fu costretto a trascinarsi di ombra in ombra lungo il bordo del sentiero.

Balin inciampò e cadde sulle ginocchia, agitando furiosamente le braccia. Quando si rimise in piedi aveva sulla coscia una ferita fresca che si era fatto cadendo.

«Vieni fuori e combatti lealmente!» gridò brandendo il pugnale davanti a sé. Poi cominciò a danzare, saltando nel chiaro di luna, urlando i nomi di Balin e Balan. Di tanto in tanto perdeva l'equilibrio e, abbattendosi al suolo, si feriva le braccia o le gambe. Ma ogni volta che cadeva rinnovava il suo attacco con furia maggiore e alla fine doveva sanguinare da una dozzina di ferite.

Kevin raggiunse i gradini scavati nella roccia del dirupo e, dopo averne discesi alcuni, si mise a spiare dall'orlo del baratro.

Gli insulti continuarono, accuse e improperi che laceravano l'aria e ferivano l'anima. Il ragazzo irlandese rimase là accovacciato per tutta la notte, con alle spalle il fragore della cascata e davanti a sé il folle che si tagliava a pezzi.

Quando la luna giunse alla metà del cielo, Balin cadde sulle ginocchia, oscillando per la stanchezza e la perdita di sangue. Man mano che passava il tempo l'odio e il livore scemarono, finché egli si mise a singhiozzare: «Fratello mio, fratello mio, come hai potuto fare una cosa simile?».

Alle prime luci dell'alba Kevin si avviò cauto sul sentiero e si avvicinò piano alla muta massa umana, aspettandosi quasi che si rialzasse, sbraitando, dalla macchia scura di terra imbevuta di sangue.

«Era molto più giovane di quanto credessi, Ginevra,» disse tristemente Kevin «e forse un tempo era stato anche bello. Ma ora i suoi occhi fissavano un cielo assolato che non avrebbe mai più visto e la gola che aveva espresso tanto dolore era per sempre muta. Non avevo idea di che tipo di onori dargli; seppellirlo con un rito pagano o cristiano sarebbe parso uno scherno, e infine lo lasciai, contando sull'opera dei corvi e degli avvoltoi. Spero» concluse lentamente «di non vedere mai più un essere umano così diviso tra due fedi opposte.»

Rabbrividii e misi la mia mano sulla sua.

«Pensi che fosse solo, che non vi fosse un gemello?»

«Ne sono sicuro, Ginevra. Era entrambi i fratelli, intrappolati in un corpo solo, il fiero celta e il devoto cristiano incapaci di conciliare le loro differenze.»

Raccolsi le ginocchia sotto il mento e rimasi ad abbracciarle, raggelata all'idea che la natura umana potesse intraprendere una simile lotta con se stessa.

«Sei sbiancata come un cencio!» esclamò Kevin guardandomi con ansia e alzandosi in piedi. «Non intendevo raccontarti tutto! Guarda, sono tornato sano e salvo.» Si batté il petto trionfante. «E non voglio che mi rovini l'accoglienza stando male. Hai sentito?»

Mi prese il mento e mi guardò in faccia. «Andiamo, è una bellissima giornata estiva, da non sprecare rimuginando su una povera creatura che gli dèi hanno deciso di usare come puntaspilli.»

Sorrisi più per il suo sforzo di rallegrarmi che perché il mio umore fosse cambiato, e rialzandomi lentamente lo sfidai a una corsa a cavallo verso casa. Questo ci risollevò gli animi, ma il ricordo di quella storia restò con me per molto tempo.

19

Re Ban

La notizia della vittoria di Artù sui re nordici fu ricevuta con grida di gioia e con grande sollievo. Con l'aiuto del re di Bretagna egli aveva trionfato in una grande battaglia in cui numerose persone, tra cui re Lot, erano state uccise. Urien si era arreso offrendo di giurargli fedeltà e Artù aveva accettato. Gli uomini sarebbero tornati nelle loro terre e, se tutto andava bene, si poteva dimenticare la guerra civile. Mio padre intendeva fare ritorno nel Rheged una volta che Urien avesse congedato l'esercito, quindi lo potevamo aspettare tra un paio di settimane. Nel frattempo Nidan avrebbe condotto la corte a Carlisle per restarvi in attesa del re.

Il grano era alto fino alle ginocchia e il peso sempre maggiore delle gemme faceva piegare gli steli nella brezza. Ci si poteva aspettare una buona messe, se non ci fossero stati imprevisti, e dato che gli uomini sarebbero tornati a casa ben prima del raccolto, avevamo una doppia ragione per celebrare. La gente cominciò ad arrivare in gran numero da fattorie, casolari, ovili e villaggi alla città murata situata nel cuore del Rheged per accogliere trionfalmente le nostre truppe.

Carlisle è un centro di commercio e di viaggio fin dai tempi dell'Impero, poiché non solo domina l'estremità occidentale del Vallo, ma sta anche a cavallo della strada maestra che porta da nord a sud. All'epoca delle Legioni doveva essere stata molto viva, ospitando un continuo flusso di soldati e carichi di merce, comandanti militari e burocrati in visita.

Oggi il re è il governo e il centro dello Stato è ovunque egli si trovi al momento. Non essendoci più bisogno di uffici e di amministratori, gli edifici dell'Impero restano vuoti e in rovina, tranne dove la gente locale se ne è appropriata per usi propri.

Carlisle mi mette sempre a disagio, poiché anche se i costumi di Roma stanno scomparendo, le strutture rimangono come vecchi scheletri che non si possono evitare. Le mura che circondano la città sono forti e precise come quando gli ingegneri le costruirono e i fantasmi dei Legionari vagano nelle ombre. La gente ha addolcito e modificato la città come il muschio smussa gli spigoli di una pietra sul ruscello; adesso sono i venditori ambulanti e i contadini locali che fanno commercio nei colonnati in rovina, e quando in agosto si svolge la grande fiera, coloro che ridono, cantano e danzano nelle strade si considerano Cumbri e non Romani. Ma ciò nonostante tendevo a evitare la grande casa sulla riva dell'Eden per passare più tempo possibile nel forte della cavalleria di Stanwix, sulla collina dall'altra parte del fiume.

Da Stanwix la vista è magnifica. Quando una sentinella nella torre gridò che l'esercito era in vista, io e Kevin ci arrampicammo sulle merlature per guardare.

La gente correva già verso la strada, gridando la notizia a vicini e stranieri. Convergevano tutti alla porta orientale inneggiando con gioia: «Salve guerrieri!».

I portatori di bandiere si avvicinavano dal Sud, cavalcando con l'arroganza tipica dei vincitori. Lo stendardo del Rheged sventolava alto e fiero al di sopra degli altri e sotto di questo un arpista, senz'altro un allievo di Edwen, cavalcava con gli altri cantando in buon stile celtico le lodi degli eroi che rientravano. In quanto bardo ufficiale lo stesso Edwen sarebbe stato al fianco di mio padre.

Il contingente del re era ancora un po' lontano, quindi io e Kevin scendemmo di corsa dai bastioni per unirci ai festeggiamenti.

Il cuore mi si gonfiò d'orgoglio quando mio padre oltrepassò le porte dietro alla sua guardia d'onore. Di aspetto forte e fiero come non l'avevo mai visto, irradiava, se non gioia, almeno un senso di piena soddisfazione. Mi spinsi tra la folla e quando egli mi vide correre a fianco del suo stallone si sporse e mi aiutò ad arrampicarmi sulla sella davanti a lui. Non era proprio come se fossi io stessa un guerriero trionfante, ma simile... abbastanza simile da soddisfarmi.

Quella sera facemmo una semplice cena di famiglia, poiché la festa pubblica sarebbe stata due giorni dopo. Allegramente riuniti attorno alla tavola, ascoltavamo i particolari che presto sarebbero stati immortalati dalle canzoni di Edwen: come Ban avesse portato le sue forze attraverso il Canale per aiutare il figlio del suo amico d'infanzia Uther; come Merlino avesse dimostrato ad Artù l'importanza della tattica rispetto alla spavalderia e infine come i re ribelli avessero implorato la pace e, raccogliendo le loro forze sconfitte, avessero seguito Artù a York, dove furono espletate le formalità della resa.

Fu là, nella capitale di Urien, che Merlino annunciò che una nuova Signora era stata scelta dai druidi: la Fata Morgana, moglie di Re Urien, sarebbe stata la Somma Sacerdotessa al Santuario.

«Com'è questa signora di nobili natali che prenderà il posto della nostra Viviana?» chiese qualcuno, e mio padre increspò le labbra pensieroso prima di rispondere.

«Ha una presenza notevole,» disse infine scegliendo con cura le parole «assai oscura e intensa. E immagino che sarà molto più attiva di colei che l'ha preceduta. Abbiamo parlato insieme al banchetto e io le ho assicurato che avremmo protetto il Santuario ora come in passato. Mi è parso che avesse opinioni decise e una sorta di autorità difficile da contraddire. È possibile che si aspetti di rivestire un ruolo importante nel regno di suo fratello e a York sembrava prendersi molta cura di lui. Potrebbe tornargli assai utile. E Cathbad mi ha detto che gode di buona reputazione tra i druidi» aggiunse.

Qualcosa nella voce di mio padre mi diede la precisa impressione che non sarebbe stata una persona facile con cui trattare.

Più tardi, quando a tavola restammo solo io, Brigit e Kevin, Kevin raccontò a mio padre la storia della morte di Balin. L'avventura era stata tenuta segreta fino al ritorno del re, ma ora che vedevo la sua espressione passare dal timore all'ammirazione per Kevin, avrei voluto che l'intera corte conoscesse il valore del ragazzo irlandese.

«Che fine tragica per una storia grottesca» disse pensieroso mio padre al termine del racconto. «Forse» aggiunse a bassa voce guardandoci «sarebbe meglio non parlarne con nessun altro. La guerra che egli ha involontariamente iniziato è finita; una nuova e vigorosa Sacerdotessa ha preso il posto di quella vecchia e non c'è motivo di macchiare ancor più i ricordi.»

Assentii a malincuore, sperando che ci fosse un modo per tenere il segreto e, allo stesso tempo, far sì che Kevin ricevesse i meritati onori.

La festa della vittoria si svolse nella piazza della città, con i fuochi per cucinare a ogni angolo e i barili di vino e birra allineati presso la fontana. Edwen raccontò il trionfo di Artù, riducendo al silenzio con la sua potente ballata persino un gruppo di chiassosi figli di porcari. Poi vi furono diversi brindisi di benvenuto e molti canti e danze.

L'opinione generale era che Artù non avesse vinto solo la

battaglia, ma conquistato anche l'ammirazione dei suoi sudditi, poiché la sua accettazione di Urien come alleato dimostrava un cuore pietoso e un buon realismo politico.

Si diceva che la vedova di Lot, la regina Morgause delle Isole Orcadi, avesse presentato i suoi figli al giovane Sommo Re a York, dove tutti si erano riuniti dopo la grande battaglia. Si era rimessa alla mercé di Artù chiedendogli di accettare i ragazzi più grandi alla sua corte. Gli ricordò che erano suoi nipoti e, secondo la legge celtica, suoi eredi. Artù aveva accettato di prendere i ragazzi, promettendo di addestrarli come guerrieri e compagni d'armi. Mi chiesi cosa provasse Gawain a servire l'uomo lottando contro il quale era morto suo padre.

Si discusse molto sulla Fata Morgana. Colpiva il fatto che potesse avere tanto potere a meno di trent'anni, e coloro che avevano schernito l'ultima Sacerdotessa in quanto vecchia e debole smisero subito di prendere in giro l'aspetto della Signora. Cathbad era molto contento della sua nomina, poiché era una buona guaritrice e prometteva di diventare anche una forte guida spirituale.

Dopo il pranzo e le danze, il druido annunciò che intendeva recarsi al Santuario per dare il benvenuto alla nuova Signora. Con l'avanzare dell'estate c'era abbastanza lavoro per tenere occupati noi bambini, così mio padre disse che avremmo potuto fare a meno di lui fino all'autunno, ma che speravamo di rivederlo tra noi quando le felci si sarebbero tinte di rame sulle alture. Lo salutammo e non ci pensammo più; non avrei immaginato che non sarebbe mai più stato il mio insegnante.

Nella settimana seguente la campagna tornò alle faccende dei tempi di pace e cominciammo a fare progetti per il nostro soggiorno durante l'autunno. Non ci spostavamo al Nord da qualche tempo, quindi decidemmo di tornare a The Mote e proseguire a ovest verso i vari insediamenti oltre la Baia di Wigtown.

Il giorno prima della partenza prevista io e mio padre ci dirigemmo insieme a Stanwix, poiché il puledro di Piedipiuma sarebbe rimasto qui e io volevo salutarlo.

Era una mattina fresca e chiara dopo una notte piovosa. La città era nel pieno dell'attività estiva quando uscimmo dalla grande casa sulla riva del fiume. Le contadine avevano montato nella piazza tende dove esponevano uova, verdure, formaggi freschi e fagotti di lana grezza da scambiare con la gente che vive entro i confini della città e deve dipendere dagli altri per le proprie provviste. I suoni e i colori del mercato ci turbinavano attorno.

Mentre passavamo presso la fontana, un messaggero con l'insegna del Drago Rosso entrò dalle porte e fece fermare rumorosamente il cavallo quando riconobbe mio padre.

«Ho un messaggio per Vostra Altezza» disse salutando in fretta. «Il Sommo Re gradirebbe incontrarsi con voi per discutere di una questione molto importante. Arriverà dopodomani e porterà con sé anche re Ban di Benwick.»

«Che seccatura» borbottò mio padre.

Non aveva mai gradito gli aspetti sociali della vita di corte ed era chiaramente irritato per gli inconvenienti che avrebbe provocato questa visita improvvisa. Capivo che nella mente stava soppesando questo cambiamento che contrastava i nostri piani di andare a nord.

«Ha detto di che cosa si tratta? O quanti seguaci dovremo ospitare? O quando intende ripartire?»

«Non so i particolari, Milord, ma viaggiano leggeri, con non più di una decina di uomini in tutto. E immagino che non si tratterranno a lungo, poiché re Artù intende recarsi a Strathclyde da qui.»

Mio padre sospirò e si voltò a guardarmi. «Di' a Brigit che aspettiamo ospiti e ricordale che ci occorre del vino» disse. Poi aggiunse a voce più bassa: «Dille di non disfare ancora tutti i bagagli, però».

Brigit era ormai capace di organizzare la vita domestica quanto lo era stata mamma e mio padre affidava tutte queste faccende alle sue abili mani.

Prepararsi per una visita del Sommo Re non era cosa da poco. Sembrava impossibile organizzare tutto in tempo, con Nonny che si lamentava della mancanza di preavviso mentre io, Kaethi, Gladys e Brigit cercavamo freneticamente di decidere che cosa occorresse.

Kevin andò ad accendere il fuoco alle vecchie terme, assicurandosi che ci fosse abbondante carbone di legna per scaldare l'acqua e controllando che non ci fossero grosse perdite nei condotti. Gladys e Brigit si incaricarono del menù, mentre io e Kaethi rovistavamo nei magazzini in cerca di sedie, tavoli, letti e guanciali per far stare comodi i nostri ospiti. Fummo in grado di sistemare le camere da letto e persino di procurare olio e asciugamani per le terme, ma non c'erano certo abbastanza sedie per i dignitari in visita.

«Sono dei sofà, là tra le ragnatele?» chiese Kaethi scrutando nella semioscurità un ammasso di mobili di scarto.

Mi inerpicai tra l'accozzaglia di oggetti vecchi di chissà quanto e riuscii a trovare diversi divani e numerosi tavolini. Erano coperti di polvere e mostravano gli anni di disuso, ma si rivelarono comunque robusti. Dopo una breve consultazione con mio padre, fu deciso che se i re in visita erano romanizzati come tutti dicevano, si sarebbero sentiti a casa propria a mangiare alla maniera latina.

Guardai dubbiosa i sofà una volta sistemati nella grande sala. Kaethi rise dicendo che ciò dimostrava quanto io fossi una figlia dei Cumbri; se fossi stata una vera cittadina romana mi sarebbe piaciuto imparare a mangiare appoggiata a un gomito. Nonny dichiarò che quella sera non sarebbe stata presente e che preferiva portarsi il piatto in camera che cenare con gente troppo pigra per stare seduta eretta. Mio padre fece qualche tentativo per sdraiarsi su un divano, ma concluse gemendo che forse poteva mettersi semplicemente seduto a un'estremità.

«Perché non usi il tuo scranno intagliato?» chiesi, pensando che la comodità del padrone di casa fosse più importante delle esigenze della moda.

«Per ritrovarmi a guardare dall'alto il Sommo Re? No, no, mia cara, non andrebbe bene. Forse con alcuni cuscini sotto di me le mie ossa non si ribelleranno tanto» sospirò.

Il giorno dopo, mentre stavo tornando dalla fontana dove ero andata a prendere un secchio d'acqua per Gladys, sentii un suono che non avevo mai udito prima. Un paio di cavalieri erano entrati dalle porte e stavano soffiando in malconci corni di metallo che dovevano essere stati dimenticati da qualche Legione.

Il suono era così insolito che mi ci volle un minuto per rendermi conto che i re erano arrivati prima del previsto.

La gente che si affrettò a uscire dalle botteghe e si riversò ad affollare la piazza non assomigliava molto a un ricevimento di gala; venni spinta avanti da un'ondata di venditori di rape e di apprendisti macellai ansiosi di vedere il nuovo Sommo Re. Quando cercai di restare indietro, il mio secchio ricevette un tale colpo che versò a terra metà del contenuto; quindi restai là, a piedi nudi in una pozza d'acqua, simile a una sguattera di cucina in mezzo alla calca.

I cavalli erano così vicini che avrei potuto toccarli. Lucidi come raso, erano ben nutriti e potenti, anche se notai che nessuno era grande come lo stallone di mio padre. Passati i trombettieri, mi ritrovai a fissare il volto arrossato di un giovane uomo e per un attimo mi chiesi se fosse il Sommo Re di Britannia. Ma indossava un abito di lana da comune lavoratore e, sebbene non avessi mai visto prima un Sommo Re, non mi sembrava logico che girasse vestito così.

Al suo fianco cavalcava un capo clan celtico, adorno di bracciali e di un collare d'oro. Fiero come Lot ma molto più snello, era alto e di bell'aspetto, con capelli chiari e profondi occhi blu che si increspavano agli angoli quando mi sorrise. Il suo volto era ben rasato, ma aveva grandi baffi girati ai lati della bocca e lunghi fino al mento. Sia il suo portamento sia i suoi gioielli rendevano evidente la sua posizione regale.

Dietro veniva una figura interamente avvolta in un grande mantello, così che si potevano vedere solo gli occhi, e io abbassai involontariamente lo sguardo quando mi lanciò un'occhiata fulminea.

Seguì in coda un pugno di guardie e poi sparirono tutti nel cortile della grande casa, lasciandoci stupiti a chiederci chi di loro fosse Artù. O il Sommo Re non era giovane come dicevano tutti, oppure aveva deciso di non venire.

I nostri ospiti resero subito omaggio a mio padre, poi andarono alle terme. Kevin si occupò di loro dal momento dell'arrivo e solo in seguito mi raggiunse in cucina.

«Il Mago è con loro» riferì aiutandomi a riempire le brocche di vino. «Non dice una parola, ma guarda tutto come un falco.»

«Lo so; l'ho visto nella piazza quando sono arrivati. Gli sta bene il nome Merlino» risposi. Mi faceva pensare allo smeriglio, il bello ma mortale uccello che nidifica sulle nostre alture. Mi chiesi se anche l'Arcidruido piombasse sulla sua preda a mezz'aria come fanno quegli uccelli.

«Sarebbe stato meglio un nome simile a gufo,» rispose Kevin «saggio e silenzioso, avvolto nelle ombre della notte.»

Ebbi appena il tempo per correre al piano di sopra a cambiarmi d'abito prima di cena e sedermi con la maggior pazienza possibile mentre Nonny cercava di dare ai miei capelli un aspetto appena civile. Voleva che mi mettessi il bracciale di mamma, ma Kaethi affermò che non era il caso, poiché non ero ancora abbastanza grande per essere presentata e quindi quella sera avrei solo servito a tavola. Mi affrettai in cucina in tempo per prendere un piatto di fegato di cervo per la tavola di mio padre.

Questa era una visita di Stato, non una riunione del Consiglio, e dunque la sala del banchetto era meno affollata di quanto si sarebbe potuto pensare. Quelli attorno a mio padre e i nobili di Carlisle che erano memori della loro eredità romana usavano con soddisfazione i divani, ma il resto della nostra gente sedeva sui tappeti qua e là tra le tavole, con gli abiti di lana e di pelle di daino che contrastavano con gli eleganti indumenti di lino degli ospiti. Era davvero una mescolanza singolare.

Tenendo il vassoio in equilibrio mi inginocchiai per porlo sulla tavola attorno a cui stava il gruppo di mio padre. Un'improvvisa ondata di timidezza mi impedì di guardare in faccia gli ospiti, per timore che mi riconoscessero da quella mattina sulla piazza.

«Ah,» disse mio padre «questa è mia figlia Ginevra.»

Maledizione!, pensai mordendomi il labbro e sapendo che non c'era altro da fare che alzare gli occhi.

Furono gli allegri occhi azzurri del capo clan che si misero a fuoco su di me e danzarono scintillanti mentre mi faceva un cenno col capo. Non c'era nessun dubbio che mi avesse riconosciuta; trattenendo il fiato per un istante pregai che non ne facesse cenno.

«E possa io presentare Artù, Sommo Re di Britannia» disse il re celtico declamando le parole in tono pomposo. Si girò sorridendo verso il giovane presso di lui e io battei le palpebre dalla sorpresa; era il ragazzo dal volto arrossato, non più vestito di lana grezza, ma ancora con l'aspetto di un giovane uomo qualunque.

«Oh...» dissi stupidamente, senza sapere che altro fare.

«Hai capelli bellissimi, bambina» continuò il re di Bretagna, con tono divertito e cordiale. «Hanno l'oro rossastro del biancospino in autunno ed è una corona adatta per la principessa del Rheged.»

Arrossii mio malgrado e mi chiesi come avrei mai potuto rialzarmi, dato che le mie ginocchia sembravano essersi trasformate in miele.

In qualche modo ci riuscii e corsi in cucina ad aiutare Gladys, decisa a non tornare più nella sala. Non avevo la minima idea di cosa dire a nessuno di loro, e l'unica cosa che volessi fare era fissare affascinata il capo bretone.

Verso la fine del pasto Brigit mi ficcò in mano una brocca di vino con la ferma ammonizione che i re si aspettavano che versassi da bere per loro dopo cena.

Re Ban è un guerriero come un altro, mi dissi, osservando di nascosto i tre capi di Stato prima di attraversare la sala per andare da loro. Ma ciò nonostante restai immobilizzata quando egli mi sorrise e, dimentica del vino che stavo versando, mi ritrovai incapace di distogliere lo sguardo da quegli occhi ridenti.

«È una bella caraffa» intervenne Artù, alzando di colpo la sua coppa finché il bordo urtò contro il beccuccio della brocca, sollevandola. Abbassai gli occhi e vidi il disastro che stavo per combinare, dato che la coppa era quasi traboccante. Guardai il Sommo Re e gli sorrisi di gratitudine.

«Mamma mi aveva detto che viene dall'Egitto» risposi, ritrovando in qualche modo la voce. «Il blu è smalto.»

Prese la caraffa e si chinò a osservare la decorazione sul coperchio. A confronto con re Ban, Artù era solo un ragazzo; abbastanza simpatico, ma non particolarmente degno di nota. Solo l'Anello del Drago, d'oro e granato, lo indicava come un re potente. Forse con la maturità avrebbe assunto un aspetto più autorevole e d'improvviso mi chiesi se, quando gli sarebbe spuntata una barba più folta, avrebbe seguito il costume romano di radersi completamente o cercato di farsi crescere dei lunghi baffi.

Cominciai ad avvertire sul collo una strana sensazione, che si trasformò in un brivido quando mi girai e trovai Merlino che mi fissava. Adagiato dal lato opposto di Artù, il Mago del re sembrava prendere nota di tutto ciò che accadeva, senza mai muoversi o parlare. La forza del suo sguardo implacabile mi fece tremare e ripresi in fretta la caraffa per finire di riempire le coppe.

Edwen portò l'arpa e iniziò a cantare. Dapprima suonò le semplici melodie gradite alla gente comune, poi raccontò il trionfo di Artù in onore al Sommo Re.

Trovai Kevin seduto nell'ombra e mi sistemai presso di lui, felice della possibilità di osservare impunemente il bellissimo capo clan.

Re Ban stava sdraiato sul suo divano con una sorta di grazia felina e mi pareva strano che un uomo così evidentemente celtico di sangue e formazione potesse seguire con tanto agio i costumi degli svigoriti Romani. Forse la sua famiglia veniva in origine dalla Britannia e, come tante altre, era fuggita sul continente quando i Sassoni avevano cominciato a portare stragi e devastazioni al sud.

Più tardi quella sera presi lo specchio di mamma tra i vari oggetti sul ripiano della toeletta. Per anni Nonny aveva tenuto in ordine i belletti e i profumi come se si aspettasse che mamma potesse tornare all'improvviso; non mi era mai venuto in mente che stesse attendendo il momento in cui io avrei cominciato a interessarmi a cose simili.

Quando lo sollevai, lo specchio prese vita, ma non potei trovare nulla di interessante nel riflesso; solo un volto da tredicenne con le lentiggini, gli occhi grigi e un sorriso infantile. Non c'era nulla della bellezza di mia madre, né i morbidi capelli ramati, né l'aggraziata serenità, e anche quando prendevo un'espressione seria non mostravo la ferma determinazione né la compostezza che una regina dovrebbe avere.

Un giorno, temporeggiai, un giorno prenderò lo specchio e vedrò il volto di una donna e sarò pronta ad assumermi i doveri che mi saranno richiesti... ma non ancora. Ci sono troppe cose da fare e da vedere prima di rinunciare alla mia libertà!

Con ciò riposi lo specchio e dimenticai subito il complimento di re Ban.

Il Sommo Re e i suoi consiglieri passarono il giorno seguente rinchiusi con mio padre, e partirono quel pomeriggio senza nessuna pompa. Quando furono andati via, chiesi a mio padre perché fossero venuti.

Egli si allontanò dal suo grande tavolo da lavoro aggrottando leggermente la fronte, poi mi indicò un rotolo di pergamena. Il nastro che la legava era fissato da un piccolo congegno di piombo che non avevo mai visto prima e lo fissai incuriosita.

«Il nostro novello Sommo Re ha tutte le caratteristiche di un notevole uomo di Stato» disse. «Sembra che mentre si assicurava il trono e metteva Urien al suo posto, concepiva anche un trattato di pace da far firmare sia a me sia a Urien.»

«Come può farlo?» chiesi, indignata per l'arroganza implicita in una simile richiesta.

«Capisce bene che dovrà essere approvato dai Consigli. Ma dice di non aver tempo da perdere componendo bisticci domestici quando i Sassoni costituiscono una minaccia tanto maggiore per tutti noi. Ragiona bene e sono d'accordo con lui per principio. Ciò che non avevo previsto è che Artù avrebbe usato il nostro regno come terreno di prova per il suo potere su tutti noi, ora che è Sommo Re.»

«Che cosa dice il trattato?» Guardai la pergamena con sospetto.

«Promette il termine delle ostilità di confine, il riconoscimento della sovranità del Rheged e il diritto di Artù di ristabilire la pace nel caso io o Urien dovessimo romperla.»

«E che cosa dà a Urien?» Ne sapevo abbastanza di trattati per capire che andavano a vantaggio di tutte e due le parti e mi chiesi che cosa dovessimo offrire noi.

Mio padre prese il rotolo, tolse con cura la chiusura di piombo, poi cominciò ad aprire la cartapecora.

«Questo è il problema, mia cara. Se sia io sia te moriamo senza eredi, Urien ha il diritto di reclamare il Rheged come parte del suo regno e di governarlo come tale, naturalmente con il consenso del popolo.»

«Il popolo non lo accetterà mai!» dissi in fretta e senza pensarci, ricordandomi della reazione quando Lot aveva cercato di farci alleare con Urien. La gente non aveva neanche preso in considerazione la proposta allora e non pensavo che ora avrebbe accettato questa nuova idea.

«Non ne sono sicuro, Ginevra. Se Urien rispetta questo trattato, quando sorgerà il problema del prossimo re del Rheged gli uomini potrebbero essere più inclini ad accettarlo; quando si tratta di politica la gente ha una memoria straordinariamente corta. Urien sa che questo è il solo modo per crearsi un appiglio qui senza grossi spargimenti di sangue e potrebbe decidere di aspettarci al varco, per così dire.»

Mio padre fece scorrere il dito sui bordi del documento, fissando con aria assente le parole scritte. Mi misi al suo fianco e guardai con lui. Per me la scrittura era allora solo una serie di scarabocchi, ma il Grande Sigillo di Britannia spiccava chiaro e solenne. Il Drago si torceva e dimenava nella macchia di cera rossa come se emergesse da una goccia di sangue della Dèa.

«E i miei figli? La gente non preferirà certo uno straniero a un bambino nato nel Rheged.»

«Ah,» rispose mio padre «pare che Artù abbia già considerato la questione. Se resterai qui e diventerai tu stessa regina alla fine del mio regno, i tuoi figli saranno protetti e potranno salire al trono senza temere pretese rivali da parte dei vicini. Il trattato è molto fermo su questo punto.» Picchiò lentamente le dita sul documento. «È un'offerta molto allettante, Ginevra, e ho accettato di mostrarla al popolo. Se l'approveranno potremo aspettarci la fine dei furti di bestiame e simili. Sarebbe un'idea molto gradita, penso, soprattutto da parte di coloro che vivono sui Pennini e devono sostenere gli urti dell'ambizione del nostro vicino.»

Mio padre arrotolò lentamente il trattato e me lo porse perché lo legassi.

«Cosa ne pensi tu?» chiesi cercando di far passare il nastro attraverso il fermaglio di piombo.

Alzò un sopracciglio e sbuffò. «Non posso evitare di chiedermi quanto questa idea venga da Artù e quanto da Merlino. Non credo che conti davvero chi l'abbia pensata, ma se è stato il giovane re sono molto colpito; dimostra una mente eccezionale. In ogni caso convocherò riunioni del Consiglio per tutta l'estate e sottoporrò il trattato agli uomini liberi dovunque andrò. Non mi pare che faccia nessun danno, e porre termine alle lotte di confine sarebbe una bella cosa. Così vedremo che cosa dice la gente, no?

«Non dimenticare» aggiunse a bassa voce, con sul volto un inizio di sorriso. «Alla fine il popolo fa sempre a modo suo, non importa cosa pensino i re.»

20

L'investitura

Dopo la visita di Artù a Carlisle i nostri piani per un tranquillo viaggio al Nord dovettero cambiare. Era necessario tenere il maggior numero possibile di Consigli entro il prossimo anno e mio padre stese un programma che lo avrebbe impegnato per molti mesi.

«Se possiamo coprire la zona a sud del Vallo mentre il tempo è ancora bello e arrivare alla costa nord del Solway per Samhain, penso che potremo riferire ad Artù la volontà del popolo prima del prossimo Beltane. Ma significa che ora dobbiamo agire in fretta. Porterò un gruppo leggero e veloce nelle località più piccole, mentre la corte si recherà negli insediamenti maggiori.» Mio padre lisciò la mappa scolorita che sia io che lui conoscevamo a memoria e fece scorrere un dito lungo la strada. «Io e i miei uomini vi raggiungeremo ogni pochi giorni per tenere Consiglio anche nelle città.»

Guardò nel vuoto considerando il clima, la lunghezza delle giornate, le condizioni delle strade e la presenza di ostacoli per stabilire il percorso migliore. «Ci possiamo incontrare a Carvoran e Whitby Castle,» disse «ma anche così il mio gruppo arriverà probabilmente a Kirkby Thor prima di voi. Be', se succede farò un salto ad Appleby per vedere come vanno le cose là.»

Il re del Rheged non era mai così felice come quando programmava una campagna, e sebbene si lamentasse dei ritmi di viaggio, si vedeva che gradiva l'attività.

Nei due giorni successivi si parlò molto delle città e dei forti che sorgevano all'ombra del Vallo. I loro nomi evocavano gli dèi e i luoghi misteriosi con cui Kaethi aveva riempito la mia infanzia: Castle Nick, Haltwhistle Burn, Camboglanna, Vindolanda, il tempio di Mitra e il pozzo sacro di Coventina. La corte stava in genere nelle più sicure zone centrali del Rheged e poiché il Vallo era ancora visitato da predoni del Nord e dell'Est, io non l'avevo mai percorso.

Nella mia mente le descrizioni di terme meravigliose e ponti giganteschi si mescolavano con storie di potenti divinità. Era là che dèe di terre lontane, con nomi come Hamia, Viradexthis, Cibele e Iside, venivano adorate da Romani trasferitisi dal Medio Oriente. Si diceva persino che la nostra Grande Dèa Brigantia, alata di vittoria e di vendetta, percorresse a volte il passaggio in cima al Vallo, e l'idea stessa di vedere questi luoghi mi riempiva di eccitazione.

Ma quando domandai a Rhufon se avrebbe chiesto a mio padre di farmi andare con lui, il mio vecchio amico mi guardò incredulo.

«Una cosa è insegnarti a cavalcare quando eri piccola,» borbottò il maestro di scuderia «a occuparti degli animali e delle attrezzature, e anche un po' dell'allevamento e cose simili. Ma se pensi che io voglia incoraggiare tuo padre a portarti con lui in una terra di confine per un compito da uomini, ti sbagli ragazzina, ti sbagli molto!»

Rhufon finì di controllare un nuovo otre di pelle di capra per l'acqua e mi lanciò un'occhiata severa. Qualunque ragione potessi avere sembrava futile in confronto alla sua logica e mi allontanai delusa. Mio padre avrebbe probabilmente detto la stessa cosa, così lasciai perdere e iniziai il lento viaggio con la carovana della corte.

Il mese successivo incontrammo una grande quantità di gente e di luoghi mentre ci spostavamo lentamente di insediamento in insediamento.

Ovunque la gente ascoltava pensierosa la proposta di Artù e la maggioranza era d'accordo nel dire che ne avremmo tratto vantaggio. In ogni luogo Edwen raccontava il trionfo di Artù, aggiungendo una canzone speciale per gli uomini che non erano tornati dalla guerra civile, immortalando così gli spiriti coraggiosi dei guerrieri caduti. Notai che non nominò mai Urien come nemico, ma sottolineò invece la nostra lealtà al nuovo Sommo Re.

Eravamo ad Ambleside quando arrivò un messaggero della Signora; dopo un breve colloquio mio padre si allontanò a cavallo con lui, portando anche Edwen e Nidan. Non disse a nessuno di cosa si trattasse, ma incaricò Rhufon di aiutarci a passare il Valico di Hardknott, uno dei più pericolosi del regno.

La strada poco battuta sale fino alla cima delle alture, simile a un nastro lasciato cadere distrattamente sui ripidi pendii montani. Bisogna procedere in fila indiana nei punti in cui il selciato si è eroso e gli animali da carico vanno condotti cautamente lungo i bordi dei precipizi, dove la terra si apre in uno splendore selvaggio.

Una volta giunti sulle brughiere più elevate, si può guardare in ogni direzione dal tetto del mondo: in alto, solo le cime nude e il volo delle aquile. Torrenti corrono chiari e spumeggianti tra le rocce e l'erica, e anche la più piccola pozza d'acqua è di color azzurro intenso, riflettendo il cielo nordico. A est si vede in lontananza la catena dei Pennini, simile a una foschia violacea, mentre a ovest il verde crepaccio di Eskdale porta a Ravenglass e al mare.

Nel tardo pomeriggio seguimmo la strada lungo lo sperone della montagna, diretti alla casa del pastore nelle rovine del forte di Hardknott. Nuvoloni di nebbia e pioggia giungevano dalla costa e un vento gelido portava la tempesta. Si sa che il tempo è imprevedibile sulle alture. Ci infagottammo il più possibile e ci affrettammo al riparo.

Passammo la notte avvolti nei nostri mantelli attorno al fuoco del pastore, rannicchiati l'uno contro l'altro mentre il vento soffiava oltre i muri sbrecciati di pietra.

Mi svegliai all'alba, sicura che qualcuno avesse pronunciato il mio nome. Nessun altro si muoveva, ma non potevo liberarmi dall'idea di essere stata chiamata. Uscendo carponi dal mio posto tra Nonny e Brigit, mi infilai il cappuccio del mantello e andai all'aperto.

Il forte è appollaiato sulle spalle del mondo, terribile e imponente nella sua solitudine. Il cane del pastore, allarmato da tanti stranieri nella zona che sorvegliava, mi seguì guardingo mentre mi avvicinavo lentamente all'orlo del ripido pendìo che scendeva vertiginoso verso nord.

La pioggia aveva lasciato un mondo nuovo e pieno di bellezza, con pennacchi di foschia che si alzavano dalle scure vallate boscose in basso. È facile sentire la presenza degli dèi in momenti simili. Io mi sedetti su un'architrave di pietra caduta e guardai i Picchi di Scafell, oltre l'estremità nord dell'Eskdale. Al di là delle cime scoscese di quelle montagne c'era il Santuario.

Dolcemente fui sollevata da me stessa finché mi sembrò di fluttuare sui margini di un vuoto dove il tempo e lo spazio non avevano significato. Passò il rombo di un tuono lontano e strane ombre si raccolsero e dispersero nell'abisso di cristallo; lampi baluginarono lungo la lama di una spada alzata contro il cielo; una spira di fumo l'avvolse e guizzarono fiamme crepitanti come quelle del fuoco di Beltane; apparve una figura pallida e fiera e per un attimo pensai che fosse mio padre, ancora compreso nel cuore bruciante della promessa reale. Ma invece di danzare, questa persona restava ferma e muta nella vampa del destino, e io cercai invano di vedere chi fosse. Lacrime di paura mi accecarono e fui portata, senza respiro, a un apice di emozione così forte che non aveva nome.

Lentamente la visione si dissolse e ricominciai a respirare, esausta e tremante. Distogliendomi dalle forze oscure della montagna, guardai l'Isola di Man che galleggiava a ovest, quasi all'orizzonte del mare d'argento. Si dice che sia la casa degli spiriti che aspettano una nuova chiamata alla vita umana e sentii subito che mamma doveva essere là, portata dalla marea in quel luogo di canti e risate. Poteva certamente proteggermi in questo mondo divenuto strano e inspiegabile. Tesi le braccia verso di lei, ridendo e piangendo insieme.

Il cane pastore uggiolò e mi leccò le dita, impaurito e bisognoso di conforto quanto me. Mi riportò a me stessa. Abbassai lo sguardo e vidi che mi fissava nervosamente in volto. Il suo turbamento mi toccò, poiché aveva senza dubbio sentito anche lui la presenza di un dio.

Il cane si avvicinò e io lo grattai dietro le orecchie mentre si stringeva alle pieghe del mio mantello. Guardammo insieme verso il mare lasciando che l'incantesimo si disperdesse.

«Cielo, bambina, morirai di freddo» mi ammonì la moglie del pastore guardandomi costernata. «Stai bene?»

Annuii, accorgendomi solo allora delle lacrime che continuavano a scendermi sulle guance. Come potevo dirle che non era né dolore né gioia che mi riempiva, ma qualcosa di più grande di entrambi? Sembrò soddisfatta quando riuscii a farle un sorrisetto e si girò per andare a una baracca per gli attrezzi con il cane che le balzava accanto.

Quando la brezza mi asciugò il volto raggiunsi gli altri, sentendomi calma e leggera, ma in un certo senso cambiata. Non parlai con nessuno della mia visione, ma la certezza della presenza di mamma rimase con me per tutto il giorno di viaggio fino alla costa.

Ravenglass è un posto molto bello, con argini rosso tenue che si alzano su un estuario dove tre fiumi si riuniscono per gettarsi in mare.

Le mura del forte vengono regolarmente riparate, poiché predoni irlandesi visitano ancora la nostra costa. Ma quando mio padre teneva qui la corte, noi alloggiavamo alle terme, situate in un boschetto presso le dune tra il mare e la laguna. Preferivo senz'altro le terme agli edifici militari, poiché dalla mia stanza potevo ascoltare le colombe che tubavano nel bosco e guardare lo scintillìo della spiaggia attraverso le ombre screziate degli alberi.

Quel pomeriggio mio padre e i suoi uomini tornarono dalla visita al Santuario e convocarono il Consiglio per quella sera.

La notizia si sparse per la valle, e quando le tavole furono sgombrate e si formò il circolo, vennero a raggiungerci contadini, pescatori e uomini liberi di ogni tipo. Quando il circolo fu completo, Edwen prese la sua arpa e raccontò una strana e meravigliosa storia.

Artù era andato a nord, una volta partito da Carlisle, fermandosi dapprima alla grande fortezza di Dumbarton, dove il re di Strathclyde gli aveva fatto una magnifica accoglienza. Da lì era proseguito nelle vallate proponendo trattati e alleanze tra i re vassalli. Era un tempo di tregua, se non di pace, e dopo aver visto tutti quei capi, grandi e piccoli, era tornato al Santuario, dove aveva vegliato con la nuova Sacerdotessa, la Fata Morgana.

Quando stimò che egli fosse pronto, la Signora mandò messaggeri in tutte le terre per riunire i re celtici al suo Lago. Vennero da tutti i luoghi, portando con sé, come lei aveva richiesto, solo un guerriero e un bardo. E ognuno chiese a tutti gli altri: «Perché siamo qui?», ma nessuno lo sapeva.

La radura sul lato occidentale di quell'acqua minacciosa si riempì di tende e stendardi, e alcuni tra i cavalli più belli di Britannia erano impastoiati nei pressi. Si svolsero giochi e gare e dopo cena i diversi bardi fecero a turno a cantare per il gruppo, narrando le antiche storie che noi tutti amiamo, evitando i racconti delle recenti battaglie per paura di riaprire ferite appena chiuse. E ancora non si sapeva che cosa volesse da loro la Signora.

Infine, quando il lungo crepuscolo del terzo giorno si scurì e tutti erano ormai arrivati, la Signora fece accendere le torce e convocò un Consiglio sulla spiaggia rocciosa del Lago Nero. Indossava l'abito bianco dei druidi e i suoi capelli neri le scendevano sciolti fino ai fianchi. Quando alzò le braccia per l'invocazione i suoi bracciali d'oro scintillarono e con lenta maestà aprì il Consiglio e convocò la Grande Dèa in quel luogo magico e oscuro.

«Uomini di Albion,» gridò la Sacerdotessa «Celti di antica discendenza e grande fama, Cumbri, Scoti e Pitti, vi chiamo per testimoniare a una cerimonia speciale. A voi l'onore di partecipare a questo grande momento storico, che possiate tornare alle vostre genti e raccantare che cosa ha fatto la Dèa.»

La Signora era al centro dei re nordici e i suoi occhi brillarono di fuoco verde quando parlò di nuovo.

«Ora, infine, è venuto il tempo per ordine degli dèi e vi posso presentare non solo la nuova Spada di Britannia, ma anche colui per cui è stata fatta.»

Un mormorìo di sorpresa corse tra i monarchi. La Signora si voltò e si incamminò nel Lago, maestosa e silente, fino a una roccia piatta che sorge sulla superficie della casa della Dèa. Vi salì sopra e, chinandosi, sollevò da una sporgenza dietro la pietra una magnifica arma.

La alzò per mostrarla a tutti. La guaina splendeva di ricami e sia la guardia sia il pomo erano incastonati di gemme.

«Guardate la spada Excalibur, creata con le tecniche segrete del dio fabbro Gofynion nella sua fornace nel cuore di Furness!»

Estrasse la spada, e quando la punta della lama si liberò della guaina, risuonò come una campana.

Lentamente la Signora alzò la spada alta sull'acqua mentre la luce rossa delle torce lambiva come fuoco la lama scintillante, scorrendo a serpentina sul metallo prima di fermarsi in un bagliore argenteo.

Guerrieri e re rimasero senza fiato per la reverenza e l'ammirazione mentre guardavano la misteriosa Excalibur. La voce della Fata Morgana risuonò trionfante.

«Forgiata nei fuochi di una notte ventosa, è invincibile.

«Lavorata nelle ombre della luna, è invincibile.

«Temprata nelle acque sacre agli dèi, è invincibile.

«Elevata ora dal cuore del Lago, è invincibile.

«Nessun'altra lama resisterà ai suoi colpi.»

Senza parole, gli uomini fissarono la Sacerdotessa che alzava il fodero nell'altra mano.

«Guardate anche la guaina, ornata dalle mie stesse mani con formule di guarigione, perché possa stagnare il sangue dell'uomo che la porta alla cintura. Ricordatevi bene della magia di quest'arma; da oggi in poi sarà il segno del destino celtico, darà testimonianza dell'integrità del suo proprietario, sarà il simbolo con cui tutti gli uomini conosceranno la scelta della Dèa. Poiché c'è un solo uomo per cui Excalibur è stata creata... il prossimo Sommo Re di Britannia.»

Le montagne attorno alle acque scure echeggiarono dell'applauso dei monarchi, e solo quando questo giunse all'apice e cominciò a sfumare lei abbassò la spada. Lentamente e con reverenza, rimise l'arma nel fodero e la cullò tra le sue braccia come fosse il suo bambino.

«Sappiate che ho pregato, sacrificato e studiato gli auspici di uccelli e stelle per essere sicura di capire che cosa Ella avesse decretato. Non ci sono contaminazioni politiche, né favoritismi familiari; nulla può mettere in dubbio il desiderio di Morrigan stessa. A qualunque prova cui ho sottoposto il candidato, c'è stata un sola risposta; Ella ha reso la sua scelta indiscutibilmente chiara. Avendo servito fedelmente la Dèa, vi presento ora colui che Ella vuole come Sommo Re.»

La folla ammutolì, aspettando che annunciasse la scelta della Dèa. Senza una parola la Signora indicò un giovane presso il bordo dell'acqua. Il ragazzo si fece avanti, abbigliato semplicemente, senza nessun gioiello tranne il rame brillante dei suoi capelli.

«È Gawain; sta porgendo la spada magica al figlio di Lot» sussurrarono i re, fissando stupiti il ragazzo che si incamminava nel fruscìo dell'acqua fredda e nera per porsi di fronte a lei.

«Colui che sguainerà questa spada sarà il legittimo re di Britannia» gridò la Signora appoggiando l'arma sulle mani tese del ragazzo.

Gawain si voltò e, tornato alla riva, si avviò lentamente verso una grande roccia che si ergeva su un lato della piccola valle.

Una fiamma divampò all'improvviso dal mucchio di felce secca alla base del masso, elevando una cortina luminosa e riempiendo la radura di luce. E quando il fumo della prima vampata si disperse, si vide che Gawain era salito con Excalibur sulla sommità della roccia.

La Sacerdotessa era al suo lato, con le braccia alzate in benedizione, mentre le sue parole si diffondevano nella semioscurità:

«Vi presento il Sommo Re dei Celti, monarca di Logres e Imperatore di tutta la Britannia... Artù Pendragon!».

Una figura in semplice tunica bianca e calzoni si rivelò al chiarore del fuoco, fiero contro le ombre della notte che avanzava. Gawain gli si inginocchiò di fronte e con estrema umiltà gli offrì Excalibur.

La mano di Artù cinse l'elsa d'oro e lentamente sguainò la lama luccicante. Poi, con un gesto ampio, brandì la protettrice del regno sopra la sua testa, salutando i re che si erano riuniti per la sua investitura come loro sovrano.

«Artù!» urlò la folla. «Artù re dei Celti!», mentre il fuoco guizzava e il nuovo re si chinava per aiutare Gawain a rialzarsi.

E quindi si svolsero gli antichi riti e si fece il solenne giuramento tra i Celti e il re. Gli stessi capi che di malavoglia si erano arresi sul campo gli offrirono ora il loro cuore e la loro fedeltà.

Con la presentazione di Excalibur Artù divenne finalmente il capo legittimo sia dei cristiani che dei pagani di Britannia.

«Noi che eravamo presenti riferiamo questa storia di grande potere e di armi magiche così che sappiate che è iniziata una nuova èra. C'è una nuova Spada del Potere, sancita dalla Dèa stessa, alzata sulle acque nere dalla Signora e posta nelle mani del prescelto dal figlio del suo nemico sconfitto. Possa il suo regno essere grandioso come il suo inizio... Lunga vita a re Artù!»

Edwen concluse con una nota trionfale e l'assemblea ripeté il grido, che echeggiò nella stanza.

«Lunga vita a re Artù!»

Rimasi stordita, sapendo di trovarmi nella mia sala, ma circondata dal ricordo della visione mattutina a Hardknott. Era stato un momento tanto importante, grandioso e potente nel destino di Britannia, che la sua eco era rimasta nell'aria, coinvolgendo persino una come me che passava sulla cima della montagna senza avervi nulla a che fare?

Mi colse un improvviso senso di sorpresa e di sollievo mentre capivo la spiegazione, e mi unii alle lodi, battendo le mani e inneggiando con gli altri. Ero seduta di fianco a Kaethi e l'anziana donna mi mise un braccio attorno alla spalla per darmi una calorosa stretta, senza nessuna ragione. Il cameratismo era contagioso e si bevve e cantò fino a tarda notte.

Tracce di quell'umore festoso si mescolavano alle piacevoli notizie sui nostri progressi. Io guardavo stupita il presente. I viaggi erano diventati più sicuri, con meno banditi e meno paura per i viaggiatori; le genti sembravano prosperare e il commercio fioriva; il Rheged non subiva più le scorrerie degli uomini di Urien e finora le tregue tra i vari regni reggevano.

Pareva che il giovane re avesse davvero preso in mano il suo reame e che agisse nel giusto.

21

Merlino

«Spero» disse Bedivere in tono canzonatorio «che non avrete obiezioni se stanotte dormiremo in un prato...»

Lo guardai con durezza, chiedendomi se pensasse ancora che fossi uno di quei fragili fiori del Sud. Ma sorrideva da un orecchio all'altro e io risi di rimando.

«Penso di potercela fare» risposi, felice della possibilità di dormire all'aria fresca.

Quella sera ci accampammo in un terreno selvoso il cui sottobosco di noccioli era stato tagliato di recente. I rami alti e diritti germogliati da ogni ceppo parevano colonne di foglie tremolanti, tanto fitta era la crescita. Nelle zone sgombre attorno alla base di ogni colonna era spuntato un tappeto di violette e primule che dava un senso di multicolore abbondanza tra i pilastri verdi. Il bosco aveva un aspetto allegro e curato, e testimoniava che la gente dei dintorni aveva il tempo e l'energia per dedicarsi a coltivarlo.

La tenda delle donne fu montata nella parte elevata di una radura e gli uomini si accomodarono intorno al fuoco. Tutti erano impegnati nei preparativi per la cena e per la notte, e quando Lavinia si lamentò di dover scendere fino al ruscello per prendere acqua, io stessa mi avviai verso la riva con una brocca. Non mi ero allontanata dal campo più di venti passi quando il ragazzo incaricato della portantina mi raggiunse.

«Prendo io l'acqua, Milady,» disse togliendomi la brocca di mano «e voi potete tornare alla tenda.»

«Oh, non preoccuparti» risposi. E, vedendo la costernazione sul suo volto, aggiunsi: «Ho bisogno di muovermi e mi fa piacere fare qualcosa di utile».

«No, non capite. Ci sono ordini precisi. Non potete andare da nessuna parte senza una scorta.»

«Ordini di chi?» domandai sospettosa, chiedendomi se avessero intuito che volevo fuggire.

«Del re, credo, anche se è stato Merlino a dirmi di seguirvi ora.»

Il Mago non era il vecchio sonnolento che fingeva di essere! Soffocai la pronta reazione che mi venne alle labbra mentre il ragazzo prendeva a camminare al mio fianco.

«Come ti chiami?» chiesi.

«Griflet, figlio di Ulfin» rispose.

«Sei da molto tempo al servizio del re?»

«Be', in un certo senso» tergiversò, guardandosi attorno con i suoi occhi luminosi. «Mio padre era il maestro del guardaroba di re Uther e io sono cresciuto aiutandolo a corte. Mi sono offerto volontario per questo viaggio. È il mio primo lavoro ufficiale.»

«Ti piace?» chiesi, curiosa di vedere se fosse davvero aperto e franco come sembrava.

«Oh, molto, Vostra Altezza.»

Il titolo formale mi suonava ancora strano e sospettai che cercasse di entrare nelle mie grazie.

«Andiamo, Griflet!» lo ripresi. «Viaggiare tra due cavalli da tiro che trasportano una vecchia signora in portantina non può essere tanto interessante.»

Scrollò le spalle e mi sorrise. «È sempre meglio che pulire calzature.»

Sorrisi a mia volta, divertita dalla mia ottusità e dalla sincerità del ragazzo.

Il ruscello era fresco e limpido, con secche rocciose e piccoli specchi d'acqua. Cominciai a raccogliere manciate di crescione che spuntava nelle secche, mentre Griflet si chinava per riempire la brocca.

«E poi,» proseguì allegramente «Bedivere mi ha affidato il cane, così alla sera posso giocare con lui.»

«Parola mia, mi sono completamente dimenticata del cucciolo! Come se la cava?»

«Molto meglio adesso. La prima sera era spaventato e solo, così lontano dalla sua famiglia e da tutto. Ha piagnucolato finché mi sono alzato e l'ho preso nel mio giaciglio. Si è calmato subito e ha dormito tutta la notte. Da allora sta benissimo.»

Il ragazzo era tanto apertamente soddisfatto della propria intraprendenza che risi. Era una buona soluzione pratica, ma mi chiesi se non si ritrovasse divorato dalle pulci.

«Si è persino abituato al suo nome» continuò il mio compagno. Poi tacque di colpo, forse ricordandosi che non era compito suo dare un nome al cane.

«Come lo chiami?» lo incalzai, curiosa di sapere se si trattasse di un nome descrittivo o di quello di un eroe.

«Caesar» annunciò lui. Io sussultai per una scelta di origine così evidentemente romana.

«Quando ero bambino avevamo un cane da caccia di nome Caesar e mi sembrava giusto chiamare questo cane come quello che amavo» spiegò il ragazzo, e io mi dissi con tristezza di non cercare ovunque fantasmi politici. «Sarebbe ancora con noi questo primo Caesar, se non fosse stato per una caccia al cinghiale due anni fa. I cinghiali sono malvagi, Milady, ma danno buona carne.»

Tornammo alla radura e Griflet mi rese la brocca. D'impulso gli chiesi di portarmi a vedere il cane dopo cena e poi ci separammo.

Portai il crescione al cuoco, pensando a come Griflet assomigliasse a tutti i ragazzi della sua età. Il fatto che fosse cresciuto alla corte del Sommo Re sembrava non averlo influenzato per nulla.

La cena era semplice e informale. Poiché non c'erano posti a sedere stabiliti, presi il mio piatto e andai in cerca di Merlino, volendo verificare per quanto tempo sarei dovuta restare sotto controllo. Il Mago levò uno sguardo duro quando mi piantai davanti a lui e borbottò una risposta al mio saluto prima di tornare al suo pasto. Per un certo tempo si concentrò sul cibo, apparentemente ignaro del fatto che non lo lasciavo con gli occhi. Pregai che riconoscesse presto la mia presenza, poiché più osservavo il suo contegno aspro, più mi svaniva il coraggio.

Dopo aver finito l'ultima briciola di pane, sospirò e mi lanciò un'occhiata da sotto le sopracciglia. Vedendo che stavo ancora fissandolo, abbassò in fretta lo sguardo sul piatto e prese a canticchiare distrattamente una canzoncina.

Guarda guarda, vecchio impostore!, pensai di colpo. Hai paura di me proprio quanta io ne ho di te.

Ciò mi sorprese talmente che sorrisi, chiedendomi che tipo di potere attribuisse mai a una giovane donna come me, in confronto alla portata del suo. Potevo a malapena controllare la lingua e ancor meno cambiare atteggiamento. Eppure avrei giurato che stava disperatamente augurandosi che io me ne andassi, lasciandolo in pace, e non sapeva come far sì che questo accadesse.

«Be'...» disse mettendo a terra il piatto vuoto e appoggiando le mani sulle ginocchia come per alzarsi. «È stato un buon viaggio finora, no?»

Assentii col capo, poi raccolsi il coraggio e sbottai: «Perché ritenete necessario tenermi sotto guardia, Milord?».

«Guardia, bambina? Di che stai parlando?» Rilassò le braccia, rassegnandosi prudentemente a una conversazione con me.

«A quanto vedo non ho il permesso di andare da nessuna parte senza un accompagnatore.»

Merlino sembrò perplesso per un attimo, poi annuì lentamente.

«Ah, vuoi dire lungo la strada, quando siamo esposti all'aperto come ora. È solo buon senso. Sei la sposa scelta dal Sommo Re ed è nostra responsabilità portarti da lui sana e salva. Non è come se fossi agli arresti o qualcosa del genere. Ma hai bisogno di protezione, che te ne renda conto o no. Ci sono alcuni Cumbri che non avrebbero scrupoli a usarti per colpire il nuovo re. Ora,» aggiunse in fretta leggendo l'indignazione sul mio volto «questa non è una considerazione contro di te o la tua gente. Il Rheged è sempre stato fedele ad Artù e gran parte degli altri re ha capito che egli è giusto ed equo e che non serba rancori. Guardiamo Urien! Gli si è opposto in guerra aperta, eppure alla fine della battaglia e alla firma del trattato di pace Artù non si è per nulla vendicato. Ha persino aiutato la moglie di Urien a diventare Somma Sacerdotessa dopo che Viviana è stata uccisa. Nessun monarca malvagio o meschino darebbe tanto potere al re di Northumberland e alla Fata Morgana.

«Ma esistono sempre quei pochi che sono così fanatici nelle loro credenze da mettersi contro la legge. È da simili elementi che vogliamo proteggerti.»

Annuii, ammettendo che consideravo le guardie come protettori e non come carcerieri.

«Conoscete la Signora da molto tempo?» chiesi di colpo.

«Cara ragazza, un uomo della mia età conosce praticamente tutti da quando erano bambini» affermò. Poi prese a guardare nel passato. La sua voce, mentre non era investita del Potere, aveva assunto il timbro ricco e pieno di un uomo nel fiore degli anni. Sembrava più sincera di quella stridula del suo travestimento da vecchio ed ebbi l'impressione che partisse da un posto più vicino al suo cuore.

«Quando ero bambino esisteva un luogo di studi per chi voleva imparare dalla Signora. A quei tempi era situato sul Tor, a Ynys Witrin. Adesso i cristiani chiamano il posto Glastonbury e pretendono che sia un loro sito sacro, mentre la Signora e i suoi druidi si sono spostati a nord, come sai.

«Ero stato mandato sul Tor per diventare un sacerdote druido e quella che era allora la Signora aveva eletto alcuni di noi per iniziarli ai segreti più reconditi. Sia io che Viviana fummo scelti, così in un certo senso posso dire che siamo cresciuti insieme. Era una monella, allora, e anche una ragazza carina.»

Tacque come assorto in qualche tenero ricordo e io cercai di figurarmi una Sacerdotessa della Dèa come una ragazza giovane e scherzosa. Non era facile da immaginare. Aspettai con pazienza che tornasse al presente dalle sue fantasticherie.

«E quella che è Signora adesso?» incalzai.

«Morgana? Penso che saprà gestire il potere abbastanza bene, anche se vi è giunta tardi. Fu mandata in un convento cristiano quando Uther sposò Igraine, e probabilmente pensavano che ci sarebbe rimasta. Ma ne uscì per sposare Urien.

«Urien non era tanto casalingo e preferiva la vita del guerriero, così Morgana ebbe la libertà di studiare cose di ogni genere, comprese le antiche usanze.»

«Milord,» chiesi, resa ardita dalla curiosità «sarebbe inopportuno chiedervi che cosa vi ha spedito la Signora in quel pacchetto che vi ha fatto ridere tanto di cuore?»

«Eh?» Riprese la sua voce da vecchio, come per porre fine al dialogo. La mia domanda doveva aver toccato un punto sensibile, però, poiché si girò e mi guardò con durezza.

«Eri lì, ragazza, che cosa hai visto?»

«Nulla.»

«Esatto. La buona Signora mi ha regalato l'ineffabile seme di felce, indispensabile per rendersi invisibili.»

Mi guardò fisso, come in attesa. Non sapendo che altro fare, annuii e mormorai: «Oh», come se tutto il mistero fosse chiarito.

E su questo il Mago si levò in piedi, riuscendo a far terminare la conversazione.

Griflet arrivò con Caesar che balzava legato al guinzaglio. Erano tutti e due allegri e spensierati. Andai in cerca di Brigit perché potesse giocare anche lei col cucciolo.

Il cane reagì alla ragazza irlandese come se fosse stata una sua amica da sempre e non una nuova conoscenza. Il suo entusiasmo era contagioso. Lo portammo dall'altro lato del prato, lontano dalle tentazioni della cucina, e lo lasciammo correre in libertà. Con ringhi selvaggi e felici guaìti di trionfo, scorrazzava intorno a noi, inseguendo goffamente una farfalla e fermandosi un attimo dopo per esaminare un papavero giallo scosso dalla brezza.

Noi giocavamo chiassosamente con lui, felici di poter correre e ridere, e quando si lasciò cadere esausto con la lingua penzoloni, ci buttammo vicino a lui nell'erba.

Ripreso il fiato, chiesi a Brigit come andava con Lavinia nella portantina. Fece un ampio sorriso e rispose che, a quanto pareva, Lavinia considerava tutti i Celti come pagani, anche se erano stati cristiani per la vita intera.

«Puoi sempre tornare a cavalcare di fianco a me, se va troppo male» le ricordai. Lei scosse la testa.

«Grazie, ma resterò nella portantina. Spero solo che la prossima volta che dovremo recarci così lontano potremo viaggiare in nave.»

Griflet si era guardato attorno quando Brigit aveva nominato la propria religione. Io allora gli chiesi se lui e la sua famiglia fossero cristiani.

«Sì, Milady. O meglio, io e mia madre lo siamo. Mio padre è stato iniziato come seguace di Mitra, ancora quando era ragazzo.»

«E non crea problemi avere due diversi dèi sotto lo stesso tetto?» chiesi incuriosita, parandomi da Caesar che stava tirandomi una manica.

«Non proprio. Sono soprattutto i vescovi a creare problemi. La gente di corte segue molti credi diversi. Re Uther e i suoi guerrieri preferivano Mitra, il dio dei soldati, ma alcuni seguono le antiche usanze e i Celti si riuniscono con i cristiani romani per celebrare insieme la messa.»

Ciò era rassicurante: in una simile varietà forse non sarei stata tanto fuori posto.

Si avvicinava il crepuscolo e sapevo che Brigit avrebbe voluto cercare un luogo tranquillo per le sue preghiere serali. Pensando che forse Griflet desiderava fare lo stesso, suggerii loro di allontanarsi insieme mentre io e Caesar aspettavamo.

«Sarò a portata di vista e di suono sia tua sia del campo» aggiunsi, considerando le responsabilità di Griflet. I due scesero verso i salici presso il ruscello, mentre il cucciolo si rannicchiava vicino a me e si addormentava.

Era una serata dolce e pacifica. Poco dopo il canto a piena gola di un tordo riempì l'imbrunire. Altri canti sono forse più fini e delicati, ma non ne conosco nessuno che sia più ricco e gioioso. Si librava ampio nel mite crepuscolo, ritmato, felice e glorioso nella sua libera bellezza. Mi portava vicino alla Dèa quanto ne avevo bisogno. Mi distesi e sorrisi di contentezza, considerando questo come una preghiera.

Più tardi, mentre stavo sdraiata nell'oscurità della tenda in attesa del sonno, fu il canto del cuculo a tenermi compagnia. Mi chiesi improvvisamente dove fosse Kevin e se in qualche luogo stesse anche lui ascoltando i primi suoni della primavera. Ancora adesso non potevo ammettere che fosse stato cullato verso il sonno eterno dagli Uccelli di Rhiannon, e, se la memoria poteva servire per tenerlo legato a questa terra, non l'avrei dimenticato.

22

Il Lago Nero

Il giorno dopo della notizia dell'investitura, io e Kevin andammo a cavalcare sulle dune di Ravenglass, lanciandoci allegramente al galoppo sulla spiaggia mentre stormi di gabbiani ci circondavano con stridule urla di disapprovazione quando passavamo con fragore presso i loro nidi. Poi ci dirigemmo verso il sentiero lungo il lato opposto dell'estuario e cominciammo a discutere se fosse giusto che io non potessi partecipare a faccende importanti, come andare in località remote con mio padre o assistere all'investitura al Santuario.

«È solo senso comune, Ginevra. Non hai imparato a usare la spada; non puoi difenderti in caso di attacco e quelle situazioni possono essere troppo pericolose per chiedere ai nostri guerrieri di proteggere te oltre a se stessi.»

«Bene, allora avrebbero dovuto insegnarmi! Guarda Boadicea. Difese il suo territorio con la spada e riuscì quasi a scacciare i Romani quando condusse il suo esercito contro di loro. O Vennolandua, la regina guerriera di Cornovaglia, che indossò l'armatura e sfidò suo marito a duello piuttosto che far massacrare i loro due eserciti. E vinse; nell'equo combattimento lei vinse!»

«E uccise il Sommo Re» aggiunse Kevin con un sorriso. «Forse fu allora che decisero di non insegnare più alle donne le arti dei guerrieri.»

«Sciocchezze! Nessun celta lo sosterrebbe. Dopotutto il re se lo era meritato; l'aveva tradita pubblicamente e lei aveva il diritto di farsi valere. No, scommetto che furono i Romani a trasformare le donne in gattine domestiche. Con tutto il loro atteggiamento di superiorità, scommetto che avevano paura di affrontare una donna armata.»

«Non li biasimo» replicò amabilmente Kevin, e io mi domandai se le donne irlandesi lottassero ancora a fianco dei loro uomini. Prima che potessi chiederlo, Piedipiuma scartò da un lato, spaventata da una vipera che strisciò via dal sentiero. Kevin afferrò subito il pugnale, ma il serpente sparì e, poiché non diede segni di volerci attaccare, lo lasciammo andare.

«Comunque non è giusto» continuai indignata. «Quando sarò regina andrò e verrò con i guerrieri come vorrò.»

«A meno che tuo marito te lo proibisca» scherzò Kevin.

«Nessun marito mi proibirà di fare qualcosa» mi infiammai. «Forse non mi sposerò neanche. Perché dovrei, comunque, se non per i figli? Ma se deciderò di sposarmi sceglierò un uomo del Rheged che viaggi al mio fianco e non si aspetti che io resti a casa mentre lui va a fare le cose più interessanti. Se c'era Gawain, avrei dovuto esserci anch'io» insistei, rifiutando di lasciarmi distrarre.

«Gawain, mia cara, è il maschio più vecchio della sua casata» osservò il mio amico in tono ragionevole. «E anche se sua madre è la sovrana delle Orcadi, non era presente all'investitura.»

«Avrebbe dovuto esserlo» ribattei soffermandomi a guardare un airone che inghiottiva una rana. Non era una faccenda semplice, poiché la rana lottava contro la presa del becco dell'uccello agitando furiosamente le zampe. Non aveva intenzione di trasformarsi in un buon boccone senza combattere.

Nello stesso modo l'esclusione delle donne dall'investitura regale rifiutava di scivolarmi tranquillamente nello stomaco. Ero stupita che Morgause non avesse assistito alla cerimonia. Non solo era un monarca a pieno titolo, ma era anche sorellastra del nuovo re e sorella della Signora del Lago. Se fossi stata al suo posto, nulla meno del puerperio mi avrebbe trattenuta dall'andare. Dubitavo che Morgause fosse incinta al tempo della morte di suo marito, altrimenti l'avrebbe dichiarato, dato che era ora compito di Artù occuparsi di tutti i figli di Lot. Quale che fosse la ragione della sua assenza, ero sicura che fosse basata su una sua decisione e non sul fatto che era una donna.

Finalmente l'airone riuscì a porre la sua preda in una posizione più favorevole e la ingoiò, poi si allontanò altezzoso.

«Come pensi che sia il Santuario?» chiesi quando l'uccello sparì nelle canne dietro a un tronco caduto. «Ci sei mai stato?»

«Come avrei potuto andarci senza che tu lo sapessi?» Kevin alzò le spalle. «Ma ne ho sentito parlare da re Ban, quando lui e Artù erano a Carlisle. Pare che suo figlio Lancillotto venga istruito dalla Signora, sia come dotto sia come guerriero.»

«Penso che il figlio di Ban fosse uno dei principi che vennero citati da Cathbad quando ci parlò per la prima volta della scuola» dissi pensierosa. Guardai una libellula indugiare sull'acqua e mi chiesi come la saggezza dei druidi e un cuore di guerriero potessero mescolarsi in una persona sola. Mi sembrava una combinazione strana, incerta e imprevedibile come il colore blu-verde-viola dell'insetto di fronte a noi.

Ci fu un improvviso lampo di iridescenza e Gulldancer alzò la testa e spalancò gli occhi sorpreso mentre la libellula gli svolazzava nelle orecchie. Ridendo, riprendemmo la nostra tranquilla andatura sul sentiero.

«Ti dispiace di non aver studiato con la Signora?» chiese Kevin.

«Un po'. Mi ha sempre incuriosita. Non ti poni mai domande su di lei? Che cosa sa? Che cosa può fare?»

Lanciai un'occhiata al mio compagno, ma lui stava stringendo gli occhi per vedere qualcosa nell'acqua. Seguii il suo sguardo e colsi di sfuggita la testa scura e liscia e l'agile dorso di una lontra. Appariva e scompariva, tenendo la coda eretta invece di lasciarsela galleggiare dietro, e sembrava un drago in miniatura che scivolava tra le increspature dell'acqua. Giocava per la pura gioia di farlo, e la guardai rotolarsi e girare, tuffarsi ed emergere, come un corvo che ruzzola nelle correnti del cielo. Oh, pensai, avere tanta libertà!

Quando arrivammo all'incrocio con la pista principale, feci voltare Piedipiuma verso est e fissai la lunga vallata che portava alle montagne. Da qualche parte oltre quello scudo di alture rocciose c'era il Lago Nero e la scuola di cui avrei potuto far parte.

«Andiamo noi stessi a vedere com'è.» La proposta mi uscì di bocca prima ancora di pensarci e dall'espressione di Kevin capii che non ne era sorpreso. Ma aggrottò la fronte e scosse la testa.

«Non penso che sia una buona idea» disse a disagio.

«Suvvia» insistetti, accesa dal desiderio di avventura. «Che male ci sarebbe a vedere il Lago? Non dobbiamo entrare nel Santuario, sai, solo vedere dov'è. E non è neanche mezzogiorno» continuai dando una rapida occhiata al sole. «Saremo di ritorno per cena e nessuno si accorgerà di niente.»

«Ma non abbiamo Ailbe con noi» affermò Kevin. «Dobbiamo correre a casa a prenderlo e dire a Brigit dove andiamo.»

«Oh, sempre dire agli altri dove siamo! Sono stanca di non fare mai niente senza il permesso di qualcuno» risposi adirata.

Rimase zitto per un momento, combattuto tra il senso del dovere e la curiosità. Sapevo quale dei due avrebbe prevalso alla fine, così portai Piedipiuma sul sentiero. «Immagino che dovrò andarci da sola» annunciai.

«Non puoi farlo!» esplose lui raggiungendomi.

«È meglio che doverti ordinare di venire con me» ribattei, sapendo di mettere alla prova il delicato equilibrio del nostro rapporto, ma troppo irritata per curarmene. «Tu puoi fare ciò che vuoi, ma io vado al Lago.»

Mi avviai rapidamente verso il fiume, tenendomi in testa in modo da impedire a Kevin di parlarmi. Davanti a noi le colline si incanalavano ai piedi dei dirupi e la pista si riduceva a uno stretto sentiero lungo la riva del fiume.

Poco dopo il percorso si fece più impervio ed entrammo in un terreno roccioso e ondulato di boschi aperti. Il fiume serpeggiava in infinite curve e meandri e a poco a poco i grandi picchi brulli e grigi si fecero più vicini. A un certo punto superammo una tana di volpe, col suo odore acre e persistente nell'aria balsamica. Pochi minuti dopo Piedipiuma rizzò le orecchie e io sentii il guaìto di un volpacchiotto.

Stavamo cavalcando sotto un terrapieno e quando guardai sulla sua sommità distinsi a malapena un paio di cuccioli che si rotolavano in una finta battaglia. La madre era impegnata a seppellire i resti di un uccello, mentre un altro dei suoi figli appostava una piuma smarrita. Ci fermammo per un attimo a guardare i piccoli che balzando e ringhiando attaccavano le ombre, la coda della madre o lottavano tra loro.

Improvvisamente uno di loro ruzzolò via dagli altri, e correndo e rotolando attraversò lo spazio aperto. Si rimise in piedi sull'orlo del dislivello, esattamente all'altezza dei miei occhi. Piedipiuma sbuffò scuotendo la testa, il cucciolo restò paralizzato dallo stupore e la volpe emise un brusco latrato di avvertimento, e il piccolo corse subito indietro a cercare riparo. Tutto ciò accadde nel tempo di un respiro, ma non prima che avessi colto negli occhi del piccolo animale selvatico la rapida espressione di sorpresa, seguita da un immediato riconoscimento della situazione. C'era un'astuzia dietro a quello sguardo che meritava un grande rispetto e sorrisi a Kevin.

«Peccato che non si possa addomesticarle» disse lui. «Sembra che abbiano le migliori qualità sia dei gatti che dei cani.»

Annuii cercando di ricordarmi se avessi mai sentito dire di qualcuno che aveva addomesticato una volpe. «Forse hanno bisogno di restare libere per rimanere se stesse» suggerii.

«Più probabilmente non hanno il desiderio di cambiare. Non puoi domare qualcuno che non vuole essere domato.»

La valle andava rapidamente restringendosi dove le montagne formavano una cortina che difendeva i segreti del Santuario dalla luminosa apertura della zona costiera. Tassi oscuri dai tronchi ruvidi nascosti in dense ombre si mescolavano ad alberi più chiari e allegri. La luce andava affievolendosi e mi chiesi se il pomeriggio fosse già finito, ma decisi che era solo l'ombra dei boschi più fitti a creare quella semioscurità.

Mentre i pendii della valle dell'Eden salgono gradualmente verso la catena dei Pennini, qui il terreno non si elevava a poco a poco in colline per giungere dolcemente alle montagne. Queste si alzavano imponenti direttamente dal fondovalle, annientando tutto ciò che si trovava al di sotto. Se Hardknott è appollaiato sulle spalle del mondo, il Lago Nero è nascosto nel suo ombelico.

Giungemmo a una pista ampia e battuta con tracce di viaggi recenti.

«È probabilmente la strada per cui è passata gran parte dei nobili dopo la fine della cerimonia» suggerì Kevin. Quindi la seguimmo, allontanandoci dal fiume e dirigendoci su una piccola altura.

La pista ci portò attorno alla base delle montagne e i boschi si diradarono per aprirsi su una radura distesa attorno al Lago. Ci fermammo all'apice della curva per guardare la scena, troppo atterriti per parlare.

Il nome del luogo era appropriato, poiché l'acqua davanti a noi era nera e silenziosa, uno spicchio di mistero sotto l'alta, ripida parete della riva opposta. Il dirupo di fronte ardeva color ruggine e grigio nella luce del tardo pomeriggio, con i suoi lunghi ghiaioni che scendevano a ventaglio dalla cresta tagliente in alto. Era una parete compatta per tutta la lunghezza del lago, senza picchi o canyon, pieghe o sporgenze, e non vi erano alberi né cespugli ad addolcire i suoi contorni. L'imponente barriera di roccia e pietrisco si rifletteva nell'acqua al di sotto, aggiungendo una sfumatura bronzea al suo già metallico aspetto.

Mi guardai attorno, innervosita dall'austera maestà del luogo. A destra vi era una roccia isolata, alta e prominente presso la riva del lago, e alla sua base era sparsa della cenere. Kevin indicò senza parole i resti del falò. L'eco della solenne dichiarazione sussurrava ancora dalla roccia e dalla foresta: «Artù! Artù re dei Celti!».

Annuii in silenzio, incapace di rompere l'incantesimo che ci avvolgeva. Più lontano sulla destra, oltre la roccia, un'oscura foresta costeggiava la riva, mentre in fondo a sinistra, dove la punta del lago si stringeva sotto un gruppo di montagne triangolari, il fumo di un fuoco serale saliva da un casolare. Probabilmente era l'alloggio degli studenti.

D'improvviso mi sentii molto contenta di non aver passato

l'infanzia in questo posto, col suo misterioso silenzio e il suo pauroso lago. Mi girai e sorrisi a Kevin, soddisfatta di essere venuta.

«Hai sete?» chiese il mio amico osservando l'acqua sulla riva sassosa.

«Non di quella» risposi guardando con una smorfia il liquido scuro.

«Vediamo se c'è una sorgente nel bosco» suggerì, conducendo Gulldancer verso gli alberi ombrosi oltre la roccia dell'investitura.

Piedipiuma lo seguì, con le orecchie contratte e mostrando il bianco degli occhi. Davanti a noi si udì il grido rauco di un corvo e un brivido freddo mi percorse. Non avevo bisogno dell'uccello per ricordarmi che ci trovavamo nel territorio di Morrigan e mi sarei girata per andarmene da dove eravamo venuti, ma Kevin stava già sparendo nell'oscurità della foresta e io non volevo restare sola.

Nel bosco trovammo una sorgente, che aveva anche una tazza per i viaggiatori sistemata in una nicchia di roccia sopra lo zampillo d'acqua. Smontammo di sella e versammo con cura una libagione per la Dèa prima di bere, poi lasciammo che i cavalli si dissetassero alla pozza.

Mi guardai attorno incuriosita mentre i cavalli bevevano, notando le offerte votive appese presso la sorgente. Erano poche e semplici, probabilmente fatte dagli allievi, poiché non sembrava plausibile che molti viaggiatori giungessero in un luogo così isolato.

Desideravo sgranchirmi le gambe, quindi porsi le redini a Kevin per dare un'occhiata in giro. Oltre gli alberi più vicini un sentiero sembrava portare, attraverso le ombre, a un radura. Forse era uno dei luoghi sacri dei tempi antichi come li descriveva Kaethi. Incuriosita, mi incamminai per esplorarlo.

Dovevo avere calcolato male la distanza, poiché mi sembrò di impiegare molto tempo per raggiungere il sentiero stesso. Quando infine giunsi presso la radura sentii le note di una canzone vagare nell'aria e mi nascosi dietro un grande tasso per spiare tra i rami.

Gli alberi formavano una parete attorno allo spazio aperto e la radura era piena di una sinistra oscurità. Antiche ombre guizzavano ovunque, mentre al centro era eretto un gigantesco pilastro di legno, spesso quanto il corpo di due uomini e di un bianco malsano, come ossa lasciate insepolte. Strane nicchie erano state intagliate in vari punti di esso, forse per contenere qualche forma di sacrificio, e un volto spettrale era sbozzato in alto, verso la cima. Mi raggelava il sangue solo a guardarlo, come se la memoria di riti indicibili lo avesse impregnato durante i secoli di uso segreto.

Una donna dai capelli scuri stava china su qualcosa sopra un altare di pietra alla base del totem. Assorta in ciò che stava facendo, non aveva idea che io fossi vicina, e mentre guardavo cominciò a ondeggiare cantilenando, come rivolta a un bambino. Si allungò verso l'alto con gli occhi chiusi e lentamente alzò le braccia in gesto di preghiera. Le maniche della sua veste ricaddero all'indietro e un paio di bracciali d'oro scintillarono nel buio. Nelle mani reggeva un calice dal bordo d'argento, come nelle favole antiche. Con un brivido mi accorsi che il calice era stato fatto con un teschio.

Rimase immobile, ardendo come un pallido fantasma nelle ombre oscure, e mi resi conto con terribile certezza che era la Fata Morgana. Tremante, mi ritirai dalla vista per non profanare il rituale con la mia presenza.

Il canto continuò, dolce e melodioso all'inizio, alzandosi poi a un tono più aspro, per terminare con uno strillo acuto. Dopo di che vi fu un totale silenzio. Avrei voluto con tutto il cuore non essermi spinta così avanti, ma trovarmi già sulla via del ritorno con Kevin.

Nulla mi indicava che cosa stesse facendo la Sacerdotessa e dopo un momento decisi che sarebbe stato meglio cercare di tornare alla sorgente a sua insaputa. Mi spostai con cautela dietro l'albero, sperando di raggiungere il sentiero senza farmi notare.

Ci scontrammo quasi mentre lei avanzava in silenzio sul viottolo. Si immobilizzò subito, come me. Per un attimo ci guardammo negli occhi e io vidi lo stesso sguardo rapido e selvaggio che avevo notato nel volpacchiotto: sorpresa, riconoscimento e indignazione. Gli occhi verdi si strinsero a fessura e sondarono la mia anima.

«Tu!» esclamò la Sacerdotessa in un sussurro. «Che cosa fai qui?» Sobbalzai, incapace di parlare, mentre lei scandagliava il bosco dietro di me. Ero troppo impaurita persino per guardare verso Kevin. Nel suo volto c'era una tale intensità primordiale che non osavo distogliere lo sguardo.

«Non hai il diritto di essere qui, ragazza» disse aspramente, soddisfatta che non fossi venuta con un gruppo numeroso. «I segreti della Dèa non possono essere spiati da coloro che non hanno preso parte alla Sua educazione.»

Controllando completamente la situazione, la Sacerdotessa mi guardò dall'alto in basso, poi mi congedò con un brusco, sprezzante gesto della mano.

«Il tempo non è ancora venuto» sibilò. «Va' ora, se riesci a trovare la tua strada.» E all'improvviso una densa foschia la circondò, celandola completamente alla vista. Mi girai e corsi incespicando verso Kevin, con le orecchie che mi rimbombavano di inquietanti risate.

I cavalli, nervosi, si impennarono. Kevin mi spinse sulla groppa di Piedipiuma con un gesto fluido. La tenni ben ferma mentre lui montava Gulldancer, anche se avrei tanto voluto fuggire lontano dall'oscurità che riempiva la foresta.

«Hai visto quegli occhi?» chiesi con voce incerta mentre Kevin mi si metteva al fianco e giravamo in direzione dello scroscio del fiume.

«Che occhi?» domandò lui.

«Quelli della Signora. Hai visto la Signora, vero?» sussurrai quasi, con la gola secca come sabbia.

«No. Ho visto solo te nascosta dietro quell'albero.»

«Ma era là nel sentiero, prima di chiamare su di noi la foschia dei druidi» dissi cominciando a tremare ora che il confronto era passato.

Kevin scosse la testa, guardando indietro circospetto.

«Non l'hai sentita cantare? O le parole che mi ha detto?»

Scosse di nuovo la testa. «Solo la risata di un picchio che vagava tra gli alberi» rispose guardandomi attentamente. «Che cosa ti ha detto?»

«Che non avrei dovuto andare là a spiare e qualcosa riguardo al tempo...» I denti mi battevano incontrollabilmente e pareva che il buio della notte fosse sceso su di noi.

«Be', aveva ragione in tutti e due i casi» affermò il mio amico, spostandosi sul lato del fiume dove gli alberi erano un po' meno fitti. «È passato da un pezzo il tramonto e persino il crepuscolo comincia a sfumare.»

Allora mi guardai attorno, notando spaventata che la luna era già nel cielo e che il chiarore della serata estiva stava lasciando il posto alla notte e alle stelle.

«Ci sarà un gran trambusto a casa, immagino.» La voce di Kevin era preoccupata e io gemetti al pensiero di ciò che ci aspettava. «Troviamo subito il sentiero e andiamo più in fretta possibile» aggiunse incalzando Gulldancer.

Così lasciammo il Lago Nero, con Kevin in testa e io aggrappata a Piedipiuma in preda a un terrore sempre più grande. Mi aspettavo di vedere la Sacerdotessa apparirci davanti da un momento all'altro, sbarrandoci il cammino e ridendo della nostra angoscia. L'odio e il sospetto che le avevano segnato il volto quando ci eravamo incontrate erano la cosa più agghiacciante che avessi mai visto. Era come aver guardato nel cuore delle tenebre ed esservi sfuggita, terrorizzata.

Mentre ci allontanavamo dal Santuario gli spiriti notturni ci vagavano attorno, volando silenziosi in forma di gufo e rumoreggiando tra gli alberi col verso di un nottolone. Kevin procedeva con un'andatura ragionevole, ma a me sembrava insopportabilmente lenta, poiché volevo mettermi in salvo il più in fretta possibile.

Quando, oltrepassata la base delle montagne, si aprì la foresta, lo superai e spronai Piedipiuma al piccolo galoppo. Dopo qualche balzo la cavalla inciampò e io caddi in avanti, atterrando con un tonfo sul terreno.

Kevin si inginocchiò immediatamente al mio fianco, mormorando pressanti invocazioni agli dèi e pregandomi di dire qualcosa.

«E Piedipiuma...?» fu il meglio che riuscii a dire, poiché ansimavo e non potevo respirare.

«Non è caduta» rispose facendomi scivolare un braccio sotto le spalle e alzandomi leggermente.

«Ahh!» urlai mentre un lampo di dolore mi percorreva le spalle. Kevin fece scorrere con cura una mano sulle ossa del mio braccio, poi sulla spalla, per fermarsi alla base della gola.

«Niente più corse al buio per te stanotte» disse severamente mentre io maledicevo la sfortuna che ci avviluppava.

«Ne abbiamo avute abbastanza» dissi senza fiato, adirata con me stessa per aver intrapreso questa avventura.

Kevin andò a controllare Piedipiuma e quando me la riportò potei vedere, anche alla luce delle stelle, che zoppicava notevolmente. L'averle fatto del male era ancor peggio della mia stessa spalla slogata o della predica che avrei dovuto sentire a casa.

«Cavalcheremo tutti e due Gulldancer» dichiarò Kevin facendo avvicinare il castrato. «Piedipiuma può camminare, ma lentamente. La dovremo condurre dietro di noi.»

Mi sollevò sul garrese del cavallo, poi mi porse le redini di Piedipiuma. Fece una certa fatica a salire in groppa dietro di me, ma infine ci sistemammo e partimmo lentamente verso casa.

È tutta opera della Signora, pensai, chiedendomi che altri guai ci avrebbe procurato. Sedevo rigida, sofferente e impaurita, vedendo gli occhi dorati dei lupi in ogni ombra e sobbalzando al minimo rumore.

«Andiamo,» disse a bassa voce Kevin con un braccio attorno alla mia vita «non servirà a niente spaventare ancora di più i cavalli.»

Cominciò a parlare, con un tono rassicurante sia per noi che per gli animali.

«C'è un cielo tempestato di diamanti, ragazza mia, ora che siamo usciti dalla fitta foresta. Guarda là: l'Orsa brilla e le nebbie si sono tutte dissolte. Penso che gli dèi siano con noi almeno in questo. Adesso» aggiunse tirandomi contro di sé «rilassati; saremo a casa tra poco. Ti riporterò sana e salva, senza più incidenti e incontri paurosi.»

Continuò a cantilenare dolcemente, placando il mio cuore impazzito e il dolore lancinante della mia spalla. Mi rifugiai tra le sue braccia, senza neanche accorgermi di quando cominciai a piangere. C'era qualcosa di indicibilmente piacevole nello starmene avvolta dal circolo protettivo delle sue cure e lentamente mi rilassai, lasciando scorrere lacrime d'ira e di dolore.

Sentivo la sua guancia appoggiata ai miei capelli. Lui adattava la sua cantilena al movimento ritmico dei cavalli.

«E se stesse a me, dolce ragazza, ti porterei subito al palazzo di Tara, con la sua grande sala, i pilastri intagliati e i ricchi ornamenti. E là ti metterei sul trono e ti darei una corona d'oro come mia regina, e insieme reggeremmo l'intera Irlanda.»

Narrava il sogno lentamente e magnificamente, mentre io lo seguivo nel mio cuore. Forse non Tara, ma la grande sala di Appleby sarebbe andata bene, e insieme avremmo regnato sul Rheged. Volevo ridere e cantare e coprirlo di baci tutto in una volta, e allo stesso tempo non volevo turbare la dolcezza del nostro contatto.

Scivolò in una canzone che Brigit intonava a volte e a un certo punto colsi qualche nota di una ninnananna cha mamma mi cantava da bambina. Sorrisi in silenzio e girandomi tra le sue braccia gli appoggiai la testa nell'incavo tra il collo e la spalla. Feci passare il braccio sano attorno a lui e cavalcammo per qualche tempo in quel mezzo abbraccio.

Quando giungemmo al guado del fiume un uccello notturno si svegliò, mandando un trillo sonnolento nel buio.

«Sai cosa dice?» mormorai e Kevin scosse la testa. «Dice che io ti amo.»

Kevin rimase in silenzio così a lungo che mi allontanai dalla mia posizione rannicchiata. «Hai sentito?» chiesi.

I suoi occhi erano nascosti nella luce stellare, ma il lampo bianco del suo sorriso era inconfondibile. Continuando a tenermi tra le braccia, mi diede sulla fronte il più dolce dei baci.

«Non è il momento per esaminare la questione» disse in tono burbero e io ridacchiai. «Adesso mettiti comoda e riposati, bambina, perché manca ancora più di un'ora.»

Appoggiandomi a lui, ero così felice che ringraziai la Signora per averci uniti in questo modo. Poi scivolai in un dormiveglia dove sogni e realtà si mescolarono, così che in seguito non mi fu mai chiaro esattamente cosa fosse stato detto e cosa no.

Mi risvegliai lentamente quando svoltammo sulla strada pianeggiante che portava alle terme. Le finestre erano buie e silenziose, ma la tenue luce di una lampada brillava presso il cancello e una voce assonnata chiamò piano: «Kevin?».

«Sei tu, Brigit?» rispose lui a voce altrettanto bassa. Mi fece raddrizzare mentre i cavalli entravano nel cortile.

«Sì, sono io. Dove mai siete stati?» ci sgridò. Poi, vedendo il cavallo vuoto dietro di noi, trattenne il fiato. «Dov'è Ginevra?»

«Sono qui» sussurrai in fretta. «Sono caduta da Piedipiuma mentre andavamo via dalla Signora...»

La voce mi venne meno, poiché non ero completamente sveglia, e mi voltai per guardare Kevin, volendomi assicurare che non fosse tutto un sogno. Ma il mio compagno stava già scendendo a terra e quando si sporse per aiutarmi il suo volto era in ombra e non ne vidi l'espressione.

Anche il dolore alla spalla si risvegliò e mi morsi le labbra mentre smontavo, aiutata da Kevin. Mi sostenne per un attimo mentre mi mettevo in equilibrio, poi mi lasciò per portare i cavalli alle scuderie. Lo osservai che si allontanava zoppicando, abbagliata dall'amore che mi sgorgava dentro in quel momento.

Brigit mi guardò attentamente e si sfilò il mantello per mettermelo sulle spalle.

«Immagino che ci sia una spiegazione per questa scappata, ma la mattina verrà abbastanza presto per sentirla. Non hai idea di quanto abbia dovuto fare per tenere tranquilli gli altri di casa. Tuo padre ha ancora dei sospetti, anche se gli ho detto di averti mandato alla fattoria sul fiume e che pensavo che saresti rimasta a dormire con quella famiglia.»

Guardai contrita le pietre del selciato, disperata all'idea che la nostra avventura avesse costretto Brigit a mentire. Non avevo pensato che il mio spirito ribelle avrebbe potuto mettere in difficoltà anche lei. Perlomeno nessuno era stato mandato a cercarci.

«Ti sei fatta molto male?» chiese quando entrammo in cucina e accese una candela di giunco con la fiamma della lampada.

«Mi è successo qualcosa alla spalla quando sono caduta. Penso che sia la spalla e non la clavicola» aggiunsi speranzosa. Lei fece passare le dita sull'osso, come aveva fatto Kevin, poi annuì con aria assente e si voltò verso la credenza.

«Vuoi mangiare qualcosa?» Sussurravamo ancora per non svegliare gli altri. Io scossi la testa.

«È meglio che tu dorma nella mia stanza per il resto della notte» disse. «Non avrebbe senso svegliare Nonny andando al piano di sopra.»

«E tu?» le chiesi mentre mi spingeva verso il suo giaciglio.

«Vado alle scuderie a parlare con Kevin. Tornerò dopo.»

«Non arrabbiarti con lui, Brigit» implorai. «L'ho fatto venire con me, ed è stata la Signora a circondarci di buio e nebbia. Lui non ha colpa» aggiunsi vedendo il suo volto severo.

«Forse no» rispose con una voce più dolce della sua espressione. «Almeno sei tornata tutta intera, più o meno, ed è ciò che conta.»

E con questo uscì. Rimasi distesa sul suo letto, coprendomi con la coperta di lana, e mi addormentai senza neanche togliermi gli stivali.

L'alba era ormai passata da un pezzo quando mi svegliai per trovarla china su di me che mi liberava il volto dai capelli. Sembrava stanca oltre misura e capii che non era tornata nella sua stanza durante la notte. Cercai di alzarmi sui gomiti, ma la spalla si ribellò violentemente e con una smorfia mi distesi di nuovo.

«Me ne vuoi parlare?» chiese sedendosi sul letto presso di me. Sembrava affaticata, ma non c'era collera sul suo volto, così cominciai dall'inizio e le dissi tutto fino al momento del ritorno... la terribile magnificenza del Lago, gli echi che permanevano dall'investitura di Artù e come la Signora mi avesse fatto pensare a un animale selvatico e primitivo, come la volpe. Per qualche ragione che non sapevo, però, non volevo dirle del mio nuovo sogno.

«Ed è tutto? Tu e Kevin non... vi siete fermati da nessuna parte, per nessuna ragione?»

La pausa nella sua voce mi fece ridere. «No. Perché ci saremmo dovuti fermare? Non avevamo cibo da cucinare e non abbiamo incontrato nessuno sulla strada. È successo qualcosa di strano al tempo, poiché giuro che era solo il primo pomeriggio quando siamo entrati nella foresta.»

Pensai ai poteri della Signora e feci subito il segno contro il male.

Brigit sospirò e sorrise a metà. «Bene, questo almeno è un sollievo» concluse in modo enigmatico. Poi si alzò e si spogliò per lavarsi al catino prima di indossare nuovi indumenti.

«Sono successe molte cose mentre eri là a giocare con la Signora delle Fate» disse lentamente. «Pare che la notizia che re Leodegrance ha una figlia quasi in età da marito stia spargendosi e inviati del tuo primo pretendente sono arrivati ieri sera. Questa è la ragione per cui ho dovuto trovare subito una scusa per te: tuo padre voleva presentarti a cena.»

«Invece del dolce?» chiesi, senza veramente rendermi conto del significato della notizia.

«Si è rimandata la cosa a stamattina» continuò lei, ignorando il mio tentativo di umorismo. «Ma devi correre di sopra a sistemarti meglio che puoi per farti vedere. Nonny saprà cosa dovrai indossare e Kaethi intanto ti controllerà la spalla.»

«Aspetta un attimo» dissi sedendomi di colpo. «Vuoi dire che mi osserveranno davvero come una mucca da latte nel giorno di mercato? E poi chi sono questi inviati? Da dove vengono?»

«Dalla corte di re Marco, in Cornovaglia. Pare che abbia sentito parlare di te all'investitura. Sembra che il vecchio sciocco stia cercando una moglie giovane, molto giovane, e poiché si trovava nella zona, ha deciso di mandare una delegazione per vederti e poi tornare a riferirgli.

Si infilò un abito lungo, facendoselo passare per la testa. Poi si girò a guardarmi.

«Santo cielo, Ginevra, perché fai quella faccia?»

«Non mi voglio sposare, almeno con nessun vecchio re Marco!» farfugliai. Era terribile che si fosse presa in considerazione l'idea senza chiedere niente a me. «E poi non sono neanche grande abbastanza. Non sono ancora diventata donna e nessuna ragazza può sposarsi prima di aver iniziato il ciclo.»

«Alcune lo fanno,» disse Brigit con un sospiro «anche se sono d'accordo sul fatto che non ti si potrà obbligare. Sono sicura che tuo padre non ti farà accettare se gli dirai che non vuoi, ma è un onore il fatto di venire considerati. E tu dovrai essere gentile con loro: sono nostri ospiti, dopotutto, e meritano il meglio dell'ospitalità celtica.»

Andai nella mia stanza per farmi esaminare le ossa ammaccate da Kaethi e sgridare da Nonny. La spalla era slogata e piena di lividi, ma per guarire sarebbero bastati alcuni impiastri e il riposo generale. Secondo Nonny i miei capelli erano un altro problema, così restai seduta mentre lei li pettinava, li blandiva, li intrecciava e li ondulava per sistemarli in un'acconciatura adatta.

Per tutto il tempo rimuginai su questa nuova svolta degli avvenimenti. Non solo si parlava improvvisamente di matrimonio, ma si considerava come una possibilità reale di spedirmi dall'altra parte della Britannia. La sola idea di lasciare il Rheged per una ragione simile era stupida e barbarica e dentro di me giurai che non lo avrei mai permesso. Come la dea Rhiannon, sarei scappata prima.

Nonny prese il fermaglio smaltato di mamma dalla scatola dei gioielli e io feci per dirle che non c'era ragione per darsi tanto da fare, visto che intendevo liberarmi di questi ospiti il più presto possibile. Ma lei sembrava così contènta di abbigliare di nuovo una signora regale che trattenni la lingua e mi concentrai sulla questione del matrimonio in genere.

Non c'era una vera ragione perché non potessi sposare Kevin. Non poteva essere re a causa del suo piede, naturalmente, ma altre regine avevano avuto consorti mentre governavano. Cartimandua, per esempio, che era regina dei Brigantes qui nel Rheged quando arrivarono le Legioni. Sì, se potevo rifiutare questi pretendenti adesso, dovevo solo aspettare un paio d'anni, finché avrei avuto l'età per annunciare che volevo Kevin come compagno. In questo modo avrei potuto restare nel Rheged e io e Kevin avremmo continuato a scoprire la tenerezza che si era risvegliata la notte prima.

L'idea era così semplice ed entusiasmante che mi sentii piuttosto di buonumore quando andai a incontrare i miei primi pretendenti.

23

Tristano

La sala che veniva usata per gli incontri di Stato era ampia e comoda, con pavimento a piastrelle e pareti di intonaco rosa chiaro. Avvicinandomi al passaggio a volta sentii i nostri ospiti che già conversavano con mio padre. Ailbe era disteso presso la porta, con la testa appoggiata alle lunghe zampe ispide, e si alzò per venire vicino a me mentre aspettavo di essere chiamata.

I tre uomini erano così assorti in ciò che dicevano che ebbi la possibilità di valutare gli ospiti senza farmi vedere.

Il più vecchio era ben curato e muscoloso, con uno sguardo accorto e un sorriso astuto, e si muoveva con la sicurezza di chi è abituato da tempo a fare il cortigiano. Sembrava inoltre il portavoce dei due. L'altro era un giovane alto, dalle mani e dalla figura angolose, che passava la maggioranza del tempo a grattarsi la testa scura o ad accarezzare il fodero di una piccola arpa che teneva in grembo.

Entrambi si alzarono in piedi allorché mio padre mi fece cenno di raggiungerli. Quando mi incamminai anche il cane lupo si mosse e attraversò con me la stanza. Gli posai la mano sulla testa come segno del mio amore per Kevin.

«Ginevra, questo è Tristano, nipote di re Marco» annunciò mio padre indicando il giovane. «E Dinadan, suo compagno.»

Una volta in piedi, l'altezza del giovane divenne evidente e io non mi stupii del fatto che sembrasse tutto ginocchia e gomiti quando era seduto. Mi inchinai a tutti e due e Tristano si fece avanti come per prendermi la mano. Non appena si mosse il cane venne tra noi, ringhiando e rizzando il pelo.

«Ailbe!» gridai. «Smettila! È un amico.»

Il cane non mi prestò attenzione ma continuò a puntare occhi, orecchie e naso sullo straniero. Quando cercai di girargli attorno, Ailbe si spostò con me, tenendo sempre il suo corpo massiccio di traverso tra me e la minaccia che sentiva.

«Scusatemi, Milord» dissi in fretta. «Non so cosa gli abbia preso. Non si comporta mai così.»

Sorrisi, pur rendendomi conto di essermi espressa male. Ma Tristano ignorò il senso implicito della mia frase. Lanciai una rapida occhiata a Dinadan e colsi un'espressione divertita. A quel punto Edwen riuscì ad afferrare il collare del cane e a trascinarlo, riluttante e con le zampe tese, fuori dalla stanza.

Presi quindi posto nel piccolo circolo di conversazione, chiacchierando e scherzando. Dapprima avrei voluto che qualcuno come Kaethi fosse stato presente, così da non avere tutta la responsabilità di risolvere i momenti di imbarazzo, ma col passare dei minuti vidi che mio padre riusciva a riempire i vuoti che sorgevano.

A un certo punto gli ospiti fecero qualche riferimento al fatto che avevano sperato di incontrarmi la sera prima, ma quando stavo per rispondere mio padre intervenne con una domanda sul raccolto di quell'anno nella terra di Marco. Lo guardai chiedendomi quanto gli avesse detto Brigit. Non si tornò più comunque sull'argomento, e mi sentii risollevata quando ci interrompemmo per il pasto di mezzogiorno.

I tavoli erano stati sistemati sulla sabbia in riva alla laguna e il cibo fu servito con tutto il fasto che Brigit e Gladys sapevano creare. C'erano vassoi d'argento e coppe di vetro, ciotole di ceramica rossa di Samo e persino una brocca per il vino smaltata come quella che Artù aveva ammirato a Carlisle. Essendo stata un tempo un ricco porto romano, Ravenglass aveva uno dei tesori più belli del paese, e quel pomeriggio era tutto in mostra.

L'ambiente era molto piacevole. La bassa marea aveva scoperto un ampio tratto di sabbia color avorio che brillava contro l'azzurro tenue dell'acqua e una dolce brezza temperava il calore del sole.

Tristano si vantava delle gare di lotta che aveva vinto in occasione dell'investitura, con la sua voce forte e risonante che lo faceva sembrare ancor più grosso di quanto non fosse. Lo trovai noioso come conversatore, ma la sua evidente preoccupazione di non apparire goffo era, in un certo modo, commovente. Era chiaro che prendeva molto seriamente il suo ruolo di emissario del re e cercava di fare una buona impressione su di noi.

Era la prima volta che mi sedevo nel posto della padrona di casa vicino a mio padre al tavolo principale. Egli mi chiese di recitare la preghiera di ringraziamento prima del pasto e io scelsi quella breve e generale che si rivolge a tutte le divinità e non ne offende nessuna.

Mi pareva strano non aiutare a servire e continuavo a cercare con lo sguardo Kevin, sperando di poter scambiare con lui un'occhiata d'intesa, ma non riuscii a trovarlo. Tristano mi stava parlando seriamente, così gli rivolsi di nuovo l'attenzione.

«Ho notato che avete cominciato il banchetto con una preghiera pagana» disse prendendo un'intera pagnotta dal vassoio di fronte. «È possibile che il Rheged non sia un paese cristiano?»

«Abbiamo alcuni seguaci del nuovo dio,» risposi «ma ci sono anche quelli che preferiscono Mitra, la Dèa o le varie divinità locali. Mi piace questa preghiera perché si rivolge allo Spirito del Luogo, che può essere ciò che si vuole.»

Tristano aggrottò leggermente la fronte addentando il pane.

«Vostro padre dunque non ha fatto nulla per bloccare le antiche usanze?» chiese a bocca piena.

«No davvero» dissi, sorpresa all'idea che un re potesse pretendere che tutto il suo popolo seguisse la stessa religione. «Mio padre ha sempre pensato che ogni uomo deve essere libero di scegliere il suo dio o la sua dèa. Non è lo stesso nel regno di re Marco?»

«Oh, no, il nostro re è cristiano e anche tutti coloro che possono far risalire le loro origini alle grandi famiglie romane sono cristiani. Nessuno penserebbe mai di praticare i riti della Dèa alla corte di re Marco.»

Il tono bigotto della sua voce mi irritò e prima di rendermene conto sentii la mia voce dire: «È un peccato. Ero al Suo Santuario proprio ieri e l'ho trovato molto potente e toccante. Probabilmente se il vostro re trovasse il tempo di considerare meglio la questione avrebbe un atteggiamento diverso. Si potrebbe forse fare una visita alla Signora, se desiderate».

Sul volto del giovane si dipinse un'espressione scandalizzata e pensai che avrebbe lentamente allontanato la sua sedia dalla mia per paura che lo contaminassi ancor di più.

Mio padre mi guardò costernato e io alzai la testa piena d'allegria. Ero riuscita a porre fine all'interesse di re Marco per questa sposa bambina senza dire una parola che non fosse vera o prendere una decisione che fosse insultante. La facilità di tutto ciò mi divertiva e facevo fatica a trattenere il sorriso.

Più tardi, quando la mancanza di sonno e il dolore alla spalla cominciarono a intaccare il mio buonumore, mi scusai e mi avviai alle terme per riposarmi. Brigit era nel cortile a controllare il lavaggio dei piatti di portata e mi fermai per parlarle.

«Non ho visto Kevin» iniziai. «Era troppo esausto per alzarsi oggi?»

Lei alzò lo sguardo, con la stessa espressione severa del mattino e gli occhi rossi di pianto.

«Cosa c'è? Cos'è successo?» balbettai mentre mi afferrava malamente per un braccio e mi spingeva verso le scale.

Giunte nella mia stanza, si sedette sul letto e mi fece cenno di sedermi vicino a lei. Poi mi prese le mani nelle sue e senza guardarmi disse semplicemente: «Kevin se n'è andato».

«Cosa vuoi dire con "andato"?» La voce mi uscì in un sussurro.

«Proprio questo, Ginevra. Se n'è andato. Partito. Scappato. Non... non posso dire che sia stata una totale sorpresa quando Rhufon me l'ha detto, ma... ma preferirei che non fosse accaduto.» Una lacrima cominciò a scorrerle sul volto e lei non fece nulla per asciugarla.

«Non capisco. Perché... perché sarebbe dovuto partire?»

«Per molte ragioni, penso. Lui... lui ha detto che stava affezionandosi a te più di quanto fosse ragionevole. Ed è rimasto molto scosso quando gli ho parlato dei pretendenti. Si sentiva anche terribilmente in colpa perché siete arrivati a casa quasi all'alba ieri notte. Non aveva adempiuto alle sue responsabilità di occuparsi di te e tuo padre avrebbe avuto tutto il diritto di farlo frustare, se avesse voluto.»

Brigit fece una pausa e scosse tristemente la testa. «Kevin sentiva di aver portato il disonore alla nostra famiglia, e che ieri notte avrebbe potuto portare il disonore a te se i tuoi pretendenti erano cristiani. Sai che la verginità è importante per noi... e con tutti i suoi sentimenti verso di te...» Le venne meno la voce e mi strinse forte le mani, ma ancora non mi guardava.

«Queste sciocchezze sulla verginità sono proprio questo: sciocchezze» dissi con calore. «Sono vergine adesso quanto lo ero due giorni fa e chiunque pensi diversamente solo perché non siamo riusciti ad arrivare a casa prima di notte va cercando quella famosa ossessione cristiana, "il peccato".»

Avevo dimenticato che Brigit era cristiana, urtata com'ero dall'idea che le credenze religiose di qualcun altro dovessero gravare sul destino delle persone che mi erano più care.

«Bene,» dissi con un sospiro «dov'è andato? E quando tornerà?»

Brigit non disse una parola, ma finalmente si girò a guardarmi in faccia e il mio cuore si fermò.

«Non tornerà» sussurrò infine.

«Gli chiederemo di farlo» dichiarai, non volendo ascoltare quello che mi diceva.

«Come? Non ha detto a nessuno quando è partito né dove sarebbe andato. Non può tornare dalla nostra famiglia, poiché era stato dato in ostaggio e ora ha rotto quel vincolo. Anche se si mettesse in contatto con i nostri parenti, essi non l'aiuterebbero, cosa che egli capisce molto bene. E non oserà andare in nessuna delle residenze dove stiamo con la corte, poiché la gente lo riconoscerebbe e lo rimanderebbe da tuo padre... e lui tornerebbe all'identica situazione da cui è scappato. No, non c'è modo per raggiungerlo; si è messo nella posizione di un fuorilegge.»

Non avevo pensato a questo e rimasi frastornata in silenzio mentre Brigit scoppiava in singhiozzi. Le scendevano ancora le lacrime.

«Rhufon si è offerto di andare a cavallo a cercarlo, ma poiché Kevin è a piedi non seguirà probabilmente i sentieri, quindi questo sembra inutile.»

«Non ha preso Gulldancer?» domandai stupita, chiedendomi come un ragazzo zoppo senza cavallo potesse sopravvivere nella foresta.

«No,» Brigit scosse la testa «e neppure Ailbe. Non ha preso nulla tranne i suoi vestiti e il suo pugnale. Penso che per lui sia stata una questione d'orgoglio partire senza nessun debito.»

«Sapevi che l'avrebbe fatto?» Mi ricordai di come apparisse disfatta quella mattina e pensai che forse aveva passato la notte a cercare di dissuadere suo cugino da una simile follia.

«No, non proprio.» I singhiozzi si erano calmati e mi lasciò andare le mani per asciugarsi le ultime lacrime. «Sapevo che era già piuttosto scosso, e quando ha scoperto i cavalli stranieri nella scuderia e ha saputo che appartenevano a uomini venuti a corteggiarti a nome del loro re... allora è rimasto davvero sconvolto. Si è messo a piangere parlando di te e dicendo che avrebbe tanto voluto che le cose fossero state diverse. Ma prima che lo lasciassi si è calmato e sembrava più in pace col suo destino.» La voce le si arrochì di nuovo. «Avrei dovuto capire cosa intendeva quando mi ha chiesto di ricordarlo nelle mie preghiere.»

Mi sdraiai sul letto, troppo svuotata per dire qualcosa. L'idea che Kevin stesse fuggendo, solo e fuorilegge, dal futuro a cui avevo appena cominciato a pensare mi sembrava indicibilmente crudele. Fissai il soffitto, addolorata e con gli occhi asciutti, e mi chiesi se questa fosse un'altra punizione della Signora.

Brigit si alzò e cominciò a slacciarmi le scarpe e quando mi sedetti mi tolse la cintura.

«Le cose andranno meglio domani,» mormorò aiutandomi a sfilare il vestito «dopo che tutte e due avremo dormito un po'.»

«Forse cambierà idea e tornerà» sussurrai, continuando a credere che tutto fosse un enorme malinteso. Ero troppo stanca per pensarci ancora e piagnucolando mi infilai sotto le coperte, lasciando che Brigit le rimboccasse. Si sedette vicino a me per un poco, finché mi addormentai.

Dovevo essere esausta; dormii infatti tutto il pomeriggio e tutta la notte; ma fu un sonno irregolare, poiché nei sogni continuavo a cercare una cosa o un luogo che non riuscivo mai a trovare. E sempre c'era la Signora che con la sua strana e fredda risata mi bloccava il passaggio.

Mi svegliai alle prime luci, tristemente cosciente che era successo qualcosa di terribile prima ancora di ricordarmi cosa fosse.

Mi alzai e mi avviai verso il pascolo per vedere Piedipiuma, che non avevo ancora avuto il tempo di visitare dopo la cavalcata notturna.

Rhufon stava già occupandosi dei cavalli e cambiava l'impiastro sulla zampa della mia giumenta.

«Come sta?» chiesi facendole passare la mano sulla mascella. La cavalla mosse la testa e mi annusò affettuosamente la spalla.

«Nulla di irreparabile, signorinella» disse il maestro di scuderia. Si accovacciò vicino alla zampa presso un vaso di decotto d'erbe. Lo guardai mentre applicava manciate di foglie gocciolanti e poi copriva con cura la parte con una striscia di lana pulita. «Ho sentito che anche tu ti sei un po' ammaccata» aggiunse senza guardarmi.

«Un po'» ammisi. «Come sta Gulldancer?» Non riuscivo a chiedere direttamente di Kevin e questa era la domanda più vicina che potessi fare.

«Bene, non ha nessun problema. Penso che lo porteremo a Stanwix e lo metteremo al pascolo là, adesso che il ragazzo se ne è andato.»

Annuii con un nodo in gola e battendo in fretta le palpebre. Mi appoggiai al collo di Piedipiuma e osservai Rhufon all'opera. Con gesti esperti avvolse una benda di lino attorno alla lana e cominciò a intrecciare le estremità del tessuto in una bella fasciatura flessibile. Sapevo per esperienza che era un lavoro più delicato di quanto sembrasse, poiché la tensione deve essere sufficiente per trattenere l'impiastro, ma non tale da bloccare il flusso sanguigno. Io e Kevin avevamo passato ore a far pratica sui nostri polsi per imparare.

«Sai dove sia andato?» azzardai infine, quando pensai di avere la voce più ferma.

«No, signorinella, ma so che era molto deciso a non farsi trovare.» Rhufon si sedette sui tacchi e controllò il lavoro fatto, poi mi lanciò un'occhiata. «Tuo padre è molto preoccupato per il ragazzo. Ma abbiamo parlato a lungo, io, Brigit e il re, e abbiamo convenuto che questa era la volontà di Kevin.»

Annuii ancora e il mio vecchio amico continuò a guardarmi da sotto le sopracciglia.

«Bambina mia, tutto guarisce col tempo,» disse «anche la collera di un giovane contro il destino.»

E così cadde il discorso. Andai ai canili, dove Ailbe era ancora legato, e mi sedetti accanto a lui. Mi guardò brevemente, con un'espressione di rimprovero negli occhi dolenti, come per chiedermi perché non avessi fatto nulla per impedire questa calamità. Infine sospirò e riabbassò la testa sulle zampe. Lo accarezzai e gli parlai un poco, ma senza risvegliare nessuna reazione. Forse anche lui pensava che fosse un brutto sogno dal quale si sarebbe svegliato.

Più tardi, dopo la partenza degli ospiti, cercai Rhufon e gli chiesi come stesse il cane.

«Si strugge. Si strugge per il ragazzo. Non ha mangiato niente ieri sera, né stamattina, e non riesco a farlo interessare a niente.»

«Sarebbe in grado di raggiungere Kevin se lo lasciassimo libero?» chiesi.

Rhufon mi guardò a lungo pensieroso, poi alzò una spalla. «Penso di sì, se sa di avere il permesso di andare.»

«Come gli si dà il permesso?»

«Be',» disse il mio istruttore fregandosi il mento tozzo e aggrottando la fronte «immagino che potrei prendere qualcosa del ragazzo, qualcosa che odora di lui, e farla annusare al cane. E poi potrei portarlo al cancello, cercando di dirgli di andare da Kevin...»

Affievolendo la voce guardò verso i canili.

«Bene» dissi con fermezza. «Fallo. Fallo quando gli altri saranno riuniti per il pasto principale, così che Ailbe non venga distratto.»

Il maestro di scuderia aveva abbassato gli occhi mentre parlavo, ma ora mi osservò attentamente.

«È un ordine, signorinella? Sai che è un cane di valore e che era un dono per il re da parte della famiglia irlandese. Non voglio perdere qualcosa che appartiene al re, sai.»

Non avevo mai pensato prima di dare un ordine a qualcuno, ma questa volta guardai in faccia il mio vecchio amico e risposi in fretta: «Sì, Rhufon, è ciò che voglio che tu faccia, e me ne prenderò la responsabilità se ci saranno dei problemi. Inoltre,» aggiunsi «a cosa serve un cane che si lascia morire di fame, in lutto per il suo padrone perduto?»

Così quel pomeriggio, quando eravamo tutti a tavola, Rhufon portò il grande animale oltre il cancello e lo liberò. In seguito mi disse che Ailbe rimase seduto presso di lui per un po', guardando nel nulla con disperata e paziente tristezza. Ma quando Rhufon gli mise sotto il naso una scarpa di Kevin, la trascinò sul sentiero e gliela riportò da annusare, per poi rimetterla sul sentiero, il cane rizzò all'improvviso le orecchie e si alzò in piedi.

«All'inizio sembrava girare a caso, ma poi ha preso a seguire una pista ben definita» disse Rhufon con un accenno di sorriso. «D'estate gli odori permangono a lungo, quindi penso che il ragazzo avrà compagnia prima di notte.»

Rimasi aggrappata a questa speranza per tutto il giorno e quando andai a letto pregai gli dèi di proteggerli tutti e due.

24
Lavinia

Entrai nella stanza di mio padre con una sensazione di ansia che mi pesava sullo stomaco. Non sapevo perché mi avesse convocata, ma fosse per la partenza di Kevin, la nostra scappata al lago o la perdita di Ailbe, aveva tutto il diritto di essere adirato e io mi avviai al confronto con terrore.

Le finestre a occidente erano aperte e la brezza estiva portava il tenue tubare delle colombe. Il re del Rheged stava fissando attentamente un piano di riproduzione dei cavalli aperto sul tavolo e sembrò non accorgersi della mia presenza quando mi misi al suo fianco. Poiché non alzò lo sguardo, presi anch'io a guardare il piano, rintracciando mentalmente la discendenza di Piedipiuma, finché mi resi conto che mio padre aveva spostato la sua attenzione su di me.

«Che cosa ti è venuto in testa l'altro giorno, bambina?» chiese con tono più perplesso che accusatorio. «Sapevi certamente che quegli uomini erano cristiani e che si sarebbero offesi per il tuo consiglio di incontrare la Signora.»

Alzai le spalle e mi guardai le mani, incapace di concepire una risposta. Con la mente piena di altre cose più importanti, mi ero dimenticata della mia conversazione con il nipote di re Marco non appena questa aveva raggiunto il suo scopo.

«E da quando sei diventata una seguace della Signora?» continuò mio padre sprofondandosi nella sua sedia e facendomi cenno di sedermi. «Non pensavo che fossi tanto entusiasta di lei...»

«Lo so, padre.» Annuii, non sapendo da dove cominciare. «E mi scuso per essere stata scortese con gli ospiti. Davvero. Ero così spaventata al pensiero che mi avresti mandata via per sposare uno straniero. Non è... non è ciò che voglio fare, padre.»

La risposta regale fu rapida e indignata.

«Non vuoi? Che cosa c'entra il volere con questo? Ci sono molte cose che i monarchi, re o regine, devono fare e che non sono ciò che personalmente vogliono. E a volte il matrimonio è una di queste.» Fece una pausa, poi sembrò cambiare tono. «Kaethi mi ha detto che vuoi bene al ragazzo irlandese e che sei scossa per la sua fuga...»

Rimasi immobile, non sapendo dove sarebbe andato a parare il discorso. Se mio padre collegava Kevin al mio rifiuto dei pretendenti, poteva mettere una taglia sulla testa del ragazzo.

«Be', puoi stare tranquilla per questo, bambina. Non pronuncerò una condanna a morte per lui, né lo bandirò. È una sventura, naturalmente, e mi dispiace che sia accaduto. Ma non puoi permettere che una cosa simile ti distragga dai tuoi doveri. La vita continua» aggiunse guardando l'anello che gli aveva regalato mamma.

A quanto pareva, mio padre considerava il mio rapporto con Kevin niente più che un'amicizia infantile. Questo non era certo il momento per suggerire che poteva essere di più, molto di più, e sospirai sollevata, contenta che il re non avrebbe insistito sull'argomento.

«Ora che stai entrando in età da marito,» continuò «ci saranno altri uomini che verranno a trovarti e alcuni, ti garantisco, offriranno la loro mano e la loro corona. Per simili faccende ci vogliono tatto e senso del dovere, e non potrai respingerli solo per divertimento.» Fece un'altra pausa. «Se solo tua madre fosse qui, sono sicuro che potrebbe spiegarti meglio...»

«Eh,» sbuffai «capirebbe meglio di chiunque altro! Non dimenticarti: era stata mandata a sposare qualcuno che non conosceva quando si è accordata per fuggire insieme con te. Sapeva bene cosa volesse dire venire scambiati come un pezzo di formaggio per vantaggi politici...»

Mio padre mi lanciò un'occhiata dura e sollevò un sopracciglio.

Sostenni il suo sguardo per un lungo momento, rifiutandomi di abbassare gli occhi, finché lui sospirò rumorosamente e guardò altrove.

«Andrà meglio se ti prometto di non prendere nessun impegno per te senza consultarti prima? Considereremo insieme i pro e i contro quando verrà il momento. Ma il problema attuale è come impedire di alienarti metà dei regni di Britannia a causa della tua lingua pronta; non posso permetterti di sciorinare chiacchiere brillanti, piene di rospi e vipere per gli ospiti. E,» aggiunse lentamente ma con fermezza «mentre loro possono pensare che tu non sia cosciente di ciò che dici, io so benissimo che lo sei.»

Chinai il capo nella speranza che non potesse leggere l'espressione sul mio volto; non ero adirata tanto con lui, quanto col destino che aveva improvvisamente reso le cose così complicate. Se solo Kevin non fosse scappato, tutto sarebbe stato semplice!

«Facciamo un accordo» propose infine mio padre. «Io non ti costringerò ad accettare la mano di nessuno che non ti piaccia e tu non giocherai a tira e molla con la nostra reputazione di ospitalità e buone maniere. Questo dovrebbe alleggerirti un peso e sarebbe un grande sollievo anche per me.»

Assentii in silenzio senza alzare lo sguardo.

«Siamo d'accordo?» chiese, non disposto ad accettare la risposta muta di una bambina.

Drizzai la testa con orgoglio e cercai di rispondere come un adulto: «Sì, padre, siamo d'accordo». Promettevo solo di essere cortese con i futuri ospiti, e questo era ben lontano dall'acconsentire a sposare qualcuno.

Ma se pensavo che la questione del mio futuro potesse essere messa da parte e dimenticata, questa speranza svanì col primo sangue del menarca, che venne il giorno dopo.

Denso, scuro e inconfondibile, mi bollava chiaramente come una donna. Altre ragazze, come la figlia di Gladys, potevano trovare promettente la transizione da bambine ad adulte, ma per quanto mi riguardava significava solo che i miei giorni di libertà erano contati. Nemmeno gli antichi riti, svolti all'ombra delle pietre sacre e pieni di canti, sussurri e inni gioiosi alla femminilità, mi rallegrarono. Portai la mia collera a letto con me e mi addormentai piangendo come un infante.

Io e mio padre ci vedemmo di rado durante i mesi che seguirono; egli era sempre in viaggio per tenere Consigli sul trattato di Artù e io vagavo per la corte, incapace o restia a pensare a nient'altro che all'assenza di Kevin.

Lavoravo in cucina con Gladys o seguivo passo passo Brigit e uscivo solo qualche volta per andare a cogliere bacche con i bambini più piccoli. Mi dicevo che non cavalcavo perché la zampa di Piedipiuma doveva ancora guarire, ma in realtà non c'era luogo dove volessi andare, né persona che volessi avere con me.

L'unica consolazione era credere che Kevin sarebbe tornato alla fine dell'inverno. Vivevo e rivivevo la nostra ultima cavalcata insieme, attribuendo a ogni frase, a ogni gesto, a ogni sfumatura significati che solo io e lui potevamo capire. Nella mia mente ci eravamo giurati amore e promessi dedizione; non avevo dubbi che sapesse quanto fossi disperata senza di lui e che il suo amore per me lo avrebbe riportato indietro. Non potevo credere che non ci saremmo riuniti la prossima primavera.

Quando le foglie cominciarono a cadere la corte si spostò lungo la costa fino a Carlisle e si fecero gli ultimi progetti per chi sarebbe rimasto lì e chi sarebbe venuto con noi al Nord. Osservavo le attività come in trance, dimenticandomi quanto, solo fino a poco tempo prima, avessi desiderato tornare a The Mote.

La mattina prima della partenza prevista io e Brigit fummo convocate da mio padre nella sala di Stato. Rimasi scossa nel vederlo: stanco, scarno e ingrigito, mi sembrava che fosse invecchiato di un decennio dall'inizio dell'estate.

«Ah, sì, Ginevra...» disse con un lieve sobbalzo, come se fosse sorpreso di vedermi. «Come stai?»

«Abbastanza bene» risposi in tono vago.

«Bene, bene» disse spostandosi sulla sedia per vedermi meglio. «Cielo, stai proprio diventando una giovane donna.»

Poiché non dissi nulla, guardò speranzoso Brigit.

«Tuo padre e io di recente abbiamo parlato, Ginevra,» prese a dire la mia amica «di una parte della tua educazione che è stata trascurata. Già conosci le basi del filato e della tessitura e sei brava in cucina. Ma... ora che è il momento di pensare al tuo futuro, ci sono diverse cose sulla vita di corte che dovresti imparare.»

Seguì un silenzio imbarazzato e mi chiesi perché fosse sorto questo improvviso interesse per la mia educazione. Sembrava si trattasse di qualcosa di diverso che non passare più tempo con Cathbad.

«Abbiamo conosciuto una vedova di York, una signora molto perbene e di buona famiglia romana,» continuò Brigit «e ne abbiamo già discusso con lei. Tuo padre e io siamo d'accordo nel pensare che sarebbe una buona accompagnatrice per te. Non posso occuparmi della casa e farti anche da governante. E ci sono molte cose che lei può insegnarti e io no.»

Brigit mi guardava seria e io mi morsi la lingua, decisa a non dire nulla finché non avessi capito cosa stesse davvero succedendo. Cominciava ad avere l'aria di una trappola, e avrei tanto voluto trovare il modo per alzarmi e uscire dalla stanza senza farmi notare.

«È disposta a vivere a corte,» intervenne mio padre «quindi non è che ti mandiamo via da qualche parte. E ci sono senz'altro molte cose che tutti potremo imparare da lei.»

«E Cathbad?» chiesi, domandandomi come una vecchia matrona romana e un giovane druido celtico potessero andare d'accordo.

«Cathbad ci è stato di grande aiuto in questi ultimi anni,» rispose mio padre aggrottando leggermente la fronte «e spero che resterà a corte con noi. Ma ora hai bisogno di un tipo diverso di istruzione.» Faceva girare lentamente l'anello di mamma mentre cercava le parole per esprimere i suoi pensieri. «Adesso hai bisogno di una donna, una signora che possa darti la formazione necessaria per prendere posto come regina nella tua corte. Qualcuno che ti insegni il latino, e l'etichetta, e a leggere e scrivere...»

Gli venne meno la voce e guardò Brigit in cerca di conferma.

«Ci sono molte cose che devi conoscere in una grande corte, Ginevra» intervenne dolcemente lei. «Cose a cui non abbiamo neanche mai pensato qui.»

«Ma io non voglio vivere in una grande corte» replicai alzandomi lentamente in piedi. «Io non voglio mai lasciare il Rheged. Il Rheged è la mia casa, il mio mondo. Il mio posto è qui e voglio restarci.» Cominciai a camminare attorno alla stanza, cercando di raccogliere energia con il movimento. Mi aiutava a combattere la sensazione di essere intrappolata in qualcosa che non potevo neanche vedere.

«Queste sono le mie genti, e io sono la loro futura regina» affermai, reclamando fieramente il titolo che Kevin mi aveva dato da bambina. «Non ho bisogno di imparare il latino per parlare con loro. La maggioranza dei nostri sudditi non sa una parola di latino.»

Nessuno disse nulla e, quando il silenzio cominciò a pesarmi, mi lasciai cadere di nuovo sulla panca. «E poi non imparerò mai, mai a mangiare sdraiata!»

A questo punto mio padre alzò le sopracciglia e chinandosi in avanti mi promise solennemente che non saremmo mai diventati così romani.

Seguì allora una discussione sul fatto che i monarchi dovessero conoscere il latino per ragioni di Stato e su come il Rheged dovesse essere pronto a prendere il suo posto nei piani del Sommo Re, e sembrava chiaro che la cosa aveva già cominciato a muoversi. Mi sentivo come il volpacchiotto: infuriata, indignata e senza nessuna voglia di lasciarmi domare. Almeno lui aveva una tana in cui rifugiarsi.

Infine, non vedendo un modo per evitare questa nuova situazione, mi ritirai nel silenzio. Certamente, mi dissi, quando tornerà Kevin metteremo le cose in chiaro.

Così Lavinia venne a corte. Bassa e paffuta, portava i capelli arricciati con cura e odorava di un profumo che si faceva regolarmente spedire da un mercante di Marsiglia. Era ordinata fino alla follia e si incaricò della gestione della mia vita come un'anatra che cerca di tenere i suoi piccoli fuori dell'acqua, e circa con gli stessi risultati.

La mattina dopo il suo arrivo mi svegliai e vidi che la mia tunica e i miei calzoni erano scomparsi e che un semplice abito lungo era appeso al piolo dove avrebbero dovuto trovarsi i miei vestiti.

«Le tuniche, e particolarmente le tuniche dai colori vivaci,» affermò lei con fermezza «sono per donne di cattiva reputazione. E nessuna signora decente si mette mai i calzoni. Non riesco a capire che cosa avesse in testa la tua balia a lasciarti andare in giro come una barbara, o peggio.»

Mi chiesi cosa fosse il "peggio", ma lei era impegnata ad aprire la cassa di mamma e a far passare i vestiti che vi erano racchiusi.

«Useremo ciò che ti va bene e aggiusteremo il resto» disse allegramente. «Naturalmente, terremo le cose più belle per il futuro. Un giorno sarai adulta e avrai bisogno di qualche abito lussuoso.»

Fissai i begli indumenti ricamati e bordati di pizzo e pregai di non averne bisogno troppo presto.

L'idea di dormire in una stanza con finestre senza vetri fu un colpo per Lavinia quasi quanto il mio guardaroba, e ci si dovette occupare subito della faccenda. Si sistemò nella stanza più piccola, che era prima di Brigit, dove almeno le finestre erano intatte, e Brigit prese posto nella camera di fronte alla mia.

Nonny era ancora la mia governante ufficiale, ma la sua mente era sempre più annebbiata e continuava a confondermi con mamma, raccontandomi di fatti e avventure che avevano avuto luogo molto prima della mia nascita. Ogni tanto fissava attentamente Lavinia e sbottava in strani commenti come: «Cos'è successo ai capelli di quella donna?».

Lavinia restava calma e trattava l'anziana balia cumbra come la vecchia rimbambita che era diventata. Perlomeno non pareva offendersi.

Le mie giornate si riempirono improvvisamente di lezioni casalinghe di ogni tipo. Lavinia prese in mano le chiavi di tutte le credenze e gli armadi e me ne fece fare il giro con lei.

«In una corte raffinata ci sono lenzuola di lino» proclamò guardando scetticamente le semplici ma comode coperte di lana che usavamo noi.

«Qui non si è mai sentito parlare di ceramica di Samo?» chiese fissando incredula il contenuto della credenza dei piatti.

Io cercai di dirle che avevamo qualche ciotola rossa, ma lei scosse la testa con tristezza.

«Non è più come ai vecchi tempi, bambina» sospirò. «Quando la famiglia di mia madre venne in Britannia non si usava altro che la migliore ceramica del continente. Naturalmente è molto più difficile trovare cose di buona qualità da quando sono iniziati i tempi duri.»

Mi parlò a lungo dell'epoca in cui fioriva il commercio con Roma e si trovavano biblioteche, gioiellerie ed empori di vetro in tutto l'Impero. La nonna di Lavinia era nata a Roma e raccontava spesso storie sulla magnificenza della città. Roma era ancora l'apice della raffinatezza e del comportamento civile nella mente di Lavinia, e al suo confronto la nostra parte settentrionale della «provincia britannica» era senza dubbio molto arretrata.

Quando tornò Cathbad la nostra routine era ormai instaurata, e anche se il druido fu bene accolto a corte, venne subito informato che la mia istruzione era stata affidata a una vedova di York.

Non ero presente quando la cosa gli fu comunicata, ma mi trovavo nella sala quando uscì a grandi passi dalla stanza di mio padre col volto scuro per la collera.

«È male che a una figlia dei Cumbri vengano insegnati solo i costumi romani» affermò bruscamente guardando adirato prima Lavinia e poi me. «E verrà il giorno in cui te ne pentirai, ragazzina, ricordati.»

Proseguì attraverso la sala e le porte, senza dire addio a nessuno. Mi dispiacque di non avere la possibilità di dirgli che non era stata un'idea mia.

Dopo l'arrivo di Lavinia la maggior parte della corte rimase a Carlisle, mentre mio padre si recava in viaggio al Nord, sempre con l'intento di dare una risposta definitiva ad Artù sul trattato la successiva primavera. Sospettai che lo usasse come scusa per sfuggire ai cambiamenti in corso a casa nostra; Lavinia infatti, pur non insistendo per i divani, introdusse ai pasti sciacquadita e tovaglioli entro una settimana dal suo arrivo.

Una volta sistematasi, la mia governante avanzò l'idea di insegnarmi a leggere e scrivere. Mi ribellai apertamente e raggiungemmo un accordo solo quando si decise che Brigit avrebbe studiato con me, sia per tenermi compagnia, sia perché voleva lei stessa imparare.

Rimpiangevo la libertà della mia vita precedente, ripensando non solo alle avventure con Kevin, ma anche alle lezioni di Cathbad. Mi mancavano le spiegazioni del druido, le lunghe passeggiate nei boschi quando il tempo era bello e i racconti su altri popoli e tempi. Tutto divenne parte di un sogno a cui tornavo sempre con la fantasia.

Ora ero convinta che Kevin sarebbe tornato a Beltane, quando ci sarebbe stata l'amnistia e non avrebbe più temuto rappresaglie per la nostra disavventura con la Signora o per la sua fuga. Era l'unica cosa che rendesse sopportabile il resto della vita.

I mesi passarono lentamente. Venne l'inverno e la piazza del mercato rimase vuota e silenziosa per intere settimane. Il gelo era pungente quell'anno e più di una notte mi svegliai con un brivido, non perché avessi freddo, ma perché Kevin era da qualche parte al buio, senza famiglia, casa o calore.

Viaggiatori si fermavano a volte alla corte e ogni tanto giungevano notizie da mio padre. Ma in confronto agli anni di viaggi e festeggiamenti, di intensi rapporti sociali e serate di banchetti e canzoni, la vita era diventata monotona e triste. Aspettavo con pazienza, aggrappandomi all'idea che Beltane avrebbe significato il ritorno di tutto ciò che desideravo: libertà, allegria e, più di qualunque altra cosa, Kevin.

Lavinia aveva deciso che dovevo imparare tutti i tipi di cucito, e poco dopo cominciò ad accumularsi una pila di pezzi ricamati. Notavo che non venivano mai usati, ma piegati con cura e riposti nella cassa di cedro che la nonna di Lavinia aveva portato da Roma. Infine chiesi perché queste cose venissero riposte invece di essere utilizzate.

«Ma bambina, sono per il tuo matrimonio. Faranno parte del corredo.»

La fissai stupita, chiedendomi perché pensasse che mi servisse un corredo. Quando mio padre e mia madre erano fuggiti insieme, non c'era nessun corredo; era accaduto tutto troppo in fretta per fare preparativi. A seconda dei punti di vista, si trattava di un rapimento o di una fuga romantica. Quando Kevin sarebbe venuto per me, neanch'io mi sarei preoccupata del corredo, quindi tutto questo tempo e questa fatica erano sprecati. Mi sembrava assurdo passare le giornate a ricamare tessuti che non avrei mai usato e ingannavo le lunghe ore immaginandomi come sarebbe stato il nostro incontro a Beltane.

A volte pensavo che sarebbe comparso improvvisamente in sella a Piedipiuma e, correndo tra la folla sbigottita, si sarebbe fermato un istante, per aiutarmi a montare in groppa; poi saremmo fuggiti insieme prima che chiunque si fosse reso conto di cosa era successo.

O forse avrebbe preso posto tra i contadini e gli artigiani aspettando le tenebre e la danza in circolo, e ci saremmo scambiati solo sorrisi segreti. Con tutti che si affannavano attorno al falò, potevamo sparire nelle ombre come qualunque altra coppia e partire senza farci notare.

Man mano che si allungavano le giornate, notai sempre più eccitata l'aumento dei viaggiatori sulle strade, sicura che ogni giorno avrebbe portato il mio amore più vicino.

Il tempo divenne infine bello: mite e fragrante, con una foschia di fiori d'ontano che ondeggiava sul fiume. Aspettavo questo Beltane con più entusiasmo di quanto ne avessi mai avuto e mi misi persino d'accordo con Lavinia che avrei indossato un abito lungo per l'occasione, assieme con la vivace cintura di seta e il fermaglio per capelli smaltato di mamma. Questa era davvero un'occasione molto speciale, dopotutto.

Quando mi fui abbigliata, Brigit mi portò uno specchio e io guardai sorpresa il mio riflesso. I capelli non erano di rame, né il volto sereno, ma vidi una giovane donna e non più una ragazza. Ero cresciuta abbastanza da prendere in mano la mia vita e, anche se non sarei mai stata regina, avrei passato il resto dei miei anni con un uomo che amavo. Questo era più che sufficiente per compensare la perdita della posizione regale.

Le campanelle ai capi della cintura producevano un dolce tintinnìo quando mi muovevo e io risi pensando che questo poteva essere considerato il mio abito nuziale.

Sulla collina sacra il fuoco si accese quasi immediatamente ed ebbe inizio la notte di danze.

La gioia e la promessa di una nuova stagione cancellarono ogni traccia della coltre invernale, mentre continuavamo a girare attorno al sole in miniatura che splendeva al centro del circolo. Il calore del fuoco e della fertilità palpitava nell'universo, risvegliando una lunga febbre. Coppie si univano, avvolte dal desiderio e libere dall'oppressione invernale, e sparivano una dopo l'altra nella notte. Le seguivo con gli occhi, struggendomi e implorando che Kevin venisse da me. Di tanto in tanto altri uomini mi tendevano le braccia, ma io sorridevo scuotendo la testa.

Il fuoco si spense troppo presto; lo scheletro scuro di legna bruciata si abbatté al suolo, sprizzando scintille nella notte e trasformandosi in un mucchio di braci ardenti. Furono portati avanti gli animali; mucche e maiali, tutti i cavalli, pecore e oche, persino le chiassose capre e le stupide galline vennero fatti camminare tra le braci, mentre i contadini invocavano la benedizione degli dèi per proteggerli dalle malattie nei mesi futuri. Guardai ogni figura indistinta, pronta a lanciarmi nelle sue braccia, ma nessuna d'esse era l'uomo che cercavo e un debole brivido di panico cominciò a percorrermi i nervi.

Aspettai tremante, finché l'ultimo gruppo festante fece ritorno in città. Impaurita all'idea di restare sola, mi unii a loro cantando e portando le torce appena accese ai nostri diversi focolari.

Adesso, pensai appassionata: adesso è il momento, Kevin. Devi farti avanti prima che raggiungiamo i solidi edifici di pietra, da cui non potrò mai fuggire senza problemi!

Cercai in fretta tra i volti di ogni gruppo che incontravamo, ma trovai solo l'allegria e gli scherzi bonari della gente qualunque, che aveva la libertà di vivere la propria vita come voleva, senza le costrizioni degli obblighi regali.

Quando gli ultimi celebranti si ritirarono, mi avviai lentamente alla mia camera scossa e incredula. Kevin non era venuto e una parte di me sapeva, ora, che non sarebbe mai più tornato. La consapevolezza mi intorpidiva il cuore e mi annebbiava la vista; mi incamminai a fatica nel corridoio senza nessuna speranza, desiderio o interesse per il futuro.

Brigit stava risvoltando le coperte e cominciò ad aiutarmi a svestirmi, facendo qualche commento assonnato sulla danza che si sarebbe svolta l'indomani. Mentre piegava la cintura di seta le campanelle tintinnarono un'ultima volta; tutti i sogni su ciò che sarebbe potuto accadere si infransero in quel leggero suono argentino e il mio dolore scoppiò in un irrefrenabile singhiozzo.

«Perché, Ginevra, che c'è?»

Senza aspettare risposta mi prese tra le sue braccia, mentre la mia disperazione si riversava in un torrente di lacrime e sussulti. Mi ascoltò attentamente, cullandomi come una madre culla il suo bambino, mentre esprimevo la mia paura, il mio senso di colpa e il mio rimorso per la partenza di Kevin e tutte le speranze che mi ero costruita da allora in poi.

«Non tornerà mai per me, vero, Brigit?» sussurrai straziata dalle lacrime e dalla disperazione.

«Probabilmente no, Ginevra» rispose la mia amica tenendomi ancora abbracciata. «Devi abbandonare il pensiero che sia vivo, poiché se n'è definitivamente andato, come se fosse morto. Tu devi andare avanti e crearti una tua vita.»

Pensai a giornate piene di piccoli punti perfetti e di lussuosa biancheria e ad anni passati pazientemente presso il focolare;

non potevo credere che si aspettassero che accettassi una tale noia come sostituto della vita.

Ma Brigit aveva ragione, naturalmente, e quando tornò l'autunno avevo ormai quasi messo da parte il ricordo dei miei sogni. Lavinia mi teneva troppo indaffarata perché pensassi alle libertà perdute e non osavo pensare né al passato né al futuro. Solo a volte, nelle limpide notti estive, quando le stelle tessevano una rete sul cielo nordico, mi ricordavo della cavalcata di ritorno dal Santuario e dell'amore che avrebbe dovuto nascere.

25

La promessa di matrimonio

Durante l'anno che seguì la vita alla corte del Rheged fu tranquilla, e monotona. Stavo con gli altri alla grande casa di Carlisle, studiando diligentemente il latino, producendo ricami e risolvendo ogni tanto problemi di matematica. Quest'ultima attività era basata su concetti che mi aveva insegnato Cathbad e a Lavinia confondeva molto le idee. Questa poteva essere una ragione per cui mi piaceva.

Sembravano esserci però molte più visite regali, soprattutto dopo la firma del trattato di Artù con Urien. I nostri ospiti erano soprattutto re che cercavano una moglie per se stessi, i loro figli o magari i loro nipoti. Ogni tanto venivano anche alcune donne: madri protettive o sorelle i cui occhi valutavano tutto su di me e il mio ambiente, chiacchierando nel frattempo di sciocchezze. In genere, però, gli uomini venivano da soli.

Di tanto in tanto mio padre mi portava a una visita di Stato se il tempo era buono, l'atmosfera giusta e pensava che io potessi imparare qualcosa di utile. Gradivo la possibilità di allontanarmi da Carlisle e trovavo affascinanti gli intrecci tra vicende personali e politica dei nostri vicini nordici. Era certamente più interessante del ricamo e facevo uno sforzo per imparare i diversi dialetti, in modo da cogliere le sfumature di una discussione diplomatica.

Quando Lavinia cominciò a pensare che fossi abbastanza sotto controllo, affrontò il problema della chiesa. Un tempo c'era stata a Carlisle una grande congregazione e l'edificio da essa costruito esisteva ancora, mezzo scoperchiato e cadente, ma pur sempre una chiesa. La mia governante si impegnò a risvegliare l'interesse non solo tra la gente locale, ma anche tra i capi della Chiesa stessa. Prese a inviare tavolette di legno contenenti lettere che pregavano e imploravano in tutti i modi possibili qualunque ecclesiastico avesse mai sentito nominare. E fu infine ricompensata da una lettera da Londra che diceva che un uomo del monastero di Saint Ninian sarebbe stato mandato a Carlisle per fare da pastore al gregge. Non avevo mai considerato i cristiani come pecore, né i religiosi come loro guardiani, ma Lavinia mi assicurò che così si faceva a Roma.

Acconsentii ad accompagnarla ai festeggiamenti per l'arrivo del vescovo dopo che mi ebbe promesso che ciò non mi avrebbe impegnata in nessun modo nel futuro.

Speravo che la nuova guida spirituale sarebbe stato padre Bridei, il monaco pitto che avevamo ospitato a Loch Milton. Arrivò invece un uomo scontroso e di idee ristrette, adirato con il mondo per principio e che ignorava le donne come se non esistessero. Non potevo fare a meno di chiedermi perché certi cristiani fossero amorevoli e attenti verso i loro simili, mentre altri erano difficili e sempre pronti a dare giudizi. Non sembrava esserci risposta e alla fine ringraziai Lavinia per aver pensato alla mia anima e tenni una debita distanza tra me e la sua religione.

Lavinia era convinta che le donne dovessero vivere e lavorare in un loro mondo separato e io mi ritrovavo sempre più segregata in ciò che ella chiamava "il quartiere delle donne". Era così relegato dalle attività principali della corte che spesso non sapevo neanche chi fosse in visita o quando fosse arrivato. Fu quindi senza nessun preavviso che una sera entrai in sala per la cena e trovai Merlino seduto al posto degli ospiti, vicino a mio padre.

Dopo un rapido inchino mi sedetti dall'altro lato del re chiedendomi che cosa avesse spinto nel Rheged il Mago di Artù. La stagione era troppo avanzata per trattarsi di piani di guerra.

Guardandolo mi ricordai che Kevin aveva detto che gli sarebbe stato bene il nome di gufo; silenzioso, imperturbabile e onnisciente, proiettava persino un'ombra simile a quella del micidiale predatore notturno. Ero contenta che mio padre fosse seduto tra noi, poiché non avevo la minima idea di cosa dire al nostro ospite e dal suo atteggiamento distante mi sembrava che non gli importasse di dire nulla a me.

E restai ancora più sorpresa nel trovarlo nella sala di Stato quando risposi alla richiesta di mio padre di raggiungerlo dopo cena. Cercai di dire che sarei tornata più tardi, ma mio padre mi trattenne.

«No, no, bambina mia, io... cioè noi ti abbiamo chiamata apposta. Merlino vorrebbe parlarti.»

Mio padre mi indicò una sedia e io mi ci sprofondai guardando alternativamente mio padre e il Mago.

«Andiamo, ragazza,» disse Merlino in tono burbero «non metterti così in agitazione. Volevo solo sapere quanti anni hai.»

Mi sarei sorpresa meno se mi avesse chiesto qualcosa sulle uova dei draghi e lo fissai come una ebete. Avrebbe certo potuto avere quell'informazione da mio padre.

«Compirò quindici anni in dicembre» risposi, chiedendomi perché avesse cominciato ad annuire.

«All'inizio di dicembre?» domandò, e quando feci un cenno affermativo mormorò qualcosa sui sagittari e la mancanza di tatto.

Infine si voltò verso mio padre e, ringraziandolo solennemente per l'ospitalità, dichiarò che sarebbe andato a letto. Mi alzai rispettosa mentre usciva dalla stanza e poi guardai sbalordita mio padre.

«Uh...» Il mio genitore inspirò profondamente e alzò le spalle fino alle orecchie, per poi abbassarle lentamente mentre espirava e mi faceva cenno di avvicinarmi. «Penso, Ginevra, che tu sia appena stata scelta per diventare la moglie di re Artù.»

«Cosa?» La parola rimbalzò sulla tavola, sulla caraffa di vino, sulla cassa delle mappe e sul pavimento.

«È la ragione per cui è venuto Merlino... che io voglia o meno prendere in considezione una tale unione. Gli ho detto che avrei dovuto parlarne con te.» Si guardò le mani e il silenzio cominciò a pesare tra noi.

«Dunque?» chiese infine.

«Dunque, cosa?» Il fiato mi stava tornando ai polmoni e con esso una fiumana di mezze parole e pensieri. «Mi stai chiedendo che cosa ne penso? Credi sul serio che potrei considerare l'idea? Mi manderai via dal Rheged che io lo voglia o no? Pensavo che avessimo un accordo...»

«Infatti» replicò seccamente lui. «È il motivo per cui abbiamo questa conversazione e non mi limito a dirti che cosa fare. Quindi cominciamo dall'inizio. Quali sono le tue obiezioni a sposare il Sommo Re?»

«Obiezioni? Non lo conosco neanche. Dovrei andare fino al Logres per sposarlo e vivere tra stranieri. Non voglio essere Somma Regina... Voglio solo restare qui nel Rheged con la mia gente. E, cosa ancora più importante...» Feci una pausa dando un particolare rilievo al punto seguente. «Secondo il trattato, se lascio il Rheged Urien potrà diventare re dopo che tu te ne sarai andato... e io non lo voglio.»

«Va bene,» concesse mio padre «versiamo il vino ed esaminiamo attentamente questi punti. È tempo di decidere chi preferisci.»

«Preferisco?» strillai, avvertendo l'arrivo inesorabile del futuro.

«Sì, preferisci. Non dirò a Merlino che hai rifiutato la sua offerta tralasciando di aggiungere che hai espresso una preferenza per qualcun altro. La situazione è già abbastanza difficile anche senza che respingiamo il Sommo Re come se niente fosse. Ora, hai incontrato quasi tutti quelli che hanno mostrato interesse per te... quindi facciamo passare la lista e vediamo quale sarebbe la soluzione migliore, ragazza mia. Magari» aggiunse «con un bicchiere di vino.»

Così riempii le coppe e trascorremmo il resto della serata a considerare i vantaggi e gli svantaggi di ogni possibile legame matrimoniale. Non avevo idea che tanti uomini fossero interessati e la gamma di età era così ampia da rasentare il ridicolo. Anche dopo aver eliminato coloro che avevano più di cinque anni meno di me e coloro che stavano avvicinandosi al mezzo secolo, la lista era ancora molto più lunga di quanto mi fossi aspettata.

Tra le proposte più importanti c'era quella di sposare il figlio di Urien, Uwain.

«Questo» notò mio padre «unirebbe i nostri regni e porrebbe fine alla tensione lungo i confini. Ma non riesco a immaginare come potresti essere felice. Il ragazzo è ancora giovane e Urien, anche se è un buon capo, è dispotico per natura e pone i legami di sangue e parentela al di sopra di tutto il resto. È meglio averlo come alleato che come nemico... ma vorrebbe comandare su tutti e al momento opportuno ti spingerebbe da parte e si autonominerebbe reggente finché i tuoi figli saranno grandi. No,» concluse «è meglio vederti come moglie del Sommo Re, che è abbastanza potente da tenere a freno Urien, piuttosto che in pugno a quel piccolo monarca.»

Annuii, pensando che un matrimonio con Uwain mi avrebbe anche reso nuora della Fata Morgana, un destino che non credevo di poter affrontare.

«Inoltre,» continuò mio padre svuotando il suo bicchiere «re Caw ha sempre voluto che ti unissi a uno dei suoi figli. Ha recentemente proposto il più giovane come consorte per te.»

«Gildas?» sbuffai indignata ricordandomi fin troppo bene del ragazzo lagnoso che mi aveva seccata senza pietà durante una visita ufficiale la primavera scorsa. Presuntuoso e di idee ristrette, era l'ultima persona che mi sarei aspettata di trovare tra i pretendenti.

«Penso che sia più parole che azioni» suggerii. «E poi ha gli occhi troppo vicini. Genererebbe probabilmente figli brutti.»

Mio padre annuì e nella voce gli comparve una nota di umorismo. «Ho sempre pensato che fosse troppo dedito agli studi per te.»

Fecemmo passare diverse altre famiglie, soprattutto del Nord, e poi saltò fuori il nome di Gawain.

«Non che abbia chiesto di te» disse subito mio padre. Ma se lo preferissi ad Artù potremmo informarci.»

Scoppiai a ridere, ricordando quel turbine di risolutezza dai capelli rossi che aveva imperversato nell'estate a Threlkeld Knotts.

«Sicuro che non stai scherzando?» chiesi, e per un attimo mio padre rise di gusto.

«Sarebbe come legare insieme un paio di pecore di Soay» disse, poi sospirò e fece una smorfia.

«Maelgwn del Galles del Nord vorrebbe aggiudicarsi il nostro regno un giorno; a causa della sua parentela con tua madre intende reclamare il trono quando morirò, soprattutto se tu regnerai in un paese lontano. Ha persino proposto di ripudiare la sua attuale moglie se acconsentirai a sposarlo e a unificare ora i nostri regni.»

Guardai mio padre a bocca aperta e lui mise una mano sulla mia.

«Andiamo, ragazza, gli ho detto che non era neppure da considerarsi; che non ti avrei importunata con simili richieste sconvenienti. Tienilo d'occhio negli anni futuri, però. È un avido demonio che vede la sua autorità regale come un diritto invece che un dovere, e le persone come oggetti da usare e manipolare invece che come individui degni di rispetto. Temo che presto si farà fama di tiranno e che la sua eredità sarà amara per le terre che governa.»

Mi impressi il nome nella memoria per il futuro e passammo al prossimo pretendente nella lista.

Quando la caraffa di vino si svuotò e le lampade a olio cominciarono a fumare, io e mio padre eravamo ormai d'accordo su una cosa: tra tutti i possibili matrimoni, la proposta di Artù era la meno carica di difficoltà. Non solo: risolveva anche il problema di come respingere il figlio di Urien senza offendere il suo orgoglio e significava che il Rheged avrebbe goduto di una particolare protezione per l'interessamento personale del Sommo Re.

«Ma perché mai» chiesi stancamente «il Sommo Re vuole chiedere la mia mano? Che vantaggi ne trarrebbe?»

Mio padre sospirò e guardò il suo bicchiere vuoto.

«Sei una cumbra, e quale sarebbe un modo migliore per porre fine a ogni rancore da parte dei nordici che sposare una ragazza del Nord? Inoltre Merlino ha detto anche che Artù è rimasto piuttosto colpito da te quando è venuto in visita dopo la grande battaglia, quindi non è un'offerta fatta solo per ragioni politiche...»

«Forse per lui no,» borbottai «ma io non ho ragioni che non siano politiche per accettarlo. Non è ciò che si definisce un'unione d'amore; non certo come il rapporto tra te e mamma, per esempio...»

Ci fu una lunga pausa e mio padre si guardò sconsolato le mani.

«Credimi, bambina, se tu preferissi un altro pretendente, se ce ne fosse uno che volessi davvero sposare, non esiterei a dire di no a Merlino. Ma li abbiamo presi in considerazione tutti e, da quanto dici, non ce n'è uno che ti piaccia particolarmente. È duro chiederti di sposarti per dovere quando so bene come possa essere bello un matrimonio d'amore...»

Gli mancò la voce e mi guardò smarrito, con il volto colmo di pietà e preoccupazione.

«C'è anche un altro fattore, Ginevra, di cui va tenuto conto. Non sono più... giovane. Ci sono giorni in cui faccio fatica a stare in piedi e mi stanco molto più in fretta del normale. La guaritrice fa il possibile, ma le pozioni non placano più il dolore, e mi sentirei più tranquillo per il tuo futuro se tu fossi sposata con un uomo forte e giovane che si prenderà cura di te. Non è forse lo stesso che trovarti un'"unione d'amore", ma al momento è la cosa migliore che possa offrirti...»

E così, alla fine, acconsentii che la prossima primavera sarei diventata Somma Regina di Britannia.

Questo avvenne sei mesi fa e ora, nei boschi oltre la mia tenda, il cuculo stava chiassosamente annunciando che la primavera era arrivata.

Troppo sveglia per restare a letto, mi alzai e, infilatomi il mantello, andai all'ingresso della tenda.

Il cielo era disseminato di stelle. Gli uomini della mia scorta giacevano addormentati attorno al fuoco, tranne la sentinella, seduta presso i cavalli.

La notte era tranquilla e non troppo fresca, così mi appoggiai alle corde e guardai il firmamento. Dietro, nel tempo e nello spazio, c'erano la mia infanzia nel Rheged e l'amore che avevo tanto desiderato. Davanti, i fili contraddittori del mio destino... regina in una corte che non volevo, moglie di un marito che non conoscevo.

Ma qui mi libravo libera dai due mondi, toccata da ognuno ma in nessuno relegata. C'era una promessa di avventura che non avevo apprezzato prima, poiché andavo verso terre mai viste, verso luoghi conosciuti solo nelle canzoni. Il mio futuro con Artù sarebbe forse stato limitato da formali costumi romani, ma tutto ciò era ancora lontano una quindicina di giorni, e sarebbe stato un errore sprecare queste giornate preziose, preoccupandomi tanto del passato e del futuro da ignorare il presente. Inoltre dovevo tenermi pronta nel caso fosse accaduto qualcosa per cambiare il mio destino.

Ai margini del campo apparve un uomo che scambiò una parola con la sentinella per poi avviarsi verso la tenda. Ancor prima che parlasse seppi che era Bedivere.

«Siete in piedi a tarda ora, Milady» disse fermandosi quando mi vide.

«È una bellissima notte» risposi piano.

«Sì, e l'alba verrà presto. Domani abbiamo una lunga giornata davanti, quindi è meglio che andiate a dormire.»

Annuii. Avrei voluto trovare un modo per condividere con lui l'ebbrezza che sentivo crescermi dentro.

Tornata a letto, sorrisi assonnata quando la voce di Kaethi mi echeggiò nelle orecchie: «... Un ampio panorama, dovunque tu vada».

26

Artù

Lo spirito d'avventura continuò il giorno dopo. Lasciandomi alle spalle gli addii, eccitata per i nuovi orizzonti, cavalcai con cuore leggero e ridestato interesse.

Un villaggio cadente si allungava sulla riva del fiume e noi lo attraversammo con pochi commenti da parte degli abitanti. Solo alcuni riconobbero l'emblema del Drago Rosso e ci gridarono un saluto, e il fabbro presso il guado chiamò Bedivere per nome.

Non appena il luogotenente di Artù venne al mio fianco, gli chiesi come mai quell'uomo lo conoscesse.

«Passai un po' di tempo qui l'anno scorso.» Bedivere indicò con un gesto la cerchia di colline sull'orizzonte. «Manchester è un crocevia naturale e ora che Artù progetta di creare una rete di messaggeri reali, questo potrebbe diventarne il fulcro settentrionale. Lo scambio di notizie da un capo all'altro del regno è molto importante; durante i tempi duri la posta imperiale scomparve e noi dovemmo ricominciare tutto da soli. Venni qui per vedere che cosa si poteva fare.»

L'entusiasmo di Bedivere era contagioso.

«Sembra possibile?» chiesi con interesse.

«Certo. Ad Artù piace dire che tutto è possibile. Ma in questo caso pare anche realistico. Penso che funzionerà piuttosto bene entro l'anno prossimo.»

Non avevo mai pensato al bisogno di una rete di comunicazioni e mi resi conto dei vantaggi di un tale sistema.

«Intende sul serio essere re di tutta la Britannia, vero?» dissi un po' stupita.

«Ammesso che si riesca a bloccare l'avanzata sassone» affermò Bedivere con un cenno del capo. «Si è dato molto da fare per stabilire tregue in Britannia, in modo da poter concentrare le nostre energie nella lotta contro i lupi del mare. Il trattato di vostro padre con Urien è stato molto utile per convincere gli altri re celtici a collaborare. Si spera che ora i Britanni combatteranno i Sassoni, invece di scontrarsi tra loro.»

La giornata era così calma che era difficile pensare alla minaccia di questi nemici che uccidevano per il piacere di farlo e a volte scorticavano vivi i loro avversari.

«I Sassoni sono davvero terribili come si dice?» chiesi rendendomi conto di non averne mai visto uno.

«Dipende» rispose spronando il cavallo a un passo più rapido quando la strada si aprì verso ovest. «Alcuni vivono sulla costa sassone da generazioni, da quando Vortigern li chiamò come mercenari. Sono i Federati, agricoltori stabili, fedeli alla Britannia. E ci sono pacifici insediamenti sassoni attorno a York da prima della partenza delle Legioni.»

Mi ricordai del commento di Lavinia: «Gente che non è meglio dei maiali, che vive in buche scavate nel terreno». Naturalmente, data l'eredità romana della sua famiglia, aveva un atteggiamento condiscendente verso gli occupanti delle terre che si radunavano fuori dalle mura della sua città natale. Ma non mi aveva mai parlato di problemi con i Sassoni locali, solo con gli invasori.

«Perché continuano a venire qui?» gli chiesi.

Bedivere rifletté un istante. «Penso che la nostra terra sia migliore di quella che hanno sul continente. Sono bravi agricoltori, una volta che depongono le armi, e preferiscono le pianure lungo i fiumi alle colline e agli altipiani che piacciono alle nostre genti.»

Mi sembrava strano che qualcuno scegliesse di stabilirsi nelle paludi e negli acquitrini offerti da gran parte delle pianure. E alle pecore non piaceva avere le zampe bagnate. Forse non avevano pecore.

«Il vero problema è coi pirati, i predoni sassoni che percorrono le coste con le loro lunghe barche e devastano qualunque dimora gli capiti sotto tiro.» Bedivere mi lanciò un'occhiata curiosa. «Vi interessa davvero o lo fate per gentilezza?»

«Certo che mi interessa, altrimenti non chiederei» ribattei, irritata dall'idea che pensasse che le mie fossero solo chiacchiere. «Non so come siano le vostre regine del Sud, ma una regina celtica è una regina attiva.»

Lui rise divertito, buttando all'indietro la testa. «Mi ricorderò di dirlo ad Artù» concluse.

Passammo la mattina tra scherzi benevoli. Bedivere ogni tanto indietreggiava per vedere se i carri riuscivano a tenere il nostro nuovo passo. Incoraggiò persino il Mago a muoversi un po' più in fretta e una volta lo colsi che mi guardava con uno sguardo divertito, come se condividessimo qualche segreto. Forse anche lui provava un desiderio di avventura.

Nel primo pomeriggio giunse scalpitando un cavaliere. Bedivere andò a parlare con l'uomo. Notai che Merlino si fece improvvisamente più vigile e si unì a un animato colloquio alla testa del corteo, dopo di che Bedivere partì nella direzione da cui era venuto il messaggero mentre il Mago si poneva lentamente al mio fianco.

«Pare che stiano per raggiungerci» disse laconicamente. «Il corteo del Sommo Re sta arrivando da Chester.»

«Artù?» Il fatto era così inatteso che il nome mi salì come un singhiozzo.

«Certo, Artù. È il solo Sommo Re che ci sia in Britannia, Milady» notò seccamente Merlino.

«Oh...» L'imminente arrivo dell'uomo che da ora in poi avrebbe preso il controllo della mia vita mi riempiva di confusione e costernazione; ora persino le giornate di libertà sulla strada dovevano lasciare il posto al protocollo e ai fronzoli regali. Un lento panico cominciò a pesarmi sul cuore mentre i cavalli ci portavano inesorabilmente avanti.

«Se preferisci possiamo fermarci e montare la tenda, così lo potrai ricevere in maniera appropriata» propose il Mago con la sua voce stridula che si udiva a malapena nel tonfo degli zoccoli.

Lo fissai chiedendomi che cosa ci si aspettasse da me. «E se non ci fermassimo?» domandai, sperando in parte di evitare l'imminente incontro. Forse il Sommo Re avrebbe cambiato direzione.

Per un attimo colsi un'espressione divertita in quei vecchi occhi astuti. «Allora immagino che potremo incontrarlo sulla strada.» Alzò le spalle continuando a guardarmi con aria scaltra. «Risparmierebbe a tutti un bel po' di trambusto, non dovendoci occupare di montare il campo, eccetera.»

Pensai allo scompiglio che ciò avrebbe comportato e sorrisi compiaciuta. «Non ce n'è bisogno, Milord» dissi. «Posso incontrarlo anche a cavallo.»

Merlino annuì senza commenti e proseguimmo il viaggio.

Sapevo che Lavinia si sarebbe infuriata. Mi pareva di sentirla biasimarmi per avere incontrato il mio futuro sposo vestita più come un garzone di stalla che come un'elegante regina. Ma, mi dissi, è me che viene a prendere, non il mio guardaroba, ed è meglio che sappia fin dall'inizio chi sono.

Si levò un subbuglio davanti a noi mentre un gruppo di cavalieri ci veniva incontro. Le prime file lanciarono grida di saluto e i due cortei si unirono in un turbine di agitazione. Dopo un istante un giovane su un grande cavallo sauro si staccò dagli altri per fermarsi davanti a Merlino.

Aveva il colorito chiaro che ricordavo, ma con l'abbronzatura tipica di chi passa molto tempo all'aperto. I capelli erano tenuti legati all'indietro da una lista di pelle e nei due anni seguenti la sua venuta nel Rheged si era fatto crescere i baffi, anche se non erano folti e belli come quelli di re Ban. I suoi occhi erano distanti tra loro e sembravano percorrere rapidamente la scena come per imprimerla nella memoria con un'occhiata. La mia prima impressione fu di grande sicurezza mista a una natura entusiasta ed energica.

Mi guardò appena, ma sorrise a Merlino.

«Artù,» disse il Mago senza preamboli «credo che tu abbia già incontrato Ginevra.»

Il Sommo Re mi rivolse un gentile cenno del capo, affiancò il suo cavallo al mio e fece segno alla carovana di ripartire.

«C'è qualche notizia che non può aspettare fino a stasera?» chiese al Mago mentre riprendevamo il cammino.

«Non direi» rispose Merlino. «Tranne che tua sorella Morgana ci segue a diversi giorni di distanza. Le ho detto che sarebbe stata la benvenuta se poteva raggiungerci.»

Artù fece un largo sorriso e annuì. «Quindi, se non vi dispiace, vorrei fare conoscenza con la mia sposa.» Per la prima volta mi rivolse l'attenzione con un sorriso rapido e allegro.

Il Mago annuì in silenzio e, lanciandomi un'ultima occhiata divertita, tornò alla sua lenta andatura.

Artù guardò la massa d'uomini e cavalli attorno a noi e afferrando le briglie di Piedipiuma si spinse al trotto, facendosi largo tra le prime file.

Una volta fuori dalla calca i cavalli proseguirono da soli e il mio sposo mi guardò con un sorriso.

«È un po' difficile parlare in privato con tutta quella gente» disse in tono affabile.

Annuii e gli chiesi come avesse saputo dove ci trovassimo.

«Bedivere ha mandato un messaggero a Chester, così mi sono trattenuto un giorno in più pensando che sareste giunti presto.»

«Era nei vostri programmi?» L'idea mi incuriosiva; forse Artù non si preoccupava tanto del protocollo come mi aspettavo.

«Diciamo che speravo che sarebbe andata così. Un incontro formale appena prima del matrimonio non ci avrebbe dato molte possibilità di fare conoscenza. E poiché volevo stipulare alcuni accordi per il rame al Capo di Great Orme, mi sono fermato qui mentre Merlino e Bedivere venivano a prendervi nel Rheged. Merlino non si aspettava che sareste stata subito pronta a partire, così dovetti assicurare di tornare a Winchester appena finito qui, a meno che non mi fosse giunta notizia che eravate in viaggio entro tre giorni dal suo arrivo ad Ambleside.»

Sorrisi tra me, pensando a come il Mago doveva essersi sentito sconcertato trovandomi già pronta il mattino dopo.

Ci fu una pausa e Artù mi lanciò una rapida occhiata. «Spero di non avervi offesa. Mi rendo conto che questo non è esattamente il modo in cui le persone nella nostra situazione si incontrano.»

Io risi e scossi la testa. «No, per nulla. Sono solo un po' sorpresa.»

«Bene» annunciò lui con aria soddisfatta.

Cavalcammo per un tratto in silenzio, mentre tra noi si creava un certo imbarazzo. Ora che eravamo liberi dalla folla, Piedipiuma si impennava eccitata e dovevo tenerla a briglia corta.

D'improvviso Artù disse: «A quanto ho sentito, vi piace correre a cavallo».

Annuii, sentendo un tono di benevola sfida nella sua voce.

«Bene, che cosa aspettiamo? C'è una quercia solitaria in cima alla prossima collina. Siete pronta?»

«Certo» risposi e subito il suo sauro balzò in testa mentre Piedipiuma si sforzava di raggiungerlo. Ero contenta che Artù non mi avesse offerto con condiscendenza un vantaggio e spronai la mia giumenta con entrambi i tacchi, lanciandola in un galoppo veloce.

La strada ci portò su un poggio, poi si abbassò in una macchia di agrifoglio e frassino. Al di là vidi un lungo tratto uniforme che si alzava gradualmente sulla cresta di una collina dove spiccava una quercia nodosa. Artù si voltò per indicarmi l'albero e io risposi con un rapido cenno. Il suo animale era grande e potente, con l'ampio petto e il buon fiato di un provato cavallo da caccia. Sapevo che se volevo raggiungerlo doveva accadere qui, dove la pendenza della strada mi avrebbe avvantaggiata.

Mi rannicchiai sul collo di Piedipiuma, incitandola con la voce e coi tacchi, e mi allineai col sauro mentre l'ombra degli agrifogli passava in un lampo.

Artù aveva il vantaggio di un cavallo più potente, ma io ero più leggera, sia come peso corporeo sia perché non portavo uno scudo e una spada. Lui si guardò attorno e per un attimo temetti che rallentasse per darmi vinta la corsa solo perché lo avevo raggiunto. Mi trovai sul lato interno di un'ampia curva e lo superai, precipitandomi verso la nostra meta senza guardare la sua reazione.

Entrambi i cavalli correvano alla massima velocità, con le orecchie all'indietro e il collo teso. Mi girai una volta e vidi che Artù cercava di superarmi con lo stesso impegno con cui io volevo tenergli testa.

La resistenza del cavallo da caccia cominciò a imporsi e potei sentire la terra tremare sotto i suoi zoccoli mentre ci lanciavamo rumorosamente verso la cima del colle. Non avevo corso così da quando era partito Kevin e sentivo il sangue rombarmi nelle orecchie mentre ci avvicinavamo al traguardo.

Come sempre Piedipiuma era piena di slancio, ma a poco a poco Artù stava mettendosi alla pari con noi.

Quando raggiungemmo l'ombra della quercia guardai il mio avversario e mi resi conto che eravamo collo a collo, senza un centimetro di differenza tra noi. Vidi sul volto di Artù un'eccitazione uguale alla mia e quando lui alzò un braccio e tirò le redini io feci lo stesso.

I cavalli rallentarono per fermarsi ai margini di un olmeto. Il cuore mi batteva ancora forte e la giornata serena e brillante mi ruotava attorno quando ci sedemmo fissandoci a vicenda, ansimanti e sorridenti.

«I miei complimenti, Milady» disse infine lui. «Siete un'ottima cavallerizza, proprio come mi aveva detto Gawain.»

«Gawain?» chiesi, poi scoppiai a ridere ricordandomi della nostra avventura sul vecchio sentiero nel Rheged.

«Certo» affermò Artù. «Non penserete che abbia mandato a prendere una moglie senza informarmi prima su di lei, vero? E avete sicuramente colpito molto il mio miglior giovane guerriero. Pensavo che esagerasse un poco, ma dopo ciò che ho visto direi che aveva ragione.»

Ci avviammo lentamente lungo la strada, molto avanti rispetto al corteo.

«Che altro avete sentito dire, Milord?» chiesi, domandandomi se sapesse che non ero molto entusiasta di diventare sua moglie.

«Be',» disse lentamente «Bedivere mi ha appena dato una delle sue occhiate enigmatiche e mi ha detto che non sarei rimasto deluso.»

Sorrisi, risollevata e divertita per la diplomazia di Bedivere.

«Sarebbe un buon ambasciatore» osservai.

Artù fece un cenno di assenso. «Penso spesso a come sono

fortunato ad avere così vicino a me le persone di cui ho bisogno.» La sua voce assunse ora un tono più serio. L'allegria non era sparita del tutto, ma la sua espressione mi disse che avevamo toccato un soggetto che per lui contava molto più di qualunque scherzo.

«Ci sono tante cose da fare che a volte mi spazientisco con chi cavilla per questo o quest'altro. Bedivere mi è di enorme aiuto nel far capire agli altri l'importanza di una nuova idea senza mettere in agitazione nessuno. È un'abilità che temo di non possedere,» aggiunse mestamente «ma lui è sempre stato molto bravo in questo.»

«Mi ha detto che siete cresciuti insieme come fratelli adottivi» dissi e Artù annuì.

«Cacciandoci dentro e fuori dai guai, come tutti i ragazzi» disse con un sorriso. «Ma è negli anni successivi che ho davvero imparato a contare su di lui. Quando si è circondati da gente di ogni genere che vuole ogni sorta di cose, è bello sapere che c'è una persona onesta e imparziale su cui si può fare assegnamento. Qualcuno che, in un certo senso, stabilizzi le cose quando la barca sembra rollare troppo. Ed è bravissimo a farmi vedere la vita di corte nella giusta prospettiva.»

Pensai a Brigit e annuii.

Comparve una frotta di viaggiatori, mercanti, uomini d'affari e uno o due contadini uniti dal cameratismo della strada. Ci scostammo per lasciar passare il gruppo, anche se secondo il protocollo il Sommo Re aveva il diritto di precedenza. Guardai di nuovo Artù, chiedendomi a quale tipo di formalità invece tenesse.

Egli osservava la gente, sorridendo e annuendo a coloro che ci salutavano di buonumore. Al centro del gruppo c'era un uomo dai capelli scuri in groppa a un grande cavallo robusto, seguito da servitori e cavalli da soma. L'uomo indossava ricchi abiti e sul mantello aveva un fermaglio circolare simile a quelli che piacevano ai Sassoni. Mi chiesi se fosse un mercante del continente; rasato ed elegante, poteva essere di Costantinopoli o magari di Roma.

«Com'è la corte?» chiesi con circospezione ad Artù quando la strada fu di nuovo sgombra. «È molto romana?»

Scosse la testa con impazienza, ma parlò con aria assorta e non con collera. «Non so perché questo termine continui a saltare fuori. Sono stanco che si dica che siamo troppo romani, quando invece non lo siamo per nulla. L'Impero è cominciato a crollare un secolo fa e la Britannia ha dovuto prendersi cura di se stessa, che lo volesse o no, da quando i barbari hanno invaso Roma. Quella maniera di vivere, quel sistema di governo e persino quel modo di pensare sono ormai parte del passato. Non possiamo tornare indietro e far resuscitare qualcosa che non esiste più, anche se lo volessimo. Non funzionerebbe e basta. Abbiamo bisogno di nuove idee, nuove direzioni, un sistema nuovo...»

Si voltò sulla sella per guardarmi in viso.

«Siamo una terra indipendente. Dobbiamo considerare la nostra gente, le nostre difese, i nostri talenti. I barbari stanno arrivando dal Nord e dall'Est e gli Irlandesi ci minacciano continuamente dall'Ovest. Se non usiamo tutte le nostre risorse per tenerli a bada, saremo trascinati nell'oblìo.»

La profondità della sua convinzione gli splendeva sul volto come una febbre. Capivo come fosse riuscito a radunare gli uomini al suo fianco fin dall'inizio.

«Quindi,» continuò «dobbiamo servirci di tutto ciò che ci può essere utile, che la sua origine sia romana o celtica o persino sassone. Se un'idea, un sistema o un'arma ci può aiutare nella lotta, dobbiamo prenderla e usarla. Criticare e rifiutare qualcosa semplicemente perché è di fonte romana è stupido e miope. Ed è un pregiudizio cieco credere che tutti i costumi romani siano corrotti, bigotti o svigoriti, oppure, peggio ancora, che siano sacri e debbano essere seguiti anche se non corrispondono ai nostri bisogni.»

Fece una pausa e un sorrisetto timido gli passò sul volto. «Merlino dice che mi faccio così trasportare da un argomento che mi dimentico che qualcuno mi ha solo chiesto di passargli il sale. Immagino di non aver risposto alla vostra domanda, vero?»

Avevo trattenuto il respiro mentre Artù descriveva ciò che Bedivere chiamava "la causa" e ora emisi un leggero fischio.

«Be', non avete esattamente considerato la domanda che pensavo di avervi rivolto» dissi io iniziando a sorridere. «Ma mi avete certamente detto molto su questioni più importanti. Se sarò la vostra regina, mi servirà sapere per che cosa noi lavoriamo.»

Il termine "noi" mi era sfuggito senza pensarci e mi resi conto troppo tardi di come poteva suonare pretenzioso. Ma Artù mi stava guardando intensamente, perlustrandomi il volto con gli occhi. Un sorriso intenso emerse da un suo intimo senso di sollievo. Ci fissammo in silenzio e lui si sporse per porre brevemente una mano sulla mia. Abbassai gli occhi e vidi l'anello del Drago scintillare nel sole primaverile.

«Va bene» disse affabilmente tornando a guardare la strada. «Andiamo un attimo indietro. Che cosa volete sapere della corte?»

«Oh... tutto. Molte piccole cose» mi corressi. «Mi sarà permesso andare a cavallo o le donne devono viaggiare in portantina? Ci sono molti ricevimenti? E devo imparare a mangiare sdraiata?»

L'ultima domanda fece ridere il mio compagno. «L'unica volta in cui ho dovuto cenare a quel modo fu quando visitai un regno nordico qualche anno fa e il mio ospite non aveva altro che divani per sedersi» disse lanciandomi un'occhiata ironica. «È un'usanza terribile! E spero che la mia regina non cerchi di imporla. Inoltre siamo sempre troppo occupati per oziare in quel modo. Di solito, a meno che non sia una festa speciale, mangio con gli uomini attorno a un fuoco comune e quelli che hanno famiglia vanno a casa loro.

«Non siamo ciò che si può definire una corte "elegante", Ginevra. Penso che nessuno, tranne la Regina Igraine, possegga una portantina. Spero che non vi aspettiate troppe comodità e fronzoli. Alcuni regni del Galles mantengono ancora quello stile di vita, ma noi del Sud e del centro siamo molto più semplici.

«Un giorno, forse, quando ci sarà pace sull'isola e non dovremo sempre correre a sedare liti, potrebbe essere bello avere il lusso di un palazzo elegante e alcune delle comodità che al Sud esistevano un tempo. Ma fino ad allora ci dovremo accontentare di ciò che abbiamo.

«Naturalmente,» aggiunse in fretta «non è che si viva sempre la vita dei soldati. I centri cristiani sono comodi e ben organizzati e alcune città stanno cercando di riparare i danni della guerra, della peste e della fame. Se abbiamo fortuna, l'intero paese prospererà una volta placate le tensioni tra noi e ristabiliti i nostri confini. Ovunque vada mi guardo attorno e penso a ciò che si potrà sviluppare nel futuro.»

Avevamo raggiunto un'altura dove la strada sovrastava un'enorme e oscura foresta a ovest, mentre a sud e a est giacevano dolci colline di terra coltivata. Ci fermammo a guardare la scena e Artù chiese: «Avete viaggiato molto?».

«Solo nel Rheged» risposi.

«Sono stato dappertutto negli ultimi tre anni,» rifletté «e la

Britannia è una terra fantastica, più varia di quanto potessi sognare mentre crescevo da Sir Ector. Proprio là c'è una foresta che porta al Wirral; uno strano luogo oscuro pieno di antichi spiriti e fantasmi. E a sud ci sono verdi colline che corrono come infinite onde verso il mare e la grande pianura di Salisbury con la Danza dei Giganti che chiamano Stonehenge. Abbiamo aspre rupi, ampie vallate fluviali, spiagge assolate e incredibili paludi che si estendono per miglia in ogni direzione. Ci sono gli altipiani del Nord, i vostri laghi e le montagne di Lakeland. E nel Gwynedd ho trovato su una collina costiera un forte che è uno dei luoghi più magici del regno.»

Stava descrivendo una terra di meraviglie e ora che si concentrava sul Galles del Nord provai un brivido di eccitazione. «Come si chiama?» chiesi.

«Dinas Dinlle. È un po' oltre Caernarvon. Nelle giornate serene le acque sono verdi e blu e le scogliere si ergono fiere sui marosi... Sono sicuro che Bedivere potrebbe descriverlo meglio di me.» Fece una pausa e poi sorrise. «È nella terra di vostro cugino Maelgwn, quindi forse lo conoscete già.»

«No, non ci sono mai stata. Ma era uno dei luoghi dove mia madre trascorse la sua infanzia e la mia balia mi diceva sempre com'era bello.»

«Un giorno vi ci porterò e vedrete voi stessa» disse allegramente. «Questa è la prima promessa che vi faccio.»

Ridemmo allora, imbarazzati e compiaciuti allo stesso tempo. All'improvviso sentii con sicurezza che mamma stava ascoltando sorridendo.

«Dove andiamo ora?» chiesi quando arrivammo all'incrocio di due strade principali.

«Non potremo portare tutta la carovana a Chester» osservò lanciando un'occhiata in direzione del sole. «Penso che i carri dei bagagli debbano proseguire per la strada, mentre noi ci dirigeremo in città con una guardia leggera. Ce la farete con un solo animale da carico?»

«Certo» risposi, chiedendomi come Lavinia avrebbe preso l'idea di rinunciare alla portantina. Era troppo ingombrante per muoversi in fretta. Sapevo che non mi avrebbe lasciata andare senza di lei, ma che allo stesso tempo non sarebbe stata molto propensa a montare a cavallo.

«Non siete appena arrivato da Chester?» chiesi, curiosa di sapere perché vi volesse fare ritorno.

«Ho finito ieri di sbrigare le mie faccende là» rispose Artù annuendo. Con lo sguardo cercava sul margine della strada un posto comodo per riposarci mentre aspettavamo che il corteo ci raggiungesse. «Pare che siano appassionati di corse dei cavalli a Chester e Maelgwn è arrivato ieri sera con alcuni dei suoi animali migliori. Così ho acconsentito a restare fino a domani per assistere alle gare. A quanto pare ha un'ottima scuderia» aggiunse pensieroso smontando di sella.

«Deve senz'altro averla!» esclamai scendendo dalla mia giumenta e seguendolo in una piccola radura sovrastante la strada. «Noi della stirpe di Cunedda abbiamo l'allevamento dei cavalli nel sangue.»

«Magnifico!» Sorrise. «Possiamo passare un paio di giorni a Chester e raggiungere la carovana più avanti. È una bella città, per questi tempi, e sono sicuro che voi e le vostre dame starete comode. Inoltre avrete l'opportunità di vedere vostro cugino.»

Trasalii al pensiero, ricordandomi dei giudizi di mio padre sulla natura di Maelgwn. Ma l'idea di assistere a una giornata di corse e di esplorare una "bella" città ebbe la meglio sulle mie ansie. E sarebbe stato interessante confrontare Chester a Carlisle, che era l'unica vera città che avevo conosciuto fino a quel momento.

Impastoiammo i cavalli per lasciarli brucare e ci accomodammo all'ombra di un grande tiglio in attesa del resto del corteo.

Il pomeriggio era caldo e il ronzìo delle api sopra di noi indicava la presenza di un alveare. Iniziammo a parlare di svariati argomenti: la dimora di Sir Ector nel cuore nascosto del Galles, le proprietà della mia famiglia sui due lati del Solway, le canzoni e le storie che conoscevamo entrambi, l'importanza degli amici d'infanzia. Quando gli dissi dei parenti di Brigit e del regalo che gli mandavano, Artù fu molto contento e insistette perché portassimo il cane con noi a Chester.

«Gli farà bene sgranchirsi le zampe» affermò «dopo aver passato tanto tempo in una gabbia.»

Quando la carovana ci raggiunse avevamo ormai superato la timidezza iniziale e ci sentivamo a nostro agio insieme.

Una volta stabilite le nuove destinazioni, ripartimmo con un gruppo più piccolo e Artù si affiancò a Bedivere e Merlino per scambiare le notizie e le informazioni che ognuno aveva raccolto durante l'ultima settimana. Io cavalcai dietro di loro, felice di avere la possibilità di riflettere.

Artù era molto diverso dal re formale che avevo immaginato. Non c'erano dubbi sulla sua dedizione alla causa o sul suo amore per il paese. Ma fu soprattutto il ricordo della nostra corsa sulla collina che mi fece sorridere.

27

Chester

La fortezza romana di Chester corona una grande rupe di arenaria che si innalza ai margini della pianura del Cheshire. È una posizione imponente e le mura rosse si delineavano fiere e grandiose mentre ci avvicinavamo alla porta orientale.

Presso le mura uno strano edificio si ergeva nel cielo pomeridiano e io lo osservai nervosamente quando vi fummo più vicini. Sembrava una di quelle strutture circolari dateci dagli dèi in cui si svolgevano le cerimonie della luna. Ma questa era diversa, con nude pareti di roccia che si alzavano dritte sul pendìo e l'ingresso ostruito da pietre rotte. Mi turbava l'idea che una costruzione degli dèi fosse rimasta incompleta e feci il segno contro il male.

Dal parapetto al di sopra della porta una guardia salutò animatamente e gridò una frase di benvenuto a cui Artù rispose agitando un braccio.

Mentre procedevamo verso il cuore di Chester trattenni il fiato. Qui, come a Carlisle, c'era una massa disordinata di casette e vicoli sghembi all'ombra dei bastioni. Ma lungo la strada che ci portava al centro della cittadina le rovine erano state trasformate in botteghe abbarbicate l'una sull'altra.

Al piano terreno chioschi e negozi si affacciavano sulla via lastricata e sopra, dietro al colonnato del secondo piano, vivevano le famiglie dei bottegai. Doveva essere giorno di mercato, poiché orafi, pellai, tessitori, vasai ed erboristi esponevano le loro merci. Qui l'insegna di un oculista pendeva sulla via e là una profusione di nastri ornava la balaustra per fare pubblicità alla bottega di una sarta. Più avanti una casalinga intraprendente aveva steso il bucato tra le colonne e i panni svolazzavano allegramente nella brezza.

Gli abitanti erano indaffarati a entrare e uscire dai negozi alla fine della giornata, a radunare pacchi o piegare tende e, come la sentinella, si fermavano a salutare il Sommo Re mentre passavamo. Mi faceva piacere che la gente comune in questo luogo remoto lo rispettasse tanto; me lo sarei aspettata nel Logres, ma qui eravamo ben lontani dal centro del suo potere e si poteva vedere la fiducia che veniva riposta in lui.

Artù rallentò per affiancarsi a me, divertito dal mio stupito interesse per la città.

«Doveva essere sorprendente un tempo» disse.

«Oh, lo è ancora» risposi, pensando che sembrava una fiera.

«Starò qui stanotte e vorrei invitarvi a raggiungerci per cena» continuò indicando il pretorio dove un tempo le Legioni romane esercitavano il potere. «Ho preso accordi per voi e le vostre donne al convento delle suore presso le mura occidentali. È bene attrezzato e hanno stanze per ospiti occasionali.»

«Non sapevo che i cristiani in Britannia avessero speciali istituti per donne» dissi, pensando che Brigit sarebbe stata felice.

«Ce ne sono diversi al Sud e ne fondano sempre di più. Hanno iniziato subito dopo i tempi duri,» aggiunse pensieroso «quando tante donne e bambini non avevano un posto dove andare, con tutte le fattorie e le famiglie distrutte.»

Svoltammo in una strada tranquilla fiancheggiata da alberi. I tigli seguivano in linea retta la via altrettanto diritta, ombreggiando un lungo muro interrotto solo da un pesante cancello. All'interno i piccoli edifici di pietra del convento erano disposti in fila, uniti da un passaggio coperto, austero quanto il cortile vuoto dove ci trovavamo. Con i bastioni della città che incombevano da un lato e il muro del convento dall'altro, trovai il luogo freddo e inospitale. Le dimore erano raccolte in circolo o disposte a casaccio entro i confini della palizzata protettiva, e non potevo evitare di pensare che chi viveva qui doveva sentirsi solo e isolato dagli altri.

Dopo aver disfatto i bagagli Brigit andò a cercare la cappella e io dovetti affrontare la stizza di Lavinia. Con mia sorpresa era meno irritata per aver dovuto lasciare la portantina che per il mio primo incontro con Artù.

«Tra tutte le cose incivili e sventate che potevi fare,» esclamò adirata «dovevi proprio scappare come una rozza contadina con un uomo cui non eri ancora stata presentata?»

«È il Sommo Re, Lavinia» le rammentai. «Avresti voluto che lo respingessi?»

«Be',» borbottò «lui avrebbe dovuto essere più educato. Ma anche tu non hai agito bene, bambina! Non dimenticarti, è dovere della donna far sì che l'uomo tenga un comportamento civile. Avresti dovuto fargli presente quanto fosse inopportuno trascinarti via così, senza rispetto per la tua posizione o per il rango della tua famiglia. Pensa a come si sarebbe scandalizzata tua madre se fosse ancora viva!»

A quanto pareva Lavinia non aveva mai sentito la storia della fuga di mia madre e decisi che questo non era il momento per raccontargliela.

«Sai, Lavinia, non abbiamo fatto nulla di male, e stasera prometto di comportarmi da signora a cena» dissi allegramente. «Che vestito pensi debba indossare?»

L'indignazione della buona matrona fu placata dal mio desiderio di parlare di vestiti, oltre che dalla notizia che ci saremmo trattenuti per un giorno o due e quindi lei poteva impiegare il tempo per visitare questa città così evidentemente romana.

«Artù ha detto che c'è un anfiteatro e Brigit è già andata a cercare la cappella. Forse,» aggiunsi «ci sono anche terme funzionanti.»

Quando Bedivere arrivò per scortarci a cena io ero abbigliata con il mio miglior vestito da viaggio. La collana d'ambra di mamma scintillava sulla lana color crema dell'abito. Brigit mi aveva ondulato e intrecciato i capelli e raccolto le ciocche sulla nuca, fissandole con il fermaglio smaltato. Guardai i ricami che avevano richiesto settimane di lavoro considerandone per la prima volta la bellezza e non solo le ore di frustrazione passate eseguendoli.

Il pretorio era in condizioni straordinariamente buone e mi incamminai nel lungo corridoio con interesse e curiosità. Un focolare centrale era stato ricavato dal pavimento a piastrelle e un paio di giovani paggi giravano gli spiedi. Lungo le pareti, le tavole erano piene di gente rumorosa della corte e della città. C'erano guerrieri di diverse insegne, fabbri, gioiellieri e altri artigiani, e notai sia druidi dall'abito bianco sia preti vestiti di nero.

Vi erano numerose donne, eleganti o chiassose, belle o insignificanti, alcune dal comportamento altezzoso e distaccato e altre allegre e animate. Ridevano e parlavano disinvolte con gli uomini e non sembravano per nulla il prodotto di uno speciale "quartiere delle donne".

Da un lato, su un rialzo, una tavola occupava quasi l'intera larghezza della stanza. Artù era seduto al centro con una sedia vuota accanto e quando il nostro gruppo si fermò alla porta un giovane alzò la tromba ed emise una cascata di note.

La sala si azzittì. Artù si voltò sorridendo quando ci vide sulla soglia e tutti gli sguardi seguirono il suo. Ci facemmo strada lentamente tra i numerosi servitori e la mischia di cani.

Quando raggiungemmo i gradini del rialzo, Artù ci venne incontro.

Bedivere si fermò e facendosi da parte declamò a piena voce: «Artù Pendragon, vorrei presentare Milady Ginevra, figlia di re Leodegrance ed erede al trono del Rheged».

Artù mi guardò solennemente come se fossi un'estranea, ma quando mi sprofondai in un lungo e lento inchino alzando lo sguardo, vidi un sorrisetto d'intesa che gli increspava gli angoli degli occhi.

«Che siate benvenuta alla mia corte» disse gravemente il giovane re aiutandomi a rialzarmi. La mano che mi offrì tremava leggermente e io gli lanciai una rapida occhiata chiedendomi se fosse meno sicuro di sé di quanto sembrasse.

Quando gli fui accanto sul rialzo, egli rivolse la sua attenzione alla gente nella sala.

«Sappiano tutti gli uomini qui riuniti che questa è la donna che intendo sposare. Vi presento ora la futura Somma Regina di Britannia.»

Guardai la folla, sorpresa che tutti gli ospiti si fossero alzati in piedi. Mentre il mio sguardo passava da tavola a tavola, un sorriso mi si dipinse sul volto senza volerlo e si levò una grande acclamazione.

«Ginevra! Lunga vita a Ginevra!» gridò qualcuno e tutti lo imitarono. Sentii il mio nome dilatarsi e rombare verso di me come un tuono. Era un suono che non avevo mai sentito prima e probabilmente arrossii, poiché Artù fece un largo sorriso e l'ovazione si raddoppiò per entrambi.

Restammo là in piedi, fianco a fianco, mentre le acclamazioni della folla si riversavano su di noi. Era inebriante essere al centro di tutta quell'attenzione e quando la gente si acquietò e Artù mi condusse attorno alla tavola, mi sentii stordita dall'eccitazione.

Un nobiluomo abbigliato con fasto ci bloccò il cammino. Aveva gli stessi capelli fulvi, né castani né rossi, che avevo io e pensai che potesse essere mio cugino Maelgwn. Con labbra sorridenti ma occhi freddi, si avvicinò per darmi un fraterno abbraccio.

«Artù è un uomo fortunato» osservò in tono mellifluo e mi fu difficile non respingerlo fisicamente.

Feci un debole sorriso e chiesi: «Dov'è la tua regina stasera, cugino?».

«Ah, non si sentiva bene. È un altro dei suoi brutti periodi, temo, e non sono sicuro che potrà raggiungerci domani per le corse.»

Mormorai qualche parola di rammarico e mi chiesi se quella donna avesse idea della proposta sconveniente che suo marito aveva fatto a mio padre. O forse l'aveva approvata, volendo sfuggire alla stretta untuosa di questo intrigante.

Quando fummo seduti, un uomo col corpo da guerriero e la tonaca da monaco si alzò e offrì una preghiera al dio cristiano. Il suo atteggiamento imponeva rispetto e chiesi ad Artù chi fosse.

«È l'abate del locale monastero» fu la risposta. «Maelgwn dice che era uno dei suoi migliori guerrieri, ma ha abbandonato la carriera militare per fondare il convento. Ho già visto uomini così, che lasciano un segno nel mondo per poi rinunciarvi e dedicare la vita al loro dio. In questo caso è un vero peccato» aggiunse in tono più basso. «Preferirei avere il suo aiuto militare per la causa che le sue preghiere per la mia anima.»

Maelgwn era seduto dall'altro mio lato e si dimostrò un vicino invadente, che continuava a urtarmi la gamba o a sfiorarmi il braccio. Anche quando mi ritraevo da lui il contatto continuava, così, appena placata la fame, gli voltai la schiena e guardai direttamente Artù.

Discorremmo dei progetti per l'indomani e Artù mi invitò ad andare con lui all'anfiteatro, se non pensavo che mi sarei annoiata.

«Le truppe faranno una dimostrazione per noi e voglio vedere come vanno le cose con la cavalleria» spiegò. «Ma se preferisci fare spese dai mercanti, sono sicuro che la notizia del tuo arrivo porterà qui tutti gli artigiani e i gioiellieri della zona.»

«Preferisco senz'altro guardare i cavalieri che trattare per qualche gingillo» scherzai. «Dopotutto il destino del regno dipende dallo stato delle truppe e non dalle condizioni del mio scrigno.»

Artù ridacchiò, poi, avvicinandosi a me, sussurrò in confidenza: «Chi lo sa? Le gemme che compri ora potrebbero sovvenzionare la cavalleria in futuro, se i tempi diventeranno duri».

La sua allegria e la sua aria da cospiratore mi divertivano e ancora una volta mi sentii molto colpita da lui.

La cena continuò nello stesso modo: una combinazione di commenti pubblici e di osservazioni private rivolte solo a me. Tutto ciò era di grande interesse, e guardavo e ascoltavo Artù con la stessa attenzione con cui un gattino guarda un'ombra tremolante. Notai appena quando Maelgwn si sporse per partecipare alla conversazione.

Per fortuna Artù stava guardando altrove quando Maelgwn mi fece scivolare una mano tra le cosce, poiché sobbalzai come un capriolo sorpreso nel suo rifugio, sbigottita, sconvolta e incapace di parlare. Istintivamente portai avanti un braccio, ma prima che potessi girarmi e colpire Maelgwn allo stomaco col gomito, Artù si voltò verso di me.

Il mio viso doveva rispecchiare l'offesa, poiché il Sommo Re aggrottò la fronte e mi chiese se tutto andava bene.

Annuii in fretta e mormorai qualche risposta tra i denti, mentre respingevo la mano di Maelgwn fingendo di spazzarmi le briciole dal grembo. Girandomi, guardai furiosa mio cugino, che mi fissò impassibile come se non fosse successo nulla. Da ora in poi, pensai, farò in modo che qualcuno si sieda tra noi.

Una volta smontate le tavole Artù fece chiamare Griflet, e il ragazzo si avvicinò di corsa seguito da Caesar.

«È un bel cucciolo pieno di vita» osservò Artù prendendo il guinzaglio e chinandosi ad accarezzare il cane. «Ho avuto la possibilità di far conoscenza con lui prima di cena.»

Caesar si dimenava allegramente, con le orecchie all'indietro e mostrando i denti.

«Immagino che diventerà più grande di qualunque cane abbia mai visto» continuò Artù. «Probabilmente più pesante dei levrieri scozzesi. E se sarà vivace sul campo come lo è nel canile, avrà certamente anche molto coraggio. Pare che ce ne siano altri al Nord e penso che dovremmo prendere una cagna per accoppiarlo.»

«Angus ne sarebbe felice,» gli assicurai «ma mi chiedo come lo potrà mandare. Non avete idea di come sia difficile trasportare un cucciolo!»

«Troveremo il modo» rispose Artù con una sicurezza che mi fece lanciare un'occhiata a Bedivere.

Immaginavo che il luogotenente stesse già prendendo in considerazione il problema, pronto a fare qualunque cosa fosse necessaria per vedere il sogno di Artù trasformarsi in realtà.

Per un attimo mi chiesi se ci sarebbe stato posto per me in una simile intesa; poi Bedivere prese a narrare le avventure di Griflet con il cucciolo e le risate cancellarono tutti gli altri pensieri. Quando ripartimmo per il convento l'incertezza era la cosa più lontana dalla mia mente e dimenticai persino le offensive attenzioni di mio cugino.

28

Maelgwn

Il cameratismo della serata era ancora evidente quando ci recammo all'anfiteatro il mattino successivo.

Artù e Bedivere mi misero in mezzo e mi presero in giro perché cercavo di stare sempre al passo con loro. Con Caesar che ci balzava allegramente al fianco e tutte le risate tra noi, non mi accorsi che ci stavamo dirigendo verso la grande costruzione circolare finché non fummo alla sua ombra. Per un attimo mi trattenni, non volendo entrare in un luogo tanto inquietante. Ma poi l'eco della frase di Kevin cominciò a risuonarmi nella testa: «Che razza di figlia dei Celti sei...».

Quando i due uomini si fermarono per vedere perché avevo esitato, alzai la testa e, con un respiro profondo, li presi a braccetto. Se loro osavano, avrei osato anch'io.

Dentro le mura di pietra ripide file di posti a sedere si ergevano dalle erbacce e dal terriccio. Ci arrampicammo fino a circa metà dalla cima prima che Artù si sedesse e facesse sistemare il cucciolo ai suoi piedi.

«Merlino dice che i Romani lo hanno costruito per svolgere esercitazioni militari» disse Artù indicando con un ampio gesto lo stadio.

Fissai la costruzione con aria incerta, chiedendomi se degli esseri umani potessero aver edificato qualcosa di tanto gigantesco.

«Perché è così grande?» chiesi, sentendomi come un chicco di grano sul lato di una ciotola vuota.

«Perché Chester era il quartier generale dei Legionari» intervenne Bedivere. «E probabilmente vi si svolgevano anche spettacoli per i cittadini.»

«Che tipo di spettacoli?»

«Quasi sicuramente di lotta: gladiatori e orsi e a volte anche leoni. Merlino pensa che i gatti maculati siano venuti da qui.»

«Leoni?» la mia attenzione fu rapita dall'improbabile idea.

Cathbad aveva raccontato la storia del dio greco che aveva ucciso un leone e indossato la sua pelle come mantello, ma non aveva mai accennato al fatto che ci fossero leoni in Britannia.

Rivolsi lo sguardo ad Artù, chiedendomi se Bedivere mi stesse prendendo in giro. Vista la mia aria perplessa, Artù sorrise.

«Be', nessuno ha mai visto un leone, ma forse un leopardo. Si narrano storie di un grande gatto nell'Anglesey. Finora non è stato trovato e le storie diventano più grandi ogni volta che lo si avvista. Se c'è qualche verità in esse, potrebbe essere un discendente di fuggiaschi di questa arena.»

I cavalieri si erano riuniti sotto di noi e rivolgemmo a loro l'attenzione. Io dimenticai il grande gatto e durante l'ora seguente mi concentrai sulle manovre.

«Che cosa ne pensi?» chiese alla fine Artù a Bedivere.

«I cavalli vanno bene. Ma se queste sono le truppe con cui Maelgwn respinge gli Irlandesi, penso che le sue vittorie dipendano dal fatto che gli uomini sono a cavallo e non dalla loro abilità.»

«Sono sicuro che si possa fare molto di più in sella di quanto abbiamo visto qui» confermò Artù. «Fin da quando cavalcai a fianco di re Uther nella mia prima battaglia, sono convinto che una buona cavalleria può bloccare un intero esercito, se necessario.»

«Ciò di cui avete bisogno» suggerii io «sono quei lunghi cappi in cui il cavaliere può appoggiare i piedi.»

Artù mi guardò così bruscamente che mi chiesi se mi fossi esposta al rischio di essere relegata al "quartiere delle donne" della sua corte. Forse una cosa era essere pari nelle situazioni sociali e un'altra esprimere giudizi in campi che erano propri del re. Non c'erano però disprezzo o impazienza nella sua espressione, quindi aggiunsi in fretta: «Ho visto come si può fare. Ricordate i ragazzi di Ribchester, Bedivere? Quelli che lottavano a cavallo sul campo?».

«Vagamente.» Il luogotenente annuì.

«Be', ne ho incontrato uno la mattina dopo e mi ha dimostrato di poter fare in groppa cose a cui non avrei mai pensato. Cuciono una striscia di cuoio attraverso la sella in modo che penda dai lati e poi fanno dei cappi per porvi i piedi. Questi non solo aiutano a montare a cavallo, ma offrono anche un appoggio quando il cavaliere è in sella. Il ragazzo era in grado di alzarsi dritto scaricando tutto il suo peso sui piedi. O accovacciarsi sul garrese e sporgersi per afferrare qualcosa dall'abbeveratoio passandovi di fianco al galoppo. Vi dico, non avevo mai visto nulla di simile prima...»

La voce mi venne meno mentre Artù mi fissava in volto.

«Chi è questo ragazzo?» chiese lentamente.

«Il figlio adottivo della locandiera. Penso che il suo nome sia Palomides.»

Tenne lo sguardo fermo su di me e io lo fissai a mia volta con calma apparente, rifiutando di guardare altrove intimidita o di ammettere lo stato di confusione che mi faceva pentire di aver parlato.

«E l'hai visto di persona? Non stava semplicemente vantandosi per stupire la sua nuova regina?»

«Oh, no, l'ho visto» gli assicurai. «Pensava che fossi un paggio e mi mostrò ciò che sapeva fare quando eravamo soli. Contavo di far cucire quei cappi alla mia sella una volta giunti al Sud, ma non avevo pensato che si potessero usare in battaglia.»

Artù scambiò un'occhiata con Bedivere sopra la mia testa e all'improvviso emise un grido di gioia.

«Ginevra, forse ci hai appena fornito la soluzione per rendere la mia cavalleria una vera forza militare! Vale comunque la pena di provare. Bedivere, come ti è sfuggita una cosa simile?»

«Probabilmente perché non vengo mai preso per un paggio» rispose il suo fratello adottivo, e risero entrambi di cuore. Mi unii alla loro risata, con un senso di sollievo che mi aumentava l'allegria.

Finite le esercitazioni, Artù propose di portare Caesar a fare una passeggiata sulle mura mentre Bedivere e Griflet andavano a parlare di cavalli con Maelgwn. Così io e il Sommo Re salimmo le scale presso la porta e passeggiammo lentamente lungo il parapetto.

Le mura del forte erano spesse e davano ampio spazio ai soldati per combattere dalla loro sommità. La vista sulla campagna circostante era spettacolare. Ci fermammo a guardare verso est, in un angolo dove giacevano ammucchiati i resti di una grande macchina.

«Penso che fosse una catapulta» disse Artù osservando corrucciato i rottami. «Ho chiesto a Merlino di dare un'occhiata e decidere se potevamo restaurarla. La stirpe di Maelgwn ha difeso l'intero Galles del Nord fin da quando i vostri antenati hanno scacciato gli Irlandesi, ma ora che i Cumbri mi hanno dato l'uso di questo forte, voglio essere sicuro di poter proteggere la vulnerabile zona del Cheshire.»

Indicò il paesaggio agreste. I campi avevano un aspetto pacifico e ben tenuto fino al Nord, dove iniziavano le ombre delle foreste di Wirral.

«Conto sulla fedeltà di Maelgwn, sia per la sua parentela con te sia per il suo onore» proseguì Artù. «L'ultima cosa che vorrei sarebbe di essere colpito alle spalle qui, mentre i Sassoni ci minacciano al Sud e all'Est.»

Pensai all'avvertimento di mio padre che Maelgwn sarebbe stato un alleato poco affidabile e cercai di dirlo ad Artù, ma lui e Caesar si erano già incamminati lungo le mura e io mi affrettai a raggiungerli.

«Là in fondo» disse girandosi e facendo segno verso una massa di nuvole «ci sono i picchi di Snowdon. Quelle montagne gigantesche, piene di verdi vallate e chiari ruscelli! La gente di là è meravigliosa, fiera e indipendente e pronta a lottare per restare così. Merlino dice che non si arresero mai a Roma. Non ho dubbi sulla loro lealtà; i montanari sono sempre buoni alleati quando vedono che non intendi sottometterli.»

Mi voltai a guardare verso il cuore del Galles, ricordandomi dei racconti di Nonny su caverne e draghi e sui grandi dèi che vivevano con le aquile tra i picchi scoscesi.

«È fondamentale che i Cumbri si rendano conto che non avrei nessun interesse a imporre la mia volontà su di loro; senza la loro collaborazione non posso realizzare nulla» affermò Artù. «E con loro faremo meraviglie. Se respingeranno gli Irlandesi da questo lato, io potrò concentrarmi sui Sassoni.»

Si fermò ad aspettarmi, con un grande sorriso che cancellava la serietà del tono regale. «Vieni, c'è un punto piuttosto bello più avanti.»

Restammo fianco a fianco in silenzio all'angolo successivo, guardando l'isola di Roodee. Era una dolce radura pianeggiante cullata dalle braccia del fiume e la pista dei cavalli attorno ai margini era indurita da decenni di uso. C'erano gruppi di salici lungo la riva più lontana e sembrava un luogo ideale per manifestazioni sportive.

I cavallerizzi erano già riuniti, scambiandosi osservazioni e guardando gli animali altrui con ammirazione e interesse competitivo. I nobili indossavano abiti dai vivaci colori e qua e là uno stendardo svolazzava nella brezza. Era una fantastica scena festiva.

Io e Artù ci trattenemmo sui bastioni, giocando con il cane e discutendo delle qualità degli animali che vedevamo in basso. C'erano cavalli gallesi molto simili a Piedipiuma e io indicai la somiglianza tra questa e una giumenta bianca dall'innegabile grazia.

«Come mai sai tante cose sui cavalli?» chiese Artù mentre ci appoggiavamo al parapetto.

«Per puro caso. Il nostro maestro di scuderia non aveva una famiglia sua e così divenne una sorta di mio secondo padre. Ho passato molta della mia infanzia con lui. E poi, naturalmente, mia madre era un'abile cavallerizza, cresciuta nel Galles del Nord e fiera di essere la pronipote di Cunedda.»

«Ah, sì, le donne della stirpe di Cunedda» disse sottovoce Artù. «La regina madre, Igraine, è anch'essa una discendente di Cunedda, ma del ramo meridionale.»

Rimase in silenzio per un tratto e io mi chiesi che cosa provasse per la donna che lo aveva generato ma che non lo aveva allevato. Col maggior tatto possibile gli chiesi di descrivermela.

«Sembra una donna fiera e onorevole e il popolo deve avere una buona opinione di lei, altrimenti non mi avrebbero accettato come suo figlio.» Il suo tono divenne rigido e distaccato e per un attimo notai un'espressione di insicurezza. «La conosco molto poco e dubito che ciò cambierà nel futuro. Non sta bene e vive separata dalla corte.

«La mia madre adottiva Drusilla era tutta un'altra cosa» aggiunse con voce ravvivata dall'entusiasmo. «Calorosa e cordiale come possono essere i Celti, nonostante il suo nome romano. È morta circa due anni fa, colpita da malattia. Ma almeno è vissuta abbastanza a lungo per vedere il suo figlio adottivo incoronato re di Britannia.»

Era la prima volta che Artù si riferiva personalmente alla sua sovranità e non c'era nessuna arroganza nel suo tono, solo il piacere di aver portato onore alla sua madre adottiva.

Quando il sole raggiunse lo zenit lasciammo il nostro punto di osservazione e ci incamminammo lentamente verso la porta del ponte.

Qui la strada, nota come via dei Cannicci, portava a un guado del fiume e poi si dirigeva verso sud. Un ponte di legno superava, subito sotto la diga, l'ampia distesa d'acqua scintillante di argentei salmoni. Una ventina di capanne di pescatori erano abbarbicate tra i salici sulla riva opposta. Oltre gli alberi c'erano i resti di una cava e mi sembrò di distinguere una figura scolpita nella roccia.

«Il tempietto di Minerva» disse Artù. «Quando i soldati partivano da qui salutavano la dèa della Guerra. Si dice che non solo essa protegga il forte, ma badi anche al livello massimo delle acque. Hai mai notato» osservò «che i Romani costruivano le loro città fluviali appena a monte del punto più profondo, così da poterlo usare per navigare senza rischiare inondazioni? Notevoli ingegneri...»

Guardai il panorama del fiume e mi chiesi se Artù non si rilassasse mai, godendo semplicemente il momento. Sarebbe stato bello restare a osservare i pescatori che prendevano con le reti il salmone, mentre le loro mogli tagliavano il pescato e lo mettevano a seccare al sole. Ma Artù, con il cucciolo, si era già avviato giù per le scale, concentrandosi sulle corse di Roodee. Io sospirai e mi affrettai dietro di loro.

La cena quella sera fu una piacevole occasione festiva, senza le cerimonie della presentazione del giorno prima, ma piena di scherzi e buonumore. Artù e Bedivere erano soddisfatti per gli accordi presi nel pomeriggio con i proprietari dei cavalli e, dal lato opposto di Lavinia, Maelgwn si vantava delle lussuose stoviglie che aveva recentemente acquistato. La sua corte a Degannwyn era famosa per l'eleganza e, sebbene egli godesse fama di cafone, la sua ricchezza era riconosciuta in tutti i centri commerciali del Mediterraneo.

«Dovete incoraggiare la vostra signora a visitare la casa degli antenati» disse compiaciuto. «Farò disporre una tavola raffinata per entrambe.»

Il volto serafico della mia governante era raggiante di piacere alla prospettiva di un simile lusso. Maelgwn colse il mio sguardo e sorrise amabilmente. Io risposi con un educato cenno del capo, ma notai che sua moglie era ancora assente.

Merlino ci raggiunse alla fine del pasto e Artù e Bedivere lo spinsero a ricordare i tempi trascorsi alla corte di Sir Ector. Il volto del Mago si illuminò d'affetto mentre guardava a turno i due fratelli adottivi. Di tanto in tanto Bedivere mi chiariva qualche particolare che non potevo conoscere. Era affascinante vedere come il Mago mettesse da parte la sua fredda riservatezza in presenza dei due pupilli.

«Vi ha detto Bedivere dei cavallerizzi di Ribchester?» chiese Artù all'improvviso e quando Merlino scosse la testa il Sommo Re mi mise un braccio attorno alle spalle, includendomi fisicamente, oltre che mentalmente, nella conversazione.

«Ginevra dice che i ragazzi di là hanno inventato un nuovo tipo di sella» disse, poi continuò descrivendolo.

Merlino annuì pensoso e suggerì di invitare Palomides a dare una dimostrazione della sua abilità.

«Pensavo la stessa cosa,» confermò Artù «poiché vorrei iniziare ad addestrare la mia cavalleria il più presto possibile.»

Artù mi teneva la mano appoggiata tranquillamente sulla spalla e, mentre mi chinavo per seguire la conversazione, senza rendermene conto mi avvicinai a lui. Mi sembrava naturale e mi stupì il fatto che il mio cuore battesse tanto forte.

Bedivere si offrì di tornare al Nord per invitare Palomides a raggiungerci, passando anche dalla dimora di Angus per prendere una compagna per Caesar.

«Ma dovremo trovare un nome celtico per la cagna,» disse allegramente Artù «altrimenti ci accuseranno di essere "troppo romani".» Un sorrisetto malizioso gli comparve all'angolo della bocca e mi lanciò una rapida occhiata. Trattenni il respiro, sorpresa. Aveva trasformato le mie paure in una sorta di scherzo intimo tra noi due.

Arrossii e mi guardai in grembo, consapevole dei brividi che mi percorrevano la schiena. Non volevo fare altro che rispondere a quel mezzo abbraccio, ma rimasi invece a fissare la tavola, presa dalla tensione tra il desiderio e l'immobilità. Artù mi diede una lieve stretta bonaria e tolse la mano.

Bedivere disse che avrebbe voluto portare con sé Griflet perché lo aiutasse a trasportare la compagna di Caesar. «Dopotutto,» notò con ironia «una cosa è invitare questo giovane cavallerizzo a raggiungere il Sommo Re e un'altra è chiedergli di fare da balia a un cucciolo appena svezzato.»

Così Griflet venne chiamato alla nostra tavola e, sentita la proposta, annunciò che sarebbe stato felice di accompagnare Bedivere a procurare un altro cane lupo per la corte.

L'eccitazione che provavo rifiutava di placarsi e, mentre ascoltavo i piani per il viaggio, riuscivo solo a pensare a quando Artù mi avrebbe accompagnata a casa più tardi. Lo guardai con dolcezza chiedendomi se provasse lo stesso desiderio che provavo io; non c'era modo di capirlo dal suo comportamento esteriore e pensai a come i reali diventino abili nel mascherare le proprie emozioni.

«Potrei accompagnare le signore a casa, Milord?» La voce di Maelgwn si infilò tra noi alla fine della serata. «Tra breve passerete tutte le notti in compagnia di mia cugina, ma ora, alla vigilia della sua partenza, gradirei dirle addio da parte della famiglia.»

Guardai subito Artù sperando che facesse valere il suo diritto di scortarmi personalmente al convento, ma egli stava sorridendo educatamente al re vassallo.

«Mi sembra giusto» risposi amabilmente, e poi si rivolse a me avvisandomi che saremmo partiti di buon'ora. Nulla indicava che fosse deluso quanto me e non ebbi modo di fargli capire quanto poco gradissi la compagnia di mio cugino. Così gli augurai cortesemente la buonanotte e indossai il mantello.

Maelgwn mi prese per un braccio mentre camminavamo nelle strade buie e io affrettai il passo per porre fine al più presto a quella situazione. Brigit e Lavinia si sforzavano di starci dietro e quando giungemmo al convento erano tutt'e due ansimanti.

Una giovane novizia venne ad aprirci, senz'altro contenta che gli ospiti fossero finalmente arrivati, così avrebbe potuto andare a dormire.

«La vostra signora vi raggiungerà tra un minuto» disse Maelgwn rivolgendosi a Lavinia. «È stato un piacere conoscervi, Madame. Mia cugina è fortunata ad avere una matrona tanto saggia per guidarla nelle prime difficili giornate alla nuova corte.»

Lavinia sorrise al complimento, riempiendo di fossette il volto paffuto. Poi la ragazza condusse le mie compagne dal lato opposto del cortile portando con sé la torcia, e Maelgwn serrò la stretta sul mio braccio e mi trascinò all'ombra dell'arco d'ingresso.

«Bene, ragazza mia,» disse con decisione «pare che sia riuscita ad accalappiarti un buon marito, dopotutto. Non posso negare che preferirei averti qui.»

Mi teneva bloccata contro il muro ed era così vicino a me che potevo sentirne il fiato sulla pelle.

«È un peccato vedere una graziosa creatura cadere nelle braccia di un giovane focoso. Certamente non ti inizierà con la stessa delicatezza con cui potrebbe farlo un amante più maturo. Potrei incontrarti tra mezz'ora presso il cancelletto nascosto all'angolo del muro posteriore» aggiunse accarezzandomi il volto col dorso della mano.

«Tira giù le mani» sibilai, cercando di non fare troppo chiasso, ma non disposta a tollerare che mi toccasse.

«È questo il modo di trattare un cugino?» chiese passandomi l'altro braccio attorno alla vita e cercando di tirarmi a sé.

Lo colpii senza pensarci, più forte e più in fretta che potei, battendogli la palma della mano sulla guancia.

Per un attimo pensai che mi avrebbe picchiata a sua volta e lo fissai piena di collera e repulsione, mentre la forza del colpo cominciava a farsi sentire nella mia mano.

«Lasciami andare,» ordinai «o parlerò con Artù del tuo comportamento.»

Si lasciò cadere le braccia sui fianchi e indietreggiò di un passo.

«Non sarai sempre protetta dalla tua nuova posizione, Milady» disse con voce arrochita dalla collera.

Mi salì alle labbra una risposta infuocata, ma mi trattenni. Lo avevo disarmato per il momento e volevo fuggire finché se ne presentava la possibilità. Quindi mi voltai e oltrepassai il cancello con tutta la dignità possibile, proprio mentre la novizia tornava con la torcia.

Quando essa mi vide, mi fermai e porgendo una mano a Maelgwn dissi con freddezza: «È stato un incontro interessante, cugino, e che ricorderò a lungo».

«Lo spero» rispose col tono cauto di un personaggio pubblico messo sotto esame. Mi toccò appena la mano. «Buonanotte, cugina, e che il tuo sonno non sia turbato.»

Annuii e mi girai, sperando che la ragazza non avesse visto il livido che stava formandosi sulla sua guancia. Mi camminava insonnolita accanto e non dava segni di aver notato nulla oltre al comportamento formale di due nobili, così mi ricomposi e finsi di nulla.

Una volta giunta nella mia stanza mi guardai attorno, dispiaciuta che non fosse abbastanza grande per condividerla con Brigit. Sarebbe stato un sollievo raccontarle cosa era accaduto, ma ogni cella era separata dalle altre, collegata solo dal colonnato, e non volevo andare a tentoni nella notte a cercarla. Quindi mi spogliai e, presa la brocca, riempii d'acqua il catino e mi strofinai il viso cercando di lavare via il contatto di Maelgwn.

Mi faceva infuriare il fatto che mio cugino si fosse sentito libero di farmi una simile proposta ed ero adirata per la sua mancanza di rispetto nei confronti del Sommo Re quanto lo ero per me stessa. Certamente Artù lo avrebbe punito quando lo avrebbe saputo.

Se lo avesse saputo.

Il primo accesso di collera stava placandosi e la voce della ragione cominciava ad affermarsi. Non era il genere di cose da dire su un alleato importante ed ero fin troppo cosciente del bisogno che Artù aveva di lui mentre affrontavamo i Sassoni. Creando scompiglio per questo incidente di natura personale si poteva mettere a repentaglio l'intera alleanza.

Inoltre io e Artù ci conoscevamo ancora poco e questo fatto avrebbe potuto aggiungere una spiacevole tensione al nostro rapporto. Non volevo fargli pensare che fossi una ragazzina sciocca incapace di tenere a bada un lascivo cortigiano. E in realtà le parole che avevo rivolto a Maelgwn sottintendevano che non avrei riferito il fatto ad Artù se lui avesse desistito.

Rimasi sveglia per un certo tempo esaminando la situazione. Conclusi infine che se ciò infastidiva tanto me, avrebbe certo turbato molto anche Artù.

Quando le campane del convento cominciarono a suonare per le preghiere di mezzanotte, avevo ormai deciso che non avrei parlato della faccenda. Io e Artù saremmo partiti al mattino, mentre Maelgwn sarebbe rimasto qui; non avevo motivi per rivederlo presto e forse, quando ciò sarebbe accaduto, avrei potuto parlarne con Artù. Per il momento, sembrava meglio lasciar cadere la questione.

29

Il tempio

Essendo rimasta sveglia fino a tardi la notte, dormii più a lungo del solito e mi destai solo quando Lavinia mi portò una scodella di porridge.

La mia governante era briosa e loquace e l'ascoltai assonnata mentre mi magnificava le meraviglie di Chester. Non solo le terme funzionavano bene, ma i mercanti erano affabili e i gioiellieri ansiosi di mostrare pezzi antichi.

«Non è un bel sigillo?» esclamò allungando con orgoglio una mano piccola e tozza per farmi ammirare il suo nuovo anello.

«Molto grazioso, Lavinia» dissi esaminando il giaietto scolpito nella sua montatura d'oro. «Da dove viene?»

«Dicono che il giaietto sia di Whitby, ma sono sicura che la lavorazione è romana» confidò girando la mano perché io potessi apprezzare il gioiello.

«Sta' attenta a non perderlo» l'avvisai, dato che, anche se lo portava al pollice, era evidentemente troppo grande per lei.

«Lo metterò nella borsa quando partiamo» rispose. «Ma dopotutto a cosa servono i gioielli se non per mostrarli?»

Mi ricordai di ciò che aveva detto Artù sul sovvenzionare la cavalleria e sorrisi tra me.

Più tardi, mentre Lavinia controllava che non avessi dimenticato nulla nell'armadio, Brigit mi aiutò a vestirmi e io le chiesi come fosse andata la sua visita all'ospedale.

«Ah,» sospirò «sarebbe piaciuto molto a Kaethi. Non avevo mai visto tante fiale e bottiglie per balsami, unguenti e pozioni, e speciali vasetti per erbe, ognuno con il nome scritto sopra. Un tempo doveva essere una buona farmacia. Le suore fanno del loro meglio e curano sia la gente locale sia i soldati. Se non ce n'è già uno,» aggiunse «mi piacerebbe creare un centro così alla corte di Artù.»

Bedivere arrivò e si caricarono i cavalli da soma con i nostri bagagli, mentre Lavinia correva attorno al cortile intimando agli uomini di trattare con cura quel fagotto o fare attenzione a quell'altro. Sembrava che i vestiti che contenevano fossero i più preziosi del mondo, ma forse per Lavinia lo erano. Perlomeno non aveva detto nulla quando mi ero rimessa i calzoni e la tunica.

Quando ci avviammo verso il pretorio cavalcai di proposito di fianco a Bedivere perché volevo chiedergli un favore.

«Potreste dire alla zia di Palomides che voglio ordinare una di quelle trapunte di piumino per il letto del Sommo Re? Le fa sua cugina e lei pensava che avrei potuto averne una. Ma non saprei come pagarla...»

Mi interruppi, rendendomi improvvisamente conto che una simile azione avrebbe significato che intendevo diventare la sposa di Artù. Arrossii, trasalendo al pensiero. Forse attribuendo la mia confusione a modestia verginale, Bedivere mi lanciò un'occhiata divertita e disse che avrebbe trovato un modo.

Artù ci stava aspettando ai quartieri del comando, allegro e felice di partire così presto. Ero contenta di notare che non fosse una di quelle persone irritabili e scontrose durante le prime ore della giornata.

Caesar saltellava giocoso al suo fianco, finché Artù gli parlò con fermezza. A quel punto il cucciolo si sedette, scodinzolando e con gli occhi luminosi.

«Be', è già un progresso» dissi preparandomi a smontare di sella.

Artù sorrise e alzò un braccio per trattenermi. «Non è il caso di smontare. Ho già salutato chi resta e Maelgwn si scusa per non essere venuto a dirti addio.»

Alzai le sopracciglia, risollevata e sorpresa insieme. «Sua moglie sta peggio?»

«No, non penso. Ma stamattina si è fatto vedere con un occhio nero che farebbe onore a un soldato. Ha detto che glielo ha fatto una puttana discutendo sul pagamento.»

Artù rise e si voltò verso Bedivere. Il volto mi divenne scarlatto; tirai da una parte la testa di Piedipiuma per ispezionare le redini, lasciando che i miei capelli e il collo della cavalla celassero la mia vergogna. Le virtù della carità, che Lavinia mi aveva elencato più di una volta, non predominavano nei miei pensieri e pregai vivamente la dèa di trasformare mio cugino in un rospo.

Ci fu una certa agitazione quando Griflet e Bedivere partirono per la porta orientale, e una volta conclusi gli addii avevo già dimenticato l'insulto.

Lungo la via la folla era allineata per salutarci. Riempiva i colonnati e i gradini che scendevano al ponte, agitando le braccia, acclamando e lanciandoci fiori di campo. Un gruppo ci tirò persino una manciata di noci, il che avrebbe senz'altro fatto piacere a Lavinia.

«Che cosa mai...» esclamò Artù afferrando i piccoli frutti duri e cercando di identificarli.

«Sono noci» dissi sorridendo «di qualche vecchio giardino dei dintorni. Lavinia mi ha detto che è un'usanza romana per augurare fertilità a una coppia.»

«Benissimo, se non mi fanno un livido come quello di Maelgwn» rispose Artù con un sogghigno.

Scoppiai a ridere, pensando che non lo avrei probabilmente mai trattato come mio cugino, e unii la mia risata alla sua.

Partimmo così da Chester, pieni di gioiosa eccitazione. Anche Caesar pareva divertirsi, poiché abbaiava a tratti dalla sua posizione sulla sella davanti ad Artù. Questi cavalcava con una mano sul dorso del cucciolo, tenendolo fermo in equilibrio.

Eravamo giunti a Chester con un pugno di uomini, ma ripartimmo con almeno una ventina di nobili di Maelgwn che avrebbero proseguito con noi. Il corteo era vivace e variopinto e scendemmo lungo la via dei Cannicci a passo rapido.

Quando arrivammo presso il tempietto di Minerva guardai oltre la cava e notai i fiori sparpagliati sotto la statua. Forte e fiera in battaglia, di mente pronta e molto saggia, questa divinità romana non era che un altro volto della dèa e le chiesi ora di benedire il viaggio che io e Artù stavamo intraprendendo.

Il pomeriggio alle corse era stato molto utile per Artù e presto iniziammo a discutere dei cavalli comprati e degli accordi presi per la riproduzione. La sua preoccupazione più immediata era quella di allevare un animale in grado di realizzare il suo progetto di creare una cavalleria veloce.

«I Sassoni hanno il vantaggio di poter avvicinarsi e allontanarsi di soppiatto con le loro lunghe barche, colpendo di sorpresa e scomparendo prima che possano arrivare i soccorsi. E sembrano avere più corazze a maglia di noi. Ma non possono portare cavalli con loro e se io riuscissi ad addestrare gli uomini a combattere in sella, pareggeremmo notevolmente le nostre forze. Abbiamo bisogno di animali abbastanza veloci da raggiungere i predoni prima che fuggano e abbastanza grandi da sopraffare masse compatte. Tra i cavalli del Rheged e quelli di Chester, spero di poter creare una razza in grado di soddisfare le due esigenze.»

«Ma non ci vorrà un certo tempo?» chiesi, pensando agli anni di allevamento necessari.

«Il tempo,» sospirò «questa è la mia paura più grande. Ambrosius ha respinto la più grande avanzata sassone e Uther ha più o meno difeso i confini, e non ci sono state grandi rivolte tra i Federati. Ma pare che ci sia una nuova ondata di invasori pronta nel continente; gente che è stata scacciata dalle proprie terre da altri conquistatori provenienti dall'Est. Questa è la minaccia maggiore. Se potessi preparare i nostri eserciti prima che i Sassoni alzino la cresta, saremmo in grado di resistere anche a un grande assalto.»

Fece una smorfia. «Se... se i re britannici mi seguiranno, se le alleanze tra i re nordici reggeranno, se si potrà creare una forza di cavalleria, se gli Irlandesi staranno tranquilli all'Ovest, se non avremo più carestie o pestilenze... a volte tutto questo mi sembra come un mucchio di foglie che può volare via al primo soffio di vento.» Aggrottò profondamente la fronte, pronto a combattere per la causa con la sola forza della sua volontà.

«E se non reggerà?» suggerii.

«Dovremo pensarci» rispose con un sospiro. «Se potremo darci da fare in fretta e il tempo ci basterà, creeremo una nazione unita e una pace duratura. Vorrei che si aumentassero gli scambi col continente, come con le città mediterranee. Hanno molto più da offrire che vino e vetro e se possiamo rimettere in funzione le miniere di stagno al Sud e sviluppare la produzione di grano al Nord...» Fece una pausa e diede un colpetto sul dorso di Caesar. «Chi lo sa? Magari ci sarà richiesta anche di cani.»

Il cucciolo, che giaceva come una coperta arrotolata sul garrese del cavallo, scodinzolò leggermente e alzò la testa. Artù lo guardò e sorrise con dolcezza.

«Poverino, con tutta la tua vitalità questo non dev'essere il modo migliore per viaggiare per te. Mi domando» disse rivolto a me «se dopotutto non starebbe meglio nella gabbia insieme ai bagagli.»

«Non lo so» esitai. «Forse dovremmo chiederlo a Brigit.»

«Se fosse più grande, potrebbe trottarci a fianco» riprese Artù. «Ma ho paura che andrebbe a finire sotto gli zoccoli del cavallo, oppure prenderebbe un calcio e fuggirebbe spaventato. Be', amico,» aggiunse dando un altro colpetto a Caesar «alla fine ne sarà valsa la pena, te lo prometto.»

Il volto di Artù era pieno di sollecitudine e tenerezza e ammirai come la profondità della sua compassione fosse pari all'altezza dei suoi sogni.

Intorno a mezzogiorno giungemmo a una radura del bosco dove un vecchio sentiero scendeva dalle colline per andare verso ovest. Era un luogo di antica bellezza, dove una sorgente sacra zampillava nel prato, scintillando nel sole come una goccia di rugiada tra le felci.

Dietro alla sorgente un tempio in rovina si ergeva al bordo della buia foresta. Era in condizioni migliori di molti altri che avevo visto al Nord e, anche se mancavano tegole dal tetto e alcune colonne erano crollate, non aveva l'aspetto misero di un edificio abbandonato.

Gli uomini portarono i cavalli a bere al ruscello formato dalla sorgente, mentre io e Artù ci incamminammo verso la fonte. Una tazza era stata sistemata per i viaggiatori in una nicchia della roccia e, dopo aver fatto un'offerta al dio locale, bevemmo entrambi. Artù raccolse un po' d'acqua con le mani e la diede al grato cucciolo.

Uno degli ufficiali si avvicinò indicando il nostro punto di provenienza. Mi voltai e scoprii che la strada era piena di gente. Contadini, boscaioli e pescatori dei villaggi fluviali dei dintorni entrarono nella radura e si riunirono in allegri gruppetti presso il ruscello. Erano più di una quarantina e sembravano tutti di ottimo umore. Rendevano molto numerosa la nostra comitiva e mi chiesi come avremmo fatto nelle locande.

Merlino ci superò e salì lentamente i gradini dell'edificio mezzo in rovina. Un eremita dai capelli bianchi era comparso dall'interno e, in piedi tra le colonne presso la porta, strizzava gli occhi nel sole per vedere quale dono la strada avesse portato al suo tempio.

Guardai affascinata i due uomini che si salutavano solennemente. Vicino allo spettrale guardiano di questo luogo antico, il Mago sembrava forte e vigoroso, poco più che di mezza età. Mi chiesi se ciò fosse dovuto solo al confronto, oppure se ognuno dei due avesse messo da parte l'immagine mondana per apparire in una forma più veritiera. Con un rispettoso cenno del capo Merlino accettò l'invito del vecchio a entrare nel tempio.

«Non c'è persona da cui Merlino non voglia imparare» disse Artù quando gliene parlai. «Durante la mia infanzia ripeteva sempre che ognuno ha la propria storia, la propria saggezza... e chi non lo rammenta è un cattivo capo, o un pessimo studioso.»

Una farfalla colse l'attenzione di Caesar, che la rincorse balzando, e noi lo seguimmo verso gli alberi.

«Di cosa pensi che stiano parlando?» chiesi.

«Probabilmente degli dèi.» Artù alzò leggermente le spalle chiamando Caesar e ordinandogli di sedersi.

«Ma l'eremita porta una croce.»

«A Merlino non importa» rispose Artù. «Può darsi che il cristiano stia imparando dal nostro saggio quanto Merlino da lui. Nelle campagne i cristiani si interessano più alla saggezza che ai dogmi e non si preoccupano tanto del potere quanto nelle città. Non l'hai notato?»

Ripensai a come Brigit accettasse pratiche diverse dalla sua. Forse Artù aveva ragione: erano solo i preti cittadini che disprezzavano tutti gli altri dèi.

«Cosa provi per i cristiani?» domandai, pensando che questo fosse un momento opportuno per chiederglielo.

Caesar era ora tranquillamente accucciato e Artù gli sorrise, poi indicò verso gli alberi e il cane corse avanti mentre noi ci mettevamo all'ombra.

«I cristiani?» ripeté. «I loro insegnamenti sembrano come tutti gli altri. Chiedono l'aiuto del loro dio per se stessi e mandano maledizioni ai loro nemici. Sono sicuro che qualunque dio può venire in soccorso in un particolare momento. Ma non credo che seguirei solo il loro Cristo. E non perdòno il loro immischiarsi nella politica. La gente deve seguire gli insegnamenti con cui si sente più a proprio agio, e finché sarò re non favorirò una religione più delle altre. Non posso rischiare di perdere la fiducia del popolo: il capo che tenta di imporre certe credenze alla sua gente merita di essere considerato un tiranno.»

Ci fermammo presso un vecchio tronco dove Caesar stava studiando la tana di un topolino e Artù aggrottò la fronte preoccupato.

«Non voglio che la mia gente si divida per questioni sacre e chi o che cosa scelgo di pregare nella mia limitata vita privata è un fatto strettamente personale.» Mi lanciò una rapida occhiata. «A quanto pare tuo padre ti ha allevata con la stessa filosofia.»

«Sì, sì, non potrei essere più d'accordo con te» dissi annuendo con forza. Sembrava che l'argomento fosse tanto importante per lui da aver considerato la mia formazione prima di chiedermi la mano. Avrei dovuto intuire che la ferma volontà di Artù di unificare il suo regno avrebbe superato tutto il resto e che qualunque religione che tendesse a essere troppo esclusiva non sarebbe stata incoraggiata.

Di colpo tutte le mie paure sulla corte romana e sulle limitazioni dogmatiche svanirono. Sembrava esserci un'unità di spirito tra me e Artù che mi riempiva di gioia e volevo correre, cantare e danzare nel sole d'aprile. Mi sentivo pervasa di bellezza e alzai le braccia ridendo di piacere.

Caesar fece un balzo, desideroso di giocare. Saltai verso di lui e lui si scansò, lanciandosi in un circolo e tornando per attaccare Artù. All'improvviso stavamo tutti e tre ridendo e correndo in cerchi sempre più ampi nel verde, inseguendo la meraviglia e l'allegria della primavera stessa.

Brigit si unì al gioco, seguita da diversi giovani della guardia e dalla gente di Chester, finché tutti divennero parte del turbinoso circolo, ridendo e saltellando come fossimo una famiglia di elfi. Era come la danza della mattina di Beltane, una celebrazione del puro piacere di vivere. Lo spirito dai molti nomi di questo luogo ci benediceva nella sua antica maniera.

La gioia e il buonumore continuarono anche quando ci fermammo per riprendere fiato e gli uomini riportarono i cavalli. Ora, invece di essere gruppi separati incontratisi per caso sulla strada, avevamo un legame di amicizia che ci inebriava.

Su consiglio di Brigit, Artù rimise il cucciolo nella gabbia, promettendo di lasciarlo libero alla prossima sosta. Tornando al mio fianco, il Sommo Re indicò la folla chiassosa che si preparava a seguirci.

«Pare» disse in tono ironico «che la gente abbia sentito che ci sarà un matrimonio a Winchester e che ci scorteranno fin là.»

Lo guardai stupita per un attimo, ma il largo sorriso che gli comparve sul volto era contagioso e sorrisi anch'io. Era, dopotutto, un meraviglioso complimento. Che omaggio migliore poteva offrire un popolo al suo re?

«Lo sentono davvero, Ginevra. Sanno che sta accadendo qualcosa di nuovo e di eccitante e vogliono esserne partecipi.»

Il viso gli splendeva di speranza ed entusiasmo e guardandolo mi resi conto che, anche se non era stato educato al Santuario, aveva certamente l'animo dell'eroe.

L'atmosfera festiva continuò anche nel pomeriggio e raggiungemmo la carovana dei bagagli al campo montato presso Whitchurch. Artù e i suoi uomini vi rimasero, mentre i viaggiatori che si erano uniti a noi sistemarono un campo informale nel bosco vicino e io, Brigit e Lavinia fummo accompagnate a una locanda in paese.

Ci diedero una grande stanza lontana dal chiassoso cortile e dopo aver passato due notti in una cella di convento ero contenta di avere compagnia. Ma notai che la mia governante disfaceva i bagagli con gli occhi rossi e un insolito silenzio.

«Che cosa c'è, Lavinia?» le chiesi mentre estraeva il pettine e lo specchio di mamma.

«Avrei dovuto saperlo» disse lamentosa. «Mia madre diceva sempre che andare a cavallo porta solo guai.» Una grossa lacrima le indugiò sulla guancia rotonda per poi scivolarle fino al mento.

«Si è fatta male?» domandai guardando ansiosa Brigit.

«Ha perso il suo anello nuovo» spiegò lei.

«Non sarebbe mai successo se fossi rimasta nella portantina» sussurrò la matrona. «E adesso è sparito per sempre.»

«Oh, Lavinia, mi dispiace tanto. Su... non piangere» aggiunsi abbracciandola.

«Ma era un vero anello romano» gemette.

«Te ne troveremo un altro quando arriveremo al Sud... Ci saranno pure "veri anelli romani" a Winchester.»

Avevo detto la prima cosa che mi era venuta in mente per consolarla e sembrò avere effetto. Si scostò con un pallido sorriso tra le lacrime.

«Lo faresti davvero per me?» chiese. Con il volto bagnato e il labbro tremante sembrava una bambina cresciuta troppo.

«Se ne troveremo uno, sarà tuo, Lavinia» promisi.

Per un attimo pensai che sarebbe scoppiata di nuovo in lacrime, ma il suo pianto si trasformò in singhiozzo e si mise una mano in testa per aggiustarsi i capelli.

«È molto gentile da parte tua, signorinella» disse con garbo. Poi all'improvviso sorrise. «Immagino che dovrò cominciare a chiamarti Milady, adesso che il matrimonio con il giovane re è cosa sicura.»

L'idea era così assurda che risi e mentre stavo per dirle che non sarebbe stato il caso, Brigit mi interruppe con fermezza.

«Lo faremo tutti e dovremmo prendere l'abitudine fin d'ora, lungo la strada.»

Il tono di Brigit era assolutamente serio e io la guardai sbigottita. Mi sembrava insensato che membri della mia famiglia mi chiamassero con un titolo invece che per nome. Volevo protestare, ma Brigit annuì con decisione.

«Ci sarà più difficile sbagliare alla corte se faremo un po' di pratica prima» affermò mentre Lavinia si asciugava gli occhi.

Mi resi conto che forse Brigit aveva ragione; sarebbe certo stato meglio non arrivare impreparate alla corte straniera. Quindi assentii con riluttanza.

Più tardi, quando eravamo sole, sussurrai a Brigit che non volevo simili assurdità in privato. Lei sorrise e mi strinse la mano.

Era mezzogiorno quando Artù passò a prenderci. La carovana dei bagagli era partita all'alba e quando la raggiungemmo notai con meraviglia quante persone la seguissero a piedi. Si fecero da parte per lasciarci passare, acclamando quando riconoscevano Artù e gridando a volte anche il mio nome. Noi sorridevamo e salutavamo in risposta e più tardi, mentre cavalcavamo tranquillamente alla testa del corteo, chiesi ad Artù se questa era l'accoglienza che riceveva sempre quando viaggiava.

«No, mai!» disse ridendo. «La maggior parte delle volte posso andare e venire con un gruppetto di uomini senza farmi notare. E quelli che mi riconoscono non ci fanno molto caso. Penso» aggiunse guardandomi «che sia la tua presenza ad attirarli ora.»

«Io?» Mi pareva un'idea improbabile.

«Certo. La notizia che avrei preso una moglie cumbra era destinata a diffondersi nel Galles come un incendio e adesso vogliono vederti di persona. Per queste genti i legami di sangue sono più importanti di qualunque altra cosa, e il fatto che una di loro è stata eletta Somma Regina è un grande onore.»

«È questa la ragione per cui mi hai scelta?» chiesi con calma. La domanda non era né impulsiva né premeditata, ma mi era venuta naturale nell'ambito della conversazione. Però, appena pronunciate le parole, me ne pentii.

Si voltò a guardarmi con lo stesso sguardo aperto che ci eravamo scambiati durante il nostro primo incontro, alla fine della corsa.

«Ti ho chiesta per le stesse ragioni per cui tu mi hai accettato» rispose semplicemente. «La Britannia ha bisogno di una regina e tu hai bisogno di un marito. Ciò che faremo nel futuro dipende da noi.»

Lo fissai, sperando di trovare un segno di amore o di tenerezza, ma lui si limitò a sorridere e ad aggiungere in tono un po' burbero: «In ogni caso, abbiamo iniziato bene. E a nessuno dei due mancherà un compagno di cavalcate».

Mi rilassai e sorrisi, contenta che almeno lo considerasse come un buon inizio. Forse, come aveva detto mio padre, l'amore sarebbe venuto in seguito.

Il traffico sulla strada stava facendosi più fitto. A volte passava un'ora senza che incontrassimo nessuno, poi appariva una serie di gruppetti di viaggiatori per un miglio o più. La maggior parte della gente si fermava a guardare il nostro corteo, spostandosi sul bordo della strada e salutandoci con rispetto quando riconosceva l'emblema del Drago Rosso.

Un apicoltore, con i suoi preziosi alveari avvolti con cura in lino e paglia per il viaggio, ci salutò animatamente. Le api sono sempre di buon auspicio ed ero sicura che la sera egli si sarebbe seduto presso il suo carico per descrivere accuratamente tutto ciò che aveva visto e sentito sulla strada quel giorno, poiché le piccole raccoglitrici dorate di miele dovevano essere al corrente di tutto ciò che colpiva il loro proprietario. Mi chiesi come ci avrebbe descritti e cosa ne avrebbero pensato le api.

Alla fine del pomeriggio giungemmo in vista di Wroxeter, una città le cui fucine e fonderie erano state un tempo famose in tutto l'Impero. Ma ora le porte della città erano spalancate e né guardie né curiosi ci guardavano dalle mura.

«È deserta» spiegò Artù. «Abbandonata. Non ci sono abbastanza uomini per difendere le mura, né commercio per nutrire gli uomini. Così sono tornati in campagna. Troverai altri posti simili al Sud, luoghi disabitati che stanno lentamente cadendo in rovina.»

«Ma perché?»

«Dipende dalla persona a cui lo chiedi. I cristiani dicono che è una punizione di Dio per i peccati commessi. I druidi che è perché le antiche usanze vengono ignorate. I soldati seguaci di Mitra, che è per mancanza di misure igieniche... e io» aggiunse alzando un sopracciglio «dico che la ragione per cui è avvenuto conta meno di ciò che possiamo fare ora. Dobbiamo ricostruire le comunità e salvare il possibile. È la stessa cosa in tutto il Logres; dove le città sono morte la gente si è divisa per radunarsi poi attorno a capi in roccheforti come quella.»

Indicò una delle strane rocche che sorgevano come isole dal peasaggio attorno a noi.

«L'uomo che ha reclamato Wrekin segue le antiche usanze e non vede motivo per far tornare la sua gente in una città ormai abbandonata da quarant'anni. È un mio amico, tra l'altro,» aggiunse Artù «e gli ho promesso che avrei passato la notte dalla sua famiglia. Vuoi venire anche tu?»

«Certo» risposi. «Non si offenderebbe se non ci andassi?»

«È difficile a dirsi.» Artù alzò le spalle. «I capi della zona di confine del Galles sono piuttosto eccentrici; ogni re locale è padrone della sua rocca e gli può importare o meno che onoriamo la sua sala. Conoscendo Pellinore, penso che sarà felice di incontrarti; non ho mai visto un uomo a cui piacessero tanto le signore. O il procreare figli. Se da grandi diventeranno come il loro padre, sarò ben contento di averli come guerrieri nel Sud.»

Guardai Wrekin. Sembrava una fortezza naturale, isolata e difficile da scalare.

«Sarà considerata una visita ufficiale?» domandai, chiedendomi come avremmo fatto per la portantina.

«In un certo senso,» rispose ridacchiando «ma porteremo solo una guardia leggera con noi. Non intendo spingere tutta la carovana su per quel sentiero.»

Annuii, chiedendomi come avrebbe reagito Lavinia.

Quando ci accampammo Artù approntò i piani per la serata e portò Caesar a correre mentre io parlavo con Lavinia e Brigit. La mia governante si rifiutava di lasciarmi andare da sola, ma allo stesso tempo non aveva nessuna intenzione di salire in sella e si dibatteva quindi in un turbine di sentimenti opposti.

Alla fine Artù stesso la convinse che sarei stata al sicuro sia da nemici esterni sia da lui. E verso il crepuscolo il nostro gruppetto lasciò il campo, diretto all'antica roccaforte.

30
Pellinore

«Alt!»

L'ordine echeggiò stridulo nel crepuscolo come il verso di una cornacchia. Ci fermammo in cima al sentiero di Wrekin e fummo immediatamente circondati da un nugolo di bambini curiosi e chiassosi, che ci era corso incontro con aria di sfida prima che raggiungessimo le mura esterne.

Erano circa una dozzina, dalla prima adolescenza in giù, vestiti con abiti caldi ma scompagnati, come quando li si passa da un bambino all'altro. Non riuscivo a capire se ci fossero femmine tra loro, ma si distinguevano subito almeno due coppie di gemelli.

Artù si fermò pazientemente per farsi riconoscere, allungando la mano con l'Anello del Drago. Dopo aver riflettuto un momento, la truppa si scostò per lasciarci passare.

«Siete davvero il Sommo Re?» chiese il ragazzo più grande correndo di fianco al cavallo di Artù e guardandolo con aria scettica. «Pensavo che foste più vecchio.»

Artù prese un'espressione grave. «Mi preferisci così, figlio?» chiese guardando severamente il ragazzo.

«Forse...» rispose questi poco convinto.

Quando giungemmo alla porta mi voltai a guardare il paesaggio sottostante. Una successione di creste e colli galleggiava nella foschia serale, con sfumature di colore dall'ardesia al carbone al nero contro il cielo rosa salmone. Era un tramonto silenzioso e immoto, come se la terra stesse trattenendo il respiro. Nulla si muoveva e ci si poteva immaginare giganti dormienti che si svegliavano per vagare sinistri nella campagna.

Le mura di pietra del forte si ergevano davanti a noi, offrendo calore e protezione a chi osava entrarvi, e mentre oltrepassavamo la porta massiccia io rivolsi un breve ringraziamento allo spirito del luogo.

I bambini ci accerchiarono nel cortile.

«Qui, ragazzi, lasciate passare gli ospiti!» gridò una giovane donna affrettandosi dalla soglia della casa principale e cercando di spingere da parte la frotta. Portava in braccio un piccolo paffuto e dal rigonfiamento del vestito si capiva che ne aspettava un altro molto presto.

«È davvero re Artù?» saltò su uno dei più giovani.

«Lo è di sicuro!» rimbombò una voce forte dal granaio. Il nostro ospite si fece strada nel branco di bambini. «E sono felicissimo di vederti» dichiarò raggiante.

Artù smontò di sella e i due uomini si scambiarono un gioviale abbraccio. Artù non era un uomo minuto, ma questo gigante lo sommerse come un orso bonario.

«Benvenuto, amico mio» disse Pellinore, battendo una pacca sulla schiena del Sommo Re. «Abbiamo ricevuto il tuo messaggio solo stamattina, quindi non c'è stato tempo per preparare nulla. C'è della carne di cervo sullo spiedo, comunque.»

L'uomo si girò a esaminare il resto del gruppo mentre Artù si faceva avanti per aiutarmi a smontare da cavallo.

«Pensavo che avresti portato con te la ragazza cumbra» borbottò Pellinore tornando a guardare verso di noi. Artù mi aveva appena messa a terra e le sopracciglia dell'uomo si inarcarono dalla sorpresa. «Per la dèa,» esclamò con vigore «vi avevo presa per un paggio!»

«Non è la prima volta che capita» risposi sorridendo mentre Artù mi cingeva la vita con un braccio.

«Ginevra, posso presentarti il nostro alleato e compagno di battaglia Pellinore?» annunciò solennemente, poi aggiunse: «E la sua banda di futuri guerrieri».

I ragazzi si fecero improvvisamente timidi e silenziosi. I più grandi si inchinarono maldestri e i più piccoli mi fissarono pieni di soggezione.

«E questa è mia moglie Tallia» annunciò Pellinore allungando un braccio verso la donna attorno a cui si erano radunati i bambini. Non mi sembrava vecchia abbastanza per aver generato tanta prole e, come in risposta ai miei pensieri, egli disse: «Ci siamo sposati dopo la grande battaglia... saranno tre anni al tempo del raccolto... mi ha già dato un bambinetto robusto e ne ha un altro in arrivo ben presto».

La giovane donna arrossì e mi rivolse un profondo inchino, con la gonna di tela grezza che si trascinava nella polvere del cortile non lastricato. Questa, pensai, è vera dignità, e mi fu subito simpatica.

Una volta nella sala Pellinore ordinò di portare della birra e quando ci sedemmo presso di lui iniziò a presentarci individualmente la sua tribù.

Il più grande, il cui scetticismo si era ora raddolcito, si fece avanti con orgoglio. A quattordici anni, dava tutti i segni di diventare un gigante come il padre. Pellinore ci informò che il suo nome era Lamorak e il ragazzo si inchinò formalmente ad Artù.

Seguì un assortimento di altri, da tredicenni a bambini che facevano i primi passi, e dal loro aspetto si capiva che erano figli di madri diverse.

Probabilmente, pensai lançiando un'occhiata a Tallia, quest'uomo genera una prole di grosse proporzioni e le povere donne non sopravvivono al parto. Ero contenta che Artù non fosse delle dimensioni di Pellinore.

Dopo la presentazione dei figli, incontrammo guerrieri, compagni d'armi e liberi artigiani, poiché il nostro ospite aveva invitato i vicini a unirsi ai festeggiamenti. Poi, tagliata la carne e distribuiti i piatti di legno, si cominciò a parlare di Lamorak.

«Naturalmente mi piacerebbe tenerlo al mio fianco,» tuonò Pellinore «ma sogna di venire alla tua corte un giorno o l'altro.»

Il ragazzo arrossì timidamente, ma tenne la testa alta e fiera.

«Se il figlio è come il padre dovrò stare attento» rispose Artù con un largo sorriso. Continuò raccontando come Pellinore lo avesse vinto nettamente la prima volta che si erano incontrati, ben prima dell'incoronazione. «Mi spinse d'un colpo giù da cavallo, rompendomi anche la spada» concluse.

«Avevo il peso e l'esperienza dalla mia parte» disse burbero Pellinore. «Probabilmente non sarei più in grado di farlo.»

«No, se quello che ho sentito è vero» rispose Artù e raccontò dei cavallerizzi di Ribchester e di come avessero modificato la propria sella. «Ciò dovrebbe dare forza in battaglia anche al cavaliere più leggero.»

«Sembra interessante» assentì Pellinore strappando un ultimo brandello di carne dall'osso che aveva in mano e tirando il resto alla muta di cani che si azzuffava per gli avanzi vicino al fuoco.

«Bedivere porterà uno dei ragazzi a Winchester in tempo per il matrimonio» proseguì Artù. «Voglio vedere di persona questo sistema il più presto possibile. Perché non vieni ai festeggiamenti e dai un'occhiata anche tu?»

Pellinore annuì pensieroso guardando gli uomini riuniti.

«C'è qualche ragione perché non debba andare al Sud per circa un mese?» chiese a uno dei suoi luogotenenti e questi, dopo aver esaminato la questione per un momento, scosse la testa.

Il volto di Pellinore si aprì in un largo sorriso, poi si rivolse a sua moglie. Era chiaro che non poteva accompagnarlo tanto lontano in stato di gravidanza, ma anche che lui non intendeva restare a casa quando l'avventura lo chiamava. Così la guardò con affetto e chiese: «Che cosa ti devo portare dalla città, amore mio?».

«Te stesso... da solo» rispose la giovane donna con un sorriso d'intesa. Era evidentemente consapevole delle abitudini vagabonde di suo marito e il successo della loro unione sembrava dipendere dalla sua accettazione di queste.

Si passò a parlare di reminiscenze della grande battaglia e di come Pellinore avesse affrontato da solo Lot, dopo che i re ribelli avevano portato le truppe di Artù a una situazione di stallo.

«È stata un'azione molto coraggiosa, amico mio» disse Artù. «E potrei dire davvero che debbo a te quella vittoria e la mia corona.»

«Era solo senso comune.» Pellinore alzò le spalle. «Erano tutti esausti, ed ecco che arriva Lot, tardi come al solito, e si lancia fresco nella mischia. Non solo ero il più vicino a lui, ma ero anche l'unico di corporatura pari alla sua e non volevo rischiare che ti tagliasse a pezzi solo perché avevo già fatto la mia parte nella scaramuccia.»

Continuò narrando il sanguinoso scontro, colpo per colpo, e io osservai i bambini che spalancavano gli occhi d'ammirazione e i guerrieri che annuivano e si pulivano i denti riascoltando la storia. Potevo apprezzare la strategia o la logistica, ma non riuscivo a capire che attrattiva ci fosse nel racconto di ogni singola botta e di ogni colpo. Lanciai un'occhiata ad Artù, che stava ascoltando attentamente, e decisi che glielo avrei chiesto più tardi.

«Forse, mia cara,» rispose mentre passeggiavamo al chiaro di luna quando la festa era finita ed era ora di andare a letto «non lo capisci perché tu non vivi di spada. Se la tua stessa sopravvivenza dipendesse da quel movimento istantaneo, dalla reazione immediata, dalla capacità di spostare l'equilibrio in tuo favore, scommetto che saresti affascinata... o almeno rispettosa... del valore di un altro. Se Pellinore fosse più ricco, avrebbe un bardo per raccontare la sua storia, ma così tutti noi la riviviamo perché la rivive lui.»

«Tu vivi di spada?» chiesi.

«A volte. Non regnerò con essa, questo Merlino me lo ha già detto. E imparare a usare il potere militare con saggezza fu la prima lezione della guerra civile. Mi sarei scagliato contro chiunque, in qualunque luogo, nella mia ansia di porre fine alla ribellione, se Merlino non mi avesse spiegato che in quel modo avrei solamente perso vite e tempo preziosi. Bisogna agire a seconda della situazione, e se i nemici ci attaccheranno con la spada, dovrò difendere sia il Logres, sia la Britannia, che lo voglia o no.»

La sua voce era tranquilla, ma molto seria, e, guardandolo alla luce piatta della luna piena, per un attimo vidi il volto di un vecchio rugoso, grigio e stanco oltre misura. Il regno era per lui una benedizione e un tormento e il dolore gli segnava la fronte. Quegli occhi scavati, tristi com'erano, splendevano ancora del suo sogno e sorse in me un'ondata di amore e tenerezza.

Qualcosa mi si affollò nella mente... qualcosa che gli dovevo dire... qualcosa che lo avrebbe aiutato. Gli toccai la guancia, con gli occhi pieni di lacrime e la gola che ardeva dal desiderio di dirgli le parole che avrebbero guarito la sua angoscia.

«Che fai? Ti ha colpita un po' di follia lunare?» scherzò lui prendendomi la mano e voltandosi verso di me. «Cosa direbbe mai la tua governante?»

«Non lo so» sussurrai sia alla dèa sia al mio compagno, poiché la presenza dello Spirito era ancora attorno a noi. Non avevo mai provato nulla di più potente prima e, anche se non ne capivo il significato, era chiaro che i nostri destini erano intrecciati per tutta la vita.

Mi tirò a sé e mi baciò. Le mie braccia circondarono il suo corpo giovane e robusto, ed ebbi conferma della sua gioventù e del suo vigore. Reggendomi fermamente per i fianchi, mi sollevò quasi contro di lui e la mia bocca si aprì volentieri all'insistenza della sua lingua. Brividi di desiderio mi eruppero dalla gola, per scendermi in una pioggia delicata lungo il corpo fino ai lombi. Ci abbracciavamo come una coppia nella festa di Beltane e io tenevo nelle braccia il presente e il futuro, consapevole di stringere a me sia il giovane appassionato del momento, sia il grande sostegno della rinascita britannica negli anni a venire.

«Cielo, ragazza, stai tremando» disse all'improvviso scostandosi da me e aprendosi il fermaglio del mantello. «Non farò sì che la mia sposa si congeli solo per godere della benedizione della dèa.»

Mi avvolse col suo manto e mi trascinò verso il fascio di luce che si riversava dalla porta della sala.

Tallia stava sistemando per noi due comodi giacigli di pelliccia e lana presso il focolare. I bambini erano in altre parti della sala e i nostri ospiti avevano una stanza loro, ma, per rispettare i buoni costumi, era ben chiaro che io e Artù avremmo dormito in letti separati, sorvegliati dai nostri uomini.

Sorrisi tra me, sapendo di avere già provato con quest'uomo un'unione molto più grande e profonda di quella contro cui le buone usanze stavano così in guardia. Avevo visto e accettato il nostro destino, stanotte, sulla cima di questa antica collina, e tutte le altre cerimonie non sarebbero state altro che rituali per compiacere la gente e rendere pubblico l'impegno già preso nel segreto del mio cuore.

Mentre mi addormentavo, mi chiesi se Artù avesse idea di ciò che era accaduto.

La mattina dopo Pellinore salutò rumorosamente la sua famiglia, incaricando Lamorak di fare le sue veci in sua assenza.

«Povero ragazzo, gli serve qualcosa per rifarsi della delusione di non poter venire con me» disse mentre scendevamo il fianco ripido del colle, seguiti dalla nostra scorta e dagli uomini che Pellinore portava con sé. «Inoltre gli farà bene provare il senso della responsabilità mentre io non ci sono. È una buona esperienza per il futuro e mi lascia la libertà per una mia piccola faccenda personale.»

«Ancora a caccia di signore?» disse scherzando Artù.

«Amico, non so dirti come sia duro affrontare un appetito come il mio. È una bestia furiosa, vorace e urlante come una muta di cani. Devo andare dove mi conduce la dèa, non importa altro. È terribilmente difficile farlo capire a una moglie» aggiunse gravemente. «Oh, io cerco di non farmi allettare... non posso governare una tribù e andare sempre fuori a caccia, sai. Ma quando lei mi chiama non ho altra scelta che seguirla. Un giorno o l'altro stringerò la dèa stessa tra le braccia.»

Artù annuì. «Il sogno di tutti gli uomini» disse piano.

«E anche la maledizione» affermò Pellinore. «Pensi di essere il padrone dell'universo, di solcare le stelle e gettare i tuoi fulmini nel cuore della creazione, e ti abbandoni completamente a lei. Ma quando è finito scopri di aver abbracciato una bestia malata. Non hai idea di quanti guai ti procuri, ragazzo. È una ricerca sacra che non auguro a nessuno.» Fece subito il segno contro la bestemmia, nel caso la dèa potesse offendersi.

Artù fece lo stesso e cavalcammo in silenzio per un tratto. Pensai alla dèa e ai suoi diversi volti e mi resi conto di non aver mai pensato a come potesse apparire a un uomo. Vergine, madre, vecchia saggia, per me aveva sempre incarnato la vita e la morte, la fertilità, la forza e il potere antico. Cathbad la descriveva come terra e stagioni, stelle e maree, implacabile in guerra e gloriosa nel portare nuova vita. Che la sua stessa natura potesse far impazzire gli uomini era comprensibile, ma che essi la vedessero come una maledizione oltre che una sfida non mi era mai venuto in mente.

Mi chiesi se Artù l'avesse mai sentita in questo modo e, in questo caso, se me lo avrebbe mai detto. Forse, decisi, era una domanda da lasciare per il futuro.

Il sole dorava la punta dell'erba e piccoli vortici di vapore sorgevano dalle radure in basso. Agnelli saltellavano nei pascoli, ci fissavano stupiti e correvano subito dalla madre, dove si chinavano per raggiungere il conforto della mammella, agitando freneticamente la coda. Le pecore più grandi si limitavano ad alzare la testa, continuando a masticare mentre ci guardavano. Il pastore si levò il cappello in segno di saluto e il suo cane lasciò penzolare amichevolmente la lingua, pur tenendoci d'occhio.

Questo era il volto della dèa che più amavo e la ringraziai per i doni della campagna e per l'abbondanza con cui ci aveva onorato quell'anno. Promisi di farle un sacrificio personale una volta giunti a Winchester.

31

Morgause

Quando raggiungemmo il resto del corteo fummo accolti dalle chiassose acclamazioni dei capi cumbri che si erano appena uniti alla nostra carovana.

Erano uomini che avevano lottato al fianco di Artù nella grande battaglia e, come Pellinore, sentivano un particolare legame con il giovane che avevano aiutato a diventare Sommo Re. Lo sommersero in un coro di notizie recenti e felici rimembranze di glorie passate, così io mi trattenni presso Merlino e mi accontentai di guardare Artù all'opera.

Si muoveva a proprio agio tra loro, animato dal loro stesso entusiasmo. A chi gli si rivolgeva nella lingua nativa rispondeva in cumbro, passando al latino solo quando qualcuno usava quell'idioma. Sembrava una riunione di famiglia, e pensai al vincolo che esisteva a casa tra mio padre e i nostri uomini. Forse questa era la prima qualità necessaria a un capo: la capacità di trattare i suoi guerrieri su un piano di parità, senza nessuna arroganza o freddezza, ma come uno di loro.

Merlino era chiuso in se stesso e silenzioso quanto Artù era estroverso e loquace e io mi abbandonai a osservare il paesaggio. Qui nella zona di frontiera lo Spirito riempiva le colline ripide e le creste scoscese. La terra vibrava di foschie e soffi misteriosi e capii perché i regni del Galles non fossero mai stati conquistati dai Romani: era chiaro che questo confine era protetto dalle fate oltre che dagli uomini.

Ovunque una collina sovrastasse la strada c'erano segni di un forte o di un'antica dimora. A volte profili di mura e fossati portavano come giganteschi gradini alle torri di guardia presso le porte. E a volte l'unica cosa che si vedesse era uno sbuffo di fumo che saliva da un cortile nascosto da un gruppo d'alberi. Avevo sempre la sensazione che fossimo osservati, ed ero contenta che la strada fosse in mano ad alleati e non a nemici.

Quella sera ci accampammo in una graziosa valle protetta da

due dolci colline e Artù mi propose di incontrare la nobiltà locale dopo cena.

Lavinia mi aiutò a indossare un vestito mentre Brigit cercava di districarmi i capelli e avemmo l'occasione di scambiarci qualche notizia. La loro giornata era stata tranquilla come la mia, anche se Brigit disse sorridendo che Caesar l'aveva disturbata tutta la notte cercando ovunque Griflet, Artù o me.

«Non si è calmato finché non l'ho legato al palo della tenda. Allora mi si è accucciato ai piedi del letto e si è addormentato» concluse mentre Lavinia faceva una smorfia al pensiero di aver dovuto condividere la tenda con un cane.

«Andrò a prenderlo per fare una passeggiata appena hai finito» dissi a Brigit e lei rispose che sarebbe certo stato molto contento di vedermi.

Gli animali da soma erano presso il ruscello e non appena mi incamminai su un praticello fangoso il cane si lanciò verso di me, con le zampe infangate e il muso ispido pervaso di felicità.

«Qui, Caesar!» gridò Artù.

L'ordine venne troppo tardi, poiché il cucciolo si era già scagliato a tutta forza su di me. L'urto ci fece ruzzolare entrambi sull'erba bagnata. Poi il cane si mise subito a sedere con occhi ridenti mentre Artù si avvicinava.

«Penso che sia contento di vederti» osservò il mio sposo, facendo schioccare le dita e ordinando ancora una volta a Caesar di andargli ai piedi. Il cane balzò presso Artù più veloce che poté, guardando prima il suo padrone e poi me con aria di attesa.

«Tutto bene?» mi chiese Artù aiutandomi a rialzarmi e guardando sgomento il mio abito infangato.

Mi affrettai ad assicurargli che né io né il mio vestito eravamo troppo malconci e ci dirigemmo verso un terreno più elevato e asciutto.

Trovammo un prato su una piccola altura presso un boschetto di sambuchi. La corteccia alla base degli alberi più grandi era graffiata dove un tasso si era affilato le unghie e l'interesse di Caesar si risvegliò all'istante.

«Peccato che non sia abbastanza grande da andare a caccia» disse Artù lasciandosi cadere a terra e allungando le gambe mentre si appoggiava sui gomiti. «Lo avrei potuto usare oggi, credimi. Ti rendi conto che abbiamo oltre cento persone da nutrire ora che ci hanno raggiunto i capi locali?»

Raccolsi alcuni fiori di campo e diversi rami di giovane edera, poi mi sedetti e iniziai a intrecciare una ghirlanda per il cane.

«Così tante?» chiesi.

Artù annuì pensieroso. «Sa il cielo come ce la caveremo quando arriveremo a Winchester, con tutti i signori della Cornovaglia, Devon e Somerset, oltre agli uomini del Galles e ai proprietari terrieri delle valli. Lo spazio a Winchester è limitato e non voglio che le diverse fazioni si mettano a litigare per usare le attrezzature. Credo che manderò avanti Merlino per discuterne con Cei; Cei è particolarmente bravo in questo genere di faccende e sono sicuro che troverà il modo per far stare tutti comodi.»

«Com'è il tuo fratello adottivo?» domandai e Artù rise. Caesar si avvicinò a balzi e si buttò tra noi, mentre il Sommo Re lo tratteneva con una mano.

«Arrogante, difficile, con la lingua tagliente e gli occhi da falco. Non è molto diplomatico, temo, ma è abilissimo per i particolari. Questo è il motivo per cui gli ho chiesto di farmi da siniscalco. Bedivere procura il consenso degli altri; Cei si assicura che eseguano quello che hanno acconsentito a fare. Una volta chiesi a Merlino se avesse previsto tutto ciò mettendoci insieme da bambini, ma lui sorrise dicendo che ogni persona vicina a me avrebbe offerto una particolare qualità in aiuto alla Britannia, e che ciò non si limitava ai membri della mia famiglia.»

«Quanto sa del futuro il Mago?» chiesi facendo scivolare il cerchietto di fiori attorno al collo di Caesar.

«Molto più di quanto non dica, ne sono sicuro. Ma considera le sue visioni come punti di riferimento, non come sostituti della dedizione e del duro lavoro; dice che non importa quali fili ci fornisca il destino, abbiamo la libera scelta di intrecciarli come vogliamo. È importante prendere le nostre decisioni, invece di affidarle a qualcun altro o biasimare gli dèi per ciò che accade. Ma a volte è un vero groviglio, se si tiene conto di tutti gli aspetti.

«Prendi il matrimonio, per esempio. Tutti sono d'accordo che si dovrà celebrare a Pentecoste, poiché quest'anno cade l'ultimo giorno di aprile e al calare del sole inizia Beltane. In questo modo verrà riconosciuta la festa primaverile sia dei pagani sia dei cristiani. Ma decidere dove avrà luogo la cerimonia è un'altra questione.»

Si sedette e cominciò a solleticare il naso di Caesar con un filo d'erba.

«Ho proposto di celebrarlo a Glastonbury perché il Tor è sacro alla Signora sin dall'inizio dei tempi e poiché c'è una cappella cristiana vicina mi sembrava il modo migliore per soddisfare tutti. Ma l'arcivescovo di Londra si è offeso: voleva che ci sposassimo a Londra perché è il più importante centro cristiano della Britannia!»

Artù sbuffò e gettò via il filo d'erba. «Che idea assurda! Ci sono volute tutta la saggezza di Merlino e la forza di persuasione di Bedivere per convincerlo che ciò sarebbe stato impossibile. Londra è sassone quanto celtica in questo periodo e, anche se abbiamo un tregua con i Federati, sarebbe pura stupidità riunire un gruppo tanto numeroso dei nostri capi migliori in un luogo simile. Alla fine abbiamo promesso all'arcivescovo che egli avrebbe partecipato alla celebrazione ovunque si sarebbe svolta. E finalmente ci siamo accordati su Winchester. Merlino dice che non vi vede nessun pericolo, quindi a me va bene.»

Artù rimase in silenzio per un minuto, adirato contro tanta miopia. Era chiaro che considerava gli intriganti vescovi come un problema e io mi chiesi che tipo di alleanza potesse stabilirsi tra questo monarca dallo spirito libero e quegli ambiziosi, dogmatici ecclesiastici.

«Ti dispiace se celebriamo sia un matrimonio cristiano sia uno secondo le antiche usanze?» mi chiese guardandomi. Era la prima volta che si informava sulle mie preferenze.

«No, non proprio» risposi con cautela. «Le cerimonie devono rispondere alle esigenze della gente. Tutti e due sappiamo che i riti pubblici si svolgono perché i bardi ne possano cantare in futuro; le promesse del cuore si fanno molto più in privato. O almeno questo è ciò che facciamo nel Reghed...» aggiunsi.

Seguì un silenzio imbarazzato, poi d'improvviso Artù si alzò in piedi dicendo che dovevamo tornare al campo.

«Immagino che tua sorella celebrerà il rituale secondo le antiche usanze» dissi alzandomi e cercando di lisciarmi il vestito. «Ti senti molto vicino a lei?»

«Morgana?» Si voltò e si incamminò giù per la collina. «Sì e no. Ho fatto conoscenza con lei durante il mio ritiro al Lago dopo la grande battaglia. Avevo vinto i re nordici sul campo, ma non ero sicuro che mi avrebbero accettato come Sommo Re. Morgana mi ha aiutato a dissipare i miei ultimi dubbi e ha avuto un ruolo fondamentale nel convincerli che ero stato prescelto anche dalla dèa. È davvero votata al bene della gente e ho piena fiducia in lei a questo livello. Ma come persona la conosco ancora meno della regina madre. Morgana fu mandata in convento prima della mia nascita e non l'ho conosciuta che dopo aver battuto suo marito nella grande battaglia. Credimi, è stato un sollievo il fatto che Urien abbia implorato la pace; non volevo rendere le mie due sorelle vedove in un giorno solo. Non ho certo bisogno di due donne dedite alla magia che complottano contro di me; una è più che sufficiente.»

«Quale?» chiesi, non sapendo esattamente chi intendesse.

Artù scalciò una zolla di terra e io rimasi colpita dalla violenza del gesto. Camminava battendo i piedi e fissando il suolo come se fosse un suo nemico. Vidi che stringeva gli occhi e tendeva i muscoli della mascella lottando con le parole.

Il cambiamento d'umore era terribile e mi chiesi se fosse risentito con me per avergli chiesto della sua congiunta.

«Non c'è amore tra me e Morgause» disse infine. «E preferisco non parlare di lei. Anche se non l'ho colpito io, mi accusa della morte di Lot e di chissà che altro. Ho preso a corte Gawain e il suo fratello più piccolo Gaheris perché sono miei cugini e sono fieri e onesti giovani guerrieri. E accoglierò anche Agravain e Gareth, quando saranno grandi abbastanza. Ma la loro madre non dovrà mai rivolgersi a me come a un congiunto. Non lo permetterò.»

La sua voce era tesa e stranamente fredda per un uomo che in genere irradiava vitalità ed energia. Era chiaro che i problemi esistenti tra fratello e sorella non si sarebbero risolti presto.

Quando arrivammo alla radura si piegò su un ginocchio e mise il collare a Caesar, soffermandosi un attimo a toccare la ghirlanda di fiori che ornava il collo del cucciolo. D'improvviso mi prese la mano e mi guardò dal basso.

«Non intendevo essere così duro, Ginevra. Io... io non posso parlare di mia sorella, è tutto. Non è che voglia escluderti... ma non so davvero come spiegarti di Morgause. E mi farebbe piacere se non venisse più nominata.»

Lo fissai e vidi il dolore che gli segnava il volto come una frustata. D'istinto gli accarezzai con la mano libera i capelli come fosse un bambino impaurito a Samhain.

«Certo, amore» lo rassicurai. «Va bene. Qualunque cosa sia, si risolverà.»

Girò la testa da un lato e non potei vedere la sua espressione, ma dopo un lungo minuto sospirò profondamente e mi guardò. La collera era sparita e nei suoi occhi era ricomparsa la scintilla d'entusiasmo che tanto amavo.

«Potrei quasi credere che tu saresti capace di risolverla» disse, scherzando solo in parte.

«Be', posso provare» replicai ridendo, chiedendomi ancora di cosa stessimo parlando.

Strinse la mia mano sulla sua guancia, poi sorrise con dolcezza. Caesar ci aveva guardati incerto e ora cominciò a saltellare allegramente verso il campo e la promessa di cibo caldo.

Non capivo cosa avesse a che fare questo strano dialogo con

la realtà delle nostre vite presenti. Al pari della grigia visione sulla vecchiaia di Artù che avevo avuto a Wrekin, la sua collera era apparsa come un mondo seminascosto che emerge in una notte nebbiosa e poi scompare all'arrivo del giorno, così che non si sa più cosa sia reale e cosa sia incantato. Non mi importava di che si trattasse: sarei stata lontana da quel veleno in futuro e forse il tempo ne avrebbe alleviato il dolore. Intanto c'erano nuovi re da incontrare e un'altra notte da trascorrere sotto le stelle.

Dopo cena la gente cominciò a girare tra le tende e i fuochi, formando gruppetti per chiacchierare o giocare d'azzardo. Ci fecero visita diversi capi di piccoli regni cumbri per fare conoscenza con me e rendere omaggio ad Artù. Il Sommo Re era gentile ma distaccato, con una certa tensione sotto la cortesia, e notai che lasciava agli altri il compito di tenere viva la conversazione.

Pellinore restò con noi per parte della serata, animando con il suo buonumore il gruppetto attorno al fuoco.

«È un ottimo sistema per restare al corrente di ciò che accade altrove» disse dopo che un giovane di una valle costiera era arrivato e ripartito. Le notizie scambiate più di frequente avevano a che fare con re Pellam, il re colpito dalla sua stessa spada, la cui ferita non era ancora sanata.

«E non c'è nulla che si possa fare per aiutarlo.» La voce potente di Pellinore fremette di timore. «Un atto orribile. Che cosa accadde all'uomo che inferse un colpo tanto doloroso?»

«Balin?» sospirò Artù e le fiamme crepitarono d'improvviso. «Da quanto ne so, lui e suo fratello si uccisero a vicenda in combattimento senza sapere chi fosse l'altro fino a che fu troppo tardi. Congiunto che uccide congiunto... è una tragedia da far scoppiare i cieli, da spingere lontano il mare, da spaccare la terra per il dolore.»

Artù parlava secondo la tradizione, usando i noti termini dei passati tempi gloriosi. Senza dubbio li aveva sentiti anch'egli durante l'infanzia.

Restammo seduti in silenzio, pensando con timore reverenziale al potere del destino di torcere i fili della vita con tragica ironia. Ero contenta che non sapessero la verità su Balin, poiché ogni guerriero celtico sogna di sopravvivere con onore nella memoria, anche se la sua fine è tragica, e chi ero io per scalfire la reputazione di un morto?

Quando il fuoco si spense Artù si alzò e mi accompagnò alla mia tenda. Nel buio i falò risplendevano tra le radure come lanterne magiche che proiettavano ombre dorate fra i tronchi di antichi alberi. A ogni sprazzo di luce c'era un gruppo di persone, come falene attorno a una lampada, e di tanto in tanto una breve risata o una stanca esclamazione vagava nella notte.

«Ci onorano davvero, Milady» disse formalmente Artù indicando con un gesto l'intero campo.

«Che possiamo noi meritarlo» risposi e il mio sposo annuì rigidamente mentre mi apriva la tenda.

«Domani sarà una lunga giornata.» La sua voce era decisa ma distante e mi sentii come una gallina spinta nel pollaio per la notte.

Che cosa gli succede? mi chiesi mentre lasciava ricadere bruscamente la tendina.

Raccontai a Brigit dell'improvvisa collera di Artù quando gli avevo chiesto di sua sorella e del suo atteggiamento distaccato durante il resto della serata.

«Be',» disse lei togliendomi il fermaglio dai capelli «sembra un uomo più abituato a eserciti e bivacchi che a corteggiare una giovane donna. Ed è comprensibile che si concentri su ciò che per lui è più familiare e importante. Non può essere facile, dopotutto, vedere il viaggio di nozze trasformarsi in una sorta di perenne Consiglio, con tanta gente che segue per il puro piacere di farlo. Sarà probabilmente preso dalle preoccupazioni per il regno e non si rende conto di essere brusco.»

Come sempre Brigit rendeva il problema semplice e facilmente spiegabile. Forse nella mia mente esageravo il turbamento che avevo visto in lui. Le sorrisi grata, sperando che avesse ragione e che Artù avrebbe ritrovato il buonumore il mattino seguente.

32

Agricola

Il buonumore di Artù tornò davvero, ma trascorremmo pochissimo tempo insieme nei giorni successivi, poiché il problema di nutrire la folla che ci seguiva prendeva gran parte della sua attenzione. Partite di caccia si susseguivano ogni giorno e luogotenenti venivano mandati nelle città e nei paesi a procurare tutto il cibo che potevano.

Man mano che ci spostavamo a sud incontravamo sulla strada sempre più viaggiatori, molti dei quali, come l'apicoltore che avevamo visto prima, cambiavano direzione e seguivano la carovana. Spesso gente che stava già andando a sud metteva da parte i piani originari per l'entusiasmo di unirsi al corteo nuziale.

Artù ci faceva evitare le città, ma spesso i nobili della zona vi si riunivano e ci venivano incontro per salutarci. A Gloucester aspettava un gruppo particolarmente numeroso proveniente dai regni costieri del Galles del Sud.

I Cumbri meridionali erano piuttosto diversi dai robusti uomini del Nord. Molti avevano nomi irlandesi, poiché gli abitanti di Demetia erano orgogliosi che i loro antenati fossero venuti dal Mare d'Irlanda. Rasati ed eleganti, indossavano in genere lino variopinto invece che lana e preferivano parlare latino al posto della lingua cumbra.

Parecchi si spostavano su speciali veicoli chiamati carrozze, che sembravano un incrocio tra un carro da guerra di vimini e un carretto agricolo. Fissai quegli strani aggeggi, abbastanza leggeri da poter essere trainati da cavalli invece che da buoi, ma troppo pesanti da manovrare su terreno irregolare, e mi chiesi cosa si provasse a viaggiarvi sopra.

Un nobile era accompagnato ovunque da uno scriba. Non capivo che cosa avesse bisogno di far scrivere, ma Artù disse che quello era il costume in quei regni e in ciò che era rimasto dell'Impero e molti ricchi mandavano ancora i loro figli a studiare all'estero.

Nonostante i loro strani usi, li vedevo come vicini esotici e non come stranieri, poiché, al pari dei loro fratelli nordici, dimostravano una leale devozione al Sommo Re.

Era una giornata particolarmente calda e umida. Mentre procedevamo tra due colline fortificate, l'altura davanti a noi cominciò a rivelare una profonda scarpata. Artù mi si accostò.

«Domani avremo una dura scalata da fare» fece notare asciugandosi il sudore della fronte col dorso della mano. «Vorresti stare in una villa stanotte? Più avanti ce n'è una dove saremo senz'altro bene accolti. Il proprietario è un buon uomo e mi piacerebbe allontanarmi dalla folla per un poco; e magari fare anche un bagno.»

Non avevo mai visto una villa romana, anche se naturalmente Lavinia me ne aveva parlato spesso, e l'idea di passare la notte in uno di quei luoghi dal lusso e dall'eleganza leggendari mi attirava sicuramente. Artù rise quando gli chiesi se ci sarebbe stato abbastanza posto anche per le mie donne.

«Certo» rispose. «Pensi davvero che potremmo andare in una villa senza portare con noi Lavinia?»

Così, appena stabilito dove si sarebbe montato il campo principale, il drappello regale partì da solo.

«Prima c'erano numerose ville in questa zona,» commentò Artù «ma molte sono ormai cadute in rovina. Agricola dice che questa fu abbandonata ma mai saccheggiata, così quando ci si è trasferito dopo la morte di sua moglie è riuscito a riunire un numero di persone sufficiente a renderla di nuovo una casa colonica funzionante.»

«È originario del Sud?» chiesi, considerando il nome romano.

«Agricola? Il suo nome completo è Agricola Longhand» rispose il mio sposo, scandendo bene il cognome celtico. «Nel Sud molti portano un nome in parte celtico e in parte latino. È considerata una bella combinazione» aggiunse con un sorriso furbo e un'occhiata di traverso.

Arrossii e abbassai di colpo la testa, divertita dalla sua allusione e vergognosa per aver mostrato con tale evidenza i miei sospetti. Anche se accettavo l'uomo, ciò non significava che avrei accettato ciecamente la sua corte.

«Quali che siano i suoi antenati, Agricola combatte come un celta» proseguì Artù. «Durante la grande battaglia fu uno dei più valorosi luogotenenti di Uther. Penso che ti parrà una piacevole variante alla rozza compagnia di questi giorni, e a me, tanto per dirne una, farà piacere parlare di qualcosa di diverso dalle guerre passate.»

Svoltammo in un elegante viale ben lastricato, lungo il quale erano allineati alberi alti e sottili. Si ergevano neri e regali nel crepuscolo primaverile e notai ammirata quanto fossero curati; i nostri alberi nordici parevano ispidi e irsuti al confronto.

Altrettanto meraviglioso era l'uomo che ci venne incontro, su una di quelle carrozze che scivolano sul terreno come una barchetta di vimini sull'acqua. Ci accolse con la massima cortesia e mentre ci conduceva alla casa notai che Lavinia stava spiando a occhi spalancati tra le tende della portantina.

Artù fece le presentazioni formali quando ci riunimmo nell'ingresso e Agricola si inchinò gentilmente. Aveva la corporatura robusta di un campagnolo, ma non calli sulle mani, e i suoi folti capelli grigi erano ben acconciati. La tunica era stretta in vita da una cintura decorata che durante l'Impero simboleggiava un'alta classe civile. La mia governante si aggiustò con cura i riccioli prima di venire presentata.

Io e le mie donne fummo scortate a una serie di stanze affacciate sul giardino centrale, dove una fontana zampillava dolcemente nella sera.

Lavinia esaminò i fiori sul tavolo presso il mio letto, sfiorando i petali curvi punteggiati di colori accesi.

«Non vedevo gigli così da quand'ero bambina» mormorò. «Il nostro ospite deve avere un ottimo giardiniere.»

Fissai incredula gli strani fiori; le tinte vivaci e la forma convoluta indicavano che non erano certamente di origine britannica.

Gli armadi erano stati da poco arieggiati e in ogni cassetto c'era un piccolo involto di erbe fragranti. Quando ci riunimmo nel cortile prima di cena parlai al mio ospite dei sacchetti profumati e lui sorrise compiaciuto, contento che li avessi notati.

«Sono pieni di fiori di lavanda, che seccano bene e mantengono il profumo per qualche tempo. La lavanda dà un piacevole tocco a ogni giardino, anche se viene coltivata in genere in climi più caldi.»

Guardai le piante che crescevano in aiuole ordinate ai margini dei sentieri, riconoscendone alcune per l'armadietto dei medicinali, oltre alle erbe aromatiche per la cucina. Ma ce n'erano diverse che non conoscevo e chiesi come mai possedesse una simile varietà.

«Fu mia moglie a risvegliarmi l'interesse per il giardinaggio. Era della Cornovaglia, dove il clima consente di coltivare quasi qualunque cosa. Dopo essermi trasferito qui ho scoperto che lavorare nel giardino mi dava molta serenità» aggiunse. «E questa è una buona zona per fare esperimenti. Per fortuna i vecchi proprietari di questo podere lo avevano tenuto ben coltivato. Avete notato i cipressi lungo il viale?»

«Gli alberi neri e sottili?».

«Sono un vero tesoro,» disse raggiante «così come i fichi in fondo all'ala degli ospiti. Magnifici alberi davvero! Giganti ombrosi d'estate, con grandi foglie e corteccia grigio-argento, e danno il più dolce dei frutti in autunno. Avete mai mangiato dei fichi secchi? Si conservano bene e si trasportano con facilità.»

Gli dissi che purtroppo non ne avevo mai mangiati, ma Lavinia affermò di averne gustati quando era bambina a York.

«Molto tempo fa» disse in modo compassato, intimidita d'improvviso quando tutta l'attenzione si concentrò su di lei.

«E mai più da allora?» chiese Agricola, al che lei scosse in silenzio la testa e guardò vergognosa il suo piatto. «Be', sarà facile provvedere a questo» continuò il nostro ospite, senza però aggiungere altro.

Durante la cena la conversazione passò al nostro viaggio e alla moltitudine di persone che ci seguiva. Mi appoggiai allo schienale della sedia, contenta che non ci fossero divani, e osservai il locale.

Era una bella stanza, piena d'aria e di luce. L'intonaco era color terracotta e sulla parete opposta era dipinta una giovane donna che nutriva delle colombe. Mi chiesi se si trattasse di un ritratto della moglie di Agricola; chiunque fosse, era molto graziosa. Le lampade a olio appoggiate sui tavoli e appese ad alti sostegni presso le porte erano fatte di un materiale semitrasparente, poiché lucevano lievemente sotto la forte fiamma dello stoppino.

Ma ciò che più mi piaceva era un gruppo di grandi vasi disposti appena dentro la porta del cortile, poiché in ognuno c'era una pianta. L'idea di avere un boschetto in casa non mi era mai venuta in mente e mi proposi di ricordarmene in futuro.

La cena era ottima. C'era un piatto di agnello aromatizzato con un'erba che Agricola chiamava rosmarino, oltre a verdure in sugo di pesce, carni tritate e un vino chiaro che il nostro ospite disse provenire da una zona della Germania denominata Pfalz.

Gli occhi di Lavinia splendevano di gioia mentre si susseguivano le portate, servite tutte nella ceramica rossa di Samo da lei tanto ammirata. Come tocco finale, il vino era versato in calici di vetro individuali. Certo nulla avrebbe potuto renderla più felice.

La conversazione spaziava su vari argomenti, nessuno dei quali aveva a che fare con specifiche battaglie o glorie passate. Agricola parlava del raccolto, che era stato buono negli ultimi due anni, e della possibilità di ristabilire il commercio col continente, soprattutto se si potevano usare i porti lungo la costa sassone.

«Non mi dispiacerebbe fare un accordo con i Federati» disse Artù. «Sono disposto a fidarmi di loro fino a questo punto. Se solo ci fosse un modo per porre fine alle invasioni...!»

Agricola fece un cenno d'assenso. «Dipenderà molto da cosa accade in Gallia» suggerì mentre veniva versato altro vino. «Ho sentito che i Franchi stanno scacciando i Visigoti dalle coste e spingendo molti di loro ad attraversare le montagne per andare in Spagna. Sono questi Franchi, sotto un re chiamato Clovis, che continuano ad attaccare Ban e suo fratello in Bretagna; e non voglio pensare a cosa accadrà se invaderanno il territorio sassone al Nord: significherebbe una nuova ondata di Sassoni pronta a trasferirsi qui!»

«Non ho notizie recenti sulla situazione di Ban» disse gravemente Artù osservando il vino che gorgogliava nella sua coppa. «Se riuscisse a tenere a bada i Franchi finché noi organizziamo meglio la Britannia, sarei felice di mandargli tutti gli uomini possibili per difendere il suo fronte orientale. Dopotutto ha avuto un ruolo fondamentale nella grande battaglia.»

«Bene.» sospirò Agricola facendo uno strano segno che non avevo mai visto prima. «Forse con un po' di fortuna e molto lavoro gli dèi sorrideranno alla Britannia Minore e Maggiore.»

Brindammo a ciò mentre arrivava un servo con un grande piatto d'argento. Era riccamente decorato e al centro aveva un mucchio di frutta conservata. Ognuno ricevette un paio di sfere color arancio che nuotavano in un denso sciroppo trasparente e io le guardai con lo stesso misto di curiosità e sospetto che avevo provato per i gigli.

«Cosa sono?» chiesi quando gustai lo strano sapore.

«I frutti sono pesche e la spezia una sorta di radice che si chiama zenzero» rispose Agricola. «Erano il piatto preferito di mia moglie, e piace molto anche a me. Ma ora è difficile trovare lo zenzero col commercio così rischioso.

«Questa è un'altra cosa da considerare, ora che i Visigoti sono fuggiti in Spagna» continuò il nostro ospite rivolgendosi ad Artù. «La Spagna prima forniva stagno a tutto il Mediterraneo, ma ora, con l'invasione barbarica, forse saremmo in grado di imporci di nuovo sul mercato. La Cornovaglia aveva un tempo un florido commercio di questo metallo, e chi lavora il bronzo è sempre alla ricerca di una buona fonte di stagno.»

Artù annuì pensieroso e Agricola continuò considerando le possibilità di scambio con Costantinopoli. Mi colpivano le vaste conoscenze di quest'uomo e quando vi fu una pausa nella conversazione gli chiesi come fosse venuto a sapere cose così diverse.

«Mio padre conosceva il valore di una buona istruzione,» rispose con un sorriso «così fui mandato in posti che oggi forse non sono più tanto accessibili. Ho visto le Colonne d'Ercole, il porto di Alessandria e il Tempio di Apollo a Delfi.»

Ero felice di parlare con un uomo che aveva visto di persona le cose di cui Cathbad parlava sempre e chiesi subito: «Qual è il posto più bello del mondo?».

«La Britannia» rispose senza esitare, sorridendo con affetto. «Grigia e nuvolosa, piena di foschie e verdi foreste, rigogliose giornate primaverili e autunni dorati. È forse un po' caotica al momento, ma ora tutti stanno lottando contro i barbari; persino Roma non è più ciò che era. Ma non scordate, le città sono solo opera dell'uomo, mentre le meraviglie degli dèi sono doni che sopravvivono in tutte le generazioni. Non c'è nulla che possa paragonarsi alla gola di Cheddar, o alle bianche scogliere lungo la costa sassone, o alla pacifica maestà del chiarore lunare riflesso nelle acque presso Glastonbury.» E ancora una volta il nostro ospite fece lo strano segno con la mano.

«È il segno di un dio britannico?» chiesi, senza pensare che la mia domanda poteva sembrare scortese.

Il proprietario della villa annuì e disse di essere un seguace di Ercole, il cui culto era molto, molto antico.

«Merlino mi ha parlato a volte del dio eroe» osservò Artù.

«Non mi sorprende» disse Agricola. «Io e il Mago abbiamo fatto conoscenza durante un rito del primo di maggio sulla collina sopra il Gigante, quando ero giovane. Merlino era allora un semplice druido che aiutava a sistemare il palo e ad attaccare i nastri prima che iniziassero le danze. Io e mia moglie avevamo trascorso la notte lì, poiché a quei tempi speravamo di avere bambini.»

«Sotto al palo fiorito?» chiesi, considerandolo come un luogo troppo pubblico per questo.

«No, Milady, dormimmo sul Gigante stesso» spiegò Agricola. «Il profilo dell'eroe, con la mazza alzata e il membro eretto, è scolpito nel gesso sul fianco della collina. Si erge nitido e bianco nel verde e si può vedere da miglia di distanza. Dicono che sia un dono degli dèi per celebrare Ercole e le divinità locali della fertilità. Non avete costumi simili nel Rheged?»

«Non abbiamo neppure gesso in cui scolpire figure» risposi, cercando di immaginarmi una cosa simile. «Da noi ci sono gli dèi delle valli nebbiose e delle acque scintillanti, e a volte la Grande Corona del Nord.»

«Ah, Britannia» disse Agricola con un sospiro d'amore alzando il calice per un brindisi. «Vedete, ogni angolo ha le sue meraviglie; persino i propri dèi. Continuo a dire ad Artù che questa è la terra più mistica di tutte, e non riesco a capire come si possa voler vivere altrove.»

Con ciò alzammo i calici, sentendoci doppiamente fortunati di avere una terra tanto splendida.

Dopo cena io e Artù facemmo una tranquilla passeggiata nel giardino, ammirando le fitte ombre dei fichi contro il cielo stellato. Era la prima volta che ci trovavamo soli negli ultimi giorni e ne ero contenta.

«Gli altri nobili a corte sono come lui?» chiesi con speranza.

«Alcuni, ma pochi. Volevo che restasse da me come consigliere, ma dopo la morte di sua moglie decise di trasferirsi in un luogo meno tormentato dalle memorie. È un ottimo amministratore, oltre che studioso.»

«E non pensa di risposarsi? È un peccato che un uomo tanto sensibile debba vivere solo» notai. La fontana gorgogliava dolcemente dietro di noi.

Artù ridacchiò. «Secondo Bedivere, più di una donna sarebbe stata ben felice di attrarre la sua attenzione. Ma come avrai capito, amava teneramente sua moglie. Forse per chi conosce una simile unione non è facile mettere da parte il dolore.»

Gli lanciai una rapida occhiata, chiedendomi se avesse anch'egli, in passato, perso un amore, ma lo vidi impegnato a esaminare il cielo.

«Là... eccola» disse all'improvviso indicando una costellazione. «I cortigiani di Uther credono che il mio nome provenga dalla famiglia romana di Artorius, ma quand'ero bambino Merlino mi mostrava sempre la costellazione che i Celti chiamano Artoris l'Orso, dicendomi che era di là che veniva il mio nome. Infatti mi chiamava spesso Orso, a quei tempi.»

Esaminai anch'io il cielo, pensando che non avevo visto tanta bellezza dalla notte con Kevin. Un uccello cominciò a cantare da un albero vicino e fummo sommersi da una pioggia di musica.

«Che cos'è?» chiesi quando la canzone finì.

«Un usignolo. Non l'hai mai sentito prima?»

Scossi la testa, sperando che ricominciasse.

«Ne abbiamo molti al Sud. Canteranno per te tutte le notti di primavera. Chiederò a Merlino di provvedervi» aggiunse Artù mentre voltavamo per tornare a casa. La mia gonna sfiorò le piante ai lati del sentiero, riempiendo l'aria di profumo di menta.

«Merlino fa questo tipo di incantesimi?» chiesi, considerandola come un'attività ben al di sotto delle sue solite.

«Be', non sempre.» Nel tono di Artù c'era una leggera nota giocosa. «Ma ha un debole terribile per le giovani donne, quindi forse farà un'eccezione per te.»

«Il Mago del re?» esclamai incredula. Era impossibile immaginarsi che quel saggio tetro e solenne potesse essere vulnerabile davanti a una ragazza. Guardai stupita Artù, pensando ancora che stesse scherzando.

«Ssst... è un segreto di Stato. Me ne ha parlato solo una volta e non sono riuscito a capire se fosse una profezia sulla sua morte o un commento ironico sulla natura umana.» La voce di Artù passò dall'allegro al serio. «Merlino è il solo uomo che è sempre stato presente quando la Britannia aveva bisogno di lui e ha dedicato la sua vita alla causa da ben prima che io e tu nascessimo. Non c'è pratica, arte o idea che non sarebbe disposto a imparare o esercitare se fosse necessario. Druido, stratega militare, diplomatico, ingegnere, dottore... e a volte mago... ha unito tutto ciò e mantenuto in vita l'idea di civiltà. Senza di lui saremmo perduti da tempo. Mi è più vicino di un padre, Ginevra, e penso che sarebbe bello se potesse trovare un po' di amore umano a un certo punto. Nessuno deve invecchiare da solo.»

C'era qualcosa di commovente nel commento di Artù e lo presi a braccetto mentre raggiungevamo il resto del gruppo.

Ma più tardi mi ricordai del disagio del Mago la sera in cui ero andata da lui durante la cena e mi sembrò possibile che Artù avesse ragione. Sperai solo che la donna che si fosse resa conto di questo aspetto di Merlino fosse degna di lui.

33

La riunione

Rinvigoriti e rinfrescati, lasciammo la villa il mattino dopo per affrontare l'ultima parte del viaggio. Artù cavalcava in testa, mentre Lavinia e Brigit erano nella portantina. Io sedevo vicino ad Agricola nella sua carrozza ed ero sicura che neanche ai tempi dell'Impero si fosse mai visto un corteo più strano ed elegante.

Quando ci avvistò, Pellinore assunse un'espressione di stupito divertimento, ma riuscì a salutarci senza scoppiare a ridere. La reazione degli altri variò a seconda del loro luogo di provenienza: i gagliardi nordici risero subito sguaiatamente, mentre la più raffinata gente del Sud si inchinò facendoci largo. Alla fine mi ritrovai ad avere due opinioni diverse su quell'aggeggio; era infatti comodo, pur essendo ridicolo. In ogni caso, non avevo nessuna intenzione di smettere per sempre di cavalcare.

Nel tipico modo romano, i costruttori della strada avevano cercato di scalare la scarpata di Cotswald col minor numero possibile di concessioni alla natura. Ci inerpicammo per tre ripidi tratti di strada privi di tornanti e chiunque si trovasse in un carro o una portantina dovette smontare, poiché i poveri animali non potevano trascinarne il peso in una salita tanto ardua. Persino Lavinia uscì e si incamminò. E quando facemmo una sosta presso la cima, ansimanti e sudati nel calore mattutino, mi voltai e vidi un panorama che mi tolse il respiro.

Gli impressionanti affioramenti di rocce della scarpata emergevano dal pendìo boscoso, mentre più in basso la pianeggiante valle di Gloucester si stendeva verso ovest attorno al poggio dove sorgeva la città romana. Fiumi argentati scorrevano tra foreste e radure, e a ovest le colline azzurre del Galles meridionale, in apparenza vicinissime, davano un senso di protezione. Sembrava un mondo in miniatura e lo fissai colma di meraviglia, con Lavinia ammutolita al mio fianco.

«Che cosa vi ho detto sulla bellezza della Britannia?» osservò sorridendo Agricola.

Forse per la gioia e il sollievo di aver raggiunto la cima del Cotswold o per il fatto di essere arrivati nel Logres, il regno personale di Artù, il nostro corteo prese subito l'aspetto di una festa viaggiante. Gente di ogni luogo si univa a noi. E non erano solo giovani avventurosi e signori locali con i loro guerrieri, ma anche donne e bambini che volevano partecipare ai festeggiamenti. Famiglie intere ci seguivano, ridendo e cantando e trascurando ogni pensiero che non fosse quello di scortare il re alle sue nozze.

Ci accampammo ai margini di un bosco diverso da tutti quelli che conoscevo. Agricola spiegò che le ombre dense dei faggi impediscono la crescita di felci o arbusti al di sotto, così i tronchi degli alberi si ergono come alte colonne sul suolo sgombro. Pensai alla descrizione di Kaethi di templi viventi per gli antichi dèi; con il sole del tardo pomeriggio che screziava i bordi delle nuove foglie e le campanule che riempivano ogni sentiero e spazio aperto, sembrava un bosco incantato, non toccato dagli affanni del mondo.

Il buonumore era contagioso e la gente coglieva l'occasione per rendere un semplice omaggio al proprio re. Un musicista suonò la cornamusa per noi nel dolce crepuscolo e una famiglia di acrobati venne presso il nostro falò per esibirsi con piroette, salti e capriole nella radura. Quando chiesi alla madre se lei e il suo gruppo avrebbero voluto dare spettacolo alla festa nuziale, ella arrossì e balbettò, ma il figlio più grande si inchinò profondamente e disse che ne sarebbero stati onorati. Poi tornarono correndo alle loro tende tra gli alberi.

Quando alzai gli occhi vidi che Artù mi stava fissando e mi chiesi d'improvviso se avrei dovuto consultarmi prima con lui.

Il mio futuro sposo si sedette su un ceppo vicino e Caesar, sempre al suo fianco, gli si accucciò ai piedi.

«Ti piace la gente, vero?» Era in parte una domanda e in parte un'affermazione, e mi colse di sorpresa.

«Certo» dissi, non riuscendo a capire se mi stesse prendendo in giro. «E a te?»

Rifletté un attimo, poi rispose lentamente: «Sì, ma non ho la stessa capacità che hai tu di mettere a proprio agio le persone comuni. So infiammarle per gli ideali, ma non è la stessa cosa che farle sentire bene con se stesse. È una buona qualità in una regina,» aggiunse «insieme alla fierezza celtica e alla bravura a cavallo. Ora, se potessimo solo fare qualcosa per il tuo guardaroba...».

Non poté nascondere il sogghigno e io afferrai una focaccia e gliela lanciai in testa. Caesar si rizzò con un abito, sperando che ne tirassi una anche a lui.

«Dovrai imparare a schivare più in fretta, Milord» gridò una voce familiare dalle ombre e Bedivere si avvicinò a grandi passi al fuoco. Sembrava stanco e impolverato, ma era evidentemente di buonumore.

«Benvenuto, fratello» esclamò Artù balzando in piedi e abbracciando il fratello adottivo. «Sei arrivato prima di quanto credessi.»

«Sì» disse Bedivere lanciando un'occhiata al copioso cibo sul tavolino improvvisato. «Non ci siamo fermati a cenare con nobili, e neppure in locande. In realtà,» dichiarò afferrando un piccione arrosto «non ricordo quando abbiamo mangiato l'ultima volta.»

«Penso» disse Griflet alle sue spalle «che fosse dai genitori di Palomides, la settimana scorsa.»

Il ragazzo pareva esausto e impolverato come Bedivere, ma gli occhi gli brillarono quando offrì ad Artù un guinzaglio a cui era legato un nuovo cucciolo.

Era un copia color crema di Caesar e, nonostante il nervosismo per il lungo viaggio, si sentì a casa propria non appena si annusò con lui.

«Ho già un nome per lei» annunciò Artù facendo cenno ai nuovi venuti di servirsi del cibo. «Un buon nome celtico, per equilibrare la mescolanza culturale nel canile. Ti ricordi la storia che ci raccontò Merlino da bambini sul cane da guerra chiamato Cabal?»

Bedivere scosse la testa e Artù alzò le spalle. «Non importa. Era un racconto complicato su un animale che cambiava forma: a volte era un cane e a volte un cavallo, a seconda di ciò che serviva al suo padrone. Comunque, era pieno di coraggio, fiero e leale, come tutte le creature di quel tipo. Avrei potuto giurare che fosse una delle favole di Merlino. Be', ho sempre avuto in mente quel nome e dovremmo darglielo in segno di benvenuto: Cabal... sì, le starà bene.»

«Ma perché deve portare il nome di un cane da guerra?» chiesi, aspettandomi che ne avrebbe scelto uno più femminile.

«Perché sarà il mio guerriero a quattro zampe. Le cagne sono sempre le migliori nell'attacco. Non lo sapevi?» Quando scossi la testa, continuò: «Forse hanno un maggiore istinto protettivo. Ci vuole un maschio per andare a caccia o per farsi proteggere dagli animali selvatici, ma le femmine sono ottime sul campo di battaglia. Vero, Cabal?».

Il cucciolo si voltò a guardarlo, prestando per la prima volta attenzione all'essere umano che si era inginocchiato per accoglierlo. Gli appoggiò il mento irsuto sulla gamba e, assorbito dalla presenza di Artù, dimenticò tutto il resto. La dolcezza sul volto di Artù era bellissima a vedersi e non potei evitare di sorridere alla scena.

«Siamo qui... da questa parte!» gridò Bedivere fecendo cenno a qualcuno nell'ombra. «È Palomides. Ha voluto lavarsi prima di presentarsi.»

«Ah, quindi entrambe le missioni hanno avuto buon esito! È fantastico» disse Artù dando a Cabal un'ultima carezza prima di alzarsi per salutare il giovane dai capelli scuri che si fece avanti.

Riconobbi a malapena il ragazzo con i capelli pettinati all'indietro e un corto manto di elegante broccato su una spalla; la luce del fuoco accentuava i suoi lineamenti arabi ed egli si muoveva con grazia flessuosa e naturale.

«Milord, possa io presentare Palomides, cavallerizzo d'eccezione, desideroso di entrare a far parte della corte» annunciò Bedivere in tono pomposo, allegro e lusinghiero allo stesso tempo.

Il ragazzo avanzò e si genuflesse davanti al suo re. E quando Artù gli mise una mano sulla spalla, Palomides lo guardò in volto con la stessa fedeltà e devozione di Cabal. Hanno davvero bisogno di un capo, pensai, e Artù risponde bene alle loro esigenze.

«So» disse il mio sposo sorridendo e facendogli cenno di alzarsi «che hai già incontrato Milady Ginevra. Se non fosse stato per lei non avremmo saputo nulla di te.»

Il ragazzo arrossì e chinò il capo nella mia direzione, ma non osò guardarmi negli occhi.

«E» intervenni subito io «se tu non avessi creduto che fossi un paggio qualunque, non avrei probabilmente visto cosa sai fare a cavallo. Siamo molto grati e onorati che tu abbia voluto raggiungerci.»

A questo punto Palomides alzò lo sguardo e sorrise, un bellissimo sorriso di piacere, senza più nessun imbarazzo.

I tre nuovi venuti iniziarono a rifocillarsi mentre i cuccioli giocavano ai nostri piedi e noi ci scambiavamo notizie.

Bedivere riferì di aver incontrato sulla strada la Signora del Lago, che viaggiava con una completa scorta militare e diversi druidi e giovani sacerdotesse. Questa li aveva invitati a restare con lei per accompagnarla, ma Bedivere aveva declinato dicendo di dover recare aiuto al corteo nuziale; gli era giunta notizia delle masse che ci seguivano ben prima di avvistare il nostro campo.

«Morgana non ha detto nulla di suo marito?» chiese Artù.

«Urien?» Bedivere rifletté un attimo, poi alzò le spalle. «Solo che sarebbe disceso da York per la strada orientale e che sarebbe dovuto arrivare a Winchester in tempo per le nozze. Sei preoccupato?»

«No» rispose lentamente Artù. «Ha detto che sarebbe stato presente alla cerimonia e mi fido della sua parola. Dopotutto, dovrà pur cominciare a riparare i danni.»

Pellinore ci raggiunse, portando della birra che un contadino locale offriva in omaggio al re, e presto le questioni politiche furono accantonate, mentre si riempivano i corni per bere e la serata proseguiva con un susseguirsi di allegri brindisi.

La mattina dopo avvistammo un gruppo di uomini che cavalcava a tutta velocità dal Sud, come se avesse fretta di incontrarci.

«È Cei!» gridò Artù, dimenticando di colpo ciò di cui stavamo parlando.

Si lanciò avanti, ridendo e salutando a gran voce anche Gawain e Gaheris. Si incontrarono tra scherzi e risa, poi d'improvviso vidi tra loro Merlino.

Il Mago non si vedeva da qualche tempo, ma ero così abituata al suo strano comportamento che non avevo pensato di chiedere dove fosse. A quanto pareva era andato a Winchester, aveva conferito con Cei e ora stava raggiungendo di nuovo il nostro corteo seguito dai compagni di Artù. Anche per un messaggero esperto ciò avrebbe significato una cavalcata troppo lunga ed estenuante e mi chiesi se Merlino avesse usato il suo potere di cambiare forma: solo un uccello avrebbe potuto coprire una distanza simile tanto facilmente.

Dopo essersi brevemente consultato con loro, Artù tornò e disse che c'era un cambiamento di programma e che avremmo svoltato su un'antica pista che incrociava la strada presso Liddington Castle. Guardai l'altura che indicava e mi accorsi che la lunga salita erbosa terminava bruscamente verso la cima, dove sorgeva un antico forte.

Mentre ci avvicinavamo, le mura della massiccia fortezza si animarono di bambini acclamanti e di donne che sventolavano stendardi. Alla base, dove il sentiero della collina incrociava la strada, un contingente di guerrieri stava sull'attenti. Erano le prime guardie che vedevo nella terra di Artù e li osservai con curiosità. Alcuni indossavano parti di antiche armature di stile romano, tramandate senz'altro di padre in figlio dopo la partenza delle Legioni. Altri avevano corazze di cuoio più nuove e il capo portava una cotta a maglie metalliche. Quando li superammo salutarono prontamente battendo l'estremità delle lance per terra.

Artù rispose agitando il braccio ed essi ci seguirono appena svoltammo sul pendìo erboso. La carrozza di Agricola non era adatta per la pista irregolare, così io tornai in groppa a Piedipiuma, mentre egli restò sulla strada lastricata promettendo che ci saremmo rivisti prima delle nozze.

Artù era impegnato con Cei, Gawain e altri membri della corte che non lo vedevano da quasi un mese, così Bedivere per un tratto venne a cavalcare al mio fianco. Gli brillavano gli occhi e sembrava sinceramente felice di rivedermi.

«E come sembra il Logres a Vostra Signoria... a voi, Ginevra?» si corresse, e io sorrisi.

«Più entusiasmante, più bello, più accogliente di quanto mi aspettassi» risposi allegramente.

Gli parlai della gente che avevamo incontrato ed egli annuì alla mia descrizione dell'intero corteo che danzava sul prato presso l'antica fonte, e rise quando confrontai la fortezza di Pellinore alla villa di Agricola.

«E intanto,» conclusi «stiamo cavalcando nel cuore della primavera. È incredibile.»

«E non siete delusa di Artù?» Il suo sguardo era così amichevole e fiducioso che non potei considerare insolente la sua domanda.

«Cielo,» esclamai «come potrei essere delusa quando è così... così...»

Cercai le parole e Bedivere si sporse per porre una mano sulla mia. Mi fece un sorriso lento e pieno, che gli veniva dal cuore.

«Sono contento. È importante avere una regina felice quanto avere un re soddisfatto.»

Annuii con gioia. «E voi? Com'è stato il vostro viaggio, oltre che affrettato?»

«È stato bello. Indaffarato, ma bello. E la famiglia di Brigit ci ha accolti come se fossimo parenti. La moglie di Sean ha partorito una bambina tre giorni dopo la vostra partenza e mi hanno raccomandato di dirvi che le hanno dato il vostro nome.»

Era un onore venir ricordata così e ripensai agli occhi della madre, chiari e lucenti mentre mi augurava di avere molti figli e mi permetteva di toccarle la pancia in segno di buon auspicio.

«Come sta Brigit?» chiese Bedivere. «Non l'ho vista nel corteo.»

Era una domanda semplice, da amico, e mi resi improvvisamente conto della nostra maggiore confidenza reciproca. Lui non aveva esitato a chiedermi dei miei sentimenti intimi e sapevo che ora avrei potuto chiedergli dei suoi.

«Avete pensato molto a lei durante il viaggio?» L'occhiata che mi diede era così aperta e di facile interpretazione che scoppiai a ridere. «Sta bene,» gli assicurai «anche se non la vedo molto, tranne che al mattino e quando si va a letto. È una persona molto buona, davvero degna di nota, e un uomo dovrebbe trattarla dolcemente e corteggiarla con delicatezza. È molto devota alla sua fede, sapete.»

«Sì, ne sono cosciente.» Sospirò senza rancore o tristezza. «È una dottrina che non ho mai pensato di studiare, ma forse lei me la vorrà insegnare.»

«Almeno glielo potete chiedere» dissi in tono incoraggiante, e fui contenta di vederlo annuire pensieroso mentre si allontanava per raggiungere Artù e gli altri compagni d'armi.

La gloria del giorno si levò attorno a noi, piena di speranza ed entusiasmo, nel dolce canto delle allodole. Era bello sapere che Brigit, venuta al Sud per fedeltà a me, stava andando verso un futuro che poteva comprendere l'amore e il matrimonio anche per lei.

Nel pomeriggio lasciammo la vecchia pista e scendemmo alla pianura.

«Avebury» disse Artù mentre ci dirigevamo verso l'ingresso del più grande circolo di pietre che avessi mai visto.

«Tutti onorano la sacralità delle pietre, e ci dovrebbe essere abbastanza spazio per accogliere questa folla.»

All'entrata dell'imponente struttura un ponte attraversava un ampio e profondo fossato interno. Vidi con stupore che era davvero abbastanza grande da contenere la folla che ci seguiva. C'erano almeno cento grandi pietre disposte in circolo attorno ai bordi dell'enorme fossato. Alcune erano alte e sottili, mentre altre erano più grosse e massicce, ma tutte sembravano in equilibrio in punta di piedi e pensai con meraviglia al potere di cui gli dèi avevano dotato questo luogo.

Quando si accesero i fuochi, pallidi pennacchi di fumo cominciarono a salire a decine, riempiendo l'aria dell'odore di legna bruciata. In piedi vicino a un enorme masso, guardai la scena e vidi davvero per la prima volta le migliaia di persone che si erano riunite al nostro seguito. La visione mi rese pensierosa, anche se dimostrava l'amore della gente per il re.

I compagni d'armi di Artù ci raggiunsero per cena e si fecero le presentazioni.

Cei era snello e dai capelli scuri, più elegante dei suoi fratelli adottivi, ma con la bocca dura e lo sguardo freddo. Mi guardò attentamente ed esitò un momento prima di chinarsi. Mi rivolse solo un sorrisetto educato e io mi chiesi se sarebbe stato difficile fare la sua conoscenza. Non cercare problemi, mi dissi; forse si preoccupa solo che il suo fratello adottivo abbia fatto una buona scelta nel prendere moglie.

Provai un piacere maggiore nel salutare Gawain, che era diventato più alto e robusto dal nostro primo incontro e aveva un aspetto adulto. I suoi capelli erano rossi come ricordavo e si muoveva ancora con una sorta di energia scattante.

Mi sorrise alla fine delle presentazioni formali e mi indicò con una mano l'evidente gobba sul suo naso.

«Non me ne sono dimenticato, Milady» disse sorridendo. «Fu la miglior lezione di equitazione che abbia mai avuto. Non c'è cavallo o salto che non possa affrontare, ora.»

«Aspetta» risposi «di vedere che cosa sa fare Palomides! Presto potremo tutti volare sui ruscelli come dèi greci su cavalli alati.»

«Così mi ha detto Bedivere. Non ho ancora avuto occasione di incontrare il ragazzo arabo. Come chiama quegli aggeggi per i piedi?»

«Staffe» intervenne Bedivere abbassando la coppa e guardando i diversi gruppi che si erano riuniti presso il fuoco del re. «Eccolo là, che parla con Pellinore. Vieni, te lo presenterò.»

«Pellinore?» La voce di Gawain era tagliente.

Un sentore di pericolo aleggiò nell'aria e mi chiesi quanti di noi avessero dimenticato che Pellinore era colui che aveva ucciso re Lot. Guardai subito Gawain e notai, anche alla luce incerta del crepuscolo, come il suo volto si fosse fatto acceso.

«Ricordati, nipote,» disse Artù con voce improvvisamente seria e autorevole «siamo entro i confini di un luogo sacro.»

Guardò fisso Gawain e mitigò il tono quando il giovane guerriero si voltò imperturbabile a guardarlo. Il rossore sul volto di Gawain cominciò a sfumare e Artù continuò in tono più colloquiale:

«Tuo padre è morto in una lotta equa ed è molto onorato da valoroso guerriero qual era. Il vincitore di quel combattimento è un nostro alleato ed è stato invitato a queste nozze come mio ospite. Non permetterò che una sanguinosa contesa guasti la gioia dei festeggiamenti, Gawain, e se non potrai attenerti a ciò, non partecipare alle celebrazioni».

Il principe delle Isole Orcadi stava lottando per trattenere la collera.

«Per la durata di questo raduno, egli sarà salvo» promise infine Gawain e, girandosi verso il suo scudiero, affermò: «Do la mia parola su questo, Gaheris».

Il ragazzo guardò adirato Gawain, poi abbassò gli occhi e annuì quasi in modo impercettibile.

Così si abbandonò la questione e, congedandosi da noi con un cenno del capo, Gawain e Bedivere andarono a parlare col nuovo cavallerizzo.

«E questo» disse Artù indicando lo scudiero robusto che era ora davanti a noi «è il fratello di Gawain, Gaheris.»

Appena più giovane di Gawain, aveva l'aria accigliata di un ragazzo che non si era ancora adattato al suo mondo. Il suo inchino era forzato e io mi frugai nella mente per trovare il modo di metterlo a suo agio.

«Tuo fratello mi parlò di te con orgoglio quando eravamo bambini» fu la cosa migliore che riuscii a dire, ma funzionò, poiché sul volto di Gaheris comparve un sorriso raggiante.

«Durante la sua visita nel Rheged?» chiese subito il ragazzo. «Mi ha parlato spesso delle vostre montagne e dei vostri laghi e di come le donne nel Rheged siano figlie della dea dei cavalli Epona.»

Sorrisi dell'esagerazione, ma ero così contenta di vedere che Gaheris aveva cambiato atteggiamento che non mi sembrò il caso di correggerlo.

Chiacchierammo ancora per un poco e io pensai a come gli abitanti delle Orcadi fossero d'umore mutevole: gentili e aperti un momento, collerici e violenti l'attimo dopo. Come li definiva mio padre? Impulsivi, impetuosi e con una dose non diluita di fierezza celtica.

Quando Gaheris si allontanò, Artù mi fece uno dei suoi sorrisetti privati. «Dovrò dire a Bedivere che nella corte ha una rivale per la diplomazia.»

«È facile quando tutto è tranquillo,» replicai alzando le spalle «ma mi metto sempre nei guai quando le parole volano più veloci del pensiero.»

«Grazie al cielo non porti la spada,» osservò il mio futuro marito «o vedremmo la natura celtica correre tra le mie sale in preda a furia omicida. Sei sicura di non discendere da Boadicea?»

La voce di Kevin mi tornò subito in mente, con le sue storie sulle regine guerriere.

«Non direttamente, ma forse in spirito» risposi, e Artù sorrise.

«Molto meglio di un fragile fiore di convento» disse con dolcezza, e io arrossii di piacere e desiderio.

Merlino si avvicinò e presentò un druido del Santuario sulla collina. Era un ometto dagli occhi luminosi con uno spasmo al collo che gli faceva tenere la testa piegata da un lato.

«Saremmo molto onorati se Vostra Signoria volesse venire al tempio domani mattina» mi disse con una voce cinguettante come quella di un passero. «La nostra sorgente è famosa per la promessa di fertilità e la nostra doira ha studiato con la Signora. È esperta nella cerimonia della benedizione della sposa e vorrebbe guidarvi nei riti di preparazione.»

Anche se non c'erano doire alle sorgenti nel Rheged, avevo sentito molti racconti sulle sagge donne guardiane delle acque sacre.

Guardai Merlino, chiedendomi se sarebbe stato opportuno accettare questo invito, e il Mago annuì lievemente alla mia domanda muta.

«Penso» disse «che la gente del luogo sarebbe profondamente colpita se onoraste così il suo tempio.»

Si stabilì quindi che sarei stata accompagnata al Santuario un'ora prima dell'alba e il druido si ritirò con un rispettoso inchino.

Artù tenne un Consiglio quella sera per discutere del cambiamento di programma per il matrimonio, poiché Merlino e Cei pensavano che sarebbe stato meglio celebrarlo nell'antica roccaforte di Sarum invece che nella valletta di Winchester. Era di facile accesso, essendo all'incrocio tra cinque strade, e la terra pianeggiante attorno avrebbe offerto abbastanza spazio per far accampare la folla che ci seguiva. Aveva una chiesa piccola ma adeguata per andare incontro alle esigenze dei cristiani e, anche se il luogo non era particolarmente favorito dagli antichi dèi, c'erano abbastanza siti sacri nei dintorni da soddisfare la Signora.

Quando ci si chiese che reazione avrebbe avuto Morgana, Artù inspirò profondamente e si appoggiò in avanti con i gomiti sulle ginocchia. «Sono sicuro che non ci saranno problemi» disse battendo insieme le punte delle dita e aggrottando pensieroso la fronte. «È abbastanza accorta da riconoscere le difficoltà e so per esperienza che vuole tenere i suoi seguaci uniti dietro di me.»

Così ci si accordò sulla nuova località e si stabilì come avvisare del cambiamento i viaggiatori che erano già andati a Winchester.

«E la Signora, che viaggia dietro di noi?» chiesi io. «Come saprà che andiamo a Sarum?»

«Posso tornare verso il Nord domani» si offrì Pellinore. «Non mi dispiacerebbe un giorno in più di viaggio... il mio cavallo ha bisogno di esercizio» aggiunse stirando le lunghe gambe.

«Ancora alla ricerca?» chiese Artù con volto serio, ma in tono più scherzoso.

«Sempre» affermò Pellinore infilandosi i pollici nella cintura ed emettendo un profondo sospiro.

«Quindi i viaggiatori del Sud sono a posto, almeno quelli che arrivano a Winchester, e Pellinore andrà incontro alla Signora» concluse Merlino contando attentamente con le dita. «Resta aperta solo la questione di chi accompagnerà Ginevra ai riti di preparazione all'alba. Non può farlo lo sposo, ma dev'essere qualcuno della sua famiglia...»

La mia prima reazione fu di proporre Brigit. Era la mia amica più cara e la persona più vicina che avessi con me; ma naturalmente non era né un uomo né pagana, e quindi non sarebbe andata bene, così rimasi zitta.

«Sarei onorato di farlo io, se Milady me lo permetterà.» Pellinore parlò lentamente, girandosi verso il Mago con un'espressione solenne al bagliore del fuoco. «Posso presentarla alla doira alle prime luci e poi partire per il Nord.»

Merlino considerò la proposta, con lo stesso sguardo annebbiato che aveva Kaethi quando vedeva il futuro. Un gufo planò sopra gli alberi, svelando il suo volo silenzioso solo per un leggero movimento del fogliame. Il Mago non sorrise né aggrottò la fronte, tenendo per sé ciò che vide nell'avvenire.

«Va bene per te, Artù?» chiese, e quando il mio sposo annuì, Merlino si rivolse a Pellinore.

«È una grande responsabilità accompagnare la sposa il giorno della benedizione e crea un legame prossimo a quello di sangue.» Il saggio fissò con insistenza il guerriero. «Siete disposto a ritenervi responsabile per il suo bene da ora in poi?»

«Milord,» rispose gravemente Pellinore «sono stato allevato con gli antichi dèi e non mi offrirei a cuor leggero. E poiché la più bella donna del regno è stata scelta per il letto del mio sovrano, la cosa migliore che possa fare è cogliere l'occasione per diventare suo zio in tutti gli anni futuri.»

Mi resi conto che preferivo avere Pellinore come parente votato alla mia protezione che come ammiratore, ed era probabilmente nell'interesse di tutti accettare la sua offerta. Così acconsentii volentieri e quando si concluse il Consiglio e Artù mi accompagnò alla tenda espresse anche lui la stessa opinione.

«Non avrei nessuna voglia di difendere la tua virtù e i miei diritti contro Pellinore. E non sono sicuro che non possa ancora vincermi a duello.»

Con questo mi strinse in un grande e possessivo abbraccio, più focoso che tenero, come per reclamarmi per sempre come sua. Ripresi il fiato a fatica, sorpresa ma non dispiaciuta del suo ardore.

Lavinia aggrottò costernata la fronte quando seppe dei piani per l'indomani. Era convinta che i riti pagani fossero pericolosi per la vita e per il corpo oltre che per l'anima e nulla di ciò che le dissi servì a rassicurarla. Più tardi anche Brigit si chinò, mentre mi spazzolava i capelli, chiedendomi se volevo che mi accompagnasse.

«È pagano, Brigit, e quindi non ti è permesso» le ricordai, commossa dalla sua offerta. «Non ho paura, davvero, poiché anche se è sacro e non se ne può parlare fuori dal Santuario, non ho mai visto una giovane donna che si sia fatta male durante il rito. Conosco le antiche usanze da tutta la vita e non penso che mi farebbero nessun danno ora.»

Concludemmo così il discorso e mi addormentai sentendomi protetta e amata da tutti, compreso Artù.

34

Nimue

Pellinore e il druido vennero a prendermi il mattino dopo, quando la terra era ancora addormentata. L'ometto alzò la lanterna di corno sopra la sua testa quando Pellinore aprì la tenda e tutti e due mi salutarono solennemente. Brigit mi diede un ultimo abbraccio, mentre Lavinia si faceva il segno della croce e mormorava una frettolosa preghiera per me. E poi partimmo.

Una leggera foschia riempiva l'aria, sfumando i contorni della luna calante. L'immagine della luna che svanisce mi fa sempre star male, poiché mi dà l'impressione che essa sia ferita, così concentrai l'attenzione sulla bellezza del paesaggio nella nebbiolina diffusa. Non era la fitta nebbia di Hardknott, né gli strati fluttuanti di vapore delle alture, ma piuttosto un velo che sfiorava dolcemente la terra, trasformando e attenuando le forme nette e dure.

La maggior parte del campo dormiva ancora, anche se qua e là una figura oscura si muoveva presso le braci di un falò. Nessuno notò il nostro passaggio e avremmo potuto anche essere invisibili quando attraversammo in silenzio il grande circolo di Avebury.

Il gigantesco fossato era pieno d'ombre, spalancato come un baratro ai due lati del ponte. Io restai al centro del vecchio passaggio per non avvicinarmi troppo a quell'abisso oscuro.

Oltre l'imponente struttura, una doppia fila di pietre si allungava davanti a noi nella pallida luce. Erano disposte a due a due, una grossa e una sottile, una alta e una bassa, creando un viale che si perdeva nella foschia.

«Osserva il potere di tutte le dualità» sussurrò il druido indicando le pietre sui due lati mentre vi camminavamo in mezzo. «Materia e spazio, caos e ordine, maschio e femmina. Ora stai seguendo la Via, bambina, dall'utero di tutte le Madri al fondamento di ogni Creazione. Pensa alla dèa e non temere.»

Un misto di canti d'uccelli si sparse tra gli alberi, unendosi in un inno all'alba. In una vicina radura cantò un usignolo e la sua melodia si alzò su tutto il resto. Il mio cuore volò col suono, ricordandosi di Artù e del giardino della villa.

La Via saliva fino a un boschetto di faggi sulla cima della collina. Misteriose e pallide ombre fluttuavano nel buio sotto gli alberi e quando ci fermammo ai margini del bosco i gioiosi canti degli uccelli lasciarono il posto a sussurri attorno a noi.

«Ginevra, Ginevra, Ginevra...» mormoravano, giocando col significato del mio nome. «Bianca ombra dei Cumbri, benvenuta a questo Santuario.»

Era un suono profondo e rimbombante, dai mille echi, poiché la dèa era ovunque allo stesso tempo. La sentii turbinare attorno a noi, fluttuare e librarsi sopra la sua gente, prendendo lentamente forma in una sacerdotessa vestita di bianco che ci venne incontro con le braccia tese in segno di benedizione.

Quando l'eco del mio nome si dissolse, la ragazza davanti a noi parlò con voce gaia e amichevole.

«Chi porta questa donna per la sua preparazione?» chiese la doira.

«Pellinore di Wrekin» rispose la mia scorta in tono rispettoso, mettendosi al mio fianco.

«E cosa è per voi?» domandò la ragazza.

«Congiunta per fiducia, nipote in spirito e presto regina della corte del Sommo Re.»

Non era chiaramente la risposta prevista e la Sacerdotessa ci guardò con curiosità.

«Potete fare da garante per lei?»

«Certo» rispose Pellinore con grande sicurezza. «Secondo il mio parere personale è adatta per l'imminente matrimonio. Secondo il sapere di Merlino non ci sono ostacoli all'unione e secondo il desiderio del re ella è la prescelta.»

La giovane donna guardò attentamente il guerriero, poi annuì. «Sareste disposto a rispondere per lei nel caso si dimostrasse spergiura?»

«In qualunque modo fosse richiesto dalla dèa» affermò senza esitazione.

Guardai per un attimo il mio padrino, colpita dalla totalità del suo impegno. Egli probabilmente notò la mia occhiata, poiché mi sorrise e aggiunse: «Anche se preferirei mantenere intatta la mia virilità».

La doira rise. «Non temete; la nostra dèa non richiede simili sacrifici come Cibele.»

Indicò a Pellinore di inginocchiarsi e quando questi lo fece lei gli prese le mani tra le sue. Solenne e con gli occhi spalancati, lo guardò dall'alto e con voce profonda e vibrante gli chiese: «Pellinore di Wrekin, giurate la verità della vostra dichiarazione e fate voto di meritare la fiducia della dèa, dovesse aprirsi la terra, crollare il cielo e ritirarsi il mare dalla nostra vista?».

«Sì, e lo giuro anche sullo Spirito di questo luogo.»

La ragazza lo fissava con gli occhi colmi di luce lunare e forse anche di tenerezza. «La dèa sarà soddisfatta di un uomo tanto valoroso. Potete andare ora; noi accompagneremo la sposa al tempio. Alla fine del rituale verrà riportata al suo campo.»

Pellinore continuò a guardare la Sacerdotessa come in trance e i due dialogarono in silenzio con gli occhi.

«Posso ritornare?» sussurrò con voce roca.

La ragazza rabbrividì e fece un lieve sobbalzo. Per un attimo pensai che stesse cercando di liberarsi le mani, ma lui le trattenne con aria implorante, e infine lei sorrise.

«Troverete la dèa ovunque la vorrete cercare» gli disse dolcemente in tono più naturale. «Ma troverete me, Nimue, qui al Santuario sopra Avebury. Non posso dire quando la dèa vi visiterà di nuovo, ma io sono sempre qui.»

Pellinore le baciò le mani con deferenza prima di lasciarle e rialzarsi. Giratosi verso di me, mi prese per le spalle e mi diede un bacio paterno sulla fronte.

«Grazie per l'onore, Milady, e possa essere una bella giornata per voi.»

E partì, incamminandosi a grandi passi nell'alba, spavaldo e disinvolto. Guardai la sua figura che spariva nel viale, pensando che fosse l'uomo più saldo del regno.

Anche Nimue lo guardò, con un'espressione assorta nel giovane volto. Prendendomi per mano, mi guidò verso il tempio circolare tra gli alberi. «Tutti sono vulnerabili dalla dèa, ma non molti lo mostrano tanto apertamente quanto lui» disse.

La giornata continuò con un susseguirsi di musica, danze e preghiere. Ci fu un tranquillo rituale alla fonte e ritrovai frasi e gesti della mia infanzia frammisti ad altri che non conoscevo. I particolari di tali riti non vanno raccontati, non perché siano grotteschi, come fanno credere i cristiani, ma perché sono pieni di grazia e potere. Essi segnano il passaggio da vergine a madre, da bambina a sposa. Nel primo pomeriggio fui lavata e indossai l'abito bianco da iniziata, rivestita dentro e fuori della conoscenza della dèa.

Quando mi inginocchiai per la benedizione finale, Nimue mi pose la coroncina d'edera sul capo.

«Ricordati,» sussurrò baciandomi leggermente sulle guance «sarò sempre qui se avrai bisogno di me.»

«Non verrete alle nozze?» chiesi, sorpresa all'idea che forse non avrebbe partecipato ai festeggiamenti.

«Non lo so. Il mio destino mi tiene qui, almeno finché lui tornerà» disse indicando con un cenno il viale, come se vi fosse ancora l'ombra di Pellinore. «Non posso vedere cosa succederà dopo. C'è un uomo molto importante che sta per giungere nella mia vita,» aggiunse lentamente «e se non è Pellinore, allora egli mi porterà da lui.»

Un brivido mi percorse la schiena e invidiai la sicurezza con cui la ragazza parlava. Forse tale fiducia veniva dal darsi completamente agli dèi; ma anche se in quel momento mi sentivo in pace, temevo che il mondo mettesse troppo facilmente a repentaglio la mia tranquillità interiore. Non ero sicura che sarei stata in grado di mantenere il contatto con la calma maestà della dèa, quando fossi stata la moglie di Artù.

«Certo che puoi» disse con chiarezza Nimue e io sobbalzai, poiché non avevo parlato. «Pensi che saresti stata scelta come Somma Regina senza averne il diritto? È per questo che sei stata allevata fin dall'inizio, non importa se tu o altri ne eravate consapevoli. I familiari e i saggi e le stagioni dell'anno hanno tutti contribuito a portarti qui. Sei la moglie di Artù perché porti ciò che è più necessario all'unione. È semplicemente così.»

La sua voce era profonda e solenne come quando aveva parlato con Pellinore e sapevo, anche senza guardarla, che la dèa era con lei.

«Va' ora con fiducia, poiché la tua benedizione è conclusa. Non importa se il matrimonio sarà ora o tra una settimana; sei stata giudicata adatta.»

Quando alzai lo sguardo la ragazza stava sorridendo radiosa. Mi pose una mano leggera sulla testa e per una attimo vidi mamma là in piedi che mi guardava come quando ero bambina. Gli occhi mi si riempirono di lacrime.

«Ti rivedrò tra non molto, penso» disse Nimue tornando al suo tono allegro e giovanile. «Quindi sii felice e a presto.»

Il druido si fece allora avanti, insieme a diverse persone del Santuario, pronto a riaccompagnarmi al campo. Ma quando scendemmo dalla collina, Bedivere e un gruppetto di attendenti stavano aspettando sul sentiero che seguiva il fiume.

«Artù e i compagni d'armi sono già andati avanti verso Sarum» spiegò il luogotenente, legando con cura il fagotto dei miei vestiti del mattino dietro la sua sella. «Il resto del corteo sta affrettandosi e noi ci accamperemo ai piedi di Sarum domani. Si è stabilito che passerete la notte al convento di Amesbury, se siete pronta a partire» aggiunse.

Annuii e guardai solo allora il gruppo di cavalieri e cavalli alle sue spalle. Là, tra i robusti cavalli da viaggio e quelli dei guerrieri, c'era la bella giumenta bianca che avevamo visto a Chester. I suoi occhi scuri e lustri mi guardavano con espressione tranquilla, aveva la lunga criniera intrecciata di nastri e gli zoccoli lucidi come conchiglie. Le redini erano adorne di campanelle e borchie di bronzo fissavano la cavezza. Trattenni il fiato quando la vidi e Bedivere mi fece un sorriso significativo.

«Il suo nome è Ombra e Artù pensava che vi avrebbe fatto piacere» disse. «Vuole che le genti vedano da questo dono quanto vi onori, Milady.»

Lasciai che l'animale mi annusasse le mani e i capelli e ammirai la ricca coperta di broccato che pendeva ai lati della sella. Nappe e frange scintillavano nel sole pomeridiano e quando Bedivere mi aiutò a montare in groppa mi sentii splendida come Etain la Bella.

Salutammo il druido e il suo gruppo e ci avviammo verso il convento.

«Che cosa diranno le suore del fatto che vengo dal Santuario, adorna di tutta questa gloria pagana?» chiesi e Bedivere rise.

«Ben poco, se hanno buon senso. Di certe cose non ci si immischia e il matrimonio del re e della regina è una di queste! Sanno certamente che egli è il sovrano e che voi siete l'incarnazione del popolo. Inoltre Brigit ha detto che non tutti i cristiani sarebbero contrari ai fatti di oggi.»

«Avete parlato con lei, quindi?»

«Con Brigit? Sì, abbiamo cavalcato insieme per quasi tutto il percorso fino al convento.»

«Ah, è uscita dalla portantina per voi!» Ero contenta di questo progresso.

«Era un viaggio breve, solo di una mattinata, ma ci ha offerto l'occasione per parlare. Come avete detto voi, è una donna degna di nota.»

Ero contenta e pregai in silenzio la dèa per loro, prima di rendermi conto che Brigit sarebbe inorridita. Be', se lei poteva rendere santa mamma, io potevo chiedere agli antichi dèi di proteggerla.

Amesbury è un villaggio minuscolo che prende il nome da Ambrosius Aurelius. Un'abazia si erge sulla riva dell'Avon dove i salici costeggiano il ruscello, e il coro che canta nei chiostri è uno dei migliori del regno. Mi divertiva il fatto che un centro cristiano tanto devoto dovesse essere associato al re che aveva fatto da padre a Merlino, il più grande druido di tutti i tempi.

Il convento era un misto di romano e celtico. Era rettangolare e diviso in stanze individuali, e il tetto di paglia e gli interni di legno lo rendevano comodo e accogliente. Bedivere disse che c'erano molti edifici costruiti a quel modo, forse perché esso offriva gli aspetti migliori dei due stili.

La gente del convento dimostrava una analoga mescolanza di disciplina romana e naturalezza celtica. E non sembrava particolarmente propensa alla critica; Lavinia pareva più sospettosa per la mia giornata al Santuario di quanto non lo fossero le suore. Ma non poté evitare di ammirare la cavalla e la bardatura regalatemi da Artù, e io dissi che avrei voluto indossare l'abito bianco del Santuario andando a Sarum il giorno dopo.

Passammo una serata tranquilla nella mia stanza a parlare del viaggio, ora che era quasi finito, e ciò ci portò ai ricordi.

«Hai condiviso una bella vita con me,» disse con calma Brigit «e voglio che tu sappia quanto l'ho apprezzata.»

«Cielo, non è che sia giunta alla fine ora» replicai sbadigliando. «Ho bisogno del tuo aiuto adesso quanto l'avevo da bambina.»

«Sì» rispose sprimacciando i cuscini. «Ma sarà diverso d'ora in poi, Milady. Il matrimonio sarà forse tra una settimana, ma non appena entrerai a cavallo a Sarum domani apparterrai ad Artù e al popolo, e non ci sono dubbi su questo.»

«A cavallo?» saltò su Lavinia, facendo attenzione di colpo alle nostre parole. Mi ero completamente dimenticata della mia promessa di entrare in città in portantina e ci fu un'improvvisa tensione appena la matrona se ne accorse.

«Non ho neppure pensato di dirlo ad Artù e ora lui ha mandato quella bella cavalla. Che cosa devo fare?» chiesi, vedendo com'era afflitta la mia governante.

«Puoi chiedere a uno degli uomini di starle in groppa,» suggerì «mentre tu oltrepassi le porte in uno stile adatto al tuo stato.»

«No, Lavinia, non va bene» ammonì Brigit. «Sai come saranno tutti curiosi di vedere la nuova regina; se starà nella portantina, anche lasciando aperte le tende, non le potranno dare che una rapida occhiata.»

Lavinia prese a lisciare le pieghe del mio copriletto e pensai con rammarico a tutta la briga che si era presa per far costruire la portantina apposta per questo viaggio.

«Sono sicura che tornerà molto utile quando Milady sarà incinta» aggiunse Brigit con dolcezza. «Ma hai visto com'era bella quando è arrivata questa sera con i capelli sciolti e il cavallo che balzava orgoglioso di portare un simile tesoro? La gente deve avere la possibilità di vederla così per la prima volta.»

«D'accordo» ammise Lavinia, poi si voltò verso di me con aria implorante. «Ma prometti di indossare quel vestito e di non infilarti calzoni e tunica all'ultimo momento?»

«Questo lo prometto sicuramente» risposi sorridendo, risollevata perché non era più offesa. «E, come mi hai detto spesso, da domani in poi indosserò vestiti per gran parte del tempo... Anche questo te lo prometto.»

La mia governante mi guardò con un misto di affetto ed esasperazione, e per un attimo pensai che si sarebbe chinata a darmi il bacio della buonanotte, come avrebbe fatto Nonny. Invece raddrizzò le spalle e mormorò: «È ora di andare», poi mi augurò buoni sogni e uscì rapidamente dalla stanza.

Quando fummo tutte a letto ripensai al commento di Brigit sulle nostre vite che cambiavano, rendendomi conto che aveva ragione. Il tragitto di domani non avrebbe rappresentato solo le ultime miglia di un lungo viaggio; sarebbe stato il mio primo incontro con la gente che da allora in poi non mi avrebbe considerata come una persona, ma come una regina.

Che ciò si rivelasse un bene o un male, non c'era modo di cambiarlo; stavo prendendo una direzione da cui non sarei più potuta tornare indietro, e la meta mi appariva davanti, solenne e inflessibile.

Con l'alba il mio destino sarebbe stato definito. Se mai ci fosse occasione per fuggire, era questa; eppure il pensiero non mi attraeva per nulla e lo scartai come una sciocchezza infantile.

In qualche modo, in qualche punto della strada per Sarum ero passata dalla brama di libertà alla volontà di accettare una sfida. Anche se la vastità del cambiamento mi riempiva di timore e mi chiedevo come mi avrebbe accettata la gente, non c'era luogo dove volessi fuggire, nulla che volessi evitare.

Ora mi muovevo seguendo la trama del mio destino come la corrente di un fiume. Il sussurro dell'esortazione di Kevin mi circondò: «Certo che puoi... Erede delle grandi regine del passato, figlia celtica del Rheged... certo che puoi».

Sorrisi assonnata, ricordando il messaggio della doira: sposerò Artù perché ero destinata a essere sua moglie... era davvero tanto semplice.

35

Sarum

Le campane che chiamavano le suore a messa suonarono dolcemente prima dell'alba e io mi alzai per raggiungere Brigit e Lavinia alla cappella. Non avevo mai assistito prima a un rito cristiano, ma mi sembrava giusto, in quanto futura regina di Britannia, onorare le diverse fedi della popolazione, e questo era un buon posto per iniziare.

Il servizio era strano, ma non spiacevole, e quando il prete offrì una preghiera speciale a favore della «ragazza nordica venuta a sposare il re», mi chiesi se sapesse che mi trovavo nel retro della cappella.

Poi facemmo colazione in silenzio nel refettorio e tornammo alla mia stanza, dove il semplice abito bianco e la corona d'edera attendevano l'inizio della giornata. Al sorgere del sole ero in groppa alla cavalla bianca e pronta a partire.

Ombra si muoveva impaziente e le campanelle sulle briglie mandavano scrosci di musica tutto attorno a noi, come la benedizione di dèi dimenticati o ancora sconosciuti. Passò una brezza leggera del tipo amato dalle farfalle e dalle api e io alzai il volto alla sua carezza. La mattina era innegabilmente bella.

All'ultimo minuto la badessa del convento si avvicinò con un grande mazzo. I fiori, bianchi e a forma di tromba, mi erano sconosciuti e porgendomeli la donna mi spiegò che erano gigli sacri alla Madre di Dio e che mi avrebbero dato la Sua benedizione. La ringraziai per la sua premura e riposi con cura il mazzo nell'incavo del mio braccio.

La bellezza del giorno fu allora completa: l'incontro del Nord e del Sud, del pagano e del cristiano, del passato e del futuro. Come in un luminoso contrappunto a Samhain, potevo sentire che sfumava la divisione tra il mortale e l'eterno, come se i due regni si sovrapponessero e ogni cosa fosse possibile, ogni contraddizione accettabile. Quando Bedivere ci condusse fuori dalle porte del convento, mi sentivo calma ed eccitata allo stesso tempo. Non mi pareva strano andare verso la mia nuova vita incoronata d'edera pagana e portando il simbolo cristiano della purezza.

Il sentiero lungo il fiume era tranquillo e silenzioso e i pochi viaggiatori si scostarono per lasciarci passare con un rispettoso cenno del capo o mormorando saluti. Ma quando uscimmo dal bosco e la nostra meta comparve all'orizzonte, trattenni il fiato.

Sarum sorgeva in cima a un alto sperone di roccia, un'unica altura bianca che si alzava liscia e scintillante dalla pianura. Attorno alla sua base, tende e stendardi sfavillavano festosi, mescolandosi allegri tra loro come uccelli lungo la riva del Solway.

Si era sparsa la notizia che Artù avrebbe accolto sua moglie quel giorno e mentre ci avvicinavamo la folla si accalcava lungo la strada e i bambini si arrampicavano sugli alberi vicini per vederci meglio. Di tanto in tanto riconoscevo un volto che avevo visto durante il viaggio, e qua e là la bandiera di un contingente cumbro coglieva la mia attenzione, rassicurante come il sorriso di un vecchio amico.

Chiesi a Bedivere perché la collina di Sarum fosse così liscia, poiché anche da questa distanza era chiaro che i suoi fianchi di gesso erano stati spogliati dell'erba, dei rampicanti e degli alberi che ne avrebbero ammorbidito i contorni.

«Non avrebbe senso dare un appiglio al nemico» rispose Bedivere. «Stare alla base dell'altura, sotto quel liscio piano di gesso, significa aver perso ancora prima di cominciare. L'invincibilità del luogo e il fatto che tante strade si incrociano qui, lo rendono una base militare naturale. La città sulla cima è piuttosto rozza, non certo raffinata come Winchester; spero che non resterete delusa.»

«Ma vedo stendardi e bandiere svolazzare dalle torri» osservai e lui rise.

«È per il matrimonio. Gli abitanti l'hanno decorata come un palo fiorito di maggio per darvi il benvenuto.»

«Oh, dobbiamo assicurarci che partecipino anche loro alle celebrazioni» risposi, colpita dalla loro premura.

«Ci siamo già occupati di questo» rispose Bedivere con un sorriso, e continuò spiegando che ci sarebbero stati balli e giochi e tutte le attrattive di una fiera, e che la festa nuziale sarebbe stata aperta a chiunque.

Bedivere mi informò anche che la maggioranza degli ospiti era già arrivata: Urien, Cador, i re della Cornovaglia e la regina madre Igraine. Morgana però era ancora per strada, a quanto pareva.

Davanti a noi ci fu un rapido movimento, come quando l'ombra di una nuvola attraversa la pianura. Un'ondata di folla si spostò verso un punto particolare e, come tutti gli altri, allungai il collo per cercare di vedere che cosa stesse succedendo. Poi all'improvviso la calca si aprì e comparve Artù a cavallo.

Veniva verso di me montando uno splendido stallone nero con una bardatura rossa e dorata, sfarzosa quanto quella della mia cavalla. Gli abiti erano semplici di foggia e tessuto quanto i miei, anche se i suoi erano bordati della porpora tanto cara ai cuori romani. Bracciali d'oro del tesoro reale gli ornavano le braccia ed Excalibur scintillava al suo fianco. Questa volta non ci si poteva sbagliare su chi fosse o quale fosse il suo rango.

Merlino cavalcava di fianco a lui, alto ed elegante in nero e argento.

Dietro veniva Cei, sfavillante di gioielli e colori vivaci, spostando il suo cavallo da un lato all'altro. Sorrisi tra me: nonostante la fama di avaro, era evidente il suo amore per la pompa e per lo sfoggio, ed egli sembrava godersi molto la scena.

C'erano altri nel corteo che seguiva: Gawain e suo fratello, Agricola con la sua cintura decorata, e Palomides. Ora ci stavano quasi raggiungendo e quando guardai Artù vidi che mi fissava con quel suo sguardo franco e aperto.

Merlino disse qualcosa e si spostò da un lato e Bedivere rallentò, lasciando me e Artù soli a procedere fieri verso il nostro destino.

La folla si azzittì, come trattenendo il fiato, e tutti ci guardarono attentamente. Noi non guardavamo né a destra né a sinistra, ma solo l'un l'altra mentre la distanza tra noi lentamente si accorciava.

Il tempo si dilatò e a ogni passo vidi un uomo diverso davanti a me: solenne, giovanile, esuberante, pensieroso, stanco dopo una battaglia, ottimista, perplesso, addolorato, maestoso... come se Artù incarnasse l'intera gamma della natura umana. Eravamo tratti insieme da una rete invisibile e quando egli mi raggiunse allungai il braccio, ancora senza abbassare gli occhi.

Egli sollevò le mie dita alle sue labbra; poi un sorriso gioioso gli illuminò il volto e tornò a rivolgere l'attenzione alla folla. Con un gesto eloquente mi presentò alle genti e loro a me.

La tensione svanì dentro di me, traboccando in ondate d'amore per lui, per la gente, per la vita stessa, e anch'io mi volsi alla folla.

Un boato si alzò attorno a noi e persino Merlino sorrise. Ci avviammo verso la testa del corteo tenendoci per mano, con i cavalli che andavano perfettamente al passo tra loro mentre la popolazione ci faceva largo tra lacrime e sorrisi.

E così percorremmo l'ultimo miglio verso Sarum sorridendo tra noi e ai nostri sudditi.

La città era affollata come la strada, e gli acrobati conosciuti nel viaggio ci salutarono alle porte, piroettando e saltando davanti al corteo mentre i tamburi e le cornamuse battevano il tempo con ritmo allegro. Ovunque si levavano grida e acclamazioni e noi agitavamo le braccia e ridevamo, lasciandoci trasportare dalla gioia del popolo.

Bedivere aveva ragione riguardo alla città, che era ovviamente più una base militare che un centro di lusso, ma la gente aveva messo ovunque pavesi e bandiere e le finestre traboccavano di fiori. Cestini erano stati appesi alle grondaie e riempiti di piante fiorite portate dai boschi e dai prati per l'occasione. L'effetto era più di chiassosa gioia che di programmata eleganza e mi era ancora più caro proprio per questo.

L'ondata festosa ci circondava: dovunque guardassi, i volti erano benevoli e sorridenti.

Sulla piazza un palazzo romano era stato occupato da Artù e lo Stendardo del Drago spiccava davanti alla porta. Sarebbe servito come quartier generale e sala principale, con una stanza riservata all'uso personale di Artù, mentre io e la regina madre avremmo alloggiato in edifici separati nelle vicinanze.

«Pensavo che avresti desiderato una certa intimità, così non vi ho sistemate sotto lo stesso tetto» mi spiegò Artù mentre superavamo la casa dove stava Igraine. «Ella, però, si aspetta una tua visita questo pomeriggio.»

Sorridendo allegramente, lanciai un'occhiata a una finestra e vidi una figura nell'ombra dietro al vetro. Racconti che ricordavo solo in parte sulla magia e il mistero che circondavano le origini di Artù sorsero come in sogno attorno al nome di Igraine.

La massa di gente dietro di noi riempì la piazza e ci sospinse avanti. Artù svoltò in una via stretta, verso una casa lontana dal chiasso e dal trambusto della piazza. Qui il Sommo Re fece segno di fermarsi e tutti si azzittirono.

Guardai stupita l'edificio di legno chiedendomi all'improvviso che cosa facessi là. Ebbi la sensazione di scivolare sul ghiaccio e guardai Artù per trovare conforto, ma lui mi aiutò a smontare di sella senza incontrare i miei occhi.

La stanza in cui entrammo era grande e comoda. Il focolare

era a un'estremità invece che al centro, ma i giunchi freschi per terra e i cuscini sprimacciati da poco la rendevano accogliente. Alcune finestre vetrate lasciavano entrare molta luce. Ai loro lati vi erano mobili che creavano una nicchia con un sedile imbottito sotto ognuna di esse. Il soppalco era sostenuto da travi robuste e, anche se era più piccolo, mi faceva pensare, per il legno e le alcove, a quello della grande sala di Appleby.

Lavinia cominciò a esaminare i mobili, mentre Brigit e Bedivere organizzavano lo scarico dei bagagli e Artù mi conduceva senza parlare a un sedile un po' appartato sotto una finestra. «Spero che starai comoda, poiché è l'abitazione migliore che possa offrirti in queste circostanze» disse con un certo imbarazzo. La sua voce era rigida e formale; io lo fissai di colpo, chiedendomi se anche lui si sentisse teso e insicuro.

«Mi hai mai sentito lamentarmi?» chiesi.

«No, credo di no» rispose lentamente. «Ma questa casa non sarà certamente elegante come ti aspettavi.»

La stanza stava riempiendosi di barrocciai, servitori e aiutanti vari. Eppure, nonostante la confusione, cominciai a provare un sentimento speciale, come se questo posto mi avesse dato riparo per tutta la mia vita. Era sicuro e solido, e d'improvviso mi sentii protetta, tranquilla e felice.

Quando tornai a guardare Artù, lo vidi nello stesso modo: sicuro, familiare, degno di fiducia. Poteva forse anche essere vivace, eccitante, energico e pieno di sorprese, ma a un certo livello sapevo di conoscerlo profondamente e lo trovavo reale e onesto come la panca imbottita su cui sedevamo. Anche la sua timidezza attuale era comprensibile, e i miei ultimi dubbi svanirono con questa consapevolezza.

«Ciò che mi aspetto è di stare con te» dissi con chiarezza, volendo che capisse quanto il mio impegno fosse senza riserve o esitazioni. «Che sia in una tenda o in una fortezza, in un palazzo romano o sotto un tetto di paglia. È te che sposo, non il posto. E sceglierò sempre di restare con te, anche nelle circostanze più dure, piuttosto che starmene separata in qualche elegante ma insulso "quartiere delle donne".»

«Avrei dovuto saperlo,» disse con una risatina imbarazzata «e mi scuso. Se ti tratterò ancora come una leziosa straniera, ricordami le regine celtiche.»

Il sollievo era evidente nella sua voce e sul suo volto e si affrettò ad affrontare le questioni pratiche. Spiegò che saremmo dovuti restare a Sarum per una settimana dopo il matrimonio, poi ci saremmo spostati a Caerleon fino al tempo del raccolto.

«Hanno degli ottimi cavalli là e le attrezzature per le esercitazioni sono eccellenti. Sarebbe il momento opportuno per cominciare a occuparci della cavalleria» concluse.

Lo ascoltavo sempre più sconcertata, chiedendomi se avesse sentito ciò che gli avevo detto. Gli avevo appena consegnato la mia vita e la mia libertà, e l'unica cosa che sapeva fare era parlare di cavalli!

Cominciai a provare un senso di delusione e mi sforzai di reprimerlo, dicendomi che era sciocco aspettarsi che capisse i modi dei Cumbri. Forse non si rendeva conto che gli stavo facendo un giuramento; o forse preferiva aspettare un altro momento per farmi il suo. Questa non era, dopotutto, una circostanza molto intima.

L'ampio assortimento dei nostri bagagli si accumulava nella stanza e Lavinia correva di qua e di là indicando un angolo o l'altro, mentre gli uomini continuavano a portare dentro fagotti. Artù lanciò un'occhiata alla strada dalla finestra.

«La folla è così fitta che non posso neanche tornare a piedi alla piazza,» borbottò «e ci sono tante cose di cui devo occuparmi. Con tutta questa gente c'è un caos come quando si organizza una campagna militare. Peggio, anzi» concluse con una smorfia.

«Non c'è nulla che possa fare per aiutarti?» chiesi alzandomi in piedi insieme a lui. Le emozioni della giornata minacciavano di farmi sentire esausta e cercai di concentrarmi su ciò che dovevo fare nel prossimo futuro.

Un paggio entrò di corsa con una borsa di pelle e, riconoscendo il Sommo Re, dimenticò dove fosse diretto. Si scontrò con Lavinia e seguì una fiumana di esclamazioni indignate e frettolose scuse. Artù, che stava mordendosi la punta di un baffo, fissò la scena come se nulla fosse accaduto.

Sospirò e scosse la testa. «Oltre che prepararti per il matrimonio, non mi viene in mente nulla di particolare» disse in tono vago, poi si illuminò quando qualcuno oltrepassò una porta in fondo alla stanza. «Sono sicuro che Ulfin ha detto che c'è un'uscita posteriore.»

Mi trascinò in cucina e poi in un giardinetto pieno di erbe e verdure. Un pero era stato fatto crescere contro il muro opposto. L'umore di Artù si risollevò d'improvviso.

«Con tutta la gente di cui dovrò occuparmi a corte, dubito di riuscire a rivederti oggi. Ma perché non portiamo a correre i cani domani?»

Annuii e accettai il bacio frettoloso che mi diede su una

guancia, poi lo guardai arrampicarsi sui rami dell'albero e restare in equilibrio un attimo contro il cielo prima di saltare dall'altra parte.

L'idea di sfuggire ai propri sudditi mi sembrava oltraggiosa, ed ero allo stesso tempo divertita e scandalizzata.

36

La regina Igraine

«Non riesco a trovare nulla» gemette Lavinia contemplando, in piedi in mezzo alla camera da letto, il caos di bagagli mezzi aperti. «Sono sicura di averla messa in una delle ceste di nocciolo!»

«Va bene questa, Lavinia, davvero» le dissi facendo scorrere una mano sulla semplice cintura di lana che adornava l'abito verde scuro. «Mi sento più a mio agio così; è solo una chiacchierata pomeridiana, non dimenticarti, non un colloquio formale.»

«Comunque dovresti metterti ciò che hai di meglio» ribatté la mia governante frugando nel disordine di un'altra cesta in cerca della cintura di seta con le campanelle.

«Almeno» aggiunse trionfante estraendo la cassetta dei gioielli di mamma «puoi metterti il cerchietto d'oro.»

La stanchezza e i nervi stavano rendendomi irritabile e feci un respiro profondo per calmarmi.

«Lavinia, ben presto ci sarà una corona molto più grande sulla mia testa, e non c'è ragione di affrettare le cose.»

Non volevo rischiare di offendere la mia futura suocera ostentando la mia posizione, così, nonostante le proteste di Lavinia, quando Ulfin venne a prendermi i miei capelli erano semplicemente legati all'indietro con un nastro. Provai una punta di ansia quando mi ricordai che era il maestro del guardaroba, ma egli fece un sorriso d'approvazione e mi offrì il braccio.

Mentre attraversavamo la sala principale, notai i gigli che avevo portato a Sarum quella mattina e li afferrai, vaso e tutto.

«A Sua Altezza piacciono i fiori?» gli chiesi.

«Penso che le piaceranno oggi» rispose Ulfin in un tono reticente che mi fece pensare a Griflet.

Così uscii decisa dalla porta, tenendo i fiori davanti a me, cercando di non rovesciarmi addosso l'acqua.

Dopo un minuto Ulfin, con un sollecito «Milady», prese il

vaso e versò con cura l'acqua sui ciottoli della strada. «Non appassiranno da qui a là» disse ridandomi i fiori.

La piazza era ormai tranquilla, anche se gironzolavano ancora alcuni gruppetti. Un calzolaio in una bottega d'angolo alzò gli occhi dal suo lavoro e ci fece un cenno col capo mentre ci avvicinavamo. Mi fissò con curiosità, come cercando di ricordare chi fossi, poi, con un'alzata di spalle, tornò a martellare, sempre tenendo i chiodi stretti tra le labbra. Mi ricordai di quando Rhufon mi aveva fatto cercare una bulletta che avevo perso, ammonendomi che non si poteva trascurare un articolo così difficile da procurare. «Impara dai calzolai,» aveva detto «sono le persone più a denti stretti che ci siano.»

Una fiumana di domande mi martellava nella testa mentre camminavamo: Igraine sarebbe stata amichevole o distante, risentita, critica o condiscendente? Mentre assisteva al mio ingresso, si era ricordata dei tempi della sua giovinezza, dei suoi anni da Somma Regina al fianco di un re vigoroso? Mi avrebbe considerata come una straniera di un paese arretrato che minacciava di usurpare il suo posto nel cuore delle genti? Artù aveva detto così poco su di lei che non avevo idea di cosa aspettarmi; la cosa migliore che potessi fare era cercare di ricordarmi del calzolaio e tenere la bocca chiusa.

Alla casa della regina madre la porta si spalancò prima che Ulfin avesse il tempo di bussare. La giovane serva che ci aprì era tutta occhi e curiosità e non riusciva a decidere se inchinarsi quando io ero alla porta o aspettare che fossi entrata. Le sorrisi nel modo più rassicurante che potei, chiedendomi chi di noi fosse più nervosa: lei davanti a me o io all'idea di affrontare Igraine.

I locali erano molto simili ai miei, accoglienti e senza pretese, e notai che lei non aveva fatto nulla per cambiarli. A parte un braciere decorato, che anche in questo pomeriggio tiepido ardeva di braci fragranti di legno di melo, i mobili erano senza dubbio quelli che riempivano normalmente la camera.

Igraine stava scaldandosi le mani al braciere e si voltò a fissarmi quando ci avvicinammo.

Era una donna alta e regale, la cui bellezza giovanile si intravvedeva ancora sotto la pelle avvizzita. I suoi capelli, un tempo favoleggiati come d'oro, erano ora color argento e nascosti in gran parte dal velo nero da vedova, e il suo vestito era di un semplice tessuto marrone. Ero doppiamente contenta di non aver indossato nulla di più lussuoso, poiché altrimenti mi sarei sentita a disagio.

Ulfin fece le presentazioni formali e la madre di Artù mi osservò attentamente, come se volesse scrutarmi nell'anima. Forse non lo aveva allevato lei, ma era chiaro che era suo figlio da quello sguardo diretto e oggettivo.

«Questi sono di Amesbury» dissi facendo un profondo inchino e offrendo i gigli. «Ma hanno bisogno d'acqua.»

Igraine alzò leggermente le sopracciglia e lanciò un'occhiata a Ulfin come perplessa per ciò che aveva appena udito.

«Be', alzati, bambina. Non possiamo porvi rimedio finché cerchi di tenerti in equilibrio in un inchino» disse.

Rossa in volto, mi rialzai subito. La ragazza si affrettò a prendermi di mano il vaso, poi si diresse verso la cucina.

C'erano tre sedie presso un tavolino e dopo essersi seduta Igraine ci indicò le altre due.

«Gradireste del tè?» chiese e questo fu il mio turno di guardare Ulfin con aria interrogativa.

«Tè alla camomilla» continuò lei, non volendo che Ulfin spiegasse. «Fa bene al sangue ed è piuttosto buono con un paio di panini.»

Feci un cenno di assenso, sentendomi un po' a disagio. Quando la serva tornò per mettere i fiori sul ripiano della finestra, Igraine le disse di portare del tè per tutti.

La presenza di questa donna austera riempiva la camera e io rimasi in silenzio mentre lei e Ulfin conversavano. Parlarono del tempo, dei nuovi arrivi per le nozze e del fatto che il corteo di Morgana non si fosse ancora visto. Io fissavo i lunghi petali dei fiori, che splendevano nella luce pomeridiana con un impeccabile biancore, e mi chiedevo con un certo imbarazzo come sarebbe andata a finire questa visita.

Il tè era gradevole, ma i panini mi parevano assai strani. Ne masticai lentamente uno, sperando di comportarmi correttamente. Notai che la regina madre non mangiò nulla, ma bevve solo una tazza di tè. «Sono deliziosi» le dissi. «Ma cosa sono? Sono così... insoliti.»

«Panini. Panini di frumento» rispose Igraine. Poi, accorgendosi della mia confusione, aggiunse: «Sei cresciuta col buon sano pane di avena e d'orzo, vero?».

Quando annuii lei si sporse e, preso uno dei panini caldi, lo aprì con grande cautela. La crosta croccante si spezzò e la pasta all'interno sembrò espandersi mentre i diversi strati lentamente si separavano. Sembravano nuvole imprigionate nell'involucro dorato dell'esterno e la guardai affascinata mentre voltava le due metà e le metteva sul mio piatto con la crosta in basso. «Solo il frumento si comporta così» disse. «Ora prova a metterci un po' di miele e vedrai se non sono ancora più buoni.»

Così feci, spalmando il dolce liquido ambrato sui picchi e sulle valli del pane, leccandomi poi le dita per assicurarmi che non fossero appiccicose.

«A quanto so sei andata a messa questa mattina» disse la regina madre in tono più affermativo che interrogativo.

«Sì, signora» risposi rigidamente, chiedendomi come lo sapesse.

«Poco sfugge ai pettegolezzi alla corte del Sommo Re, e questa notizia è giunta a Sarum prima ancora di te. Sei cristiana di nascita? Avevo l'impressione che la gente del Rheged fosse tornata al paganesimo.»

La sua espressione era cortesemente neutra e, anche se il tono era autoritario, non riuscivo a capire quali fossero i suoi sentimenti.

«Sono stata educata secondo le antiche usanze,» azzardai «ma la mia sorella adottiva è nata cristiana e anche la mia governante. Quindi gli insegnamenti di Cristo non mi sono ignoti.»

«Questo è bene» rispose Igraine con un cenno del capo. «Non immagini che idee terribili abbia la gente sulla Chiesa di Roma. Speravo che non saresti arrivata al trono colma di pregiudizi contro di essa. Non imporrei mai la mia fede a un'altra persona, ma spero che, se un giorno avrai bisogno di aiuto, ti rivolgerai alla Chiesa. È per me un grande conforto, bambina. Soprattutto adesso che non ho più nessun ruolo a corte. Ti hanno detto che vivo in un convento?»

«Ho sentito qualcosa del genere» temporeggiai.

Spostò lo sguardo regale sui fiori e sorrise leggermente, ma non capivo se per il mio dono o per un suo pensiero. «È un posticino tranquillo e umile situato nell'ansa di un fiume secondario. La mia cella è ombreggiata da un salice, che ospita ogni genere di uccelli canori; da più di quattro anni non sento una tromba, vedo una bandiera o affronto una folla.»

«Oh, Milady,» dissi subito «se voleste tornare, sono sicura che ci sarà sempre un posto per voi alla corte di Artù, e anche lui desidera che lo sappiate.»

«Sì, e c'è un posto simile per me con Morgause alle Orcadi.» La prontezza della sua risposta mi sorprese. «O forse alla corte di Urien, se Morgana lascia il sacerdozio e torna a essere moglie e regina. Questo non è un problema, mia cara. Dopo una vita di drammi e di sovranità, con i marosi che battevano senza fine a Tintagel e il vento che portava tempeste di ogni tipo attorno a re

Uther, è un piacere accoccolarmi in un piccolo nido quasi come una sconosciuta.»

Igraine parlava ora in un modo libero e rilassato, come se fosse lieta della possibilità di conversare con qualcuno.

«Ho perso interesse per la vita di corte molto prima della morte di mio marito, e fui contenta che Artù non si aspettasse che restassi dopo la sua incoronazione. Io e mio figlio siamo quasi estranei, sai» aggiunse con una pausa che poteva essere un sospiro.

Feci per dire qualcosa, ma lei mi precedette.

«No, preferisco di gran lunga la mia piccola nicchia nell'ansa del fiume al tempestoso potere di una corte reale. Il problema non era quello di che fare di una regina a riposo, ma piuttosto quello di trovarne una nuova. La maggioranza della gente non capisce cosa sia una regina. Sono sicura che ogni donna pensa che potrebbe svolgerne il ruolo, se ne avesse la possibilità, ma pochissime sono davvero in grado di farlo. Forse ciò che sto cercando di dire» aggiunse andando direttamente al centro della questione «è che ho fiducia che farai un buon lavoro... probabilmente molto meglio di quanto abbia fatto io.»

«Che cosa ve lo fa pensare?» esclamai, sorpresa dalla sua inattesa approvazione.

Mi guardò di nuovo, questa volta con una certa aria divertita che non avevo notato prima. «Tanto per cominciare, non hai nessuna pretesa o falsità; sei esattamente ciò che sei. E alla gente questo piace. Riesce sempre a vedere oltre le finzioni, prima o poi. Inoltre, ti ho osservata questa mattina. Cavalcavi con quella grande eccitazione che viene con la prima scoperta della sovranità. La gloria e la meraviglia ti trasportano all'inizio e una certa maestà ti sostiene più tardi, anche quando ti senti troppo stanca. O almeno questo avviene se sei forte e fortunata» aggiunse tornando a guardare il braciere.

«È un ruolo che non molte sanno sostenere. È più facile se sei stata allevata per questo; se ci sei nata, si può dire. Se ci arrivi per passione, è una questione diversa. Temevo che Artù avrebbe scelto una donna comune, carina ma sciocca, che avrebbe amato l'idea di diventare regina, senza sapere che cosa comportasse. Oppure una ragazza infatuata, piena di sogni romantici che sarebbero caduti in futuro, creando problemi di ogni genere una volta finita la luna di miele.»

Igraine parlava in parte col tono di volermi insegnare e in parte abbandonandosi ai ricordi, come se volesse condividere la saggezza acquisita con l'esperienza.

Fece una pausa e allungò una mano per sentire se la teiera era ancora calda. Io mi chinai per alzarla e lei annuì porgendomi la tazza. Quando entrambe le tazze furono piene, Igraine si appoggiò allo schienale e continuò.

«Quando Artù è arrivato da me, entusiasta della sua futura sposa, ho cominciato a chiedermi se fosse lui a essere infatuato. Continuava a raccontare della tua abilità a cavallo e di qualcosa che chiama staffe, e di come ti interessi di tutto e di tutti. Non la smetteva di parlare delle tue qualità che gli piacciono tanto e io pensai: almeno sarà soddisfatto. E questo è importante.»

Ci fu un'altra pausa, ma questa volta quando riprese mi guardò in volto.

«Artù mi ha detto che le genti ti adorano già e questo è un buon inizio. Ma non sapevo cosa provassi tu per loro. Così sono stata alla finestra stamattina per vedere com'eri.»

Alzò la tazza e colsi un accenno di sorriso nei suoi occhi mentre mi guardava. «Penso che in parte mi aspettavo una ragazza alla buona, goffa e rozza, quasi terrorizzata da quella folla chiassosa. E invece ho visto una bella giovane donna che rendeva alla gente la stessa devozione che le veniva offerta. Si sente che li ami quanto loro amano te, e se è così il tuo compito sarà molto più facile. È molto difficile essere Somma Regina se si è timide o riservate per natura» aggiunse con dolcezza.

La regina madre ripose la tazza e mise le mani serenamente sul grembo, come se avesse dimenticato la mia presenza. Ma quando infine mi guardò, fu con un radioso sorriso.

«Non posso augurarti un miglior regalo di nozze, mia cara, che di amare ciò che il tuo destino comanda. È meglio della grande passione o dell'ambizione o della dedizione totale a un'altra persona. Pare che le genti siano ben fortunate ad averti come regina e tu sei fortunata per natura perché apprezzi il tuo destino. E Artù... be', che lui se ne renda conto o no, è il più fortunato di tutti.»

Rise piano, forse della cecità degli uomini, e io mi ritrovai a ridere con lei.

Dopo di ciò affermò che era giunto il suo turno per ascoltare e mi fece domande di ogni genere sulla mia vita passata e presente. Le parlai di mamma, del Rheged, di Kaethi, di Nonny, di Piedipiuma, di Ailbe e naturalmente di Lavinia, Brigit e mio padre. Conversammo per l'intero pomeriggio e Igraine volle mandare un messaggio a casa mia dicendo che mi sarei trattenuta a cena con lei quella sera.

Benché avesse rinunciato al mondo per vivere in un convento, dimostrava di comprendere perfettamente la natura umana e i suoi giudizi erano acuti e realistici.

«Hai molta fortuna, ragazza mia» disse quando le raccontai che re Marco mi aveva presa in considerazione per il matrimonio. «Conosco Marco da molti anni e non augurerei il suo letto a nessuna donna. È uno spaccone e un codardo, non è amato dalla sua gente e non la ama a sua volta. Finora non ha trovato nessuna che rispondesse ai suoi requisiti, e dubito che la troverà mai. Anche se,» aggiunse con un sorriso malizioso «se fossi ancora pagana tenderei a pensare che la dèa lo intrappolerà nella sua stessa rete di richieste e che da vecchio lo trasformerà nel trastullo di qualche giovane silfide. È già successo prima, il cielo lo sa: quando un uomo comincia a cercare una moglie abbastanza giovane da poter essere sua figlia, è probabile che a un certo punto accada qualcosa di spiacevole.»

Gli unici soggetti che non nominai furono Kevin e il nostro incontro con la Signora e, anche se ero molto incuriosita da Morgana e Morgause, esitavo a introdurre l'argomento. Era piacevole ed entusiasmante parlare di tante cose con questa donna dagli occhi luminosi, e non volevo che sorgesse nessun tipo di tensione tra noi. Così mi ritrovai impreparata quando introdusse lei stessa questo tema.

«Sei stata già presentata a mia figlia Morgana?» chiese improvvisamente. Scossi la testa. «Be', non importa, avverrà ben presto. Morgana è piuttosto... difficile... da capire. Oh, non che sia crudele o faccia del male di proposito come Morgause... no, non penso neanche che si possa dire che Morgana sia consapevolmente manipolatrice. Morgana si mette nei guai per il modo in cui esprime le sue convinzioni. È una pagana profondamente religiosa, fondamentalista e conservatrice, che non ha tempo o pazienza per chi non riconosce le dottrine che lei considera così ovvie. Probabilmente non pensa che noi cristiani siamo volutamente malvagi... ma solo troppo ciechi o testardi per aprire il cuore agli antichi dèi e accettare la loro grazia. Sono sicura che non si rende conto di quanto allontani la gente.» Igraine sospirò. «Immagino che questo sia il problema quando si tenta di far seguire agli altri la propria fede: ciò che inizia come ardore spirituale diventa troppo spesso arroganza e bigottismo.»

Ammiravo stupita la chiarezza con cui Igraine cercava di capire sua figlia e la ringraziai per aver condiviso le sue idee con me.

«Be', forse sarà un po' più facile per te se sei preavvisata» rispose.

Mi sarebbe piaciuto sentir parlare anche di Morgause, ma il bel crepuscolo primaverile andava scurendosi e io dovevo congedarmi.

«Mia cara,» disse Igraine prendendomi entrambe le mani e sorridendo dolcemente «erano anni che non chiacchieravo così con una giovane donna. Uther allontanò le mie figlie quando erano più giovani di te, così mi è mancata la gioia di vederle passare dall'adolescenza alla regalità. Questa conversazione mi ha dato un grande piacere, e mi auguro che lo abbia dato anche a te.»

«Oh, sì,» risposi «e spero che ci rivedremo presto.»

Su insistenza di Igraine, Ulfin andò a prendere un lungo mantello per me, dato che non mi ero preparata per restare fino a tardi. Era un indumento elegante, con un ricco bordo di pelliccia.

«Non facciamole prendere freddo» ammonì la regina madre mentre lui me lo metteva sulle spalle. Quando feci per protestare, lei rise piano. «Il tempo qui al Sud è piuttosto instabile, bambina, e non voglio che tu vada alle nozze con il raffreddore.»

Così la ringraziai di cuore e sulla strada di casa notai come si fosse dimostrata molto più amichevole di quanto mi aspettassi. Ulfin mi lanciò un'occhiata ridacchiando.

«Non è il suo comportamento abituale, Milady. Pare che vi abbia preso in grande simpatia, e molti direbbero che questo è il più grande complimento che possiate mai ricevere.»

Superammo una taverna dove i festaioli si affacciavano sulla piazza, vantandosi e imprecando e alzando le loro caraffe in infiniti brindisi al re. Non è molto diverso dal Nord, pensai, dove si sa bene che un celta trova qualunque scusa per servirsi dalla botte. Mi chiesi dove fosse Artù e se sarebbe stato contento quanto lo ero io di come era andata la mia visita a sua madre.

37

Palomides

«È così bello non dondolare in quella portantina» disse sorridendo Brigit l'indomani a colazione. «Non so dirvi che piacere sia stato svegliarmi sapendo che oggi non dovevamo andare da nessuna parte!»

Io e Lavinia assentimmo di tutto cuore e concludemmo tutte che dormire fino a tardi quella mattina era stato un lusso ben meritato.

«Inoltre» sospirò la matrona guardando i mucchi di fagotti che rimanevano «è giusto che recuperiamo le forze quando possiamo; ci vorranno giorni per disfare i bagagli.»

«Basta che sappiamo dov'è il vestito per domenica» dissi scherzando, stirandomi pigramente e muovendo le dita dei piedi sui giunchi sotto il tavolo. Con tutto il tempo e il lavoro che c'erano voluti per confezionare l'abito nuziale, ero certa che Lavinia sapesse esattamente dove fosse.

Fin da quando ci si era accordati per il matrimonio, Lavinia aveva insistito perché indossassi seta bianca per la cerimonia, e mi aveva offerto il suo stesso abito da sposa. Era stato usato, a suo tempo, anche da sua madre e nel corso degli anni il colore era sbiadito in un avorio chiaro, ma la lucentezza era indubbiamente quella della seta. Il vestito in sé si era dimostrato troppo corto e le pieghe voluminose di stile antiquato pendevano come una tenda sulla mia corporatura alta e snella, ma Lavinia e Brigit lo avevano disfatto per creare un indumento completamente nuovo. I galloni, le fibbie, i pezzi di broccato e i ritagli di pizzo che Lavinia aveva ricavato dal guardaroba più lussuoso di mamma furono riutilizzati, e si passarono ore a ricamare la sottoveste con fiori, uccelli e altri simboli di fertilità. Ne risultò uno dei più bei vestiti che si possa immaginare. Mi ricordai della determinazione di Lavinia di trasformarmi in una «regina rispettabile, degna di qualunque corte», e fui contenta della sua perseveranza.

Stavamo ancora chiacchierando sui progetti per le nozze

quando arrivò Bedivere per invitarci ad assistere alla dimostrazione di tecnica equestre di Palomides. Lavinia non era interessata e Brigit obiettò che c'era troppo da fare, ma io mi infilai subito un vestito e fui pronta in un attimo.

La sommità pianeggiante di Sarum era piuttosto estesa e una volta superati gli edifici e gli orti ci si aprì davanti un grande prato.

«Non c'è abbastanza spazio per tutti nel palazzo» spiegò Bedivere mentre ci avvicinavamo a un circolo di tende al limite estremo dell'erba. «Così diversi compagni d'armi sono accampati qui, abbastanza vicino ad Artù se egli avesse bisogno di loro, ma abbastanza lontano da non intralciarlo. Non dimenticate, guerrieri e cortigiani non sono la stessa razza; sono piuttosto come cani e gatti. I soldati vogliono l'azione, mentre i nobili cercano un posticino caldo presso il fuoco. In questo caso la soluzione migliore sembrava far sì che i reali in visita si dividessero il palazzo, mentre i compagni d'armi potevano fare a meno delle comodità, come al solito.»

Nel Rheged i guerrieri e i nobili erano la stessa cosa e dissi a Bedivere che questa usanza mi pareva molto più equa.

«Oh, sono d'accordo» rispose subito la mia scorta. «Questo è esattamente il modo in cui siamo stati allevati io e Artù. Ma qui al Sud si è sviluppata una classe di capi privilegiati, derivati dalla burocrazia dell'Impero, che combattono tra loro politicamente, ma non prendono mai le armi per la difesa comune. Dichiarano di essere amministratori, non guerrieri, e ogni re del Sud deve avere a che fare con loro. Si aspettano l'appoggio degli altri e si accaparrano più potere che possono. Artù sta cercando di convincere la gente che il bene comune è più importante dei vantaggi individuali, ma i cortigiani non sono pronti ad accettare l'idea.»

Annuii, pensando che tra lo sforzo di addomesticare i selvatici Celti del Nord e quello di portare una certa coscienza sociale tra i decadenti meridionali, Artù aveva molto lavoro da fare.

Oltre le tende un gruppo d'alberi segnalava la presenza di un corso d'acqua e una piccola folla si era già raccolta alla sua ombra. Gli abitanti della città erano a piedi, ma i re e i guerrieri degli accampamenti sulla pianura erano arrivati a cavallo e ora circondavano uno spiazzo di terra che serviva senza dubbio per le esercitazioni degli uomini che difendevano Sarum.

Ci facemmo strada tra la gente e ci dirigemmo a una piattaforma rialzata dove Artù e alcuni compagni d'armi stavano prendendo posto.

«Sono felice che tu sia venuta» disse raggiante il mio sposo indicandomi un posto vicino a lui sulla panca. Poi guardò Bedivere. «Perché non presenti il ragazzo, dato che sai meglio di tutti cosa sa fare?»

Bedivere annuì e andò a cercare Palomides, mentre Artù tornava a discutere con Gawain e io osservavo la folla.

C'erano molti sovrani, dagli eleganti damerini del Sud agli uomini con la fascia scozzese degli altipiani. Abbondavano i broccati di seta, il lino, la tela grezza e il vecchio cuoio, e i cavalli erano altrettanto diversi: robusti pony celtici del Nord, grandi destrieri dei Pennini ed eleganti cavalli gallesi, come Piedipiuma, discendenti dalla scuderia orientale di Cesare. Come i loro cavalieri, riflettevano la varietà d'uomini e culture che Artù stava cercando di tenere insieme.

Tra i guerrieri si mescolava la gente comune, vestita di tutte le sfumature naturali della tela grezza, talvolta con una sciarpa vivace o un copricapo elegante. Una robusta lattaia aveva montato un banco con sopra una forma di formaggio e stava facendo buoni affari. Una donna anziana, con i capelli grigi che le uscivano a ciuffi disordinati dalla crocchia in cima alla testa, portava tra la folla un vassoio di pagnotte e panini, che vendeva con grande buonumore. Mi chiesi se i due ragazzi che vagavano offrendo cipolle fossero suoi consanguinei, poiché avevano il suo stesso sorriso radioso.

Bedivere e Palomides andarono a cavallo al centro dell'ovale e Bedivere alzò un braccio per richiamare l'attenzione.

«Vi presento Palomides di Ribchester» gridò il fratello adottivo di Artù. La sua voce si diffondeva facilmente nella dolce aria primaverile. «Nel luogo da cui egli proviene, i cavallerizzi usano un tipo speciale di sella e questa innovazione, tanto semplice ma tanto efficace, offre loro un immenso vantaggio. Guardatelo ora, e vedete cos'è in grado di fare.»

Palomides si guardò nervosamente attorno e mi resi conto che doveva sentirsi sotto un'enorme pressione. Giovane straniero neppure abituato alla vita di corte, veniva messo al centro di tutta questa attenzione, e mi chiesi se non gli stessimo recando danno sottoponendolo a un cambiamento così repentino.

Salutò formalmente Artù, ma questi si limitò ad annuire senza interrompere la sua conversazione con Gawain. Così alzai il braccio e agitai la sciarpa per assicurarmi che Palomides mi notasse e quando colsi la sua attenzione gli feci il segno romano del pollice alzato e un grande sorriso.

Riconoscendomi sorrise, alzò la testa ed esaminò la folla, come un'aquila pronta a spiccare il volo. Al suo comando, il cavallo si avviò a grandi balzi e Palomides si alzò sulle staffe, percorrendo il circuito in perfetto equilibrio sul dorso dell'animale. La folla mormorava, guardando incuriosita e facendo commenti. Il ragazzo svoltò e tornò lungo la pista, questa volta accovacciato su un lato, tenendosi sempre saldo in groppa grazie ai cappi di cuoio.

Il pubblico reagì con un'ondata di esclamazioni e persino Artù si distolse da Gawain per guardare l'esibizione. Il ragazzo continuò la dimostrazione e a ogni nuova manovra la folla si dimostrava sempre più entusiasta, battendo le mani quando passava.

Poi Bedivere lo raggiunse sul campo portando due scudi e due lance di Ribchester e ne diede una coppia a Palomides. La folla si azzittì quando i due cavalieri si ritirarono ai lati opposti dell'ovale e, giratisi, si lanciarono l'uno contro l'altro. La prima volta si passarono semplicemente a fianco e i cavalli mantennero perfettamente la direzione senza scartare, lasciando appena pochi centimetri di distanza tra loro. Lo fecero con tale naturalezza che sospettai che i due si fossero allenati in segreto.

Quando raggiunsero l'estremità della pista si girarono e tornarono al galoppo veloce. Gli spettatori guardarono avidamente i due avversari che abbassavano la lancia. Il battito degli zoccoli era tonante e quando si incontrarono si udì un rumore sordo da far tremare le ossa. Entrambi pararono il colpo con lo scudo; ma mentre Palomides mantenne l'equilibrio, Bedivere, che era senza staffe, volò via dalla groppa del suo cavallo.

La folla trattenne il fiato nel vedere Bedivere ridotto così in fretta alla mercé dello straniero e ci fu un momento di tensione quando Palomides tornò al centro dell'ovale e, liberatosi con un calcio delle staffe, balzò agilmente a terra presso il suo amico caduto. Il luogotenente di Artù si alzò dolorante e abbracciò il ragazzo, battendogli una manata sulla schiena e sorridendo mentre si voltavano insieme verso la piattaforma del re. Gli spettatori, estremamente colpiti, emisero un boato d'approvazione e, dopo un profondo inchino, Palomides tornò al suo cavallo e saltò con facilità in sella.

La mossa colse il pubblico di sorpresa e su richiesta di Bedivere Palomides la ripeté, saltando a terra e poi rimontando senza aiuto.

Scoppiò un pandemonio tra gli astanti. Pieni di eccitazione e di entusiasmo, tutti si affrettarono attorno ai due per vedere meglio le staffe e Bedivere dovette chiamare a gran voce un trombettiere per attirare l'attenzione su Artù.

«Abbiamo già modificato diverse selle,» annunciò il Sommo Re, evidentemente compiaciuto per l'accoglienza ricevuta dalla nuova idea «e invito ogni guerriero a cavallo a provarle. È un cambiamento molto semplice, ma dovreste prima provare per essere sicuri di volerlo.»

Gran parte dei guerrieri erano smontati di sella e tutti insieme cercavano di esaminare subito le staffe. Gawain parlò brevemente con Palomides e fu il primo a fare una cavalcata di prova.

«Se le accettano,» disse Artù a se stesso quanto a me «forse abbiamo appena assicurato la Britannia ai Britanni!»

Si voltò e mi guardò con un largo sorriso indicando il boschetto dove girovagavano Griflet e i cani.

«Andiamo a fare una passeggiata?» propose prendendomi per il gomito e aiutandomi a scendere dalla piattaforma.

«Certo» risposi salutando con un braccio il figlio di Ulfin mentre attraversavamo il prato. Il ragazzo era appoggiato a un albero, sbucciando qualcosa col suo coltello, e vedendoci avvicinare rispose al saluto.

«Come va?» chiese Artù facendo un cenno del capo al ragazzo e accovacciandosi per accarezzare la testa ai due cuccioli. Gli animali si dimenarono vicino a lui, facendo a gara per avere la sua attenzione.

«Non potrebbe andare meglio» dichiarò Griflet tagliando una fetta dalla cipolla che aveva in mano. Infilzandola con la punta del coltello, se la mise in bocca e cominciò a masticare allegramente. «Non sarà lussuoso come Winchester, ma è senz'altro un bel posto per una merenda all'aperto.»

Artù rise e si alzò in piedi, mentre i cuccioli agitavano freneticamente la coda saltellando. Li prendemmo in consegna da Griflet e, una volta districati i guinzagli, ci dirigemmo verso il boschetto.

«Com'è andata la visita alla regina madre?» chiese Artù mentre uscivamo da sotto gli alberi.

«È andata molto bene» gli assicurai, fermandomi ad aspettare Cabal che si accucciava tra l'erba. «È una persona molto cara. Peccato che voi due non abbiate avuto la possibilità di conoscervi meglio.»

Artù strizzò gli occhi guardando il sole e sembrò calcolare la direzione del vento. «Uhm» disse in tono vago.

E fu tutto. Continuammo a camminare, mentre i cani annusavano tutt'attorno. La conversazione si era spenta, scivolando sul ghiaccio sottile di un argomento delicato, e io mi dissi di tenermi lontana dalle questioni familiari dei Pendragon. Erano troppo complesse e delicate, e sembravano creare una distanza tra me e Artù quando ne fecevo cenno. Le cose sarebbero state certamente più semplici se avessi evitato completamente l'argomento.

«E a te come vanno le cose?» chiesi prendendo a braccetto Artù per ritrovare il buonumore.

Sorrise e sospirò lanciandomi un'occhiata di traverso.

«Be', a parte il fatto che metà del paese ci bivacca davanti alla porta, credo che vada tutto bene.» Artù rise e mi guardò. «Lo so che intendono renderci omaggio, ma sono anche un grande grattacapo!»

Risi con lui, divertita dall'ironia della situazione. Liberammo i cuccioli dai guinzagli e trovammo un comodo posto per riposarci. Io mi sedetti con la schiena contro un ceppo, riparata dal vento dai bastioni, godendomi il calore del sole. Artù si lasciò cadere vicino, poi si voltò per appoggiare la testa sul mio grembo e continuò a scrutare il cielo.

Una nuvola perlata veleggiò maestosa sopra di noi e io raccontai della nave mercantile che si era arenata nelle sabbie di Morecambe quando ero bambina.

«Sembra una di quelle navi che arrivavano a Londra» osservò lui pensieroso. «Pare che i Sassoni non commercino con le terre mediterranee, quindi le grandi navi non percorrono più il Tamigi, ma nei vecchi tempi le legavano in file per tre lungo le banchine. Ora si spingono solo di tanto in tanto dai ricchi prìncipi lungo la costa del Galles.»

Cercai di immaginarmi molte di quelle barche giganti riunite in un posto, ma l'idea mi pareva improbabile. Sospirai e lasciai che la mia mano si muovesse piano sulla fronte di Artù e giocasse pigramente con i suoi capelli mentre chiacchieravamo.

I cani si avvicinarono e si gettarono ognuno da un lato. Cabal trovò rifugio sotto il braccio di Artù e vi si accoccolò comodamente, mentre Caesar si sedette dall'altro mio lato, restando all'erta come avrebbe fatto Ailbe. Nell'insieme era un pacifico idillio estivo e io pensai pigramente a giorni e anni futuri trascorsi in questo dolce lusso, come se potesse continuare per sempre.

Quando raggiungemmo gli altri al campo delle esercitazioni Artù mi porse i guinzagli, disse qualcosa sul cenare insieme, poi sparì in direzione dell'accampamento dei compagni d'armi. Gran parte dei cavalieri si erano già diretti al proprio campo con la notizia delle staffe e i cittadini stavano incamminandosi attraverso il prato. Guardai gli ultimi rimasti ai margini degli alberi e vidi la florida ragazza dei formaggi che civettava con Griflet mentre impacchettava le sue merci.

«Se potete tenere i cani, Milady, posso aiutare a trasportare le cose di Frieda» disse questi speranzoso quando li raggiunsi.

La ragazza bionda mi guardò con aria maliziosa, ovviamente seccata per la mia intrusione, ma quando afferrò le parole di Griflet la sua espressione divenne di aperta curiosità.

«È una dei nobili venuti per il matrimonio?» chiese.

«È la sposa» disse subito Griflet, scandalizzato per la sua ignoranza e volendo in parte colpirla con l'importanza delle sue relazioni personali.

La ragazza arrossì e fece un mezzo inchino. Io sorrisi e presi un piccolo canestro dalla massa di oggetti che stava cercando di trasportare.

«Va bene, Frieda, non potevi sapere. Hai un bel nome... sei sassone?» chiesi, altrettanto curiosa nei suoi confronti.

«Sì» rispose tenendosi appoggiato su un fianco il formaggio avanzato mentre Griflet smontava il tavolino pieghevole. «Ce ne sono molti da queste parti» sottolineò.

«E le donne sassoni sono note per la loro bellezza» continuai ricordandomi del matrimonio di Vortigern con la figlia del capo mercenario che aveva invitato in Britannia. «Anche il vecchio tiranno ne fu affascinato e rese Rowena sua regina.»

«Non sono di nobili natali» intervenne la ragazza. «Siamo una buona e solida famiglia tra i Federati e siamo rimasti fedeli al Sommo Re per tutte le generazioni» aggiunse con orgoglio.

Camminammo in fila indiana presso una macchia di ortiche, e quando il sentiero si allargò di nuovo Frieda mi guardò attentamente. «Senza voler essere scortese, signora... com'è il Sommo Re?» chiese all'improvviso.

La sua franchezza mi colse alla sprovvista e per un attimo fui tentata di risponderle con la stessa sincerità, ammettendo che lo conoscevo tanto quanto lo conosceva lei, almeno per ciò che riguardava le questioni intime. Invece alzai le spalle e le diedi una risposta generica che era veritiera come lo sarebbe stata l'altra.

«È leale e giusto e sempre, sempre pensa al popolo prima di tutto.»

«Non è un po' noioso per voi?» chiese lei, facendo inorridire Griflet.

Non se sei stata allevata per essere regina, pensai, ricordandomi delle parole di Igraine.

Eravamo arrivati all'inizio della mia strada e io guardai sorridendo la mia interlocutrice bionda. Era là in piedi, robusta nel sole di mezzogiorno, decisa a valutare da sé come fossero il re e la regina. Ammirai la sua schiettezza.

«Noioso?» ripetei. «Non proprio, perché è sempre così entusiasta nel cercare il modo di migliorare le cose e rendere la vita migliore per tutti. E» aggiunsi notando che il suo scetticismo stava accentuandosi «sa anche come divertirsi.»

Questo la ragazza poteva capirlo e ridacchiò. Ridemmo tutti insieme e quando ci separammo portai con me i cani, poiché Griflet era ancora carico del tavolo e del cestino.

Frieda fece un profondo inchino e mi augurò la migliore fortuna per le nozze. Io la ringraziai e pensai a come era diversa da come mi aspettavo che fossero i Sassoni.

Più facevo conoscenza con Artù e le persone della sua terra, più mi sembravano interessanti, e corsi per le scale di casa con la felice convinzione che essere Somma Regina di Britannia sarebbe stato molto più piacevole di quanto avessi immaginato.

38

Re Marco

L'atmosfera radiosa del pomeriggio cominciò a guastarsi prima di sera, quando ombre oscure e sinistre si intromisero a poco a poco nel mio idillio.

Quando passammo a prendere Igraine per accompagnarla a cena al palazzo, la regina madre declinò l'invito. Aveva una voce tenue e affaticata, anche se mi assicurò di essere solo stanca. Mi chiese però di portare con noi la sua giovane domestica.

«Ettard merita qualcosa di meglio che non passare il tempo con una vecchia signora inferma» disse Igraine quando la ragazza si fece avanti. «Non deve essere molto divertente andare alle nozze regali senza avere mai la possibilità di partecipare ai festeggiamenti.»

Ettard sorrise timidamente con gli occhi che le brillavano di eccitazione e si attaccò a Lavinia come un agnellino riunito a sua madre dopo la tosatura.

Quando arrivammo al palazzo, trovammo Artù sui gradini che scriveva qualcosa su una tavoletta.

«Ecco» annunciò riponendo lo stilo nella scanalatura e chiudendovi sopra il coperchio di legno. Una mezza dozzina di bambini aspettava presso gli scalini, sperando di poter sbrigare una commissione per il re, ed egli diede a uno di loro la tavoletta dicendo: «Portala al fabbro alla fucina presso le porte».

Artù alzò lo sguardo mentre il bambino si allontanava di corsa e vedendo il nostro gruppetto ci fece un sorriso di benvenuto.

«I fabbri del Logres sanno leggere?» chiesi, considerando strano il fatto che un uomo esperto in una delle arti più importanti si fosse curato di apprendere il mestiere degli scribi.

«Questo fabbro sì» confermò Artù. «Intende prendere gli ordini della Chiesa e quindi ha imparato il latino. È una conoscenza che torna utile» aggiunse, e io vidi che Lavinia stava annuendo in segno di approvazione.

Il buonumore del pomeriggio era ancora presente e Artù si

inchinò a Lavinia informandosi di come stesse l'«onorata signora di York». La mia dama di compagnia si inchinò a sua volta con un sorrisetto affermando che tutto andava a meraviglia, soprattuttto ora che avevamo raggiunto la nostra destinazione.

Ettard rimase da parte, spalancando gli occhi e la bocca mentre veniva presentata. Artù le rivolse un sorriso cortese e fece un complimento sul giardino di damigelle che andava fiorendo a corte. Io gli chiesi se Bedivere gli stesse dando lezioni di diplomazia. La ragazza ci guardò incuriosita mentre scherzavamo: la scena doveva essere molto diversa da quelle a cui era abituata al convento.

«Pare che ceneremo con i compagni d'armi» annunciò Artù quando Cei, Bedivere e diversi altri ci raggiunsero. «I cuochi sono indaffarati a preparare il banchetto dei nobili che si svolgerà tra due giorni. Inoltre,» aggiunse scendendo i gradini e conducendo a passo rapido il nostro gruppo attraverso la piazza «ben presto saremo intrappolati in quella sala soffocante e ci conviene goderci l'aria fresca finché possiamo.»

Bedivere fece in modo di camminare vicino a Brigit, mentre Cei e un uomo anziano che non avevo mai visto si affiancarono a noi.

«Questo è Sir Ector, il mio padre adottivo» disse Artù con naturalezza senza mai rallentare l'andatura. Né io né l'uomo avevamo la possibilità di inchinarci e quindi ci limitammo a scambiarci un sorriso.

Sir Ector aveva superato da un pezzo la mezza età. I suoi capelli erano tutti caduti, tranne una frangia castana attorno alla nuca. Rughe da sorriso gli segnavano il volto e mi diede l'impressione di un padre gentile e amorevole.

Mi rivolse il sorriso radioso e benevolo di un uomo soddisfatto delle prospettive del proprio figlio.

«Non avete idea di quante pressioni Artù abbia dovuto affrontare per trovare una moglie di sua scelta» disse. «Io e sua madre temevamo che sarebbe stato accaparrato...»

Innervosito, lasciò la frase in sospeso, poi alzò le spalle. «Be', non importa. È andata a finir bene e Drusilla sarebbe stata felice di sapere che aveva scelto una figlia dei Cumbri.»

Lo ringraziai e osservai che doveva andare orgoglioso dei suoi tre ragazzi, al che egli sorrise e fece un cenno di assenso.

«È bello avere la famiglia riunita per un'occasione così splendida» osservò. «Non conosco re Leodegrance tranne che di fama, ma mi pare che non sia presente ai festeggiamenti, vero?»

Gli spiegai come per mio padre fosse difficile viaggiare ed egli annuì con aria comprensiva.

«Be', mia cara, immagino allora che tornerete nel Rheged per presentargli il primo nipotino. Dovrete fermarvi alla nostra corte lungo la strada.» Mi fece lo stesso ampio sorriso che avevo visto sul volto di Artù. «Sì, direi che vale la pena di aspettare» affermò.

La cena si svolse, chiassosa e animata, attorno al fuoco di cucina, piena dell'allegria dei soldati che festeggiavano il prossimo matrimonio del loro capo. Quando notai Agricola in piedi e un po' in disparte, lo chiamai.

Il proprietario della villa non aveva portato un seguito suo, così i compagni d'armi lo avevano temporaneamente adottato e io mi chiesi come un gentiluomo tanto elegante si trovasse nelle rumorose serate tipiche dei giovani guerrieri.

«Artù mi ha dato una camera al palazzo, vicino a quella di Sir Ector» rispose Agricola alla mia domanda. «Ciò ha reso il mio soggiorno molto piacevole. E com'è andato il resto del vostro viaggio, Milady?»

«A meraviglia!» esclamai.

«Sono contento» disse lui mettendomi una mano sul braccio. «Se posso esservi d'aiuto in qualche modo qui al Sud, vi prego di non esitare a chiedermelo.»

Lo guardai in volto, trovando la stessa affidabilità che avevo visto in Pellinore.

«Oh» dissi ricordandomi all'improvviso della promessa fatta a Lavinia. «Ho detto alla mia dama di compagnia che le avrei procurato un anello per sostituire quello che ha perso... un anello romano con un sigillo. Era molto dispiaciuta e io le ho detto che ne avremmo trovato uno simile. Sapete dove posso cercare una cosa simile?»

Agricola considerò la faccenda per un attimo. «A Winchester c'è una famiglia di gioiellieri da cui si serviva mia moglie...» Il suo bel volto si aprì in un sorriso. «Mi informerò e vedrò se possiamo procurare qualcosa, Milady» promise.

Artù stava avvicinandosi con un uomo corpulento e dal volto cavallino, adorno di vistosi gioielli e pellicce. Al suo fianco camminavano due guerrieri che mi pareva di conoscere, ma mi ci volle un attimo per ricordare il mio primo incontro con i pretendenti regali. Dinadan era ancora lo stesso, gagliardo e dall'espressione sarcastica, ma il campione dal nome pitto si era molto irrobustito e non sembrava più il bifolco allampanato di quella prima visita. Sorrisi a Tristano pensando a come eravamo cambiati tutti negli ultimi due anni.

«Ti presento Sua Altezza re Marco di Cornovaglia» disse con calma Artù mentre il pingue sovrano si fermava davanti a me e si piegava pesantemente su un ginocchio.

Nascosi a fatica la repulsione al pensiero che avrei potuto sposare un uomo simile. Pareva che non avesse il senso della moderazione in tutti i suoi appetiti, e mi chiesi se fosse davvero così soggetto alla lussuria come aveva sottinteso Igraine.

La sua scorta dovette aiutarlo a rialzarsi e Marco fece un largo sorriso, mostrando i denti scuri e malsani.

«Siete molto fortunato, signore» disse ad Artù, facendosi scorrere un dito paffuto sul labbro mentre mi esaminava. «Non riesco a capire come i miei emissari si siano lasciati sfuggire un gioiello simile.»

«Temo che i miei costumi pagani mi abbiano resa inadatta alla vostra corte» dissi in fretta, sperando con queste parole di attenuare il peso della sua affermazione.

«Sì, be'... forse avremmo potuto cambiare le cose» suggerì Marco, e io mi trattenni dall'aggiungere altro. Non c'era ragione per irritare questo alleato, né desideravo mettere nei guai il suo gigantesco guerriero.

Dinadan colse i sottintesi e, dopo che Tristano si fu inginocchiato per rendermi omaggio, il loquace cortigiano si inchinò e mi sussurrò con un sorriso sardonico: «Ben fatto, Milady».

Sorse un'improvvisa agitazione oltre il falò. Dita si chiusero sui pomi delle spade e pugnali volarono alla mano. Un cavaliere entrò con fragore nel campo, lanciandosi tra i guerrieri senza preoccuparsi di investirli. Con uno sbuffo, lo stallone si fermò bruscamente presso il fuoco.

La fiamma emanò un bagliore allo spostamento d'aria e, quando si placò, vidi che il cavaliere era Pellinore. Portava un fagotto davanti a sé sulla sella e il sorriso sul suo volto era sublime.

«L'ho trovata» gridò, ignorando il tumulto che stava provocando. «Guardate, l'oggetto della mia ricerca, la dèa incarnata!»

Il fagotto si mosse e si trasformò in un lungo e ampio mantello. E quando il cappuccio ricadde all'indietro apparve il volto di una ragazza seria dagli occhi grandi, che fissava i compagni d'armi riuniti.

«Nimue!» esclamai, sorpresa e contenta di vedere qui a Sarum la doira del Santuario di Avebury.

Al suono del suo nome la Sacerdotessa scivolò giù dal garrese del cavallo e venne verso di me, camminando come in trance e completamente ignara dei guerrieri che la circondavano. Gli uomini le fecero largo mentre avanzava senza alcun rumore, come una bella apparizione ultraterrena.

«Milady,» disse con modestia lasciandosi cadere in ginocchio davanti a me «pare che sarò con voi alle nozze.»

«Ne sono molto contenta» risposi chinandomi per assicurarmi che stesse bene. La mia allegria fu smorzata dalla sua aria distante.

«Credo» sussurrò appena le fui abbastanza vicino «che ci sia in corso un tradimento e re Artù dovrebbe essere avvertito.»

«Certo» mormorai fissandola in volto. Lei mi rivolse lo sguardo vuoto di chi è sotto il potere di un altro. La sorpresa e lo spavento mi lasciarono senza parole e un brivido mi percorse la schiena. Le forze che stavano plasmando il futuro vivevano ora in Nimue.

Cercai con lo sguardo Artù e lo vidi dal lato opposto del circolo di astanti. Aveva una mano sulla spalla di Gawain e sembrava che stesse ricordando al figlio di Lot la sua promessa di non fare rappresaglie contro Pellinore nel periodo delle nozze.

Così mi risedetti, chiedendomi come attirare l'attenzione del mio sposo.

Pellinore si pose con tracotanza in mezzo a tutti, ridendo e vantandosi come un guerriero ubriaco. Prese a raccontare una lunga e confusa storia su un cane da caccia e un cervo bianco e su come avesse lottato contro altri due uomini per il possesso di questa ragazza speciale.

«Ne ho dovuto affrontare uno con la forza» gridò slegando il corno per bere dalla cintura e tenendolo alto per farselo riempire. «Ma quando l'altro, che era il cugino di lei, ha visto il suo compagno abbattuto non solo mi ha offerto la ragazza, ma anche il suo cavallo.»

Il guerriero rise rumorosamente e indicò con orgoglio lo stallone baio. Svuotato il corno, ripeté la storia.

«Magnifica ragazza, davvero magnifica. Sapevo fin dall'inizio che era speciale e non mi sono lasciato distrarre da nulla una volta sulle sue tracce. Ho incontrato una povera creatura vicino a una fonte che chiedeva aiuto per il suo compagno morente, ma non avevo tempo per fermarmi a vedere cosa stesse accadendo.» Il suo umore mutò d'improvviso e il suo volto assunse un'espressione addolorata. «Fu un pena... quando tornammo là erano morti tutti e due e gli animali avevano lasciato solo le loro teste.»

«Oh, Pellinore» gridai, con l'immagine dei due amanti alla

fonte che mi danzava orribilmente davanti agli occhi. «Come avete potuto non fermarvi per andare in loro aiuto?»

«Non lo so, Milady» mugghiò contrito. «Sarà stata la febbre della mia ricerca.»

«Pellinore!»

La voce di Merlino venne dal buio, netta e chiara nel mormorìo confuso degli altri. Non si poteva vederlo nell'ombra, ma la sua presenza era così potente come se un dio stesse parlando. Avvertii una leggera pressione al ginocchio e, abbassando lo sguardo, vidi che Nimue era ancora inginocchiata ai miei piedi e stava ora alzando una mano per farla scivolare nella mia. Le presi le dita e lei le strinse.

«Hai idea di chi fosse la signora presso la fonte?» chiese il Mago.

«No, ma mi maledisse quando non mi fermai. Era bella, con capelli chiari e occhi violetti. Sapeva il mio nome e mi maledisse perché non l'aiutai... Ora non posso chiudere gli occhi senza vedere quel volto: mi faceva pensare a qualcuno...»

«Certamente» disse il Mago emergendo dall'ombra e andando verso Pellinore come un giudice accusatore. «Era la tua stessa figlia, avuta con la Signora della Regola. Lei e il suo signore stavano venendo al matrimonio quando sono stati assaliti dai banditi. Non avresti potuto fare molto per lui, ma lei non sarebbe morta se non l'avessi abbandonata.»

Il robusto guerriero rimase impietrito. Ci fu un lungo, raccapricciante silenzio, poi un profondo lamento cominciò a rimbombare nella gola di Pellinore.

«Qual era la sua maledizione?» chiese Merlino.

«Ha giurato che anch'io sarei stato abbandonato da un alleato al momento del bisogno e che sarei morto tradito da qualcuno su cui contavo. Perché...» gemette sconcertato «perché gli dèi non mi hanno detto chi era?»

«Non avrebbe avuto importanza, Pellinore» ribatté il Mago, ritto davanti al guerriero tremante. «Gli dèi benedicono e maledicono, e sta a noi imparare qualche lezione ogni tanto. Con le tue stesse azioni hai segnato il tuo destino, e ciò che è fatto non può essere disfatto. Ma da ora in poi dovrai pensare meno a quella ricerca di cui vai tanto orgoglioso e fare più attenzione a coloro che richiedono altri servizi da te.»

Merlino pose le mani sulle spalle di Pellinore e il guerriero si inginocchiò con lacrime di dolore e di rimorso che gli scendevano sul volto. Come un bambino aveva agito senza pensare e ora chiedeva perdono con la stessa semplicità.

Il saggio recitò una preghiera di indulgenza, mentre noi guardavamo in rispettoso silenzio. Quando Merlino finì, Cei si fece avanti e, fatto rialzare Pellinore, lo condusse via singhiozzante.

D'improvviso tutti iniziarono a parlare e a ridere forte, nel tentativo di liberarsi del peso di ciò che era appena accaduto. Io corsi da Artù e gli sussurrai che Nimue sentiva il pericolo di un tradimento. Qualcuno propose un brindisi per lo sposo e la folla prese a inneggiare il suo nome, aspettando con impazienza che mi scostassi. Ci accordammo in fretta che avrei portato la Sacerdotessa al palazzo e che lo avrei aspettato là; Artù non avrebbe potuto raggiungerci subito, ma dovevo tenere al sicuro fino al suo arrivo questo messaggero del destino.

Nimue venne con me, muta e tremante. Trovai la cucina vuota e, dopo aver fatto sedere la ragazza in un posto tranquillo presso un forno tiepido, presi a rovistare nella credenza.

Trovai dell'issopo tra le erbe, così feci una tisana a cui aggiunsi un po' di miele, mentre la Sacerdotessa sedeva nel suo angolo fissando il vuoto.

Prese la tazza con entrambe le mani e cominciò a sorseggiare la bevanda calda e dolce. Poi mi guardò con gratitudine e chiese: «È spesso così?».

«Ubriaco e mezzo pazzo? Non lo so» risposi, pensando che un'avventura simile con Pellinore avrebbe lasciato chiunque scosso per un certo tempo.

«No,» disse lei con fermezza «l'uomo in bianco che stava ora nel cerchio di fuoco.»

Mi ci volle un momento per capire che si riferiva a Merlino.

«Il Mago? No, non penso» risposi, chiedendomi che cosa avesse visto più di tutti noi. Presi uno sgabello e mi sedetti al suo fianco. «Almeno non l'ho mai visto così prima, ma non lo conosco da molto tempo.»

Ella prese altro tè e un sorrisetto le comparve sul volto. «Ora,» mormorò con gli occhi spalancati «ora so perché Pellinore è stato mandato da me. Per portarmi qui... per portarmi da lui...»

Le sue parole fluttuarono leggere nell'immobilità della cucina vuota come l'innocente confidenza di una bambina e il loro pieno significato mi si chiarì solo lentamente.

«Nimue!» esclamai sbalordita, poi mi raggelai nel silenzio.

La ragazza aveva un'espressione dolce, ma era la dèa che mi guardava attraverso i suoi occhi.

«Non discutere di ciò che non capisci» disse in tono rauco e profondo. «Non sta ai mortali decidere dove deve fiorire l'amore.»

Guardai altrove, incapace di sostenere quello sguardo, e un attimo dopo sentii la mano della ragazza scivolare nella mia.

«Sapevo» disse tornando alla sua voce limpida «che sarebbe accaduto qualcosa di speciale. Ma prima non sapevo di chi o di che cosa si trattasse.»

Sembrava così felice che la guardai incuriosita. Se fossi stata attratta verso una simile passione mi sarei sentita terrorizzata.

«Non avete paura?» chiesi pensando al timore reverenziale suscitato dal Mago.

«Certo» rispose guardando la tazza vuota. «Dopotutto potrebbe anche non notarmi.» Tentennò un attimo come se l'idea le spezzasse il cuore.

La fissai ammutolita. Lei che era tanto calma e sicura nella conversazione con Pellinore, tanto dolce e ferma nel guidarmi e potente quando era invasa dalla presenza della dèa, stava ora qui seduta all'ombra di un focolare e temeva di non apparire attraente.

L'idea mi pareva assurda e mi trattenni a stento dal ridere. Era impossibile pensare che non potesse piacere a un uomo e se, come aveva detto Artù, il Mago aveva un debole per le ragazze giovani, Nimue non aveva nulla da temere. Vedendola così pensierosa, le gettai le braccia al collo per un breve abbraccio.

La dèa aveva certamente ragione: chi ero io per mettere in discussione l'amore tra due persone? L'amore assume forme diverse e dovrebbe essere bene accolto e rispettato in tutte le sue manifestazioni, non importa quanto strane possano parere agli altri.

Così restai seduta con la mia amica finché smise di tremare e aspettammo insieme l'arrivo di Artù.

39

Tradimento

Infine la festa dei compagni d'armi ebbe termine e gruppetti di persone cominciarono a entrare nel palazzo. I guerrieri più giovani erano scesi di corsa giù per la collina per recarsi alla tendopoli che era sorta nella pianura sottostante, dove a qualunque ora si poteva trovare un gioco d'azzardo, una botte di vino o una donna disponibile. Gli ospiti più anziani e coloro che non volevano partecipare a simili bravate stavano riunendosi al palazzo.

Spiai dalla porta della cucina e vidi Artù nello stesso istante in cui lui vide me. Si fece strada con naturalezza tra i gruppi che si agitavano nella sala e mentre nessuno guardava si infilò nella cucina in penombra.

Abbandonò l'aria festosa e faceta e si rivolse subito alla Sacerdotessa.

«Cos'è questa faccenda del tradimento?»

Nimue lo fissò, tesa e vigile, e sporgendosi in avanti sussurrò: «Milord, ho ragioni per credere che ci siano nel vostro campo delle spie con cattive intenzioni».

«Spie? Di chi?»

La voce di Merlino, non più forte di quella di lei, ci colse tutti di sorpresa. Era semplicemente apparso accanto ad Artù e fissava con sospetto la ragazza.

La Sacerdotessa ricambiò con calma il suo sguardo. «Non ne sono sicura. Comunque preferirei parlarne in un luogo più appartato.»

Con un cenno del capo Artù si voltò e ci condusse a un passaggio che portava alla parte del palazzo riservata al suo uso personale.

Mentre egli chiudeva le tende di cuoio che attutivano tutti i rumori della sala, io mi guardai attorno con curiosità.

La stanza era comoda, senza pretese o decorazioni. Il letto era una stretta branda, sopra cui Excalibur, appesa alla parete, scintillava come una fiamma d'oro e d'argento. Era disposta di sbieco, pronta per essere estratta se ce ne fosse stato bisogno durante la notte. I gioielli sul pomo brillavano misteriosamente alla luce tremolante della lampada e i ricami della guaina parevano muoversi, come dotati di una vita propria.

Merlino controllò le imposte delle finestre dietro a un lungo tavolo che mi faceva pensare a casa mia. Guardai gli oggetti sparpagliati sul suo piano: mappe e tavolette di cera, appunti su possibili basi militari e un manoscritto arrotolato presso il calamaio. Un pezzo di cera rossa aspettava di essere impresso con il Sigillo del Drago.

«Ecco» disse Artù quando fu sicuro che eravamo al riparo da orecchie e occhi curiosi. «Vi prego di sedervi e raccontarci.»

Nimue si sedette di fronte a Merlino su una sedia da campo e pose le mani sul grembo con aria compassata.

«Ebbene,» esordì «ieri sera, mentre io e Pellinore attraversavamo la foresta, il mio cavallo inciampò e io caddi a terra. Accadde nei boschi dove le rocce stanno nascoste nell'erba come animali addormentati e mi feci male a un braccio nella caduta, così decidemmo di passare la notte là e di ripartire al mattino.»

Guardò prima Artù e poi Merlino. Il Mago la fissava impassibile, con le ombre della lampada che gli accentuavano gli zigomi sporgenti e gli occhi infossati. La sua espressione era completamente priva di interesse, quasi come se lei stesse riferendo quanti polli erano nati la settimana prima.

«Dormivamo tra gli alberi non lontano dalla pista e mi svegliai prima dell'alba al rumore di zoccoli provenienti da diverse direzioni. I cavalieri si fermarono a parlare a pochissima distanza da noi. Uno veniva da Sarum e fece un resoconto dettagliato sugli uomini qui riuniti e sulla loro sistemazione, e l'altro rise e chiese se non si sospettasse nulla.

«Il primo rispose di no, poiché tutti erano impegnati con le celebrazioni. Poi chiese come andavano le cose "a casa", e il secondo disse che ora che tanti nobili e guerrieri erano via per le nozze, i tempi sembravano maturi.»

Un soffio d'aria scosse le imposte e le ombre sul volto di Merlino si approfondirono quando la lampada languì per un attimo. Io rabbrividii, ma Nimue sostenne tranquillamente lo sguardo del Mago e dopo un momento riprese il racconto.

«Gli uomini si voltarono e parlarono a voce più bassa; la sola cosa che udii chiaramente fu il nome Brychan. Quando si separarono, comunque, giurarono per la libertà dal giogo britannico; poi ognuno tornò nella direzione da cui era venuto.

«Non so» concluse «chi fossero quegli uomini, né che genere

di minaccia rappresentino, ma mi sembrava opportuno riferirvi tutto il più presto possibile.»

Artù, che aveva ascoltato attentamente, si sporse avanti.

«Potete mostrarmi dove avvenne questo incontro?»

Accesi un'altra lampada e la portai al tavolo mentre Artù e Nimue osservavano la mappa.

«Questa è Sarum,» spiegò Artù «e qui c'è Avebury, quindi il Santuario dovrebbe essere... là» concluse puntando il pollice su una macchia d'inchiostro.

«Penso» rispose lei studiando la mappa e cercando di calcolare le distanze «che fosse all'incirca qui.»

Artù guardò il punto indicato dal suo dito, poi lanciò un'occhiata al Mago. Questi stava fissando sia la Sacerdotessa sia la mappa con un'espressione enigmatica.

«Certamente una spia può andare e tornare da Sarum a quel luogo nel giro di una notte» confermò Artù, e Merlino annuì. «E l'altro poteva venire da nord, da est o anche da ovest.»

«Ovest mi sembra la direzione più probabile,» sospirò Merlino «se si tratta del capo irlandese Brychan.»

I due uomini si guardarono pensierosi, poi Artù si alzò.

«È vero che tutti i guerrieri sono qui a Sarum,» osservò «e il fatto mi stava già preoccupando, anche se non saprei come mandarne qualcuno a casa senza offenderlo. Se gli Irlandesi sperano di approfittare dei loro legami ancestrali con regni come Demetia, questo sarebbe un momento perfetto per farlo.»

Camminò avanti e indietro nella stanza masticando assorto la punta di un baffo.

«Dobbiamo supporre che la spia sia ancora nel campo, quindi non va detto o fatto nulla che faccia intuire i nostri sospetti.»

«Ragazza» disse Merlino guardando la Sacerdotessa e arrossendo all'improvviso. «Voglio dire... avrai pure un nome...?»

«Sì, Milord,» rispose con calma «mi chiamo Nimue e ho studiato con la Signora.»

«Ah, sì» borbottò il Mago tornando a osservare la mappa. «Bene, Nimue...»

Si interruppe e la guardò ancora. Ci fu un lungo silenzio in cui i due si fissarono a vicenda e io trattenni il fiato. Artù, ignaro di ciò che stava succedendo, continuava a camminare su e giù. Infine Merlino si schiarì la gola.

«Nimue, hai pratica con la veggenza?» chiese.

Lei si guardò le mani nel grembo e mi stupii della sua compostezza.

«Non ho pratica, Milord, ma mi capita a volte di vedere alcune cose» rispose.

«Vorresti provare ora per il re?»

Nel tono del Mago c'era una dolcezza che non avevo mai udito prima. Qualunque sarebbe stato il loro rapporto, Merlino almeno si dimostrava paziente con lei e io sorrisi quando Nimue fece un cenno d'assenso.

Si accese una nuova candela di giunco e il Mago la tenne davanti agli occhi della ragazza. Artù si avvicinò e si fermò vicino a me, mentre Nimue fissava la fiamma senza battere le palpebre. I suoi occhi scuri divennero impenetrabili e potevo vedere la luce riflettersi nelle pupille. Alla concentrazione si sostituì uno sguardo fisso e vuoto. Le sue mani rimasero immobili, ma il respiro divenne pesante e la fronte le si imperlò di sudore.

«Una barca» sussurrò. «No, molte barche. Alte come case... e un uomo con un nome strano, che viene dal continente. Theo... il suo nome è Theo e pare un fuorilegge. È perduto... no, abbandonato da vecchi alleati... la sua gente se n'è andata ed egli sta cercando Artù.»

Emise un grido acuto, chiudendo gli occhi e afferrandosi la testa con entrambe le mani. Il bel viso si contorse di dolore.

«Suvvia» mormorò dolcemente Merlino porgendomi la candela e ponendole le mani sulla testa. «Che altro vedi, piccola Nimue, con gli occhi della dèa?»

Il volto della ragazza cominciò a rilassarsi e il solco profondo tra le sue sopracciglia si distese. «Non... non lo so... solo gli uomini con le barche...»

Aprì gli occhi e li mise lentamente a fuoco su Merlino, le cui dita le stavano massaggiando le tempie. «Non serve a molto, vero?» chiese.

Il Mago smise di spianarle le tempie e le fece passare una mano sui capelli, come farebbe un genitore o un amante. Era un gesto tranquillizzante e protettivo ed ebbi l'impressione che egli non ne fosse neppure consapevole.

«Questo lo stabiliremo io e il re. Intanto ci hai reso un enorme servizio e la tua visione ci sarà utile, in un modo o nell'altro. L'informazione su Brychan è, già di per sé, inestimabile. Penso che ora la cosa migliore da fare sia che tu e Milady torniate ai vostri alloggi e facciate una buona dormita. E naturalmente non parlate con nessuno di questo.»

Il Mago sorrise alla Sacerdotessa e questa si guardò in grembo intimidita.

«Milord,» disse «non ho alloggio.»

«Potete stare da me» intervenni io, rendendomi conto troppo tardi che forse avrebbe gradito un invito diverso. «Se volete» mi corressi subito.

Mi sorrise con sollievo e fui contenta di non aver rovinato un piano divino. Se non avessi visto o sentito la dèa parlare con la sua bocca, avrei giurato che Nimue fosse una giovane donna ingenua, incapace di tessere intrighi. Ma sapendo che esisteva una trama più grande, temevo di interferire con i piani della dèa, poiché la dèa stessa non era una ragazza innocente.

«Molto gentile da parte vostra, Milady» disse Nimue e quando lanciai un'occhiata a Merlino non trovai nulla nella sua espressione che indicasse imbarazzo, così pensai di non aver fatto danni e mi ritirai nella sicurezza del silenzio.

Artù continuava a camminare avanti e indietro, senza rendersi conto di niente, tranne che della minaccia alla Britannia. Invidiai la sua capacità di concentrarsi su un unico scopo. Anche quando prendemmo i mantelli e Artù ci accompagnò a casa, era chiaro che la sua mente era altrove. Lo baciai lievemente su una guancia e lo congedai con un buffetto materno, ma probabilmente non lo notò neppure.

Lavinia dormiva già, così io e Brigit preparammo un giaciglio per Nimue sulla panca sotto alla mia finestra. Quando le rimboccammo le coperte la Sacerdotessa mi guardò e sorrise, mormorando assonnata: «Benedetta», ma non riuscii a capire se fosse la ragazza o la dèa a parlare.

Le ombre oscure della minaccia di tradimento furono placate da un buon sonno. Quando mi svegliai vidi che la Sacerdotessa se n'era già andata e che Lavinia si aggirava furtiva per la stanza come un gatto sulle tracce di un topo. Si fermò quando giunse alla nicchia dove aveva dormito Nimue.

«Che cosa c'è, Lavinia?» chiesi sbadigliando e appoggiandomi sui gomiti mentre lei sollevava l'angolo del materasso tenendolo con circospezione tra due dita e col braccio teso.

«Ho sentito che hai portato una strega a casa ieri sera, Milady.» La sua voce era forzatamente calma, come se stesse cercando di nascondere una dolorosa delusione, e mi lanciò un'occhiata di rimprovero.

«Strega? Be', non saprei» temporeggiai chiedendomi cosa intendesse con quel termine.

«Un'esperta pagana di segreti, ecco cos'è» annunciò Lavinia

lasciando ricadere il giaciglio. «Le donne non devono impicciarsi di religione» aggiunse sospirando.

«Ma le dèe stesse sono donne!» esclamai, divertita dai ragionamenti della matrona. «E ci sono state druide fin dall'inizio dei tempi.»

«Aberrazioni pagane» sibilò Lavinia. «San Paolo ci ha detto cosa pensare di questo genere di cose.»

«Ehi, dove vai con quello?» chiesi allarmata. Lavinia aveva gettato il materasso sul pavimento e lo stava trascinando verso la porta.

«Lo porto fuori per liberarlo dai pidocchi» rispose risoluta.

«Su, andiamo, Lavinia» disse Brigit entrando all'improvviso nella stanza e aprendo le tende che oscuravano le finestre. «Si può essere pagani senza essere il Diavolo. Guarda Sua Altezza, per esempio» e fece un cenno nella mia direzione. «Diresti che è imparentata col Maligno?»

«È diverso» ribatté la matrona. «Lei non se ne va in giro per i boschi a fare incantesimi. Perlomeno, non ancora. Ma non mi fido di queste Sacerdotesse con i loro coltellini d'oro e le loro antiche formule... e con la Signora in persona che deve arrivare oggi, chissà cosa accadrà a Sua Altezza?»

«Oggi!»

Balzai fuori dal letto e corsi a lavarmi al catino. Ogni altro pensiero fu cancellato dallo spettro della Signora che cantilenava nel bosco sotto la colonna di teschi. Non potevo più evitare il confronto e il mio cuore prese a battere forte come quando ci eravamo viste al Lago Nero. La Sacerdotessa allora mi aveva solo scacciata, intrappolandomi con le nebbie e col dolore; che castigo mi avrebbe inferto ora che non avevo un luogo dove fuggire?

Ma mentre mi spruzzavo d'acqua il buon senso ebbe la meglio. Non avevo prove che portasse ancora rancore per la mia indiscrezione infantile; forse avrebbe ignorato quel primo incontro, dopo tutto questo tempo, e potevamo ricominciare guidate dalla luce delle circostanze presenti. «La Signora del Lago diventerà mia cognata» dissi lentamente prendendo l'asciugamano che Brigit mi porgeva. «Quindi devo prepararmi ad accoglierla con decoro e a farla sentire a proprio agio alla corte di Artù.»

«E se Artù non si sentisse a proprio agio con lei qui?» insistette la mia governante aiutando distrattamente Brigit a rimettere il giaciglio sulla panca sotto la finestra.

«Artù va molto d'accordo con Morgana» risposi, cercando di rassicurare me stessa quanto Lavinia. Morgause era un argomento proibito, ma Artù mi aveva detto esplicitamente di avere fiducia nella Signora. «E sono sicura che la regina madre sarà contenta di vederla» aggiunsi, ricordandomi del tentativo di Igraine di spiegarmi il carattere di sua figlia.

«La piazza è già in subbuglio» intervenne Brigit piegando le coperte di Nimue e mettendo a posto il sedile. «Alla fine della messa c'era già una grande folla. Stava arrivando un gruppo di stranieri e il traffico era bloccato in ogni direzione, poiché tutti si fermavano a guardarli.»

«Come sai che erano stranieri?» chiesi, pensando che io ero in grado di riconoscere ben pochi dei visitatori già presenti.

«Dai loro abiti e dal fatto che parlavano una lingua diversa dal latino e dal celtico. Sono uomini forti e robusti, con sciarpe legate attorno alla testa e maglie attillate come quelle che indossano i pescatori» rispose.

Sembravano interessanti e mi dispiacque che le mie finestre non dessero sulla piazza; senza uscire di casa non potevo vedere cosa accadeva. Così mi dovetti accontentare della descrizione di Brigit finché ebbi l'occasione di parlarne con Artù.

Questi venne verso mezzogiorno, portando con sé i cani e invitandomi con insistenza a uscire. Con aria affrettata e un po' distratta mi spinse fuori dalla porta lasciandomi appena il tempo di afferrare uno scialle.

«È più facile e sicuro parlare là fuori» spiegò mentre attraversavamo il prato a grandi passi.

La sua voce tesa ed eccitata e l'espressione del suo volto mi risvegliarono un senso di disagio. Le notizie della sera prima ripresero improvvisamente corpo, cancellando la spensierata allegria del mattino.

Senza aggiungere altro ci arrampicammo sui bastioni, liberammo i cani e ci volgemmo verso il parapetto. Nella pianura il campo improvvisato si estendeva per miglia e Artù indicò i diversi stendardi che svolazzavano al vento, mentre io cercavo di legarmi lo scialle.

«Pare che la visione della doira fosse molto precisa,» disse infine «almeno per quanto riguarda l'uomo di nome Theo.»

«Gli stranieri che parlano una lingua diversa!» esclamai.

Artù si voltò di colpo a guardarmi con un sopracciglio alzato per la sorpresa, come se fossi anch'io diventata una veggente. Gli spiegai che Brigit li aveva visti quella mattina. «Ma come sono e perché sono venuti?» chiesi.

«Theo assomiglia molto alla descrizione di Nimue: mezzo militare e mezzo pirata. Era un comandante navale dei Visigoti, ma da quando i Franchi li hanno spinti nell'Iberia, Theo va da un regno costiero all'altro cercando un signore. Quando è giunto in Bretagna, re Ban gli ha consigliato di venire da me, e poiché Bors stava cercando un modo per venire al matrimonio, si è offerto di fare da pilota e da garante. Hanno gettato l'àncora ieri a Weston-Super-Mar; Bors dice che ci sono in tutto cinque navi e Theo è pronto a giurare fedeltà in cambio di porti sicuri e della partecipazione alle azioni militari. Il che mi dà, immagino, una flotta da guerra.»

«Abbiamo bisogno di una flotta da guerra?» chiesi, non sapendo bene cosa significasse.

Artù si voltò a guardare la città, strizzando gli occhi nel vento che continuava a cambiare direzione.

«Anche se non ci serve ora, potrà venire il momento in cui la flotta ci sarà utile per tenere a bada gli Irlandesi. Sarebbe certo molto più semplice affrontare i Sassoni a est se non dovessimo preoccuparci degli Irlandesi a ovest.»

Ci incamminammo lungo il parapetto, con i cani che balzavano allegri davanti a noi.

«Non so ancora che fare a proposito delle spie di cui ha parlato Nimue» continuò Artù. «Lei e Merlino hanno trascorso la mattinata a cercare di definire meglio ciò che ha udito, ma finora non è ancora chiaro.»

La cosa mi colpì mio malgrado; non mi ero resa conto che l'assenza di Nimue significava che si trovava con il Mago. Lanciai un'occhiata ad Artù chiedendomi se avrei dovuto avvertirlo dei piani della dèa per il saggio, ma decisi di restare zitta. La dèa mi aveva già avvisata di non immischiarmi.

«Penso» proseguì Artù quando giungemmo in vista delle tende dei compagni d'armi «che dovremmo prepararci alla guerra senza farci notare... se è possibile.» Si fermò a guardare i cavalieri che si allenavano sul campo, poi rise indicando Griflet, che si lanciava avanti e indietro a velocità folle. «Pare che il nostro giovane maestro del canile abbia anche una passione per la lotta. Adesso è più deciso che abile, ma forse verrà il giorno in cui sarà un valido guerriero.»

Artù si abbassò per rimettere il guinzaglio ai cani e mi fece segno di imitarlo. Tutti e due ci accucciammo al riparo del muro, ben nascosti alla vista e all'udito.

«Qualunque forma prenderà questo tradimento, tu dovresti essere protetta» sussurrò. «Metterti all'improvviso una guardia a casa potrebbe destare sospetti, ma potrei affidarti a Griflet. È abbastanza giovane da essere considerato come un paggio messo a tua disposizione, ma penso che lotterebbe come un leone se tu fossi in pericolo. Non sa nulla della situazione, certo; ne ho parlato solamente con Bedivere. Ma d'ora in poi voglio che porti Griflet sempre con te e che gli trovi anche un posto per dormire a casa tua.»

«Uff,» sbuffai «tra la Sacerdotessa e Griflet gli abitanti della mia casa raddoppiano, per non parlare dei due cani. E andrà avanti così per una settimana.»

«Se abbiamo fortuna, entro la prossima settimana saremo tutti sotto lo stesso tetto, e poi starà a Cei trovare spazio per ognuno.»

E ci separammo. Artù andò a parlare con Griflet del suo nuovo incarico, mentre io mi dirigevo a casa con i cani.

Il vento mi era alle spalle, capriccioso e mutevole. I cani tiravano il guinzaglio e mi sembrava di essere tratta verso un futuro in cui la minaccia di guerra si mescolava ai festeggiamenti nuziali. Era insieme entusiasmante e pauroso e mi faceva presagire un destino che neppure la Signora avrebbe potuto concepire.

40

La Fata Morgana

A metà pomeriggio il vento si era trasformato in sferzanti folate che strappavano i pavesi e le bandiere della città. Griflet, dopo aver trasportato i suoi scarsi possedimenti a casa mia, accompagnò me e i cuccioli a visitare Igraine e procedemmo a fatica nel vento, come pesci che risalgono un ruscello turbolento.

La piazza era piena di gente, raggruppata in gran parte attorno a un paio di fabbri che si trovavano in un angolo. La loro forgia sfolgorava di un rosso dorato quando il vento la colpiva e il gemito della mola echeggiava a tratti come un lamento funebre nella notte.

«È uno dei doni del re al popolo» spiegò Griflet. «Ha chiesto ai fabbri di mettersi all'opera sia qui sia nella pianura in modo che chiunque voglia possa far riparare la falce, il coltello o l'aratro a spese del re. Fa parte delle celebrazioni nuziali.»

La spiegazione di Griflet mi sembrava troppo ingenua. Guardai il ragazzo, ma questi non aveva l'aria di fingere. Senza dubbio quello era stato l'intento originario di Artù, ma mi stupiva che Griflet non riconoscesse i preparativi per la battaglia. Era chiaro che ci si occupava di spade, lance e scudi oltre che degli utensili domestici portati dalla gente comune. Era un'idea geniale farlo sotto la sembianza della generosità regale e senza destare sospetti, e mi chiesi chi ci avesse pensato.

Quando Ettard ci aprì eravamo ormai senza fiato per il vento e mentre aspettavo la regina madre mi sentivo molto in disordine nell'aspetto. I cani giacevano ai nostri piedi e si mossero appena quando noi ci alzammo per salutare la nostra ospite. Io presentai Griflet e Igraine sorrise benevolmente.

«Mia cara,» disse «conosco questo ragazzo dal giorno della sua nascita. Suo padre fa parte della corte del re fin da prima che ci sposassimo.» Il suo tono mi commosse, poiché parlava come se Uther non fosse morto, ma solo addormentato mentre noi ci occupavamo della corte in attesa del suo ritorno. Forse è sempre così quando si ama profondamente qualcuno; con la morte di questa persona il tempo si ferma e gli avvenimenti futuri sono solo ombre in confronto ai propri ricordi. Pareva almeno che così fosse stato per mio padre dopo la morte di mamma.

«Perdonatemi, Milady» mi scusai e lei sorrise con dolcezza.

«Non si può pretendere che tu ti ricordi di cose di cui hai solo sentito parlare» disse sedendosi presso il braciere e coprendosi le gambe con una vestaglia. Le folate di vento battevano sulle imposte e ogni tanto uno spiffero penetrava nella stanza.

«Adesso parlami dei cani irlandesi» propose.

«Conoscete questa razza di cani, Milady?» chiesi mentre Griflet portava i cuccioli vicino alla sua sedia. Caesar era pieno d'amichevole entusiasmo, ma Cabal si mostrò appena garbata; era chiaro che sentiva di appartenere a una sola persona: Artù.

«Certo che li conosco, bambina, da molto tempo» disse Igraine. «Parecchi Irlandesi si stabilirono in Cornovaglia e Gorlois aveva una passione per i cani, così tenevamo uno o due cani lupo nel canile.»

Era la prima volta che sentivo parlare di coloni irlandesi al Sud e mi chiesi che ruolo avessero nella situazione attuale. Era possibile che rappresentassero una minaccia?

Guardai la regina madre. Mi sarebbe piaciuto poterle dire dell'avvertimento di Nimue. Sarebbe stato così confortante confidarmi con una persona matura, ed ero sicura che avrebbe saputo meglio di me come affrontare la falsità e il tradimento. Ma ricordandomi che Artù aveva raccomandato di non farne cenno con nessuno, frenai la lingua.

Parlammo dei cuccioli e, quando le dissi i nomi e le spiegai le loro origini, Igraine rise fino alle lacrime piena di allegria giovanile.

«Sapevo che era una buona idea sposare una ragazza cumbra» concluse asciugandosi gli occhi.

Ci interruppe un improvviso schiamazzo, seguito da colpi tanto forti alla porta da sembrare che gli elementi stessi chiedessero di entrare. Non appena Ettard tirò il catenaccio, i battenti si spalancarono e una dozzina di uomini armati piombò nella stanza. Portavano un emblema che non conoscevo e si misero sull'attenti con la schiena alla parete, riempiendo l'atmosfera di minaccia.

Griflet balzò in piedi col pugnale alla mano e i due cani si posero al suo fianco, ringhianti e con il pelo ritto.

Un uomo dal colorito scuro, poco più alto di un bambino, entrò a grandi passi. La testa e le braccia erano di proporzioni normali, ma le sue gambe arcuate erano rachitiche e una spalla era alta e gobba. Trattenni il fiato, pensando che fosse il dio nano Bilis in persona. Esaminò la situazione nella stanza, poi si rivolse alla regina madre.

«Vostra Altezza, la Signora del Lago è venuta a rendervi omaggio.»

Guardai subito Igraine, sperando di potermene andare in modo che madre e figlia si incontrassero in privato. Ma la regina madre mi prese fermamente un polso, bloccandomi sulla sedia, e disse: «Dite a Morgana che saremo felici di riceverla».

Igraine spostò la mano e chiuse le dita sulle mie in un gesto rassicurante. Mi pareva che non si udisse altro rumore che il battito del mio cuore nelle mie orecchie. E la Fata Morgana entrò nella stanza.

La Sacerdotessa era di statura più piccola di quanto ricordassi, ma il suo volto scuro e appuntito e la sua prontezza animalesca non erano cambiati. Osservò la scena davanti a sé con un'espressione ferma e imperscrutabile. Sarei balzata in piedi dal panico se non fosse stato per la mano di Igraine sulla mia. Infine la Sacerdotessa si fece avanti e si inchinò alla regina madre.

«Mia signora,» disse in tono neutro e cortese «spero di trovarvi in buona salute.»

«Sì, bambina, per quanto è possibile,» rispose la regina madre «considerato che avete fatto irruzione come un esercito di predoni. Non c'era bisogno di un ingresso così teatrale, sai.» Con nobile serenità si rivolse a me. «Ginevra, ti presento mia figlia Morgana, regina di re Urien e Somma Sacerdotessa della dèa.»

Igraine guardò severamente la figlia, aspettandosi che si inchinasse anche a me. La Sacerdotessa mormorò qualche frase formale e io le indirizzai un pallido sorriso, contenta che Igraine riprendesse a parlare.

«Stavamo per ordinare del tè, Morgana, ne gradiresti?»

La Signora annuì e congedò con un gesto il suo piccolo luogotenente e gli uomini della scorta. Griflet, che pareva in tensione quanto me, disse che avrebbe preferito bere il suo tè in cucina, dove poteva anche dare un po' d'acqua ai cani. E una volta serviteci, Ettard si ritirò al lato opposto della stanza, lasciandomi sola con le due regine.

Morgana accettò una tazza da sua madre e prese un panino.

«Credo che per mia madre una tazza di tè e una bella chiacchierata siano la soluzione di tutti i problemi del mondo» disse in tono affabile, sedendosi di fronte a noi due e volendo includermi nella conversazione. «Quando ero bambina, qualunque cosa stesse accadendo attorno a noi, mamma ci ripeteva sempre che dovevamo osservare l'ora del tè.»

Igraine annuì, ma rifiutò l'invito a scambiarsi ricordi. «Bere il tè al pomeriggio è un'abitudine molto civile» disse. «Conclude bene la giornata di lavoro, offre la possibilità di riunire la famiglia prima delle attività serali ed è un costume del tutto benefico. Dovresti considerare l'idea di introdurlo a corte, Ginevra.»

«Sono sicura che la nuova regina avrà idee proprie su cosa fare a corte» osservò Morgana, attenuando con un tono suadente la sfida sottintesa dalle sue parole.

Non sapevo cosa dire e mi sentii risollevata quando la Signora riprese a parlare. Raccontò del suo viaggio e riferì che si era dimostrata necessaria una scorta armata, poiché le strade erano piene di gentaglia. La osservai attentamente, ma non trovai nessun segno di emozione, neanche quando espresse il piacere di trovarsi di nuovo al Sud.

«Sono partita da bambina» continuò senza guardare sua madre. «Avendo studiato al Nord ed essendo sposata con un re nordico, non mi capita spesso di venire a casa. Non che mi dispiaccia dove sono» aggiunse facendomi un cenno del capo. «La terra dei laghi è una delle zone più belle di Albion, se ti piacciono i fiocchi d'avena e il montone, ma mi mancano il clima più caldo e tutti i fiori della Cornovaglia.»

Finì il suo panino e si rivolse direttamente a me. «A quanto so, Cathbad era un tempo il vostro tutore.»

«Sì» annuii e la voce mi si bloccò in gola. Il tono di Morgana era diventato un po' più amichevole e mi dissi che era assurdo avere tanta paura di lei. Anche Igraine, in fondo, si era mostrata fredda e distante all'inizio, ma poi mi si era rivelata amica. Forse la Signora aveva bisogno di qualche conferma sui miei intendimenti e il mio atteggiamento. «Sono stata allevata secondo le antiche usanze, come tutti gli altri» azzardai.

«Quindi conoscete i riti matrimoniali?»

«Oh, sì» le assicurai. «Ho già ricevuto la benedizione...»

Uno spiffero gelato mi colpì alle caviglie mentre lo sguardo di Morgana mi raggelava. Gettando la testa all'indietro fece una brusca affermazione sui dilettanti che si occupano di riti sacri.

«Dove ha avuto luogo la benedizione, Milady?» chiese ricomponendosi quasi subito. I suoi occhi erano però ancora pieni di collera.

«Al tempio presso Avebury. Pare che la Sacerdotessa sia una vostra allieva, quindi ho pensato...»

«Non avete pensato bene, temo. Quei riti sono sacri alla dèa e non possono essere celebrati da altri che dalla sua Signora designata. Chi è questa cosiddetta "Sacerdotessa"?»

«Nimue» risposi, terrorizzata all'idea di esporre la mia nuova amica all'ira di Morgana, ma sperando ancora che al sentire il suo nome la Signora si sarebbe convinta che tutto andava bene. «È una delle vostre allieve, vero?»

Gli occhi di Morgana si spalancarono, poi si strinsero freddamente. Alzò le spalle.

«È stata mia assistente per un certo periodo. Ma non era adatta al ruolo e alla fine dovetti chiederle di andarsene.»

«Mi dispiace» mormorai.

«Anche a me.» Morgana sospirò come una madre sofferente. «Prometteva bene, ma si occupava di troppe... cose. È disdicevole che ora abbia profanato così la vostra preparazione.»

«Non è certamente profanata, Milady» dissi subito cercando di rassicurarla. «Io... io non posso parlare dei riti stessi, ma la dèa era presente, di questo sono sicura. Non farà tanta differenza chi materialmente la invoca, no?»

Avevo valutato la situazione del tutto erroneamente e la Sacerdotessa mi parlò con molto disprezzo.

«Siete tanto stupida, ragazza, da non rendervi conto che in quanto Signora del Lago sono la sola persona tramite cui parla la dèa? Mi sarei aspettata una simile ignoranza da una sciocca ragazza romana, ma non da una figlia dei Cumbri. Vi ritenete allevata secondo le antiche usanze? Avreste potuto essere cresciuta in convento per quanto capite della vita.»

Morgana si era alzata e aveva iniziato a camminare da un capo all'altro della stanza col passo sicuro di Artù. Girava nervosamente con una mano il ricciolo nero che le pendeva su un orecchio e contrastava tanto con la compostezza di sua madre da farmi pensare che il titolo di "Fata" derivasse dal fatto che era una bambina portata dagli elfi. Mi ricordai del nostro primo incontro e mi aspettai quasi che sparisse in un attacco di collera, con o senza l'incantesimo della nebbia dei druidi.

Igraine, che era rimasta silenziosa durante l'intera conversazione, bevve un sorso di tè osservando la figlia che scavava un solco nelle canne del pavimento.

«Cielo, Morgana» le disse infine riponendo la tazza. «Quando sposai Gorlois non si fecero tante storie su quale Sacerdotessa dovesse celebrare i riti. Non capisco perché debba avere tanta importanza ora.»

«Ma Gorlois era solo un duca, non il Sommo Re,» ribatté

Morgana «e inoltre a quei tempi ogni tanto si potevano fare delle eccezioni. Ora i riti sono stati ripristinati e devono essere seguiti da tutti coloro che cercano il favore della dèa.»

«Be', in ogni caso ciò che è fatto è fatto e dovremmo continuare con le altre cerimonie previste» suggerì assennatamente Igraine.

«Con tutto il dovuto rispetto,» replicò seccamente sua figlia continuando a camminare su e giù «ora siete cristiana, Milady, e non avete il diritto di discutere sul giudizio della dèa. No,» aggiunse pensierosa «dovrò purificare la ragazza e celebrare di nuovo i riti, come se nessun altro fosse intervenuto.»

Ruotò su di sé e si avvicinò alla mia sedia fissandomi in volto con quegli occhi astuti e selvaggi.

«Significa che dovranno condurvi da me domani all'alba per l'esorcismo e che passeremo il resto della giornata a darvi una corretta iniziazione. Manderò la mia gente a prendervi alle prime luci.»

Senza aspettare risposta si girò e, se sua madre non avesse parlato, sarebbe subito uscita.

«Devo intendere che te ne stai andando, bambina mia?»

Morgana si voltò, fece un rapido inchino e rispose: «Col vostro permesso, Milady. Ho da fare».

La regina madre alzò una mano come per benedirla e, allo stesso tempo, scacciarla. Poi sospirò quando la porta sbatté dietro a sua figlia.

«Non la vedevo da cinque anni, dalla morte di Uther, e non è cambiata neanche un po'.» Igraine scosse stancamente la testa. «Speravo che diventando madre si sarebbe raddolcita, ma mi ha fatto conoscere mio nipote Uwain solo quando aveva quasi otto anni.»

Igraine sollevò la tazza e io versai il tè che era rimasto. Lei si appoggiò allo schienale della sedia e guardò pensierosa la porta attraverso cui Morgana si era appena precipitata.

«Uwain è un bravo ragazzo educato... prende da suo padre» commentò ironicamente. «Urien lo portò ai funerali di Uther. Mi sembrò che non assomigliasse a Morgana e tanto meno che si comportasse come lei. Penso che diventerà un principe di cui andare fieri.»

Probabilmente non sapeva che mi fosse stato proposto come marito. Mi colpiva l'idea che mi sarei comunque imparentata con questa grande regina.

«Conosco lui e suo padre solo di fama» osservai, pensando

che fosse meglio non nominare la lunga serie di scorrerie sul confine tra Rheged e Northumberland.

«Li vedrai domani al banchetto dei nobili» disse Igraine con quel suo tono gaio che trovavo così accattivante. «Avrai la possibilità di fare conoscenza non solo con i re vassalli, ma anche con buona parte delle loro famiglie, e nel loro comportamento migliore. Che banda turbolenta sono! E così diversi l'uno dall'altro che non puoi immaginarti» aggiunse con una nota di affettuosa rassegnazione.

«Ci saranno tutti? Credevo che Morgause...» esitai, non sapendo se Igraine si rendesse conto della tensione tra Artù e sua sorella.

«No, la mia figlia delle Orcadi è ancora nelle sue isole, e probabilmente è meglio così» disse lentamente la regina madre lisciandosi la vestaglia sulle ginocchia. «Morgause è capace di creare problemi ovunque vada. Gawain e Gaheris rappresenteranno quel ramo della famiglia; tra i cinque ragazzi, sono i soli alla corte di Artù.»

«Cinque?» chiesi stupita. Ricordavo che Lot aveva vantato solo quattro figli e mi chiesi chi stessi dimenticando.

«Gawain, Gaheris, Agravain, Gareth e Mordred, che è nato dopo la morte di Lot. Non ne hai mai sentito parlare?»

Scossi la testa, sorpresa che nel Rheged non fosse giunta notizia di un nuovo principe delle Orcadi.

«Povero caro. Penso spesso a lui. Cresciuto senza padre in quelle strane, desolate isole lontane. Gawain dice che assomiglia a Morgana nell'aspetto e nei modi: scuro, brusco e meditabondo. Che altro ci si può aspettare da un bambino concepito la sera della morte di suo padre? Prego per tutti i miei discendenti, ma soprattutto per lui» sussurrò. «Non avrà vita facile con una madre come Morgause.»

Mi chiesi che cosa intendesse e avrei quasi trovato il coraggio per domandarglielo se, proprio in quel momento, Griflet e i cani non avessero fatto irruzione dalla cucina. E subito dopo ci preparammo a uscire.

«Ora va' a casa e riposati bene, mia cara,» disse sorridendo Igraine «così sarai fresca e distesa quando verrà il momento di essere presentata ai nobili. Sarà un'esperienza interessante e voglio che tu possa gustarla pienamente.»

D'istinto mi chinai sulla sua fragile figura e appoggiai la mia guancia sulla sua con un leggero abbraccio.

«Vi ringrazio tanto, Milady» sussurrai e lei per un attimo mi pose una mano sulla testa.

«Sii benedetta, bambina. È bello trovare un persona cortese in questa famiglia.»

Ebbi un sonno agitato, con fuggenti visioni di Morgana che mi turbavano i sogni, e mi svegliai del tutto quando Artù bussò alla mia finestra. Mi fece cenno di farlo entrare dalla porta della cucina, e dopo aver svegliato Griflet perché stesse a guardia sul retro della casa, salì sul soppalco. Appesa la lanterna di corno a un piolo, sprofondò tra i cuscini.

Trattenni il fiato dalla sorpresa: pareva distrutto dalla fatica come se non avesse dormito per giorni.

«Ginevra,» disse gravemente prendendomi per le mani e tirandomi al suo fianco «un collega di Agricola, un certo Geraint, è arrivato stasera con notizie dal Galles. Dice che gli Irlandesi stanno davvero fomentando una rivolta, pensando che noi siamo troppo impegnati con le nozze per notarlo. Quindi pare che partiremo per la guerra domani.»

«Domani?» esclamai. Le ombre della lanterna ci tremolavano attorno e io pensai ai riti buttati all'aria, al matrimonio disdetto, all'incertezza di un futuro né confermato né negato.

«Sì, domani.» Mi guardò attentamente. «Preferiresti... rimandare... il matrimonio? È una cosa difficile da chiedere, ma è ancora peggio pretendere che tu accetti un campo di battaglia al posto di una notte nuziale e la possibilità di restare vedova prima ancora che la tua vita sia davvero iniziata. Oppure potrei tornare a casa mutilato, cieco o sciancato. Non ci sono sicurezze in guerra e sarebbe terribile che tu dovessi passare la vita con un marito invalido... non è il futuro adatto per una bella ragazza come te.»

Pensai a mamma e stavo per dirgli che ferite e infermità non avrebbero impedito il nostro amore, ma la tetraggine della sua espressione mi bloccò. Aveva parlato con grande sforzo e gli scrutai il volto per capire cosa si nascondesse dietro le sue parole. Forse l'intera faccenda del matrimonio era diventata un impaccio per lui e in questo momento aveva bisogno di liberarsene.

«Rimandare? È questo ciò che vuoi?» chiesi.

Scosse con decisione la testa. «No. Vorrei che ci sposassimo e giacessimo insieme prima della mia partenza» rispose guardando le nostre dita intrecciate e parlando con voce bassa e rauca. «Vorrei sapere che il futuro è già nel tuo grembo e che se non tornerò tu reggerai il regno e alleverai per me il prossimo re.»

Sobbalzai al pensiero. Non mi guardava in viso ma la serietà del suo tono sottolineava l'importanza delle sue parole.

«E» aggiunse timidamente «sarebbe per me uno stimolo ancora più forte l'idea di combattere per mia moglie e la mia famiglia, oltre che per il trono e i sudditi. Inoltre, se morirò sarai più al sicuro qui come regina con un esercito che ti protegge, piuttosto che come promessa sposa di un re vinto, cercando di fuggire nel Rheged.»

«No, no!» gridai. La possibilità della morte di Artù mi scosse dalle mie paure. Liberatami le mani, gliele posi ai lati della testa. «Non morirai, non lo permetterò! Sarò tua moglie e resterò qui ad attenderti.»

Mi fissò colmo di tristezza e di speranza.

Vedendolo così vulnerabile, superai ogni timore personale per rassicurarlo come meglio potevo. Gli feci chinare il capo e lo baciai con passione.

«Sarò la tua regina, la tua compagna, la tua amica e confidente, e insieme reggeremo la Britannia per molti anni a venire... Nimue e la dèa lo hanno detto» aggiunsi col tono più autorevole che potei. Le sue braccia mi circondarono come in cerca di salvezza.

«Quando conoscerai la gravità della situazione?» chiesi infine drizzandomi lentamente e aggiustandomi il vestito.

«Probabilmente domani mattina. Stanotte stiamo elaborando un piano, ma se si dimostrerà inattuabile celebreremo le nozze domenica come previsto e vedremo che altre notizie giungeranno dal Nord. In questo modo avremo più tempo per prepararci, ma perderemo il vantaggio della sorpresa. Intanto dobbiamo evitare che si sparga la voce e che si diffonda il panico.»

«Quando ne parlerai pubblicamente?»

Scosse la testa e sospirò. «Non prima che avremo stabilito cosa si può fare. Quando saremo pronti a combattere, potremo richiamare i guerrieri che sono qui per i festeggiamenti. Ma finché non abbiamo definito i piani, l'intera situazione deve restare in assoluto segreto.»

Annuii alzandomi, mentre cercavo di scacciare la sensazione di sentirmi rinchiusa in un angolo buio.

«Ho sentito che oggi pomeriggio hai conosciuto Morgana» disse in tono assente e io sbuffai in risposta.

«È adirata perché ho celebrato i riti di preparazione ad Avebury. Pare che voglia rifarli domani.»

A confronto con l'importanza dei problemi di Artù, l'atteggiamento della Signora appariva meschino e ridicolo. Più ci pensavo, meno avevo voglia di collaborare con lei.

«Per questo rituale di Morgana... ci vorrà l'intera giornata, vero?» chiese Artù alzandosi lentamente in piedi.

«Probabilmente. Prima vuole eseguire un esorcismo.» Rabbrividii al solo pensiero. «Sono sicura che non è necessario; la cerimonia è già stata celebrata e potrei evitare di ripeterla se c'è una ragione urgente» suggerii seguendo Artù giù per la scala. «Forse non devo sottopormi a questo esorcismo, in fondo.»

Ci fermammo presso il focolare e lui mi tirò a sé.

«No... no, voglio che tu faccia come se nulla fosse accaduto» sussurrò Artù. «Non devi far sorgere nessun sospetto con il tuo comportamento, e io ho bisogno di sapere dove posso trovarti subito.»

Mi mise una mano sotto il mento e lo sollevò con dolcezza. Turbata, lo fissai sperando che mi dicesse qualcosa di tenero e rassicurante; lui invece si chinò a baciarmi con più impeto di quanto si rendesse conto.

«Riposati,» sussurrò «e ti farò sapere non appena sarà chiaro cosa dobbiamo fare.»

Poi se ne andò e io rimasi a guardare la cenere nel focolare freddo chiedendomi che cosa sarebbe accaduto.

41

Le nozze

Mani invisibili mi toccavano la schiena, sfiorandomi la pelle attraverso il velo del sogno. Guardai con orrore il volto di Morgana che cominciava a trasformarsi in qualcosa di orribile e irreale. Cercai di allontanarmi a forza da lei, ma la Sacerdotessa rise col gemito acuto di una lama contro la mola... e poi caddi in un universo di oscurità.

Il battito del mio polso si trasformò nel rumore della pioggia sul tetto e mi svegliai a fatica in un letto ormai diventato un groviglio di coperte. Udii cantare un gallo e il suono mi destò completamente. Non era una notte destinata al sonno. Mi alzai con un sospiro. Perlomeno non avrei più avuto incubi prima di affrontare la Signora.

Mi infilai l'abito bianco cercando di non fare rumore, ma Brigit si svegliò e si alzò per aiutarmi, unendosi poi alla mia silenziosa attesa presso il focolare nella stanza principale. Mi raggomitolai davanti alla fiammella che Brigit richiamò in vita, lasciando che il calore dell'amicizia respingesse i demoni del fato.

I cani si rizzarono quando qualcuno bussò alla porta. Griflet li trattenne assonnato e Brigit aprì mentre io afferravo il grande mantello scuro di Igraine.

Una figura bianca oltrepassò la soglia e quando si levò il cappuccio riconobbi Cathbad.

«Piove ancora?» chiesi facendomi avanti per salutare il mio vecchio tutore.

«Pare che stia cominciando a schiarirsi, Vostra Altezza» rispose severamente. Il suo tono era così freddo che mi chiesi se ora condividesse l'antipatia della Signora nei miei confronti. «Sono stato designato per svolgere il ruolo di vostro padre, se non avete obiezioni» aggiunse.

«Ne sarei onorata» gli assicurai e, dopo aver salutato in fretta i miei amici, lo seguii fuori.

Una scorta armata aspettava sull'attenti e la osservai sgomenta. Gli uomini e le donne in abito bianco non erano minacciosi, ma le guardie e i guerrieri parevano decisi a tutto. Forse la Signora pensava che sarebbe stato necessario condurmi con la forza.

Verso est il cielo andava rischiarandosi, ma sopra di noi le stelle erano nascoste dalle nuvole e le torce che fumavano nell'umidità proiettavano sul selciato e sulle pozzanghere un livido riflesso rossastro. Ombre enormi danzavano sui muri e mentre percorrevamo le strade un basso rullo di tamburo batteva il ritmo dei nostri passi.

Quando raggiungemmo i campi, i druidi cominciarono a cantare, prima in tono sommesso, poi sempre più forte man mano che il tamburo diventava più insistente. Era così diverso dal percorso verso il tempio di Avebury, dove l'usignolo ci dava il benvenuto e gli dèi sussurravano il mio nome tra gli alberi; questa musica era invece grave e pesante, come un sinistro canto funebre.

L'idea di passare una giornata intera nelle mani della Signora mi pareva ancor più terrificante. Nimue mi aveva guidata con dolcezza attraverso l'iniziazione, ma era chiaro che lo stile della Somma Sacerdotessa era assai diverso. Il rituale di Morgana sarebbe stato sicuramente molto solenne, ma non altrettanto bello. C'era inoltre l'ignoto esorcismo inteso a cancellare ciò che era già stato fatto. Non riuscivo a immaginare di cosa si sarebbe trattato e il rullo del tamburo che echeggiava attorno a me non faceva che accrescere la mia paura.

Neanche la presenza di Cathbad mi offriva conforto, poiché una rapida occhiata al suo volto incappucciato mi convinse che non mi sarei potuta aspettare aiuto da lui. Né potevo considerare l'idea di scappare in preda al panico, con tanti inseguitori pronti a riprendermi. Non volevo certo essere trascinata ai piedi di Morgana come una schiava fuggita. Che fuggissi o rimanessi, il risultato sarebbe stato lo stesso e provai una stretta allo stomaco rendendomene conto.

La Signora era al margine del bosco, avvolta in un manto nero come lo spirito della notte. Ci fermammo davanti a lei. La scorta formò un circolo nella luce incerta e il canto tacque. Il tamburo però continuò col suo rullo insistente.

Un sorriso compiaciuto comparve sulla bocca di Morgana. Quando alzò le braccia notai lo scintillìo del bracciale d'oro che avevo visto quel giorno al Lago Nero mentre elevava l'orribile coppa.

«È venuto il momento per incontrarci davvero, sorella» disse in tono trionfale.

Dietro di me mani invisibili cominciarono a tirare il mantello di Igraine, come per spogliarmi di ogni difesa, e l'incubo prese vita mentre i tamburi battevano fino a far tremare la terra.

«Fermi!»

Un cavaliere piombò in mezzo al circolo di druidi. Il rullo si trasformò in battito di zoccoli e i miei carcerieri si immobilizzarono. L'uomo a cavallo si fermò rumorosamente di fronte a Morgana, come un antico dio liberato dal suo incantesimo.

«Come osate?» esclamò la Sacerdotessa indietreggiando adirata per fissare l'intruso. La sua collera riempiva l'atmosfera e convergeva sullo sconosciuto. «Chi siete per dare ordini alla Signora del Lago?»

«Sono io, Artù Pendragon!» gridò il cavaliere, cercando di prendere il controllo della situazione.

Queste parole dissolsero il mio terrore, e respirai di sollievo. Artù balzò giù di sella e mi porse le redini senza guardarmi. Tutte le sue energie erano concentrate sulla Sacerdotessa.

«Io e Milady Ginevra dobbiamo sposarci questa mattina e sono venuto a chiedere la vostra benedizione. Celebrereste la cerimonia qui e ora?»

Morgana fece un passo all'indietro come se fosse stata assalita fisicamente.

«Certo che no!» esclamò con disprezzo, offesa da una simile proposta. Ergendosi in tutta la sua altezza, proclamò: «La sposa deve prima sottoporsi ai riti di preparazione».

«Ma sono già stati fatti ad Avebury,» replicò Artù «e non possiamo aspettare un altro giorno.»

«Ho ragioni per pensare che non si siano svolti correttamente» ribatté con freddezza Morgana.

Seguì un momento di silenzio in cui fratello e sorella si squadrarono a vicenda in un duro confronto di potere.

Infine Artù si voltò e mi prese la mano. «Allora celebrerà le nozze l'arcivescovo» annunciò categoricamente.

Mi sollevò sulla groppa dello stallone e, infilato il piede nella staffa, montò dietro di me.

«Cosa?» Uno strillo incredulo spezzò la voce di Morgana. «Lo proibisco!» gridò stringendo i pugni e sprizzando scintille dagli occhi. «Come Somma Sacerdotessa di Albion lo proibisco!»

«E come Sommo Re di Britannia dico che non c'è tempo per discutere!» rispose Artù facendo voltare lo stallone e spronandolo verso il sentiero.

L'animale, addestrato per la guerra e rapido come l'argento vivo, balzò in avanti mentre i seguaci della Signora si ritrassero con un grande svolazzo di abiti bianchi. In pochi secondi ci liberammo del gruppo e corremmo verso la città.

Io mi chinai sul collo del cavallo e Artù mi passò un braccio intorno alla vita, tenendomi stretta in modo che entrambi stessimo ben saldi nella corsa sfrenata. Lo stallone balzava sotto di noi sollevando zolle d'erba e terra bagnata. Io chiusi gli occhi e lasciai che il ritmo del galoppo e il calore e la fermezza della stretta di Artù soppiantassero il recente terrore.

Il vento mi sferzava i capelli, spargendoli come una nuvola attorno alle nostre teste, e Artù dovette affondarvi il volto per farsi sentire.

«Mi dispiace» disse, ma quando rallentammo ai margini della città mi voltai a guardarlo e vidi un allegro sorriso che non era certo di scusa.

«Mi riconcilierò con lei in qualche modo» promise. «Mi scuserò per avere scalfito la sua reputazione. Ma i piani di ieri sera sono andati alla perfezione; tre navi di guerrieri sono già a metà strada e ho promesso a Theo un regno in cambio del suo aiuto. Cador, Pellinore e tutti gli altri stanno preparando i loro eserciti e saremo pronti a marciare questa sera. Non c'è altro da fare ora che trovare un sacerdote per le nozze e chiamare i testimoni» aggiunse ridendo della mia espressione. «Chi deve essere presente?»

«Be', Lavinia, Brigit, Nimue, Merlino, tua madre naturalmente... Agricola e Pellinore, se possono, Bedivere e... chiunque possa venire, direi.»

Scoppiai a ridere rendendomi conto che questa cerimonia ufficiale stava trasformandosi in un misto tra una fuga amorosa e una danza del primo di maggio. Sorsero in me ondate di sollievo, di sorpresa e di gioia.

«Ci sposiamo davvero adesso?» chiesi appoggiandomi ad Artù che guidava lo stallone tra le case.

«A meno che tu non abbia cambiato idea» mi sussurrò all'orecchio. Io provai un brivido e scossi allegramente le spalle.

Entrammo trottando nella piazza e la trovammo piena di gente che si affrettava nella luce del primo mattino. Venivano montati diversi spiedi e attizzati i fuochi che erano stati accesi prima dell'alba. Grandi quantità di carne, pesce e selvaggina erano già pronte per essere cucinate.

«Che cosa sarebbe un matrimonio senza festa?» disse sorridendo Artù. «Abbiamo semplicemente anticipato tutto di un paio di giorni. In questo modo, quando partiremo stasera i soldati avranno già mangiato e porteremo gli avanzi con noi per il viaggio. Faremo più in fretta se non dovremo fermarci a cucinare. E non avremo neanche bisogno di accendere fuochi che rischierebbero di rivelare la nostra posizione. Viaggiando di notte potremo arrivare fino al Severn prima che se ne accorgano. Grazie al cielo la luna sarà nuova.»

Era felice come un bambino con una trottola in un giorno di brezza e i ragazzini che ci circondarono di corsa quando ci fermammo davanti alla chiesa erano anch'essi gioiosi e ridenti.

Saltando agilmente dalla sella porse le redini a un ragazzo che si fece avanti con aria ardita. Questi accettò orgoglioso l'onore, azzittendo i suoi amici e parlando dolcemente allo stallone, che si agitava e tremava d'eccitazione.

Artù, ai piedi dei gradini della chiesa, mi guardava con una sicurezza e un'allegria irresistibili. Io gli sorrisi di rimando, sorpresa che ogni traccia di tensione e fatica della notte prima fosse completamente scomparsa. Non capivo se ciò dipendesse dal fatto che si era riposato o perché poteva finalmente intraprendere un'azione. Pensai che si trattasse del secondo caso.

«Hai dormito un po' ieri notte?» chiesi mentre mi tendeva le braccia.

«Dormire?» rispose. «Questo si farà più tardi, quando saremo marito e moglie.» Mi fece scendere di sella e mi strinse in un rapido abbraccio.

Il curato venne alla porta della chiesetta di legno e ci guardò corrucciato per aver creato un simile trambusto. Ci avrebbe cacciati via se non avesse avuto tanta fretta di tornare all'altare, dove l'arcivescovo aspettava di iniziare la messa.

«Signore... cioè, padre» disse Artù salendo i gradini a due a due e trascinandomi dietro di lui. «Dobbiamo vedere subito l'arcivescovo.»

«Perché?» chiese il prete, evidentemente senza riconoscerci.

«Per un matrimonio... il nostro... È urgente.»

«Immagino che abbiate celebrato la dèa sotto gli arbusti e che vi siate improvvisamente resi conto delle conseguenze» disse il religioso guardando con sospetto il mio mantello che poteva certo coprire una moltitudine di peccati.

Riuscii a malapena a restare seria, mentre Artù sorrise da un orecchio all'altro.

«Non è così, padre. Dite solo all'arcivescovo che il re desidera vederlo... ora!» aggiunse alzando la mano con l'Anello del

Drago. Il prete rimase a bocca aperta, poi si inchinò e si affrettò in chiesa.

Artù agitò un braccio verso una figura familiare che veniva a grandi passi verso di noi.

«È un piacere vedervi qui, Milady» affermò Bedivere fermandosi alla base degli scalini. «A quanto pare, la Sacerdotessa non ha sentito ragioni.»

Lui e Artù si scambiarono qualche rapida notizia su ciò che era successo con Morgana e sulla situazione degli spiedi; poi Artù rise allegramente.

«Dovresti mandare un paggio dalla regina madre e a casa di Ginevra per dire che se vogliono assistere al matrimonio devono venire subito. E assicurati che Merlino lo sappia, e anche Nimue. Penso che li troverai insieme.»

Bedivere inarcò un sopracciglio e mi chiesi se sapesse cosa stava succedendo al nostro Mago.

«Oh,» esclamai io mentre si voltava «dite a Lavinia di portare il velo e un pettine.»

«E il fabbro» aggiunse Artù. «Fagli sapere che è il benvenuto. Pover'uomo, è rimasto alla forgia per un giorno e una notte; il minimo che possiamo fare è invitarlo alla cerimonia.»

Bedivere si allontanò in fretta facendo un cenno di assenso, poi fischiò alla frotta di bambini, che si affrettò a seguirlo verso il palazzo.

In mezzo alla piazza una donna con un vassoio pieno di pane si fermò nel vedere il cavallo, poi vi girò attorno con cautela e ci guardò. Mi sembrava un volto noto e cercai di ricordarmi dove l'avessi già visto.

«Guarda, non è il re?» esclamò riconoscendo Artù e facendo un brusco inchino.

Il movimento fece rovesciare il vassoio e rotolare sul selciato pagnotte e panini. La donna non si accorse subito del disastro, ma rimase a fissare Artù proprio come aveva fatto Cabal al suo primo incontro con lui, assorta come se da lui fluisse la vita stessa.

Infine abbassò lo sguardo sul pane sparso a terra e con un sorriso mesto iniziò a raccoglierlo. Riconobbi allora la venditrice che avevo notato alla dimostrazione delle staffe. Il suo aspetto logoro e il suo buonumore mi avevano colpita anche quel giorno. Dava l'impressione di saper mantenersi al di sopra dei guai che le potevano capitare grazie al senso dell'umorismo verso le vicende della vita.

Mi affrettai giù dai gradini per aiutarla a recuperare i pani che erano rotolati ovunque e lei accettò il mio aiuto senza esitare. A un certo punto si accovacciò cercando di ricacciare un ciuffo di capelli nella crocchia in cima alla testa.

«Non è grande?» disse fissando il mio sposo.

Non appena mi ritrovai carponi per terra vidi l'arcivescovo al lato di Artù, irritato e sbuffante, che fissava prima il re e poi me. Artù fece le presentazioni e io chinai il capo in segno di rispetto, decidendo che la cosa più dignitosa da fare sarebbe stata continuare ad aiutare la donna.

La venditrice mi fissò stupita mentre Artù conferiva con l'arcivescovo. Quando quest'ultimo assentì, il pane era ormai tutto recuperato.

Artù si rivolse alla suddita con un magnifico sorriso. «Andate a dire alla vostra famiglia, ai vicini, a chiunque altro incontriate che sono tutti invitati alle nozze reali» disse evitando di guardarmi mentre mi alzavo e mi pulivo le mani. «La città intera è invitata, se può arrivare in tempo.»

La donna guardò me e lui meravigliata e incredula, poi, quando afferrò la situazione, con un grido di giubilo buttò in aria il vassoio e tornò di corsa nella direzione da cui era venuta. Vidi il pane rimbalzare di nuovo sul selciato e guardai Artù. Egli mi sorrise, alzò le spalle e mi tese la mano.

E così ci saremmo sposati alla presenza di un gruppo stupito e assonnato in quell'umida mattina di aprile, davanti a un arcivescovo dispiaciuto per la mancanza della sontuosa cerimonia preparata con tanta cura, ma che non voleva commettere lo stesso errore della Signora del Lago.

Lavinia e Brigit arrivarono appena prima della funzione e, poiché il velo era ancora nei bagagli, Brigit prese una coroncina di fiori secchi dall'altare e me la mise in testa.

I chierici portarono altre candele che riempirono la cappella di luce e di calore mentre i cittadini entravano a frotte. Un piccolo coro intonò un canto incerto, ma con l'arrivo di nuovi membri le voci si mescolarono in armonia e il suono divenne pieno ed elegante.

Quando l'arcivescovo chiese chi portasse questa donna all'altare, Merlino si fece avanti e mi presentò. Tra Pellinore, Cathbad e ora il Mago, ero probabilmente una delle donne con più accompagnatori del regno, anche se nessuno di questi era il mio vero padre.

Trovandomi là in piedi, in mezzo a una nuvola di incenso cristiano, con gli occhi che mi lacrimavano e il naso che mi pizzicava, avrei tanto voluto che egli fosse presente. Non sapevo cosa avrebbe pensato di tutto ciò, ma potevo vedere il sorriso divertito di Kaethi come se lei fosse stata là invece che a centinaia di miglia di distanza.

Durante la cerimonia udii Lavinia sospirare e a un certo punto colsi con un'occhiata gli occhi grandi e scuri di Nimue e seppi che la dèa era presente. Verso la metà del rito Pellinore entrò a grandi passi dalla porta laterale, aggiustandosi la cintura e inciampando quasi su Griflet e i cani, nascosti nell'ombra.

Ci fu un momento di confusione quando l'arcivescovo chiese l'anello. Il religioso si volse a Bedivere, che parve sorpreso, poi mortificato, e infine scosse la testa. Artù lasciò andare la mia mano e si tolse con cura l'Anello del Drago per darlo al prete. Qualcuno, forse Igraine, trattenne il fiato. L'anello fu benedetto, poi Artù me lo infilò al pollice e richiuse le dita sulla mia mano.

Lo guardai con un certo spavento e vidi una luce di trionfo, di soddisfazione e forse di amore brillargli in volto. L'arcivescovo ci dichiarò marito e moglie, le braccia di Artù si strinsero attorno a me e ci scambiammo un bacio tra gioiose risate.

Cerimonia solenne o meno, tra tutta la fretta, la confusione e l'eccitazione caotica ci eravamo fatti un giuramento davanti al popolo ed eravamo ora ufficialmente e per sempre sposati, Artù e Ginevra, Sommo Re e Somma Regina di Britannia.

Mentre ci voltavamo verso il pubblico, la cappella si dissolse in un prisma di musica e candele e volti. Vidi di fianco a Griflet la ragazza sassone con un sorriso solenne e rispettoso; un uomo enorme con le braccia e le spalle da fabbro mi studiò per un attimo, poi strizzò l'occhio ad Artù; la venditrice di pane e i suoi figli stavano da un lato, felici della possibilità di prendere parte alla Storia, mentre il calzolaio ci fece un grande sorriso e non ci guardò neppure una volta i piedi.

Gente che conoscevo appena, che avevo visto per strada o con cui avevo scambiato qualche parola, si mescolava a chi mi era più caro: Lavinia che si asciugava gli occhi; Bedivere in silenzio e in disparte come al solito; Igraine con il suo portamento elegante e un dolce sorriso, e naturalmente Brigit, che si fece il segno della croce e poi mi rivolse quel sorriso aperto e incoraggiante che avevo già visto tante altre volte. Mi sgorgarono le lacrime e avrei voluto abbracciare tutti, compreso Merlino.

Ci incamminammo lungo la navata, seguiti da amici ed estranei, con i cani che abbaiavano mentre Griflet correva per raggiungerci.

Fiumane di gente invasero la piazza correndo verso la chiesa quando comparimmo alla porta, e per un attimo regnò la confusione totale.

«Siamo arrivati troppo tardi?» gridò qualcuno e subito vi fu risposta: «No, sono appena usciti, non vedete?».

Chi era fuori si affrettò su per gli scalini, mentre chi era dentro cercava di uscire. E noi eravamo al centro di tutto ciò, un'isola di calma nel mezzo di un mare agitato di sudditi entusiasti.

«Non possiamo andare al palazzo» sussurrò Artù scrutando la folla. «È il quartier generale dell'esercito ora, e non potremmo appartarci.»

«Casa mia?» proposi guardando la folla sempre più numerosa e chiedendomi come vi saremmo arrivati.

Vi fu un vortice di agitazione ai nostri piedi e Gawain si spinse davanti agli altri, con il volto arrossato e coperto di sudore e un mazzo malridotto di fiori di campo stretto in mano.

«Non sono giunto in tempo per le nozze, ma volevo darvi questi» disse senza fiato, offrendomi i fiori come se fossero un tesoro regale. Alcuni erano stati strappati con le radici, ma in quel momento erano il dono più dolce che avessi mai ricevuto. Li presi solennemente e vi affondai il viso.

La folla cominciò a inneggiare e Artù mi cinse le spalle con un braccio agitando vivacemente l'altro verso i nostri sudditi. Poi, d'improvviso, mi sollevò di peso e scese gli scalini.

La gente, sorpresa, si separò per lasciarci passare, lanciando esclamazioni finché arrivammo sani e salvi a casa mia e Artù richiuse la porta con un calcio, tra i canti e le risate che giungevano da fuori.

Mi mise a terra e ci guardammo in silenzio per un attimo.

«Be'» disse lui un po' imbarazzato, voltandosi per controllare che i battenti fossero ben chiusi. «Forse era poco ortodosso.»

«Forse» confermai mentre tra noi calava una certa timidezza.

«E negli anni futuri diranno certamente che le nozze furono grandiose e ufficiali. Sai come ai bardi piaccia esagerare.»

Annuii e guardai i fiori di campo che stringevo ancora in mano. Un giorno avrebbero certamente detto che ero adorna di gioielli e che re di grande fama avevano assistito alle nozze in una bella cattedrale. Ma io sapevo la verità... sapevo ciò che contava e lo trovavo molto più entusiasmante.

Tornai a guardare Artù, sperando che dicesse parole tenere e amorevoli, ma lui stava fissandomi con serietà e io distolsi gli occhi imbarazzata.

«Gradiresti del tè?» chiesi assurdamente.

Lui rise e assunse un'espressione più maliziosa e sciolta.

«Mi sembri la regina madre» scherzò afferrandomi la mano e dirigendosi sul soppalco. «Possiamo bere il tè più tardi, se ci sarà tempo.»

Ammonticchiammo i cuscini e vi gettammo sopra le coperte di pelliccia. Artù mi trasse a sé in un ridente e giocoso tafferuglio. Ebbi appena il tempo per sfilarmi il vestito che lui era già pronto, supplendo con la sua pratica e l'esigenza naturale alla mia mancanza di esperienza. Con un movimento fluido mi rovesciò sulla schiena e premette le sue cosce tra le mie. La sua virilità cercò e trovò la meta.

Confusa e sorpresa, cercai di seguire il ritmo della nostra unione, aspettando che le ondate di desiderio provate per lui nelle ultime settimane sorgessero di nuovo dentro di me. Ma non c'era tempo. Non c'era tempo per il piacere, per conoscere l'intimità dei nostri corpi vicini. Artù raggiunse l'apice della sua passione con un profondo e prolungato gemito, poi abbassò lentamente la fronte sulla mia spalla.

Sconcertata, restai ferma sotto di lui, tenendo questo estraneo nel mio corpo e interrogandomi sull'assenza dei baci e delle carezze che avevo tanto aspettato. Lui perlomeno sembrava soddisfatto, e gli feci scorrere dolcemente una mano sulla schiena mentre il suo respiro tornava normale.

Infine alzò la testa e io cercai sul suo volto almeno una traccia della tenerezza che avevo visto mentre parlava con i cani.

«Ho aspettato questo momento sin da quando mi resi conto che stavi per battermi nella corsa a cavallo» disse lentamente togliendomi un petalo dai capelli. «Sei una donna eccezionale, Ginevra, e voglio che tu sappia quanto mi renda felice il fatto che tu sia mia moglie e non di qualcun altro. Inoltre, hai un'ottima stoffa da regina,» aggiunse allegramente «e penso che farei meglio a riprendere l'Anello del Drago prima che tu decida di fare tutto da sola.»

Il suo tono scherzoso mi rese più facile accettare la mancanza di affettuosità e tenerezze. Sorrisi e, aprendo il pugno con cui avevo tenuto stretto il simbolo della Britannia, presi la sua mano nella mia e rimisi con cura l'Anello del Potere nella sua legittima posizione.

Poi ci separammo e ci allungammo languidamente l'uno di fianco all'altra. Scivolando nel sonno, Artù mormorò: «Bedivere verrà verso mezzogiorno...».

Rimasi sdraiata a lungo vicino a lui, chiedendomi se tutte le nozze andassero a finire in quel modo e se tra noi avremmo sempre avuto questo atteggiamento scherzoso invece della comunione tra due anime. Forse questo era tutto, pensai; ma il ricordo degli occhi di Nimue quando aveva guardato Merlino mi disse che ci poteva essere di più, molto di più.

Artù si addormentò profondamente e dopo un po' mi alzai in silenzio e scesi in punta di piedi nella stanza principale. Un gruppetto di festaioli si era piazzato davanti alla porta e offriva un concerto per il riposo del re e della regina. Intonarono una ninnananna cumbra e, allontanandomi dalla finestra, mi vennero le lacrime agli occhi, commossa da tanta devozione.

Le braci nel focolare erano ancora calde, così riaccesi il fuoco e mi accoccolai su una sedia, esausta ma troppo emozionata per dormire.

Immagini del passato mi turbinavano nella mente, una dopo l'altra come un caleidoscopio: Igraine che fissava in silenzio i gigli e la badessa del convento che me li porgeva; Nimue che benediceva la coroncina d'edera prima di pormela sul capo; Gawain che mi offriva orgoglioso il mazzo di fiori di campo; l'espressione di Artù mentre mi toglieva i petali dai capelli.

Eppure, nonostante il fiorire della primavera e della speranza, ombre oscure si addensavano silenziose sull'orizzonte di questo giorno: la guerra stava scoppiando sul Mare d'Irlanda, portando morte, desolazione e terribile dolore. Questa consapevolezza stava in agguato dietro il bagliore del fuoco e dava un gusto agrodolce alla gioia del momento.

Risalita sul soppalco senza fare rumore, restai in piedi a guardare Artù, cercando di convincere me stessa che stava tutto accadendo davvero, che era tutto reale. Sdraiato con un braccio abbandonato sui cuscini, più che un re sembrava un bambino che vagava in una terra molto più innocente di quella che avrebbe trovato al risveglio. Quando lo si conosceva, non si poteva fare a meno di amarlo.

Restai a lungo a sorvegliare il suo sonno e a cercare di imprimermi il suo volto nella memoria. Volevo un'immagine da ricordare negli anni futuri, se fosse stato necessario, in modo da poter descriverlo a suo figlio se egli non fosse tornato dalla guerra.

Quando fui in grado di ricordarmi bene il suo volto anche chiudendo gli occhi, cominciai a notare piccoli particolari come il ciuffo ribelle sulla tempia o la cicatrice sulla spalla. Mi immaginavo Drusilla che cercava di rimettere a posto il ciuffetto quando era un bambino, e mi chiesi che cosa avesse provocato la cicatrice... forse una caduta da cavallo o un ruzzolone da un albero?

La paura mi strinse alla gola e gemetti in silenzio. Quante cose dovevamo ancora scoprire l'uno dell'altra, e c'era poco tempo... poco tempo prezioso!

42

La partenza

Quando Bedivere venne alla porta a mezzogiorno, lo feci entrare e colsi la sua espressione di sorpresa al vedermi alzata e vestita, mentre Artù occupava il letto da solo.

«Volevo che riposasse il più possibile, visto che stanotte condurrà l'esercito» sussurrai.

Bedivere annuì e io salii lentamente sul soppalco.

Artù sembrava così tranquillo che mi fermai, restia a lasciare che il mondo invadesse questo suo prezioso attimo di intimità. Ancora una o due ore... perché lui si riposi bene e noi abbiamo la possibilità di parlare, stringerci, esplorare l'essere insieme... è troppo da chiedere prima che le esigenze del reame ci dividano?

Ma mentre io esitavo a svegliarlo, Artù aprì gli occhi.

«C'è Bedivere, vero?» chiese stirandosi e tendendomi allo stesso tempo le braccia.

Annuii e mi buttai sul letto, troppo vicina alle lacrime per parlare.

Lui si alzò a sedere e mi abbracciò. «Su, andiamo!» Mi indicò il nido caldo che stava lasciando. «Perché adesso non fai una dormita? Ti sentirai meglio dopo. Ti sveglierò prima della partenza.»

«E mi perderò tutta l'eccitazione dei preparativi?» esclamai quando i sentimenti lasciarono il posto alla spavalderia. Il fatto che non avessimo conosciuto il tipo di intimità che volevo non significava che non fossi la sua compagna. Avrei avuto tempo per dormire una volta che lui e gli uomini fossero partiti per la guerra; intanto ero gelosa di tutte le ore che restavano.

«Ah, sì, la regina celtica...» scherzò guardandosi attorno in cerca dei calzoni. «Di' a Bedivere che scenderò tra un attimo.»

I nuvoloni grigi del mattino si erano dispersi e la giornata divenne fresca e serena, piena di bellezza primaverile. La folla riempiva la piazza, essendosi sparsa la voce che la festa nuziale si sarebbe svolta nonostante il cambiamento di programma.

Guardai l'assembramento, pensando alle danze, alla musica e alla gioia che avrebbero dovuto riempire l'atmosfera. Invece guerrieri di tutti i campi stavano preparando le armi, mentre i capi conferivano tra loro, i soldati di sanità radunavano l'occorrente, i cuochi riempivano ceste e cestini e l'indispensabile fabbro imballava l'incudine per portarla sul campo.

Dal lato opposto della piazza un convoglio di attrezzature stava dirigendosi verso le porte. I carri gemevano e cigolavano mentre i conducenti incitavano i lenti buoi, cercando di guadagnare un vantaggio rispetto alle rapide truppe che li avrebbero raggiunti entro le prime ore di marcia. Non mi occorreva altro per ricordarmi che risate, allegria e scambi di dolci segreti dovevano essere messi da parte in tempo di guerra. Non c'era comunque altra scelta.

Ci mettemmo al lavoro appartati nella camera di Artù, dove mappe, inventari e abbozzi di possibili percorsi di marcia erano sparpagliati sul lungo tavolo.

Una piccola ma costante sfilata di gente entrava dalle tende di cuoio con informazioni e domande, per ripartire con ordini e risposte. Cei si faceva avanti di tanto in tanto, così come Bedivere, Merlino invece restò con noi tutto il tempo e Nimue rimase seduta in silenzio come un'ombra vicino a me.

Io prendevo appunti, annotando i problemi che sorgevano e cancellandoli man mano che li si risolveva.

Ci fu portato un vassoio di pollame appena arrostito e noi mangiucchiammo distrattamente, non avendo tempo per un vero e proprio pasto. Artù aveva appena preso una coscia di pollo, quando Tristano e Dinadan chiesero il permesso di entrare ed egli li salutò indicando il cibo.

«Scusate se non è molto elegante.» Alzò le spalle. «Ma capirete come vanno le cose ora.»

I due guerrieri della Cornovaglia annuirono e Tristano si schiarì la gola. «E spero che voi comprendiate come stanno andando le cose per noi» disse.

«Vogliamo che sappiate» intervenne Dinadan «che non è una nostra idea quella di fare ritorno in Cornovaglia. Re Marco non vuole arrischiarsi a combattere fuori dalla propria terra e, dato che abbiamo giurato fedeltà a lui, non possiamo restare qui per partire in guerra con voi, anche se ambedue lo desidereremmo.»

Era la prima volta che mi giungeva notizia della diserzione di Marco. Trattenni il fiato e guardai subito Artù. Egli annuì lentamente.

«Capisco che sia una questione d'onore,» disse buttando via

l'osso di pollo «e desidero che sappiate che sarete benvenuti alla mia corte in qualunque momento vogliate venire. Per quanto riguarda re Marco, be'...» Sospirò cercando il modo per esprimersi con il maggior tatto possibile. «Non sono rimasto del tutto sorpreso quando mi è stata riferita la sua decisione.»

«Sono sicuro che la sua assenza non denota slealtà» disse con discrezione Dinadan, e Artù sorrise per il suo tentativo di addolcire l'offesa. Mi chiesi che cosa ciò avrebbe significato in termini di perdita di uomini e come avrebbe influenzato gli altri re; avrebbe potuto rivelarsi un disastro se avesse stimolato una serie di diserzioni.

Seguirono altre parole di scusa e di augurio; poi i guerrieri si inchinarono e uscirono sotto lo sguardo fisso di Artù.

«Un giorno» disse Merlino guardando il Sommo Re con aria scaltra «lasceranno re Marco e forse verranno da te...ma macchiati da scandalo, temo.»

Mi fece pensare a Kaethi: ero sicura che sapesse più di quanto diceva. Ma un messaggero del Nord arrivò proprio in quel momento e, dopo un frettoloso inchino ad Artù, riferì quante barche erano approdate a Carmarthen, chi aveva resistito e quante scaramucce c'erano state. Il ragazzo era pallido dalla stanchezza, ma riportò l'informazione senza mai incespicare. Artù lo ascoltò con espressione grave e alla fine lo ringraziò.

«Quanti Irlandesi!» sussurrai sbalordita dalle cifre.

«Non dimenticare che le navi di Theo possono trasportare parecchie persone. Non penso che saranno molti più di noi.» La voce di Artù era calma e sicura e io sorrisi di speranza.

Nel corso del pomeriggio una sorta di ordine cominciò a emergere dalla confusione. Pareva persino che avremmo potuto trascorrere qualche minuto da soli prima della partenza di Artù. Mi ricordai del dono nuziale che avevo preparato per lui e mandai subito un paggio a prenderlo a casa.

Il ragazzo tornò e si infilò nella stanza dietro a Cei, che stava entrando con una brocca di vino e alcune coppe. Feci cenno al paggio di lasciare l'involto presso la porta mentre Cei versava il vino e ci porgeva i bicchieri.

Il siniscalco alzò la coppa e la guardò pensieroso controluce.

«Re Marco ha voltato la schiena ed è scappato al Sud.» La sua voce era piena di disprezzo. «E Pellinore è partito per Wrekin.»

Emisi un'esclamazione di sopresa. Non potevo credere che quel guerriero gigantesco avesse seguito l'esempio di Marco. Pellinore sembrava esattamente l'opposto di un codardo.

«A quanto pare intende tornare a casa, radunare una forza

ausiliaria e raggiungerci fuori da Caerleon. Cador e Geraint sono partiti ieri sera con Teodorico e un gruppetto d'uomini. Tutti gli altri, compreso Urien, sono pronti a partire stasera con te.»

Cei alzò la coppa in onore di Artù e bevve un sorso di vino. Lo vidi che faceva girare il liquido in bocca e mi chiesi se stesse controllando che non fosse avvelenato. Non avevo infatti mai incontrato nessuno che si ritenesse un intenditore di vino: al Nord lo si beve con gusto e piacere, ma senza simili elaborati rituali.

«Rimane solo un particolare» osservò Cei bevendo un altro sorso, ma facendo poi una smorfia. «Chi resterà con la regina?»

Seguì una breve discussione, poi si decise che Bedivere sarebbe rimasto a Sarum per proteggerci nel caso che i Sassoni decidessero di approfittare dell'assenza di Artù.

«Penso che ora tutto sia sistemato» concluse Cei. «Verrò a prenderti quando sarà ora di partire.»

Il siniscalco finì il suo vino, poi mise il bicchiere sul tavolo. «Questo è aceto!» esclamò disgustato uscendo a grandi passi dalla stanza.

Artù si alzò e prese a camminare irrequieto per la stanza aggrottando la fronte. Infine si fermò e si rivolse a Merlino.

«Non sono ancora convinto di portare Griflet» disse. «È solo un ragazzo volonteroso che ha passato più tempo nei canili che col maestro di spada. E se, come avete detto, non sopravviverà probabilmente al suo primo scontro...»

Sospirò e si voltò, adirato e perplesso. Capivo esattamente cosa provasse; sembrava brutale e ingiusto che il sollecito ragazzo che mi aveva accompagnata al Sud dovesse pagare con la vita la sua fedeltà.

Il Mago pose le mani sul tavolo e le allargò lentamente, come per lisciare una piega nell'aria.

«Neanche i veggenti sono dèi» disse. «Il ragazzo deve seguire il suo destino, e se questa volta ciò significherà la morte, sarà una questione tra lui e i suoi dèi. Ti seguirebbe in questa spedizione con o senza la tua approvazione. In questo modo almeno si sentirà un eroe. E se sopravviverà, tanto meglio.»

Lanciò un'occhiata a Nimue. «Ora penso che per gli sposi» aggiunse in tono solenne «sarebbe bene passare qualche minuto da soli. Quindi penso che dovremmo andare a preparare i miei bagagli.»

Ci alzammo tutti tra qualche risata tesa e qualche scherzo poco convinto, restii a separarci. Finché eravamo insieme a esaminare piani e a occuparci dei particolari, potevamo condividere l'entusiasmo della sfida; ma al momento di decidere per conto proprio cosa portare con sé e cosa lasciare, forse per sempre, si sarebbe provato un senso di solitudine e di paura.

Merlino e Nimue uscirono e Artù cominciò a gettare abiti sul letto, poi andò alla ricerca delle sue bisacce. Presi il mio pacchetto, e mentre lo aprivo notai che mio marito era rimasto immobile a fissare un oggetto che gli dondolava in mano. Era un talismano molto simile a quello che mi aveva dato Kaethi, vecchio, consunto ed evidentemente molto usato.

«Quando ero bambino,» sussurrò senza guardarmi «questa era la sola cosa che conoscessi dei miei genitori. Drusilla mi disse che la mia vera madre me lo aveva messo al collo prima che venissi portato via, e da allora l'ho sempre tenuto con me. Non avevo idea che fosse un dono della Somma Regina in persona, ma lo guardavo spesso chiedendomi se la donna che mi aveva abbandonato sperasse che mi avrebbe protetto.»

Rimase in silenzio a guardare la piccola borsa ricamata che dondolava lenta appesa per il suo legaccio. Attraversai la stanza e, fermandomi davanti ad Artù, posi le mie mani sulle sue.

«Conoscendo tua madre, sono sicura che era così» dissi alzando l'amuleto e tenendoglielo sospeso sulla testa. «E finora ha funzionato.» Stetti bene attenta a mantenere un tono giocoso quando mi voltai di nuovo verso il tavolo. «Ti ho portato anch'io un piccolo oggetto magico.»

Spiegai il mantello, ampio, ricco e pesante. Non lo avevo fatto per la battaglia, quindi non vi erano imbottiture sulle spalle o sul torso, ma almeno gli avrebbe tenuto caldo. Ed era la cosa migliore che potessi dargli da portare con sé, oltre al mio amore.

Artù lo guardò ammirato e fece scorrere lievemente le dita sui ricami che scendevano sulle spalle e sul davanti. Stelle, fiori e simboli della dèa spiccavano sulla pesante lana verde. Lo sorressi davanti a lui, sperando che gli piacesse.

«È magnifico, Ginevra... sembra opera delle fate. Ed è troppo elegante da indossare in un campo pieno di sangue, fango e sporcizia. Non voglio che si strappi in battaglia.»

«Neanch'io, se ce l'hai addosso!» dissi scherzando. Glielo posi con cura sulle spalle e ne controllai la lunghezza. «Ma ti porterà fortuna e vittoria e la benedizione della dèa... o, almeno, quella di tua moglie» promisi mentre lui mi stringeva in un frettoloso abbraccio.

D'improvviso si ritrasse e mi guardò con un'espressione timida.

«Con tutta questa confusione ho dimenticato di farti un regalo» disse contrito.

Io sorrisi e gli appoggiai la fronte sul petto cercando di trovare un giusto equilibrio tra la tenerezza e lo scherzo. «Se stamane mi hai dato un bambino, questo è il regalo più bello che io possa desiderare.»

«Parli da vera regina!» disse lui, sorridendo. «E quando tornerò ti porterò a fare quel viaggio che ho promesso. Viaggeremo per tutta l'isola, Milady, e potrai scegliere il luogo che vorrai come nostro rifugio personale! Magari un capanno di caccia del Galles, o un maniero degli Altipiani, lassù oltre Dumbarton. O una villa come quella di Agricola, se preferisci, coi pavimenti riscaldati e un bagno che funziona sempre!»

«Per quanto tempo pensi di stare via?» La mia voce mi tradiva trasformandosi in un sussurro ed evitai di guardarlo in volto. Facendogli scorrere una mano sulla spalla, mi ricordai che non sapevo ancora come si fosse fatto quella cicatrice.

«Per il tempo che ci vorrà!» Era una risposta tipica di Artù. «Dipenderà da cosa troveremo una volta giunti sul posto. La maggioranza dei re della costa mi ha giurato fedeltà all'incoronazione. Se hanno disertato per unirsi agli invasori, dovrò combatterli tutti e sostituirli con reggenti britannici... uomini di cui possa fidarmi. Potremmo restare fino all'autunno se ciò accadrà.»

Si voltò e cominciò a raccogliere diversi oggetti dal tavolo, mentre io riponevo i suoi abiti nelle bisacce. Lui intanto pensava a voce alta, proprio come usava fare mio padre.

«Se i re vassalli mi resteranno fedeli potremmo concludere entro una settimana o due. Naturalmente non conosco abbastanza Theo; parla molto bene di strategia militare, e se lui e i suoi uomini sono bravi a combattere come sembrano, forse potranno difendere per me la costa meridionale. Se non è tanto valido...be', potrò contare sui nostri uomini che sono partiti con lui. Così, anche se Theo fornirà solo il mezzo di trasporto, le nostre truppe d'avanguardia daranno da pensare agli invasori!»

Lo guardai mentre prendeva Excalibur. L'oro e l'argento brillavano di luce propria, ancora pieni del Potere che avevo visto quella mattina a Hardknott. «Proteggilo» pregai la spada mentre mi inginocchiavo per fissargliela alla cintura.

Cei bussò alla porta e annunciò che i compagni d'armi si erano radunati sulla piazza. Artù si schiarì la gola e disse che sarebbe uscito subito.

«Merlino dice che vede uno spargimento di sangue sul fiume Usk» disse a bassa voce facendomi bruscamente rialzare. «Mi ha anche chiesto di dirti di non preoccuparti: tornerò a casa tutto intero e con la testa dura come sempre.»

«Certo che devi!» sussurrai senza più cercare di mantenere un tono scherzoso.

Ci guardammo l'un l'altra in silenzio, tentando di dirci con gli occhi le parole che non ci uscivano di bocca, poi ci stringemmo in un abbraccio appassionato... cosce, bocche, mani, lingue e respiri si mescolarono. Per un attimo fu la sola cosa che esistesse al mondo, che ci colmava e consumava allo stesso tempo, finché la voce di Cei tagliò bruscamente l'aria.

Come su comando ci separammo, afferrammo la cassetta delle mappe e le bisacce e ci dirigemmo alla porta. Non ci guardammo tra noi, ma oltrepassammo la soglia con lo stesso pensiero: affrontare i momenti futuri col maggior coraggio possibile.

La notizia della partenza imminente si era diffusa in fretta in città e la piazza era un guazzabuglio di rumore e di luce. Il sole del tardo pomeriggio brillava su ogni cosa, colpendo con i suoi raggi dorati guerrieri e cittadini. Ci fermammo sui gradini del palazzo strizzando gli occhi al bagliore.

Persone e cavalli si muovevano incerti nel caos, e si formavano qua e là gruppetti di amici. I compagni d'armi erano in piedi al fianco dei loro animali, mentre coloro che restavano facevano frettolose raccomandazioni a marito e padre, fratello e figlio. Alcuni fissavano le bardature, altri si scambiavano ricordini e ammonizioni, nascondendo con cura gli amuleti nelle pieghe della tunica.

Osservavo i piccoli rituali destinati ad addolcire la separazione e li compresi pienamente per la prima volta. Tristi, commoventi, coraggiosi, pieni di dignità, ci circondavano come un grande singhiozzo silenzioso.

Artù chiamò il suo luogotenente. Quando la folla si azzittì, il Sommo Re affidò solennemente il Sigillo di Britannia a Bedivere, proclamando a gran voce davanti a centinaia di testimoni che, se egli fosse stato ucciso e nella nostra unione fosse stato concepito un bambino, Bedivere avrebbe fatto da reggente fino alla maggiore età di questo.

Senza nessuna pompa, tanto semplice e tanto straziante: vita e morte, tutto in una sola frase. Mi sentivo intontita, stanca e vicinissima alle lacrime.

«Milady» disse una voce familiare. «Milady, devo chiedervi un favore.»

Agricola stava avvicinandosi e io lo guardai stupita, non riuscendo a capire che cosa avrei potuto offrire a un uomo la cui vita era così ricca e organizzata.

«Mentre pensavo all'anello romano per Lavinia,» spiegò «mi sono ricordato che mia moglie possedeva un gioiello simile. Vorrei darvelo ora, in modo che lo facciate avere alla vostra governante. Non è di grande valore, ma se non tornerò dalla guerra, riposerò meglio sapendo che adorna la mano della matrona piuttosto che la borsa di un irlandese.»

Mi pose delicatamente sul palmo della mano un anello d'oro e giaietto e vi richiuse sopra le mie dita, mentre lo fissavo sconvolta dall'idea che nessuno fosse al sicuro sul campo di battaglia.

«Oh, signore,» esclamai «nulla vi succederà!»

«Sì, Milady» disse sorpreso dalla mia reazione. «Nulla mi succederà e farò il possibile affinché anche il Sommo Re ritorni sano e salvo. Si trova di rado un sovrano simile e nessuno di noi lo abbandonerà.»

Mi infilai l'anello al dito e mormorai un ringraziamento, oltremodo riconoscente per la sua rassicurazione.

Artù intanto si era voltato dall'altra parte e, vista Igraine, si inchinò profondamente per salutarla. Poi mi cercò con lo sguardo e io andai al suo fianco.

Mi mise un braccio attorno alla vita e insieme ci girammo lentamente per guardare la folla sulla piazza. Alzò l'altro braccio e io feci lo stesso, salutando i sudditi che solo quella mattina ci avevano salutato alle nostre nozze.

«Per la vittoria e per la pace in Britannia!» inneggiò, e il popolo gridò d'approvazione.

Si udì un battito secco di zoccoli sul selciato e un garzone di stalla venne avanti di corsa.

«Fate passare... fate passare lo stallone del re!» urlò facendosi largo nella massa.

Il cavallo balzava pieno d'eccitazione, trascinando quasi lo stalliere fino alla base delle scale. Il manto scintillava come metallo nero e coda e criniera erano stati intrecciati per la guerra. La bardatura splendeva alla luce del tramonto e la folla indietreggiò quando il grande animale sbuffò, impaziente che il suo padrone concludesse le questioni politiche e si apprestasse a partire.

Dopo di che tutto si confuse attorno a noi; abbassammo le braccia quando suonarono i corni di guerra: quelle note profonde e rintronanti dei corni di uro che mi facevano rizzare i capelli, poiché è una chiamata alle armi e alla morte nota a ogni britannico. Artù alzò in silenzio la mia mano alle sue labbra, come pubblico gesto di addio e per darmi un'ultima rapida stretta. Poi scese in fretta i gradini e balzò in sella. Era giunto il momento della separazione.

Lo Stendardo del Drago fu innalzato e la folla si aprì per lasciar passare i guerrieri. Io e Bedivere corremmo a lato di Artù, ma dubito che ci riconoscesse. Il nemico era approdato, le truppe erano pronte e tutti i particolari erano stati considerati. Artù era già su un piano diverso, diretto a un appuntamento a miglia di distanza, e noi che restavamo eravamo dimenticati come alghe lasciate dalla marea.

La folla si accalcò presso le porte, agitando le braccia e piangendo mentre gli uomini si allontanavano in marcia. Bedivere mi aiutò a salire sul parapetto. Restammo sulla sommità della nuda parete di gesso, sospesi tra il cielo e la terra, tra il trionfo e la disperazione. Artù spiccava in testa ai guerrieri, eretto, fiero ed elegante nel suo mantello nuovo, mentre il Drago Rosso sventolava sopra di lui nel crepuscolo.

Gli uomini lungo la strada lo salutarono quando passò, poi si accodarono. Nuovi stendardi si unirono al corteo man mano che i diversi re confluivano con i loro eserciti, finché sembrò che la terra stessa si muovesse, diretta verso il futuro.

Fu solo quando comparve l'Insegna del Corvo di Urien che mi ricordai della Fata Morgana. Non l'avevo vista né ci avevo pensato fin dal mattino, e l'idea che si trovasse ancora a Sarum mi riempì di timore.

Rabbrividii e Bedivere mi mise il suo mantello sulle spalle tenendomi salda con un braccio. Mi appoggiai a lui, d'improvviso troppo stanca per pensare. Le lacrime cominciarono a scendermi sul volto e, ora che Artù era partito, le lasciai scorrere liberamente.

43

Accolon

Cathbad comparve alla mia porta il mattino dopo di buon'ora con un invito da parte di Morgana ad andare a trovarla a casa sua quel pomeriggio. Era di umore stranamente gioviale e io lo guardai meravigliata.

«È molto adirata per ciò che è successo ieri?» chiesi circospetta.

«La Signora è una donna profondamente decisa a restaurare i diritti del paganesimo» replicò il druido con la sua voce piena che mi riportava all'infanzia. Per un attimo mi sentii nel Rheged, pronta ad ascoltare una nuova leggenda favolosa. «È anche una donna impulsiva e a volte il suo ardore ha la meglio sulla sua pazienza. Se lascerete perdere il suo scatto di ieri, sono sicuro che troverete in lei uno dei più devoti e influenti sudditi di Artù.»

Il leggero accento sulla parola "influenti" mi riportò al presente e mi rammentai dell'importanza della Sacerdotessa per Artù, mentre Brigit mi aiutava a vestirmi per l'incontro pomeridiano.

«Non dimenticare, Morgana non ha altra scelta che esserti amica, ora che sei Somma Regina di Britannia» affermò Brigit. «Sta a lei fare pace con te.»

Non ci avevo pensato, poiché, sebbene portassi il titolo più alto del reame, non mi sentivo diversa da prima e non avevo una chiara idea del potere che la mia posizione mi dava sugli altri. Quando, mi chiesi, comincerò a sentirmi una Somma Regina? Al momento, l'unica cosa a cui potessi pensare era risolvere il diverbio tra me e Morgana prima del ritorno di Artù, in modo che egli, tornando a casa, trovasse l'accordo tra la moglie e la sorella.

Morgana aveva occupato la stanza di Agricola, un locale luminoso con resti di intonaco dipinto che decoravano le pareti. Cuscini di seta e ricchi arazzi erano sparsi sul letto e tappeti di pelliccia erano stati distesi sul pavimento dai servi. In confronto agli ambienti a cui ero abituata, questo era di un lusso regale.

«Mia cara» esclamò ella allontanandosi dallo stuolo di giovani donne che la circondavano. Mi salutò con un abbraccio fraterno. «Avrete una pessima opinione di me. Mi scuso per la scena di ieri al boschetto... sono stata colta alla sprovvista. Se avessi avuto idea che la situazione era così estrema e il tempo così poco... be', spero solo che comprendiate.»

La sua voce era dolce come il miele e il suo atteggiamento del tutto amichevole. Feci qualche commento sulle pressioni del momento e lei rise allegramente.

«La regina madre mi ha detto di essere sicura che non avreste serbato rancore. Ma ora dimentichiamo questa faccenda. Adesso che gli uomini sono andati alla loro guerra, possiamo finalmente fare conoscenza come sorelle. Erano mesi che cercavo di incontrarvi, ma c'era sempre qualche ostacolo.»

Morgana fece un segno alle ragazze in bianco, che sparirono dalla stanza, e, prendendomi sottobraccio, mi condusse verso la finestra dove era sistemato un telaio da ricamo. Nel cerchio era teso un pezzo di lino grezzo e Morgana mi indicò un cestino contenente una mescolanza di fili variopinti.

«Se avessi saputo che sarei rimasta bloccata a Sarum a tempo indefinito, avrei portato il lavoro iniziato a casa. Ho mandato messaggeri nei mercati per procurarmi tutti i fili di seta che potevano. Il ricamo è la sola attività domestica che trovo rilassante.»

Pensai alla guaina che aveva fatto per Excalibur e annuii. Aveva certamente un tocco magico.

«Dovete essere brava anche voi con l'ago» continuò. «Il mantello che Artù indossava alla partenza non sembrava il prodotto di una comune sartoria.»

Mi fece piacere che l'avesse notato e sorrisi, contenta di avere con lei un interesse comune di cui parlare.

Ci sedemmo dove Morgana poté riprendere a ricamare e io la osservai di sottecchi. Lo stesso ardore che la faceva una temibile avversaria poteva anche renderla un'amica affascinante, ed ella sembrava davvero intenzionata a dimenticare le tensioni tra noi.

La conversazione si incentrò su punti, disegni, fili, colori e ricette per tinture, mentre il suo ago sottile entrava e usciva dal tessuto.

«A casa ho una collezione di tinture» mi confidò. «Ho imparato persino a estrarre la porpora dal buccino di Northumbria; è un colore raro e difficile da trovare. Gran parte della gente non pensa che al Santuario si pratichi l'arte della tintura» aggiunse con disinvoltura. «Siamo troppo noti come centro spirituale e di guarigione.»

Fremetti al suo riferimento al Lago Nero, temendo che questo ci avrebbe portate a parlare del nostro primo incontro.

«Naturalmente la scuola fondata da Viviana è giustamente famosa» proseguì Morgana girando abilmente tra le dita un pezzo di filo blu. «I nostri primi allievi stanno raggiungendo un'età in cui saranno pronti a tornare nel mondo. Tutti bravi giovani.»

Sorrisi nervosamente quando mi lanciò un'occhiata. Nulla nella sua espressione rivelava collera per il rifiuto dei miei genitori di farmi frequentare la scuola; forse Cathbad non glielo aveva detto.

Le mani mi sudavano per l'imbarazzo e cercai un modo per capire quanto sapesse senza chiederglielo direttamente.

«Ci sono anche ragazze?» mi informai, domandandomi chi di noi due fosse il gatto e chi il topo.

«No, e credo che non ce ne siano mai state. In origine Viviana intendeva avere più allievi, ma io ho deciso di concentrarmi sulla qualità invece che sulla quantità.»

Notai un lieve tono difensivo, come se trovasse difficile raccogliere l'eredità di Viviana. Forse ciò giustificava in parte la sua rigidezza come Sacerdotessa.

«Di tanto in tanto ci imbattiamo in qualche bambino della campagna circostante» continuò tirando con decisione il filo che si era ingarbugliato.

Mi mancò il fiato. Rimasi immobile in silenzio, sicura che ora sarebbe caduta sul discorso del nostro incontro al Lago.

«Ma è abbastanza facile cacciarli via spaventati.» Alzò le spalle. «Non si può permettere che vaghino liberamente per il Santuario... sarebbe negativo per la disciplina degli allievi e chissà che sorta di idee sbagliate porterebbero a casa con sé.»

Con uno strattone sciolse il nodo sul filo e la tensione dentro di me cadde di colpo. Mi fu improvvisamente chiaro che avevo vissuto per anni nel terrore a causa di un avvenimento che per la Signora era tanto comune da non rendersi neanche conto che io ero stata uno di quei bambini. Mi sembrava incredibilmente ridicolo e dovetti fare uno sforzo per non scoppiare a ridere.

Per un attimo pensai di raccontarle la storia, ma il ricordo della sua collera del giorno prima mi trattenne: quella era stata una vera collera, non il frutto dell'immaginazione di una ragazzina. Così frenai la lingua e lasciai che la conversazione andasse dove voleva Morgana, ormai convinta che non ci fossero più ostacoli all'amicizia con mia cognata.

Tornando a casa di buonumore trovai borse, bisacce e cestini caricati su un carro fuori della porta.

«Ordini di Bedivere» disse concisamente Lavinia con un'espressione da martire.

«Dice che sarà più facile occuparsi delle tre regine al palazzo, sotto lo stesso tetto» spiegò Brigit. Annuii considerandola come una logica misura di sicurezza, anche se un po' rischiosa, viste le diverse personalità.

Lavinia finì con l'apprezzare la nuova sistemazione, poiché si avvicinava al tipo di "quartiere delle donne" che si aspettava di trovare in una corte rispettabile. Avevamo la possibilità di cenare insieme o separate, come preferivamo al momento, e mi era più facile fare visita a Igraine ogniqualvolta la regina madre desiderasse compagnia.

Nimue venne a stare da noi e anche i cani. Bedivere disse che una ragazza locale che lavorava in cucina si era offerta di occuparsi di questi ultimi. Scoprii che si trattava di Frieda e scherzai con la giovane sassone per la sua volontà di restare in contatto con Griflet.

«Be',» disse lei con il suo accento lento e duro «i cani sono abituati a me per tutte le volte in cui abbiamo giocato insieme. E io sono affezionata a loro. Inoltre,» aggiunse con serietà «se Griflet diventerà un guerriero, voglio dimostrare che sono capace di fare qualcosa di più della sguattera.»

Pensai che la dèa stesse tessendo un certo legame tra questi due, come aveva fatto tra Merlino e Nimue.

La vita a Sarum prese a seguire una tranquilla routine, in cui ognuno cercava di non intralciare gli altri. Morgana e Nimue si evitavano completamente e, mentre io visitavo Igraine ogni giorno, le due Sacerdotesse parevano alternarsi nelle loro visite pomeridiane. Ettard, la domestica di Igraine, era sempre presente e osservava e ascoltava, senza mai dire una parola. Cominciai a chiedermi che cosa le passasse per la testa.

Dopo un paio di settimane arrivò la notizia che l'invasione era molto più grande di quanto Artù si fosse aspettato e che un'importante battaglia era stata combattuta presso Caerleon, sul fiume Usk. Questa era la città dove Artù aveva ricevuto la corona cristiana ed era triste che dovesse restaurare il suo diritto alla sovranità proprio in quello stesso centro, quattro anni dopo.

Il Sommo Re era illeso, ma molti erano stati uccisi o feriti dalle due parti. Ora bisognava combattere nei diversi regni contro tutti coloro che si erano alleati con gli Irlandesi, così noi saremmo rimasti a Sarum per tutta l'estate.

Sospirai, rattristata al pensiero che Artù fosse impegnato a scacciare gli Irlandesi proprio quando avremmo dovuto fare maggiore conoscenza tra noi e creare una famiglia, poiché sapevo di non essere rimasta incinta dal nostro primo rapporto dopo le nozze.

Morgana reagì con violenza alle notizie di guerra, alzando le mani in aria e dichiarando che sarebbe morta di noia se fosse rimasta qui fino al raccolto. Ci vollero sia Igraine sia Bedivere per convincerla che sarebbe stato folle cercare di tornare ai laghi con il suo nano e i suoi fedeli seguaci come scorta. Infine la Somma Sacerdotessa acconsentì a restare con noi, ma non senza sforzo e irritazione, e si ritirò sempre più in compagnia dei suoi accoliti.

Verso l'inizio di giugno i pomeriggi oziosi cominciarono a fondersi nella monotonia e ben poco differenziava una giornata dall'altra. La nostra esistenza era così uniforme che il giorno in cui Ettard aprì bocca all'ora del tè spiccò vivido come un giorno di festa.

Nimue aveva elogiato la generosità di Merlino nel condividere il suo sapere con lei, un argomento su cui ella tornava spesso, quando Ettard d'improvviso si sporse in avanti con un lieve corruccio sul volto grazioso.

«Non avete paura a stare con Merlino?» chiese con un misto di timore e di curiosità.

«Paura?» disse la doira.

«È così... importante. È il secondo uomo del regno, dopotutto» notò Ettard. «E non avrei neanche la minima idea di cosa dirgli.»

Nimue rise dolcemente, con un suono pieno e maturo che contrastava nettamente con la timidezza verginale della ragazza di convento.

«Non importa che potere un uomo abbia: è sempre un animale di sesso maschile e questo la dèa non lo dimentica mai» disse Nimue. «Io comunque non amo Merlino per il suo potere... lo amo per la sua umanità.»

Guardando la sacerdotessa mi resi conto di come fosse cambiata. La ragazza, più giovane di me, era fiorita in modo sorprendente e la promessa di una bella e saggia donna la circondava come un'aura. Non sapevo se ciò fosse dovuto al fatto di essere amata da Merlino o se fosse semplicemente una manifestazione della sua natura interiore. In ogni caso era un cambiamento notevole. Le sorrisi chiedendomi se sarei mai stata sicura di me come regina quanto lei lo era come Sacerdotessa.

Più tardi quella sera io e Nimue andammo a passeggiare sui bastioni guardando il tramonto e augurandoci che il caldo si attenuasse. Il rigoglio estivo saziava i sensi dopo un po' e io bramavo gli alti cieli limpidi del Nord al posto del miraggio opalescente delle nuvole di Sarum.

«Avete avuto notizie dirette da Merlino in questi giorni?» chiesi con apprensione.

«Solo tramite i messaggi di Bedivere» rispose la Sacerdotessa. Si voltò a guardarmi e per un attimo mi chiesi se potesse leggermi nel pensiero.

«Sono sicura che stanno bene tutti e due» mi rassicurò prendendomi una mano. «Ci vorrà solo più tempo del previsto.»

Poco dopo il primo gruppo di feriti cominciò ad arrivare a Sarum, quelli che erano abbastanza forti per viaggiare, ma non più in grado di aiutare sul campo. Venivano in carro, in portantina o sorreggendosi a vicenda con bastoni, stampelle e con il loro cameratismo. Essi riferirono che i nemici si erano dispersi e che Artù aveva diviso i nostri uomini in diversi gruppi per inseguirli nel Galles del Sud.

L'organizzazione di un ospedale provvisorio diede a Morgana uno sfogo per la sua energia. Brigit si offrì di aiutare, pronta a non tenere conto delle diverse fedi religiose quando si trattava di salvare vite umane, e insieme formarono una coppia curiosa ma efficiente che stabilì un buon sistema di lavoro.

A metà estate Morgana aveva già finito il terzo cuscino ricamato. Neanche l'ospedale era sufficiente a tenerla impegnata e aveva i nervi tesi. Mi ricordai della questione se un cucciolo di volpe potesse essere addomesticato, e conclusi che Kevin aveva ragione: non si può domare chi non lo desidera. La Signora non aveva scelto di stare con noi e, anche se cercava di accettare con garbo la situazione, la sua natura si ribellava.

E un giorno Accolon giunse a cavallo alle nostre porte. Arrivò in un lungo crepuscolo, durato molto oltre il tramonto. La guardia corse a svegliare Bedivere perché identificasse il giovane uomo e il mattino dopo ogni donna e ragazza della città sapeva che avevamo un visitatore dal continente.

Morgana concentrò su di lui l'attenzione come un gheppio che si libra al di sopra di un promettente ciuffo d'erba.

«Siete venuto fin dalla Gallia per aiutare mio fratello?» esclamò meravigliata durante la cena, la sera dopo. «Quale dimostrazione di zelo!»

Accolon, che era un giovane elegante, snello e muscoloso, arrossì sotto lo sguardo della Signora. Non era molto maggiore di Gawain e Morgana stava mettendolo in serio imbarazzo.

«Ad Artù spiacerà non avervi sul campo di battaglia con lui,» dissi io «ma sarete il benvenuto se vorrete restare qui fino al suo ritorno.»

«O» suggerì Morgana con voce suadente «forse potreste venire ai laghi con me. Gli uomini che mi accompagnano di solito sono partiti con il Sommo Re, ma mi sentirei al sicuro con la vostra scorta...»

Il nostro visitatore non seppe davvero cosa dire e si guardò attorno in cerca di aiuto.

«Credo» intervenne Bedivere rivolgendosi cortesemente a Morgana «che vostro fratello si aspetti che restiate qui a curare i feriti che tornano a casa. Lady Morgana è la più grande guaritrice di Britannia» spiegò all'ospite.

«Una grande fortuna per il re» rispose Accolon, e Morgana accolse di buon grado il complimento.

«Be', almeno potrete accompagnarmi a raccogliere erbe nella pianura. Potrei anche portarvi a Stonehenge» propose in tono invitante.

Non avevo mai visto una seduzione tanto aperta e mi affascinava e ripugnava allo stesso tempo. Assai più vecchia e saggia del giovane guerriero, la Somma Sacerdotessa giocava abilmente con lui. Forse, se fossero stati più vicini di età o se il corteggiamento fosse stato reciproco, la scena non mi sarebbe parsa tanto sinistra. In quella situazione, l'unica cosa che potessi fare era sorridere al nostro ospite, sperando che capisse dove rischiava di cadere.

Cominciarono a uscire insieme a cavallo a tutte le ore del giorno e della notte; come spiegò Morgana, alcune piante andavano raccolte prima dell'alba, mentre altre erano rese efficaci solo dall'incantesimo della luna nuova. All'inizio venivano accompagnati dagli assistenti della Signora, ma col passare del tempo uscirono sempre più spesso da soli. Bedivere si preoccupava per la loro sicurezza, ma decise che era meglio lasciare Morgana libera in questo, piuttosto che limitarla troppo rischiando che esplodesse contro tutte le coercizioni.

Poi un giorno d'agosto, mentre bevevo il tè con Igraine, la regina madre si accasciò all'improvviso, diventando pallida e sudata e stringendo i pugni.

Ettard balzò in piedi e cominciò a strofinare le mani della regina, mentre io correvo fuori dalla stanza alla frenetica ricerca di

Morgana. Brigit disse che non si era vista all'ospedale da parecchie ore e io, dopo aver mandato un paggio a controllare se il suo cavallo era nella scuderia, mi lanciai verso la sua stanza.

«Morgana, Morgana...» gridai scostando le tende senza bussare. «Morgana, siete qui?»

Il movimento sul letto si interruppe di colpo e, quando i miei occhi si adattarono all'oscurità, vidi Accolon rotolarsi da un lato.

«Dovete proprio spiare così sfacciatamente?» sospirò la Sacerdotessa tirandosi un lenzuolo fino ai fianchi.

«È Igraine» ansimai appoggiandomi all'alto schienale di una sedia. «Ha avuto un attacco e ha bisogno di voi...»

«Vengo subito» fu la succinta risposta e io, ripreso il fiato, corsi in corridoio.

Quando tornai la regina madre aveva un aspetto migliore, anche se Nimue insisteva perché si coprisse bene e stesse al caldo. Morgana arrivò qualche minuto dopo e fece uscire tutti noi dalla stanza per praticare le sue arti sulla madre. Igraine reagì bene alle cure e ben presto si mise tranquillamente a riposare.

Pensai che se non avessi nominato la mia intrusione nella camera di Morgana, la faccenda sarebbe stata ignorata. In quanto regina celtica era suo diritto avere rapporti con chiunque volesse, purché non disertasse il suo popolo. Non vedevo motivi per parlarne con lei o con nessun altro, e quindi rimasi sorpresa quando Cathbad venne nella mia stanza quella sera, con un secco messaggio della Signora che mi convocava da lei.

Fui tentata di rimandarlo indietro dicendo che neanche la Somma Sacerdotessa poteva dare ordini ai sovrani. Ma per il bene di Artù frenai la lingua e andai a vedere cosa volesse.

Morgana era seduta con le braccia conserte su una sedia dall'alto schienale. Congedò i suoi assistenti e si voltò adirata a guardarmi.

«Nessuno ha il diritto di giudicarmi, tranne la dèa» dichiarò senza neanche aspettare che mi sedessi.

«Non ho il bisogno né il desiderio di giudicarvi» risposi, offesa che si permettesse di parlarmi così duramente senza una ragione. Evidentemente capiva poco me, così come io capivo poco lei.

«Oh, andiamo!» Le sue parole erano cariche di disprezzo. «Senza dubbio riferirete ad Artù e magari anche a mio marito quello che credete di avere visto. Ed è un pettegolezzo troppo gustoso per non portarlo al circolo del tè.» Si alzò e cominciò a camminare avanti e indietro nella stanza, piena della stessa indignazione che avevo visto il giorno del suo arrivo. «Tra gli uomini che pensano al tradimento e le donne che chiacchierano di moralità, sarà impossibile per me e Accolon restare qui.»

«Sciocchezze» esclamai irritata dal suo atteggiamento, ma ancora decisa ad appianare la faccenda.

«Non cercate di negarlo» mi interruppe. «Conosco il vostro tipo... proprio come mia madre, sempre "corrette" e pronte a criticare chi è più sincero nelle proprie reazioni. Quanto siete noiosi... santarelline che guardano sempre l'apparenza delle cose, o cristiani in cerca di peccato e corruzione! Analizzate ogni parola e ogni azione e rendete la vita impossibile senza neanche capire con chi avete a che fare.»

Questa volta la guardai anch'io adirata.

«È tutto nella vostra immaginazione, Morgana, e se lasciate cadere l'argomento prometto che non ne parlerò con nessuno... Non l'ho ancora fatto né lo farò in futuro.»

«Non ci credo» gridò. «Considerando anche quanto state appiccicata a quella irlandese cristiana o a quella doira arrivista di Avebury! Vi sarei grata se non ne parlaste con mia madre; con la salute malandata che ha, questo potrebbe ucciderla.»

Fissai sbigottita la sorella di Artù. Per la prima volta vidi chiaramente quanto fosse arrogante, insicura ed egocentrica. Si sentiva minacciata da qualunque cosa rischiasse di farle perdere il controllo della situazione, e reagiva sempre ai propri pregiudizi invece che alla realtà che la circondava.

Potevo concederle di avere una mediocre opinione di me. Ma che pensasse che avrei potuto mettere a repentaglio la vita di Igraine per il gusto di spettegolare, era un'altra questione.

La collera superò il mio desiderio di mantenere relazioni pacifiche con lei e, alzandomi in piedi con tutta la dignità che potevo, dissi lentamente e con fermezza:

«Quando vi sarete calmata, Morgana, sarò disposta a ricevervi. Adesso non ho tempo per assistere alle vostre scene isteriche».

Mi voltai e uscii dalla camera, intravvedendo per un attimo l'espressione incredula sul suo volto.

Un buon sonno la calmerà di sicuro, mi dissi, e quando si renderà conto che anch'io sono una regina celtica, capirà di non avere ragioni per temere le mie critiche a corte.

Ma Morgana mi sorprese ancora una volta fuggendo con Accolon in piena notte. Quando Bedivere me lo disse il mattino dopo, rimasi sconcertata, poiché questo era molto più grave che avere semplicemente rapporti col giovane guerriero. Era un gesto folle e avventato, che si faceva beffe degli ordini del re in tempo di guerra. L'azione di Morgana era così vicina al tradimento che avrebbe potuto mettere in subbuglio l'intera corte.

Fortunatamente la diserzione della Signora, poco più tardi, fu eclissata dall'arrivo di un messaggero.

La campagna d'Irlanda era finita e Artù stava facendo ritorno a casa.

44
Glastonbury

Il mondo divenne grigio e piatto. Sentii l'orizzonte contrarsi attorno a me, non lasciando altro che la voce di Bedivere.

«Una ferita, Ginevra... solo una ferita superficiale, non un cranio rotto o un braccio perduto.»

Il luogotenente mi teneva le mani e io mi concentrai sul suo volto, cercando disperatamente di vedere se nascondesse notizie peggiori.

«Vi assicuro, Artù non mentirebbe. E se fosse una brutta ferita, il messaggero lo avrebbe detto. Non si possono tener nascoste simili notizie. Se un re sviene mentre detta il suo messaggio, non si riferisce solo che era "indisposto"... ed è questo il termine che è stato usato.»

Ero tentata di credere alle sue parole tranquille e rassicuranti. Il colore cominciò a riaffiorare sulle cose e l'odore di fieno appena tagliato entrò dalla finestra aperta, mentre il mondo riprendeva la sua forma.

«La campagna è finita per quest'anno. La guerra è andata bene; solo pochi gruppetti di nemici sono rimasti nel Galles... e ora vostro marito tornerà a casa a bordo della sua nave.» La voce di Bedivere era sicura e fiduciosa. «Approderà a Glastonbury come un vero viaggiatore del mondo.»

«E gli prepareremo un'accoglienza da eroe» gridai passando dal panico all'euforia. Liberai le mani dalla sua stretta e le battei con entusiasmo. «Avremo cornamuse e tamburi, e una parata e...»

«Non penso che lo voglia» mi interruppe Bedivere. «Artù dice sempre che le accoglienze trionfali devono essere dedicate ai soldati che hanno combattuto e, poiché questi torneranno in gran parte per via di terra, non gli parrebbe opportuno fare una celebrazione a Glastonbury. Questa inoltre è solo una sonnolenta comunità di pescatori, ancora più piccola di Sarum.»

«Non prendetemi in giro, Bedivere!» esclamai. La mia voce

si fece dura e ferma quando mi resi conto della verità. «È troppo ferito per stare a cavallo, altrimenti condurrebbe gli uomini a casa. Quanto è grave, Bedivere… quanto è grave?»

Il mio amico mi guardò le mani, poi annuì lentamente.

«Abbastanza grave da metterlo a riposo per il resto dell'inverno, temo. Dicono però che sta già cominciando a guarire. È sempre rimasto al comando dei guerrieri… e non ha avuto bisogno di medicamenti forti. Grazie al cielo è successo alla fine della campagna.»

«Da quanto tempo lo sapete?» chiesi cercando di tenere sotto controllo la paura con informazioni concrete.

«L'ho saputo solo stamattina, Ginevra.»

Mi guardò con un tale candore che dovetti credere alla sua sincerità.

«Allora quando lo vedremo?» domandai.

«Dovrebbe giungere a Glastonbury alla fine della settimana. Ci andrò con un paio di carri e…»

«E mi lascerete a casa? Andiamo, pensate davvero che sarei disposta a rimanere qui ad aspettare che me lo consegniate come un carico di fieno?»

Bedivere sorrise e, dopo aver cercato debolmente di convincermi a restare a Sarum, acconsentì a farmi andare con lui. Suggerii di far venire con noi la portantina, che era più discreta degli ingombranti carri e in cui si potevano chiudere le tendine se non volevamo che la gente vedesse quanto era "indisposto" il re.

L'istinto mi disse di non rendere troppo pubblico questo viaggio, così il mattino dopo di buon'ora andai alla scuderia per sellare Piedipiuma, che era meno vistosa di Ombra.

Nimue era già là, anch'ella in tunica e calzoni come se fosse pronta a partire.

«Avrete bisogno di qualcuno che vi assista, Milady,» disse tranquillamente «e Ynys Witrin nei tempi antichi era un centro religioso. C'è una montagna sacra con in cima un Santuario a spirale consacrato alla Madre. Potrei celebrarvi alcuni riti per proteggere il ritorno di Artù… e chiedere la benedizione divina per la vostra fertilità» aggiunse con dolcezza.

Se avevo obiezioni, queste svanirono davanti alla sua ultima frase. Le sorrisi, grata per la sua premura e felice della compagnia.

Procedemmo di buon passo lungo la strada e appena prima di sera raggiungemmo il ponte sulla palude che separa Glastonbury e il Tor dal resto del mondo. Nel crepuscolo la foschia si alzava lenta sulle acque silenziose. Non arrivava più in alto del ventre dei cavalli e gli animali vi procedevano come scivolando senza sforzo verso il futuro.

In lontananza prese forma un gruppo di cavalieri con le torce alzate nella semioscurità. Le orecchie di Piedipiuma si rizzarono nervosamente e mi chiesi chi viaggiasse in un modo tanto insolito.

Io e la doira voltammo i cavalli e ci affiancammo alla portantina, non volendo farci riconoscere dai nuovi venuti, e Bedivere si spinse avanti al trotto. D'improvviso Nimue alzò la testa con un sorriso radioso. Invertendo la direzione, corse verso il gruppo dei cavalieri, poiché Merlino era venuto ad accoglierci con una scorta.

Il Mago ci condusse a una piccola locanda rustica ai piedi del Tor. Dopo una cena leggera chiesi a Merlino delle condizioni di Artù.

«Resterà a casa presso il focolare per qualche mese» fu la risposta. «Ma dopo un'estate di guerra gli farà bene riposarsi un poco... e magari preparare le operazioni di riordino per l'anno prossimo. Non preoccuparti,» aggiunse guardando in uno spazio lontano «la sua marea è ancora montante e non calerà per molti anni ancora.»

Era una semplice affermazione, fatta senza nessuna pompa, ma Merlino era il Veggente di Britannia e il Saggio personale di Artù, così accettai grata la sua rassicurazione.

L'alba del giorno dopo era limpida e fresca e mi svegliai piena di speranza. Afferrato un pezzo di formaggio dalla dispensa, uscii a esplorare la zona.

La locanda era situata all'imboccatura di una piccola valle profonda compresa tra una dolce collina e l'alta forma conica della montagna sacra. Meli carichi di frutti coprivano la base del Tor e io entrai nel boschetto. La leggera risata di Nimue venne da una casetta nascosta tra gli alberi e pensai che Merlino avesse scelto un buon posto per rifugiarsi.

Dopo aver colto un paio di mele iniziai a salire il ripido pendìo che portava alla cima del Tor. A un certo punto una roccia spuntava dal terreno e io mi ci sedetti per gustare la colazione.

Come argento lucido, le acque della palude e del lago si stendevano davanti a me fino all'orizzonte. L'oro dell'autunno splendeva dove ontani e salici si riflettevano nel labirinto dei canali. Uccelli acquatici di ogni tipo avevano fatto qui il loro nido: anatre crestate, tuffetti, gallinelle d'acqua e qualche airone. La presenza di tanta fauna mi fece pensare agli stormi che svernano sul Solway. Gli dèi avevano benedetto il Logres tanto quanto il Rheged e sospirai di felicità al pensiero.

Dopo aver mangiato le due mele mi alzai, notando le ampie terrazze sui fianchi del Tor. Seguivano chiaramente uno schema e non attraversavano la cresta dove mi trovavo io. Per un attimo fui tentata di seguirle, ma poi mi ricordai che questa montagna era sede di antichi rituali. Mi arrampicai allora verso la cima dell'altura, lasciando a Nimue il compito di seguire i sentieri che portavano alla dèa e al suo tempio ultraterreno.

Dalla sommità del Tor il mondo si stendeva come una mappa spiegata. Qua e là altre alture spuntavano dall'acqua, coperte di campi di grano maturo. Alcune si riflettevano nel lago, mentre altre avevano la base avvolta dalla foschia. Sull'acqua un immenso stormo di pavoncelle e pivieri dorati si alzò in volo, planando in grandi curve nella luce del sole. Era una visione così gioiosa che alzai un braccio in un silenzioso saluto, felice del buon auspicio per l'inizio della giornata.

Fu allora che vidi la nave procedere lentamente da nord-ovest. Facendomi schermo con una mano guardai attentamente il vascello. Grande e alto, assomigliava a quello che si era arenato a Morecambe, e sembrava diretto verso di noi. Quando un soffio di vento alzò la bandiera e il Drago Rosso si gonfiò lentamente, emisi un urlo di gioia e corsi giù dall'altura.

«È qui... la nave di Artù è qui» gridai entrando a precipizio nel rifugio di Merlino senza pensare alla discrezione.

Nimue e il Mago erano in piedi a un tavolo ed esaminavano un antico scritto. Erano tanto assorti nel loro studio che mi fermai sulla soglia, improvvisamente imbarazzata per aver fatto una simile irruzione nel loro mondo.

«Be', vieni dentro e chiudi la porta. Non ha senso lasciar uscire tutto il calore.» Merlino mi indicò un sedile presso il focolare e Nimue mi versò una tazza di sidro mentre il Mago arrotolava il manoscritto. «Ci vorrà ancora un'ora prima che raggiungano il porto a Wearyall Hill, quindi è meglio che ti sieda ad aspettare.»

Dopo la meravigliosa eccitazione di sapere che Artù stava davvero arrivando, il nostro vero e proprio incontro fu come una doccia fredda. Circondato da un drappello di giovani uomini, mio marito fu portato a riva in barella, pallido, spento e terribilmente debole. Quando mi avvicinai e mi lasciai cadere al suo fianco mi prese la mano, ma concentrò tutta l'attenzione su Bedivere. Si scambiarono saluti, le notizie più immediate e qualche parola di benvenuto prima che intraprendessimo la lenta marcia verso la locanda. Tenni per tutto il percorso la mano di Artù, e di tanto in tanto egli mi stringeva con forza le dita se la barella veniva scossa da un movimento brusco. E fu tutto. Solo più tardi, quando fu disteso in un letto pulito e tutti si allontanarono, mi guardò in faccia e mi sorrise.

«Non indossavo il mantello,» notò con una certa ironia «quindi è in condizioni abbastanza decenti. Si presenta meglio di me, anzi.»

Gli ripresi la mano e la premetti contro la mia guancia.

«Sono così felice di riaverti a casa in vita» sussurrai.

«Sei... cioè, siamo...?»

Erano passati tanti mesi da quando avevo dovuto affrontare la delusione di non essere incinta, che mi ci volle un attimo per capire che cosa intendesse.

«No» risposi.

«Peccato» sospirò chiudendo gli occhi come per dormire. «Con questa ferita non potrò rimediare alla situazione per molti mesi, temo.»

«Non importa» lo rassicurai scostandogli i capelli dalla fronte. «Avremo tempo per un'intera frotta di bambini in primavera... Be', forse non tutti insieme» aggiunsi quando lui alzò un sopracciglio. «Adesso dormi e parleremo del futuro quando sarai più riposato.»

Annuì senza aprire gli occhi, poi mormorò: «Morgana è venuta con voi o sta ancora curando i feriti a Sarum?».

«No...» temporeggiai, chiedendomi se egli considerasse le sue ferite così gravi da aver bisogno dello speciale tocco della Sacerdotessa e non sapendo come dirgli della sua fuga. Non volevo parlare della sua relazione con Accolon, poiché, se desideravo riconciliarmi con lei, era importante che Morgana si rendesse conto che non ero una pettegola intrigante. Bedivere avrebbe potuto riferire al re della sua partenza improvvisa. Così dissi solo che era venuta Nimue al suo posto e che intendeva celebrare un rito speciale sul Tor.

Non capii se Artù mi avesse sentita o se si fosse già addormentato, ma con mio grande sollievo non nominò più Morgana.

Quando si sentì ben riposato e in grado di sostenere il dondolìo della portantina, ripartimmo per Sarum. La situazione era in gran parte come l'avevamo lasciata, ma due giorni dopo il nostro ritorno Igraine chiese il permesso di tornare al suo convento e fu impossibile dissuaderla.

«Bedivere può fornirmi una scorta ora e, visto che Artù è tornato, voi due avete bisogno di stare per un po' di tempo da soli in modo da abituarvi a regnare insieme» disse con fermezza la regina madre.

Alla fine della settimana era pronta a partire e venne alla stanza di Artù per salutarlo. Cercai di lasciarli soli, pensando che in privato avrebbero potuto esprimere più apertamente i loro sentimenti, ma entrambi protestarono quando feci per allontanarmi, tanto che dovetti restare. Più tardi, mentre la accompagnavo alla portantina, Igraine mi prese la mano.

«Non c'è modo di riparare ai torti che i miei figli pensano io abbia fatto loro, tutti in nome dell'amore. Ma mi dà sollievo sapere che sei vicina a lui e che almeno tu non pensi male di me...» Mi sorrise con dolcezza. «Non solo sei una buona regina, ma anche una figlia deliziosa per me.»

Ci abbracciammo come se fossimo davvero madre e figlia e io la pregai di farmi sapere se mai avesse avuto bisogno di qualcosa.

«Certo,» rispose «e tu devi promettermi la stessa cosa.»

Quando fu seduta nella portantina e i cavalli si avviarono, mi fece un ultimo cenno di saluto. Vicino a lei Ettard piangeva in silenzio, incapace di nascondere la tristezza di lasciare la corte. Quando il corteo uscì dalla piazza corsi a cercare Brigit con gli occhi pieni di lacrime.

Dopo la partenza di Morgana, Brigit aveva preso in mano l'ospedale, reclutando Frieda come assistente.

«Se potevo lavorare con gli dèi celtici di Morgana, posso certamente farlo con le divinità sassoni di Frieda» dichiarò la mia amica irlandese. «La ragazza è rimasta qui giorno e notte da quando hanno portato Griflet. Ha bisogno di qualcosa da fare e a noi serve sempre aiuto.»

«Come sta il ragazzo?» chiesi arrotolando una benda appena lavata.

«Male, molto male. Non so neanche se potremo salvarlo» rispose in fretta Brigit, non avendo tempo per lamentarsi delle ingiustizie del destino. Poi mi guardò con un sorriso. «Ma non lo lasceremo andare senza lottare.»

Griflet in realtà si riprese più in fretta di Artù e verso Samhain andava a visitare il Sommo Re ogni giorno e si occupava dei cani.

«Mi fa sentire vecchio» borbottò Artù una mattina dopo una sua visita.

«Le costole rotte sono diverse dalle ferite» ribattei sprimacciando il cuscino che avevo preparato per la sua sedia.

«E i ragazzi guariscono più in fretta degli uomini» replicò irritato.

Presi la scacchiera e preparai i pezzi, sperando che il gioco avrebbe migliorato il suo umore, ma lui la respinse con un'imprecazione.

«Sono stanco di giochi e chiacchiere oziose! Maledizione, dovrei occuparmi del mio paese, non stare seduto qui come un invalido, incapace di montare a cavallo, di fare l'amore con mia moglie e persino di mandare una missione diplomatica al campo nemico!»

«Ma tu stai lavorando» notai. «Abbiamo stabilito trattati con i coloni irlandesi nel Galles, dando loro nuovi governi retti da uomini come Agricola, uomini sulla cui fedeltà puoi contare. Geraint mantiene la situazione sotto controllo nel Devon e Theo e il suo luogotenente Marcellus sono impegnati a tenere il Canale di Bristol libero dagli invasori. I diversi regni hanno accettato i nuovi capi e ora mandano i loro guerrieri migliori a combattere sotto la tua bandiera. Direi che è più che sufficiente, visto che sei a casa da poco più di due mesi.»

«Ma non basta, Ginevra... non basta» disse impaziente. «I trattati valgono quanto la volontà di chi li firma... e non significano molto se non riesco a far capire ai re la nostra causa comune... il bisogno di lavorare insieme. Merlino dice che occorre un nuovo ideale, un nuovo concetto per unire il popolo; la religione non va bene, poiché ci sono troppe fedi diverse.» Sospirò stancamente. «Se non troviamo presto una soluzione, i Sassoni si accorgeranno della nostra debolezza e riprenderanno l'offensiva. So che mirano a impadronirsi dell'entroterra britannico, me lo sento nel sangue. Non so chi tra i Federati meriti fiducia e chi abbia idee espansionistiche. Le mie informazioni sono frammentarie e vengono in genere da un'osservazione esterna più che da una vera conoscenza. Mi serve qualcuno che parli la loro lingua.»

«Frieda... Frieda la parla e ce la può insegnare» suggerii. «Possiamo impararla tutti e due, così quando dovrai trattare con loro saremo su un terreno più sicuro.»

Seguì una lunga pausa in cui Artù considerò la proposta e infine sospirò e annuì. «È una buona idea» ammise rimettendo a posto a malincuore la scacchiera. «Davvero una buona idea, anzi. Se non sono in grado di combatterli in battaglia, almeno posso prepararmi ad affrontarli nella loro lingua.»

Così Frieda iniziò a darci lezioni, cercando di adattare i nostri fluidi toni gallesi ai suoni gutturali della parlata sassone. Artù era uno studente peggiore di quanto mi aspettassi e la ragazza sassone un'insegnante molto paziente. Comunque facevamo costanti progressi, anche se non eccezionali. E questo tenne occupato Artù durante i mesi invernali. Egli continuò le lezioni anche dopo che si era rimesso in piedi e poteva raggiungere Bedivere ogni giorno al campo delle esercitazioni.

La preparazione della cavalleria aveva fatto grandi passi dopo che la campagna d'Irlanda aveva dimostrato l'importanza delle staffe e andava ormai sviluppandosi una vera e propria forza di combattimento. Quando Artù fu in grado di assistere agli addestramenti, notò che Bedivere e Palomides avevano elaborato diverse nuove tecniche assai efficaci. Era uno spettacolo affascinante a vedersi, e l'umore di Artù si risollevò immediatamente.

Anche il fatto che avessimo ricominciato ad avere rapporti sessuali era d'aiuto. Lo facevamo con la stessa naturalezza con cui amministravamo insieme il regno; era un atto tranquillo e produttivo (anche se non ancora in termini di figli) e, seppure mancassero la passione e la profonda comunione emotiva che avrei desiderato, non ero insoddisfatta. Artù affrontava il letto nello stesso modo in cui affrontava tutto il resto: direttamente e apertamente, senza trastullarsi in diversivi. Speravo che col tempo avremmo avuto una relazione più romantica, ma ero contenta di accettare la situazione presente.

«I nuovi cavallerizzi vanno sempre meglio» disse una notte mentre giacevamo abbracciati prima di dormire. «Penso che dovremmo dar loro la possibilità di dimostrare cosa sanno fare. Forse» aggiunse appoggiandosi su un gomito e guardando la luna dalla finestra «è giunto il momento di spostare la corte a Caerleon e organizzare un torneo. Anzi, possiamo farlo coincidere con una festa per la mia guarigione e, allo stesso tempo, rendere ben chiaro agli Irlandesi che intendiamo tener saldamente il Galles!»

Balzò fuori dal letto come se il sonno fosse svanito del tutto al sorgere della nuova idea. Accese una lanterna sul tavolo e, porgendomi uno stilo e una tavoletta, cominciò a dettarmi un elenco di persone da invitare. Prendemmo bene in considerazione ogni nome e la lista che infine producemmo coincideva in gran parte con quella di coloro che avevano partecipato alle nozze, a esclusione di re Marco, che eravamo entrambi decisi a ignorare.

Quando si giunse al nome di Morgana, gli lanciai un'occhiata chiedendomi se la Signora avrebbe accettato. L'onore mi impediva di menzionare la causa della sua partenza e Artù non aveva mai introdotto l'argomento; probabilmente non aveva idea del rancore che lei mi serbava.

«Te li presenterò con tutti gli onori dovuti a una Somma Regina,» dichiarò camminando a grandi passi avanti e indietro «proprio come avremmo fatto se non fossimo stati interrotti dalla campagna d'Irlanda. Inoltre Merlino una volta mi ha detto che era una buona idea chiedere ai re vassalli di confermarmi ogni anno la loro fedeltà. Sarà una grande festa, a Pentecoste, in primavera. Cosa ne pensi?»

«Penso che sarà una gabbia di matti.» Risi chiedendomi se stessimo tentando il destino, riunendo ancora una volta tante fazioni rivali.

«Sì» approvò lui con un cenno del capo, indossando una vestaglia per ripararsi dal freddo. «Ci sarà pure un modo per superare tutta quella boria regale. Per esempio, come sistemeremo i posti a sedere?» sbuffò.

«Questo è abbastanza facile da risolvere.» Alzai le spalle. «Basterà mettere i tavoli in cerchio, come fanno i Cumbri al Consiglio.» Mi tirai le ginocchia sotto il mento coprendole con la trapunta di piumino. «In questo modo tutti gli ospiti saranno in una posizione di eguaglianza. Lasciando spazio tra i tavoli, i servitori potranno muoversi agevolmente.»

Artù si bloccò in mezzo alla stanza e, cacciandosi le mani in tasca, mi fissò. Era difficile capire se mi vedesse davvero o se guardasse il vuoto, ma risposi al suo sguardo e mi chiesi cosa stesse pensando.

«Lo abbiamo fatto anche nel viaggio verso sud, pur senza avere i tavoli,» continuai «e nella mia terra lo si fa da generazioni. Se va bene per i suscettibili Celti, andrà bene anche per i Romano-Britanni.»

Un sorriso meraviglioso comparve sul suo volto e gli occhi gli si illuminarono.

«Per Giove» esclamò in latino. «Bedivere dice che dovrei sempre darti ascolto! Un circolo... come una grande tavola rotonda senza posizioni privilegiate. Che idea fantastica; e i politici tra loro si chiederanno per settimane se sono stati insultati o onorati!»

Afferrò la lanterna e si diresse verso la porta.

«Artù, dove vai?» gridai alzandomi dal letto per rincorrerlo.

«Vado a parlarne con Merlino» disse sciogliendo con impazienza i legacci che chiudevano le tende di cuoio.

Mettendomi davanti a lui, gli indicai la finestra. «È già passata mezzanotte... guarda, anche la luna è tramontata. Amore mio, lascia dormire in pace il Mago. Gliene potrai parlare domani.»

L'aria notturna era fresca e cominciai a tremare ridendo. Mio marito mi guardò, questa volta vedendomi davvero.

«Forse hai ragione» disse con dolcezza appendendo la lampada a un piolo e cingendomi con le braccia. «Chissà che altre idee puoi tirare fuori se te ne lascio la possibilità?»

Risi ancora della risata profonda che viene dalla dèa, e pensai con gioia che Artù era finalmente di nuovo se stesso.

45

La Tavola Rotonda

La notizia della festa di Caerleon si sparse per la corte, portando con sé le immagini di colori, fasto e allegria tipiche di simili occasioni. Si mandarono messaggeri per tutto il reame invitando i re di Britannia a raggiungerci a Pentecoste e, in fondo a ogni invito scritto, il rosso Sigillo del Drago splendeva nella sua gloria.

Merlino convocò i migliori falegnami del Logres e li portò con sé a Caerleon, dove costruirono i tavoli speciali da disporre in cerchio al banchetto. Ogni dama di corte prese ago e filo e aiutò a ricamare i nobili nomi degli ospiti; i cavalieri passarono ore a lucidare le bardature e i cuochi si impegnarono a redigere menù che ci avrebbero fatto onore. Cei perlustrò la campagna alla ricerca della preziosa salsa di pesce mediterraneo che si poteva trovare nelle dispense locali e le anfore che procurò furono caricate con cura sui cavalli e inviate a destinazione. Per settimane non pensammo ad altro che alla festa, finché venne il tempo di partire per Caerleon.

Felice di essere di nuovo in viaggio, Artù era ovunque allo stesso momento: cavalcava al fianco di Bedivere, scherzava con Gawain, conferiva con Merlino. Per quanto mi riguardava, dopo un anno trascorso tra le verdi colline ondulate, la possibilità di vedere un volto diverso della Britannia era un grande sollievo.

Viaggiavamo a ritmo rilassato e la seconda sera montammo le tende su un pendìo sovrastante la paludosa e fumante vallata dove sorgeva un tempo la località romana di Bath.

Cei fissò le rovine della città valutando con lo sguardo ogni colonna spezzata e arco crollato.

«Che possibilità avremmo di rimetterla in sesto?» chiese Artù indicando i mucchi di detriti e frammenti di pietra che scintillavano nella luce dorata del tardo pomeriggio.

«Prosciugare la palude... vedere come fare per puntellare gli edifici?» Il siniscalco considerò la questione. «Non sarebbe possibile recuperare tutto, ma forse i bagni si possono salvare... Probabilmente non ci sarebbero abitanti sufficienti per tornare all'antico splendore, ma un posto con acqua calda naturale non dovrebbe essere sprecato. Ci posso pensare, se vuoi.»

Artù borbottò qualcosa, senza espimere un parere, continuando a fissare le vestigia di un'altra èra. Canne e giunchi ora ingombravano il canale, e sulle vasche rimaste galleggiavano ninfee, morbide, carnose e languide. Le mura diroccate e le statue rotte attorno alle sorgenti d'acqua calda erano avvolte dai vapori. Era come un sogno di gloria passata che chiedeva discretamente pietà al presente.

Quella sera feci il giro del campo con Artù e poi ci fermammo su un masso per guardare di nuovo le rovine. Lucevano sotto la luna con un misterioso fascino eterno.

«Un senso di identità nel presente, ecco ciò che serve alla Britannia» disse pensieroso mio marito rivolgendosi a se stesso quanto a me. «La fede in qualcosa di onorevole, onesto e reale. Questa abitudine di pensare sempre ai giorni dell'Impero, o anche ai tempi più antichi degli Eroi... va bene, ma è come ricordarsi di un pasto: si può ritrovarne il sapore con la mente, ma non riempie lo stomaco ora. Il popolo ha bisogno di essere fiero di ciò che fa oggi... di poter riconoscere il proprio valore presente. Non c'è nulla che non si possa recuperare in Britannia se le genti vi si impegnano, e questo va dalla vita quotidiana al commercio, dagli impianti idrici agli edifici crollati. Finché gli uomini si riterranno vinti, impauriti e incapaci di sistemare le cose, saranno davvero incapaci e si rintaneranno come topi tra le rovine create da loro stessi...»

Sospirò aggrottando la fronte. Avevo imparato che a volte Artù voleva da me solo un silenzioso appoggio, quindi ascoltai senza dire nulla, fiduciosa che al momento opportuno la soluzione al problema sarebbe venuta, chiara, decisa e totale.

Il traghetto sul Severn non presentò problemi e facemmo ingresso a Caerleon in un pomeriggio sereno con gli stendardi che sventolavano nella brezza di giugno.

La città rifulgeva di fiori. Bandiere e tendaggi variopinti adornavano gli edifici, mentre i prati circostanti erano punteggiati delle tende dei nobili appena giunti. Giocolieri si esibivano agli angoli e un orso ballerino intratteneva la folla fuori dall'anfiteatro.

L'arena era stata preparata per le dimostrazioni della cavalleria. Fabbri, pellettieri, veterinari e militari si scambiavano idee e informazioni, nuovi rimedi e consigli tattici. I tornei durarono due giorni e compresero esibizioni individuali di abilità equestre, manovre di gruppo, battaglie simulate e la prova di coraggio più amata dai Celti: il duello tra due eroi. Io e Artù sedevamo nella tribuna reale sotto un baldacchino, applaudendo i diversi partecipanti e sperando che si creasse un certo equilibrio tra i premiati, in modo che nessuna fazione rimanesse scontenta.

Persino la regina madre era venuta per i festeggiamenti, nonostante la sua salute fosse evidentemente debole. Sembrava più pallida e tesa di prima, ma i suoi occhi brillarono di buonumore quando parlammo, e mi dispiacque di non poter trascorrere molto tempo con lei.

«Non importa, bambina» protestò dolcemente. «Sei troppo impegnata a fare la regina, dopotutto.»

Annuii apprezzando la sua comprensione e corsi nella mia stanza a prepararmi per il banchetto.

Lavinia mi raccolse i capelli sulla testa in riccioli e trecce e me li sormontò con la coroncina d'oro. I lunghi orecchini della famiglia di Brigit mi pendevano liberi sul collo e io presi l'elegante collana celtica d'oro che Igraine mi aveva donato alle nozze. Il gioiello apparteneva alla famiglia di Cunedda da innumerevoli generazioni e lo guardai ammirata, mentre i piccoli animali ai due capi mi fissavano, a loro volta sorpresi.

Quante altre donne lo avevano guardato allo stesso modo pensando alle vite che collegava tra loro? L'antico emblema della libertà, un tesoro di immenso valore, era stato indossato in momenti di grande onore e cerimonie dolorose, così come in incontri di Stato e giornate sacre di magia e di danza. Attraverso i secoli, i fili d'oro intrecciati brillavano come la trama dei destini: un fiero e puro simbolo della dignità e del coraggio di chi aveva il diritto di portarlo.

Me lo misi con facilità al collo, poi mi alzai per vedere l'effetto allo specchio. Forse non sarei mai diventata bella e serena come mamma, ma il vestito di seta verde, che era stato rimodellato per la mia figura più alta e sottile, e i gioielli d'oro mi davano un aspetto veramente regale.

Alle mie spalle Brigit disse all'orecchio di Lavinia: «Sembra proprio una Somma Regina, no?», e la matrona si voltò a guardarla stupita.

L'espressione maliziosa della ragazza irlandese fece sorridere perfino Lavinia e dopo un momento di attenta valutazione la mia governante annuì. «Penso di sì...» sussurrò in risposta.

Risi con loro, ricordandomi quanto avessi lottato contro questo destino. Nell'allegria che riempì la stanza udii anche la voce di mamma e sperai che ella avrebbe detto a Nonny che alla fine anch'io mi ero dimostrata degna della stirpe di Cunedda.

Artù mi fece un cenno di approvazione quando ci incontrammo fuori dalla grande sala e io gli sorrisi. Forse un giorno gli avrei detto che avevo cercato di fuggire per non diventare la sua sposa; ma in quel momento infilai il mio braccio nel suo con grande felicità.

All'ingresso della sala mi mancò il fiato. Merlino aveva voluto arredare il locale da solo, sostenendo che mi sarei resa molto più utile aiutando Cei che non sistemando tavoli. Così, come gli altri nobili, rimasi abbagliata alla vista della Tavola Rotonda.

La sala era stata decorata con bandiere, scudi e arazzi alle pareti. Grandi candelabri reggevano torce sfolgoranti e su ogni tavola piccole lampade con gli stoppini perfettamente regolati spandevano una luce cristallina.

Tovaglie di lino bianco coprivano i robusti tavoli. Questi erano disposti in cerchio come nelle feste di casa mia, ma qui non vi era un focolare al centro della stanza, così che si poteva guardare dall'altro lato del circolo senza avere in mezzo una foresta di alari e pentole. Giunchi freschi coprivano il pavimento e mazzi di fiori erano sistemati davanti al posto di ogni ospite.

Ogni nobile aveva la propria sedia, sul cui schienale era appeso un pannello ricamato che proclamava il suo nome e il suo rango, mentre il suo seguito era sistemato dietro di lui. Gran parte degli ospiti erano già seduti e notai che i compagni d'armi erano frammisti ai re vassalli e ai notabili di altri regni.

Merlino aveva creato un ambiente splendido, molto al di là delle mie aspettative, e mi congratulai mentalmente con lui.

Il trombettiere alzò il suo strumento e, a un cenno di Artù, annunciò con la musica il nostro ingresso, facendo alzare in piedi gli ospiti. Attraversammo la sala insieme passo a passo. Artù ora si muoveva agilmente, senza zoppicare, e non si capiva affatto che fosse stato ferito tanto gravemente. Gli lanciai un'occhiata, notando il suo magnifico aspetto: fiero, deciso e sicuro del suo mondo.

Quando ci sedemmo, Merlino andò al centro del circolo e alzò le braccia nel tradizionale gesto di preghiera. Invocò tutti gli dèi, cristiani e pagani, e poi rivolse lo sguardo ai nostri ospiti.

Percorrendo lentamente con gli occhi l'intera tavolata, attrasse l'attenzione dei commensali con la stessa facilità con cui un tessitore raccoglie i fili quando ordisce la tela. La sala cadde nel silenzio e la sorprendente voce del Mago riempì l'atmosfera.

«Compagni d'armi di Artù, alleati, reggenti ed eroi di tanti regni, siete qui venuti a uno dei più grandiosi raduni di pace che la Britannia abbia mai visto. Re, duchi, conti, guerrieri, liberi uomini, nobili, druidi e vescovi... voi siete il frutto migliore di questa terra, riunito per onorare il Sommo Re e la sua Regina. In nome di Artù e Ginevra vi dò il benvenuto, Signori e Signore del Reame.

«Badate bene a questa riunione di tutta Albion, convocata su richiesta specifica del Sommo Re» continuò Merlino. Svolgeva il suo discorso sull'importanza del momento come il filo si svolge dalla rocca. «Non siete voi Cumbri, gente di Cornovaglia, Bretoni, Pitti, Scoti, Irlandesi e Romani, uomini liberi potenti nella vostra sovranità, pronti a mettere da parte le differenze personali per partecipare a questa grande celebrazione? E i vostri dèi non sorridono a questa nobile coppia che vi ha così riuniti?»

Il Mago fece una pausa. Pensai a come mio padre sarebbe stato felice in questo momento e mi dispiacque che non ci fosse.

Merlino riprese e la sua voce possente si elevò nella sala con toni profetici e solenni.

«Sappiate voi tutti qui presenti che state prendendo parte alla creazione di un nuovo ordine. Per tutto l'Impero i barbari hanno portato morte e distruzione a città e campagne. I governi si sono nascosti all'arrivo dei predoni e religiosi di ogni fede giacciono uccisi in questo ignobile caos. Eppure è scritto nei cieli che la Britannia si ergerà per difendersi. Un re potente adunerà i suoi conterranei contro l'ondata d'invasione che dilaga nelle nostre coste orientali, ed egli e i suoi seguaci terranno alta la fiaccola della civiltà mentre il resto dell'Impero brancola nel buio.

«Guardate come le antiche promesse si sono avverate, poiché Artù Pendragon è quel re e questo incontro dei Campioni di Britannia è solo la prima rivelazione di quel destino. Da oggi in poi gli alleati di Artù saranno cari agli dèi, uniti sotto lo stendardo del Drago Rosso. Dunque» proclamò solennemente «propongo un brindisi a voi.»

Ci fu una pausa mentre qualcuno riempì un calice e glielo porse. Il pubblico restò immobile, preso da soggezione nel ricevere un simile onore dal Mago. Artù era seduto sul bordo della sedia, proteso in avanti e con le dita così strettamente intrecciate che le nocche erano diventate bianche. Guardandomi attorno, notai che non c'era un solo capo che non fosse parimenti incantato. Avvinti dalla visione di Merlino, i nobili vedevano se stessi in una nuova luce, e il fuoco dell'entusiasmo stava impadronendosi delle loro anime.

«Ai Cavalieri della Tavola Rotonda» esclamò Merlino alzando il calice nel gesto tradizionale. «Alla mistica alleanza dei capi in guerra e in pace. Gli dèi stanno già forgiando il vostro posto nella storia. In Bretagna e in Spagna, dalla Scozia a Costantinopoli sentiranno parlare della corte di Artù e verranno a onorare la causa di Britannia. Così io, Merlino il Mago, saluto voi, i primi di questa grande fratellanza. In quanto membri della Tavola Rotonda, sarete partecipi di una gloria che verrà celebrata per tutti i tempi... Possa il vostro coraggio brillare, la vostra lealtà essere ricompensata da fama eterna.»

Versò un'offerta per gli antichi dèi, poi bevve il vino con un lungo sorso, come un guerriero nel fiore degli anni.

Un boato si alzò dagli ospiti, inebriati dall'entusiasmo e fieri di rendere onore al Mago.

Vidi che Artù sorrideva felice, applaudendo con tutti i nobili. Mi si avvicinò e mi urlò sopra al tumulto: «Penso che ce l'abbiamo fatta! Abbiamo dato loro un'identità!».

«Lo avevi programmato?» chiesi.

Senza aggiungere altro annuì, poi, alzandosi, incitò l'assemblea a un'ovazione in piedi per il suo vecchio tutore.

Quando le acclamazioni si calmarono, il Mago fece un gesto verso di noi. «Ora,» dichiarò «è il momento di rendere omaggio ad Artù e alla sua nuova regina, Ginevra.»

Un ronzìo di lieti commenti riempì la sala quando gli ospiti si risedettero.

Notai che Lavinia aveva fatto in modo di sedersi vicino ad Agricola e sorrisi, sperando che una simile compagnia l'avrebbe ricompensata di tutti gli anni di sforzi pazienti per cercare di rendermi una vera signora. La buona matrona meritava certamente qualcosa in cambio.

Igraine, che era seduta al mio fianco, aveva intrapreso una lunga conversazione con Brigit. Quando cercai con lo sguardo Bedivere, lo vidi insieme a Palomides al lato di Gawain, senza dubbio con l'intento di tenersi pronto a placare gli spiriti del nostro focoso giovane campione, se ce ne fosse stato bisogno.

C'era persino Morgana, anche se non sapevo quando fosse arrivata. Sedeva con un atteggiamento di distante maestà, senza parlare con nessuno e mi chiesi dove avesse lasciato Accolon. Solo in seguito lo riconobbi tra i guerrieri del contingente gallico.

Merlino si voltò e mi rivolse un profondo inchino, col gesto agile di un esperto cortigiano. Per un attimo pensai che mi avrebbe sorriso, invece si volse di nuovo all'assemblea, declamando il nome del primo nobile da presentare.

Quale onore, pensai, udire il proprio nome pronunciato dal Mago in questa prima riunione della Tavola Rotonda. Certamente quel suono sarebbe rimasto nel tempo, le generazioni future lo avrebbero sentito ancora e con riverenza avrebbero sussurrato: «Che incantesimo era mai questo?».

Io e Artù sedevamo con dignità negli scranni intagliati e salutavamo ogni nobile che ci veniva presentato. Alcuni li avevo già incontrati, naturalmente, ma altri li conoscevo solo di fama. Cador, duca di Cornovaglia, era un uomo fiero e slanciato, più snello e più vecchio di quanto avessi immaginato, con i capelli grigi e il volto segnato da cicatrici di guerra e stagioni nel vento. Aveva un atteggiamento di antica cortesia che ammirai e si inchinò profondamente alla regina madre prima di essere presentato a me. Mi ricordai solo in seguito che Igraine era stata la sua matrigna quando Gorlois era in vita.

Urien di Northumbria era più piccolo e di modi più pacati di quanto mi aspettassi, considerati i problemi che causava ai confini del Rheged quando ero bambina. Si inginocchiò con orgoglio davanti a me, offrendomi l'ossequio dovuto alla moglie del Sommo Re, e io sorrisi con garbo ringraziandolo per la sua alleanza. Udii chiaramente la voce di mio padre che diceva che era meglio avere Urien per alleato che per nemico e fui contenta che ora ciò fosse possibile.

Suo figlio Uwain era un ragazzino, scudiero, ma aveva già il portamento dignitoso di un giovane uomo consapevole che un giorno avrebbe comandato su un importante regno britannico.

Artù fece un largo sorriso quando Merlino chiamò Bors di Bretagna. Era un uomo biondo e robusto, che portava i baffi all'ingiù come re Ban. Si fece avanti a grandi passi con aria calorosa e amichevole. Anche se non avesse portato Theo e i suoi marinai sulle nostre coste, Artù sarebbe stato comunque felice di vederlo, poiché era impetuoso, intrepido e allegro come lui.

Seguirono altri di cui non avevo mai sentito parlare, e i loro nomi e i loro volti si confusero nella mia mente con il passare del tempo.

Dopo che l'ultimo ospite ci ebbe reso omaggio, Merlino si inchinò e andò al suo posto presso Nimue, che appariva raggiante con l'abito bianco e la coroncina d'edera. Il sorriso che lei gli rivolse era solenne e pieno di ammirazione e, anche se il Mago mi voltava la schiena, sapevo che erano come il dio e la dèa che si guardavano l'un l'altra.

A questo punto mi alzai e ringraziai i nostri ospiti per essere venuti, proprio come faceva mamma ai banchetti nel Rheged. Un mormorìo si diffuse nella corte e poi divenne un inno. Anche Artù si alzò e insieme accogliemmo le acclamazioni che riempivano la sala. Io guardai lentamente gli ospiti.

Un giorno, pensai, mi sarete familiari quanto i guerrieri e i nobili della mia infanzia. Un giorno conoscerò le vostre storie, le vostre speranze e i vostri sogni, le ossa rotte e le promesse tradite, le azioni coraggiose e le stoltezze, gli amori vantati o perduti, i figli allevati o sepolti... Grandi e piccole, trionfali e tragiche, le nostre vite scorreranno insieme. Come un arazzo degli sforzi umani, tessuto su un ordito divino, tinto con le glorie di ogni azione individuale, saremo ricordati e celebrati dalle generazioni future.

Sorrisi a mio marito e alla mia corte, poi feci un cenno ai suonatori di cornamusa presso la porta della cucina e dichiarai: «Che la festa cominci».

Indice

Nota dell'autore . . . . *pag.* 7

1. La partenza 11
2. Il messaggero 21
3. Appleby 26
4. Samhain 34
5. L'inverno 46
6. Morte 53
7. Beltane 61
8. Bedivere 66
9. Gli ostaggi 71
10. Brigit e Kevin 78
11. Il Sommo Re 85
12. La famiglia irlandese 93
13. Re Uther 102
14. La dichiarazione 111
15. Gawain 119
16. Re Lot 132
17. L'incoronazione 141
18. Balin 152
19. Re Ban 165
20. L'investitura 177
21. Merlino 185
22. Il Lago Nero 192
23. Tristano 206
24. Lavinia 214
25. La promessa di matrimonio 225
26. Artù 232
27. Chester 244
28. Maelgwn 250

29. Il tempio 260
30. Pellinore 271
31. Morgause 278
32. Agricola 285
33. La riunione 293
34. Nimue 305
35. Sarum 313
36. La regina Igraine 320
37. Palomides 328
38. Re Marco 336
39. Tradimento 344
40. La Fata Morgana 353
41. Le nozze 363
42. La partenza 375
43. Accolon 384
44. Glastonbury 394
45. La Tavola Rotonda 404

Finito di stampare nel mese di febbraio 1991
dalla RCS Rizzoli Libri S.p.A. - Via A. Scarsellini, 17 - 20161 Milano

Printed in Italy